Marie-Paul Armand

LA COURÉE

Présenté par
Jeannine Balland

LE GRAND LIVRE DU MOIS

La loi du 11 mars 1957 n'autorisant, aux termes des alinéas 2 et 3 de l'article 41, d'une part, que les « copies ou reproductions strictement réservées à l'usage privé du copiste et non destinées à une utilisation collective » et, d'autre part, que les analyses et les courtes citations dans un but d'exemple et d'illustration, « toute représentation ou reproduction intégrale, ou partielle, faite sans le consentement de l'auteur ou de ses ayants droit ou ayants cause, est illicite » (alinéa 1er de l'article 40). Cette représentation ou reproduction, par quelque procédé que ce soit, constituerait donc une contrefaçon sanctionnée par les articles 425 et suivants du Code pénal.

© Presses de la Cité, 1990
ISBN 2-258-03148-6

PREMIÈRE PARTIE

CONSTANCE
(1866-1886)

CHAPITRE I

Les quatorze premières années de ma vie ont été bercées par le rythme des trains. Nous habitions, mes parents, mon frère et moi, à proximité d'une grande gare, dans un immeuble que la Compagnie des chemins de fer du Nord louait à ses employés. Tous mes souvenirs ont pour fond sonore les halètements des locomotives, le roulement de tonnerre des express, les longs sifflements, la répercussion du choc des tampons, les coups de sifflet, les cris, les appels, les annonces faites lors des départs par l'aboyeur, dont la voix forte arrivait jusqu'à notre logement.

Cet environnement bruyant faisait partie de mon existence et ne me gênait pas. Je n'en connaissais pas d'autre; mon père avait toujours travaillé pour les chemins de fer. Avant de parvenir à son grade actuel, qui était conducteur de train de troisième classe – il espérait monter bientôt à la seconde, puis à la première classe –, il avait été longtemps serre-freins. Je me souvenais de ses départs, les jours d'hiver, lorsqu'il s'en allait avec des couvertures et le passe-montagne tricoté par ma mère, pour se protéger du froid dans sa guérite. Je l'avais souvent vu grimper là-haut, dans cette petite cabane en bois accolée aux wagons, dans laquelle il pouvait à peine se mouvoir. Bien souvent aussi, je l'avais vu revenir de ces longs trajets bleu de froid et ankylosé par des heures d'immobilité forcée. Sa nomination de conducteur l'avait soulagé. Il effectuait maintenant les voyages dans le fourgon à bagages où il disposait d'une écritoire pour ses papiers.

– J'ai toujours aussi froid, constatait-il parfois, mais au moins je peux remuer pour tenter de me réchauffer.

Lorsque arriva l'année 1866, j'allais sur mes treize ans. Je fréquentais l'école des sœurs de la Sainte-Union, où je me montrais une élève appliquée et studieuse. En plus d'une solide culture générale, elles nous apprenaient à devenir d'excellentes maîtresses de maison, nous enseignaient la couture, la broderie, un peu de dessin et de musique.

Mon petit frère Rodolphe venait d'avoir six ans. Avant lui, ma mère avait perdu successivement deux enfants dès leur naissance, et Rodolphe lui-même avait bien failli mourir. Ses premiers jours n'avaient été qu'une longue hésitation entre la vie et la mort. Il avait finalement survécu, mais il était resté longtemps petit et chétif. De santé fragile, il tombait souvent malade. Mon père, qui aurait voulu un fils robuste et plein d'énergie, se désolait. Ma mère et moi, par contre, étions en adoration devant cet enfant doux, délicat et attachant, joli comme un chérubin avec ses yeux bleus et ses boucles dorées.

L'immeuble était occupé de gens qui, comme mon père, travaillaient pour la Compagnie des chemins de fer. Il y avait des mécaniciens, des chauffeurs, des hommes d'équipe, des enrayeurs, des lampistes. Seuls le chef de gare et le sous-chef, ainsi que certains employés, avaient leur logement au-dessus de la salle d'attente et des bureaux de la gare. Dans l'appartement voisin du nôtre vivait mon ami Frédéric qui avait un an de plus que moi. Je l'admirais depuis que, deux ans auparavant, il avait défendu mon petit frère contre une bande de garnements qui s'amusaient à le bousculer en le traitant de fille, le houspillant et lui tirant les cheveux. J'avais essayé de les chasser mais, seule contre eux, je ne pouvais pas grand-chose. Ils commençaient à s'en prendre à moi lorsque Frédéric était arrivé et, indigné, les avait fait fuir. Depuis, il s'était instauré notre défenseur. Rodolphe et moi l'aimions beaucoup.

Léon, le père de Frédéric, était mécanicien. Il était très fier de son métier, et lorsque je le voyais partir, sur la plate-forme de sa locomotive qu'il avait baptisée « Eugénie » en hommage à l'impératrice, je ne pouvais m'empêcher de penser que, là-haut, il semblait tout-puissant. Il appartenait, disait-il, à « la race des seigneurs », ceux qui rendaient ces gros monstres noirs, soufflants et crachants, aussi dociles que des agneaux. Émile, son chauffeur, qui près de lui veillait à la bonne marche de la chaudière, lui montrait beaucoup de respect. Ils formaient une équipe indissociable, et ils avaient pour leur machine des attentions de femme. Il leur arrivait bien souvent de lui parler; elle était, pour eux, la troisième personne de leur équipe.

– L'Eugénie, disait Léon, m'obéit bien mieux qu'Estelle. Ça, c'est quelqu'un!

Estelle, la mère de Frédéric, haussait les épaules et souriait. Elle n'était pas la seule dans ce cas. Toutes les femmes de mécaniciens connaissaient la passion de leur mari pour leur machine.

Un soir du mois d'avril, alors que je rentrais de l'école, ma mère me mit dans les mains un panier de victuailles :

– Va porter ça à notre vieil ami Arsène. Il a une crise de goutte et ne peut pas bouger.

J'obéis avec plaisir. Mon petit frère obtint la permission de m'accompagner. Nous partîmes d'un pas rapide. Nous aimions bien Arsène, qui était un peu pour nous comme un grand-père. A nos yeux d'enfants, il apparaissait très âgé. Il avait passé toute sa vie à travailler pour les chemins de fer, et il s'en glorifiait. Il habitait, au dernier étage d'un immeuble voisin du nôtre, une chambre qui donnait sur le côté de la gare. De là, il dominait tout. Ainsi, il pouvait continuer à observer le mouvement des trains, reconnaître ceux qui partaient, ceux qui revenaient; il passait ses journées à cette occupation, le nez collé à la fenêtre.

Ce fut là que nous le trouvâmes en arrivant. Assis dans un fauteuil, sa jambe malade allongée devant lui, il s'arracha à sa contemplation et se tourna vers nous :

– Entrez, mes enfants, venez près de moi. Prenez une chaise et asseyez-vous. Que m'apportes-tu là, Constance?

– Ma mère vous envoie votre repas pour ce soir.

– Tu la remercieras. C'est agréable d'être dorloté ainsi. Il est vrai qu'en ce moment, immobilisé comme je le suis, je ne peux rien faire.

Il soupira et nous regarda avec affection. Je savais qu'il était veuf depuis longtemps et vivait seul. Nous venions souvent le voir, et nous aimions l'entendre raconter ses souvenirs. Il était intarissable sur le seul sujet qui le passionnait : les chemins de fer. Ce soir-là encore, il se pencha à la fenêtre et nous montra, au loin, dans les ramifications des voies, les postes d'aiguillage.

– Voyez, les enfants, dit-il avec fierté, j'ai travaillé longtemps là-bas. Je dirigeais les trains sur la bonne voie. A chaque convoi, il fallait faire attention, et surtout ne pas se tromper. Le mécanicien signalait sa direction : un coup de sifflet pour aller à gauche, trois coups pour aller à droite. Je manœuvrais les lourds leviers et, derrière le train, je rabattais le signal de protection. Chaque fois, j'étais soulagé quand la voie était de nouveau fermée, juste après le passage du fourgon de queue. C'est que mon rôle était important. Imaginez que je me sois trompé. Une simple erreur, et c'était l'accident. On peut dire que ma responsabilité était grande, ah oui alors !

Il s'animait en parlant, oubliait la douleur de sa jambe. Assis près de lui, nous l'écoutions sans l'interrompre. Nous connaissions la plupart de ses souvenirs par cœur, mais nous ne nous lassions pas de les entendre. Il les racontait avec une passion qui devenait contagieuse. Mon petit frère ouvrait des yeux ronds, et Arsène regardait avec une sympathie apitoyée ses membres frêles :

– Il faut te fortifier, mon gars, si tu veux entrer aux chemins de fer. Ce n'est pas un métier pour les mauviettes, crois-moi. Et c'est un métier noble ; là tu travailles pour le progrès, pour l'avenir. Que voudrais-tu être ? Mécanicien ? Aiguilleur ? Il faut être résistant, c'est moi qui te le dis. Contrôleur peut-être ?

– Notre mère, hasardai-je timidement, dit qu'à cause de sa santé délicate, il serait préférable que Rodolphe travaille aux guichets ou aux bureaux.

Le vieil homme eut un reniflement de mépris :

– Pffftt !... Quoi ? Elle voudrait faire de son fils un « chieur d'encre » ! Ceux-là, moi je dis qu'ils ne servent pas à grand-chose. S'il fallait attendre après eux pour faire rouler les trains, nous n'irions pas bien loin ! Crois-moi, Rodolphe, tu vaux mieux que ça.

Mon petit frère ne répondait pas. A six ans, il était encore presque un bébé. Pourtant, l'environnement qui était le nôtre et les discours de notre vieil ami l'influençaient déjà. Comme tous les enfants que je connaissais, il n'envisageait pas un avenir ailleurs que dans les chemins de fer.

– C'est un beau métier, répétait Arsène. J'en parle en connaissance de cause. Je l'ai vu naître, moi, le chemin de fer. J'ai participé à la construction des voies, j'ai fait partie de ces hommes qui posaient les rails, j'ai assisté à l'inauguration de notre ligne, en juin 1846. Si vous aviez vu ça ! C'était splendide. Le canon tonnait, il y avait tout un cortège de dames élégantes, avec les enfants des écoles habillés de blanc, et toutes les corporations qui défilaient. Et nous étions là, au dernier rang, nous les obscurs qui pensions, avec fierté, que c'était grâce à nous si le train que nous voyions passer pouvait rouler, ce train dans lequel se trouvaient tous ces hauts personnages, à ce qu'on nous disait, des académiciens, des ministres, et même le duc de Nemours et le duc de Montpensier, les deux fils du roi. Mais que connaissaient-ils, eux, de la peine que nous avions eue, des hernies et des maux de ventre causés par le poids des rails, des accidents qui s'étaient produits? Ils ne voyaient que le résultat, mais ce résultat, c'était notre œuvre!

Il s'énervait, remuait. Un mouvement plus vif réveilla la douleur de son pied, et il fit une grimace. Il attendit un instant, reprit sur un ton plus calme :

– Et d'abord, savez-vous pourquoi les trains roulent à gauche?

Rodolphe et moi ne pûmes retenir un sourire. Presque chaque fois, Arsène nous posait cette question, et, bien que connaissant déjà la réponse, nous ne voulions pas lui enlever le plaisir de nous l'expliquer.

– Je vais vous le dire, moi. Au début, lorsqu'il a été question de construire les voies ferrées, nous les Français avons dû faire appel aux Anglais qui étaient, sur ce point, bien plus en avance que nous. Ce sont des ingénieurs anglais qui sont venus faire les plans de construction, et ils les ont faits de la même façon que chez eux. Et chez eux, bien sûr, on roule à gauche. Tout a été exécuté selon leurs instructions, et voilà pourquoi, mes enfants, vous voyez les trains rouler à gauche.

Un long coup de sifflet l'interrompit. Il se pencha à la fenêtre :

– Ah, voici le 21 qui arrive de Paris. Il est à la « bifur » et va entrer en gare.

La lourde locomotive ralentissait, grondait, soufflait en lâchant un long panache de fumée blanc et serré, suivie docilement des voitures de première, deuxième et troisième classes. Bientôt, elle fut happée par la marquise et nous ne la vîmes plus.

Arsène sortit son régulateur de son gousset, le consulta d'un bref coup d'œil, émit un grognement d'approbation :

– Ça va, il est à l'heure. Voyez-vous, mes enfants, continua-t-il en rangeant son énorme montre, ça aussi, c'est une de mes faiblesses : pour chaque train, je vérifie s'il a du retard ou pas. Et je dois dire que, bien souvent, ils respectent scrupuleusement l'horaire. Quelle différence avec les voyages en diligence! Je les ai connus, et je peux vous dire qu'ils étaient longs et inconfortables; on ne pouvait jamais être assuré de l'heure d'arrivée. Et pourtant, au début, le chemin de fer a eu bien des ennemis. Des gens savants comme Arago, le physicien, prédisaient toutes sortes de maladies : des fluxions de poitrine, des pleurésies, la danse de Saint-Guy à cause des trépidations, des décollements de la rétine à cause du paysage qui, en défilant si vite, causait une trop grande fatigue à l'œil. Eh bien, tous ces pessimistes ont eu tort, nous sommes là pour le prouver, n'est-ce pas ? Et ce n'est pas fini. Ce sont des enfants comme vous, comme toi, Rodolphe, qui continueront ce que nous, les anciens, avons si brillamment commencé. C'est grâce à cette pensée réconfortante que je pourrai mourir en paix.

Mon petit frère se leva, s'approcha d'Arsène dans un élan :

– Ne mourez pas, monsieur Arsène, s'il vous plaît. J'aurais trop de peine. Je vous aime bien, vous savez.

– Moi aussi, monsieur Arsène, dis-je, je vous aime bien.

Il nous sourit, les yeux humides :

– Vous êtes de braves petits. Tenez, allez chercher dans le buffet votre *pain de curiche*. Il y en a toujours quelques bâtons pour vous.

Sans nous faire prier, nous prîmes chacun le bâton de réglisse que nous offrait régulièrement notre vieil ami. Puis nous l'embrassâmes et, tout en suçant notre réglisse avec appétit, nous partîmes en lui promettant de revenir bientôt.

Ma vie se déroulait ainsi, sereine, réglée sur les départs et les retours de mon père. Quelquefois, il partait la nuit, alors que j'étais couchée. Le lendemain, lorsque je revenais de l'école, ma mère m'enjoignait de ne pas faire de bruit : mon père dormait dans la chambre, et il ne fallait pas le réveiller. Nous parlions à mi-voix, et nous étions heureux lorsque, le soir, mon père se levait, les yeux encore gonflés de sommeil, et partageait notre souper qui ressemblait, à chacun de ses retours, à un repas de fête. Tout en mangeant, il parlait de son travail, des problèmes qu'il rencontrait, et nous l'écoutions avec intérêt.

– Cette fois-ci, j'ai fait le parcours avec l'équipe Jacquet-Ponteil. A priori, je n'ai rien contre Jacquet, c'est un bon mécanicien, c'est même l'un des meilleurs. Mais il a un caractère épouvantable, et il veut être le seul maître à bord de son train. La locomotive ne lui suffit pas, il veut régner sur tout le convoi. Mais les voitures, c'est moi que ça concerne, pas lui. Je ne suis pas chef de train pour rien, quand même ! Il n'accepte pas ma présence, il agit comme si je n'existais pas. Savez-vous ce qu'il a fait, dernièrement ? Il a coupé la corde qui relie mon fourgon à son tender. Il a tort, parce que cette corde actionne une cloche, et c'est le seul moyen que j'aie de le prévenir s'il y a un incident quelconque. Nous avons eu une discussion violente à ce sujet, mais il montre une telle mauvaise foi qu'il est impossible de lui faire entendre raison. Il voulait me faire croire que la corde avait été coupée par inadvertance avec la pelle à charbon, lorsque Ponteil, son chauffeur, a chargé la chaudière. Et il s'imagine que je vais croire ça ? Il me prend vraiment pour un imbécile ! A chaque fois que je voyage avec eux, je suis inquiet. Tant que ça se passe bien, ça va, mais imaginez qu'il y ait un jour un problème...

Parfois, il nous faisait rire en nous racontant des anecdotes amusantes. Une femme, qui s'était penchée à la portière et avait vu son chapeau s'envoler, avait exigé, à l'arrêt suivant, qu'il aille le lui rechercher. Une autre, qui voulait voyager avec un gros chien, avait refusé avec de grands cris indignés de le museler. Finalement, forcée d'obéir, elle avait promis d'aller se plaindre à la Compagnie.

– Qu'elle aille trouver les ingénieurs, nous dit mon père, ce sont eux qui font le règlement. Moi, je suis là pour le faire appliquer, et veiller à ce que tout se passe bien. Ce n'est pas facile tous les jours !

Mais les moments que je préférais, c'étaient les dimanches après-midi. Je me souviens de ce dernier dimanche de juin 1866 avec une intensité particulière, parce qu'il a marqué la fin, dans ma vie, d'une période insouciante et heureuse.

Mon père devait partir, ce jour-là, avec l'express de sept heures dix-neuf du soir *, dans lequel il était de service. Il quitta la maison une heure auparavant, comme il le faisait toujours, afin de prendre les ordres de M. Vermoyeux, le chef de gare, et d'émarger le registre de présence. Nous partîmes jusqu'à la gare pour l'accompagner. Je portais le panier contenant les provisions et le vin que mon père emportait toujours. Je le regardais marcher à mes côtés, superbe dans son uniforme, avec sa tunique en drap bleu à col droit, son gilet de coutil, sa casquette à visière sur laquelle une plaque en maillechort portait le mot NORD. Rasé de près, la moustache conquérante, il me paraissait très beau. Je remarquais que ma mère, à son bras, arborait un air fier et satisfait, et je la comprenais.

Aux abords de la gare, il régnait comme toujours une grande animation. Une rangée de cabriolets attendait les voyageurs ; chevaux et cochers montraient la même patience. Il faisait beau. De nombreux promeneurs flânaient, les longues robes des femmes balayaient la poussière, des enfants couraient, des gens se pressaient, chargés de bagages et de sacs. Nous pénétrâmes dans la gare, et tout de

* On ne disait pas encore, à cette époque, 19 heures, mais 7 heures du soir. Les horaires de 13 à 24 heures n'ont été employés qu'en 1912.

suite, l'ambiance connue et habituelle nous happa : un brouhaha, une effervescence, le chuintement d'une locomotive à
l'arrêt, le roulement d'un convoi qui partait, les appels de
l'aboyeur de service, des coups de sifflet, des chocs, des tam-
ponnements sourds. Le long des quais, des familles entières
se promenaient et observaient la vie de la gare, le travail des
employés, les trains qui s'en allaient. Mon père passa au
bureau de M. Vermoyeux, en sortit avec ses feuilles de route.
Nous le suivîmes jusqu'à son fourgon. Il y déposa le panier,
le drapeau rouge, la lanterne à verre rouge et les pétards sans
lesquels il ne partait jamais. Puis il se mit à vérifier si tout
était en ordre.

Des voyageurs arrivaient, se hissaient dans les compartiments. Mon père aida certains d'entre eux à monter, ferma
les portières, en remonta les vitres, vérifia l'attelage, le graissage des roues, alla saluer le mécanicien qui, cette fois, était
Léon, le père de Frédéric. Sur sa plate-forme, il nous fit
signe rapidement, occupé avec Émile à préparer l'Eugénie.
Celle-ci, superbe, énorme, soufflait avec force et donnait
l'impression de trépigner, impatiente de partir. Je reculai
prudemment. Ces gros monstres me faisaient toujours un
peu peur.

Je vis arriver Frédéric. Estelle, sa mère, l'accompagnait,
ainsi que Lucie, sa sœur aînée qui, à dix-huit ans, était une
jeune fille accomplie. J'avais entendu dire que Roger
Huleaux, qui habitait notre immeuble, lui faisait les yeux
doux et essayait de la courtiser. Elle-même ne semblait pas
indifférente au jeune homme. Je les avais surpris, un jour,
dans l'escalier, alors que je rentrais de l'école. Ils s'étaient
séparés rapidement, avec un air coupable. Je savais que
Léon était opposé à cette idylle, car Roger était chef de
manœuvre et appartenait au service de l'Exploitation. Et un
roulant comme Léon, un « seigneur du rail », considérait
avec mépris un semblable parti pour sa fille unique.

— Ce n'est pas ce « cagneux », avait-il dit, ce « pied-fin »
qui pourra se vanter d'avoir ma fille!

Je ne pus m'empêcher, cet après-midi-là, de constater que
Lucie avait un air triste et que ses joues étaient pâles. Ma
mère se mit à bavarder avec Estelle. Rodolphe, Frédéric et
moi nous regardions mon père faire les préparatifs du
départ. Alphonse, le lampiste, surnommé « l'acrobate », était
arrivé. Nous adorions le voir monter sur le toit des voitures,
afin d'allumer les lampes fixées dans le plafond des compartiments.

— Salut, Alphonse! cria Frédéric.

Il nous fit un signe de tête amical, grimpa le long de l'échelle fixée au dernier wagon. Tenant de la main gauche son bidon d'huile, de l'autre sa torche allumée, il arriva ainsi sur le toit. Il ouvrit successivement tous les couvercles des lampes, les alimenta en huile, enflamma les mèches. Puis il se redressa, et dans un élan sauta sur le toit du wagon suivant. Il alluma toutes les lampes du train, voiture après voiture, sautant d'un toit à l'autre. Frédéric admirait bruyamment sa dextérité, mais je ne pouvais me défendre, quant à moi, d'un sentiment d'appréhension : que se passerait-il si Alphonse glissait, ou s'il calculait mal son élan ?

L'aboyeur cria, pour la dernière fois : « Les voyageurs pour Paris, en voiture, s'il vous plaît ! » Des retardataires s'empressèrent de monter, puis mon père ferma les loqueteaux des portières, vérifia les lanternes rouges au fourgon de queue, revint vers l'avant du train. A un serre-frein qui s'installait dans sa vigie, il cria :

– N'oublie pas le signal, Marcel ! Si Léon siffle deux coups, tu actionnes le volant pour freiner. Un coup, tu desserres !

– Compris, chef ! répondit l'autre en touchant le bord de sa casquette.

– C'est son premier parcours aujourd'hui, nous expliqua mon père. Ça me rappelle mes débuts... Eh bien, au revoir. Soyez sages, mes enfants. A demain.

M. Vermoyeux, le chef de gare, cessa d'agiter sa cloche à main le long du quai. Il s'assura que tout était en ordre, siffla pour annoncer le départ. Mon père répondit par un coup de cornet à l'intention de Léon, sauta dans son fourgon, en referma la porte. L'Eugénie émit un long sifflement, mit en marche ses énormes roues, et le train s'ébranla. Debout sur le quai, immobiles, nous le regardâmes partir, voyant défiler devant nous les voyageurs dont la sécurité dépendait maintenant de mon père et de Léon. Le fourgon de queue passa le dernier, avec son triangle rouge indispensable.

– C'est grâce à ces trois lampes que l'on sait qu'un train est complet, dit Alphonse près de nous. Mon rôle est important. Il exige du doigté et du savoir-faire.

C'était vrai. Il était indispensable que le fanal d'avant, placé devant la locomotive, reste toujours allumé quel que soit le temps. Et si les lampes des compartiments étaient trop remplies, lors des secousses du train l'huile aspergeait les voyageurs qui, ensuite, se plaignaient à mon père. Je regardai Alphonse avec sympathie. Je comprenais qu'il faisait partie, comme tous ceux qui travaillaient au chemin de fer, d'une corporation où chacun des rouages était indispensable, et où l'ensemble se déréglait dès que l'un d'eux ne fonctionnait plus.

***

Ce fut le lendemain que survinrent les prémices du drame. Mon père rentra à la maison avec un visage soucieux. Il posa son panier sur une chaise, ôta sa casquette, essuya d'une main lasse son front couvert de sueur.

– Le choléra sévit à Paris, annonça-t-il. Il paraît même que quelques cas se seraient déclarés dans la région.

Ma mère devint très pâle :

– Le choléra... Oh non, ça ne va pas recommencer ! Mes parents et ma sœur en sont morts en 1849. Je me souviens de leurs souffrances, et de la rapidité avec laquelle ils ont succombé. C'était affreux. Les gens mouraient comme des mouches, et on ne pouvait rien faire.

Elle me regarda avec angoisse, d'un geste saccadé serra mon petit frère contre elle :

– Faites attention, nous recommanda-t-elle.

Mon père tenta de l'apaiser :

– Ne sois pas si vite inquiète, Clotilde. On ne sait rien de précis. C'est peut-être une fausse alerte.

– Le Ciel t'entende ! dit ma mère avec un soupir.

Elle n'en parla plus, mais resta préoccupée toute la soirée.

Au cours des jours suivants, elle se rassura un peu. Rodolphe et moi, avec notre insouciance d'enfants, nous n'y pensions même plus lorsque nous fûmes subitement confrontés à une réalité atroce.

C'était environ une semaine plus tard. Peu avant midi, ma mère nous avait envoyés chercher de l'eau à la fontaine située en bas de la rue. Une femme était là, qui remplissait un seau d'eau. Nous attendîmes, avec nos bidons vides, qu'elle eût fini. Il faisait très chaud. L'air brûlant semblait grésiller, le soleil dardait sur nous ses rayons implacables. Dans sa clarté aveuglante, nous restions immobiles lorsque brutalement la scène devint cauchemar. La femme lâcha son seau d'eau, qui tomba en nous éclaboussant. Elle-même vacilla, eut un hoquet, se courba en deux en se pressant les mains sur le ventre. Elle roula sur le sol, devant mon petit frère qui recula, effrayé. Elle se tordit dans la poussière, puis se mit à vomir, la bouche emplie d'une sorte de pâte blanchâtre et visqueuse. Horrifiée, je la regardai sans pouvoir bouger. Elle gémit longuement, recroquevillée sur elle-même, tandis que sa jupe se tachait d'excréments liquides et noirâtres.

— Mon Dieu, cria quelqu'un. Le choléra!

Autour de nous, plusieurs personnes s'agglutinaient. Je reconnus quelques voisines, deux collègues de mon père, et Lucie, la sœur de Frédéric, qui ouvrait des yeux effarés.

L'exclamation ainsi lancée résonna comme une menace. Les gens s'écartèrent de la femme qui continuait à se débattre, visiblement en proie à une souffrance intolérable. Ses yeux fixes, au fond des orbites creusées, avaient un regard paniqué.

— Le choléra... souffla Lucie en frissonnant. Est-ce certain?

Le plus vieux des deux hommes hocha la tête avec une triste conviction :

— Ça ne fait aucun doute. Je me souviens de la dernière épidémie. J'en ai vu mourir beaucoup, et ça commençait toujours comme ça.

Il désigna du menton la femme qui, maintenant, ne bougeait plus. Les mains crispées sur ses jupes souillées, la bouche ouverte encore emplie de vomissure, elle était restée arc-boutée dans un dernier spasme.

— Ne la touchez pas, reprit-il. Il semble bien que cette maladie soit contagieuse. Le mieux serait d'aller chercher le médecin.

Rodolphe se rapprocha de moi, glissa sa main dans la mienne :

— Constance, appela-t-il tout bas.

Je baissai les yeux vers lui, pris conscience de ses lèvres tremblantes, de son regard effrayé. Il était si pâle que j'oubliai la femme malade pour ne plus penser qu'à lui. Sensible et émotif comme il était, ce spectacle ne pouvait que l'avoir fortement impressionné.

— Viens, dis-je sans hésiter. Retournons à la maison.

Nous revînmes chez nous, encore sous le choc. Ma mère, en voyant nos bidons vides et notre visage livide, comprit qu'il s'était passé quelque chose. Elle regarda Rodolphe avec inquiétude, m'interrogea :

— Qu'y a-t-il, Constance?

Du mieux que je pus, je racontai. Ma mère à son tour devint blanche. Je lus la peur dans ses yeux.

— Vous ne l'avez pas touchée, n'est-ce pas? Venez, je vais vous désinfecter les mains au vinaigre. Et puis, nous allons nous protéger, mettre des colliers d'ail, nous laver tous les jours avec de l'eau additionnée de camphre. Il ne faut pas que nous soyons malades.

Marqués par la scène à laquelle nous venions d'assister, nous fîmes tout ce que nous dit ma mère. Même le collier d'ail autour du cou, désagréable à cause de son odeur, fut bien accepté. Les symptômes de cette maladie étaient si affreux, si répugnants, qu'ils avaient éveillé en nous une peur que nous ne parvenions pas à chasser.

Pendant les jours qui suivirent, d'autres cas se déclarèrent. Tout le monde dut bientôt s'incliner devant cette terrible évidence : le choléra, de nouveau, avait fait son apparition. La maladie frappait sans discernement et sans prévenir. Mon père revint un soir complètement chaviré. Il nous raconta que, pendant le parcours, alors que lors d'un arrêt il discutait avec l'un des graisseurs, celui-ci subitement s'était plié en deux et s'était mis à vomir.

– C'est arrivé si vite que je n'ai pas eu le temps de réagir. La seconde d'avant, il me parlait, et une seconde plus tard il était en train de se tordre sur le sol.

Ma mère se mordait les lèvres avec angoisse. Sa terreur du choléra était telle qu'elle accueillait pêle-mêle tout ce qui était bon, disait-on, pour se protéger. Ainsi, elle nous obligeait à manger plusieurs fois par jour des morceaux de sucre, que certains déclaraient préventif. Elle acheta, chez le pharmacien, un sirop qui, lui assura-t-il, était anti-cholérique. Matin et soir, elle nous en fit boire une cuillerée. Nous faisions la grimace : cette mixture était infecte.

Les conseils les plus surprenants pour écarter l'épidémie couraient de bouche à oreille : il fallait manger beaucoup d'épices, absorber des graines d'alun que l'on faisait dissoudre dans un verre d'eau, boire du vin rouge, ou bien se frictionner au mercure, ou encore appliquer sur la peau des feuilles de cuivre jusqu'à la formation de vert-de-gris. Mon père finissait par vitupérer contre ces remèdes de bonne femme qui, disait-il, ne servaient à rien.

Les journaux essayaient de rassurer la population. Seuls ceux qui avaient fait des excès mouraient, écrivaient-ils. Ils citaient des préservatifs comme le tabac, la poudre de charbon, le camphre. A l'école, les sœurs de la Sainte-Union nous conseillaient de nous laver deux fois par jour avec de l'eau tiède dans laquelle il fallait verser quelques cuillerées de chlorure de sodium. De même, se rincer la bouche avec ce genre de solution était préconisé. Ma mère suivit cette suggestion comme les autres. Nous étions, mon frère et moi, submergés de recommandations et de remèdes.

La municipalité de la ville prit des mesures afin d'éviter la propagation de l'épidémie. Les rues furent nettoyées, le pavé réparé afin d'empêcher l'eau d'y croupir, les égouts et les fosses d'aisances désinfectés avec de la chaux. Les habitants furent invités à blanchir, à la chaux également, les murs de leur chambre, à laver les planchers au chlorure. La salubrité des logements était importante, nous affirmait-on, ainsi que l'hygiène corporelle et la qualité de la nourriture. Il fallait aussi se vêtir chaudement – les ceintures de flanelle étaient recommandées pour éviter tout refroidissement – et surtout éviter de boire de l'eau fraîche. Ma mère prit la précaution de faire bouillir celle que nous buvions à chaque repas.

Et pourtant, malgré tous ces efforts, la maladie ne nous épargna pas.

Deux semaines s'étaient déjà écoulées et de nouveaux cas se déclaraient chaque jour. Un nouveau remède préventif venait d'apparaître : c'était des pastilles anticholériques qui se vendaient en pharmacie. Dès qu'elle l'apprit, ma mère m'envoya en acheter une boîte. Mon petit frère, fatigué d'être enfermé, demanda à m'accompagner. Ma mère hésita :

– Il vaut mieux que tu restes ici, Rodolphe.

Mon père, qui se trouvait là, protesta :

– Allons, Clotilde, laisse sortir cet enfant. Il fait beau, cela ne lui fera aucun mal. Au contraire, tu risques de l'affaiblir en le cloîtrant.

Avec une foule de recommandations, d'où il résultait que nous ne devions rien boire, rien toucher et rien manger, ma mère nous laissa partir.

Chez M. Bernier, le pharmacien, il y avait beaucoup de monde. Chacun voulait le remède le plus efficace : sirop, pâte, sachets de camphre, chlorure de chaux plus ou moins concentré, préparations spéciales contre les miasmes... Dans la petite officine, les nombreux clients se bousculaient en donnant leurs avis, bien souvent contradictoires. Malgré la température estivale, Rodolphe et moi étions chaudement couverts et nous transpirions en attendant notre tour.

Lorsque enfin nous fûmes servis, nous revînmes en marchant lentement. L'après-midi finissait, et une légère brise apportait un peu de fraîcheur dans l'air surchauffé. Nous profitions de notre promenade, notre mère nous obligeant la plupart du temps à rester enfermés. Nous ne pouvions plus, comme avant, aller jouer dans la rue avec les autres enfants de l'immeuble. Nous étions las de toutes ces précautions qu'elle nous forçait à prendre. Elles nous gênaient, elles étaient un frein à notre insouciance.

Pourtant, dans les rues, les gens ne s'attardaient pas. Quelques femmes se groupaient autour d'un camelot ambulant, qui vantait d'une voix forte sa marchandise : des sachets d'herbes mystérieuses faisant miracle dans le traitement du choléra. Un homme qui passait, avec deux bouteilles de vin rouge sous le bras, lança que le seul remède assuré était de boire du vieux bordeaux toutes les demi-heures à l'exclusion de tout autre aliment. Le camelot conseilla à ses clientes de ne pas écouter les propos d'un ivrogne, et ils se mirent à se quereller. Je pressai le pas et j'entraînai Rodolphe. Je me rendais compte que la peur rendait les gens hargneux et agressifs.

En arrivant dans notre rue, je vis Frédéric. Il nous sourit et vint à notre rencontre. Et là, subitement, tout bascula de nouveau dans un cauchemar.

Tout d'abord, j'eus l'impression que mon petit frère, qui marchait près de moi, venait de buter contre quelque chose. Il laissa tomber la boîte de pastilles, qui s'éparpillèrent dans la poussière. Je me tournai vers lui pour le gronder de sa maladresse. Mais l'effroi me rendit muette. Le pauvre enfant, le regard affolé, portait les mains à sa bouche. Des hoquets le secouaient, et avec horreur je vis un liquide blanchâtre passer à travers ses doigts crispés, couler sur son menton et sur sa poitrine. Atterrée, j'étais incapable de faire un mouvement. Mon petit frère eut un long gémissement et chancela. Il tendit vers moi une main souillée de vomissure, comme pour se retenir. Puis il tomba dans la poussière, où il se mit à se tordre et à se débattre sous mes yeux horrifiés. Dans une convulsion soudaine, il s'arc-bouta sur ses talons, rejetant les bras en arrière, tandis que sa tête cognait contre le pavé avec un bruit affreux.

Sans m'en rendre compte, je sanglotais d'horreur et de désespoir. J'avais compris, et j'étais terrorisée. La soudaineté de la maladie, les symptômes... Cela ne faisait aucun doute, c'était le choléra. Je voyais à peine les gens qui, autour de nous, s'approchaient prudemment, je n'entendais pas les paroles de Frédéric dont j'apercevais le visage effrayé. En pleurant bruyamment, je me détournai et m'en allai en courant, instinctivement, vers mes parents : eux, peut-être, sauraient ce qu'il fallait faire, trouveraient les gestes qui sauvent, empêcheraient mon petit frère de mourir.

Affolée et sanglotante, je fis irruption dans la pièce où ma mère préparait le repas. Je ne pus que balbutier, à travers des hoquets de terreur :

– Rodolphe... Rodolphe....

Ma mère posa le plat qu'elle tenait. Je la vis devenir livide. Mon père s'approcha de moi, qui tremblais et gémissais sans pouvoir me retenir. Il me prit aux épaules, me secoua avec force, me tint à bout de bras, ordonna avec calme :

– Explique-toi clairement, Constance. Qu'y a-t-il ?

Dans un souffle, je dis, et ma voix était à peine audible :

– Rodolphe... Il est malade. Le choléra...

Ma mère eut un grand cri. Elle se précipita vers la porte, l'ouvrit, courut dans les escaliers. Je vis le visage de mon père se creuser, et il me sembla qu'il devenait vieux d'un seul coup. Il alla dans la chambre, revint avec une couverture.

– Viens, dit-il d'une voix basse et sourde, allons le chercher.

Je le suivis. Dans la rue, l'attroupement était toujours là. Ma mère, agenouillée près de Rodolphe, le palpait avec des gestes hagards et spasmodiques. Mon petit frère, les jambes noircies d'excréments, se débattait toujours avec de violents soubresauts. De ses lèvres ouvertes sur un cri de souffrance, un liquide épais formé de grumeaux blanchâtres s'écoulait. Dans son visage émacié, les yeux s'excavaient, la peau devenait bleue. C'était un spectacle insupportable.

– Le médecin va arriver, dit Frédéric, très pâle. On est allé le prévenir.

Mon père se pencha, tenant la couverture. Ma mère leva vers lui des yeux d'hallucinée. Sans un mot, elle prit la couverture, y enroula le petit corps de son fils, se releva en le tenant contre elle. Le visage farouche, elle l'emmena ainsi vers la maison, tandis que je la suivais avec la sensation que tout ceci ne pouvait être vrai.

Elle refusa de quitter son chevet. Elle voulait disputer son enfant à la mort qui, déjà à sa naissance, avait failli le lui prendre. Elle le déshabilla, dit à mon père de brûler ses vêtements souillés, le lava entièrement à l'eau très chaude. Lorsque je voulus entrer dans la chambre, elle m'interdit d'approcher.

– Reste là, Constance. C'est contagieux. Ne viens pas plus près.

Je m'arrêtai, hésitante :

– Mais... et vous, mère ?

Elle eut un geste qui balayait mon objection :

– Oh, moi, ce n'est rien. Lui seul est important.

Je trouvai, moi, que ma mère comptait autant que mon petit frère. Mais, en voyant son regard fixe et dur, je n'osai pas répliquer. Désemparée, je retournai dans la cuisine, finis d'éplucher les légumes pour préparer le repas. Mais je m'arrêtai souvent dans ma tâche, l'oreille tendue pour écouter les bruits de la chambre. Je sursautai lorsqu'on frappa à la porte. Mon vieil ami Arsène entra :

– Constance! Frédéric vient de me dire... Rodolphe est malade?

Je levai vers lui des yeux pleins de larmes. La veille, nous étions allés le voir, et il avait promis à mon petit frère, qui n'allait pas encore à l'école, de commencer à lui apprendre à lire.

– Si ta mère veut bien de moi, je vais l'aider à le soigner. C'est malheureux à dire, mais cette maladie, je la connais. J'avais vingt-six ans lors de la première épidémie, en 1832. Et après, il y a eu les autres, en 1834 et en 1849. J'ai vu mourir des gens, mais j'en ai sauvé aussi. Je sais ce qu'il faut faire. Dès que la maladie est là, le meilleur remède, c'est la chaleur et les bains de vapeur. Il ne faut pas tarder. Prends un chaudron, fais bouillir de l'eau. Je vais parler à ta mère.

Il se dirigea vers la chambre, frappa à la porte. Mon père vint ouvrir. J'aperçus, par l'entrebâillement, ma mère penchée sur le lit de Rodolphe. Arsène entra dans la chambre pendant que je remplissais d'eau le chaudron qui nous servait de baignoire.

Le médecin arriva. Il me parut particulièrement pressé. Il se contenta de lancer un coup d'œil au petit garçon malade avant de dire d'un ton docte, en sortant de la chambre :

– Un cas de plus, oui. Je vais vous donner une potion éthérée, à lui faire prendre toutes les deux heures. Vous pouvez lui faire boire un peu de vin chaud, mais pas beaucoup, en raison de son jeune âge. C'est pour désinfecter ses intestins. Et puis, veillez surtout à ce qu'il ait chaud, couvrez-le, c'est très important.

Il remarqua le chaudron, l'eau que j'avais mise à bouillir.

– Des bains chauds, c'est très bien. Et tout de suite après, des frictions, des massages le long des membres, toujours en remontant vers le cœur. Évitez tout refroidissement, ce serait fatal. Je repasserai demain.

Il sortit d'un air affairé. Horrifiée de le voir traiter avec tant de désinvolture la maladie de mon petit frère, que je savais être mortelle, je me tournai vers Arsène.

– Nous allons commencer par un bain chaud. Venez, Clotilde. Vite. Vincent, ordonna-t-il à mon père, apportez l'eau bouillante.

Ils s'en allèrent dans la chambre. Mon père, qui portait le

chaudron, ne ferma pas la porte. Je restai sur le seuil sans oser approcher. Ma mère prit, sous les couvertures, le petit corps nu de mon frère. Combien il me parut fragile! La peau en était bleuie et plissée comme celle d'un vieillard.

– Mettez-le dans l'eau, dit Arsène. Ne craignez rien. Plus elle est chaude, mieux ce sera.

Ils placèrent le frêle corps dans le chaudron. Rodolphe se débattit, poussa un gémissement qui se transforma en un cri perçant. Sa peau brûlée devint rouge, tandis qu'il se mettait à pleurer et à suffoquer.

– C'est bon, c'est très bon, disait Arsène en le maintenant. Il faut continuer.

Le petit visage de mon frère se crispait, des larmes coulaient de ses yeux ouverts dans le vide, ses boucles blondes se collaient à son front en sueur. J'eus si mal de le voir là, inconscient et brisé de souffrance, que sans savoir ce que je faisais je sortis et me retrouvai assise dans l'escalier, sanglotant de peur et d'impuissance.

– Ne pleure pas, Constance. Garde espoir. Si on est bien soigné, on peut guérir. Ça s'est déjà produit.

Frédéric était arrivé, s'était assis près de moi. Je le regardai à travers mes larmes :

– Oui, mais c'est si rare! Et lui, mon petit frère... il est si fragile!

Il posa une main sur mon épaule, sans savoir que dire. Ses yeux, d'un marron chaud comme ceux d'un épagneul, m'observaient avec une expression tendre et inquiète. Ce fut plus fort que moi. Le chagrin me submergea, et je me mis à sangloter de nouveau. Dans mon désespoir, je m'accrochai à Frédéric, pleurant dans son épaule, mouillant sa chemise de mes larmes. Lui, malheureux, ne disait rien, et pourtant sa présence silencieuse m'était d'un étrange réconfort.

Lorsque je me calmai, je m'essuyai les yeux, me relevai.

– Il faut que je rentre, dis-je d'une voix tremblante.

Frédéric se leva à son tour, me regarda avec gravité :

– Je sais ce que je vais faire, murmura-t-il. Demain matin, en allant à l'école, je passerai par l'église et je mettrai un cierge à saint Roch. Ma mère m'a dit que, lors d'une épidémie, c'est à lui qu'il faut s'adresser pour la faire cesser. Je le prierai tout particulièrement pour Rodolphe.

– Merci, Frédéric.

Touchée, je l'embrassai sur la joue. J'étais trop préoccupée pour remarquer sa subite rougeur. Je me détournai et, avec appréhension, rentrai retrouver mon petit frère qui luttait contre la mort.

Mes parents et Arsène continuaient les soins. Ils faisaient alterner les bains chauds, les massages et les frictions. Je passai toute la soirée à faire bouillir de l'eau. A tour de rôle, ils vinrent dans la cuisine boire un bol de la soupe que j'avais préparée. Devant leurs traits tirés et leur air angoissé, je n'osai pas poser de questions.

Pour la nuit, mon père et Arsène transportèrent mon lit dans la chambre de mes parents. J'allai dire bonsoir à ma mère, mais elle me repoussa, m'empêchant d'approcher à cause de la contagion. Inutile et malheureuse, je me couchai le cœur gros. Ce fut mon père qui vint m'embrasser, avant de retourner lui aussi au chevet de Rodolphe. Restée seule, les yeux ouverts dans l'obscurité, je joignis les mains et dis tout bas les prières que m'avaient apprises les sœurs. Avec ferveur, je demandai à saint Roch de guérir mon petit frère. Déjà, il me manquait. Chaque soir, avant de nous endormir, nous bavardions et je lui racontais une histoire. La pensée qu'il pourrait mourir fondit subitement sur moi et me fit peur. Incapable de me dominer, je me mis à pleurer, blottie sous les couvertures et l'édredon que, malgré la chaleur, mon père avait placés sur moi. Je pleurai jusqu'au moment où je m'endormis, abrutie de chagrin et de larmes.

Le lendemain, mon premier mouvement fut d'aller voir si mon petit frère allait mieux. Dès que j'entrai dans la chambre, je compris qu'il était toujours malade. Ma mère me fit un signe désolé, et je vis qu'Arsène, déjà arrivé, fronçait les sourcils d'un air contrarié. Mon père, obligé de faire son métier malgré tout, était en train de se raser, le visage creusé par l'inquiétude. Après m'être lavée et habillée, je brossai son uniforme, préparai son panier pour le voyage. Lorsqu'il fut l'heure de s'en aller, il alla voir mon frère, revint, et avant de sortir me regarda en soupirant :

– Je ne vais plus vivre jusqu'à mon retour. A ce soir, Constance.

Il partit après un dernier regard déchiré vers la porte de la chambre. Et la journée se passa comme la soirée de la veille. Je n'allai pas à l'école. Sans cesse, je faisais bouillir de l'eau, tandis que ma mère et Arsène continuaient les bains et les frictions. Mon vieil ami luttait avec acharnement contre la maladie qui semblait bien ne pas vouloir régresser :

– J'arriverai à le sauver, bougonnait-il. J'en ai bien sauvé d'autres, pourquoi pas lui ?

De temps en temps, ma mère sortait de la chambre avec des linges souillés, qu'elle mettait à brûler dans le feu. Elle se désinfectait ensuite les mains au vinaigre et repartait aussitôt. A midi, elle ne mangea rien. Arsène la força à boire un peu de vin, qu'elle avala avec une grimace de dégoût. Alors qu'elle retournait dans la chambre, je questionnai Arsène :

– Dites-moi... va-t-il guérir ?

Il hésita, plissa le front, finit par me confier à voix basse :

– Je suis inquiet. Sa nature n'est pas assez forte. Mais je me battrai jusqu'au bout pour le sortir de là.

Au cours de l'après-midi, des voisines vinrent aux nouvelles, et je les reçus sans pouvoir annoncer d'amélioration. Estelle, la mère de Frédéric, fit nos courses et nous rapporta nos provisions. Mais la peur de la maladie était si forte qu'elles ne s'attardèrent pas. Sans oser approcher, j'allai souvent au bord de la chambre, où régnait une chaleur étouffante. Une odeur fétide l'emplissait toute, mêlée à celle du tabac qu'Arsène faisait brûler pour chasser les miasmes. J'assistais aux soins qui semblaient ne servir à rien, je constatais avec tristesse que le corps de mon petit frère était toujours agité de soubresauts, et que les hoquets continuaient d'apporter la même vomissure pâteuse et blanchâtre. La peau de son visage gardait son anormale couleur bleue, si tendue sur les os qu'elle semblait s'être rétrécie. Il se plaignait, gémissait, se débattait, puis tombait subitement dans une sorte de léthargie, le corps tendu ou arc-bouté, avant d'être de nouveau la proie de convulsions. Et sa souffrance était si forte, si évidente, que je finissais par ne plus pouvoir la supporter.

Vers la fin de l'après-midi, alors que je soulevais le chaudron pour le remplir d'eau, un vertige me fit soudain chanceler. Une pointe aiguë me vrilla la nuque, je sentis mon estomac se révulser. Je dus lâcher le chaudron, perdis l'équilibre. Sur le carrelage de la cuisine, je fus prise d'un vomissement incoercible, tandis qu'une douleur intolérable s'emparait de toute ma tête, la creusait, la fouillait, avec une intensité qui m'arracha des cris. En même temps, une brûlure atroce tordit mon ventre, me pliant en deux. En une dernière pensée lucide, je compris qu'à mon tour j'étais malade.

CHAPITRE II

La réalité devint alors pour moi une longue suite de souffrances. Je n'étais plus que la proie de malaises horribles qui transformèrent mon corps en une pauvre loque nauséabonde et sans défense. Des haut-le-cœur me saisissaient, je sentais un liquide visqueux emplir ma bouche et s'échapper sur mon menton. Le feu qui incendiait mon ventre chassait de mes intestins une diarrhée que j'étais incapable de retenir. Mes membres ne m'obéissaient plus, des fourmillements agitaient mes bras, mes jambes, qui malgré moi se projetaient en tous sens. J'avais à peine conscience de ce que je faisais, et je ne savais plus où j'étais.

Je sentis qu'on me soulevait, qu'on m'ôtait mes vêtements. Quelqu'un me fit boire de l'alcool, et mon estomac de nouveau se révulsa. Je frissonnais; en même temps, une soif intense me desséchait la gorge. Malgré mes mouvements désordonnés, des mains me portèrent, me plongèrent dans l'eau bouillante. La chaleur qui subitement brûla ma peau me fit hurler. J'entendis une plainte aiguë et perçante, je me débattis de nouveau. Puis les mêmes mains me frictionnèrent, et la douleur revint embraser tout mon corps.

Noyées de souffrance, les heures se succédaient. Parfois, des images m'apparaissaient. Je voyais Arsène penché sur moi. Je croyais apercevoir le visage de mon père. Il me semblait aussi entendre le médecin. Mais tout se confondait bien vite dans un épais brouillard douloureux. Des coups violents et brutaux résonnaient avec force contre mon crâne. Des couvertures pesaient sur mes membres, m'étouffaient. La sueur piquait mes yeux. Et des nausées me tordaient sans cesse.

Ce fut un interminable cauchemar, où je finis par perdre

conscience de la réalité. Je ne distinguais plus le jour de la nuit. Je gémissais, je pleurais sous la brûlure intolérable qui me consumait le ventre. Les bains d'eau chaude m'ébouillantaient la peau et m'arrachaient des sanglots bruyants. L'alcool que l'on me forçait à boire enflammait mes entrailles déjà torturées. Seule la sensation de la douleur me rattachait à la vie.

Enfin, il y eut un moment – après combien de temps ? – où la maladie sembla s'éloigner. Les soubresauts qui agitaient mon corps se calmèrent progressivement, mon estomac cessa de se tordre. Étonnée de n'être plus la proie de cette souffrance qui si longtemps m'avait labourée tout entière, j'attendis prudemment avant d'ouvrir les yeux. Je me sentais faible, endolorie, encore un peu nauséeuse, mais je me rendis compte que je n'avais plus mal. Je soupirai longuement, et posai autour de moi un regard enfin lucide.

La chambre de mes parents m'apparut, avec le grand lit et ses rideaux. Il faisait sombre. Ce devait être le soir, ou le matin très tôt. J'avais chaud, et j'essayai de repousser les couvertures. Une ombre bougea, se pencha sur moi. Je reconnus Arsène.

– Ne te découvre pas, Constance. Il ne faut pas que tu prennes froid. Tu vas mieux, mon enfant, ne crains rien, tu seras bientôt guérie.

Je sentis qu'il remontait les couvertures jusqu'à mon menton. Je voulus l'interroger, demander des nouvelles de mon petit frère, mais l'épuisement m'en empêcha. Lourdes de fatigue, mes paupières se fermèrent, et un sommeil réparateur m'emporta.

Lorsque j'ouvris les yeux de nouveau, je me sentis bien mieux. J'étais seule dans la chambre. Par la fenêtre, j'aperçus un soleil éclatant. Je restai un instant allongée dans un confortable engourdissement. Petit à petit, je reprenais conscience du monde extérieur. De la rue me parvenaient des cris d'enfants. J'entendis, plus loin, le sifflement d'une locomotive, le roulement d'un train. Je m'étirai paresseusement, émerveillée de retrouver intact mon corps enfin libéré de cette horrible maladie. A ce moment, la voix éraillée d'une marchande monta jusqu'à moi :

– Demandez mes herbes miraculeuses ! Remède garanti contre le choléra. Achetez-les. Cinquante centimes le sachet !

Je me figeai. Ainsi, même si j'étais guérie, la maladie continuait ! Où étaient mes parents, mon frère ? Je voulus me lever. Je réussis à m'asseoir dans le lit, mais j'étais si faible que les murs de la chambre se mirent à tourner autour de moi. Dans la cuisine, il y eut un bruit de récipients remués. Je criai :

– Maman!

J'entendis des pas rapides, puis la porte de la chambre s'ouvrit. Estelle, la mère de Frédéric, apparut. En me voyant assise, elle prit un air affolé :

– Constance! Tu dois rester au lit, le médecin l'a bien précisé. Il faut reprendre des forces, tu as été très malade. Recouche-toi. Je vais t'apporter un bol de bouillon.

Au bord du vertige, j'obéis. Les yeux fermés, je luttai pour retrouver un peu d'énergie. J'entendis vaguement Estelle sortir. A travers ma faiblesse, une pensée me vint : sa présence signifiait-elle que mon petit frère était toujours malade?

– Tiens, essaie de boire ce bouillon. Relève-toi un peu, je vais mettre l'oreiller derrière toi.

Je me laissai faire sans protester, pris le bol qu'elle me tendait, bus lentement son contenu. C'était chaud et bon. Lorsque j'eus fini, Estelle essuya la sueur qui perlait sur mon front.

– Tu es encore faible, il faut que tu te reposes. Essaie de dormir un peu.

Elle me recoucha, tapota l'oreiller, remonta les couvertures. Une irrésistible somnolence m'envahissait. Mes yeux se fermaient malgré moi. Je demandai :

– Estelle, dites-moi... J'ai été longtemps malade?

Elle compta sur ses doigts :

– Quatre jours, presque cinq.

J'eus un mouvement de stupeur :

– Si longtemps! Dites, où est papa? Et maman? Pourquoi ne vient-elle pas me voir? Comment va Rodolphe?

Elle prit le bol qu'elle avait posé sur une chaise, le scruta intensément, le fit tourner entre ses mains. Je la regardais, attendant sa réponse.

– Ton père est parti travailler, dit-elle enfin. Il reviendra ce soir.

Elle fit un mouvement pour se détourner.

– Et maman? insistai-je.

Elle baissa la tête en grommelant quelque chose d'inintelligible, ouvrit la porte pour sortir. Avec effort, je tendis une main pour la retenir :

– Estelle...

– Allons, essaie de dormir. Je reviendrai tout à l'heure.

Son départ ressembla à une fuite. Tout au fond de moi,

une inquiétude sournoise remua. Mais j'étais trop lasse pour y réfléchir longtemps. Je décidai que j'interrogerais Arsène, et je m'assoupis.

Longtemps après, à ce qu'il me sembla, des voix m'éveillèrent. J'ouvris les yeux, écoutai. L'une des voix était celle de mon père, l'autre appartenait à Estelle. Elle disait :

— Je m'en vais maintenant, Vincent. Votre repas est là, je l'ai préparé. Si Constance se réveille, donnez-lui un bol de ce bouillon. Le médecin est passé pendant qu'elle dormait. Il a dit qu'elle était hors de danger.

Il y eut un silence, puis j'entendis mon père dire, d'un ton sourd :

— Au moins, elle me reste, ma petite fille...

— Allons, rétorqua Estelle, réagissez, ne lui montrez pas votre peine. Déjà, tout à l'heure, elle m'a interrogée. Je n'ai pas su quoi lui répondre.

Elle s'éloigna vers la porte d'entrée, et je ne compris plus ses paroles. La porte se referma, des pas lourds se rapprochèrent de ma chambre, hésitèrent. J'appelai :

— Père, père!

Mon père entra. Tout de suite, je notai ses traits tirés, ses yeux las, désespérés, éteints. Son regard pourtant s'illumina d'une chaude tendresse en se posant sur moi :

— Constance, mon enfant... Tu vas mieux? Tu n'as plus mal?

Je le rassurai d'un signe de tête.

— Et Rodolphe? demandai-je.

J'eus le temps de voir passer quelque chose de poignant, comme une souffrance, dans ses yeux. Sans répondre, il se détourna :

— Je vais chercher ton bouillon.

Avec précaution, je réussis à m'asseoir, appuyai mon dos contre l'oreiller. Une langueur, un reste de fatigue alourdissaient mes membres. Mais mon esprit, lui, se remettait à fonctionner activement : pourquoi Estelle, puis mon père, fuyaient-ils mes questions?

Mon père revint, m'observa avec sollicitude tandis que je buvais le bouillon. Lorsque j'eus terminé, de nouveau j'étais en sueur.

— Couche-toi, il faut dormir maintenant. Demain matin tu iras mieux. Peut-être pourras-tu te lever un peu. Nous demanderons au médecin.

J'obéis. Une faiblesse m'envahissait, me donnait l'impression de tomber dans un puits sans fin. Je voulus poser la même question, insister, mais je n'en eus pas le courage. Je basculai brutalement dans le sommeil.

Je dormis profondément toute la nuit. Lorsque j'ouvris les yeux, l'aube pointait. Une lueur rose filtrait derrière les doubles rideaux des fenêtres. Dans le grand lit, mon père ronflait doucement. Les bruits de la gare me parvenaient, assourdis. Je me sentais détendue, reposée, l'esprit alerte. Je restai un long moment immobile puis, pressée par une forte envie d'uriner, je décidai de me lever.

Je le fis sans hâte, afin de ne pas faire revenir le vertige de la veille. Je gagnai le vase de nuit placé dans un coin de la chambre. Ensuite, en marchant à petits pas précautionneux, je me dirigeai vers la porte. Je l'ouvris sans faire de bruit, sortis dans le couloir. Je dus m'appuyer un instant contre le mur ; une défaillance me faisait chanceler, et en même temps, une panique me serrait la gorge. J'avais peur. Pourquoi ma mère n'était-elle pas venue me voir, depuis que j'allais mieux ? Était-elle malade, à son tour ? Je respirai un grand coup et ouvris la porte de l'autre chambre.

La stupeur me cloua sur place. Dans mon souvenir était restée l'image de mon petit frère couché dans le lit, avec ma mère à son chevet. Mais la pièce qui s'offrait à moi était vide. Le lit était bien à sa place, mais débarrassé de ses draps, de ses couvertures. Une impression de désolation se dégageait de cette chambre nue, et je reculai, totalement désemparée. Où étaient ma mère, Rodolphe ?

Une sueur m'inonda, des coups sourds ébranlèrent ma tête, me rappelant cette maladie dont je venais à peine de sortir. Je fis demi-tour, allai jusqu'à la cuisine. Là aussi tout était désert. Hébétée, je demeurai immobile, essayant de comprendre.

Mon malaise s'accentuait. En m'appuyant d'une main contre le mur, je marchai jusqu'à mon lit. Au bruit de mes pas traînants, mon père remua, s'agita dans son sommeil. Le coup de sifflet strident et prolongé d'un train le réveilla. Il gémit, ouvrit les yeux, me vit debout dans la chambre. Instantanément, il réagit, s'assit, gronda :

– Constance ! Que fais-tu là ? Tu dois rester couchée, tu le sais !

J'allai jusqu'à lui. Mon regard croisa le sien. Sans que je dise un seul mot, il comprit. Je vis son visage se défaire, ses traits s'affaisser, sa moustache trembler. La douleur qui me martelait le crâne s'intensifia. Je m'approchai, m'arrêtai tout contre le lit. Je demandai, d'une petite voix suppliante :

– Père, où sont-ils ?

Il m'observa sans répondre, cherchant ses mots, et dans ses yeux je lus la vérité. Je sentis le sang se retirer de mon corps, la peau de mon visage se tendre sur mes joues. J'eus un balbutiement affolé, une plainte :

– Père...

Je basculai contre lui. Je me retrouvai assise sur le lit, serrée dans ses bras. Il me berçait, d'une voix cassée par les sanglots me parlait :

– Sois courageuse, ma Constance... C'est cette affreuse maladie... J'ai bien cru qu'elle allait t'emmener, toi aussi. Heureusement, tu me restes. Mon enfant, nous ne sommes plus que deux, maintenant. Ils nous ont laissés seuls, et il nous faudra vivre quand même...

Je ne pouvais pas répondre. Un poids insupportable me suffoquait, m'empêchait de respirer. Je venais de comprendre que je ne les reverrais plus jamais, et je m'accrochais à mon père, étouffée par une souffrance si intense que je me demandai comment j'allais pouvoir la supporter.

Je faillis retomber malade. Le choc de la révélation entrava ma convalescence à peine commencée. J'eus de la fièvre, et des maux de tête atroces qui me faisaient pleurer jusque dans mon sommeil. Et je n'arrivais pas à me battre pour guérir ; je savais confusément que, au-delà de cette douleur, une autre plus cruelle m'attendait pour me déchirer davantage.

Pourtant, un matin j'ouvris les yeux, étonnée d'être encore vivante. Je me sentais faible, anéantie, sans aucun ressort. Je posai un œil froid et indifférent sur la chambre. Je n'éprouvais plus rien qu'une grande lassitude.

Arsène, dans le fauteuil près de mon lit, somnolait. Je l'observai. Son visage était meurtri ; des rides nouvelles s'ajoutaient aux autres et creusaient davantage ses traits tirés. En le voyant là, si fidèle, je me rappelai qu'il nous aimait. Je me rappelai les jours où j'allais le voir avec mon petit frère, je repensai au *pain de curiche* qu'il avait l'habitude de nous donner, je revis mon petit frère suçant le bâton de réglisse avec une délectation gourmande. Subitement, un désespoir brûlant m'envahit, balayant cette froideur que j'opposais comme un obstacle à mes souvenirs. Des images fondirent sur moi, qui toutes représentaient mon petit frère : il me prenait la main, il me souriait, il levait les yeux vers moi, me regardait avec tendresse... Mon chagrin creva, et je me mis à pleurer.

Mes sanglots réveillèrent Arsène. Il vint à moi, essaya de me consoler, n'y parvint pas, et pleura avec moi. Comme deux épaves accrochées l'une à l'autre, nous essayions de nous libérer de notre peine, tout en sachant que nous n'y arriverions pas et qu'elle serait la plus forte.

J'eus, à partir de ce moment, de nombreuses crises de larmes, qui n'étaient que l'expression de ma souffrance et de ma révolte. C'était trop dur aussi, trop brutal. J'étais tombée malade, et lorsque j'avais repris conscience je n'avais retrouvé ni ma mère ni mon frère. Comment une telle chose était-elle possible ? Je n'arrivais pas encore à comprendre ; ils m'avaient été enlevés trop subitement.

Ce fut Lucie, la sœur de Frédéric, qui me donna les douloureux détails. Elle-même, sa mère et Arsène se relayaient pour venir me soigner lorsque mon père travaillait. Quelques jours plus tard, alors qu'elle me coiffait, elle me dit :

– Tes cheveux redeviennent brillants, Constance. La maladie les avait rendus ternes et cassants. C'est vraiment une maladie épouvantable. Il y a encore de nouveaux cas chaque jour. On ne sait plus que faire pour y échapper. C'est qu'elle ne pardonne pas ! Tu as eu de la chance de t'en sortir. Beaucoup meurent dès qu'ils l'attrapent, le jour même ou le lendemain.

Ma voix résonna, dure, impérative :

– Lucie, raconte-moi. Pour ma mère, que s'est-il passé ?

Interloquée, elle resta immobile, la brosse à la main. Comme elle se trouvait derrière moi, je ne voyais pas son visage, mais j'entendis sa voix, changée, douloureuse :

– Constance... pourquoi remuer ces souvenirs ?

– Je veux savoir, dis-je avec détermination. Personne ne m'en parle, on élude toujours mes questions. Mais moi, il faut que je connaisse les circonstances. Peut-être ainsi accepterai-je plus facilement, terminai-je plus bas.

Lucie hésita un instant. Puis, tout en se remettant à brosser mes cheveux, elle soupira :

– Ç'a été très rapide. Ton petit frère est mort au bout de deux jours. Ta mère est tombée malade à son tour. Elle est morte le lendemain.

Le cœur lourd, je me taisais. Lucie ravala un sanglot :

– Oh, Constance, comme c'était triste ! On les a enterrés ensemble, en même temps que d'autres habitants de l'immeuble. Mme Valmont, au rez-de-chaussée, avec sa fille, et aussi Julien Lahure, tu sais, qui travaille au dépôt... M. le curé a placé le cercueil de Rodolphe en tête. « Mettons l'enfant devant les autres, a-t-il dit, il leur montrera le chemin du paradis. » Comme nous avons pleuré ! Tous les collègues de ton père qui ne travaillaient pas ce jour-là étaient venus. Et toi, pendant ce temps, tu te battais à ton tour

contre la mort. On a bien cru, à un moment, que tu y reste-
rais aussi. Quel soulagement quand on a su que tu étais hors
de danger! Ton père avait dit à ma mère : « Si je la perds elle
aussi, je n'ai plus qu'à me jeter du haut de ma vigie. »

Des larmes coulaient sur mes joues. Tant de souffrance...
pourquoi? Pourtant, à travers la confidence de Lucie, je
compris ce jour-là que je devais m'efforcer de cacher ma
douleur pour aider mon père à surmonter la sienne.

Mes forces ne revenaient que lentement; c'était si difficile
de vivre sans la tendresse de ma mère, sans la présence de
mon petit frère! Arsène venait souvent, pendant les absences
de mon père, et lui, qui avait assisté à leurs derniers instants,
me parlait d'eux :

– Rodolphe s'est battu courageusement, mais il n'était pas
assez fort. Ta mère, elle, est morte presque aussitôt. J'ai
essayé de la sauver, mais elle m'a échappé. J'en ai pleuré,
Constance, de rage et d'impuissance. J'ai offert ma vie en
échange des leurs. Pourquoi ne pas m'avoir pris, moi, qui
suis vieux et qui ne sers plus à rien? Ma disparition n'aurait
désespéré personne. Mais la mort est cruelle, elle aime faire
de la peine...

Je retrouvai ma santé au cours de l'été. Mais l'épidémie de
choléra mit longtemps à disparaître. Au début de l'automne
seulement, les malades furent moins nombreux, et enfin il
n'y eut plus de nouveaux cas. Ceux qui avaient échappé à la
contagion poussèrent un soupir de soulagement; ceux qui
avaient été frappés dans leur corps ou dans leur cœur, par la
maladie elle-même ou par la mort d'une personne chère,
essayèrent de rassembler les lambeaux d'une vie meurtrie et
de la reconstruire du mieux qu'ils pouvaient. Seule avec
mon père, je savais pertinemment que je ne me consolerais
jamais de la mort de ma mère et de mon frère. Mais, malgré
le vide intolérable que causait dans ma vie leur absence, je
m'efforçais de regarder vers l'avenir.

Ainsi commença une existence nouvelle. J'appris à préparer le panier de mon père, à brosser et à tenir en état son
uniforme, à faire les courses, à garder la maison propre, à
confectionner les repas. J'essayai, dans la mesure du possible, de remplacer ma mère, et bien souvent je pleurai en
pensant à elle. Sur ma demande, mon père avait laissé mon
lit dans sa chambre; je ne voulais pas me retrouver seule
dans la mienne, celle que j'avais partagée avec Rodolphe.

Même pendant mon sommeil, j'avais besoin de savoir que mon père était près de moi.

Je retournai à l'école. Les sœurs non plus n'avaient pas été épargnées par le choléra. Sœur Marguerite, celle que je préférais, n'était plus là. Mais, nous dirent les autres, il ne fallait pas être triste. Ceux que Dieu avait rappelés à Lui connaissaient maintenant une béatitude parfaite. Elles nous incitèrent à prier pour ceux qui nous avaient quittés. Pour la première fois, je refusai d'écouter leurs paroles. A quoi servaient les prières ? pensai-je avec rancune. Je me souvenais d'avoir demandé à saint Roch, avec confiance et ferveur, de guérir mon petit frère. J'avais été si peu entendue que Rodolphe était mort, et ma mère avec lui. Moi qui jusque-là avais été malléable et obéissante, je me découvrais maintenant rétive, presque révoltée. Pendant les séances de prières, je demeurai régulièrement droite, raidie dans une attitude de réprobation muette. L'épreuve que je venais de subir était trop dure. Je ne pouvais plus croire en ce Dieu juste et bon dont parlaient les sœurs, alors qu'il m'avait frappée de façon aussi injuste et cruelle.

Dans la journée, lorsque mon père était de service, je prenais mes repas chez Léon et Estelle. En tant que mécanicien, Léon était souvent absent. Estelle, Lucie et même Frédéric étaient aux petits soins pour moi. J'avais trouvé, auprès d'eux, une famille de remplacement. J'allais voir Arsène, parfois, et Frédéric m'accompagnait. Les nuits où mon père travaillait, j'allais dormir avec Lucie. Allongées côte à côte dans le lit, nous parlions longuement. Elle me confiait le problème qui la tourmentait : Roger Huleaux, le jeune homme qu'elle aimait, ne plaisait pas à son père parce qu'il appartenait à l'Exploitation.

— Tu comprends, me disait-elle, père voudrait que j'épouse un roulant comme lui. Mais ça ne me plaît pas, à moi ! Je ne veux pas d'un mari toujours absent, qui rentre et part à toute heure du jour ou de la nuit. Et puis, c'est Roger que j'aime, pas un autre. Je ne vois pas en quoi il faudrait le mépriser parce qu'il est chef de manœuvre. Ton père est bien conducteur. Lui aussi, il fait partie de l'Exploitation. Est-il moins bien pour cela ?

Je l'approuvais avec énergie. De plus, je connaissais Roger, et je le trouvais gentil. Je me prenais à me passionner pour son roman d'amour contrarié, et cela m'aidait à oublier un peu le chagrin qui ne me quittait pas.

D'autres fois, j'allais avec Frédéric chercher Léon au dépôt, lorsqu'il revenait d'un de ses parcours. Le dépôt était, au-delà de la gare et loin derrière, un haut bâtiment sombre où je n'étais jamais entrée. Léon, à chacun de ses retours, y remisait sa machine, son « Eugénie », qu'il ne quittait pas tout de suite. Il voulait, avant de la laisser, vérifier si tout était en ordre, attendre qu'Émile, son chauffeur, ait fini d'éteindre le foyer et de vider la chaudière ; en même temps, il la frottait pour la débarrasser de la poussière et de la suie, comme il aurait brossé un cheval de course après un long effort. Nous, assez loin de la porte ouverte à deux battants, nous attendions, regardant sortir les ouvriers dont certains étaient couverts de suie des pieds à la tête. Je savais que ceux-là ramonaient, à l'aide de grands ringards, les tubes de la boîte à fumée de chaque locomotive. Parfois, lorsque l'un d'eux nous souriait, je pouvais voir la suie incrustée jusque dans ses gencives.

Puis Léon arrivait, accompagné d'Émile, marchant d'une allure chaloupée, noirs eux aussi dans leurs vêtements imprégnés de *crassin*, cette poussière de charbon collante qui, rebelle même au savon de Marseille, faisait le désespoir d'Estelle. Nous revenions ensemble, et je les écoutais discuter de graissage, de prime de combustible qu'ils avaient économisé davantage cette fois-ci, de régulateur, de boîtes à étoupes, de pression et de hauteur d'eau dans la chaudière. Parfois, l'un d'eux sortait de son panier un litre de vin entamé, et en buvait une longue rasade au goulot. Et moi, en les regardant, en voyant avec quel respect les saluaient les ouvriers que nous croisions, je les admirais. Mais, avec une fierté tout enfantine, je préférais le rôle que tenait mon père, car il lui permettait de porter un uniforme élégant.

Des semaines, puis des mois passèrent ainsi. L'amitié qui me liait à Frédéric se resserrait, devenait un sentiment plus fort, plus tendre. Mais nous n'en parlions ni l'un ni l'autre. De mon père aussi je me rapprochais. C'était à moi, le soir, qu'il confiait les incidents ou les difficultés qui émaillaient son travail. Il me parlait de Jacquet, le mécanicien qui, à plusieurs reprises déjà, avait coupé la corde qui reliait le tender au fourgon à bagages. Mon père, à la fin, s'était fâché et avait noté le fait dans son rapport. Jacquet avait eu un rappel à l'ordre, ce qui n'avait pas amélioré leurs relations déjà tendues. J'écoutais mon père avec intérêt, je l'interrogeais, je participais à sa vie. Et lorsque je le voyais s'animer, me parler de son travail avec chaleur, je me sentais satisfaite : pendant un instant, il avait oublié la peine que lui causait l'absence de ma mère et de Rodolphe.

Léon finit par apprendre que, malgré sa défense, Lucie

continuait de voir Roger Huleaux. Un soir, une violente discussion les opposa. Cette fois-là, comme bien souvent depuis la mort de ma mère, je devais passer la nuit chez eux, et nous finissions de souper. Léon, qui était resté silencieux et sombre pendant tout le repas, s'adressa soudain à sa fille :

– Lucie, dit-il sur un ton où tremblait une colère froide, est-ce vrai, ce que je viens d'apprendre à ton sujet ? Tu continuerais à fréquenter ce « pied-fin » derrière mon dos ?

Lucie, qui débarrassait la table avec moi, s'arrêta, une pile d'assiettes dans les mains :

– Je l'aime, père, énonça-t-elle avec une calme dignité. Et lorsque je le croise dans l'escalier, nous échangeons quelques mots. Nous ne faisons rien de mal.

Léon donna un coup de poing sur la table :

– Je te défends de me désobéir. Je te l'ai déjà dit : je ne donnerai pas ma fille unique à un « fromage blanc » de son genre.

Il lança ce dernier terme avec mépris. Lucie rougit, se mordit les lèvres, prête à pleurer. Estelle intervint :

– Voyons, Léon, ne te contrarie pas. Je connais Roger. C'est un bon garçon.

– Bon garçon ou pas, c'est un « môssieu » de l'Exploitation. Elle ne peut pas choisir un roulant, non ? Tiens, Émile, par exemple. Il est célibataire, c'est un excellent chauffeur, il passera bientôt mécanicien.

Estelle lança un coup d'œil à Lucie qui, sans répondre, plongeait les verres dans la bassine d'eau chaude :

– Ce n'est pas toi qui te maries, Léon, c'est ta fille. Ce n'est pas parce que Émile te convient comme chauffeur qu'il conviendra à Lucie comme mari.

– Et puis, dis-je d'une voix tremblante, désireuse de défendre mon amie, mon père aussi est dans l'Exploitation. Ça n'empêche pas que je l'aime bien.

– Moi, appuya Frédéric, j'aimerais choisir l'Exploitation, plus tard. Le métier de roulant est bien trop pénible. Vous l'avouez vous-même, père.

– Ça c'est vrai! s'exclama Estelle. Tu te plains assez, Léon, des longs trajets, de la chaleur en été, de la pluie et de la neige en hiver, du brouillard qui t'empêche de voir les signaux, des dortoirs bruyants et mal tenus. Et pour moi, crois-tu que ce soit facile ? Toutes ces nuits où tu n'es pas là, et, si tu es là, toutes ces fois où je dois me réveiller pour te préparer ton panier... Tu ne peux pas dire que ces inconvénients n'existent pas!

Léon eut un mouvement de tête agacé :

– Si, ils existent, mais... vous ne pouvez pas comprendre, vous autres. A côté de tout ça, quand je suis sur ma « bécane », c'est moi le maître ! Sans moi, sans mon Eugénie, le train ne peut pas rouler. Je me sens indispensable, et rien ne peut remplacer ça.

Il regarda Frédéric d'un air outré :

– Quelle est cette lubie de vouloir entrer dans l'Exploitation ? Prends modèle sur Maurice. Lui, au moins, continuera la tradition et sera mécanicien.

Maurice, le frère aîné de Frédéric, était marié et habitait de l'autre côté de la rue. Après avoir travaillé aux ateliers du dépôt, il préparait maintenant dans le dépôt même, une heure avant leur départ, les locomotives remisées là, s'occupait d'allumer le foyer et de faire monter la pression en attendant l'arrivée de l'équipe mécanicien-chauffeur.

– Eh bien, ne te plains pas, dit Estelle. Tu as au moins un fils qui prendra la relève. Tu ne peux pas exiger que tous les membres de ta famille soient des mécaniciens. Les métiers du chemin de fer sont assez vastes, quand même ! Et je persiste à dire que Lucie a bien choisi. Ça pourrait être pire : si elle avait choisi un « étranger », un « civil » ?

– Un civil ? rugit Léon. Ça non, je ne pourrais pas le tolérer.

– Alors, ne sois pas si intransigeant. Les chemins de fer sont une grande famille, et toutes les fonctions sont honorables. Ton entêtement est ridicule. Tiens-tu donc à rendre ta fille malheureuse ?

Elle lança un regard à Lucie qui, penchée sur la bassine, lavait la vaisselle que j'essuyais.

– C'est déjà bien assez triste lorsque les malheurs arrivent tout seuls, continua-t-elle d'une voix basse. Et si elle était morte du choléra, hein, comme Clotilde et Rodolphe ? Nous avons eu de la chance d'être épargnés, ça devrait te faire réfléchir. Penses-y, Léon, et sois moins dur, je t'en prie.

Avec un grognement de mécontentement, il se leva :

– Ça suffit. Je suis fatigué de toutes ces jérémiades. Puisque vous ne voulez pas m'écouter, je vais me coucher.

D'une démarche pesante, il s'en alla dans la chambre. Estelle hocha la tête :

– Quand il prend sa « figure de butoir », ce n'est pas la peine d'insister. Mais ne t'inquiète pas, Lucie. Nous arriverons à le convaincre.

Son raisonnement était juste. Lentement, au fil des mois, Léon finit par être touché de l'amour que ce grand garçon de Roger portait à Lucie. Sans approuver ouvertement le choix de sa fille, il ne s'y opposa plus, répétant quand même à qui voulait l'entendre que tout le monde n'était pas capable d'appartenir, comme lui, à la race des « seigneurs du rail ». Lorsqu'il tenait ces propos devant lui, Roger avait le bon sens de ne pas s'en offusquer. Il souriait et ne répondait pas. Et je soupçonnais Léon de l'aimer bien, tout en me rendant compte que jamais il n'aurait voulu l'avouer.

Je vécus ainsi pendant plus d'un an et demi, partagée entre ma famille d'adoption et mon père. Je devenais une véritable petite maîtresse de maison : je savais préparer les repas, laver, coudre et repasser. Je faisais les courses avec Estelle, j'allais porter des provisions à Arsène lorsqu'une crise de goutte l'immobilisait. Il me racontait toujours ses souvenirs, et je l'écoutais en pensant au temps heureux où mon petit frère était avec moi.

Ma peine peu à peu s'estompait, mais je ressentais parfois cruellement l'absence de ma mère. J'éprouvais un intense besoin de sa tendresse, de la compréhension qu'elle montrait lorsque je lui confiais mes petits problèmes. Maintenant, je les confiais à Lucie, les nuits où je dormais avec elle. Elle m'écoutait avec attention, mais ce n'était pas pareil. Je ne trouvais pas chez elle l'immense amour que j'avais toujours senti chez ma mère.

Au fil des mois, je m'étais pourtant habituée à cette vie monotone qui, si elle était dépourvue du bonheur d'antan, ne me rendait pas malheureuse non plus. Elle aurait pu continuer ainsi longtemps si, au printemps de 1868, le drame n'était venu à nouveau en changer brutalement le cours.

C'était un jeudi du mois de mars. Mon père devait prendre son service en fin d'après-midi. Je brossai son uniforme, cirai ses chaussures. Quand il fut habillé, je l'observai d'un œil critique. Tout allait bien. J'avais recousu les boutons récemment, j'avais astiqué les plaques ovales qui, de chaque côté du collet de la tunique, portaient le numéro d'ordre du conducteur et le mot Nord. Je savais que le règlement de la Compagnie était très strict en ce qui concernait la tenue de l'uniforme. Comme le faisait jadis ma mère, j'eus un signe d'approbation. Mon père prit sa casquette, observa le galon doré qui l'ornait :

— Bientôt j'aurai une casquette avec deux galons, dit-il, et cent cinquante francs de plus par an. Ta mère et moi, nous parlions souvent de cette promotion. Je n'aurais jamais pensé qu'elle ne serait plus là lorsque je l'obtiendrais.

Il avait reçu, quelques jours auparavant, un avis du service central de l'Exploitation, lui annonçant qu'il était nommé conducteur de seconde classe à partir du 1er avril. Cette récompense, à laquelle il aspirait lorsque ma mère vivait, l'avait attristé plus que réjoui. Il avait regardé le papier, l'avait tourné dans ses mains avant de déclarer simplement :

– Clotilde aurait été contente.

Puis il l'avait rangé dans un tiroir et n'en avait plus parlé.

Je pris le panier dans lequel j'avais placé le pain, le saucisson, le fromage, des œufs durs et une pomme, sans oublier le litre de vin. Mon père en avait ajouté un second, et j'avais élevé une timide objection : je remarquais que, depuis la mort de ma mère et de mon petit frère, il buvait davantage.

– Ne t'inquiète pas pour moi, Constance, m'avait-il répondu. N'aie crainte, je ne bois pas trop. Ce vin m'aide à supporter beaucoup de choses, à commencer par le froid qui règne dans mon fourgon. Je sais bien que ta mère me reprochait de toujours emmener ma bouteille... Mais lors de cette épidémie de choléra, peut-être est-ce ça, justement, qui m'a préservé ? Qui sait ?

Je ne disais rien, mais je ne pouvais m'empêcher de m'inquiéter. L'ivresse pendant le service était un motif de révocation pour n'importe quel employé de la Compagnie.

A la gare, le train déjà formé attendait. Les voyageurs, dans la salle d'attente, n'avaient pas encore obtenu l'accès au quai. Si bien que nous étions seuls, avec les autres ouvriers de la gare : hommes d'équipe qui accrochaient les voitures, serre-freins qui venaient prendre leur poste, Alphonse qui, muni de sa torche allumée et de son bidon d'huile, sautait de toit en toit pour remplir les lampes des compartiments. Tous me connaissaient bien. Ils saluèrent mon père et m'adressèrent un mot gentil.

Mon père entra dans son fourgon, et je l'y suivis. J'aimais voir l'endroit qu'il allait occuper pendant son voyage. Par un accord tacite, M. Vermoyeux, le chef de gare, me laissait faire. C'était un homme bon qui savait la peine que nous avions subie.

Comme j'en avais pris l'habitude, je rangeai le panier, vérifiai le niveau d'encre dans la bouteille qu'une ficelle retenait à un clou, plaçai les feuilles de train et d'expédition sur le petit bureau, dans les casiers prévus pour chacune des gares du parcours. Je savais que mon père les remplirait pendant le trajet : il devait indiquer la composition du train, le nom du mécanicien, du chauffeur, des serre-freins et du contrôleur, les heures d'arrivée et de départ de chaque gare.

Il y avait aussi un carnet à souche réservé aux bagages. Je grimpai ensuite l'escalier étroit qui conduisait à la vigie, cette petite cabine surélevée dans laquelle mon père effectuait la majeure partie de son voyage. J'essayai de tourner le lourd volant qui actionnait les freins. Je m'assis et regardai par la lucarne, m'amusant à observer, de ce poste élevé, tout ce qui se passait. Puis je redescendis et sortis du fourgon. Sur le quai, mon père était occupé à placer, sur certains compartiments, les écriteaux « dames seules » et « fumeurs ». Au même moment, les portes de la salle d'attente furent ouvertes, et il n'eut plus un instant à lui. Il dut ouvrir les portières, aider les gens à grimper, les placer et tout surveiller. J'admirai sa patience, sa courtoisie, son efficacité. Je me sentais fière de lui. Lorsque tout le monde fut monté, après avoir fermé les loqueteaux des portières, il vint vers moi :

– Il faut que je vérifie si la corde de communication est bien attachée au timbre du tender. C'est l'équipe Jacquet-Ponteil cette fois-ci. Je me méfie.

Lorsqu'il fut rassuré, il se mit à la porte de son fourgon, attendant le signal de départ de M. Vermoyeux. Devant, la locomotive fumait et trépidait, donnant l'impression de piaffer comme un cheval impatient. Dans les autres compartiments, les voyageurs se pressaient aux fenêtres. J'aperçus un enfant qui, le nez collé contre le carreau, ouvrait de grands yeux. Enfin, le coup de sifflet annonçant le départ fut donné. En soufflant bruyamment, la lourde Crampton se mit en marche. Mon père me fit un signe, ferma la porte de son fourgon. Par la vitre, je l'aperçus qui se penchait sur son bureau. Puis le train l'emporta, et je ne le vis plus.

Son retour était prévu pour le lendemain matin très tôt. Cette nuit-là, je dormis donc avec Lucie. Vers trois heures du matin, Léon se leva pour aller prendre son service. Je l'entendis remuer, j'entendis Estelle se lever à son tour. De longues minutes passèrent, scandées par le chuintement d'une locomotive et le choc des tampons d'un train qu'on préparait. Comme je ne parvenais pas à me rendormir, je finis par aller dans la cuisine. Léon, prêt à partir, s'impatientait :

– Vite, Estelle, mon panier ! Tu vas me mettre en retard. Il faut que je passe prendre Émile.

– Tu as plus d'une heure d'avance.

– Mais tu sais bien qu'il faut que je sois là pour l'allumage d'Eugénie. Même Albert, le « planton » qui la prépare, ne la connaît pas aussi bien que moi. Je préfère être là et vérifier. C'est trop important. Tout le parcours dépend de cette préparation. Et puis, je dois faire le graissage. Je sais exactement ce qu'il faut lui mettre, à Eugénie. C'est grâce à elle si je touche la prime d'économie d'huile.

Estelle haussa les épaules, renonçant à discuter. Elle recouvrit le panier de la toile cirée qu'elle réservait à cet effet et le tendit à son mari. Il se coiffa de sa casquette, enroula autour de son cou le bas de laine qu'il n'oubliait jamais de mettre, grommela un au revoir et sortit. Je savais qu'Estelle ne se recoucherait pas et lui demandai la permission de rester avec elle. Je voulais être là dès que mon père rentrerait, afin de m'occuper de lui. Les autres fois, lorsque je dormais encore, il allait directement se coucher, et j'allais le retrouver dès mon réveil. Cette fois-ci, je décidai de retourner chez nous un peu avant son retour, afin de l'accueillir. Estelle m'approuva, et fit chauffer du lait pendant que je m'habillais.

J'en bus un bol, en emportai un autre pour mon père. Dans notre logis froid, je m'empressai d'allumer le feu. Bientôt il ronfla, et une douce chaleur se répandit dans toutes les pièces. Je me mis à la fenêtre, d'où j'apercevais la façade de la gare. Les lumières tremblotaient, les gens se hâtaient sous de violentes rafales de vent et de pluie. Devant l'entrée, les cabriolets alignés attendaient. Je pouvais voir les cochers recroquevillés sur leur siège, le dos rond sous l'averse qui tombait. Je pensai que mon père aurait froid dans son fourgon. Je mis à chauffer les grosses chaussettes de laine qu'il mettait à chacun de ses retours.

L'heure à laquelle il rentrait approchait. Je savais qu'il devait passer au bureau de M. Vermoyeux, afin de lui remettre ses feuilles de route et son rapport. J'attendis, activai le feu, fis réchauffer le lait dans une casserole. Les minutes s'écoulèrent, devinrent des quarts d'heure. Mon père n'arrivait pas. Je finis par être inquiète. Il revenait toujours directement, sans passer, comme le faisaient certains, par le café des *Amis du chemin de fer*, à l'angle de notre rue.

L'aube grise me surprit debout à la fenêtre, regardant les silhouettes qui se pressaient sous la pluie, essayant d'apercevoir celle de mon père. A la fin, ne sachant plus que faire, je me rendis à côté.

— Estelle, dis-je, père n'est pas là.

Elle me regarda d'un air grave :

— Je me disais aussi... Je ne l'ai pas entendu rentrer. Mais ne t'en fais pas, enchaîna-t-elle aussitôt, ce n'est qu'un simple retard.

C'était plausible, et cela me rassura un peu. Mais une

heure passa encore sans que mon père revînt. Frédéric eut pitié de mon inquiétude.

– Viens, proposa-t-il, allons jusqu'à la gare. Nous saurons peut-être ce qui se passe.

J'allai mettre mon manteau, rejoignis Frédéric dans l'escalier. Dehors, il pleuvait toujours. Une pluie froide, qui rendait les pavés glissants. Une bourrasque de vent me fit frissonner.

Alors que nous passions devant le cabaret des *Amis du chemin de fer*, un homme jeune en sortit. C'était Marcel, l'un des serre-freins qui travaillaient avec mon père. Je l'appelai :

– Marcel! Savez-vous où est mon père? Vous faisiez bien le 17 avec lui?

Il se retourna, nous aperçut, s'arrêta. Soulevant sa casquette, il se gratta le front avec une expression étrange que je ne pus définir.

– On ne t'a donc pas prévenue, Constance?

– Prévenue? De quoi?

Je m'affolais. Marcel me regarda avec pitié :

– Ton père a eu un accident, Constance.

– Un accident? criai-je. Est-ce grave? Où est-il?

Je m'accrochai au bras de Frédéric. Marcel hocha la tête avec sympathie :

– Viens, entrons dans le cabaret. Tu auras besoin d'un remontant.

Ces paroles n'étaient pas faites pour me rassurer. Comme une somnambule, je me laissai guider. Le brouhaha et la chaleur du cabaret me surprirent. Marcel nous fit asseoir à une table, commanda pour moi une *bistouille*, une tasse de café dans laquelle il versa un verre de cognac.

– Bois ça. Après tu écouteras ce que j'ai à dire.

Le breuvage brûlant et alcoolisé me mit les larmes aux yeux. Un peu moins crispée, je demandai, sans parvenir à réprimer le tremblement de ma voix :

– Parlez, Marcel. Que s'est-il passé? Où est mon père?

– Il y a eu un accident, Constance. Ça s'est produit alors que nous revenions. J'étais dans la voiture qui suit le fourgon, et j'ai tout vu. Tout a commencé par une rupture d'attelage, en plein dans une côte. Presque tout le train s'est détaché, il ne restait que la locomotive, le fourgon, et mon wagon. Jacquet, le mécanicien, ne s'en est pas aperçu. Ton père a voulu l'alerter en tirant sur la corde qui les relie. Mais voilà, une fois de plus Jacquet avait coupé la corde! Ton père a alors donné des coups de sifflet, des coups de cornet. Jacquet jure qu'il ne les a pas entendus. Dit-il la vérité?

Remarque, avec le bruit que fait sa « bécane », c'est possible. Alors ton père a voulu le prévenir en passant de son fourgon au tender par les tampons, ce qui est bien sûr strictement interdit, mais quel autre moyen lui restait-il ? Et là, sans doute a-t-il glissé, à cause de la vitesse, de la pluie, d'un faux mouvement... comment savoir ? Je l'ai vu tomber, projeté sur le côté de la voie comme une marionnette. J'étais complètement affolé, et je ne pouvais rien faire. Derrière, loin derrière, le reste du train était arrêté : les autres serre-freins l'avaient immobilisé, et le conducteur de queue plaçait déjà sur la voie les signaux de détresse. Il a fallu attendre la gare suivante pour que Jacquet s'arrête, et pour signaler l'accident au chef de gare. Reformer notre train a demandé du temps. Quant à ton père, il était blessé à la tête. On l'a transporté avec précaution chez le chef de gare, et on l'a laissé là, il fallait bien qu'on reparte. Au moment où nous nous en allions, il reprenait connaissance, le médecin arrivait. Pour le moment je n'en sais pas plus. Il faudrait que tu ailles voir M. Vermoyeux, peut-être pourra-t-il te donner d'autres nouvelles.

Le choc m'anesthésiait. L'alcool que j'avais bu engourdissait ma douleur. En même temps se faisaient jour une stupeur, une incrédulité qui me disaient : non, ce n'est pas possible... Je réussis à coasser, d'une voix qui me parut toute drôle :

– Marcel... Est-ce que c'est grave, sa blessure ?

Il écarta les mains en signe d'ignorance :

– Je n'en sais rien. Il saignait beaucoup, ça oui. Mais ça ne veut rien dire.

Avec désarroi, je me tournai vers Frédéric. La compassion et l'amitié que je lus dans ses yeux me réconfortèrent un peu. Il posa une main sur la mienne :

– Allons voir M. Vermoyeux.

Je le suivis pendant que Marcel, d'un air malheureux, nous regardait partir. Dehors, je resserrai mon manteau autour de moi pour affronter la pluie et le vent. Mais c'était la peur, maintenant, qui me faisait frissonner.

CHAPITRE III

A la gare, les bruits familiers nous accueillirent. Sur l'une des voies, un train s'éloignait, montrant le triangle rouge de son wagon de queue. Le long du quai, M. Vermoyeux revenait, sa cloche à la main. Frédéric m'entraîna. Le chef nous aperçut, se dirigea vers nous. Il comprit, à mon expression, que je savais déjà.

— Constance, s'exclama-t-il, mon enfant! Je voulais aller te prévenir, mais je n'ai pas eu un instant à moi depuis ce matin. Qui t'a dit?

— C'est Marcel. Il m'a raconté l'accident. Mais... sait-on quelque chose depuis? Comment va mon père?

— Hé non, on ne sait rien. Mais s'il a repris connaissance, il reviendra probablement avec un prochain convoi. A ta place, je ne m'en ferais pas trop et j'attendrais.

Je revins chez Frédéric, frissonnant de nouveau dans la pluie glacée.

— Enlève ton manteau, me dit Estelle, et viens te chauffer près du feu. Tu es livide.

Peu à peu, la chaleur pénétra mes membres engourdis, et je cessai de trembler. Je secouai la tête lorsque Estelle me conseilla de me rendre quand même à l'école. Je ne me sentais pas le cœur à étudier, ni à écouter le bavardage futile de mes compagnes. Je demeurai près d'Estelle, l'aidai à faire ses courses, à préparer le repas. Pour m'éviter de penser, la brave femme m'abrutissait de paroles :

— J'ai acheté des haricots, disait-elle. Je ferai un ragoût pour la prochaine gamelle de Léon. Quand je pense qu'il va le manger froid, ou bien réchauffé à la va-vite! Et puis, ces repas pris n'importe quand, le jour comme la nuit, ça finit par lui détraquer l'estomac. Sans compter la suie qui lui encrasse les poumons. Ça fait plusieurs hivers qu'il n'arrête pas de tousser. J'ai hâte que soient enfin terminées les quatre années qu'il lui reste à faire. Il aura cinquante ans et pourra prendre sa retraite. Il ne veut pas y penser, il dit que ça va être un crève-cœur de laisser son Eugénie. Mais sa santé passe avant, non ? C'est dur de conduire sa locomotive par tous les temps, debout pendant des heures, sans relâcher un instant son attention ! Je vois bien dans quel état il revient quelquefois, après douze ou quinze heures de travail... Il est épuisé. Il y en a qui critiquent parce qu'il est bien payé, qu'il a en plus des primes de parcours, d'économie, de régularité. Mais qu'ils viennent faire ce qu'il fait, ceux-là, et ils verront !... Si tu veux un conseil, Constance, le voici : lorsque tu te marieras, ne choisis pas un roulant. Ce n'est pas une vie.

Je l'écoutais sans répondre. Le sens de ses paroles ne m'atteignait pas. Je ne pensais qu'à mon père.

Je mangeai à peine. Frédéric repartit pour l'école, et je l'enviai.

– Ce soir, je suis sûr que je te retrouverai rassurée, me dit-il avec une tendresse bourrue.

Je répondis par un petit sourire tremblant et un haussement d'épaules indécis.

Dans l'après-midi, Arsène vint me voir. Il avait appris l'accident, et de toute sa volonté il essaya de me rassurer :

– Ne t'inquiète pas, mon enfant. Je parie que ce ne sera pas grave. Tu sais, dans les chemins de fer, tout le monde, au moins une fois dans sa carrière, a un accident. J'en ai vu, moi, et je peux te les raconter. Moi-même, un jour, j'ai eu une épaule coincée entre deux tampons; j'étais passé entre les wagons pour faire un attelage, juste au moment où la machine de manœuvre se mettait à refouler. Mais je t'en ai déjà parlé... Et la fois où Daubert, le mécanicien, est tombé de sa plate-forme ! Lui aussi s'est retrouvé sur la voie. Il a été sonné, mais il n'avait pas une seule blessure. C'est ce qui a pu se produire pour ton père. Pourquoi tout de suite penser au pire ?

– Mais il était blessé. Marcel dit qu'il saignait beaucoup.

– Les blessures à la tête saignent toujours beaucoup, même quand elles ne sont pas graves. De plus, le train grimpait une côte. Il allait donc moins vite.

Mais ces paroles ne parvinrent pas à apaiser ma peur. Lorsque mon vieil ami me quitta, j'étais toujours aussi crispée.

Les heures passèrent, et l'attente devint insupportable. Je tournais en rond, guettais les bruits, devenais de plus en plus nerveuse. En fin d'après-midi seulement, j'entendis des pas lourds dans l'escalier. Je me précipitai, ouvris la porte. Mon père grimpait les dernières marches, soutenu par Donatien, un conducteur-chef que je connaissais bien. Un pansement taché de sang entourait son front, son œil gauche était gonflé et à moitié fermé. Il vit mon inquiétude, mon affolement :

— Ce n'est rien, Constance. Je n'ai que des blessures légères. Rassure-toi, mon enfant.

Le soulagement me mit les larmes aux yeux. Je tournai autour d'eux, tandis qu'ils entraient et que mon père s'affalait sur une chaise.

— Père, oh, père! J'ai eu si peur! Vous allez bien, vous êtes sûr?

Il me sourit faiblement :

— J'ai un peu mal à la tête, et je crois que j'aurai une épaule toute bleue dès demain. Mais ça aurait pu être pire. Avec un peu de repos il n'y paraîtra plus.

Estelle, Lucie et Frédéric, attirés par le bruit, vinrent aux nouvelles. Comme moi, ils furent soulagés.

— Je suis bien contente de vous voir debout, Vincent, affirma Estelle. On était inquiets...

Mon père porta la main à son front :

— Finalement, il y aura eu plus de peur que de mal. Ce Jacquet, quand même! J'espère qu'après ça il ne recommencera pas.

— Allons, je m'en vais, dit Donatien. Te voilà rentré à bon port maintenant. Tu devrais aller te coucher, afin de récupérer le plus vite possible.

Ils s'en allèrent tous, et je restai seule avec mon père. Je lui servis une assiette de potage, qu'il mangea sans appétit, en passant souvent sa main sur son front. Je le regardai avec inquiétude :

— Ça va, père?

— Mais oui, ça va. J'ai un peu mal à la tête, c'est tout. Ça doit être normal, après une chute pareille. Je crois que je ferais mieux d'aller me coucher.

Il se leva et se dirigea pesamment vers la chambre. Je l'entendis s'allonger dans le lit, qui grinça. Je pris son uniforme souillé, taché de boue, déchiré. Il allait falloir le réparer, le remettre à neuf. Comment faire? Je le brossai, nettoyai les taches, et l'étendis pour le faire sécher. Puis, à mon tour, j'allai me coucher, n'osant pas croire tout à fait que mon père était sain et sauf.

Mais, dans la soirée, son état s'aggrava. Il fut pris de

vomissements, et tout en tenant la cuvette je m'affolai. Ensuite, ses nausées se calmèrent, et une sommolence irrésistible sembla l'envahir. Il dodelina de la tête, ses yeux se fermèrent. Je l'installai du mieux que je pus, tirai le drap, bordai les couvertures.

– Essayez de dormir, père. Une bonne nuit vous fera du bien.

Il balbutia quelques paroles incompréhensibles. J'allai jeter le contenu de la cuvette, et lorsque je revins je me rendis compte qu'il dormait. Rassurée, je me déshabillai et me glissai dans mon lit.

Plusieurs fois, au cours de la nuit, je me réveillai et écoutai. J'allumai la lampe, allai jusqu'au lit de mon père et l'observai longuement. Immobile, il reposait, la respiration régulière. Je retournai me coucher, tranquillisée.

Au petit matin je me levai, m'habillai, allumai le feu, fis du café, mis du lait à chauffer. Mon père dormait toujours. Lorsque le jour se leva, j'allai le voir. Son teint cireux m'alarma.

– Père! appelai-je. Père!

Il ne répondit pas, ne fit pas un mouvement. Pourtant, son souffle régulier me disait qu'il était vivant. Je me dis qu'il avait besoin de repos et décidai de le laisser dormir.

La matinée s'avança. Estelle vint aux nouvelles. Je lui dis que mon père dormait toujours et elle n'insista pas. Peu avant midi, Arsène arriva. Je lui fis la même réponse. Avec autorité, il alla dans la chambre et se pencha sur mon père. Après un long moment, il se releva, sourcils froncés :

– Son sommeil ne me dit rien qui vaille, Constance. Il n'est pas naturel. Il faut le réveiller.

Il se pencha de nouveau, appela :

– Vincent! Vincent!

Mon père n'eut aucune réaction. Arsène lui secoua l'épaule, lui tapota les joues, sans résultat. Il alla dans la cuisine, revint avec un linge mouillé, en gifla à plusieurs reprises le visage de mon père. Rien. Aucun sursaut, aucune grimace, rien.

– Ce n'est pas normal, Constance.

Je mêlai mes efforts aux siens, mais ils restèrent vains. Mon père ne répondit pas à mes appels répétés. Ce fut alors que, lentement, la journée bascula dans l'horreur. Estelle soudain fut là, et Lucie, et Frédéric. Arsène envoya ce dernier chercher le médecin. En attendant, je regardais mon père. Que se passait-il? Il n'était pas mort pourtant. Alors, pourquoi restait-il ainsi, sans bouger, sans réagir?

Lorsque le médecin arriva, je l'observai tandis qu'il auscultait mon père, espérant contre toute espérance un miracle, une explication à cet étrange engourdissement. Il n'y eut pas de miracle, et l'explication fut si cruelle que, sur le moment, je ne voulus pas comprendre ce qu'elle signifiait : coma profond. Je refusai de voir l'expression découragée du médecin, je refusai d'entendre les paroles qu'il adressait à Arsène :

– Il n'a plus que quelques heures à vivre.

Je détournai la tête pour ne pas écouter les explications inutiles qu'il donnait : état consécutif à la chute, hématome probable dans la méninge. Comment était-ce possible ? Je repoussais de toutes mes forces une réalité que je ne comprenais pas. Subitement, je détestai avec une féroce intensité la pitié que je lus dans les yeux du médecin posés sur moi, et je souhaitai qu'il se trompât complètement et que son verdict fût faux.

Mon père mourut une heure plus tard, sans avoir repris connaissance. Je restai comme assommée, dépassée par la cruauté d'un destin qui, après m'avoir ravi ma mère et mon petit frère, m'enlevait maintenant mon père.

Ce fut Estelle qui prit soin de moi.

– Pauvre enfant! disait Arsène. Que va-t-elle devenir maintenant? La voilà orpheline...

Mon plus proche parent était un frère de ma mère, qui habitait Fives, près de Lille, et travaillait à l'usine de construction ferroviaire Parent-Schaken. Je le connaissais à peine. Notre dernière rencontre datait de ma première communion, il y avait plus de deux ans. Il était venu avec sa femme et sa fille. Peu après la mort de ma mère et de mon petit frère, je lui avais écrit; il m'avait envoyé une lettre attristée en me recommandant d'être courageuse. Là s'arrêtaient nos relations.

– Donne-moi son adresse, me dit Estelle. Je vais le prévenir. En attendant, tu resteras chez nous.

Tout m'indifférait. Pourtant, dans l'effondrement de mon univers, c'était à eux et à mon vieil ami Arsène que je me raccrochais. Sans leur aide au cours de ces jours difficiles, sans leur soutien et leur amitié, que serais-je devenue?

Ils s'occupèrent des formalités pour l'enterrement, contactèrent le menuisier pour le cercueil, le prêtre pour la messe. Estelle rallongea la robe noire que je m'étais fait faire après la mort de ma mère, me prêta un chapeau et un voile noirs. J'assistai à l'enterrement dans un état d'irréalité et d'hébétude complètes. Au cimetière, lorsque je vis le cercueil dans la fosse où reposaient déjà ma mère et mon frère, une nouvelle crise de larmes m'assaillit. Le curé, celui-là même qui les avait enterrés deux ans auparavant, récita des oraisons et fit un discours émouvant où il était question de dure épreuve et de volonté de Dieu. Je séchai mes larmes et le regardai avec rancune. Était-ce possible que la volonté de Dieu fût de me rendre orpheline ? Si tel était le cas, ce curé, comme les sœurs qui ne cessaient de répéter que Dieu était bon, mentait. L'indignation que j'avais déjà ressentie lors de la mort de ma mère et de Rodolphe revint avec plus de force. Lorsque le prêtre me passa le goupillon afin d'asperger d'eau bénite la fosse béante, j'eus envie, par un geste de révolte vite éteinte, de le lui lancer à la figure. Je refusai de voir son air de compassion attristée, me détournai, passai le goupillon à Estelle qui me suivait. Raidie dans une douleur silencieuse, je regardai les voisins et les amis de mon père défiler devant le cercueil, sur lequel ils jetaient une pelletée de terre. Ils me serraient la main, des femmes m'embrassaient, certaines m'exhortaient au courage, d'autres me regardaient simplement avec désolation. Immobile, muette, glacée, je ne pouvais pas leur répondre. Jacquet lui-même vint à moi, accompagné de son inséparable Ponteil. Ses grosses joues tremblotaient, ses yeux étaient humides, il reniflait :

– Pardonne-moi, Constance, si tu le peux. Je n'ai pas voulu cela. Je n'aurais jamais imaginé une chose pareille...

Son remords ne me toucha pas. Je le fixai sans un mot. Il se détourna d'un air accablé.

Lorsque tout fut fini, je me retrouvai chez Estelle. Ce fut là que je passai les jours suivants, essayant de reprendre pied dans une réalité trop dure, pleurant lorsque j'entendais siffler les trains qui, habituellement, me ramenaient mon père. Avec Lucie, je vidai les armoires du logement que je devais quitter, triai les vêtements, les papiers, préparai un bagage avec mes propres affaires. Mon oncle, prévenu par Estelle, viendrait sans doute me chercher. Devrais-je aller vivre chez lui, avec cette tante et cette cousine que je connaissais à peine ? La nuit, je confiais mes craintes à Lucie :

– Ne puis-je rester chez vous ?

– Nous ne demanderions pas mieux, disait-elle, mais nous n'avons pas le droit de te garder, nous ne faisons pas partie de ta famille. A moins que, peut-être, nous arrivions à un arrangement avec ton oncle, s'il ne veut pas te recueillir. Peut-être pourrait-il te placer chez nous ? Mes parents lui poseront la question lorsqu'il viendra.

Il arriva le dimanche suivant, accompagné de sa femme. Avec bonhomie, il me serra dans ses bras, me tapota l'épaule, les yeux humides :

– Ma pauvre enfant, ma pauvre enfant, répétait-il. Te voilà bien éprouvée... Mais tant que je serai là, tu auras une famille. Il ne sera pas dit que je laisserai la fille de mon unique sœur à la rue.

Ma tante était une petite femme sèche et dure, aux lèvres serrées dans une perpétuelle expression de réprobation. Elle semblait minuscule à côté de mon oncle, qui était grand et fort. Elle m'embrassa à peine, me regarda de bas en haut, m'interrogea sur mon âge, mon état de santé, les tâches ménagères dont je savais m'acquitter. Mes réponses semblèrent la satisfaire. Elle déclara :

– Prépare tes affaires. Nous t'emmenons dès ce soir. Tu vivras avec nous mais, en contrepartie, tu travailleras. Tu es assez grande. Et puis, je n'aime pas les paresseux.

Elle voulut savoir ce que j'emmenais, tint à inspecter mes affaires, me demanda de combien d'argent je disposais. Je lui montrai la bourse de cuir dans laquelle je plaçais nos économies. Elle s'en empara avec autorité :

– A partir de maintenant, tu n'en auras plus besoin. C'est moi qui réglerai tes dépenses.

Estelle les invita à entrer chez elle, les fit asseoir, leur offrit du vin et des gâteaux. Léon, qui se préparait à partir au dépôt afin de veiller à l'allumage de son Eugénie, vanta mes mérites, assurant que j'étais une bonne petite, douce et obéissante. Il discuta travail avec mon oncle, qui lui parla de son métier de fondeur à l'usine. En entendant Léon raconter ses horaires, ses parcours, les nuits qu'il passait quelquefois hors de chez lui, ma tante regarda Estelle avec mépris :

– Comment pouvez-vous accepter une vie aussi décousue ? Moi, si Édouard avait fait un métier pareil, je ne l'aurais pas épousé.

Léon, vexé, parla de son Eugénie, essaya de faire comprendre à ma tante le plaisir qu'il ressentait à la conduire, le sentiment d'importance que cela lui donnait. Elle le toisa :

– Vous avez l'air de dire que ce que vous faites est indispensable. Mais ce que fait Édouard est tout aussi important. Si ceux qui, comme lui, construisent les locomotives n'étaient pas là, vous ne pourriez pas faire rouler votre train. Sans compter que le métier d'Édouard est quand même moins dangereux. Regardez les accidents, voyez ce pauvre Vincent, tué pendant son service. Et la Compagnie ne paiera même pas une indemnité, puisque c'est lui qui est en tort : il a transgressé le règlement. C'est trop facile, vous ne croyez pas ?

Elle relevait la tête comme un coq en colère, d'un geste que j'allais apprendre à reconnaître souvent par la suite. Léon coupa court à la discussion en disant qu'il devait partir. J'allai l'accompagner jusqu'à l'entrée.

— Permettez-moi de vous dire adieu, Léon. Et merci pour tout.

Il m'embrassa avec une paternelle affection, sincèrement ému :

— Ainsi, tu ne seras plus là quand je rentrerai ? Ça me fait tout drôle...

Il s'arrêta, lança un coup d'œil vers la porte restée entrebâillée, dit plus bas :

— Ta tante... J'ai l'impression que si ça ne va pas selon son idée, elle ne doit pas être très commode. En tout cas, Constance, s'il y a quoi que ce soit, tu sais que tu peux compter sur nous, hein ? Tu nous écriras ?

J'acquiesçai sans un mot, une boule dans la gorge. Il serra mon épaule avec une tendresse maladroite, répéta :

— N'oublie pas que nous sommes là...

Puis il se détourna et descendit lourdement l'escalier. J'essuyai les larmes qui me montaient aux yeux et rejoignis les autres. Frédéric maintenant discutait avec mon oncle, pendant que ma tante expliquait à Estelle et Lucie la meilleure façon d'accommoder les restes d'un ragoût. Elle se tourna vers moi :

— Va t'habiller, Constance, et préparer tes bagages. Nous partons bientôt.

Frédéric se leva, gagna la porte :

— Je vais aller prévenir Arsène, dit-il en passant près de moi. Il viendra te dire au revoir.

J'approuvai d'un signe de tête, passai dans le logement voisin qui avait été si longtemps mon foyer. Frédéric me suivit, m'aida à tirer sur le palier les deux gros sacs qui me servaient de bagage et dans lesquels j'avais placé tout mon bien : mon linge, mes robes, quelques livres, et des souvenirs auxquels je tenais. Ensuite, je fis le tour des pièces, essayant de retrouver la chaude atmosphère qui y régnait lorsque nous y vivions tous les quatre, dans une quiétude qui s'appelait bonheur. Mais rien n'en subsistait. Avec désarroi, je me tournai vers Frédéric. Bras ballants, l'air misérable, il me regardait. Une sensation de détresse m'envahit.

— Frédéric, balbutiai-je. Je ne veux pas partir.

Je ne sais pas si ce fut lui qui avança, ou moi. Je me retrouvai contre lui, pendant que les larmes coulaient sur mes joues. Il s'en aperçut. Avec douceur, il dit :

– Ne pleure pas, Constance. Je t'en prie, ne pleure pas. Moi non plus, je ne veux pas que tu t'en ailles. Mais que peux-tu faire d'autre ? Ton oncle tient à t'emmener, tu dois lui obéir, c'est lui ta seule famille maintenant. Mais écoute-moi, et souviens-toi toujours de ce que je vais te dire : plus tard, je viendrai te chercher. Je ne sais pas encore quand, mais je viendrai. Comprends-tu, Constance ? Je viendrai, je te le promets. Je te demande de m'attendre. Veux-tu ?

Ses yeux d'épagneul avaient une expression tendre. Je fis oui de la tête avec gravité, soudain réconfortée. Cette promesse avait scellé quelque chose entre nous. Je n'étais plus seule. Même loin de lui, je ne serais plus seule en sachant qu'un jour il viendrait me chercher.

– Merci, Constance. Même si c'est long, ne perds jamais l'espoir. Sois sûre de moi. En attendant, je t'écrirai. Et toi aussi, n'est-ce pas ?

– Oui. Je t'enverrai une lettre dès mon arrivée. Et je vous donnerai régulièrement de mes nouvelles.

Il se pencha vers moi, et des petits points d'or se mirent à danser dans ses yeux. Il voulut m'embrasser, n'osa pas, posa sa joue contre la mienne et me serra très fort, dans un élan passionné. Puis il recula, dit d'une voix rauque :

– Je vais prévenir Arsène.

Et il sortit.

Le cœur un peu moins lourd, je pris mon manteau et fermai définitivement la porte sur mon passé. Je me répétai que je devais maintenant me tourner, avec courage, vers l'avenir. Mais comme c'était dur ! Je n'avais pas quinze ans, et j'avais tout perdu.

En me voyant revenir, mon oncle et ma tante se levèrent, disant que l'heure du départ approchait. J'embrassai Estelle, qui me tint un long moment contre sa large poitrine, retenant ses larmes :

– Au revoir, Constance. Je penserai bien à toi. Ça me fait de la peine de te voir partir. Je t'aimais comme une fille.

Je voulus parler, la remercier pour tout ce qu'elle avait fait, mais la voix me manqua. En m'écartant d'elle, j'eus l'impression d'un déchirement, comme si je perdais une seconde fois ma mère. Avec effort, je ravalai mes sanglots. Lucie à son tour m'embrassa :

– Je t'écrirai, Constance. Je te préviendrai lorsque j'épouserai Roger. Qui sait, peut-être pourras-tu venir à mon mariage ? Ça nous permettrait de nous revoir.

Elle interrogea du regard ma tante, qui se contenta de répondre d'une voix brève :

– Nous verrons. Pour le moment, si nous ne nous pressons pas davantage, nous allons manquer notre train.

Alors que nous sortions, Frédéric revint avec Arsène. Mon vieil ami, pâle d'émotion, s'adressa à moi en bégayant :

– Ainsi, tu t'en vas, Constance. Ma petite fille... Quand te reverrai-je ?

En le voyant là, affolé et tremblant, en voyant son bon vieux visage désolé, je ne pus me retenir et me jetai dans ses bras en pleurant. Lui, malheureux, me tapotait le dos en répétant d'une voix enrouée de larmes :

– Constance, ma petite fille...

Ma tante jeta, d'une voix acerbe :

– Reprends-toi, Constance, et finis, je t'en prie. Que tu es pleurnicheuse, ma pauvre fille ! Je n'aime pas ça.

J'essayai de me dominer, me redressai. Arsène sortit de sa poche un énorme mouchoir à carreaux et se moucha bruyamment. Je vis Lucie regarder ma tante avec indignation et serrer les lèvres en retenant visiblement une riposte.

– Allons, Marthe, dit mon oncle, essaie de comprendre. Elle quitte ses amis. Elle est triste, c'est normal.

La bouche de ma tante se pinça davantage.

– Allons-y, bougonna-t-elle. Qu'attendons-nous ? Le train n'attendra pas, lui.

Frédéric prit un de mes sacs, mon oncle prit l'autre. Nous descendîmes tous l'escalier, et je compris que mes amis tenaient à m'accompagner, repoussant le plus possible le moment de la séparation.

Le trajet jusqu'à la gare se fit presque en silence. Je n'osai pas parler, de peur de me remettre à pleurer et d'attirer de nouveau les reproches de ma tante. Elle marchait devant moi à petits pas rapides, le dos raide, l'allure décidée. A mon chagrin vint se joindre une nouvelle inquiétude : comment allait-elle se comporter avec moi ? Son attitude semblait bien éloignée de la douceur de ma mère et de la maternelle affection d'Estelle. Je soupirai avec crainte.

A la gare, le brouhaha habituel, le va-et-vient des employés, l'appel de l'aboyeur de service « Les voyageurs pour Lille, en voiture ! » ne parvinrent pas à me distraire. Notre train attendait le long du quai. Les portes des salles d'attente venaient de s'ouvrir, et de nombreuses personnes se bousculaient. Donatien, le conducteur-chef, essayait de mettre de l'ordre dans cette cohue. Il s'occupa de mes bagages, nous trouva trois places dans un compartiment presque plein. Avant de monter, j'embrassai une dernière fois mes amis, émue et malheureuse. Estelle chuchota :

– Écris-nous...

Arsène se moucha de nouveau plusieurs fois. Frédéric me regarda, son visage d'adolescent empreint d'une gravité qui le vieillissait.

– N'oublie pas, murmura-t-il.

Je battis des paupières en signe d'acquiescement, m'arrachai à eux, grimpai dans le compartiment, m'assis près de ma tante sur la dure banquette de bois. En face de moi, mon oncle me fit une mimique d'encouragement. Par la vitre, j'apercevais les visages de ceux que je devais quitter, sur lesquels se mêlaient tristesse et affection. Lorsque le train s'ébranla, malgré mes efforts les larmes me vinrent aux yeux. Le nez collé à la portière pour cacher mes pleurs à ma tante, je vis Frédéric qui marchait le long du quai sans me quitter des yeux, puis qui se mettait à courir. Lorsque la locomotive prit de la vitesse, il s'arrêta et me fit un grand geste du bras. Ce fut sur cette image que je quittai la gare.

Obstinément, je regardai au-dehors. Après être passé aux postes d'aiguillage, parmi lesquels je reconnus celui où avait travaillé Arsène, le train gagna la campagne. Sous un ciel triste et gris, les champs et les bois défilaient. Je remarquai avec étonnement que des bourgeons mettaient une touche de vert sur les arbres, et me rappelai que c'était le printemps. Emmurée dans mon chagrin, j'avais gardé l'impression d'un hiver qui ne finirait jamais.

Ma tante se tenait très droite, son sac sur ses genoux, et ne parlait pas. Près d'elle, une jeune femme et ses deux enfants commentaient à haute voix le paysage. En face, deux gros paysans parlaient de leurs bestiaux; ils étaient accompagnés d'un vieil homme et d'un adolescent maussade qui, assis près de mon oncle, ne cessait de soupirer et d'afficher un air de mortel ennui. Je me demandai, avec un sentiment soudain de détresse, s'il pouvait être plus malheureux que moi.

A Douai, le train s'arrêta. Donatien ouvrit la portière, annonça :

– Douai, cinq minutes d'arrêt.

De notre compartiment, personne ne descendit. Mais je m'appliquai à observer le mouvement sur le quai, les voyageurs qui partaient, d'autres qui arrivaient et que Donatien faisait monter. En le regardant agir, je pensai à mon père, qui avait dû faire les mêmes gestes toujours recommencés. Lorsque tous furent placés, il ferma les portières et rejoignit son fourgon, d'où il répéta l'ordre de départ du chef de gare. Le mécanicien siffla, le train démarra.

Lorsque nous fûmes de nouveau dans la campagne, ma tante sortit de son sac les tartines données par Estelle pour le voyage. Toujours sans un mot, elle en tendit deux à mon oncle, deux à moi, en prit deux pour elle-même. C'étaient des tartines beurrées et fourrées de fines tranches de saucisson. Bien que je n'eusse pas faim, je m'efforçai de tout manger, essayant d'imiter mon oncle qui mordait dans le pain avec appétit.

Ensuite, j'appuyai ma tête au dur rebord de la banquette et me laissai ballotter par les cahots du train. En même temps, mes yeux erraient sur le paysage. Il y eut bientôt une épaisse forêt, et mon oncle s'agita :

– Voici le bois de Phalempin, me dit-il. Nous approchons.

La plaine de nouveau apparut, et l'un des deux enfants présents dans le compartiment poussa une exclamation :

– Oh, regardez les moulins !

De nombreux moulins, bâtis à côté de petites maisons, offraient à nos regards leurs ailes rouges. Le vieil homme se mit à expliquer aux enfants que l'huile qu'ils fabriquaient était expédiée dans toute la France et même dans plusieurs royaumes d'Europe. Mais ils l'écoutèrent à peine, bien plus intéressés par le spectacle qu'ils découvraient.

Les voies se multiplièrent, le train ralentit, siffla, passa plusieurs postes d'aiguillage, traversa les fortifications. De grands bâtiments apparurent, des immeubles, des murs nus flanqués de hautes cheminées. Puis le train longea un quai, ralentit davantage, s'arrêta.

Ma tante se leva. Les autres occupants du compartiment l'imitèrent, rassemblèrent leurs affaires. La portière s'ouvrit, Donatien déclara :

– Lille ! Tout le monde descend.

Je me retrouvai sur le quai, ahurie, désorientée. Dans cette gare, différente de celle que je connaissais, les bruits pourtant étaient les mêmes : cris, appels, coups de sifflet, choc des tampons, chuintement des locomotives. Une haute verrière, sous laquelle stagnaient des lambeaux de fumée, amplifiait tout. Mon oncle me prit par le bras :

– Viens, allons chercher tes bagages.

Devant le fourgon où bien souvent avait travaillé mon père, nous attendîmes. Donatien arriva, me rendit mes deux gros sacs, resta un instant immobile :

– Eh bien... au revoir, Constance. Nous nous retrouverons peut-être un jour, mon enfant.

Il me serra la main, me tapota la joue. Je lui adressai un

sourire navré. Alors que je m'éloignais entre mon oncle et ma tante, je me retournai et le vis qui, debout sur le marche-pied, me regardait partir. Il fit un signe d'adieu à mon intention, et je compris, le cœur serré, que je venais de quitter le dernier lien qui me rattachait encore à ma précédente existence.

Nous prîmes la route de Tournai, sortîmes de Lille par la porte de Fives. Mon oncle, malgré le poids de mes gros sacs, marchait à grandes enjambées. Ma tante, de son pas rapide et mécanique, le suivait sans difficulté. A leurs côtés, je m'essoufflais. Bientôt, une de mes chaussures me fit mal. Je boitillai, ralentis l'allure. Ma tante se retourna, m'apostropha :

— Allons, presse-toi, il ne s'agit pas de lambiner. Angèle nous attend.

Elle m'expliqua qu'Angèle, ma cousine, était restée à la maison pour faire le nettoyage de la semaine, la lessive, et préparer la soupe pour le soir. De plus, ajouta-t-elle, cela avait économisé un billet de train.

— Elle est courageuse, Angèle, et tu feras bien de l'imiter. Elle travaille en fabrique. Tu vas y aller, toi aussi. Il est bien évident que nous n'allons pas te nourrir à ne rien faire. Tu as quinze ans, il est temps que tu t'y mettes. Beaucoup commencent bien plus tôt.

Interloquée, je fus incapable de l'interroger. Lorsqu'elle m'avait parlé de travailler, j'avais cru qu'elle faisait allusion à l'aide ménagère que je pouvais lui apporter, comme je l'avais fait pour Estelle. Je n'avais pas pensé à autre chose. La fabrique? Que voulait-elle dire?

Mon oncle vit mon trouble, essaya de me rassurer :

— Ne t'inquiète pas, Constance. Il n'y a là rien de bien terrible. Chez nous, tu le verras, tout le monde travaille en usine. Il y a même des enfants qui commencent très tôt, vers six, huit ans. Ce n'est pas très difficile, tu t'en rendras vite compte. Mais il est vrai que ton salaire sera le bienvenu. Car, vois-tu, même si je suis parmi les ouvriers les mieux payés, tout est si cher que c'est comme si nous étions pauvres. C'est pour ça que, bien souvent, dans une famille, en plus du père, tous les enfants, et quelquefois la mère aussi, vont se faire embaucher à l'usine. Regarde, tu peux les voir, maintenant que nous approchons, elles sont toutes là.

Je levai les yeux, aperçus, au-delà des premières maisons, de hauts murs noirs, sombres, rébarbatifs. Au fur et à mesure que nous avancions, la campagne disparaissait, les maisons devenaient serrées, noires elles aussi, bordant des rues à peine pavées, sales et poussiéreuses, où traînaient des détritus. Malgré le soir qui tombait et le vent froid qui soufflait, des enfants jouaient. Ils se poursuivaient en criant, deux d'entre eux essayaient de faire voler un cerf-volant fabriqué de leurs mains, d'autres disputaient une partie de billes. Plus loin, plusieurs petites filles faisaient une ronde en chantant « Une poule sur un mur ». De temps à autre, nous passions devant un cabaret, d'où nous parvenaient des bribes de musique et, quelquefois, des chansons.

En boitillant, je regardai autour de moi. Je remarquai, en effet, que les gens étaient pauvrement vêtus et que les femmes que nous croisions parfois avaient un air las, presque résigné. Seules deux jeunes filles, qui passèrent en riant et en se tenant par le bras, me firent meilleure impression. Elles avaient visiblement fait un effort de toilette, et leurs petits chapeaux garnis de rubans les rendaient élégantes. Je les entendis parler de guinguette et de danse. Mais ma tante se retourna sur elles d'un air désapprobateur, et grommela entre ses dents quelque chose de confus sur les filles peu sérieuses qui ne pensent qu'à s'amuser.

Nous marchâmes longtemps, et je boitais de plus en plus. Je devais certainement avoir une ampoule au talon qui me causait une douleur cuisante. Enfin, au bout d'une longue rue, nous tournâmes à gauche.

– Nous voici chez nous, dit mon oncle avec fierté. C'est la rue du Commerce, qui a été construite par la Compagnie de Fives, l'usine où je travaille. Ce coin-ci, c'est le nôtre, à nous les ouvriers de la métallurgie. D'ailleurs, on l'appelle « la ville des noirs ».

Les maisons, basses et serrées, noircies par la fumée des cheminées que j'apercevais au bout de la rue, ne présentaient pas un aspect engageant. Par une fenêtre ouverte, des pleurs d'enfant et des cris de femme arrivèrent jusqu'à nous. J'aperçus une boutique peinte en ocre, et, en face, un cabaret bruyant et illuminé. Ma tante s'arrêta devant une porte, l'ouvrit.

– Nous voici arrivés, m'annonça-t-elle. Tu vas faire la connaissance de ta cousine.

– Bienvenue chez nous, mon enfant, dit mon oncle en posant mes gros sacs sur le seuil.

Touchée par ces paroles d'accueil énoncées avec simplicité, je le regardai avec gratitude. Il s'épongeait le front et souriait à la jeune fille qui venait vers nous.

Ma cousine Angèle était grande et mince. Ses cheveux

blonds encadraient un visage allongé, pâle et sans beauté. Seules ses dents, blanches et régulières, lui donnèrent de l'éclat lorsqu'elle sourit :

– Ainsi, voilà ma petite cousine Constance, s'exclama-t-elle. Bienvenue chez nous, ajouta-t-elle en reprenant les paroles de son père. J'espère que tu te plairas ici, et que je trouverai en toi une sœur.

Elle m'embrassa, et son accueil me fit chaud au cœur. Ma tante se laissa tomber sur une chaise :

– Je suis rompue. Angèle, verse-nous à boire. Le voyage nous a donné soif.

Angèle me débarrassa de mon manteau, me fit asseoir, me versa un verre d'eau, que je bus avec satisfaction. En même temps, je détaillais la pièce où dorénavant j'allais vivre. Un poêle en fonte vertical, très vieux mais bien tenu, en occupait un côté. Sur une corde tendue au-dessus, du linge finissait de sécher. Contre l'un des murs, un buffet en bois; au milieu, une table, des chaises. Au fond, un escalier étroit et raide conduisait à une autre pièce. A côté, une deuxième porte ouvrait sur une cour. Près de l'entrée, des vêtements pendaient, accrochés au mur. Le sol était pavé de briques rouges et propres, mais brisées en de nombreux endroits. Une fenêtre étroite, qui donnait sur la rue, éclairait ce logis qui me parut, en comparaison de celui que j'occupais avec mes parents, étriqué et sombre.

– J'ai fait chauffer la soupe, dit Angèle. Nous pourrons manger quand vous voudrez.

Mon oncle termina son verre de bière, fit claquer sa langue :

– Je vais monter tes bagages dans la chambre, Constance. Viens donc, Angèle va te montrer où tu dormiras.

Je me levai. En réprimant une grimace à cause de mon talon blessé, je les suivis, grimpai l'escalier raide, me trouvai dans la pièce du premier étage. C'était une chambre très basse, mansardée, au plancher de bois nu. En plus d'une vieille armoire, elle était meublée de deux chaises et d'un grand lit placé juste sous la fenêtre. Mon oncle posa les sacs devant l'armoire, Angèle écarta un lourd rideau qui cachait un coin de la chambre. Je vis alors une sorte de soupente, au plafond si bas que je dus me baisser pour y pénétrer. Posé à même le sol, un matelas recouvert d'une courtepointe colorée en occupait presque toute la surface. Une petite lucarne dispensait avec parcimonie une clarté grisâtre.

– Tu dormiras ici, avec moi, dit ma cousine. Il y aura assez de place pour nous deux.

Je voulus poser une question, n'osai pas. Visiblement, ces deux pièces constituaient tout leur logis, et je compris fugitivement que ma venue pouvait représenter pour eux une gêne. Pour la première fois, je ressentis envers eux, qui m'accueillaient ainsi sans rien connaître de moi, un élan d'affection.

– C'est très bien, Angèle. Je te remercie.

Ma cousine eut ce sourire qui donnait tant de charme à son visage.

– Je suis contente que tu sois là, me confia-t-elle tout bas. Ainsi, je ne serai plus seule.

Ma tante, en bas, nous appela, et nous redescendîmes. Mon oncle avait quitté son costume de voyage et passé un pantalon informe et une vieille chemise. Sur la table de bois blanc, quatre assiettes de grosse faïence étaient disposées. Ma tante, une louche à la main, s'apprêtait à verser le potage.

– Une bonne panade, annonça-t-elle. Donne ton assiette, Constance.

Ma tante la remplit de cette soupe épaisse et brune que j'allais apprendre à connaître, faite de pain bouilli dans l'eau. C'était simple, mais bon et chaud. Ensuite, Angèle apporta un pot-au-feu qu'elle avait fait spécialement à mon intention.

– J'espère que tu aimeras mon *bouli*, Constance. Il doit être bon, il y a longtemps qu'il mijote.

La fatigue et les émotions de la journée m'avaient brisée. De plus, après l'assiette de panade, je n'avais plus faim. Mais, pour ne pas vexer Angèle, je n'osai rien dire, et j'acceptai la viande et les pommes de terre que ma tante plaça dans mon assiette.

– Mange, ordonna-t-elle d'une voix brève. Il te faudra des forces pour travailler demain. Et puis, de la viande, tu n'en auras pas tous les jours.

– Veux-tu un peu de pain? proposa ma cousine.

J'acceptai un quignon de pain bis.

– C'est du *pain blazé*, expliqua-t-elle. C'est celui que nous mangeons ordinairement. Quelquefois, nous avons du *pain français*, celui-là est blanc et de première qualité. Mais il est tellement bon que nous le mangeons en dessert.

– Il a aussi l'inconvénient d'être plus cher, remarqua ma tante en pinçant les lèvres. Aussi, on n'en achète pas souvent.

Mon oncle ne disait rien. Il se contentait d'engloutir en silence d'énormes bouchées. Il reprit une seconde fois du ragoût, pendant que je me forçais pour terminer le mien.

– Tu as un appétit d'oiseau, ma fille, constata-t-il en me regardant. Le travail ici est dur, il faut se nourrir en conséquence.

Lorsque les assiettes furent vides, ma tante les ramassa.

– Je vais faire la vaisselle, et ensuite, les filles, vous irez vous coucher. Demain, il faut vous lever tôt. La fabrique ouvre à cinq heures et demie.

Inquiète, j'interrogeai Angèle du regard. Elle me sourit :

– Il s'agit de la fabrique où je travaille. J'ai parlé de toi à Raymond, un des surveillants. Il y a une place à l'atelier de l'épluchage. Tu dois te présenter demain matin.

J'ouvris des yeux effarés. A peine étais-je arrivée que déjà, je devais me rendre à l'usine. Tout cela allait trop vite et me faisait peur. Je demandai, d'une petite voix :

– Demain matin ? Déjà ?

– Ne crains rien, dit Angèle d'un ton rassurant. J'irai avec toi.

Ma tante, qui lavait les assiettes dans une cuvette d'eau chaude, me regarda sans aménité :

– Que croyais-tu donc ? Que tu allais rester ici à paresser ? Rien de tel que le travail, ça occupe. Et puis, ça te changera les idées. Tu en oublieras peut-être de pleurnicher sans cesse comme tu l'as fait tout à l'heure.

Ses paroles me rappelèrent que quelques heures à peine me séparaient de ma vie précédente, qui me parut soudain aussi lointaine que si elle s'était déroulée dans un autre monde. Le changement était si brutal que je ne m'y retrouvais plus. Et une crainte nouvelle chassait ma fatigue : à l'usine, demain, si vite ? Qu'y ferais-je ? Je n'avais aucune idée du travail qu'on allait me demander.

Mon oncle se leva :

– Je vais jusque chez Philibert, annonça-t-il.

Il prit une veste usagée qui pendait près de la porte, la mit, se coiffa de sa casquette.

– A tout à l'heure.

Les lèvres de ma tante se pincèrent avec désapprobation :

– Ne reviens pas trop tard. Tu sais que je n'aime pas que tu restes trop longtemps là-bas.

– Mais oui, mais oui. A demain, Constance. Dors bien, mon enfant.

Il nous embrassa, ma cousine et moi, et sortit.

– Chez Philibert, m'expliqua Angèle, c'est le cabaret qui est un peu plus loin. Le dimanche, les ouviers aiment s'y retrouver pour boire et discuter.

– Oui, poursuivit ma tante avec humeur, et aussi dépenser leur argent! Maintenant, au lit, vous deux. Il est plus de dix heures. Demain, à quatre heures, debout.

— Viens, me dit ma cousine en prenant une lampe, je vais te montrer les *communs*.

Elle m'emmena dans la cour obscure. Au milieu, j'aperçus une fontaine. Contre le mur des maisons, je pus voir, çà et là, une vieille bassine, un pot de fer, un baquet de bois retourné. Les lieux d'aisances se trouvaient tout au fond. C'était un simple abri de tôle, formé d'une plaque posée à même le sol. Angèle me tint la lampe pendant que je m'y soulageais, et je lui rendis le même service. Le froid, le dépaysement, l'appréhension me faisaient trembler. Je retrouvai la chaleur du petit logement avec plaisir.

Ma tante, assise près du feu, reprisait une paire de chaussettes. Ma cousine lui souhaita le bonsoir, et je fis de même. Les lèvres minces se posèrent sur mon front en un baiser rapide et sec :

— Bonne nuit, Constance. A demain.

Je grimpai le raide escalier, suivis ma cousine jusqu'à la soupente. Je tirai d'un de mes sacs ma chemise de nuit, commençai de me déshabiller, gênée de me montrer à Angèle en sous-vêtements. Mais, occupée à enlever ses propres vêtements, elle ne faisait pas attention à moi. Elle étala soigneusement sa robe sur le dossier de la chaise placée au bout du lit, mit ma robe noire par-dessus, me sourit :

— Viens, couchons-nous.

Comme je boitillais jusqu'au lit, elle baissa les yeux sur mon talon :

— Mais, Constance... Tu saignes!

Je regardai mon pied. Une ampoule s'était formée, qui avait éclaté. C'était rouge, boursouflé, maculé de sang.

— Attends, dit ma cousine avec décision, laisse-moi soigner ça. Je vais mettre une compresse.

Elle descendit l'escalier, et je m'assis sur le lit. Je l'entendis s'affairer en bas. Elle revint, tenant un linge humide.

— Donne ton pied. Ça va te soulager, tu verras.

Avec douceur, elle tamponna mon talon blessé, l'entoura de la bande de tissu.

— Merci, Angèle. Tu es gentille.

Elle eut son sourire plein de charme :

— Tu me plais bien, Constance. Je crois que je vais t'aimer. Tu seras ma petite sœur. Tu veux bien?

Je fis oui de la tête, sentant les larmes me piquer les yeux au souvenir de mon petit frère.

Angèle retira la courtepointe :

— Vas-y, couche-toi au fond. Je me mettrai au bord.

Je m'allongeai contre le mur. Le matelas, bourré de paille de colza, ainsi que me l'expliqua Angèle, crissa sous mon poids. Elle prit place près de moi, éteignit la lampe. Dans l'obscurité, elle chercha ma main, la serra dans la sienne :

— Ça va, Constance ? Tu es bien ?

— Oui, merci.

Ma voix trembla. Il y eut un silence. Je n'osais pas bouger. Malgré ma fatigue, l'inquiétude me tenait éveillée ; la perspective du lendemain me faisait peur. Au bout d'un instant, je n'y tins plus. Je chuchotai :

— Angèle ?

— Oui, qu'y a-t-il ?

— Angèle, j'ai peur, pour demain. L'usine, je n'y connais rien.

Je sentis qu'elle se tournait vers moi. Son souffle effleura ma joue tandis qu'elle répondait :

— Moi aussi, quand j'ai commencé... Tu t'y habitueras très vite, tu verras.

— Mais que faudra-t-il que je fasse ?

— On te le montrera, ce n'est pas difficile. Tu devras simplement faire attention, et bien surveiller ton métier.

— Tu crois que je saurai ?

— Mais oui, bien sûr. Tout le monde y arrive, pourquoi pas toi ?

— Tu seras avec moi ?

— Pour te présenter à Raymond, oui, je serai là. Mais nous ne serons pas dans le même atelier. Moi, je suis au *dévidage*.

— Qu'est-ce que c'est ?

— C'est l'atelier de l'empaquetage. On nous apporte le coton filé, et nous en faisons des écheveaux que nous mettons en paquets.

— Ne puis-je pas être avec toi ? dis-je avec une nouvelle panique.

— Allons, Constance, ne sois pas si bébé. Il n'y a que cette place-là pour le moment. Il y a peu de temps, c'était la crise, beaucoup de fabriques ont dû renvoyer des ouvrières. Maintenant, ça va mieux, mais tu as quand même de la chance d'avoir été embauchée. Nous serons au moins dans la même usine. Tu aurais pu être obligée d'aller ailleurs, chez Cox, par exemple, ou chez Barrois. Ou bien encore chez Steverlynck. Là, c'est pire, c'est une filature de lin, et il faut travailler *au frec*.

— *Au frec* ? Qu'est-ce que ça veut dire ?

— Au mouillé, si tu préfères. Tu aurais été dans un atelier

où coule, dans de grands bacs, de l'eau très chaude. C'est nécessaire, paraît-il, pour bien détendre le lin avant de le filer. En plus, la température est très élevée, quelquefois jusqu'à 35°. Tu t'imagines, travailler dans une chaleur pareille! L'odeur est insupportable. Je connais quelques filles qui sont chez Steverlynck. Je ne les envie pas. A force d'être debout et de patauger dans les ruisseaux d'eau chaude qui coulent sur le sol, elles deviennent *pédauques*. Sais-tu ce que c'est?

– Non.

– Eh bien, c'est affreux. L'une d'elles m'a montré ses pieds, un jour. Ils sont tout gonflés, et comme la peau est toujours humide, entre les orteils poussent des excroissances, comme des champignons, qui se décomposent et repoussent sans cesse. Tu reconnaîtras vite ces filles à leur démarche. On les repère aussi à l'odeur, elles sentent la gomme de lin, elles en sont imprégnées. Quand je les vois, je pense que je ne suis pas à plaindre.

Sans s'en rendre compte, elle avait élevé la voix. Ma tante, d'en bas, cria:

– Arrêtez de bavarder et dormez! Sinon, vous aurez du mal à vous lever demain matin.

Je me raidis, et ma cousine, sans un mot, serra de nouveau ma main dans la sienne. Ce geste de connivence me rassura. Tout bas, j'osai poser la question qui me tourmentait:

– Angèle, dis-moi. Ta mère... elle ne m'aime pas?

Ma cousine remua, soupira. Il y eut un instant de silence, si long que je crus qu'elle ne me répondrait pas. Enfin, elle se décida, en hésitant:

– Ne crois pas ça. Mais sa vie a été dure, et elle-même n'est pas tendre. Lorsque mon père a dit qu'on allait te prendre avec nous, elle a tout de suite fait ses comptes et déclaré qu'elle n'accepterait qu'à la condition que tu travailles. Il faut dire qu'elle économise le moindre sou pour moi, pour que je fasse un beau mariage. C'est son rêve, vois-tu. Elle voudrait que je connaisse une autre existence que la sienne, que celle même que je mène actuellement: travailler plus de douze heures par jour pour gagner un franc cinquante à la fin de la journée. Mais où trouverai-je un prétendant riche par ici? De toute façon, je ne pense pas encore à me marier, je n'ai que dix-sept ans. Quant à toi, continua-t-elle plus bas, si tu ramènes ton salaire pour subvenir à tes frais, elle t'acceptera volontiers. Je vais te donner un bon conseil: si un jour il y a un problème, il ne faut surtout pas la heurter. Avec ma mère, pour avoir la paix, il faut lui obéir.

Je pensai que je n'avais aucune intention de désobéir. Respect et obéissance, répétaient les sœurs de la Sainte-Union, étaient les premiers devoirs que nous avions envers nos parents. Il me semblait normal de montrer les mêmes sentiments envers ceux qui, dorénavant, allaient les remplacer.

– Il faut dormir maintenant, chuchota Angèle. Bonne nuit, Constance.

– Bonne nuit. A demain.

Quelques minutes plus tard, son souffle régulier m'apprit qu'elle s'était assoupie. Mais je restai éveillée encore un long moment. Je revoyais les scènes de la journée, notre voyage, les visages attristés de mes amis. Je repensai à la promesse de Frédéric, et subitement j'eus chaud au cœur. Il viendrait me chercher, avait-il dit. Même si cela ne se produisait pas avant de longues années, ce but me permettrait de patienter. Grâce à lui, peut-être alors retrouverais-je tout ce que j'avais quitté et qui déjà me manquait ? Car l'univers où je me trouvais maintenant plongée m'apparaissait inquiétant, voire hostile. Heureusement, pensai-je, j'aurais ma cousine qui semblait gentille et prête à m'aimer comme une sœur. Mais je savais qu'elle ne pourrait jamais remplacer mon petit frère. Et ce n'était pas auprès de ma tante que je retrouverais un peu de tendresse maternelle. Comme pour souligner davantage ce que j'avais perdu, des images d'autrefois, du temps où j'étais une enfant insouciante et heureuse, emplirent ma tête. Je les chassai avec force, repoussant en même temps les larmes qui se pressaient sous mes paupières. Je finis par sombrer dans un sommeil qui m'apporta, pour quelques heures, un oubli bienfaisant.

CHAPITRE IV

Je rêvais. Je me promenais dans une rue ensoleillée, et mon petit frère marchait à mes côtés, me tenant la main. Puis subitement le soleil disparaissait, des nuées sombres et menaçantes s'amoncelaient, et la rue devenait obscure. Mon petit frère levait vers moi son visage innocent : « Constance, disait-il, pourquoi ne sommes-nous plus jamais ensemble ? » Sans transition, je me retrouvais sur les genoux de ma mère. J'étais toute jeune, presque un bébé, et je me blottissais contre elle, dans une douce quiétude faite de sécurité et d'amour. Je fermais les yeux en soupirant de bien-être.

Une main secoua mon épaule, une voix murmura à mon oreille :

— Constance, réveille-toi. C'est l'heure.

Mon rêve s'effilocha. J'essayai désespérément d'en rassembler les lambeaux, afin de rester encore dans cet univers de tendresse et de douceur qui m'échappait. Mais, implacable, la voix insistait :

— Allez, Constance, lève-toi. Je suis déjà habillée.

Mon rêve s'évanouit tout à fait, l'agréable sensation disparut. Je me retournai dans le lit; le matelas crissa, ce qui acheva de me réveiller. J'ouvris les yeux, redécouvrant l'endroit où j'étais. Ma cousine Angèle était penchée sur moi.

— Ah, enfin! Habille-toi vite, il est presque quatre heures et demie. Je descends. Je te laisse la lampe.

Encore engourdie de sommeil, je m'assis sur le lit en bâillant. Je tirai d'un de mes sacs mes bas de laine, ma robe noire de tous les jours. En frissonnant, j'ôtai ma chemise de nuit, m'habillai rapidement. De l'autre côté du rideau, les ronflements sonores de mon oncle emplissaient la pièce. Je pris la lampe et descendis prudemment le raide escalier de bois.

Au rez-de-chaussée, ma tante avait allumé le feu et préparait le café. Ma cousine disposait sur la table des bols, des tranches de pain, un peu de beurre, un peu de sucre. Je leur souhaitai le bonjour, les embrassai. Ma tante prit le temps d'ajouter plusieurs cuillerées de chicorée au café qu'elle venait de moudre avant de me donner, comme la veille, un baiser sec. Elle se détourna aussitôt, plaça son mélange café-chicorée dans la cafetière, sur lequel elle versa de l'eau chaude. Où étaient la tendresse de ma mère, l'intérêt affectueux d'Estelle ? Le cœur gros, je dis d'une voix tremblante que je voulais aller aux communs, pris la lampe et sortis.

Dehors, il faisait encore nuit. La cour était obscure. Le faible halo dispensé par ma lampe me permit d'apercevoir un animal qui longeait furtivement le mur avant de disparaître. Un chat ? Un rat ? Je sentis un frisson courir le long de mon dos. Les bruits qui parvenaient des autres logements me rassurèrent un peu : exclamations, pleurs d'enfants, vaisselle entrechoquée. Une femme sortit d'une maison et se dirigea vers la fontaine. Tout en remplissant un seau d'eau, elle me lança des regards curieux. J'entrai dans les cabinets, refermai la porte qui tenait à peine, posai ma lampe sur le sol, faisant fuir une énorme araignée noire et velue. Ce réduit nauséabond, maculé d'excréments et de paille souillée, était si répugnant que je me dépêchai de le quitter.

Revenue dans la cour, je cherchai à m'orienter. Les logements étaient si semblables que, dans l'obscurité, je faillis me tromper. Enfin, je trouvai la bonne porte. Une agréable odeur de café m'accueillit. Ma tante en versa un peu dans chaque tasse, et Angèle y ajouta du lait.

– Viens manger, Constance. C'est prêt.

Je m'assis, beurrai les deux tartines que ma cousine me tendait. Comme elle, je les trempai dans mon bol et mangeai, bien que l'appréhension me serrât l'estomac. Ma tante, pendant ce temps, préparait d'autres tartines qu'elle fourrait de cassonade et qu'elle enveloppait dans ce qu'il me sembla être un billet de mort usagé et chiffonné.

– C'est pour notre casse-croûte, à neuf heures, m'expliqua Angèle. Par ici, on l'appelle le *pain d' mort* à cause du papier dans lequel on le transporte.

Nous avions fini de manger, et ma tante rassemblait les bols pour les laver, lorsque des sons de cloches nous parvinrent, s'appelant, se répondant, certaines plus graves, d'autres plus aiguës.

– Cinq heures, dit Angèle, la cloche des fabriques nous appelle pour nous annoncer que le travail commence dans une demi-heure. C'est comme ça tous les jours, sauf le dimanche. Et encore! Il y en a qui font travailler leurs ouvriers le dimanche matin pour nettoyer les métiers.

Elle se leva, décrocha son manteau :

– Ce n'est pas loin, mais il vaut mieux partir maintenant pour arriver plus tôt. Je dois te présenter à Raymond.

Mon oncle se levait alors que je boutonnais mon manteau. Il vint à moi, me tapota la joue, vit mon inquiétude, essaya de me rassurer :

– Bon courage pour ta première journée de travail, mon enfant. Ça se passera bien, tu verras. Tu diras au surveillant que nous irons à la mairie dès que possible, pour ton livret.

– N'oubliez pas vos tartines, dit ma tante. Et toi, Constance, attends. Je vais te donner un vieux tablier d'Angèle, tu le mettras pour travailler. Il faut protéger ta robe, je ne vais pas t'en acheter une tous les jours.

Je roulai le tablier sous mon bras, pris les tartines enveloppées de leur papier et suivis Angèle qui, déjà, avait ouvert la porte. Puisqu'elle semblait y aller sans crainte, pensai-je, je devais l'imiter. Je redressai la tête.

La rue était noire, à peine éclairée par quelques réverbères à la lumière jaunâtre. Ma cousine me prit le bras, m'entraîna d'un pas rapide.

– Raymond va nous attendre, m'expliqua-t-elle. C'est le contremaître de l'atelier de l'épluchage. J'y ai travaillé plusieurs mois, et je le connais bien. Il te mettra au courant. Nous nous retrouverons à midi, je t'attendrai à la sortie. Il faudra faire vite, le travail reprend à une heure. Mais ce n'est pas loin, et ma mère tient le repas prêt. Celles qui habitent loin mangent sur place ce qu'elles emportent, ou bien vont au cabaret. C'est ce que fait mon père. Malgré les remontrances de ma mère, il refuse de revenir manger à la maison le midi. Il répète que c'est plus agréable pour lui de rester avec ses compagnons de travail.

Dans la rue du Long-Pot, où était située la fabrique, d'autres ouvrières, comme nous, se hâtaient. L'appel des cloches devenait plus distinct. Les femmes et les filles qui nous précédaient, seules ou par groupes, longèrent de hauts murs, franchirent une grille.

– C'est là, dit Angèle.

J'aperçus aussi des hommes, des enfants, de tout jeunes garçons dont certains semblaient ne pas avoir plus de huit ans.

– Vont-ils travailler, eux aussi ? demandai-je.

– Bien sûr, répliqua ma cousine. Dans les familles où il y a plusieurs enfants, le salaire du père est insuffisant. Dès qu'ils sont en âge de travailler, on les met à la fabrique. La plupart sont sous les ordres des fileurs. On les appelle des rattacheurs car ils rattachent les fils qui se cassent pendant l'étirage.

L'un d'eux franchit la grille en même temps que nous. Il avait l'âge qu'aurait eu mon petit frère s'il avait vécu. Je le regardai avec une incrédulité mêlée de pitié. Pouvait-on obliger un enfant si jeune à travailler ? Il avait un petit visage au teint blafard, aux yeux encore gonflés de sommeil, des membres grêles, une démarche mal assurée. Si ma tante avait dû recueillir mon petit frère, l'aurait-elle envoyé, lui aussi, à l'usine ? Cette pensée me fut intolérable.

– Comment peut-on laisser faire ça ? dis-je avec indignation. Ces enfants seraient mieux dans leur lit.

Ma cousine haussa les épaules avec indifférence :

– C'est comme ça, tu n'y changeras rien.

Dans la cour, des ouvrières s'interpellaient, des hommes leur lançaient des réflexions que je ne comprenais pas, d'autres avançaient, taciturnes et le visage sombre. Angèle me mena à un homme qui, près d'une porte, attendait.

– Raymond, dit-elle, voici ma cousine Constance.

Il releva sa casquette sur son front, m'observa d'un regard aigu qui contrastait avec l'aspect bienveillant de son gros visage rond.

– Hum... ouais. Viens avec moi, petite.

Je me tournai vers ma cousine. Allait-elle me laisser ? Elle me sourit :

– Va, Constance. Je te retrouverai ici à midi.

La gorge crispée, je suivis Raymond.

– La cloche pour le début du travail va bientôt sonner, me dit-il. La première chose que tu dois savoir, c'est qu'il faut toujours être à l'heure. Tu dois être dans ton atelier dès que ça sonne, et faire fonctionner ton métier au plus tard cinq minutes après la cloche. En cas de retard, il y a une amende, de dix à trente centimes selon la durée du retard.

Il marchait vite, à grands pas, et je m'essoufflais à le suivre. Dans mes mains, je serrais si fort mes tartines que je les écrasais. Devant nous, une grande et forte femme avançait. Raymond l'appela :

– Hermance ! cria-t-il.

Elle se retourna. Âgée d'environ trente ans, elle avait des yeux très bleus qui se posèrent sur moi avec intérêt.

– Qui est-ce? Une nouvelle?

Raymond acquiesça, me poussant vers elle :

– Tiens, Hermance, je te la confie. Montre-lui tout, et conduis-la à l'atelier. Tu la mettras au courant.

– Comment te nommes-tu? Pourquoi es-tu ici?

Je répondis aux questions d'Hermance d'une voix tremblante. Elle n'insista pas, me prit familièrement par l'épaule :

– Voici la « braderie », m'annonça-t-elle. C'est la pièce où on se met en tenue de travail. Je vois que tu as apporté un vieux tablier. C'est bien. A l'épluchage, il y a tant de poussière qu'il vaut mieux changer de vêtements.

La salle où elle me fit entrer était une sorte de grand vestiaire. De nombreuses ouvrières s'y déshabillaient dans un brouhaha confus de bavardages, d'exclamations, de cris, de rires. Hermance me conduisit dans le fond, me montra un porte-manteau où mettre mes vêtements. J'hésitai avant d'enlever ma robe. Toutes ces femmes, autour de moi... Et la porte grande ouverte sur le couloir, dans lequel passaient des hommes qui ne se gênaient pas pour regarder... Deux d'entre eux sifflèrent en apercevant une jeune fille d'une vingtaine d'années en chemise et en jupon. Elle haussa les épaules et répondit par quelques paroles crues qui me choquèrent. Hermance vit ma gêne :

– Regarde, conseilla-t-elle, fais comme moi.

Elle déboutonna sa robe, en ôta une manche, enfila sur son bras nu une manche de tablier, fit de même avec l'autre bras, et fit tomber progressivement la robe en se couvrant au fur et à mesure avec le tablier. Je l'imitai, me tortillant pour y parvenir. Ce n'était pas facile. Alors que je suspendais ma robe, la cloche sonna subitement.

– Vite, vite! Attention aux amendes!

En se bousculant, toutes les ouvrières sortirent. Après m'avoir recommandé de ne pas oublier mon *pain d' mort*, Hermance les suivit plus posément.

Alors que nous parvenions à l'atelier, le tintamarre épouvantable que firent les métiers se mettant en marche me fit sursauter. J'entrai, complètement assourdie, poussée par Hermance. Chacune des ouvrières s'installait devant son métier et sans perdre de temps se mettait à travailler, prenant les balles d'un coton emmêlé et sale à un vieil homme qui les apportait dans un coin de l'atelier. Ensuite, avec des gestes qui me parurent assurés et experts, elles étendaient ce coton avec la main afin de le présenter à la machine qui se mettait à éplucher et à battre. Une poussière de plus en plus épaisse ne tarda pas à s'élever, qui me piqua la gorge et me fit tousser.

– Ce n'est que le début, cria Hermance. Il faudra t'y habituer.

Elle me mena devant un métier, y plaça le coton, me montra comment alimenter correctement le batteur-éplucheur puis le batteur-étaleur en les surveillant sans cesse, comment nettoyer les rouleaux et les cylindres sans se faire attraper la main ou les cheveux par la courroie de transmission. Je la regardais travailler avec admiration, pensant que je n'y arriverais jamais. Elle me laissa la place, restant près de moi, me guidant, et peu à peu je compris ce qu'il fallait faire. Elle me quitta pour aller à son métier, mais revint souvent, me conseillant, me montrant inlassablement, sans jamais s'impatienter devant ma maladresse. Rouge d'énervement, dans le bruit infernal, les secousses et vibrations des machines, je m'appliquais du mieux que je pouvais, les yeux et la gorge brûlés par l'épaisse poussière formée de déchets de coton, de duvet, de débris de bois ou d'écorce. Bientôt j'en eus dans la bouche, dans les narines, dans les oreilles, et je n'arrivais plus à respirer. A un moment où je regardais Hermance, je vis ses cheveux, ses sourcils et ses cils couverts d'un duvet qui s'accrochait partout. Un coup d'œil à mes autres compagnes m'apprit qu'elles subissaient le même traitement, ainsi que Raymond qui nous surveillait et le vieil homme qui apportait les balles de coton. Abrutie par le bruit, frottant sans cesse mes yeux qui piquaient, je parvenais néanmoins à faire marcher mon métier, et je m'émerveillais de voir qu'il transformait le coton plein de débris qu'on lui donnait en une sorte d'ouate douce et floconneuse.

– C'est bien, me dit Hermance, tu t'y mets assez vite. Plus tu travailleras rapidement, plus ton salaire sera élevé à la fin de la semaine.

Je compris, au fur et à mesure que la matinée passait, que le travail qu'on nous demandait n'exigeait qu'attention et surveillance. Il n'aurait pas été trop fatigant s'il n'y avait pas eu ce bruit assourdissant, cette poussière qui s'insinuait partout, et aussi la station debout qui allait vite devenir pénible.

A huit heures et demie, ce fut l'heure du casse-croûte. Normalement, nous avions une demi-heure pour manger. Mais les métiers ne s'arrêtaient pas de tourner, car si l'on pouvait gagner un peu de temps cela augmentait le rendement. Et pour avoir plus d'argent à la fin de la semaine, les ouvrières continuaient à travailler en mangeant. Je fis comme elles. J'enlevai mes tartines du papier recouvert d'une couche de poussière et de débris, et tout en mâchant autant de bourre de coton que de pain, je continuai à surveiller et à alimenter la machine. Et peu à peu, j'oubliais tout, je n'entendais plus le bruit, je devenais une machine à mon tour : prendre le coton, le présenter, surveiller, nettoyer. J'agissais mécaniquement.

À midi, j'étais fourbue. Lorsque la cloche sonna et que les métiers s'arrêtèrent, le silence qui tomba subitement sur l'atelier me causa un étourdissement. Hermance me sourit :

– Ça va, tu t'en sors bien. Simplement, il faut nettoyer ton métier mieux que ça. La bourre de coton se met partout. Regarde, ici, dans l'engrenage. Il faut l'enlever.

Je n'osai pas avouer que la machine me faisait peur, mais j'objectai timidement que j'aurais préféré la nettoyer à l'arrêt.

– Je sais bien que c'est ce que nous devrions faire, avoua Hermance. Mais là encore, ce serait une perte de temps. Ou bien on nous ferait venir le dimanche matin. Nous préférons encore faire le nettoyage en marche. C'est une question d'habitude, on finit par y arriver. Il faut simplement veiller à ne pas se laisser prendre un doigt!

Dans la braderie, j'ôtai mon tablier recouvert de poussière, le secouai, me frottai le visage, remis ma robe. Hermance me prêta un peigne afin que je débarrasse mes cheveux de la bourre de coton qui s'y collait. Et, dans le brouhaha et la bousculade, je me dirigeai vers la sortie.

Ma cousine m'attendait. Elle me sourit, m'entraîna aussitôt :

– Viens vite, Constance. As-tu faim ? Comment s'est passée ta matinée ? Ce n'est pas trop dur ?

Je secouai la tête, encore ahurie. Je prenais conscience du fait que mon dos, mes épaules me faisaient mal. Mes pieds aussi étaient douloureux. Mes yeux piquaient, ma gorge était irritée. Mais à quoi bon me plaindre ? Puisque les autres supportaient ce travail, je serais bien capable d'en faire autant. Il me fallait le temps de m'habituer, voilà tout.

Je respirai à fond. Après la chaleur et la poussière de l'atelier, l'air frais était revigorant. Quelques odeurs de cuisine me parvinrent, me faisant prendre conscience que j'avais faim. Autour de nous, des gens s'interpellaient, des enfants couraient, des hommes entraient dans les cabarets. Je les regardais. Ils me paraissaient frustes, avec leur allure lourde, leurs grossiers vêtements, leur patois. Mais je découvrais que sans aucun doute ils travaillaient dur et étaient courageux. Je les comparais, mentalement, avec l'image que je gardais de mon père, impeccablement rasé, dans son uniforme bien brossé. Arriverais-je à m'intégrer à eux? Sans bien me l'expliquer, je me sentais différente.

Ma tante nous attendait. Malgré ma répugnance, je dus aller aux communs. Angèle m'accompagna. Dans la cour, quatre ou cinq jeunes enfants jouaient. Le plus petit, assis dans la poussière devant la porte voisine, suçait son pouce d'un air absent. Les autres saluèrent Angèle avec des cris joyeux, lui demandant si elle n'avait pas pour eux une *péninque*, genre de bêtise de Cambrai, bonbon parfumé à la vanille et à la menthe que j'avais souvent mangé dans mon enfance. Ma cousine caressa leur frimousse sale, leur promit les sucreries s'ils étaient sages, leur expliqua qui j'étais, me les présenta un par un:

– Ces enfants habitent plus loin dans la rue, mais Élise, notre voisine, les garde pendant que leurs parents travaillent. Ça lui permet d'avoir un peu d'argent supplémentaire, ajouta-t-elle plus bas, car Mathieu, son mari, dépense une bonne partie de son salaire au cabaret.

Ma tante nous avait préparé une épaisse purée de pommes de terre que l'on mangea avec du pain bis et du beurre. Malgré ma fatigue, j'avalai le contenu de mon assiette avec appétit. Je me sentais encore étourdie par les heures passées dans l'atelier, dans des conditions auxquelles je n'étais pas habituée. En comparaison, le logement de ma tante, à la propreté impeccable, où seul chantait le vieux poêle, me paraissait un havre de paix. Et je dus faire un effort pour le quitter, lorsqu'il fut l'heure de retourner travailler, en luttant contre l'assoupissement qui me gagnait.

Je refis ce que j'avais fait le matin, et déjà, ce devenait une habitude. A l'entrée de l'atelier, Raymond me montra le règlement affiché près de la porte:

– Il faudra que tu le lises. Tu dois le connaître et le respecter.

– A quoi bon? remarqua Hermance avec ironie. Ton règlement, on le transgresse tous les jours, Raymond. N'est-il pas écrit qu'il est interdit de nettoyer les métiers en marche? Et pourtant, c'est ce que nous faisons, non?

– Oh, toi! dit Raymond, mi-rieur, mi-fâché, en lui donnant une grande tape sur son large derrière.

Des ricanements se firent entendre.

– Allons, au travail! cria Raymond. Et plus vite que ça! Pressez-vous, je note votre temps à partir de maintenant.

Le bruit, de nouveau. La poussière qui vole, qui s'accroche, qui bouche les narines, dessèche la gorge, semble obstruer jusqu'aux poumons. La machine à alimenter, à surveiller, à nettoyer. La station debout, le dos courbatu, la tête douloureuse, la sensation d'avoir du plomb dans les jambes à la fin de la journée. Et, par-dessus tout ça, apprendre à ne pas perdre de temps, à aller le plus vite possible pour gagner plus d'argent à la fin de la semaine.

Lorsque la cloche sonna, à sept heures et demie du soir, j'étais épuisée. Je quittai l'usine dans un état voisin de l'abrutissement.

– C'est normal, c'est comme ça les premiers jours, assura ma cousine. Mais tu vas t'habituer. Dans une semaine, tu verras, ça ira mieux.

A la maison, je me lavai le visage et les mains, me brossai longuement les cheveux. Ma tante, consciente de ma fatigue, se montra compréhensive et m'envoya au lit sitôt le repas terminé. J'obéis avec soulagement. J'étais tellement exténuée que j'avais l'impression de vaciller. Je m'allongeai dans le lit et fermai les yeux. Enfin, un peu de repos... Mais, alors même que je glissais dans le sommeil, j'entendais encore le bruit trépidant des machines, je les voyais devant moi tourner à une cadence infernale, je me trouvais enveloppée de cette poussière dont les duvets se collaient partout sur moi. D'un seul coup, l'épuisement me plongea dans un grand trou noir où plus rien n'exista. Je n'en émergeai avec peine que le lendemain matin, lorsque Angèle de nouveau me secoua l'épaule pour me réveiller.

Ainsi fut ma vie, dorénavant. L'usine, tous les jours de la semaine, sauf le dimanche. Petit à petit, mon corps s'habitua à la fatigue, mes mains devinrent calleuses. Je sus bientôt travailler vite, je devins experte, faisant même de meilleures semaines qu'Hermance, qui pourtant m'avait formée. Mais elle ne se pressait pas. Je finis par savoir qu'elle était la maîtresse de Raymond et que, quoi qu'elle pût faire, ce dernier tenait ses comptes de telle façon qu'elle touchait toujours sa semaine. Je ne me permettais pas de les juger. Je savais que le mari d'Hermance l'avait quittée, et qu'elle s'était retrouvée seule avec sa petite fille. Et puis, Raymond n'était pas un mauvais homme.

Je trouvai également un ami silencieux chez Achille, le vieil homme qui nous apportait les balles de coton. Quelque chose en lui, dans sa démarche, dans son regard, me rappelait mon vieil ami Arsène, qui m'avait sauvée du choléra et que je n'oubliais pas. On l'appelait *le Toubaqueux*, parce qu'il avait travaillé dans une manufacture de tabac avant de venir chez nous. Trop âgé pour être fileur, il avait été engagé comme homme à tout faire. Taciturne, renfermé, il se contentait d'obéir sans un mot. Et c'était ainsi que le considéraient les ouvrières, comme une machine à obéir, sans chercher à découvrir l'homme qui se cachait derrière.

Pendant la pause de midi, il faisait office de *sorteux*. Le sorteux était celui qui allait, pour les ouvriers, chercher au cabaret ou chez le *graissier* * le plus proche de quoi agrémenter leur casse-croûte. Un jour où ma tante s'était absentée pour la journée, afin d'aller rendre visite à sa sœur qui habitait Phalempin, je dus rester manger à l'usine. Assise avec les autres contre le mur, je me contentai de mes tartines, mais elles n'arrêtaient pas :

– *L' Toubaqueux*, va m'acheter une poire cuite!

– *L' Toubaqueux*, va me chercher un morceau de *blanc-piquant* **!

– Et pour nous, *l' Toubaqueux*, va donc chercher du café!

Le pauvre Toubaqueux courait, repartait, revenait. Et pas une ne pensait à dire merci, et moi je commençais à aimer ce vieil homme qui s'efforçait de donner satisfaction à toutes en sachant demeurer digne malgré son attitude d'éternelle obéissance. Petit à petit, il prit conscience du fait que je le regardais comme un être humain, et non comme une bête de somme. Je lui disais bonjour le matin lorsque j'arrivais, je le remerciais d'un sourire lorsqu'il m'amenait mes balles de coton, je lui souhaitais le bonsoir à la fin de la journée. Il fut d'abord surpris, puis ému, puis reconnaissant. Il ne me dit jamais rien, mais son visage s'éclairait en me voyant. Et parfois, lorsque je levais les yeux de ma machine, je surprenais son regard posé sur moi avec une expression douce qui me réchauffait le cœur.

J'appris aussi à connaître mes compagnes d'atelier. Ma voisine la plus proche avait pour nom Cécile. Agée d'environ vingt-cinq ans, elle était mariée et attendait un enfant. Elle avait perdu le précédent, m'avait-on dit, parce qu'il était né trop tôt. Dans son corps maigre, son ventre proéminent surprenait. Sa grossesse la rendait malade; elle était souvent victime d'étourdissements, de malaises. Je la voyais subitement chanceler, elle devenait livide, elle se prenait le ventre à deux mains et allait s'asseoir plus loin, sur une caisse ou une balle de coton, au bord de la syncope. A ces moments-là, sans rien dire, Hermance, tout en roulant son large derrière, quittait placidement son métier et venait faire marcher celui

* Le graissier était, à l'époque, l'épicier du quartier.
** On appelait ainsi le fromage de Maroilles.

76

de Cécile en attendant que cette dernière puisse revenir. Par la suite, je fis de même, prise de pitié pour cette femme obligée de faire un travail qui bien souvent dépassait ses forces.

Je me rendis très vite compte qu'il existait, entre les différentes ouvrières de l'atelier, une sourde rivalité. Chacune voulait travailler mieux et plus vite que la précédente, avoir fourni davantage à la fin de la semaine, afin de gagner plus. Des disputes éclataient le samedi, lorsque le comptable nous remettait notre paie. Certaines s'estimaient lésées, trouvaient que c'était injuste, ne se gênaient pas pour le clamer haut et fort.

Je n'étais à la maison que dans la soirée, et le dimanche. Je me rendais utile autant que je le pouvais, et ma tante avait fini par accepter ma présence comme si je faisais partie de la famille. Mais je ne parvenais pas à savoir si elle éprouvait quelque affection pour moi. Je crois qu'elle me tolérait, mais qu'elle ne m'aimait pas. Mon oncle, lui, m'aimait bien et s'intéressait à moi, mais de façon assez superficielle. Il m'oubliait bien vite pour aller rejoindre ses camarades de travail à l'estaminet voisin. Seule ma cousine m'apporta, pendant cette période de ma vie, la tendresse dont j'avais besoin.

Dès le début, je découvris qu'elle était insouciante et s'arrangeait toujours pour ignorer les problèmes. Quoi qu'il arrivât, elle avait le don de s'adapter aux circonstances. Cette heureuse disposition lui permettait de tout supporter sans se plaindre. Moi, au contraire, j'avais tendance à m'inquiéter pour la moindre petite chose, à me torturer à l'avance, ce qui, au dire de ma cousine, était non seulement ridicule mais de plus ne servait à rien. Bien souvent, j'essayai de faire mien son raisonnement, mais ma nature reprenait vite le dessus et je n'y parvins jamais. Pourtant, malgré cette différence qui nous opposait, ou peut-être à cause d'elle, nous nous entendîmes toujours parfaitement.

Un dimanche, ma tante fit ses comptes devant moi. Je compris vite qu'elle n'était pas riche et ne mentait pas lorsqu'elle assurait que je devais travailler. Elle fit le total des dépenses : le loyer, le charbon, le savon, l'éclairage, et surtout la nourriture, en calculant tout au plus juste. Cette somme couvrait le salaire de mon oncle – ou plutôt ce qu'il remettait à sa femme après en avoir gardé une partie pour le cabaret. En ce qui concernait le salaire de ma cousine, ma tante en plaçait systématiquement la moitié à la caisse d'épargne chaque semaine. Ce que je gagnais – un franc cinquante par jour – était donc nécessaire, pour ma nourriture d'abord, pour mes vêtements ensuite. Je grandissais; une paire de chaussures me serait bientôt nécessaire. Là aussi, il fallait économiser pour l'obtenir. Son prix équivalait à une semaine de mon salaire.

Autour de nous, partout, c'était la même lutte pour l'argent. Élise, notre voisine, gardait les jeunes enfants dont les parents travaillaient. Elle gagnait vingt centimes par jour et par enfant. J'allais la voir, quelquefois, avec Angèle. Il y avait six, huit, jusqu'à dix garçons et filles dans sa petite pièce, âgés de quelques mois à six ans. Elle devait les surveiller, les occuper, les consoler s'ils pleuraient, les séparer s'ils se battaient. Je lui trouvais beaucoup de patience. Lorsque je le lui disais, elle répondait que ces enfants apportaient chez elle une animation bénéfique : les siens étaient partis, mariés, elle les voyait rarement, et son mari, lorsqu'il ne travaillait pas, passait son temps au cabaret, à fumer, boire de la bière et jouer aux cartes.

Nos voisins de gauche ne pensaient qu'à faire la fête. Tout leur était bon : les jours fériés, les dimanches, les anniversaires, et même les lundis qu'ils chômaient allégrement, même s'ils perdaient leur journée et payaient une amende. Ils travaillaient tous en usine : le père, la mère, et deux grands garçons. Ils aimaient boire, ils étaient bruyants et exubérants. Ma tante en faisait parfois le reproche à Léa, la femme.

– Que voulez-vous, répondait celle-ci, il faut nous comprendre. On travaille dur, on s'amuse de même.

Lorsqu'ils manquaient d'argent, après avoir tout dépensé lors d'une fête par exemple, ils allaient chez *Ma Tante* – ainsi appelaient-ils le mont-de-piété – engager une montre, un habit, un chapeau, des gants. Et dès qu'ils le pouvaient, ils allaient tout retirer, jusqu'à la fois suivante. Ma tante critiquait cette façon de faire et, bien qu'il m'arrivât souvent de la trouver trop sévère, j'étais d'accord avec elle.

Ma nouvelle existence m'avait apporté un tel changement que j'avais parfois l'impression d'avoir rêvé tout ce qui avait précédé. Seules les lettres de Frédéric, d'Estelle et de Lucie, et les longues missives de mon vieil ami Arsène, me prouvaient que ce passé avait bien existé, même s'il était maintenant définitivement révolu. A chaque fois, je leur répondais fidèlement, j'y passais une partie de mon dimanche. Ma tante lisait mes lettres, y ajoutait quelques mots, mon oncle quelquefois signait en bas de la page. Aussi, je n'osais pas épancher totalement mon cœur. Je disais simplement que je m'habituais à mon travail, sans donner de détails, je précisais que j'étais bien soignée, bien nourrie, que je m'entendais bien avec ma cousine. Je leur affirmais que je ne les oubliais pas. Et, ces soirs-là, lorsque j'avais terminé ma lettre, des bouffées de souvenirs me revenaient, m'apportant nostalgie et regrets. Je pensais, alors, à la promesse de Frédéric : viendrait-il me chercher, me sortir de cet univers dans lequel, malgré tous mes efforts, je ne parvenais pas à m'intégrer totalement ? Si oui, quand ? Il me fallait patienter, et je commençais déjà à trouver que c'était bien long d'attendre.

Des semaines, puis des mois passèrent ainsi. L'été arriva, et la chaleur apporta un inconvénient supplémentaire à notre travail déjà difficile. Nous sortions de l'usine, le soir, sales et en sueur, le visage pourpre, les chevilles lourdes et gonflées. Cécile, à cause de sa grossesse, fut celle qui en souffrit le plus. Jusqu'au dernier jour, elle vint travailler, et elle se trouvait devant son métier lorsqu'elle ressentit les premières douleurs. Elle n'osa pas demander tout de suite la permission de s'en aller, et faillit accoucher à l'atelier. Lorsque je la vis partir, pliée en deux par les contractions, les traits tirés par la souffrance, je ne pus m'empêcher de la plaindre de nouveau. En même temps, une révolte me prenait, identique à celle que j'avais éprouvée le premier jour, lorsque j'avais vu entrer dans l'usine des enfants de l'âge de mon petit frère. Pour ces femmes que l'on obligeait à travailler dans de telles conditions, ne pouvait-on rien faire ? Je savais qu'après la naissance de son enfant, dès qu'elle aurait retrouvé quelques forces, Cécile reviendrait parmi nous, à peine remise, mais pressée par la nécessité de gagner de l'argent. Je m'étonnais de voir les ouvrières tout accepter sans rien dire. Pourquoi leur existence était-elle aussi dure ? Ne pouvait-on y apporter quelque amélioration ? Fallait-il que le rendement, la vitesse, aient plus d'importance que la simple humanité ? Je commençais à me rendre compte qu'un engrenage impitoyable nous écrasait toutes, et que nous ne pouvions que subir.

Quelques jours après, Hermance m'emmena voir Cécile et son bébé. C'était un soir, après l'usine. Cécile habitait tout en haut d'une maison à deux étages. Son petit logement, malgré la fenêtre ouverte, était étouffant. Des mouches bourdonnaient, tournaient autour du bébé endormi dans le tiroir qui lui servait de berceau. Je le trouvai bien pâle et bien frêle. Cécile, encore couchée, nous accueillit avec un sourire las. La pièce était en désordre, le mari n'était pas encore rentré. Hermance remit de l'ordre, essuya la table, balaya, pendant que je donnais à Cécile des nouvelles de l'usine. Lorsque nous partîmes, elle nous remercia avec émotion de notre visite. Et, la semaine suivante, elle vint, faible et chancelante, reprendre sa place parmi nous. De nouveau, Hermance et moi, avec deux ou trois autres, à tour de rôle, nous allions faire marcher son métier quand elle devait s'arrêter quelques instants.

Pourtant, moi aussi, par moments, j'aurais eu besoin de m'arrêter un peu. La chaleur m'éprouvait beaucoup, la station debout également. Je n'avais que quinze ans et j'étais en pleine croissance. La façon dont je me tenais, penchée sur mon métier, me causait d'intolérables douleurs dans le dos.

Ma tante prenait pitié de mon visage qui se creusait, de mes joues pâles. Le dimanche, lorsqu'il faisait beau, elle nous incitait à nous promener, nous accompagnait, Angèle et moi, jusqu'au quartier Saint-Maurice, où régnaient cabarets et guinguettes. Il y avait également les jardins de plaisance des citadins, c'était gai et verdoyant. J'aimais cette halte dans ma vie trépidante de tous les jours. De nombreux promeneurs endimanchés flânaient, entraient dans les guinguettes pour boire, manger une pâtisserie ou danser. D'autres fois, plus rarement, ma tante nous emmenait chez sa sœur qui habitait à Phalempin, en bordure de la forêt. Nous faisions alors un tour dans le bois, et cette promenade me faisait du bien. La verdure reposait mes yeux, agressés toute la semaine par la poussière de l'atelier, et l'air pur chassait de mes poumons la bourre qui s'y était accumulée. Il arrivait à mon oncle de venir avec nous, bien qu'il préférât passer son dimanche après-midi au cabaret à jouer au *beigneau*; c'était une sorte de jeu de palets, que l'on lançait sur un plancher en pente percé d'une ouverture. J'avais assisté à plusieurs parties, qui consistaient à jeter les lourds palets en fer dans le trou. J'avais pu constater la passion des joueurs qui allaient jusqu'à se servir d'un compas, en cas de doute, pour mesurer les distances. Ils s'étaient tous regroupés pour former une société, et mon oncle était très fier d'en faire partie.

Ces moments de répit m'étaient agréables. J'aimais, aussi, le dimanche matin, seul jour de la semaine où je n'étais pas obligée de me lever à quatre heures. Ma tante nous laissait dormir, Angèle et moi, et nous en profitions. Nous étions réveillées par les cris de la rue, par les marchands qui vantaient leurs produits, marchands de lait, de pommes de terre, de paille de colza, de bois, de charbon, par les cris des gamins, par les cloches des églises appelant à la messe. Dans un demi-sommeil, je me laissais bercer par ces bruits qui m'étaient devenus familiers, avant de me lever pour aller guetter le facteur. Il passait même le dimanche, seul jour où je pouvais le rencontrer. Quelle joie s'il avait une lettre pour moi! Je le voyais arriver au bout de la rue, vêtu de sa blouse bleue, sa boîte de cuir noire en bandoulière. Il me connaissait, savait que je l'attendais, me faisait signe de la tête : oui ou non. Si c'était oui, je courais au-devant de lui, et son bon visage se plissait de rides tandis qu'il riait de mon impatience. Un dimanche, il me remit ainsi une lettre de Lucie, la sœur de Frédéric, qui m'annonçait son mariage. Elle m'invitait mais, comme je le prévoyais, ma tante ne me permit pas d'y aller, prétextant que le deuil de mon père n'était pas terminé. J'en eus de la peine, car cela m'aurait permis de revoir Frédéric, mais je répondis à Lucie en lui souhaitant énormément de bonheur et en l'assurant de ma fidèle amitié.

Et, peu à peu, le temps passait, émoussait mes souvenirs. Sans oublier vraiment mes parents et mon petit frère, je me sentais moins triste en pensant à eux. Pourtant, certains soirs, avant de m'endormir, lorsque j'entendais siffler les trains qui passaient sur la voie ferrée toute proche, un chagrin poignant, pendant quelques instants, me tordait le cœur. Je me rappelais alors, avec une acuité insupportable, l'époque où j'étais heureuse, et bien souvent, ces soirs-là, malgré la présence rassurante de ma cousine auprès de moi, je m'endormais en cachant mes larmes. Mais je ne pouvais jamais pleurer bien longtemps; le travail ne m'en laissait pas le temps.

CHAPITRE V

Pendant l'hiver qui suivit, j'attrapai une toux qui ne me quitta plus. La poussière qui régnait constamment dans l'atelier rendait l'atmosphère irrespirable. Mes paupières étaient rouges et gonflées, ma gorge brûlait et piquait. Un soir de février, je pris froid en sortant de l'usine, et le lendemain je ne pouvais plus parler. Ma tante me fit boire du vin chaud et acheta chez le graissier des bonbons au miel que je suçai dans la journée. L'aphonie disparut, mais l'irritation et la toux restèrent.

– Tu ne sembles pas très résistante, constata ma tante avec reproche. Mais l'usine finira bien par t'endurcir.

Elle ne pensa pas à appeler le médecin. Personne d'ailleurs ne le faisait venir, sauf dans les cas graves. On préférait les remèdes de bonne femme, et on allait travailler coûte que coûte, afin de ne pas perdre une journée de salaire.

Au printemps, lorsque disparurent les brouillards et les pluies glaciales, ma toux s'atténua un peu. Mais cela ne dura pas. Elle revint bientôt, plus rauque, plus profonde. Sa violence finit par attirer l'attention de Raymond, le surveillant. Après m'avoir observée quelque temps sans rien dire, il vint me trouver un soir à la sortie de l'atelier :

– C'est mauvais, la façon dont tu tousses. Si tu continues, tu vas tomber malade. J'en ai connu qui ont commencé comme ça et qui ont fini à l'hôpital. Je vais voir si on peut te changer d'atelier.

Vint le jour du *Broquelet*. C'était une fête qui avait lieu le 9 mai, à la Saint-Nicolas d'été. *Broquelet*, en patois picard, signifie fuseau. Après avoir été longtemps la fête des dentellières, la tradition voulait que ce fût également celle des ouvriers de filature. Le dimanche qui suivait cette date, les réjouissances commençaient, continuaient le lundi et même le mardi. Quelques jours avant, Hermance me prévint :

– N'oublie pas, samedi, d'apporter un bouquet pour Raymond. Et tu devras donner trois francs comme nous toutes. Avec la somme, il nous paiera à boire le soir.

L'année précédente, j'en avais été dispensée : j'étais nouvelle et de plus je portais le deuil de mon père. Mais maintenant je savais que je devais me conformer à la tradition et j'acquiesçai.

Le vendredi, avec ma cousine, j'achetai des fleurs à l'un des nombreux marchands qui, sur la place et le long des rues, vendaient des bouquets à cette occasion. Ma tante avait grommelé un peu, mais nous avait donné l'argent, obligée de s'incliner devant cette coutume que tous respectaient. Le samedi matin, comme les autres, j'allai à la fabrique en apportant mes fleurs. Cela donnait un air de fête, accentué encore par la décision qu'avaient prise nos patrons, exceptionnellement, de nous laisser terminer notre journée à cinq heures. De plus, nous savions que des récompenses allaient être offertes, le soir, en même temps que notre paie : les bonnes ouvrières recevraient une gratification, et les patrons avaient coutume de remettre, ce jour-là, le produit des amendes de l'année à ceux qui le demandaient. Même notre atelier participait à l'effervescence générale : certaines avaient enjolivé leur métier avec de l'aubépine qu'elles étaient allées cueillir sur les haies, dans la campagne environnante. Et le parfum de ces fleurs, pour un instant, faisait oublier l'odeur lourde des machines et celle, plus âcre, du coton qu'elles battaient et épluchaient.

Nous donnâmes toutes nos trois francs et notre bouquet à Raymond. J'en avais prélevé une fleur, la plus belle, que j'offris au *Toubaqueux* avec un sourire. L'émotion visible du vieil homme me toucha. Une grande clarté vint dans ses yeux, son visage prit une expression attendrissante de gratitude. Il balbutia :

– Merci, petite, merci... Tu es gentille... Penser à une vieille bête comme moi... Je ne me souviens pas qu'on m'ait offert des fleurs. Merci...

Je gagnai mon métier, la joie au cœur. Miraculeusement, la journée me parut moins fatigante. Le soir à cinq heures, nous nous retrouvâmes toutes, énervées et impatientes, dans le couloir qui menait au bureau du comptable.

Il nous fit entrer à tour de rôle. Comme la porte était grande ouverte et que nous faisions la queue l'une derrière l'autre, nous entendions la somme qu'il énonçait à haute voix. Et c'étaient des regards jaloux si la somme était élevée, ou des sourires méprisants dans le cas contraire. Des chuchotements couraient, des commentaires, et même des réflexions de quelques irréductibles, que n'arrêtait pas la présence d'un des directeurs, debout près du bureau du comptable. L'air digne et les bras croisés, il disait un mot à chaque ouvrière qui passait devant lui.

Lorsque ce fut mon tour, j'avançai avec timidité. Je n'osai pas lever les yeux vers ce grand patron dont j'apercevais, à travers mes cils, la redingote et le gilet bien coupé, sur lequel brillait la chaîne d'une montre. Cette élégance me faisait prendre conscience de mes vêtements défraîchis, de la poussière qui, malgré mes efforts pour m'en débarrasser, adhérait encore à mes cheveux, à mes cils, collait dans mes narines, se mêlait à ma sueur pour obstruer chaque pore de ma peau. Ce fut à peine si j'entendis le comptable annoncer la somme que j'avais gagnée, à laquelle s'ajoutait une gratification importante car, dit-il, j'étais une des meilleures ouvrières de l'atelier de l'épluchage : pendant l'année, pas une fois je n'avais eu d'amende, mon travail était rapide et Raymond n'avait jamais eu à se plaindre de ma conduite. Il me tendit l'argent, et j'avançai une main sale, que le coton et la machine avaient rendue rêche et calleuse. J'écoutai en rougissant les quelques mots de félicitations du directeur, tout en m'efforçant de retenir une quinte de toux que je sentais monter. Après avoir balbutié un merci presque inaudible, je sortis sans rien voir, yeux baissés et visage écarlate.

Dehors, je respirai mieux. Je retrouvai ma cousine qui m'attendait et qui, elle aussi, avait eu une gratification, moins importante que la mienne mais, comme son salaire était sensiblement plus élevé, cela revenait à peu près au même.

– C'est bien, dit-elle en me prenant le bras. Mère sera satisfaite.

Moi aussi, j'aurais dû être contente. Je l'étais, dans un sens, parce que j'avais reçu les félicitations du directeur, et j'avais réussi, à force de volonté et d'efforts, à devenir une bonne ouvrière. Mais je ne pouvais pas partager la joie des autres qui, autour de nous, énonçaient gaiement ce qu'elles allaient faire de leur argent : acheter un ruban, un bonnet, un fichu, faire la fête au cabaret, aller danser à la guinguette. Si elles m'avaient demandé ce que je comptais faire de la somme que je venais de recevoir, qu'aurais-je pu dire ? Déjà, elle ne m'appartenait plus. Je savais que ma tante s'en emparerait jusqu'au dernier sou. Elle ne me laissait aucun argent, disant que je n'en avais pas besoin. Elle prélevait sur mon salaire ce qui était nécessaire à ma nourriture, à mes vêtements, et gardait le reste pour me le remettre plus tard, affirmait-elle. Je n'avais aucun moyen de vérifier ; je ne pouvais que la croire. Pourtant, comme j'aurais aimé, de temps à autre, offrir un paquet de tabac au *Toubaqueux*, ou quelque douceur à Cécile, qui allaitait son bébé malgré sa santé chancelante ! Ou même m'acheter égoïstement, chez le graissier où je faisais les courses, un bâton de réglisse, qui me rappellerait celui que mon vieil ami Arsène nous offrait, à Rodolphe et à moi, lorsque nous allions le voir, ou bien ces carrés d'anis, sorte de pain d'épice orné d'un petit dessin, dont je raffolais. Ma tante ne m'en accordait que très rarement, de temps en temps le dimanche. Avec mes quinze ans, j'étais encore proche de l'enfance, et cela bien souvent me manquait.

Ce soir-là, malgré les trois francs que nous avions donnés, ma tante ne nous permit pas d'aller rejoindre les surveillants des ateliers et les autres travailleurs au cabaret.

– Vous êtes trop jeunes, dit-elle d'un ton sans réplique.

Le lendemain dimanche, ma tante fit une couque, gâteau de farine et de lait parsemé de raisins de Corinthe. L'après-midi, mon oncle nous emmena à *l'Alcazar*, la nouvelle guinguette dans la rue du même nom. Nous nous assîmes sous les charmilles, bûmes de la bière en mangeant de la tarte. Il y avait beaucoup de monde. Dans un kiosque, des musiciens jouaient ; de nombreuses personnes dansaient. Des voisins, des compagnes de travail nous saluaient. Quelques camarades de mon oncle vinrent lui dire bonjour. L'un d'eux invita ma cousine à danser ; en riant, elle accepta. Un autre voulut faire de même avec moi. Paralysée de timidité, je secouai la tête.

– Je ne sais pas danser, dis-je.

– Ça ne fait rien, insista-t-il, je vous montrerai.

– Laissez-la donc, intervint ma tante de sa voix sèche. Vous voyez bien qu'elle est trop jeune.

J'eus peur, à partir de ce moment, que quelqu'un d'autre ne vînt m'inviter. Je fus soulagée lorsque nous partîmes. J'aimai davantage, dans la soirée, le spectacle de marionnettes que nous allâmes voir dans l'arrière-salle d'un cabaret voisin. Dans un français mêlé de patois, les personnages de bois s'interpellaient, suscitant commentaires, approbations ou huées. Les spectateurs – hommes, femmes et enfants – participaient à l'action et semblaient apprécier la pièce autant que moi.

La fête se prolongea les deux jours suivants, et je profitai du repos qu'elle m'apporta. J'oubliai, pour un peu de temps, les cloches appelant au travail à cinq heures, la cadence trépidante des machines, le bruit, la poussière chargée de déchets qui empestait l'atelier. Ces deux jours passèrent agréablement : je me promenai avec Angèle, allant respirer l'air pur de la campagne ; j'aidai ma tante à laver la maison, ce qui me parut plus reposant que le travail à l'atelier ; j'allai voir Élise, notre voisine qui, pour une fois, n'avait pas d'enfants à surveiller ; et je rendis visite à Cécile, qui profitait de cette halte dans notre vie de labeur pour reprendre des forces. Quant à nos autres voisins, ils firent la fête sans interruption du dimanche au mardi. Ils rentrèrent chaque soir très tard, et nous les entendîmes parler très haut, crier et claquer les portes. Ils ne furent d'ailleurs pas les seuls. Au cours de ces jours, beaucoup s'enivrèrent et de nombreuses disputes éclatèrent un peu partout.

Depuis le mois de févier, un malaise économique sévissait. Les fils de coton et de lin se vendaient mal. A Lille, quelques fabriques fermèrent leurs portes provisoirement ; d'autres furent forcées de renvoyer plusieurs de leurs ouvriers. Les patrons accusaient le traité de commerce que l'empereur avait signé avec l'Angleterre. Ils affirmaient que cela augmentait la concurrence, et que bientôt ils seraient ruinés. De là venait la décision que certains avaient voulu prendre, deux ans auparavant : faire travailler un ouvrier sur deux métiers à la fois. Une grève violente, à Roubaix notamment, avait réduit ce projet à néant. Mais ce qui se passait maintenant – les fermetures, les licenciements – faisait lever en nous une angoisse sourde.

Une question tournait dans ma tête, que je n'osais pas poser : si à mon tour j'étais renvoyée, si je n'avais plus de travail, ma tante accepterait-elle de me garder ? Je me disais, pour me rassurer, que je retournerais chez Estelle. Elle m'accueillerait sans doute, d'autant plus que Lucie, qui s'était mariée, devait lui manquer. Je reverrais Frédéric, je retrouverais le milieu dans lequel j'avais vécu pendant plus de quatorze ans et que je regrettais bien souvent. Mais aurais-je le droit de le faire, si mon oncle s'y opposait ? C'était lui qui m'avait recueillie et prise sous sa responsabilité, et c'était à lui que je devais obéir.

Parmi les ouvriers, le mécontentement s'accentuait.

L'inquiétude de l'avenir, la peur de la faim rendaient les gens hostiles à l'empereur. On lui attribuait avec irrespect le sobriquet de Badinguet. Des journaux qui dénonçaient le régime impérial apparaissaient : *Le Progrès du Nord*, et aussi *La Lanterne*, une brochure que l'on vendait un franc, en cachette car elle était interdite. Mon oncle disait qu'il y avait trouvé cette phrase, qu'il aimait à répéter : « L'empire a 38 millions de sujets, sans compter les sujets de mécontentement. » Les murs s'ornaient d'écrits et de graffiti : « A bas Badinguet », « Vive la république », « Des balles ou du pain ». Dans les cabarets, les hommes discutaient et bien souvent, excités par la boisson, se laissaient aller à des propos jugés séditieux.

Un jour du mois de mai, mon oncle revint à la maison furieux. Philibert, le cabaretier chez qui il se rendait souvent, venait de lui raconter qu'un de ses amis, fileur de lin, avait été arrêté et condamné à deux mois de prison.

– Et savez-vous pourquoi ? tonnait mon oncle. Il a déclaré que l'empereur est un salaud et qu'il allait le tuer pour faire cesser la misère. Le mettre en prison pour ça! Il est bien évident qu'il ne pensait pas ce qu'il disait! Il avait bu un coup de trop. Comment pourrait-il tuer l'empereur, un pauvre bougre comme lui ? Ce n'étaient que des menaces en l'air. Ah, ils ont raison, ceux qui veulent que ça change et qui souhaitent la république! Je vais voter pour Thiers, moi, et je ne serai pas le seul.

Le dernier dimanche de ce mois de mai 1869, étaient prévues les élections des députés. Mon oncle nous avait expliqué que, pour Lille et sa région, Adolphe Thiers se présentait comme candidat démocrate, en face d'Eugène Des Rotours, conservateur. De nombreux travailleurs approuvaient Thiers, qui réclamait le protectionnisme et dénonçait le traité de commerce avec l'Angleterre.

– Il n'y a qu'à regarder autour de nous, tout le monde veut la sécurité et un meilleur salaire, continua mon oncle. Et aussi des conditions de travail moins dures. Quand on pense qu'un fileur de coton, qui est parmi les meilleurs ouvriers d'une fabrique, gagne environ 750 francs par an, c'est lamentable! Que peut-il faire avec ça ? Tout juste payer sa nourriture et celle de sa femme, de ses enfants. Mais il y a le reste, le loyer, le charbon, l'éclairage, les vêtements... C'est pour ça que les enfants travaillent très jeunes. Dès qu'ils peuvent ramener un salaire, on les met à l'usine. C'est ce qui t'a frappée, Constance, lorsque tu es arrivée ici. Mais ils ne peuvent pas faire autrement.

Je réfléchis, fis un rapide calcul. Mon père, qui était conducteur de seconde classe, gagnait 1 350 francs par an, presque le double du salaire d'un fileur. A quoi était donc due une telle différence ? Je posai la question à mon oncle. Il haussa les sourcils, se gratta le front :

– Est-ce que je sais, moi ? Tout vient des compagnies et des patrons. Ce sont eux qui fixent les salaires. Les roulants, dans les chemins de fer, sont bien payés parce qu'ils ont un travail qui n'est jamais régulier, ils partent aussi bien en plein milieu de la nuit, ils sont de service le dimanche comme le jour de Noël. C'est peut-être pour ça, pour les risques aussi. Dans le travail des filatures, il n'y a pas de qualification. Un travail qui peut être exécuté par n'importe qui est forcément mal payé. Pourtant, les accidents sont nombreux. Combien d'ouvriers se sont déjà fait happer par leur machine !

J'approuvai. Le travail était dur. Et j'avais remarqué une autre injustice : pour une tâche identique, la femme touchait un salaire bien inférieur à celui de l'homme, parfois de l'ordre de la moitié. Je le dis également à mon oncle. J'aimais, ainsi, discuter avec lui, et il était ravi de voir que je m'intéressais à ses idées, contrairement à ma tante qui grommelait que ce n'était pas des affaires de femme, et à ma cousine que tout cela laissait indifférente.

– Les patrons affirment qu'une femme travaille moins vite et moins fort qu'un homme. Donc il est normal qu'elle soit payée moins. De plus, elle a moins de besoins, ne fume pas, ne boit pas, ne va pas au cabaret. Enfin, c'est ce qu'ils supposent, parce que moi j'en vois qui y passent leur dimanche. Certaines y amènent même leur bébé. D'ailleurs, dans presque tous les cabarets il y a des berceaux exprès pour ça.

Il haussa les épaules, regarda ma tante :

– Tu te souviens, Marthe, de la venue de l'empereur, il y a deux ans, lorsqu'il a visité l'usine où je travaille ?

Ma tante fit un bref signe d'assentiment, bougonna :

– A quoi ça a servi, je me le demande !

– C'était un événement, nous étions tous très fiers. Notre usine a une grande réputation, nous fabriquons des locomotives pour le monde entier. C'est pour ça que l'empereur est venu la visiter. Pour nous, c'était une fête. Nous avons mis des guirlandes de fleurs sur les murs, orné les portes de draperies, et exposé notre nouvelle locomotive, la 021465, qu'on avait baptisée « Phaéton », luisante, bien astiquée, un vrai bijou ! L'empereur l'a admirée, oui, et puis il est entré dans les ateliers, nous a regardés travailler. Il a posé de nombreuses questions, et il semblait sincèrement intéressé. Avant de partir, il a laissé deux mille francs pour les ouvriers. C'était un beau geste, je l'accorde. Il était satisfait de sa visite. A la fonderie, les ouvriers avaient coulé, en sa présence, un buste qui le représentait. Mais, malgré tout ça, ce n'est pas sur quelques minutes qu'il a pu juger. Qu'a-t-il compris de notre fatigue, de notre sueur, et par là même de nos exigences ?

Je pensai qu'il aurait dû venir aussi dans mon atelier à l'air suffocant, irrespirable et chargé de poussière. Qu'aurait dit l'impératrice dans un tel lieu, avec le duvet de coton qui se serait accroché dans ses cheveux et aurait sali sa robe ? Elle aurait fui bien vite. Mais nous, qui devions travailler dans cette atmosphère du matin au soir, jour après jour, nous étions bien obligées de subir. Que savaient-ils, ces souverains, des conditions qui nous étaient imposées ? Les soupçonnaient-ils seulement ? Je finissais par faire mien l'avis de mon oncle, qui disait que la république améliorerait tout ça et rétablirait l'égalité. Il me venait parfois l'envie d'aller voter avec lui, afin de dire mon avis moi aussi et de donner une voix de plus à son candidat Adolphe Thiers.

Pourtant, ce fut Eugène Des Rotours qui fut élu, malgré les suffrages importants obtenus par Thiers dans les quartiers ouvriers de Lille et des quatre communes annexées, Fives, Moulins-Lille, Wazemmes et Esquermes. Lorsque la nouvelle fut connue, à dix heures du soir, des manifestants parcoururent les rues en criant : « Vive Thiers ! A bas Des Rotours ! Vive la république ! » A Lille, des chasseurs et des dragons furent envoyés pour charger la foule, qui se dispersa en chantant *La Marseillaise*. Les mêmes scènes se reproduirent les deux jours suivants. En sortant de l'usine, le soir, je regardais, sans rien dire, les hommes s'agiter dans les rues, crier et manifester, et je pensais que leur attitude était dictée par la déception qu'ils éprouvaient en voyant leur espoir s'évanouir.

Ma toux ne s'améliorait pas. Elle me réveillait parfois, la nuit, violente et inextinguible. Ma cousine, près de moi, grognait dans son sommeil, se retournait de l'autre côté. Dans la journée, à l'atelier, c'était pire, lorsque la poussière et le duvet de coton m'irritaient la gorge. Il m'arrivait de plus en plus souvent, devant mon métier, de me plier en deux sous l'effet d'une quinte interminable. Lorsque je cessais enfin de tousser, les yeux pleins de larmes, je surprenais le regard de Raymond posé sur moi.

Un jour, il vint me trouver :

– J'ai parlé de toi à la direction. Comme tu es une bonne ouvrière, il serait dommage de laisser détruire ta santé. A partir de demain, tu seras soigneuse à la carderie. Il y a une place. C'est un atelier vaste et aéré, sans poussière. Tu respireras mieux.

Je savais qu'il disait vrai. Les conditions de travail étaient meilleures à l'atelier des préparations, mais les machines hérissées de pointes étaient plus dangereuses. Il s'y produisait souvent des accidents. Il fallait une attention jamais en défaut, mais après dix ou douze heures de travail, comment être aussi vigilante qu'à l'arrivée ? Pourtant, je ne songeai pas à refuser. Je n'avais pas à le faire ; le surveillant pouvait changer à son gré les ouvriers de place, c'était stipulé dans le règlement. De plus, Raymond avait agi ainsi par bienveillance envers moi. Il avait entendu parler, et moi aussi, de maladies des poumons causées, à la longue, par l'irritation des poussières de coton et qui, mal soignées, ne guérissaient jamais. Le soir même, je fis part de mon inquiétude à ma cousine. Sans hésiter, elle prit le parti de Raymond :

– Tu seras beaucoup mieux à la carderie. J'y ai travaillé, moi aussi. Il faut faire attention aux machines, mais tu es assez grande pour te montrer prudente. Et peut-être, par la suite, pourras-tu venir avec moi, à l'empaquetage. Ce serait bien, non ?

Je fis un signe d'assentiment. Oui, ce serait bien. Je savais, depuis mon arrivée à la filature, qu'il existait quatre sortes d'ateliers, par lesquels passait la balle de coton avant de sortir sous forme d'écheveaux. D'abord, celui de l'épluchage, où j'avais travaillé jusqu'ici. Il transformait la balle de coton en un duvet moelleux, qui s'en allait ensuite à la carderie. Là, on obtenait des rubans, destinés aux métiers à filer. Les fileurs étaient uniquement des hommes, aidés par des rattacheurs. Pour finir, le coton devenu fil était confié à l'empaquetage, où il était mis en écheveaux, en paquets, et soigneusement pesé. Cela m'aurait plu d'aller travailler là. Outre que ma cousine et moi n'aurions plus été séparées dans la journée, j'aurais été débarrassée également du bruit et de la trépidation des machines.

Lorsque, le lendemain, j'entrai dans l'immense atelier des préparations, je fus d'abord impressionnée par le nombre des métiers, si rapprochés les uns des autres qu'il ne restait plus qu'un étroit passage pour circuler. Les courroies, les arbres de transmission, les engrenages, les poulies, les dents acérées des cardes devenaient autant de dangers qu'il fallait éviter.

Pas un seul endroit, sur ces métiers, où s'appuyer afin de soulager les jambes rendues douloureuses par des heures de station debout. Je compris vite qu'une seconde d'inattention pouvait devenir fatale. Et je me rendis compte que cette vigilance de chaque instant finissait par produire une tension nerveuse qui s'ajoutait à la fatigue physique.

Mais j'étais libérée de la poussière qui m'agressait la gorge, et petit à petit ma toux s'estompa. De plus, le travail n'était pas difficile : il fallait présenter à la carde le coton préalablement monté sur les cylindres, surveiller la marche de la machine, parfois rattacher les nattes qui se rompaient. Je n'avais plus, comme avant, le nettoyage à faire. Lorsque les cardes, après quelque temps, se remplissaient de bourre, c'étaient des hommes qui venaient les débourrer et en aiguiser les pointes. Je m'habituai vite, et je fus reconnaissante à Raymond de m'avoir changée d'atelier.

Le contremaître qui nous surveillait ne plaisantait pas. Toutes les ouvrières le craignaient. Elles l'appelaient, derrière son dos, Œil-de-Vautour, mais n'osaient pas lui répondre lorsqu'il leur faisait une remontrance. Je ne tardai pas à apprendre qu'il exigeait respect et obéissance, et n'hésitait pas à infliger des amendes pour insolence. Moi qui avais été habituée à la bonhomie de Raymond, je trouvai au début cette attitude dure et antipathique. Il ressemblait davantage à un gardien qu'à un surveillant. Mais sa sévérité rendait les ouvrières plus dociles.

Mes nouvelles compagnes m'acceptèrent avec indifférence. Néanmoins, elles ne tardèrent pas à se rendre compte que je ne riais pas à leurs sous-entendus grivois, que je ne disais pas, comme elles, des mots grossiers ou orduriers. Pendant le travail, avec Œil-de-Vautour, elles se tenaient tranquilles. Mais lors des premiers jours, à la sortie, il y en eut quelques-unes pour blâmer mon attitude, qu'elles jugeaient hautaine. D'autres, plus âgées, prirent ma défense, et tout rentra vite dans l'ordre.

Je me fis une amie. Elle s'appelait Denise. Son métier était situé près du mien, et à la pause, quelquefois, nous bavardions en mangeant notre *pain d' mort*. Âgée de dix-huit ans, elle était grande et maigre, avec un visage étroit, où la seule beauté était les yeux, immenses, d'un bleu lumineux, frangés de longs cils noirs. Elle m'apprit que, de ses nombreux frères et sœurs, deux seulement avaient survécu, deux garçons de treize et neuf ans, qui étaient rattacheurs. Ses parents travaillaient en filature. Il lui fallut du temps pour m'avouer, un jour, que son père s'enivrait quelquefois et alors les battait, sa mère et elle.

La première fois qu'elle m'emmena chez elle, je fus horrifiée en voyant l'endroit où elle vivait. C'était dans une des courées qui s'ouvraient rue du Long-Pot, au bout d'une impasse très étroite, bordée de chaque côté par des maisons collées les unes aux autres, qui avaient été blanchies à la chaux autrefois mais que la fumée des usines et la poussière avaient rendues grises de saleté. Je suivis Denise dans cet étroit passage où le soleil ne descendait jamais, essayant d'éviter les flaques d'eau grasse et les ordures ménagères qui se mêlaient à la boue du sol. Quelques chiens fouillaient de leur museau les détritus. Plusieurs enfants jouaient. Une vieille femme, assise sur le seuil de sa maison, reprisait des vêtements usagés. Denise la salua, m'emmena tout au fond de la cour, s'arrêta devant le dernier logement. Juste à côté se trouvait la baraque qui servait de communs, dont la porte avait été arrachée. La fosse d'aisances débordait, répandant jusque dans la cour une mare d'un liquide répugnant et nauséabond. Denise vit mon expression de dégoût :

– On a bien besoin du *bernatier*. Il va passer demain.

Le bernatier était un commerçant qui, avec sa charrette et ses tonneaux de cuivre, parcourait les rues et tirait des fosses d'aisances le purin qu'il revendait ensuite aux cultivateurs ; ceux-ci s'en servaient comme engrais et le répandaient dans leurs champs.

– Mais l'odeur, Denise, ne te gêne pas ? Si près de ton logement ?

Elle haussa les épaules avec fatalisme :

– On s'y habitue. Le loyer est moins cher au fond de la cour, il faut bien qu'il y ait une raison.

Derrière elle, j'entrai dans une pièce, petite et sombre, au sol recouvert d'un dallage irrégulier, laissant apparaître des morceaux de terre battue. Je vis un minuscule poêle en fonte, quelques chaises dépaillées et boiteuses, une table ronde sur laquelle traînait de la vaisselle. Au mur pendaient des vêtements et des ustensiles de cuisine, à côté d'images coloriées qui avaient dû être belles mais qui étaient noires de poussière. Ce qui me frappa surtout, ce furent la saleté et le désordre. Ma mère, puis ma tante, m'avaient habituée à un logement toujours net et ordonné, et je n'imaginais pas que l'on pût vivre dans une telle malpropreté. Denise activa le feu, emplit une casserole de pommes de terre, la mit à chauffer :

– Des pommes de terre *à l'plure*, voilà ce que nous mangerons ce soir. Ma mère a dit qu'elle achèterait des poires cuites pour le dessert.

Je ne pus m'empêcher de demander :

— Veux-tu que je t'aide à ranger ? Ou que je balaie ?

Elle jeta un coup d'œil sur la table encombrée de vaisselle, sur le sol poussiéreux où gisaient, pêle-mêle, des vieilles galoches, une toupie, des chiffons, une caisse de légumes, un bac de cendres, une pelle à charbon, un seau rempli d'eau. Elle parut se rendre compte de ce qui l'entourait, eut un sourire contraint :

— Oh, tu sais, nous ne faisons plus attention. Nous nettoierons dimanche, ma mère et moi. C'est le seul jour où nous pouvons nous occuper de la maison, et aussi faire la lessive. Dans la semaine, nous n'avons plus le courage, lorsque nous rentrons le soir, de faire le ménage.

Je revins souvent chez elle par la suite, et à la longue, je finis par attacher moins d'importance à ce qui m'avait choquée ce premier jour. Peu à peu, je fis connaissance des gens qui habitaient dans la courée. De Sophie, surtout, la voisine de Denise, qui était mariée et avait quatre petits enfants dont un bébé. Elle travaillait *au frec* chez Steverlynck, la fabrique de lin. Dans la journée, elle laissait ses enfants chez elle, à la garde de l'aînée des fillettes qui avait sept ans. C'était une femme continuellement harassée, qui ne quittait l'atelier où elle travaillait du matin au soir que pour retrouver son logis sordide et ses enfants qui pleuraient ou grognaient. Albert, son mari, pour fuir un foyer qu'elle était incapable de rendre attirant, passait la majeure partie de son temps libre au cabaret, où il dépensait presque tout son salaire. Et c'était cela, le drame, chez tous ces pauvres gens : les hommes, attirés par les lumières et la gaieté des cabarets, s'y réfugiaient, laissant à leurs femmes la fatigue et les corvées. Et je les plaignais, elles qui, sans même songer à protester, subissaient avec passivité et indifférence une existence de labeur partagée entre l'usine et le taudis où elles vivaient.

CHAPITRE VI

L'été s'étira longuement, dans une chaleur accablante. A l'usine, devant mon métier, je souffrais. J'étais débarrassée de ma toux, mais j'avais des douleurs dans le dos qui devenaient intolérables à la fin de chaque journée. A travers les vitres de l'atelier, le soleil tapait dur. Nous avions toutes le visage en feu; la sueur coulait dans nos yeux. Après douze heures de station debout, nos jambes étaient si gonflées que certaines d'entre nous, le soir, devaient repartir chez elles en savates ou même pieds nus.

Les seuls moments agréables étaient les dimanches après-midi, lorsque ma tante nous emmenait, Angèle et moi, chez sa sœur à Phalempin. Nous faisions alors une promenade dans le bois, où flânaient de nombreuses personnes qui, comme nous, venaient chercher là un peu de repos et de fraîcheur. Nous allions jusqu'au célèbre chêne, au centre de la forêt, vieux de cinq siècles, au tronc si gros qu'il fallait s'y mettre à plusieurs pour en faire le tour. Dans une clairière, nous installions une couverture sur le sol, nous nous y étendions. Je m'allongeais sur le dos, laissant errer mes regards sur les cimes des arbres, et je sentais toute cette verdure exercer sur moi un effet lénifiant. J'écoutais d'une oreille distraite les autres discuter et parfois, bercée par le murmure des conversations, il m'arrivait de m'endormir.

Avec la venue de l'automne et la fuite des beaux jours, ces promenades se raréfièrent, puis cessèrent complètement. Ma santé s'en ressentit. La pluie, le froid, les différences de température entre l'atelier et l'extérieur faisaient que je m'enrhumais souvent. A ces moments-là, ma toux revenait. Mais je n'osais pas me plaindre. Ma tante me regardait avec l'expression qu'elle avait lorsque quelque chose ne lui plaisait pas, et constatait froidement :

– Tu es bien fragile, ma pauvre Constance.

Et il était vrai qu'Angèle, ma cousine, ne s'enrhumait pas, ne toussait pas, n'était pratiquement jamais malade. Mes compagnes d'atelier non plus. Avais-je donc une si mauvaise santé ? Étais-je la seule à souffrir des conséquences d'un travail que d'autres semblaient supporter aisément ? Parfois, je me disais que c'était le choléra, dont Arsène m'avait sauvée, qui m'avait ainsi affaiblie. Je me prenais alors à regretter de n'être pas morte en même temps que ma mère et mon petit frère.

Au cours de cette période difficile, une visite m'apporta une joie immense. C'était le jour de la Toussaint, qui tombait cette année-là un lundi. Vers cinq heures de l'après-midi, on frappa à la porte. J'étais seule. Mon oncle était allé au cabaret, ma tante venait de se rendre chez Élise, notre voisine, et ma cousine était partie chez une compagne d'atelier. Je me demandai qui pouvait frapper ainsi, d'une manière que je ne connaissais pas, différente de celle des voisins qui venaient habituellement. D'une voix enrouée, je croassai :

– Entrez !

La porte s'ouvrit sur la pluie et l'obscurité qui, déjà, envahissait la rue. Une silhouette, que je n'identifiai pas tout d'abord, s'encadra sur le seuil. C'était un homme, grand et fort, qui fit un pas à l'intérieur en m'apercevant :

– Constance, mon enfant ! s'écria-t-il. Comme tu as grandi !

Avec une surprise ravie, je reconnus Léon, le père de Frédéric. Je me retrouvai contre lui, indifférente à ses vêtements mouillés par la pluie. Lui me tapotait l'épaule de ce geste qui lui était familier et que j'avais oublié :

– Ma petite... que je suis content de te revoir ! Mais... tu es seule ?

J'acquiesçai, riant et pleurant à la fois. J'essuyai mes yeux humides.

– Oh, Léon ! Comment êtes-vous là ? Racontez-moi. Mais venez, asseyez-vous...

Je le débarrassai de sa veste trempée, le fis asseoir près du feu, lui proposai un morceau de la couque qu'avait confectionnée ma tante. En même temps, je l'assourdissais de questions :

– Comment va Estelle ? Et Lucie, est-elle heureuse avec Roger Huleaux ? Et Frédéric ? Et Arsène ?

Il m'observa avec un intérêt affectueux :

– Qu'as-tu donc, Constance ? Ta voix est bizarre. Tu es enrhumée ?

Je fis un geste d'insouciance :

– Oh, ça n'a pas d'importance. J'ai pris froid en sortant de l'usine. Racontez-moi plutôt... Comment avez-vous pu venir ?

– Eh bien, vois-tu, je travaille aujourd'hui, mais j'ai pensé que puisque c'est la Toussaint, toi tu ne travaillerais pas. Alors je me suis dit : si je veux la voir, c'est peut-être le moment ou jamais... J'en ai parlé à Estelle avant de partir. Elle m'a approuvé. Tiens, j'ai là une lettre d'elle, elle t'a écrit, et Frédéric et Lucie aussi.

Il sortit de sa poche un papier que je pris avec empressement et que je parcourus rapidement.

– Oh, Léon ! Que je suis contente ! Ils vont bien, tous ?

– Ils vont bien, et ils ne t'oublient pas. Estelle parle souvent de toi. Elle se sent seule depuis que Lucie est mariée. Quant à ma fille, elle est heureuse avec Roger. Finalement, c'est un brave garçon. J'avais tort de ne pas vouloir de lui parce que c'est un « pied-fin ». D'autant plus que Frédéric, lui aussi, veut travailler à l'Exploitation. Heureusement, Maurice marche sur mes traces. En ce moment, il fait ses débuts en tant que chauffeur, et il se débrouille déjà très bien.

Une fierté vibrait dans sa voix. A travers ses paroles, je retrouvais le milieu qui avait imprégné mon enfance, et je me rendais compte, subitement, à quel point il me manquait.

– Un de mes fils sera mécanicien, et prendra là relève. Ça me console, tu comprends ? Moi, j'aurai cinquante ans l'année prochaine. Je vais devoir prendre ma retraite. Il va falloir que je laisse mon Eugénie, et ça me crève le cœur. Comment va-t-il s'en occuper, celui qui me remplacera ? C'est qu'on se connaît si bien, elle et moi !

Il secoua la tête, mordit dans son morceau de couque, me regarda avec un sourire :

– Mais je ne suis pas venu pour parler de moi. Je suis venu pour te voir. Es-tu contente, ici ? Dans tes lettres, tu ne dis rien de précis. Je suppose que ta tante les lit. Elle ne m'avait pas paru facile, lorsque je l'ai vue, le jour où elle est venue te chercher. Comment est-elle avec toi ?

Je haussai les épaules, répondis d'un ton léger :

– Oh, ça va très bien. Elle n'est pas méchante. Elle m'a acceptée. Pour qu'elle soit satisfaite, il faut travailler et lui obéir. C'est ce que je fais. Ne vous inquiétez pas pour moi, Léon.

Il me scruta avec intensité :

– Et ton travail à l'usine ? Ce n'est pas trop dur ? Tu as grandi, mais tu n'as pas grossi.

Je redressai la tête :

– Pourquoi serait-ce trop dur ? Les autres le font bien. Certaines sont bien plus jeunes que moi. Il y a même des enfants.

– Alors, tout va bien ? Ta vie actuelle te plaît ?

Je croisai son regard, où je lus le même intérêt sincère et bienveillant. J'hésitai. Non, tout n'allait pas bien, ma vie actuelle était loin de me satisfaire pleinement. Mais pouvais-je l'avouer ? Que pourrait faire Léon ? J'avais envie de lui assurer que j'étais très heureuse ainsi, et en même temps j'étais prête à éclater en sanglots et à lui crier que je n'en pouvais plus, parfois, d'avoir perdu mon enfance, mes parents, mes amis.

Je restai un moment ainsi, mes yeux dans les siens. Ce fut une seconde terrible. Je ne sais pas ce que j'aurais fait, si la porte ne s'était ouverte sur ma cousine qui rentrait. Son arrivée créa une diversion et me dispensa de répondre. Je lui présentai Léon, qu'elle ne connaissait pas mais dont je lui avais souvent parlé. Ma tante revint juste à ce moment. Si elle fut surprise, elle fit néanmoins bon accueil à Léon, lui proposa du café, lui fit reprendre du gâteau. Elle lui reprocha de n'avoir pas prévenu de son arrivée, suggéra d'aller chercher mon oncle au cabaret. En secouant la tête, Léon se leva :

– Surtout pas. N'allez pas le déranger. Je m'en vais.

– Allons, vous pouvez bien rester un peu ? insista ma tante.

– Il faut que je parte. Il est l'heure. Je dois aller retrouver mon Eugénie au dépôt et la préparer pour le retour. En tout cas, je suis content d'être venu et d'avoir revu Constance. Au revoir, mon enfant. Porte-toi bien. Nous t'écrirons encore.

Je l'embrassai avec chaleur, triste de le voir s'en aller. Il salua ma tante et ma cousine, et je le suivis jusqu'au seuil.

– Embrassez bien Estelle, et Lucie, et dites à Frédéric...

– Oui ?

Pouvais-je parler de cette promesse qu'il m'avait faite de venir me chercher, sur laquelle je comptais toujours ? Devais-je la lui rappeler ? Je n'osai pas.

– Dites-lui que je ne l'oublie pas. Et transmettez toute mon amitié à Arsène. Je pense souvent à lui. Lui aussi, il me manque.

– Arsène... Il vieillit, et ses crises de goutte le font souffrir. Je lui ferai la commission, Constance. Compte sur moi. Au revoir, mon enfant.

Il s'éloigna dans la rue noire de pluie, et en le regardant partir et me quitter je me sentis soudain misérable, solitaire, abandonnée.

– Rentre et ferme la porte, Constance. Tu fais fuir la chaleur.

La voix aigre de ma tante me rappela à la réalité. Je m'empressai d'obéir.

– Que voulait-il ? Que t'a-t-il dit ?

– Il est venu pour me voir et me donner des nouvelles. C'est gentil à lui. Sa visite m'a fait plaisir.

– Il y avait longtemps qu'il était là ?

– Oh non, il est arrivé vers cinq heures. J'ai été surprise de le voir. Je ne m'y attendais pas du tout.

Elle voulut savoir ce qu'il avait raconté, et je lui rapportai nos paroles, en omettant simplement la dernière partie de notre conversation, celle où il m'avait demandé si j'étais heureuse. Heureuse ? Oh non, je me rendais compte maintenant que je ne l'étais pas. Je subissais l'existence qui m'était imposée, et je m'efforçais de la supporter le mieux possible, m'accrochant aux petites joies que je pouvais y trouver.

Je ne parlai pas de la lettre que je sentais dans ma poche. Je l'emmènerais demain à l'usine, et je trouverais bien un moment pour la lire. Car je savais que si je la montrais à ma tante, elle s'en emparerait et s'empresserait de la parcourir. Cela me donna la satisfaction puérile d'avoir quelque chose à moi, un secret que même ma cousine ne connaîtrait pas.

Je restai silencieuse toute la soirée. Lorsque mon oncle rentra, ma tante lui raconta la visite de Léon. Il me regarda avec un bon sourire :

– Ça a dû te faire plaisir, hein, Constance ?

Je hochai la tête. Oui, cette visite m'avait fait plaisir. Mais, en même temps, elle avait réveillé en moi un regret diffus, qui se muait peu à peu en une lourde tristesse. Ma cousine ne s'y trompa pas. Alors que nous nous couchions, avant d'éteindre la lampe elle me demanda :

– Ça t'a rappelé ta vie d'avant, n'est-ce pas, Constance ? Tu les regrettes, eux tous, et tu aimerais les retrouver ?

Assise sur le lit, elle m'interrogeait avec bonté. D'abord, je voulus nier. Mais je lus sur son visage tant de sollicitude que je ne pus mentir.

– Oui, avouai-je tout bas. Ils me manquent, Angèle. Parfois, je donnerais n'importe quoi pour pouvoir retourner en arrière, et me retrouver il y a quatre ans.

Je me détournai pour qu'elle ne vît pas les larmes qui étaient venues emplir mes yeux. Sans répondre, elle éteignit la lampe. Lorsque je me couchai près d'elle, sur ce matelas crissant auquel je m'étais habituée, je sentis que sa main, dans l'obscurité, cherchait la mienne. Sans un mot, elle la prit et la serra très fort. Et ce simple geste valait toutes les protestations, toutes les déclarations. Il disait : « Je comprends ta peine, je suis là, près de toi. Tu peux compter sur moi. » Je répondis à sa pression et silencieusement, dans l'obscurité, je laissai couler mes larmes.

Je fis appel à toute ma volonté et refusai de m'apitoyer sur moi-même. J'avais pour me soutenir l'amitié de ma cousine et celle de Denise, ma compagne d'atelier. Elle non plus n'avait pas une vie facile. Son père, lorsqu'il s'enivrait, devenait brutal et la battait. Je la voyais quelquefois arriver à l'usine avec des bleus sur le visage, sur les bras. Elle se confiait à moi en pleurant. Je découvrais peu à peu, autour d'elle, dans la courée où elle habitait, une misère bien plus grande que la mienne : Sophie, sa voisine, qui s'épuisait entre son travail *au frec* et ses quatre petits enfants à élever ; Justine, une fillette de treize ans qui n'avait plus son père et dont la mère s'était remariée avec un homme brutal et rougeaud que je n'aimais guère. Je l'évitais lorsque je l'apercevais. Justine semblait le craindre beaucoup.

– Sais-tu ce qu'il lui fait ? m'avait confié Denise. Il la force à... euh... eh bien... Tu vois ce que je veux dire ?

Devant mon incompréhension, elle avait précisé sans détour :

– Eh bien, figure-toi qu'il l'a violée l'année dernière, et depuis, il l'oblige à coucher avec lui. La pauvre Justine m'a dit en pleurant qu'elle pensait de plus en plus à se suicider. Sa mère est au courant de la situation, mais elle laisse faire.

Ces paroles m'avaient horrifiée.

Au cours de l'année 1870, les événements politiques apportèrent dans notre existence une perturbation supplémentaire. Cela commença au mois de mai. Il fallut voter de nouveau, et cette fois-ci, nous expliqua mon oncle, c'était pour dire oui ou non à la politique libérale mise en place par Napoléon III depuis 1860. Des graffiti injurieux à l'égard de « Badinguet » réapparurent sur les murs. Des bruits couraient : on disait que la république serait proclamée si les non passaient, on affirmait que certains patrons avaient promis de l'argent à leurs ouvriers s'ils acceptaient de voter oui.

Contrairement aux autres villes où les oui l'emportèrent massivement, à Lille les résultats dévoilèrent une majorité en faveur de l'opposition. *L'Écho du Nord,* que mon oncle lisait au cabaret, déclara que la ville de Lille avait repoussé « la constitution de 1870 jugée contraire aux intérêts nationaux ». Dans *Le Progrès du Nord,* nous rapporta mon oncle, il était signalé que, pour le vote des soldats, les officiers avaient distribué uniquement des bulletins oui. Et gare à ceux qui protestaient!

– Il est temps que toutes les injustices et les inégalités se terminent, commenta mon oncle, qui était allé écouter Gustave Masure dans une réunion à la Halle-aux-sucres, et qui était revenu en réclamant la république.

La situation se dégrada davantage. Bientôt, on parla de guerre. Les soldats de réserve furent rappelés, ainsi que la garde nationale mobile. Lorsque la guerre fut déclarée, le 19 juillet, les pleurs et les gémissements des femmes furent couverts par les cris d'enthousiasme de ceux qui s'en allaient « foutre une pile aux Prussiens ». A la mairie, un bureau fut ouvert pour les engagements volontaires. Nombreux furent ceux qui s'y rendirent en chantant des airs patriotiques : *La Marseillaise, La casquette du père Bugeaud, Mourir pour la patrie, c'est le sort le plus beau.* De nombreux groupes d'ouvriers les accompagnaient. Je vis quelques-uns de ces volontaires, je les entendis crier à ceux qui les acclamaient : « A bientôt, camarades! Mort aux Prussiens! » Je les regardai avec une approbation mêlée d'étonnement. Leur enthousiasme donnait l'impression qu'ils s'en allaient à une fête.

Tout au long du mois d'août, des nouvelles nous parvinrent. Des Belges ramenèrent de Bruxelles l'annonce d'une victoire française à Thionville. Puis nous apprîmes la prise de Sarrebruck, où s'était distinguée la division Frossard. Mais, quelques jours après, une dépêche fut affichée sur les murs, signalant que sur la Sarre le général Frossard avait été obligé de se retirer, et que Mac-Mahon avait perdu une bataille. Le découragement, la colère, l'inquiétude transparaissaient dans toutes les conversations. Mon oncle lisait les journaux au cabaret et nous ramenait les nouvelles.

Un premier convoi de blessés de l'armée du Rhin était arrivé à Lille. Une souscription avait été lancée au profit des soldats lillois partis pour la guerre. Les appels aux volontaires continuaient : le tirage au sort de la classe 1870 allait bientôt avoir lieu, et il était demandé aux jeunes gens concernés de ne pas attendre le 1er janvier prochain et de courir s'enrôler immédiatement; la patrie avait besoin d'eux.

Une exception fut faite pour les Belges domiciliés dans le Nord afin qu'ils puissent, eux aussi, s'engager pour la durée de la guerre. Nombreux étaient ceux qui répondaient et qui s'impatientaient devant les lenteurs bureaucratiques. Philibert, le cabaretier, racontait que lorsque quelqu'un se présentait à la mairie comme volontaire, on le faisait attendre toute la journée pour la visite du médecin de service, puis on l'envoyait au greffe du tribunal pour une copie de casier judiciaire, et de là au commissariat de police pour un certificat de bonnes mœurs. Tout ça, disait-il, était une perte de temps inutile, alors que les Prussiens remportaient des victoires.

Nous, nous travaillions en pleine canicule, malades de chaleur devant nos métiers. Chaque soir, à la sortie, nous cherchions à savoir les nouvelles de la journée. Nous avions peur, car l'éventualité d'une invasion devenait de plus en plus probable. On nous parlait du dernier siège de Lille, en 1792, et des exactions et pillages exercés par les soldats ennemis dans les villages environnants. Si de nouveau cela se produisait, qu'allions-nous devenir ?

– Depuis cette guerre, me confiait Denise, nous ne vivons plus, ma mère et moi. Mon père s'enivre aux nouvelles des défaites. Alors ils nous bat deux fois plus qu'avant. La dernière fois, le plus grand de mes frères, qui a treize ans, a voulu nous défendre. Mon père l'a à moitié assommé avec le tisonnier. Nous finissons par avoir plus peur de lui que de la venue de l'armée ennemie.

Il eut l'occasion de s'enivrer davantage lorsque nous parvint, le 5 septembre, une annonce désastreuse : l'armée de Mac-Mahon venait de capituler à Sedan. On disait que Napoléon III était prisonnier, que les Prussiens étaient en route pour la capitale. Je vis arriver Denise à l'usine, le lendemain, avec un visage tuméfié et des bras marbrés de bleus. Son père, furieux, avait passé sur elle sa hargne et sa colère. Je fus horrifiée. Une de nos compagnes d'atelier, apitoyée, nous donna un peu de *trois-six* * afin d'en tamponner les écorchures. Avec un mouchoir, je désinfectai le visage de ma pauvre amie à l'alcool, pendant qu'elle grimaçait sous la douleur de la brûlure. Et, pour elle et pour moi, ce fut cela, Sedan : un visage marqué de coups, un sentiment d'impuissance et de révolte mêlées, en même temps qu'une rancune haineuse envers ce père qui ne savait que la battre. Tout en la soignant, je ne pus m'empêcher de laisser explo-

* Eau-de-vie.

ser mon indignation, et elle, malgré tout, tenta de le défendre :

– Il n'est pas vraiment méchant, tu sais, Constance. Il est sévère, d'accord, mais ce n'est qu'après avoir bu qu'il devient comme enragé. Le reste du temps, il ne lève jamais la main sur nous.

Je ne répondis pas. Que pouvais-je dire ? Je finissais par envier le raisonnement fataliste de ma cousine qui, lorsque je lui faisais part de ma révolte devant de tels agissements, me répétait : « Que veux-tu y faire, Constance ? C'est ainsi, et tu n'y pourras rien changer. »

Heureusement pour Denise, il y eut un mieux; nous apprîmes bientôt la proclamation de la république. Son père ne chercha plus à s'enivrer car, enfin, il était satisfait. Mon oncle, lui aussi, ne cacha pas son contentement :

– Nous sommes enfin débarrassés du régime impérial! Maintenant, nous pouvons espérer la justice et la liberté.

La république fut accueillie avec enthousiasme, au chant de *La Marseillaise*. Le drapeau tricolore fut déployé et à Lille, au sommet de la Préfecture, l'aigle en fer-blanc fut déplumé. La rue Impériale devint rue Nationale, la place Napoléon III place de la République, et le boulevard de l'Impératrice fut rebaptisé boulevard de la Liberté. Mais tout cela ne changea rien pour nous. A cinq heures et demie chaque matin, la cloche de l'usine nous appelait toujours au travail, et je continuais à passer plus de douze heures par jour devant mon métier. Lorsque j'en faisais la réflexion à mon oncle, il soupirait :

– Tout ne peut pas changer si vite. Il y a encore la guerre, Constance. Ne sois pas si impatiente.

Je devais admettre qu'il avait raison. Les combats continuaient. Les bureaux de recrutement recevaient toujours la visite de nombreux volontaires. Des souscriptions étaient faites, maintenant, pour les prisonniers français en Allemagne, afin de leur envoyer des chemises, des couvertures, des vivres. Le maire de Lille, M. Catel-Beghin, fit savoir aux fermiers des environs qu'ils pouvaient amener leurs bestiaux à l'intérieur de la ville, où ils seraient en sûreté. Car une invasion des Prussiens était toujours possible.

En novembre, le général Faidherbe fut nommé par Gambetta commandant de l'armée du Nord. Il réussit à stopper les Prussiens à Pont-Noyelles. Mais ses soldats ne possédaient que leur courage. Mal armés, mal vêtus contre le froid de l'hiver, ils étaient en état d'infériorité devant l'armée ennemie bien préparée et bien équipée. Faidherbe dut se replier, et les Prussiens envahirent Paris.

Lorsque l'armistice fut signé, le 28 janvier 1871, la France était vaincue et perdait l'Alsace et la Lorraine. Mais, affirmait mon oncle avec conviction, nous avions maintenant la république, et tout irait bientôt beaucoup mieux. Je l'espérais, et sans rien dire, je me demandais : ce bientôt, quand arriverait-il ?

Un soir du mois de février, nous nous hâtions, Angèle et moi, de rentrer à la maison. Il pleuvait, et nous grelottions sous les assauts d'un vent glacial qui nous transperçait jusqu'aux os. Personne ne s'attardait dans les rues noires et hostiles. J'étais mal en point. Je sentais arriver un de ces rhumes dont je souffrais périodiquement, et le bruit infernal des machines avait accentué le mal de tête que j'avais depuis la veille. Au bras de ma cousine, je marchais vite. Je n'avais qu'une idée : rentrer le plus vite possible et reposer enfin mon corps las et douloureux.

Alors que nous passions devant un cabaret éclairé et bruyant, un homme en sortit, visiblement éméché. Devant nous, il tituba, manqua de tomber, se retint à Angèle et à moi. Affalé sur nous, il s'accrochait et ne nous lâchait plus. Je voulus reculer. Ma cousine le repoussa en protestant :

– Mais enfin, laissez-nous !

Sans entendre, il pesait de plus en plus sur nous, et je trébuchai. Nous étions en train de nous demander comment nous allions pouvoir nous débarrasser de lui, lorsque deux hommes, plus jeunes, sortirent à leur tour de l'estaminet. Un regard leur suffit pour comprendre.

– Allons, dit l'un d'eux, Victor a encore trop bu ce soir.

Ils s'approchèrent, attrapèrent l'ivrogne par les épaules, le tirèrent énergiquement vers eux :

– Viens avec nous, Victor, et cesse d'embêter les demoiselles. Ce ne sont pas des façons honnêtes, ça.

Ils le soutinrent chacun par un bras. Celui des deux hommes qui avait parlé souleva, de sa main libre, sa casquette et nous salua :

– Bonsoir, mesdemoiselles. Excusez Victor, il n'est pas méchant. Simplement, il lui arrive quelquefois de boire un coup de trop.

A la lueur qui provenait du cabaret, je vis son visage. Sympathique, avec un air gouailleur et amusé, il nous souriait. L'autre ne disait rien. Penché sur ma cousine, il la regardait avec une intensité grave. Elle-même, visage levé vers lui, semblait étrangement immobile. Je lui tirai le bras :

– Viens, Angèle. Allons-nous-en.

Elle me donna l'impression de se secouer, de reprendre conscience de l'endroit où nous étions.

– Euh... oui, tu as raison. Merci, messieurs, d'être venus à notre aide.

Ils nous saluèrent, s'en allèrent moitié traînant moitié portant leur fardeau. J'entraînai ma cousine, pressai le pas. Ce petit incident avait suffi pour que nous soyons complètement trempées. J'avais la tête brûlante, les pieds glacés. Près de moi, ma cousine marchait comme une somnambule, avec sur le visage un air rêveur et absent que je ne lui avais jamais vu.

Elle garda cette expression distraite toute la soirée, sursautant lorsqu'on lui adressait la parole. Je n'y fis pas davantage attention, occupée à lutter contre la douleur qui irradiait mon dos et ma tête. Mais au cours des jours suivants, je finis par me rendre compte que nos deux sauveteurs se trouvaient toujours sur notre chemin, chaque fois que nous nous rendions à l'usine ou que nous en revenions. Ils nous saluaient poliment, surtout celui qui nous avait adressé quelques mots d'excuse au sujet de ce Victor qui avait trop bu. Je n'aimais pas son air frondeur et hardi. L'autre avait une expression plus douce, presque timide. Il me plaisait davantage. Mais il n'avait d'yeux que pour Angèle. Elle, de son côté, lui adressait son sourire charmeur. Je remarquais qu'elle faisait maintenant davantage attention à sa coiffure, à sa tenue. Elle mettait des rubans dans ses cheveux, cousait des cols de dentelle sur ses robes. Plus d'une fois, j'eus envie de lui demander si elle était amoureuse, mais je m'abstins; si elle voulait se confier à moi, elle le ferait. Jusqu'ici, nous ne nous étions jamais rien caché.

Avec le retour des beaux jours, les guinguettes rouvrirent leurs portes. Le dimanche, parfois, mon oncle et ma tante nous emmenaient à *l'Alcazar*, aux *Quatre-Tilleuls*, à *la Funquée*. Nous nous asseyions, nous mangions une portion de tarte. Des danseurs venaient nous inviter. Ma cousine acceptait joyeusement. Moi, j'avais fini par faire taire ma timidité, et je ne refusais plus. Mais la plupart de mes cavaliers ne me plaisaient pas. Ou bien ils soufflaient comme des phoques et je recevais leur haleine alcoolisée dans la figure, ou bien ils me serraient de leurs grosses mains pataudes, ou bien encore ils me marchaient sur les pieds – ce qui était, je devais l'avouer, davantage ma faute que la leur : malgré mes efforts, je ne savais pas très bien danser.

Bientôt, nous rencontrâmes nos deux sauveteurs partout.

C'était à croire qu'ils nous suivaient. Dès la première fois, ils vinrent nous inviter. Je me retrouvai en train de valser dans les bras de celui dont je n'aimais pas le sourire moqueur. Il me dit, avec une étincelle amusée dans le regard :

– Je crois que votre compagne plaît à mon ami Arthur. Il ne fait que me parler d'elle et m'entraîne partout où il peut la rencontrer.

Je lui expliquai qu'elle était ma cousine et se prénommait Angèle.

– Et comment vous appelez-vous ?

– Constance, dis-je brièvement.

Je n'aimais pas les cavaliers trop entreprenants et, dès que les questions se faisaient précises, je décourageais vite toute familiarité. Mon danseur ne m'interrogea pas davantage. Il me parla de son ami et de lui-même. Célibataires tous deux, ils étaient venus de Belgique peu après la construction de l'usine Parent-Schaken. Depuis six ans, ils habitaient, dans la rue des Noirs peuplée de nombreux ouvriers forgerons et chaudronniers comme eux, une chambre meublée au-dessus d'un cabaret.

– Je m'appelle Bart Van Wedde. J'espère que vous n'avez rien contre les Belges. Beaucoup de gens ne les aiment pas, les accusent de venir prendre leur travail et leur pain. Alors je ne sais jamais si je fais bien d'avouer que je suis belge.

Je ne pus réprimer un sourire :

– Vous auriez du mal à le cacher. Je l'ai compris dès que je vous ai entendu parler.

Il partit d'un rire franc qui me plut. Comme la valse se terminait, il me raccompagna à notre table. Ma cousine revint également, les joues roses, les yeux brillants. Son cavalier – Arthur, d'après ce que je venais d'apprendre – s'inclina avant de s'éloigner. Je l'observai avec sympathie. Outre son air calme et doux, il avait une allure qui tranchait avec les manières parfois vulgaires des autres.

Le soir même, dans notre lit, alors que nous étions couchées, Angèle chuchota :

– Je pense que tu as compris, n'est-ce pas, Constance ? Je n'osais pas t'en parler, je me demandais comment tu réagirais. Mais, il faut que je le dise ! Il est bien, ne trouves-tu pas ? Il s'appelle Arthur Flankaert, il est belge. Mais ça ne fait rien, n'est-ce pas ?

Je dis que non, ça ne faisait rien, et je dis qu'effectivement je le trouvais bien. Elle me serra la main avec enthousiasme :

– Ah, tu trouves aussi ? Je suis bien contente ! Il m'a demandé si je serais d'accord pour le rencontrer souvent, et j'ai dit oui.

Elle continua ainsi un long moment, intarissable. Je la sentais vibrante, et je m'associai à sa joie. Un seul point l'attristait : la réaction probable de ma tante, qui n'aimait pas les Belges.

– Ne lui dis rien pour le moment, Constance. Tu me le promets ? Nous verrons par la suite. Si nous nous aimons suffisamment pour nous marier, Arthur et moi, je sais que mère n'appréciera pas. Elle me dira qu'il n'est qu'un ouvrier, alors qu'elle veut que je fasse un riche mariage. Mais j'espère que père me défendra. En tout cas, je compte sur toi, n'est-ce pas ?

– Oui, ce sera notre secret, à nous deux.

Cette nouvelle complicité tissa entre nous des liens encore plus étroits. Nous étions deux, liguées contre ma tante. Et cela ne me déplaisait pas ; c'était une manière de me venger de la sécheresse dont elle usait envers moi, sans jamais un mot de tendresse ou même de simple gentillesse.

Chaque jour, nous rencontrions sur notre chemin Arthur et son ami Bart. Ils nous saluaient aimablement, faisaient parfois quelques pas avec nous. Arthur et Angèle échangeaient quelques mots, et leurs regards ne se quittaient pas. Il était visible qu'ils étaient épris l'un de l'autre. Mais ils se séparaient vite, car Angèle avait peur que quelque voisine ne vînt rapporter à ma tante une situation qu'elle voulait lui cacher. Nous avions également l'occasion de les voir lorsque nous allions à la guinguette, et au cabaret où mon oncle jouait au beigneau. Là, ma tante ne venait jamais. Angèle donnait rendez-vous la veille à Arthur, qui arrivait flanqué de son inséparable ami Bart. Ils se mêlaient aux spectateurs, et pendant que tout le monde observait les parties qui se succédaient, derrière les autres ma cousine et Arthur bavardaient, chacun s'enivrant de la présence de l'autre. Mon oncle, occupé par son jeu, ne voyait rien. Bart me lançait des regards complices. Et moi, devant le visage heureux de ma cousine, je me surprenais à penser à Frédéric, mon ami d'enfance que j'avais quitté. Ses lettres me prouvaient qu'il ne m'oubliait pas, mais il y avait si longtemps que je ne l'avais vu ! Comment était-il, maintenant ? Il allait bientôt avoir vingt ans. Je gardais de lui l'image de l'adolescent d'alors. Le reconnaîtrais-je, si je le revoyais ? Je me rappelai cette promesse qu'il m'avait faite, de venir me chercher. La tiendrait-il ? L'incertitude et l'impossibilité de répondre à ces questions faisaient que par moments j'enviais Angèle d'avoir près d'elle celui qui l'aimait et qu'elle aimait.

A la fin du mois de mai, il y eut la ducasse annuelle. C'était la fête foraine du village, et à cette occasion ma tante invitait sa sœur qui venait, avec son mari, de Phalempin. Depuis le mois de juin de l'année précédente, ils pouvaient faire le trajet en train, car la Compagnie des chemins de fer du Nord avait ouvert une nouvelle station à Phalempin.

Le dimanche de la ducasse, après le repas, ma cousine et moi réussîmes à nous esquiver pour aller sur la place. Parmi les baraques et les boutiques foraines, une foule déjà dense circulait. Il régnait une odeur de friture, de brioche, de pain d'épice. Un vieil homme, près d'un stand de tir, faisait tourner un orgue de Barbarie; perché sur son épaule, un petit singe, vêtu d'une veste rouge, tendait une sébile aux passants. J'y plaçai une des pièces qu'avait bien voulu me donner ma tante. Sur une estrade, plus loin, un homme maigre et très grand proposait aux curieux, pour quelques sous, d'avaler son épée, de manger des étoupes et de cracher du feu. Devant la grande roue de la loterie, je m'arrêtai. Il y avait aussi la pêche miraculeuse, où l'on pêchait au hasard des objets enveloppés et cachés dans un tas de sciure. J'hésitais entre les deux. Mais ma cousine, impatiente, m'entraîna vers la prairie où avait lieu le tir à la perche.

C'était un jeu qui consistait à abattre un oiseau de bois peint en rouge et fixé au sommet d'une sorte de mât, à une hauteur d'environ trente mètres. De nombreux prix en argent étaient offerts, et le tireur le plus adroit recevait, à la fin de la journée, le titre de roi pour un an. Arthur nous y avait donné rendez-vous. Il nous vit arriver, vint au-devant de nous :

– Venez vite. Bart va essayer d'abattre l'oiseau.

A quelques pas du mât, Bart tendait un arc et, flèche pointée vers le haut, visait avec précision. La flèche partit, frôla l'oiseau. Un murmure de désapprobation courut parmi les spectateurs. Avec insouciance, il haussa les épaules, me sourit :

– C'est raté. A ton tour, Arthur. Essaie de faire mieux.

Arthur se planta dans l'herbe, jambes écartées, visa longuement. Lancée à toute vitesse, la flèche fonça droit vers l'oiseau qu'elle heurta violemment avant de retomber. Celui-ci se balança, sembla hésiter un instant, mais finalement choisit de rester sur son support. Des exclamations de déception se firent entendre.

– Je suis désolé, dit Arthur en regardant ma cousine. Je n'ai pas réussi non plus.

– Mais vous l'avez touché, et il a bien failli tomber.

Nous repartîmes vers les baraques, fîmes un tour dans la ducasse. Angèle et Arthur affichaient un air heureux, comme chaque fois qu'ils étaient ensemble. Nous achetâmes des *couquebaques*, ces crêpes légères à la farine de sarrasin, que le marchand saupoudra de cassonade, et que nous mangeâmes en nous promenant. Devant une baraque de tir, nos deux compagnons s'arrêtèrent, décidèrent de tenter leur chance, prirent chacun un fusil et visèrent soigneusement les pipes de terre cuite. Ils en pulvérisèrent quelques-unes, ce qui leur donna droit à du pain d'épice qu'ils nous offrirent galamment. Nous voulûmes jouer, Angèle et moi, au *berlouet*, mais aucune de nous ne parvint à faire entrer l'aiguille dans le long carré en fil de laiton, et nos fous rires ne firent qu'accentuer notre maladresse. Nous fîmes ensuite un tour sur le manège de chevaux de bronze. Mais mon rire s'éteignit lorsque je vis, près du propriétaire qui faisait marcher sa boîte à musique, un petit cheval aux yeux bandés qui, attaché au centre du manège, l'entraînait en tournant lui-même inlassablement. Dès que le manège s'arrêta, je descendis et secouai la tête lorsque Bart et Arthur proposèrent un second tour.

Plus loin, le mât de cocagne attirait de nombreux badauds, avec ses offres alléchantes : un jambon, plusieurs saucissons, des bourses remplies de pièces, quelques bouquets de fleurs. Rares étaient ceux qui parvenaient au sommet, car la deuxième partie graissée au savon noir faisait glisser les plus acharnés.

– J'y vais, moi, décida Arthur. Et je ramènerai quelque chose !

Sous l'œil intéressé des spectateurs, il se mit à grimper. Au début, tout alla bien. Mais lorsqu'il arriva à l'endroit enduit de savon, il ne put se hisser qu'à grand-peine. Il réussit à s'accrocher, néanmoins, mais ne progressa que très lentement, perdant à chaque fois les quelques centimètres difficilement gagnés. Pourtant, à force d'obstination, il se rapprocha peu à peu du sommet. Ma cousine, près de moi, me serrait le bras :

– Mon Dieu, il va tomber ! Qu'il descende ! Il me fait peur.

Bart eut son sourire moqueur :

– Ne craignez rien. Je le connais, Arthur. Il n'a pas son pareil pour grimper le long des murs et marcher sur les toits. Regardez-le. Il est arrivé !

Il leva les yeux vers son camarade qui, en haut du mât,

tendait une main vers le lot le plus proche de lui : un bouquet de fleurs. Il réussit à l'attraper mais l'effort qu'il fit amoindrit sa prise. Il glissa subitement le long du piquet, avec une telle vitesse qu'il retomba brutalement sur le sol. Des cris accueillirent sa chute, plusieurs hommes s'avancèrent pour le relever. En boitillant, il s'approcha d'Angèle, lui offrit les fleurs.

– C'est pour vous, dit-il, et à son sourire se mêlait une grimace de souffrance.

– Oh, Arthur, il ne fallait pas faire ça ! s'exclama Angèle, mal remise de sa peur. Vous auriez pu vous tuer !

Il s'avéra qu'il s'était fait une sérieuse entorse, et chaque pas lui causait une douleur cuisante. Il dut s'arrêter, s'épongea le front, s'appuya contre un mur :

– Pardonnez-moi, avoua-t-il. Je ne peux plus marcher.

Bart se pencha, observa la cheville de son ami :

– Ça gonfle drôlement. Appuie-toi sur moi, nous allons regagner notre chambre. On enveloppera ta jambe de compresses froides.

Arthur regarda ma cousine avec un air désolé :

– Pardonnez-moi, répéta-t-il. Pour le bal de ce soir...

Nous avions réussi à arracher à ma tante la permission d'aller au bal, et contrairement à moi qui n'aimais pas danser, Angèle se réjouissait d'y aller avec Arthur.

– Le bal, ça m'est égal, assura-t-elle. Tout ce que je veux, c'est que vous guérissiez vite. Soignez-vous bien surtout.

Nous fîmes le chemin avec eux, jusqu'à leur rue. Puis nous revînmes chez nous, et Angèle contempla ses fleurs avec une expression mitigée :

– Ce cadeau m'a fait plaisir, bien sûr. J'étais contente et fière qu'il prenne un tel risque pour moi. Mais maintenant je suis malheureuse de savoir qu'il souffre.

– Ce n'est qu'une entorse. Dans quelques jours ce sera passé.

Elle acquiesça. Elle savait, comme moi, que chaque année des chutes se produisaient à cause du mât de cocagne, avec des conséquences parfois graves : épaules démises, bras ou jambes cassés. Ce qui faisait dire à ma tante, qui désapprouvait cette coutume :

– Un de ces jours, il y en aura un qui se tuera.

Cet incident n'eut pas de suites fâcheuses, et bientôt, Arthur put de nouveau inviter ma cousine à danser lorsque nous allions à l'Alcazar. De jour en jour, de semaine en semaine, je voyais leur attirance devenir plus forte, plus sûre. Il y avait des dimanches où nous nous promenions dans la campagne environnante. Denise, ma compagne d'atelier, venait quelquefois avec nous. Par discrétion nous laissions Arthur et Angèle nous précéder, et dans les chemins creux ils se rapprochaient, se tenaient par la main, chuchotaient. Bart, le plus souvent, n'était pas là. Il préférait, disait Arthur, passer son temps au cabaret. Avec Denise, je cueillais des fleurs des champs, je bavardais. Je l'écoutais parler de ses problèmes, de ses voisins. Justine, la fillette de treize ans violée par son beau-père, avait essayé de se suicider en s'étranglant avec son drap. Sa mère l'avait découverte à temps, mais la pauvre enfant avait dit à Denise, les yeux pleins de larmes de révolte :

– Pourquoi m'a-t-elle sauvée ? Je n'en peux plus, moi, de vivre comme ça.

En comparaison, l'air ravi et les sourires extasiés de ma cousine, lors du retour de nos promenades, me faisaient du bien. Lorsque, certains dimanches, ma tante nous emmenait à Phalempin, Angèle restait morose toute la journée.

– Tu comprends, me disait-elle ensuite, rien ne peut me plaire si Arthur n'est pas là. Sans lui, tout est triste. J'ai besoin de sa présence dans ma vie.

J'eus bientôt l'impression que ma tante se doutait de quelque chose. Elle observait parfois Angèle avec suspicion, yeux plissés et lèvres serrées. Ma cousine, dans son euphorie, ne voyait rien.

– Si tu es sûre de toi, lui dis-je un soir, il va falloir que tu mettes ta mère au courant. Si elle découvre tout elle-même, elle ne te pardonnera pas de le lui avoir caché.

Elle soupira :

– Je sais. Mais je crains que cette situation ne risque d'engendrer des disputes à n'en plus finir. Et si elle m'interdisait de revoir Arthur ? Je ne pense pas qu'elle irait jusque-là. J'ai bientôt vingt et un ans, quand même, je ne suis plus une gamine. Il faut que je lui présente la situation de la meilleure façon possible. Je vais réfléchir. Je trouverai bien une solution, conclut-elle avec son optimisme habituel.

Je ne dis rien, songeant que ma tante ne serait pas si facile à convaincre. Mais le destin, à sa façon, résolut le problème d'une manière imprévue et dramatique.

CHAPITRE VII

A la fin du mois d'août, je reçus une lettre d'Estelle qui m'attrista. Elle m'annonçait la mort d'Arsène, mon vieil ami Arsène que je n'avais jamais revu depuis mon départ, mais que je n'oubliais pas. Je me rappelai, avec nostalgie, les moments que nous passions avec lui, mon petit frère et moi. Je me rappelai ses conversations, son enthousiasme lorsqu'il nous racontait ses souvenirs. Apprenti forgeron, il avait quitté son village, s'était lancé dans la grande aventure des chemins de fer, avait participé à la construction de la voie ferrée. Un pionnier, voilà ce qu'il avait été, disait-il souvent avec fierté. Je me rappelai aussi son dévouement, lorsqu'il m'avait soignée et guérie du choléra. Et je ne pus m'empêcher de pleurer.

– Quel âge avait-il? demanda ma tante après avoir lu la lettre.

– Je ne sais pas exactement, dis-je d'une voix enrouée. Soixante-cinq ans, soixante-dix...

– Eh bien, il a eu une vie bien remplie. Et si ses crises de goutte le faisaient tant souffrir, d'après ce que dit Estelle, le voilà débarrassé maintenant. Arrête donc de pleurnicher, Constance.

Je me détournai pour cacher mes larmes. A quoi bon essayer d'expliquer à ma tante que je pleurais sur mon vieil ami, sur la partie de mon enfance où il avait été présent, et sur sa mort qui emmenait avec elle tout un morceau de ma vie et qui, surtout, tuait définitivement l'espoir que j'avais gardé de le revoir?

Frédéric ajoutait quelques mots à la lettre. Il disait de façon très succincte que le tirage au sort de la classe 1871 venait d'avoir lieu. Il avait tiré un mauvais numéro et devait

111

s'en aller pour sept ans. Sept ans, comme c'était long! Pense-rait-il encore à moi, après tout ce temps? Pouvais-je compter sur sa promesse? Ne l'aurait-il pas oubliée? Je n'étais plus sûre de rien, soudain, et je n'avais personne à qui confier mon incertitude et mon désarroi.

Comme chaque année à la même époque, la foire de Lille avait commencé. Le lundi 4 septembre était le jour prévu pour la braderie. Brader, en patois, signifie gâter, gaspiller, et par extension, pour un marchand, vendre sa marchandise à perte. La braderie était une sorte d'immense marché où l'on trouvait de tout : vieux habits, vieux linge, pantalons de soldats, uniformes de gardes nationaux, ustensiles de cui-sine, casseroles, marmites, et aussi des broquelets et toutes sortes d'objets usagés. Elle avait lieu, de cinq heures du matin à une heure de l'après-midi, dans le quartier Saint-Sauveur, sur la place du Théâtre, dans la rue de Paris et les rues voisines. Les marchands présentaient sur des charrettes, sur des brouettes, ou même sur le pavé, les objets qu'ils dési-raient vendre. Ma tante nous y emmenait régulièrement chaque année, Angèle et moi, et elle en profitait pour m'acheter à bas prix vêtements et chaussures d'occasion. Je la suivais avec résignation et sans aucun plaisir. Car il y avait une telle foule, les badauds et les promeneurs étaient si nombreux que nous étions prises dans une cohue per-manente. On nous marchait sur les pieds, on nous donnait des coups de coude, on nous bousculait. Les cris des ven-deurs : « *A l' braderie! Au reste! Trois quarts d'hasard!* » se mêlaient aux conversations, aux chants, aux insultes qu'échangeaient parfois certains promeneurs. Je revenais harassée, moulue par les poussées et les bourrades, mais ma tante, satisfaite, sortait de son grand sac les achats qu'elle avait faits, déclarant que des prix aussi bas méritaient bien un peu de bousculade.

Cette année-là, elle décida d'y inviter sa sœur, afin de la faire profiter, elle aussi, des prix intéressants.

– Maintenant qu'il y a une gare à Phalempin, déclara-t-elle, elle pourra venir et repartir en train, c'est très pra-tique.

La veille de la braderie, elle nous emmena à Phalempin. Mon oncle, à cause d'un concours de beigneau auquel il devait participer, ne nous accompagna pas. Nous prîmes le train en gare de Lille, et j'eus une fois de plus le cœur serré en entendant les bruits restés si familiers dans mon souvenir, en voyant le conducteur de train qui, comme l'avait fait si souvent mon père, plaçait les voyageurs dans les compartiments.

A Phalempin, la promenade en forêt me fit son effet lénifiant habituel. Elle était si agréable qu'elle dura plus longtemps que prévu, et nous ne revînmes pas à temps pour le train de l'après-midi.

– A quelle heure est le prochain train? s'enquit ma tante.

– Ce soir, à neuf heures vingt-deux. Mais ça ne fait rien, vous allez souper * ici avec nous, et vous n'aurez plus qu'à vous coucher en rentrant.

Ma tante, qui avait pu convaincre sa sœur de venir à la braderie le lendemain, accepta sans trop se faire prier. Ma cousine, elle, se renfrogna. Elle avait espéré pouvoir rencontrer quelques instants Arthur dans la soirée, si nous n'étions pas revenues trop tard, et elle voyait lui échapper ce moment qu'elle attendait depuis le matin.

Nous nous rendîmes à la gare alors que la nuit tombait. Une agréable fraîcheur succédait à la chaleur de la journée. Sur le quai, nous attendîmes l'arrivée du train. Les minutes s'écoulèrent, se firent de plus en plus longues. Ma tante finit par s'impatienter.

– Je crois que nous aurions mieux fait de repartir à pied.

A quelques pas, deux hommes discutaient. L'un d'eux entendit la réflexion de ma tante, se retourna:

– Ne vous inquiétez pas, c'est normal. J'ai l'habitude de prendre ce train, et c'est toujours la même chose. Il a presque une heure de retard à chaque fois.

– Et vous ne dites rien? rétorqua ma tante avec aigreur. Il faudrait protester auprès de la Compagnie des chemins de fer. L'avantage du train sur la diligence, disent-ils, c'est de partir et d'arriver à l'heure. On ne le dirait pas!

L'homme ne répondit pas et reprit sa conversation avec son compagnon. Je comprenais l'indignation de ma tante. Ce qu'elle venait de dire était vrai. Je me demandai comment un tel retard était possible, surtout s'il était habituel. J'avais trop souvent entendu Léon parler de sa fierté à arriver à l'heure, sans compter les primes de ponctualité qui étaient offertes aux mécaniciens, pour ne pas m'étonner d'un tel manquement à l'horaire; cela aurait représenté pour Léon, je le savais, une véritable humiliation.

Lorsque le train arriva enfin, tout le monde se précipita vers les portières. Nous réussîmes à trouver trois places dans un compartiment, et je pris la dernière, près de la porte.

Il y eut un arrêt à la gare de Seclin. Des voyageurs descen-

* Le souper est, dans le Nord, le repas du soir.

113

dirent, d'autres montèrent. Puis le train démarra et, le nez contre la vitre, j'essayai de percer l'obscurité. Je vis la locomotive et les premières voitures de notre train obliquer sur une voie latérale.

Tout arriva alors si vite que nous n'eûmes pas le temps de réagir. Une femme, assise sur la banquette en face, du côté opposé au mien, se mit à hurler :

– Regardez! Là, ce train! Il fonce sur nous!

Je me retournai et sentis mes yeux s'écarquiller d'horreur. J'apercevais les fanaux d'une locomotive grossir à une vitesse vertigineuse, et se diriger droit sur nous. J'ouvris la bouche mais ne parvins pas à crier. Près de moi, une femme poussa un hurlement aigu, interminable. Dans le compartiment voisin, des voyageurs frappèrent contre la cloison, tandis que des voix d'hommes criaient à l'adresse du mécanicien, comme s'il eût pu les entendre :

– Avancez! Avancez donc à droite! Vite!

Mais l'autre locomotive fut plus rapide. Avec une vitesse inouïe, elle vint heurter le flanc de notre voiture, qui bascula sous le choc. Je fus projetée contre mes compagnes de voyage, tombai, me cognai le front contre la banquette. Le coup m'étourdit durant quelques secondes. Le wagon de bois se disloqua, la portière s'ouvrit, et je fus expulsée violemment. Je retombai un peu plus loin et restai là un long moment, assommée.

Pourtant, peu à peu, je pris conscience de ce qui se passait autour de moi. J'entendis d'abord les cris de douleur, les appels, que couvrait un sifflement continu, comme un fort chuintement que je ne parvenais pas à définir. Avec effort, je me redressai, réussis à m'asseoir. Je regardai autour de moi. Il faisait noir et un unique réverbère, placé un peu plus loin, dispensait une faible lumière jaunâtre. Je pus voir, néanmoins, un enchevêtrement de matériel brisé, des débris de bois et de tôles sous lesquels gémissaient de nombreux blessés. Je me levai péniblement, m'approchai en vacillant. Ce fut alors que je compris l'origine du chuintement. De la locomotive éventrée et renversée s'échappait une vapeur d'eau bouillante qui me fit reculer. Des gens, coincés dans l'amas des wagons disloqués, recevaient sur eux ce flot ininterrompu et brûlant, se tordaient sous la douleur insupportable, hurlaient, se protégeant le visage de leurs mains. Une faiblesse me fit chanceler. Je me détournai, m'éloignai en titubant. Je butai contre un havresac militaire, faillis tomber contre un essieu détaché d'un wagon, marchai sur quelque chose de mou qui me parut être un bras arraché. Soudain horriblement malade, j'allai jusqu'au talus, me laissai tomber dans l'herbe. Secouée de soubresauts et de nausées, je posai mon front contre la fraîcheur du sol, attendis de me sentir mieux. Les cris continuaient, et toujours cet horrible chuintement, dont la chaleur atroce parvenait jusqu'à moi. Je me rendis compte que je tremblais et claquais des dents.

Après plusieurs minutes, je me relevai, me tenant le front à deux mains. Sous mes doigts, je sentis un liquide poisseux, je compris que je m'étais blessée. D'une démarche hésitante, hagarde, je repartis vers les wagons renversés. Où étaient ma cousine, ma tante? Il fallait que je les retrouve. Comment faire, dans cette obscurité? Étaient-elles blessées, indemnes?

Le sifflement diminuait, la vapeur d'eau s'estompait. Je m'approchai avec précaution. Des gens se relevaient des décombres, d'autres se cherchaient, s'appelaient, parmi les cris des blessés; d'autres encore arrivaient, des habitants des environs, attirés par le bruit de l'accident, afin de porter secours. J'aperçus le chef de gare qui, une lanterne à la main, courait d'un air affolé. Je regardai autour de moi. Comment retrouver Angèle?

– On n'y voit rien, ici. Je vais aller demander une lanterne à la gare.

C'était une voix de femme. Je vis une silhouette s'éloigner d'un pas décidé. Ne sachant que faire, encore en état de choc, je m'assis sur le sol et me mis à pleurer. Et, tout en pleurant, je me bouchai les oreilles pour ne plus entendre les cris déchirants et les plaintes des blessés.

La même voix me tira de ma prostration:

– Voici enfin une lanterne. Impossible d'en obtenir une à la gare. J'ai trouvé celle-ci chez un boucher de Seclin. Il va apporter des couvertures et nous allons essayer de dégager ces pauvres gens. Voyons, mon enfant, pourquoi pleurez-vous? Où avez-vous mal?

Elle s'approcha de moi, écarta mes mains de mon visage. Je levai les yeux vers elle. Ses joues étaient noircies, une griffure rouge barrait son menton.

– Vous avez une bosse assez sévère, dit-elle en palpant mon front. Pouvez-vous marcher?

Je la rassurai d'un signe d'assentiment. Elle se dirigea vers les wagons renversés où d'autres commençaient de déblayer afin de libérer les blessés. Je voulus la suivre, mais en me voyant chanceler elle m'arrêta:

– Restez là. Attendez d'avoir retrouvé quelques forces.

– Mais... ma tante, et Angèle... Il faut que je sache où elles sont.

Elles n'étaient pas parmi les personnes qui, indemnes, s'interpellaient et se retrouvaient. J'en déduisis qu'elles étaient restées coincées dans les débris des wagons, et je commençai à avoir peur.

– Nous allons ranger les blessés le long du talus. Vous regarderez si elles ne sont pas parmi eux.

Alors commença une attente douloureuse, qui ressembla vite à un cauchemar hallucinant. Dans chaque corps meurtri que les sauveteurs apportaient, j'essayais de reconnaître ma cousine, ma tante. Je voyais des membres broyés, des cadavres mutilés, des visages brûlés par la vapeur qui semblaient couverts d'un masque de sang. Des médecins, qui voyageaient dans le train, étaient venus offrir leurs services et tentaient de prodiguer les premiers soins aux victimes. Au bord de l'évanouissement, je serrais les dents.

Soudain, une voix aigre et connue me fit sursauter :

– Laissez-moi, vous voyez bien que je n'ai rien, ce n'est qu'une écorchure. Il faut que je cherche ma fille. Angèle! Angèle, réponds-moi. Où es-tu?

Je fis quelques pas vers la petite silhouette qui s'agitait :

– Ma tante, enfin! Vous allez bien?

– Ah, te voilà, toi! As-tu vu Angèle?

Le ton impatient et inquiet de sa voix ne m'échappa pas.

– Non. Je la cherche.

– Tu n'as rien? Où étais-tu?

– Je crois n'avoir qu'une bosse. J'ai été expulsée du wagon lorsqu'il a basculé. Et vous?

– Oh, moi, j'étais restée coincée entre la banquette et la portière. J'ai le bras un peu écorché, mais ce n'est pas grave. Heureusement, je me trouvais du côté opposé à la locomotive, et je n'ai pas reçu la vapeur. Mais Angèle... je ne sais pas où elle était. J'espère qu'elle n'a pas été brûlée...

Elle attendit avec moi, détaillant avec avidité chaque blessé qu'on ramenait. Et c'était un spectacle de plus en plus insoutenable, ces corps brisés, défigurés, sanglants, gémissant sourdement ou, au contraire, dangereusement silencieux. Et sur chacun de ces corps, des gens se penchaient puis se relevaient, ou bien s'abattaient avec des pleurs et des cris hystériques. Parfois, espérant encore apercevoir Angèle parmi les personnes qui erraient çà et là, je m'éloignais, faisais quelques pas, dévisageais tout le monde. Mais je m'apercevais vite que je gênais les sauveteurs, et je revenais auprès de ma tante qui, droite et raide, continuait d'attendre. Je partageais son inquiétude : où était Angèle, et dans quel état?

Lorsqu'ils la ramenèrent, bien après minuit, je ne la reconnus pas. Ce fut en voyant ma tante se jeter sur elle avec un cri de bête blessée que je compris. Muette et horrifiée, je regardais le visage de ma cousine, et mon esprit n'acceptait pas l'atroce réalité. Brûlé, boursouflé, rouge et suintant, il était méconnaissable. Je voulus m'insurger, dire : « Non, ce n'est pas elle ! », mais la robe bleue, bien que brûlée elle aussi et en lambeaux, ainsi que les chaussures du dimanche, étaient bien les siennes.

– Angèle, Angèle... sanglotait ma tante. Réponds-moi !

Rien n'indiquait qu'elle fût encore vivante. Pourtant, si le médecin avait donné l'ordre aux sauveteurs de la mettre avec les blessés, et non de l'autre côté, où se trouvaient déjà quatre voyageurs tués sur le coup, c'est que tout n'était pas perdu. Mais son visage et ses mains portaient la trace de brûlures si profondes que je m'effrayai.

Nous attendîmes près d'elle, ma tante et moi. Les sauveteurs continuaient de déblayer et d'aligner les blessés sur l'accotement. A trois heures du matin, les médecins de la Compagnie du chemin de fer arrivèrent. Alors seulement, les blessés furent transportés à l'hôpital de Seclin.

Ma tante et moi suivîmes, avides d'être rassurées sur le sort d'Angèle. L'hôpital ressemblait à une fourmilière. Des religieuses allaient et venaient, guidaient les sauveteurs et leurs blessés vers telle ou telle salle. L'une d'elles fit entrer ceux qui portaient ma cousine dans la salle Sainte-Marguerite, écarta les rideaux du dernier lit vacant :

– Posez-la ici. Le docteur Couvreur, notre médecin, viendra près d'elle dès qu'il le pourra. Il est complètement débordé. Pensez donc, tant de blessés en même temps ! Et on ne cesse de nous en amener ! On nous a parlé d'une bonne centaine...

Ma tante se plaça tout contre le lit, se pencha avec désespoir sur le visage meurtri de sa fille :

– Ma sœur, dites-moi... supplia-t-elle. Est-ce grave ? Va-t-elle guérir, au moins ? C'est mon unique enfant, vous comprenez, je n'ai qu'elle... Quand ce médecin va-t-il venir ? Il faut la soigner.

La sœur nous regarda, et dans ses yeux passa une expression de compréhension et de pitié :

– Ne craignez rien. En attendant que notre docteur puisse venir, je vais m'occuper de votre fille. Je vais appliquer sur son visage et sur ses mains le baume que nous utilisons pour les brûlures. Je crois qu'elles ne sont pas aussi graves qu'elles le paraissent. Je vais aussi désinfecter votre bras, continua-t-elle en observant l'avant-bras ensanglanté de ma tante, dont la manche était déchirée. Vous avez là une vilaine éraflure. Et vous, mon enfant, montrez-moi cette bosse. Vous fait-elle mal ?

Elle passa une main légère sur mon front, et je ressentis un élancement qui me fit grimacer.

– Attendez-moi. Je reviens.

Elle s'éloigna à petits pas rapides. Ma tante se rapprocha d'Angèle avec une expression farouche, l'observa longuement. Je fus surprise de voir son visage habituellement ingrat et sévère exprimer une immense tendresse.

Dans le lit voisin, une femme gémissait. Elle portait elle aussi la trace de nombreuses brûlures. Quelques lits avaient leurs rideaux tirés, mais ceux que je pouvais voir offraient un spectacle identique. Dans le couloir, le va-et-vient continuait ; les sauveteurs amenaient toujours des blessés, les posaient par terre en attendant qu'on pût leur trouver une place – les salles étaient déjà combles – et repartaient en chercher d'autres. Des plaintes montaient de ces corps allongés, des cris, des supplications. Quelques personnes les accompagnaient, certaines pleuraient, des femmes se tordaient les mains d'impuissance. Ma vision se brouillait, je me sentais étourdie par la fatigue et le choc de l'accident. Prise de vertige, je dus m'accrocher aux barreaux du lit.

La sœur revint. Elle portait des pansements et quelques flacons. Elle ouvrit le plus grand, qui contenait une sorte de pâte sombre et odorante. Elle en badigeonna le visage et les mains de ma cousine, qui ne réagit toujours pas. Je me demandai si, en plus de ses brûlures, elle n'était pas blessée quelque part. Seul le léger mouvement de sa poitrine indiquait qu'elle respirait et vivait. Comme en réponse à mes pensées, la sœur déclara :

– Si elle n'a rien d'autre, je pense qu'elle s'en sortira. M. Couvreur nous le dira avec plus de certitude.

Elle nettoya le bras de ma tante, le pansa, puis s'occupa de mon front, sur lequel elle appliqua une pommade.

– Je vous laisse maintenant, je dois aller en soigner d'autres. Notre médecin va venir.

De son même pas rapide, elle partit. Ma tante, penchée sur ma cousine, guettait un mouvement, un signe, un geste. Dans le couloir, l'agitation continuait. De temps à autre, une religieuse entrait dans la salle, la traversait sans s'arrêter, ressortait. Je finis par me rendre compte que je tenais à peine debout. Je me glissai entre le lit de ma cousine et le lit voisin, m'appuyai contre le mur. Le malaise que je ressentais s'intensifia, et j'eus l'impression que la salle se mettait à tournoyer. Il me sembla que je perdais l'équilibre. Je lançai un regard éperdu à ma tante qui, les yeux fixés sur Angèle, ne faisait pas attention à moi. En désespoir de cause, pour ne pas tomber je me laissai glisser le long du mur et me retrouvai assise à même le sol, le front sur mes genoux repliés que j'entourai de mes bras. Je restai ainsi longtemps, dans une semi-conscience où se mêlaient le fracas de l'accident, les visions horribles des blessés, les cris que j'avais entendus et ceux que j'entendais encore. C'était, dans mon esprit enfiévré, comme un cauchemar, mais un cauchemar qui rappelait une scène qui avait été bien réelle et que j'avais vécue.

Je fus tirée de cet état d'hébétude par une voix forte et grave. J'ouvris les yeux, avec peine me redressai. Le médecin de l'hôpital se trouvait au chevet de ma cousine. Il l'auscultait, palpait ses membres, soulevait ses paupières, observait ses yeux, inspectait longuement ses brûlures. Une sœur, près de lui, tenait une cuvette et des linges.

– Hum... Certaines brûlures sont au deuxième degré, celles des mains surtout. Elle a dû les placer sur son visage pour le protéger des jets de vapeur bouillante. Je vais les lui bander. Ça devrait pouvoir s'arranger. S'il n'y a pas de complications...

Je fus surprise d'entendre ma voix, à la fois fluette et aiguë, qui demandait :

– Elle ne sera pas défigurée ?

Le médecin fit une moue :

– Elle gardera probablement quelques traces. Mais ce ne sera pas très important. Cela aurait pu être pire, vous savez. Certains sont brûlés au troisième degré, et on craint pour leur vie.

– Qu'elle soit sauvée, ma petite fille, c'est tout ce que je désire... dit ma tante d'une voix altérée. Elle s'en sortira, dites ?

– Je le pense, oui. L'onguent qu'a utilisé notre sœur Marie-Madeleine fait habituellement des miracles. Elle le fabrique elle-même. Ayez confiance, madame.

Sur ces mots, il passa au lit suivant, sur lequel la femme gémissait toujours. Avant de le suivre, la sœur nous sourit :

– Ayez confiance, répéta-t-elle. Et priez beaucoup.

Une intense expression de soulagement détendit le visage crispé de ma tante. Elle parut reprendre conscience de ce qui l'entourait, s'apercevoir de ma présence :

– Constance, dès qu'il fera jour, tu retourneras à la maison. Il faut que tu préviennes Édouard. Il doit s'inquiéter et se demander où nous sommes. Tu t'occuperas de lui, tu feras les courses, le ménage, la cuisine. Moi, tant qu'on me le permettra, je vais rester ici. Je veux être là quand Angèle se réveillera.

Habituée à obéir, j'acquiesçai. Dans le bouleversement de l'accident, j'avais oublié mon oncle.

Lorsque l'aube arriva, tous les blessés avaient été amenés. Le docteur Couvreur, sans un instant d'interruption, auscultait, pansait, soignait. Une sœur passa dans les salles, offrant un liquide chaud qui ressemblait à du café :

– Buvez, nous dit-elle en nous tendant un bol. Vous en avez besoin, après le choc que vous avez subi.

Nous bûmes en silence, ma tante et moi. Le breuvage brûlant me réchauffa. Je me sentis mieux. Ma vision s'éclaircit et le vertige qui me brouillait les idées s'estompa. Je rendis le bol à la sœur, qui me sourit avec bonté.

– Il est inutile que tu restes davantage ici, affirma ma tante. Va, retourne à la maison prévenir Edouard. Je reviendrai dès que je le pourrai.

Je me penchai sur ma cousine, observai avec désolation son visage boursouflé et méconnaissable, ses mains bandées :

– Le docteur a dit que ses jours n'étaient pas en danger.

Ma tante prit son air têtu, pinça les lèvres :

– Il l'a dit, oui, mais je préfère m'en rendre compte par moi-même.

Après un dernier regard à Angèle toujours inconsciente, je me détournai et sortis de la salle. Dans le couloir, quelques blessés, allongés sur le sol, attendaient que le docteur puisse s'occuper d'eux. Quelques-uns geignaient. Un tout jeune soldat, presque un enfant, se débattait en pleurant et en appelant sa mère. D'une vilaine blessure à la tête, du sang avait coulé et se coagulait dans ses cheveux. Près d'une femme allongée, immobile et silencieuse, un homme s'agitait.

– Quand donc va-t-on la soigner? demanda-t-il avec humeur à une religieuse qui passait. Où est donc votre docteur? Va-t-il la laisser mourir? Ne peut-il venir voir ce qu'elle a, au moins?

– Il ne va pas tarder, répondit-elle d'une voix apaisante. Comprenez-le, il ne peut être partout à la fois, il y a tant de blessés! M. Hue, le médecin de Seclin, va venir l'aider. Prenez patience, l'un d'eux s'occupera de votre femme.

– Qu'il vienne vite! Je veux savoir de quoi elle souffre. Ce n'est pas normal, elle ne semble pas blessée, apparemment elle n'a rien, et elle ne répond pas quand je l'appelle...

Je me retrouvai dehors avec soulagement, clignai des yeux dans le soleil levant. Je traversai les jardins, repris machinalement le chemin de la gare. De loin, j'aperçus les wagons renversés et les débris de l'accident, que des hommes commençaient à déblayer. Sur la passerelle pour piétons qui enjambait la voie, quelques groupes de personnes discutaient. Des commentaires arrivèrent jusqu'à moi :

– Il paraît que le disque chargé de ralentir l'express n'a pas été tourné...

– Comment est-ce possible?

– On dit que la plupart des blessés souffrent surtout de brûlures...

– C'est que l'essieu d'un wagon brisé a éventré la locomotive.

Je les évitai, passai sur le côté, rejoignis le talus à la sortie de la gare, bien après le lieu de l'accident. J'avais décidé de longer la voie ferrée pour arriver plus vite. J'avais hâte de prévenir mon oncle, et surtout, de le rassurer. Il s'était certainement inquiété en ne nous voyant pas rentrer la veille au soir.

Je marchais d'un pas rapide. Un vent frais me caressait le visage, calmait les élancements de mon front, là où je m'étais durement cognée. Dans la plaine, les ailes des moulins tournaient joyeusement. Une brume rose nacrait l'horizon, que le soleil n'allait pas tarder à chasser. Au-dessus des champs, des alouettes commençaient leur ascension rectiligne, accompagnées de leur chant mélodieux et ininterrompu. Je regardais autour de moi avec incrédulité, étonnée de voir la campagne inchangée, paisible et belle. Comment concilier cette pérennité immuable et sereine avec l'horreur de cette nuit?

Peu avant la gare de Fives, je remontai le talus, empruntai les chemins de terre où parfois, le dimanche, je venais me promener avec Angèle, rejoignis la rue Bellevue. Malgré l'heure matinale, elle était animée. De nombreuses personnes, munies d'un grand sac, s'en allaient à la braderie. Enfin, je me retrouvai dans notre rue. Je me mis à marcher plus vite, je courais presque. Devant la porte ouverte de notre maison, mon oncle, l'air soucieux, parlait avec Élise, notre voisine. Il m'aperçut et son visage s'éclaira.

– Constance, mon enfant! Que s'est-il passé? D'où viens-tu? Où sont Marthe et Angèle?

Essoufflée, je m'arrêtai devant lui, soudain incapable de parler. Comment lui apprendre?... Nos yeux se croisèrent. En voyant l'expression de mon regard, le sien s'assombrit. Élise, qui m'observait, s'écria :

– Mais tu es blessée! Il y a du sang sur ta robe. Et cette bosse que tu as au front? Elle est fameuse, et toute bleue! Mon Dieu! Il s'est passé quelque chose, n'est-ce pas? Je connais bien Marthe, seul un événement grave l'obligerait à passer la nuit dehors! Allons, parle. Où est-elle?

En retardant lâchement le moment des explications, j'entrai dans la maison. Ils me suivirent. Prise de faiblesse, je me laissai tomber sur une chaise. Élise proposa:

– Je vais te verser une tasse de café. J'en ai fait pour Édouard, ce matin, en voyant que Marthe ne revenait pas. Dis-nous, enfin. Qu'y a-t-il?

Elle versa le café, y ajouta quelques gouttes de *trois-six*. Je ne protestai pas. J'avais besoin de forces, car le courage me fuyait pour tout raconter. Ils me laissèrent boire, les yeux fixés sur moi, le visage grave, attendant mais ne demandant plus rien, comme s'ils avaient compris que la vérité allait être cruelle et leur faire mal.

Lorsque mon bol fut vide, je le reposai sur la table et soupirai profondément. Puis, baissant la tête pour ne pas voir leur expression, à mots entrecoupés, je parlai. Et, dans mon récit, revivait la scène horrible qui s'était passée, transparaissaient ma détresse, l'angoisse de ma tante et la souffrance d'Angèle.

– Elle est blessée, terminai-je en sanglotant. Brûlée assez gravement au visage et aux mains, mais le médecin dit que ses jours ne sont pas en danger.

Mon oncle, à son tour, soupira bruyamment. D'une voix tremblée, comme s'il osait à peine parler, il murmura:

– Tu es sûre, Constance? Il a bien dit ça? Elle ne va pas mourir, n'est-ce pas?

Je relevai la tête, vis son regard inquiet et suppliant.

– Si le docteur le dit, affirma Élise d'un ton péremptoire, je suppose qu'on peut le croire.

Mon oncle se leva:

– Je vais aller là-bas. Il faut que je la voie. C'est ma petite fille, vous comprenez... Et Marthe? Tu es bien certaine qu'elle n'a rien, Constance?

– Elle n'avait qu'une éraflure au bras, sans gravité.

– Je vais y aller, répéta-t-il. Tant pis pour l'usine. De toute façon, aujourd'hui, c'est jour de braderie, et les patrons tolèrent qu'on s'absente. Où donc ai-je mis ma casquette?

Il tourna dans la pièce comme un gros bourdon affolé, finit par trouver sa casquette sur une chaise, s'en coiffa, ouvrit la porte:

– Au revoir, Constance. A tout à l'heure, à ce soir peut-être. J'espère te rapporter de bonnes nouvelles.

122

Il referma la porte d'un geste décidé. Péniblement, je me levai :

– Je crois que je vais me laver, dis-je à Élise. Puis je ferai le ménage, les courses. Je préparerai un repas, pour qu'ils puissent manger quand ils reviendront. Moi non plus, je n'irai pas à l'usine. Comme l'a dit mon oncle, c'est jour de braderie.

Même si j'avais une amende, pour une fois ma tante ne dirait rien. Cela avait si peu d'importance, en comparaison de ce qui arrivait à Angèle!

Élise se dirigea vers la porte :

– Eh bien, je te laisse. Moi aussi, j'ai du travail. Si tu as besoin d'aide, appelle-moi ou frappe au mur, je viendrai aussitôt.

J'acquiesçai d'un signe de tête et remerciai. Elle sortit, et je savais qu'elle allait raconter partout l'accident et ses conséquences. J'appréhendais à l'avance les questions qu'on me poserait. Je voulais oublier, j'aurais voulu effacer les terribles heures vécues, reprendre ma vie vingt-quatre heures plus tôt et retrouver la routine tranquille et rassurante dont pourtant je me plaignais. Quelle sotte j'avais été! Qu'allais-je faire, maintenant, sans Angèle? Depuis mon arrivée ici, toujours elle avait été là, et son affection m'avait soutenue. Sans elle, je me sentais perdue.

Je me secouai, essayai de m'activer pour m'empêcher de penser. Élise avait allumé le feu. Je fis chauffer de l'eau, pelai des pommes de terre, les mis à cuire. Pendant ce temps, je me lavai, me recoiffai, enlevai ma robe des dimanches qu'une trace de sang séché maculait, remis ma robe de tous les jours. Je pris dans le tiroir le porte-monnaie en cuir dans lequel ma tante plaçait l'argent du ménage. Je sortis pour aller acheter le pain et quelques légumes chez Camille, le graissier qui tenait l'épicerie au coin de la rue. J'avais la sensation étrange d'évoluer dans une sorte de mauvais rêve éveillé. Une impression de malaise et d'insécurité m'oppressait et m'empêchait de respirer.

Je ne pus échapper à la curiosité apitoyée du boulanger et de Camille, ainsi que des clientes qui se trouvaient là. Je dus raconter, expliquer que ma cousine était blessée, répondre à leurs questions. Mon récit suscitait désolation et colère. Les réflexions étaient nombreuses : comment un tel accident avait-il pu arriver? Les Compagnies ne pouvaient-elles pas veiller au bon fonctionnement de leurs trains? Finalement, cette invention que l'on disait géniale, le chemin de fer, ne l'était pas tant que ça, puisqu'il s'y produisait des accidents d'une ampleur qu'on n'avait jamais vue, avant, avec les diligences! Je ne répondis pas, les laissai discuter et m'échappai.

De retour à la maison, je fis cuire les légumes, mis de l'ordre, balayai le sol. La nouvelle avait fait le tour du quartier, et plusieurs voisines, amies de ma tante, vinrent me voir. A toutes, je répétai la même chose. Certaines, me voyant au bord des larmes, essayèrent de me consoler sans y parvenir. Lorsque je me retrouvai seule, je baignai mes tempes et mon front à l'eau fraîche. Un bourdonnement emplissait mes oreilles, et j'avais un atroce mal de tête.

Vers midi, comme mon oncle et ma tante ne revenaient pas, je grignotai un morceau de pain, me forçai à avaler quelques légumes. Alors que je terminais, Denise, ma compagne d'atelier, arriva. Elle venait d'apprendre la nouvelle et accourait me proposer son aide. Son amitié me fit du bien. Ses paroles me réconfortèrent. Elle me répéta que bientôt Angèle serait de nouveau près de moi, et lorsqu'elle s'en alla elle avait réussi à me convaincre.

– Ne t'inquiète pas pour l'usine, me dit-elle en sortant. Cet après-midi, je préviendrai Œil-de-Vautour. Un accident comme celui-là, c'est une cause d'absence parfaitement justifiée.

– Dis-lui que je reprendrai le travail demain sans faute.

Après son départ, je tournai en rond. Je revoyais sans cesse le visage meurtri de ma cousine. Ne pouvais-je vraiment rien faire pour elle? En réponse à la question que je me posais, je crus entendre la voix de la sœur, à l'hôpital, celle qui accompagnait le médecin : « Priez, avait-elle dit, priez beaucoup. » Depuis la mort de ma mère et de mon petit frère, je ne m'étais plus occupée de ce Dieu qui, alors, m'avait trahie. Pouvais-je vraiment m'adresser à Lui en toute confiance? Peut-être, cette fois-ci, m'écouterait-Il? Sans réfléchir davantage, je sortis. Dans la rue, je marchai vite, sans m'arrêter. Je me dirigeai vers l'église Notre-Dame-de-Fives, où j'étais déjà allée avec ma tante et ma cousine, lors de fêtes comme Pâques et la Toussaint. J'y entrai, restai dans le fond, m'agenouillai sur une chaise. L'atmosphère calme et silencieuse du lieu m'apaisa. La tête dans les mains, je me mis à supplier Dieu de guérir ma cousine, et ma prière était un cri spontané, un appel au secours à quelqu'un qui possédait, s'il le voulait, le pouvoir de m'aider. En même temps, elle était l'expression de ma révolte : Angèle, si bonne, si aimable... pourquoi elle? Je sentis les larmes couler sur mes joues, mouiller mes mains. Une voix grave près de moi murmura :

– Puis-je vous aider, mon enfant? Pourquoi pleurez-vous ? Confiez-vous à moi, si cela peut vous soulager. Il n'est aucune peine que le Seigneur ne puisse alléger.

Je levai les yeux. L'abbé Pollet, l'un des vicaires de la paroisse, penchait vers moi son visage plein de sollicitude. Je ne résistai pas à l'intérêt bienveillant de son regard et lui racontai tout. En même temps, je lui fis part de mes doutes : pouvais-je encore m'adresser avec confiance à Dieu, qui avait permis que meurent ensemble ma mère et mon frère, et ensuite mon père ?

– Dieu n'est jamais sourd à ses enfants, me répondit-il. Priez, priez très fort. Je ferai de même, moi aussi, de mon côté, pour votre cousine et les autres malheureuses victimes de l'accident.

Il semblait tellement sûr de lui que je suivis son conseil et priai avec intensité, avec concentration, avec force. Je sortis de l'église un peu rassurée.

Je rentrai rapidement à la maison, et passai le reste de l'après-midi à guetter le retour de ma tante et de mon oncle. Plus le temps s'écoulait, plus j'étais inquiète. S'ils tardaient à revenir, cela signifiait-il qu'Angèle allait plus mal ? Peut-être n'avait-elle pas encore repris conscience ? L'attente devenait insupportable. Élise vint voir s'ils étaient rentrés et resta quelques instants vers moi. Mais son bavardage inutile m'agaça et je lui répondis à peine.

Pour m'occuper, j'allai dans la cour chercher de l'eau à la pompe, la mis à chauffer, décidai de laver ma robe du dimanche afin d'en ôter les traces de sang. Je venais de terminer lorsque enfin la porte s'ouvrit sur mon oncle et ma tante. Je les regardai sans oser les interroger. Mon oncle paraissait avoir reçu un coup sur la tête. Ma tante montrait un visage durci, qu'une expression de désarroi et d'inquiétude rendait pourtant étrangement vulnérable. Mon oncle me vit tendue vers eux, comprit ma question informulée :

– Elle n'a pas vraiment repris conscience, mais elle a remué un peu, murmuré quelques mots. Selon le médecin, s'il n'y a pas de complications elle s'en sortira.

Je soupirai de soulagement. Subitement, j'eus la certitude que ma cousine guérirait. Le contraire serait bien trop cruel.

D'un pas las, ma tante monta le raide escalier de bois :

– Je vais me changer, Constance. Ensuite, tu serviras le repas et nous irons nous coucher. Demain, il faudra se lever tôt. Toi pour aller à l'usine, et moi parce que je retourne à l'hôpital.

Pendant que nous mangions, Élise vint aux nouvelles, repartit rassurée. Je fis la vaisselle, et je m'aperçus que je devais faire un effort pour garder mes yeux ouverts. Une fatigue insidieuse et tenace semblait s'emparer de mon corps et paralyser mes mouvements. Je ne protestai pas lorsque ma tante m'envoya me coucher. Dans la soupente, où pour la première fois j'allais dormir sans la présence d'Angèle, je me déshabillai rapidement et me laissai tomber lourdement sur le lit. Le sommeil fondit sur moi.

Les jours suivants, il fallut s'organiser. Je retournai à l'usine, repris mon travail. J'eus l'impression que le bruit des machines m'assourdissait davantage. Mon corps, endolori par l'accident, supportait moins bien la station debout. Œil-de-Vautour, le contremaître, avait blâmé avec sévérité mon absence. Mais il n'avait parlé que pour la forme, marqué lui aussi par l'ampleur de la catastrophe qu'il avait apprise, comme tout le monde. Dans l'atelier, de nombreuses ouvrières, poussées par la curiosité, avaient voulu me questionner. Mais Denise, fermement, leur avait enjoint de me laisser tranquille, et Œil-de-Vautour lui-même avait rappelé à l'ordre celles qui insistaient.

Chaque matin et chaque soir, sur le chemin de l'usine, je rencontrais Arthur, accompagné de son ami Bart. Bart, exceptionnellement, restait silencieux et ne faisait pas les réflexions ironiques dont il était coutumier. Arthur, lui, me demandait des nouvelles d'Angèle et je lui disais ce que je savais. Il me regardait arriver avec une expression où se mêlaient inquiétude et espoir. Je comprenais son désir d'être rassuré, et je souffrais de ne pouvoir le satisfaire.

Tous les jours, ma tante allait à l'hôpital. Elle ramenait des nouvelles qui, très progressivement, devenaient bonnes : Angèle avait ouvert les yeux, l'avait reconnue, lui avait parlé, avait pu s'asseoir, s'alimenter un peu. Elle souhaitait ma présence, me dit ma tante le vendredi. J'avais hâte, moi aussi, de la revoir. Je découvrais que le fait de ne plus avoir Angèle près de moi créait dans ma vie une sorte de déséquilibre. Le soir, surtout, me manquaient nos confidences chuchotées, et notre complicité, et notre chaude affection. Son absence me faisait comprendre combien j'avais besoin d'elle.

Le samedi, lorsque je revins de l'usine, je trouvai ma tante avec un visage soucieux.

— Angèle ?... demandai-je immédiatement.

— Elle ne va pas plus mal, dit ma tante, et elle attend ta visite demain avec impatience. Mais elle se désespère à l'idée que ses brûlures vont la défigurer. Lorsque je l'ai quittée, elle était tellement agitée que sœur Marie-Madeleine craignait de voir revenir la fièvre. Je n'ai pas pu rester plus long-temps, car on m'a poliment mise dehors. A partir de mainte-nant, les visites ne seront plus tolérées que de midi à une heure, et de trois à quatre heures. Il paraît que les conversa-tions et le bruit énervent les malades. Je veux bien le croire, il y a des familles entières qui viennent et qui encombrent les salles. Mai moi, ce n'est pas mon cas. Pourquoi m'empê-cher de veiller sur ma fille?

– Allons, Marthe, calme-toi, conseilla mon oncle. Tu dois te plier aux ordres comme tout le monde. Notre fille est bien soignée, c'est le principal. Il n'y a plus que patience à prendre maintenant. Peut-être reviendra-t-elle bientôt ici? Tu pourras alors t'occuper d'elle tout à loisir.

Ma tante soupira:

– Je ne sais pas. Je n'ai pas osé poser la question. D'après ce que j'ai compris, ils craignent toujours des complications. Il y a eu des nouveaux décès, hier et aujourd'hui. Des blessés que l'on croyait hors de danger, pourtant. Et j'ai entendu sœur Marie-Madeleine parler de plusieurs cas de dysenterie qui se sont produits cette nuit.

– Ne t'inquiète donc pas inutilement, reprit mon oncle. Je dis, moi, qu'elle va aller mieux et revenir bientôt. Demain, nous irons la voir tous les trois et je poserai la ques-tion au médecin.

Le lendemain, nous prîmes le train et arrivâmes peu après midi à la gare de Seclin. Je regardai autour de moi, étonnée de voir que les lieux avaient repris un aspect normal, comme si l'accident n'avait jamais existé. Seule, à l'endroit du choc, juste à l'intersection de la voie de service et de la voie de garage, une aiguille offrait son profil brisé, comme un ultime témoin silencieux. Nous étions nombreux à nous diriger vers l'hôpital, et cela faisait un cortège de gens pres-sés, impatients, inquiets, ou au contraire mornes et abattus. Devant nous, une femme pleurait, soutenue par un homme âgé qui devait être son père. Ma tante, près de moi, marchait de son pas rapide et mécanique, lèvres serrées, visage tendu, mains crispées sur son sac.

Dans le soleil, l'hôpital avait un aspect agréable, avec son style gothique et les jardins fleuris qui l'entouraient. Mais je me souvenais des blessés qu'on y avait amenés après l'accident, je savais que j'allais les retrouver à l'intérieur, et je regardai avec appréhension ces murs qui dissimulaient la souffrance et la mort.

Soudain prise de crainte, je laissai passer ma tante, la sui-vis avec réticence. Je revis les longs couloirs, débarrassés des blessés qui, dans mon souvenir, étaient allongés sur le sol. Les gens, autour de nous, entraient dans les salles où se trouvaient leurs malades : salle Saint-Piat, Saint-Augustin, Saint-Roch... Devant la salle Sainte-Marguerite, mon cœur eut un sursaut. Là était ma cousine, je le savais.

Malgré les fenêtres ouvertes, qui laissaient entrer l'air pur et le soleil, il régnait une odeur douceâtre et fade, écœurante. Les rideaux des lits étaient relevés, et je vis des corps couverts de pansements, des visages crispés par la souffrance ou défigurés par les brûlures. Du fond de la salle nous parvinrent subitement des cris aigus, suivis d'une sorte de rire perçant qui se mua subitement en sanglots. Affolée, je regardai. Deux religieuses étaient penchées sur un lit où une femme, visiblement en proie à la fièvre, délirait et se débattait. Elle essayait de se lever et elles l'en empêchaient.

– De nouveaux cas de fièvre se sont déclarés cette nuit, dit une voix près de moi. Certains malades ne savent plus ce qu'ils font. Quelques-uns ont quitté leur lit et se sont mis à courir en tous sens. Nous avons eu bien du mal à les calmer.

Sœur Marie-Madeleine, arrêtée devant nous, nous regardait avec une expression qui, sans raison précise, m'alarma.

– Il y a aussi des complications qui se sont produites d'une manière totalement imprévue. Certains malades, que l'on croyait pourtant sauvés... Mais il ne faut pas perdre espoir.

Ses yeux, pleins d'une commisération sincère, contenaient un avertissement. Je n'osai pas comprendre. Avec l'impression d'étouffer, je demandai :

– Ma sœur... Voulez-vous dire que... qu'Angèle... ?

Elle eut un long soupir désolé :

– Son état s'est subitement aggravé pendant la nuit. Ne vous affolez pas si elle ne vous reconnaît pas. Elle a beaucoup de fièvre.

Ma tante agrippa le bras de la religieuse, dit d'une voix incrédule :

– Mais ce n'est pas possible! Hier, elle allait très bien lorsque je l'ai quittée...

Elle fonça droit devant elle jusqu'au lit de ma cousine, où elle s'arrêta. Mon oncle la suivit, d'une démarche hésitante et lourde. Je regardai sœur Marie-Madeleine avec impuissance.

– Je suis désolée, dit-elle avec douceur. Vous êtes sa cousine, n'est-ce pas ? Elle m'a parlé de vous. Elle semble vous aimer beaucoup.

– Que s'est-il passé? Pourquoi va-t-elle plus mal?

– Hier soir, en renouvelant ses pansements, j'ai remarqué une légère brûlure à la gorge que je n'avais pas encore aperçue. Ce matin, la fièvre était revenue. Le docteur Couvreur a fait ce qu'il a pu, mais hélas il ne peut pas faire grand-chose. Lors de l'accident, la pauvre enfant a respiré de la vapeur d'eau chauffée à 180° au moins, et cette température élevée a désorganisé les muqueuses internes des voies respiratoires. Il faut simplement souhaiter qu'elles ne soient pas trop atteintes. Nous ne pouvons que combattre la fièvre. Et prier. Seul Dieu peut la sauver.

Je me détournai, les larmes aux yeux, pleine de révolte et de douleur. Dieu! Était-ce Sa façon de répondre à ma prière de l'autre fois? Allait-Il réagir avec ma cousine comme Il l'avait fait avec mon frère, ma mère, mon père? La vue brouillée par des pleurs que je retenais rageusement, j'allai au chevet d'Angèle. Mon oncle se tenait près du lit, l'air catastrophé. Ma tante, le visage décomposé, penchée sur son enfant, ne la quittait pas des yeux, parfois l'appelait à voix basse. Mais ma cousine ne pouvait pas l'entendre. Yeux clos dans son visage boursouflé et maculé d'onguent, elle respirait avec difficulté, la bouche grande ouverte. Je m'approchai, à mon tour appelai tout bas mais avec force :

– Angèle!... C'est moi, Constance.

Rien, aucune réaction. Je levai les yeux, rencontrai le regard de ma tante, et le même désespoir nous unit, nous rendant pour la première fois très proches l'une de l'autre. Nous restâmes là, sans bouger, pendant l'heure autorisée. Mon oncle, par moments, secouait la tête comme pour exprimer son refus d'une situation qui le dépassait. Ma tante avait pris une des mains bandées d'Angèle dans les siennes et, farouche, immobile, les yeux fixés sur elle, essayait de toutes ses forces de la ramener vers nous.

A la fin de la visite, lorsqu'on nous dit de partir, mon oncle sembla sortir de son apathie, interrogea les religieuses, demanda des explications, exigea des soins pour Angèle. Sœur Marie-Madeleine lui répéta ce qu'elle m'avait déjà dit, ajoutant que pour plus de précisions il faudrait voir le docteur. Mon oncle baissa la tête avec fatalisme :

– Alors, vous croyez qu'elle va mourir? Elle, ma petite fille?...

Sœur Marie-Madeleine toucha la croix qu'elle portait au cou :

– Dieu la sauvera s'Il le veut. Ayez confiance.

Nous sortîmes de l'hôpital hébétés. Nous attendîmes, en errant comme des âmes en peine dans les jardins, l'heure de la seconde visite, à trois heures.

Mon oncle nous abandonna un moment, pour aller boire quelque chose au cabaret le plus proche, afin d'essayer de se remettre, nous dit-il d'un air lamentable. Ma tante haussa les épaules, marmonna entre ses dents que c'était trop facile, mais que ça ne changerait rien. Dans les jardins, de nombreuses personnes se promenaient et discutaient. Je me surpris à les regarder. Certaines avaient le visage triste, mais d'autres arboraient un air joyeux qui me fit mal. Je pris subitement conscience du ciel bleu, du soleil, des hirondelles qui passaient en flèche avec leurs charmants petits cris, de la campagne que l'été épanouissait. Je tournai le dos à cette vie qui éclatait de beauté, et repartis vers l'hôpital où, sur son lit de souffrance, ma cousine était en train de mourir.

La seconde visite, à trois heures, nous vit arriver, sachant, cette fois-ci, ce qui nous attendait. Pourtant, un faible espoir, tout au fond de nous, était là, tremblant d'oser exister, et malgré tout prêt à se faire immense dès le moindre changement rassurant.

Mais tout était resté pareil. Inutiles, nous ne pûmes rien faire pour soulager Angèle. Une heure de nouveau passa – un véritable supplice. Lorsqu'elle se termina, nous dûmes partir. Ma tante ouvrit son sac pour y prendre son mouchoir, sortit d'un geste pathétique la grappe de raisin qu'elle avait apportée à sa fille. L'air perdu, elle hésita un instant, puis la tendit à sœur Marie-Madeleine :

– Si elle va mieux, ma sœur, vous lui donnerez ce raisin, n'est-ce pas ? Vous lui direz que je le lui avais apporté aujourd'hui. Je reviendrai demain à l'heure de la visite. D'ici là, surveillez bien ma petite fille, et soignez-la bien aussi. Je vous en prie, essayez de la sauver.

Sœur Marie-Madeleine prit la grappe avec un sourire triste et ému.

– Ne craignez rien, je veillerai sur elle. Et je prierai...

Il me sembla que sa voix s'enrouait, et elle se tut subitement. Avec un geste de remerciement, ma tante se décida à s'éloigner, obligée d'obéir aux religieuses qui incitaient tout le monde à partir. Avec mon oncle, je la suivis. Avant de sortir de la salle, je me retournai. Immobile au pied du lit d'Angèle, sœur Marie-Madeleine nous observait. Et son regard contenait tant de tristesse et de pitié que je compris. J'eus l'intuition que ma cousine était perdue.

CHAPITRE VIII

– Qu'elle repose en paix. *Amen.*

Glacée malgré le soleil, debout devant la tombe, les yeux secs, je serrais les dents, incapable d'accepter une réalité qui me faisait horreur. Tandis que je regardais le curé Meesmaker bénir le cercueil, un refus déjà éprouvé lors d'une scène semblable, une immense révolte, montaient en moi et me faisaient maudire ce Dieu qui prenait un pervers et incompréhensible plaisir à faire mourir, l'un après l'autre, ceux que j'aimais et qui m'aimaient.

Près de moi, soutenue par sa sœur, ma tante sanglotait derrière son voile de crêpe noir, et je regardais avec pitié sa silhouette ployée sous le poids d'un chagrin trop dur à supporter. Quant à mon oncle, son bon visage placide était gris et hagard. Des amies de ma tante, des voisins étaient là, comme nous autour de cette tombe où allait disparaître, pour toujours, le corps de ma cousine.

– Dieu a choisi de la rappeler à Lui, avait dit sœur Marie-Madeleine, et nous devons accepter Sa volonté. Elle est en paix maintenant. Elle m'avait confié qu'elle préférait mourir plutôt que de vivre défigurée par ses brûlures.

Ces paroles ne parvenaient pas à atténuer ma peine. Ma rancune envers Dieu restait toujours aussi vive. Pourquoi n'avait-il pas épargné Angèle comme il nous avait épargnées, ma tante et moi? Maintenant, je me retrouvais seule, une fois de plus.

Sur le chemin du retour, ma tante ne cessa de pleurer, et à la maison elle pleurait toujours, le visage enfoui dans son mouchoir, avec de longs sanglots déchirants. Ce fut sa sœur qui s'occupa des amis et voisins revenus avec nous, qui leur offrit des biscuits et du café. Je l'aidai en silence, les écoutant parler d'Angèle, rappeler sa gentillesse, son obéissance, sa serviabilité. Ils discutèrent de l'accident, répétant qu'avec un minimum d'organisation, il n'aurait jamais dû arriver.

– L'enquête a prouvé que le disque qui devait ralentir l'express n'était pas tourné. Or l'employé chargé de cette manœuvre s'obstine à dire qu'il a bien mis le signal. Que croire, finalement ?

– Moi je dis que la Compagnie est coupable. Elle n'emploie pas suffisamment d'agents, et ils doivent travailler au-delà de leurs forces. Il paraît que dans le cas de cet employé, cela faisait dix-sept heures qu'il travaillait. Ce n'est pas normal. Comment lui en vouloir s'il a eu un instant de défaillance ?

– C'est vrai que la Compagnie devrait surveiller ça plus étroitement.

– Et cette histoire de retard ! L'omnibus passait régulièrement une heure après l'horaire normal. Il avait même pris l'habitude de se ranger pour laisser la voie à l'express de Paris, et c'est ce qu'il faisait lorsqu'il a été heurté de plein fouet. Même pour cette manœuvre, il avait pris du retard.

– Ce sont des accidents qui ne devraient pas se produire, surtout quand il y a des vies humaines en jeu. C'est inadmissible.

J'avais envie de hausser les épaules en entendant leurs propos indignés. A quoi bon discuter ? Il était trop tard. Angèle était morte.

Lorsqu'ils furent tous partis, je ramassai les tasses, fis la vaisselle. Ma tante, assise sur une chaise, les yeux rouges et gonflés, avait cessé de pleurer. Elle soupirait, secouant la tête aux exhortations de sa sœur qui s'efforçait de la consoler. Elle resta là sans bouger, étrangère au monde extérieur, et de temps en temps une nouvelle crise de larmes survenait, qu'elle étouffait dans son mouchoir. Mon oncle, malheureux, la regardait sans savoir que faire.

Lorsque j'eus fini de remettre de l'ordre, la sœur de ma tante se leva :

– Eh bien, je vais partir maintenant. Il est bientôt l'heure de mon train. Auguste va être revenu de son travail.

– Allons, restez souper avec nous, dit mon oncle. Auguste comprendra bien. Vous prendrez le train suivant. N'est-ce-pas, Marthe ?

Ma tante répondit par un sanglot. J'appuyai la demande de mon oncle :

– Oui, restez encore un peu. Je vais aller chercher du pain et je préparerai le repas.

Je sortis et me retrouvai dans la rue avec soulagement. Il fallait que je m'occupe, que je m'oblige à ne pas penser. Ne pas réfléchir à ce qu'allait être mon existence sans Angèle. Essayer d'oublier que j'avais mal, faire semblant d'ignorer cette douleur poignante qui gonflait mon cœur et menaçait de m'étouffer. Je respirai longuement, serrai les poings, redressai la tête. Il fallait que j'y arrive, pour pouvoir continuer à vivre.

En sortant de la boulangerie, je pensai subitement à Arthur. Arthur qui ne savait rien, qui avait dû vainement me chercher ce matin sur le chemin de l'usine. L'heure de la sortie approchait, et je me dirigeai vers la Compagnie de Fives-Lille, l'usine où il travaillait, afin de le rencontrer. Luttant contre le désir qui, lâchement, me soufflait de ne pas y aller, je me retrouvai devant l'entrée. Je n'eus pas à attendre longtemps. Bientôt, la cloche sonna, et les ouvriers arrivèrent, nombreux et pressés, s'interpellant, échangeant des réflexions. Droite, mon pain sous le bras, je ne bougeais pas, essayant d'apercevoir Arthur dans ce flot ininterrompu et de plus en plus abondant. Ce fut lui qui me vit. Il vint vers moi avec précipitation, et l'inquiétude fonçait ses yeux :

– Constance... Que se passe-t-il ? Angèle... ?

Je le regardai, muette soudain. Les mots n'arrivaient pas à franchir mes lèvres. Devant mon silence, et sans doute aussi l'expression de mon visage, il s'affola :

– Elle... elle va plus mal ?

Bart, près de lui, m'observait sans rien dire. Son regard habituellement rieur se fit grave et je vis qu'il avait compris. Il posa une main sur l'épaule d'Arthur et murmura :

– Je crois qu'il va te falloir du courage, *mijn vriend* *...

Arthur sursauta. Dans un refus de tout son être, il cria :

– Pourquoi dis-tu ça ? Qu'est-ce que tu racontes ? Mais parlez, Constance !

Je fis un effort. D'une voix unie et monocorde, je dis :

– Elle est morte, Arthur. Hier. Et on vient de l'enterrer. Je n'ai pas pu vous prévenir avant.

Il devint très pâle, sembla chanceler comme s'il avait reçu un coup, eut un gémissement d'enfant, balbutia quelques mots incohérents. Malheureuse, je le regardais. Il se reprit, déglutit péniblement :

– Ce n'est pas vrai ? Constance, ce n'est pas vrai ? Ce n'est pas possible...

Il détourna la tête pour me cacher les larmes qui emplis-

* Mon ami.

saient ses yeux. Puis, avec une sorte de sanglot rauque et douloureux, il partit en courant, se joignant au flot d'ouvriers qui continuait de s'écouler, les bousculant, les dépassant, fuyant vainement une douleur qui s'accrochait à lui et ne le lâcherait pas.

Bart se tourna vers moi :

– Il est malheureux. Je crois qu'il aimait vraiment votre cousine. Ces derniers temps, il s'était même mis à parler mariage.

– Elle aussi, elle l'aimait, dis-je d'une voix cassée par les sanglots.

Je ne pus continuer. La pitié sincère que je lus dans les yeux du garçon fit exploser la boule dure qui nouait ma poitrine, et mon chagrin déferla comme une vague sauvage et brûlante. Je me retrouvai contre Bart, sanglotant dans son épaule, et rien ne comptait plus que ma douleur. Il me laissa pleurer sans rien dire, entourant simplement mes épaules de son bras. Lorsque je relevai la tête, je croisai son regard, empli d'une compréhension muette et d'une sympathie qui me réconfortèrent.

– Excusez-moi, dis-je en prenant mon mouchoir et en m'essuyant les yeux. Je suis désolée, mais... ça a été plus fort que moi.

– Ne vous excusez pas, murmura-t-il avec douceur. Je sais ce que vous éprouvez. J'ai perdu, moi aussi, une jeune sœur. J'avais quinze ans alors, et je me souviens d'avoir pleuré. Je l'aimais beaucoup.

Je séchai mes larmes, repris le chemin de la maison. Il m'accompagna en silence, et sa présence auprès de moi m'aidait à me sentir un peu moins seule. Il me comprenait, il me l'avait dit. Si peu partagée qu'elle fût, ma peine me sembla plus légère, et si je ne fus pas consolée, le nœud qui comprimait ma poitrine avait néanmoins disparu.

Il me quitta au coin de notre rue, sur un signe de tête amical. Je rentrai à la maison, préparai le repas. Ma tante ne mangea pas. Effondrée sur sa chaise, elle regardait droit devant elle avec un air absent. Ce fut sa sœur qui, avant de s'en aller, la déshabilla et la mit au lit comme une enfant. Elle alla demander à Élise, notre voisine, quelques gouttes de *dormant*, cette thériaque à base de pavot que les mères donnaient à leurs bébés pour les faire dormir lorsqu'ils pleuraient la nuit, et dont Élise se servait pour calmer les excités qu'elle gardait durant la journée. Elle les fit boire à ma tante dans un verre d'eau, et l'observa avec commisération tandis qu'elle fermait les yeux :

– Voilà, avec ça elle va s'endormir. Pendant quelques heures elle oubliera. Pauvre Marthe! Je n'ai pas eu d'enfant, et j'en ai été bien malheureuse. Mais je crois que je préfère être à ma place qu'à la sienne...

Lorsqu'elle partit prendre son train, mon oncle, qui jusque-là était resté assis, coudes appuyés sur la table et visage dans les mains, se leva :

– Je crois que je vais aller faire un tour chez Philibert. Je n'en peux plus, de rester ici comme ça. A tout à l'heure, Constance. Ne m'attends pas. Couche-toi tôt.

Restée seule dans la pièce, je mis de l'ordre, rangeai les provisions qui restaient, préparai mes vêtements pour l'usine le lendemain. Il faudrait que j'y retourne sans Angèle. Je regardai la robe noire que de nouveau j'allais porter. Serais-je condamnée, toute ma vie, à être vêtue de noir, à perdre chaque fois les êtres auxquels je m'attachais?... Je retardai le plus longtemps possible le moment d'aller me coucher, répugnant à me retrouver dans ce lit où je savais, avec certitude maintenant, que ma cousine ne viendrait plus. Enfin, je m'y décidai, mais je fus incapable de m'endormir. Les yeux grands ouverts dans l'obscurité, j'écoutais ma tante ronfler doucement. Je la plaignais. Perdre son unique enfant devait être aussi dur que de perdre ses parents et son petit frère, me disais-je. Je pris la résolution d'être gentille envers elle, d'essayer d'oublier ma peine pour la consoler de la sienne, de me rapprocher d'elle et de m'efforcer d'être pour elle la fille qu'elle n'avait plus. Il me sembla qu'Angèle, quelque part, m'approuvait. Je fermai les yeux, sentant le sommeil m'envahir, me laissant glisser avec soulagement dans un oubli miséricordieux.

Ce fut plus dur que je ne le pensais. L'absence d'Angèle changea ma vie en une grisaille qui s'assombrit de plus en plus. Chaque matin, je me levais seule, je me préparais en silence, pendant que ma tante, qui continuait à prendre son somnifère, ronflait dans son lit. Quelquefois, mon oncle descendait également, et prenait son petit déjeuner avec moi. Mal réveillé, il se contentait de bâiller en se grattant la tête et en soupirant, avant de s'en aller travailler. Je le soupçonnais de partir plus tôt afin de faire une halte chez Philibert, où quelques verres d'eau-de-vie lui procuraient pour peu de temps une euphorie illusoire.

Avant de partir à l'usine, je devais allumer le feu, préparer le café pour ma tante lorsqu'elle se lèverait, éplucher les pommes de terre et les légumes et les placer, dans un fait-tout, sur un coin du feu. Car ma tante, depuis la mort de ma cousine, ne faisait plus rien. Elle ne semblait pas se rendre compte de ce qui l'entourait. Elle répondait à peine lorsqu'on lui parlait. On eût dit qu'elle refusait de vivre dans un univers que sa fille avait déserté.

– C'est le choc, disait Élise. Son chagrin est trop grand. Mais avec le temps, peu à peu il s'atténuera.

En plus de mon travail à l'usine, je faisais les courses, le ménage, la vaisselle, la lessive. Je passais une bonne partie du dimanche à nettoyer la maison. Ma tante restait assise, près du feu, sans bouger, des heures durant. Son regard inexpressif m'inquiétait. Se pouvait-il que la douleur éprouvée par la mort de sa fille lui ait fait perdre la raison ? Lorsque je m'adressais à elle, elle secouait la tête avec agacement, gênée d'être dérangée dans l'espèce de rêverie morbide où elle s'enlisait. Je ne savais que faire. Mon oncle ne m'aidait pas ; il passait la majeure partie de son temps libre au cabaret, et lorsqu'il était là, il regardait sa femme avec découragement.

– Il faut lui laisser le temps de se remettre, disait-il.

Mais moi j'étais malheureuse. L'absence de ma cousine créait un vide immense. J'avais pensé que peut-être, pour lutter contre notre chagrin commun, ma tante et moi nous nous serions rapprochées. J'avais découvert, en voyant son visage plein de tendresse penché sur Angèle à l'hôpital, que sous une apparence dure elle était capable d'éprouver de l'amour. Et j'aurais voulu pouvoir glaner quelques parcelles, même minuscules, de cet amour. Mais ma tante n'écoutait que sa propre douleur et refusait de la partager avec quiconque.

Le dimanche après-midi, sa sœur venait lui rendre visite ; ou bien Élise, notre voisine, venait lui tenir compagnie. Elles lui parlaient de tout et de rien, ne se lassant pas des réponses monosyllabiques qu'elle leur faisait, ni du fait qu'elle les écoutait à peine. Je profitais de ces moments pour m'évader un peu. Je sortais, je marchais dans les rues, regardant avec envie les gens qui chantaient dans les cabarets, qui s'en allaient aux guinguettes, qui ne pensaient qu'à s'amuser. Je me réfugiais chez Denise, ma compagne d'atelier, qui m'accueillait toujours avec gentillesse. Au cours de ces jours difficiles, son pauvre logement, au fond de cette courée étroite, fut le seul endroit où je trouvai un peu de réconfort. Son père n'était jamais là et cela me rassurait, car je le savais brutal et violent lorsqu'il avait bu. Sa mère, malgré ses faibles moyens, m'offrait du café et des *tablettes*, ces petits carrés de saccharose, moins chères que le sucre, mais plus fondantes et que nous trouvions délicieuses. J'y rencontrais souvent Sophie, leur voisine, qui venait bavarder quelques instants, avec son dernier enfant qui commençait tout juste à marcher. Elle goûtait là ses seuls moments de repos de la semaine. Son travail *au frec* chez Steverlynck, la filature de lin, était dur et lui rapportait bien peu d'argent. Et son mari, avouait-elle, continuait de dépenser les trois quarts de son salaire au cabaret. Je comparais parfois son découragement à ma tristesse et à ma solitude. Denise essayait de nous réconforter à sa manière gentille et douce. Et peu à peu, je reportai sur elle l'affection que je ne pouvais plus donner à ma cousine.

Certains soirs, il m'arrivait de croiser Arthur dans la rue. Il me saluait tristement, et à l'expression de son visage je comprenais qu'il ne se consolait pas de la mort d'Angèle. Son ami Bart me souriait, me gratifiait d'un chaleureux : « *Dag* *, Constance ! » et je rougissais, repensant à cette fois où j'avais pleuré contre son épaule...

Plusieurs semaines passèrent ainsi, et je m'engourdissais dans une existence terne et sans joie. L'automne ramena ses pluies froides et ses brouillards pénétrants. De nouveau je m'enrhumai, et j'allai travailler avec des quintes de toux et des élancements qui vrillaient mon crâne douloureux.

Un jour où la fièvre brouillait ma vue et ralentissait mes réflexes, peu avant la cloche annonçant la sortie, je chancelai devant mon métier, à bout de forces, abrutie par le bruit et la douleur qui depuis le matin me martelait la tête. Je suis incapable de dire ce qui se passa réellement, si j'eus un vertige ou si je fis un faux mouvement. Toujours est-il que je sentis subitement mon tablier happé par l'un des engrenages, et une force irrésistible sembla m'aspirer, me coller à la machine, m'entortiller pour m'étouffer et me prendre à mon tour. Tout alla très vite. La peur me fit réagir rapidement et, en m'arc-boutant contre le métier, je réussis à résister à la terrible succion qui voulait m'entraîner. Mon tablier se déchira, et je me retrouvai assise sur le sol, la tête dans les mains, tremblant de tout mon corps. Œil-de-Vautour, qui s'était aperçu de l'incident, accourut. Denise quitta un instant son métier pour venir à moi, me prit contre elle :

– Constance ! Comme tu m'as fait peur !
– Ne peux-tu donc pas faire attention ? hurla Œil-de-

---

* Bonjour !

Vautour. Tu seras bien avancée lorsque tu te seras fait prendre une main ou un bras! Et vous autres, retournez au travail! cria-t-il aux filles qui, effrayées et curieuses, se rapprochaient pour se rendre compte de ce qui s'était passé.

Elles obéirent, et moi je ne fis plus rien de bon pendant les dix minutes qui précédèrent la sonnerie. Je tremblais, et j'avais eu si peur qu'une sueur froide et visqueuse mouillait ma peau. Je savais, pour en avoir souvent entendu parler autour de moi, que les accidents provoqués par les machines ne pardonnaient pas. De nombreux cas s'étaient déjà produits par le passé et se produisaient encore : des ouvrières qui se faisaient prendre une main ou un bras, et qu'il fallait amputer. Il y avait même eu, dans une usine de Lille, une jeune fille qui, m'avait-on dit, avait eu une mèche de sa longue chevelure entortillée dans une courroie. Complètement scalpée, elle était morte quelques heures plus tard. Jusqu'à l'heure de la sortie, je frissonnai et claquai des dents. L'aspect de mon visage finit par alarmer Œil-de-Vautour, qui m'apporta sa gourde d'eau-de-vie et me força à en boire quelques gorgées.

L'alcool me brûla la gorge, me fit tousser, mais réussit à me ranimer. Je cessai de trembler, et Denise eut un soupir de soulagement.

– Ah, tu retrouves quelques couleurs! Pauvre Constance, tu étais verte!

– Et fais attention les autres fois! bougonna Œil-de-Vautour en refermant sa gourde et en s'éloignant.

Je le regardai partir en pensant que, après tout, ce n'était pas un méchant homme.

Denise me raccompagna jusqu'à la maison.

– Heureusement, demain c'est dimanche, me dit-elle. Tu auras un peu de temps pour te remettre. Tu viendras me voir, dans l'après-midi?

J'acquiesçai d'un signe de tête. Chez nous je fus soulagée de voir Élise, qui était venue tenir compagnie à ma tante. Lorsque j'enlevai mon manteau et qu'elle aperçut mon tablier en lambeaux, elle s'affola :

– Constance! Que s'est-il passé?

Je me laissai tomber sur une chaise et, d'une voix mal assurée, racontai. La brave femme s'activa autour de moi, mit une assiette sur la table, y versa plusieurs louches d'un potage brûlant :

– Tiens, bois ça. Tu as une tête à faire peur.

J'obéis avec gratitude. Ma tante, assise en face de moi, regardait ailleurs et m'ignorait complètement. Cette indifférence, à laquelle j'avais fini par m'habituer, rendit plus chaleureuse la sollicitude d'Élise. Il y avait si longtemps que quelqu'un ne s'était ainsi occupé de moi!

– Elle n'est bonne qu'à aller se coucher, dit Élise à ma tante. Elle paraît prête à s'évanouir.

Ma tante eut une sorte de haussement d'épaules qui pouvait passer pour un assentiment. Je n'eus pas la force de protester. La fièvre, que je sentais revenir, m'empêchait de raisonner clairement. Je bus le grog que me prépara Élise, réussis à monter le raide escalier de bois, me déshabillai avec des gestes maladroits et tombai sur le lit comme une masse.

J'eus un sommeil agité. Dans mes rêves, une machine fantastique me happait et je hurlais en sentant les dents acérées mordre ma chair. Puis je me retrouvais dans un train qui, heurté violemment, explosait sous le choc. Prisonnière des débris d'un wagon disloqué, j'étouffais et j'appelais Angèle, que je savais près de moi mais que je ne voyais pas. Lorsque, à l'aube, je finis par me réveiller, j'ouvris des yeux hagards, en proie à un sourd malaise. Je me levai, me baignai le visage à l'eau fraîche, sans parvenir à me sentir mieux.

Le dimanche se passa comme d'habitude. Je lavai la maison, nettoyai les chambres, fis un peu de lessive, préparai le repas. Dès que nous eûmes mangé, mon oncle se leva :

– Je vais chez Philibert.

C'était là qu'il se réfugiait le plus souvent, pour fuir un foyer que l'absence de sa fille et l'indifférence de sa femme rendaient triste et morne. Il me regarda étaler sur la table mon tablier en lambeaux afin d'en réparer les déchirures. Il posa sur mon épaule une grosse main maladroite :

– Quand je pense que tu aurais pu être blessée, Constance... C'est déjà bien assez qu'Angèle...

Je le regardai, et une émotion passa entre nous. Nous nous trouvions seuls dans la pièce; ma tante venait de sortir pour se rendre aux communs. Les yeux humides, il dit :

– Prends bien soin de toi, mon enfant. On n'a plus que toi, maintenant. C'est dur... Elle te manque aussi, n'est-ce-pas ?

Je fis oui de la tête. Il me tapota l'épaule, se détourna, se secoua comme s'il s'ébrouait. Il prit sa casquette au clou près de la porte, et décrocha le tablier qu'Angèle portait pour aller travailler :

– Prends celui-ci, plutôt, dit-il d'une voix enrouée. Il ne sert plus à rien, de toute façon. Et le tien est bien trop déchiré pour être réparé.

Il me mit la blouse dans les bras et sortit précipitamment,

en détournant son visage. Je restai un instant immobile puis, le cœur lourd, enfilai le tablier d'Angèle afin de voir s'il m'allait. J'étais plus petite qu'elle; peut-être serait-il trop long? Je m'apprêtais à le boutonner lorsque ma tante revint des communs. A peine entrée dans la pièce, elle s'immobilisa brutalement:

– Qu'est-ce que tu fais?

La voix dure et sèche me fit sursauter. Interdite, je levai les yeux et croisai le regard de ma tante. Il me fit peur. Il n'était plus absent, il était posé sur moi, féroce, sauvage, effrayant.

– Qui t'a permis de prendre les habits de ma fille?

Devant l'expression glacée de son visage, je perdis pied. Je balbutiai:

– Je... C'est mon oncle... Mon tablier est déchiré et...

Elle me coupa, avec une violence contenue:

– Enlève ça.

J'obéis. Elle vint à moi, m'arracha le vêtement des mains, le serra contre elle, gronda sur un ton menaçant:

– Je t'interdis, tu entends? Je t'interdis de prendre ce qui appartenait à Angèle. Tu as bien compris?

Je voulus m'expliquer, mais je jugeai plus sage de ne rien dire. Je baissai les yeux et d'une voix soumise acquiesçai:

– Oui, ma tante.

Elle me lança un regard soupçonneux, et je me demandai si je ne préférais pas son indifférence des semaines précédentes. Que s'était-il passé, qui subitement l'avait fait sortir de sa léthargie? Était-ce parce que j'avais revêtu le tablier d'Angèle? Ce simple fait, d'apparence insignifiante, avait suffi pour lui faire prendre conscience de ma présence. Et je m'aperçus vite qu'il aurait mieux valu qu'elle continuât à m'ignorer. Car, à partir de ce jour, elle reprit pied dans la réalité, mais ce fut pour être sans cesse après moi. Elle donnait l'impression de vouloir se venger sur moi de la mort de sa fille.

Je finis par appréhender de me retrouver seule avec elle. Lorsque mon oncle était là, si elle se montrait trop méchante, il me défendait. Mais il était là de moins en moins souvent. Il se rendait chaque soir chez Philibert, et il y passait pratiquement tous ses dimanches. Et lentement, ma vie devint un enfer. Ma tante ne supportait plus ma présence, elle m'observait sans cesse avec un regard noir, plein de rancune et de méchanceté. Je finis par comprendre qu'elle ne me pardonnait pas de vivre alors que sa fille était morte. Souvent, d'ailleurs, elle ne se gênait pas pour me le dire, dans un mouvement de colère si, par exemple, je n'obéissais pas assez vite à l'un de ses ordres :

– Ce que tu es mal dégourdie, ma pauvre fille! Qu'ai-je donc fait pour récupérer une empotée pareille? Pourquoi n'as-tu pas été tuée dans cet accident? Au moins, je serais débarrassée de toi!

Peu à peu, ces réflexions s'incrustaient dans mon esprit, et je finissais par les faire miennes. Que de fois, au cours de cette période, me suis-je endormie en regrettant profondément de n'être pas morte à la place d'Angèle!...

*
* *

Ce fut l'amitié de Denise qui m'aida à tenir. Je passais chez elle les moments que mon oncle passait au cabaret, afin de me trouver le moins possible avec ma tante. Cette dernière ne cherchait pas à me retenir, bien au contraire. Moins elle me voyait, mieux elle se portait, me disait-elle sans ménagement.

Tous les matins, je partais plus tôt de la maison et j'allais chercher Denise dans sa triste courée. Nous partions ensemble pour l'usine. Le midi, je ne revenais plus prendre le repas avec ma tante. J'emportais des tartines et Denise et moi allions les manger chez elle. Ce misérable logement, qui sentait toujours mauvais à cause des latrines proches, devint mon second foyer. Et même s'il était beaucoup moins propre et ordonné que la maison de ma tante, ce fut là que je trouvai l'affection sincère dont j'avais besoin.

Quelquefois aussi, pour retarder le plus possible le moment de rentrer, le soir, j'allais voir Élise. Je la trouvais au milieu des enfants qu'elle gardait, et avec elle je m'occupais d'eux. Il y avait plusieurs bébés, qu'il fallait changer et emmailloter dans la longue bande de tissu qui les entourait des épaules aux pieds, les transformant en véritables saucissons. J'aidais aussi à préparer les biberons. C'étaient de simples bouteilles où Élise avait fixé un long tube en caoutchouc terminé par une tétine. Entre les biberons, pour calmer les bébés s'ils pleuraient, elle leur donnait à sucer le coin d'un morceau de tissu, dans lequel elle avait placé du sucre candi. Je remarquais qu'elle s'occupait d'eux machinalement, comme s'ils étaient des objets juste bons à lui faire gagner quelques sous. Mais à moi, ces pauvres enfants faisaient pitié. Séparés toute la journée de leur mère obligée de travailler, mal nourris, mal soignés, ils avaient des visages blafards, des membres grêles, des regards éteints.

Certains souffraient de gourme, avaient le crâne couvert de croûtes malsaines, qu'Élise se refusait à enlever : c'était le signe qu'ils « profitaient bien » et qu'ils étaient en bonne santé, affirmait-elle avec une certitude inébranlable. Dans la mesure de mes moyens, j'essayais de donner à ces enfants un peu d'amour. Aux plus grands, je racontais les histoires qui avaient enchanté mon petit frère, ou bien j'apportais de temps à autre une friandise, une tablette, une *péninque*. Bien vite, ils me connurent et accueillirent ma venue avec joie. Et la façon dont ils venaient vers moi lorsque j'arrivais, leurs yeux qui s'éclairaient, le sourire que je faisais naître en offrant mes bonbons, me prouvaient, au contraire des réflexions méchantes de ma tante, qu'il était possible de m'aimer. Ce furent eux, ces petits enfants, avec leur sincérité et leur innocence, qui m'apportèrent la tendresse qui manquait dans ma vie.

Au début du mois de décembre, un deuil attrista la courée où vivait Denise. Justine, la fillette qui habitait juste en face, disparut un soir. Le surlendemain, deux gendarmes vinrent annoncer qu'on avait retrouvé son corps. Elle s'était noyée dans la Deûle. L'enquête avait conclu à un accident.

– Elle s'est suicidée, me confia Denise. Bien sûr, sa mère ne l'avouera pas, et son beau-père encore moins. Mais je suis sûre de ce que je dis. C'est à cause de lui si elle est morte. Après l'avoir violée l'année dernière, il l'obligeait à coucher avec lui. Elle me l'avait dit, et je l'ai crue. Pourquoi aurait-elle inventé une chose pareille ? Elle m'avait dit aussi qu'elle ne pourrait plus supporter ça longtemps. Déjà, il y a quelques mois, elle avait essayé de s'étrangler avec son drap. Je me sens un peu coupable, Constance. Puisque je savais, j'aurais dû faire quelque chose pour l'aider. Mais quoi ? Elle m'avait fait promettre de ne pas le répéter. Elle-même osait à peine en parler. Finalement, vois-tu, cela me montre que je ne dois pas me plaindre si mon père me bat lorsqu'il a un peu trop bu... Le sort de cette pauvre Justine était pire, puisqu'elle a préféré aller se noyer.

Je vis la mère de Justine, vieillie avant l'âge, qui baissait la tête dans une attitude de culpabilité et de résignation. Je vis son beau-père, et je remarquai avec étonnement qu'il semblait effondré et malheureux. Se pouvait-il que, malgré tout, il aimât sincèrement Justine ? Ou bien regrettait-il son attitude passée et avait-il des remords ? Je renonçai à comprendre. Mes propres problèmes m'accaparaient bien davantage.

Ma tante supportait de moins en moins ma présence et ne m'acceptait que pour l'argent que je lui ramenais chaque semaine. Elle me parlait à peine, et le regard plein d'animosité avec lequel elle observait le moindre de mes mouvements finissait par me mettre au supplice.

Autre chose me désolait : j'avais perdu tout contact avec mes anciens amis, ceux que j'avais quittés après la mort de mon père. Depuis la dernière lettre d'Estelle, dans laquelle Frédéric m'annonçait qu'il avait tiré un mauvais numéro et devait partir pour sept ans, je n'avais plus eu de nouvelles. J'avais écrit, peu après l'accident de Seclin, pour annoncer la mort de ma cousine. Je n'avais pas reçu de réponse. J'avais écrit encore une fois, avec le même résultat. Que se passait-il ? Je me disais que, peut-être, Léon avait pris sa retraite, et qu'ils avaient déménagé. Dans ce cas, je ne connaissais pas leur nouvelle adresse. Mais eux connaissaient la mienne. Alors, pourquoi n'écrivaient-ils pas ? Je me torturais l'esprit, échafaudant toutes sortes d'hypothèses, allant même jusqu'à craindre qu'ils ne fussent morts... Et je continuais à attendre une lettre qui ne venait pas.

De plus en plus souvent, pour ne pas rester seule avec ma tante, j'allais rejoindre mon oncle au cabaret. Denise parfois m'y accompagnait. Le dimanche, nous regardions les parties de beigneau. Je retrouvais là Bart, qui m'avait appris que son ami Arthur était retourné chez lui, en Belgique.

– Il a eu tort, car on ne trouve pas de travail chez nous, ou alors c'est très mal payé. Mais il avait besoin de se retrouver dans sa famille, il était trop malheureux ici.

Ce fut au cours de cette période que je découvris l'attrait que pouvait exercer un cabaret. Celui de Philibert ressemblait à tous les autres, mais nous le connaissions davantage et nous y étions un peu chez nous. Il y avait presque autant de femmes que d'hommes, et certaines y amenaient leur bébé, qu'elles couchaient dans des berceaux installés par Philibert exprès pour eux. Pendant quelque temps, dans le brouhaha des conversations, nous oubliions nos soucis. Nous nous installions à l'une des longues tables de bois, dans la bonne chaleur dispensée par le poêle noir et ventru qui occupait le centre de la salle. Je finissais par connaître par cœur tous les détails, les rideaux de coton brodé qui ornaient la porte et les fenêtres, le sable blanc qui poudrait les carreaux du sol, la tapisserie accrochée au mur, qui représentait une scène de l'Empire noircie par la fumée, les étagères et le comptoir où s'alignaient bouteilles, chopes et verres, et l'indispensable *vaclette*, la chaufferette garnie de braises où les habitués allumaient leur pipe. Les femmes bavardaient, les hommes échangeaient des nouvelles, quelques-uns chantaient, d'autres jouaient aux cartes. Les plus instruits lisaient le journal et le commentaient aux autres. C'était animé, gai, bruyant, chaleureux. Et la bière ou l'eau-de-vie donnait l'impression de faire reculer, pour un instant, l'existence de dur labeur et de soucis qui était la nôtre tout au long de la semaine.

Ce fut là aussi que j'appris à connaître Bart. Son insouciance me plaisait, mais je remarquais qu'il avait tendance à boire beaucoup trop. Parmi les autres jeunes gens qui se trouvaient là, un certain Grégoire semblait avoir jeté son dévolu sur mon amie Denise. Il s'arrangeait pour lui parler, pour s'asseoir près d'elle et quelquefois la serrer de près. Lui par contre ne me plaisait pas. Je n'aimais pas ses yeux mobiles et fuyants, son long nez pointu, sa bouche molle. Lorsque je le dis à Denise, elle refusa de m'écouter.

– Au moins, il est gentil avec moi, me répondit-elle. Il est doux, et non pas brutal comme mon père.

Ma vie se déroula ainsi tout au long de l'hiver. J'allais de l'usine à la maison de Denise et de là au cabaret rejoindre mon oncle. Je ne rentrais chez nous que pour dormir, et même ainsi, je sentais bien que pour ma tante c'était encore trop. Ce qu'elle aurait voulu, c'était ne plus jamais me voir.

Mars était arrivé, avec ses bourrasques de pluie et de vent, ses nuages gris gorgés d'eau, mais aussi ses aubes moins tardives et sa luminosité particulière qui, par moments, annonçait déjà le printemps. Dans la campagne, timidement les bourgeons pointaient. J'avais hâte de voir revenir le beau temps. L'hiver avait été dur, et je sortais d'une bronchite soignée tant bien que mal, et plutôt mal que bien. Je toussais encore beaucoup.

Mon amie Denise ne se portait pas bien non plus. Elle maigrissait, et des malaises la saisissaient parfois qui m'effrayaient. Son visage prenait alors une teinte verdâtre, ses narines se pinçaient, ses yeux se creusaient. Je remarquais, lorsque nous mangions nos tartines ensemble le midi, qu'elle se forçait pour avaler quelques morceaux. Une fois, alors que nous étions toutes les deux chez elle, elle eut un malaise. Effrayée, je pris mon mouchoir et baignai ses tempes à l'eau fraîche :

– Qu'as-tu, Denise ? Es-tu malade ?

Elle se redressa avec effort, passa une main égarée sur son front :

– Non, ça va très bien. Ce n'est rien, ne t'inquiète pas. Regarde, c'est déjà fini.

144

Elle m'adressa un faible sourire, et malgré son désir de se montrer vaillante, je lui trouvai une pauvre mine. Mais je ne voulus pas la contrarier et je n'insistai pas. Pourtant, à mesure que les jours passaient, elle semblait aller de moins en moins bien. Et je la connaissais trop pour ne pas remarquer, au fond de son regard, une expression traquée que je ne parvenais pas à comprendre. Je la surprenais souvent les yeux rouges, comme si elle venait de pleurer. Il y avait quelque chose, c'était évident, quelque chose qu'elle voulait me cacher. Je la sentais si malheureuse qu'un jour, vers la fin du mois, je me décidai à l'interroger.

C'était à la pause de midi, et nous étions revenues chez elle manger notre pain tartiné de cassonade. Denise émiettait nerveusement le sien, soupirait, encore plus pâle que d'habitude. Je l'observai un moment sans rien dire. Yeux baissés, elle ne me regardait pas. Son visage maigre aux traits tirés me fit pitié. A la fin, je n'y tins plus :

– Denise, ne veux-tu pas me dire ce qu'il y a ? Je vois bien que tu as l'air malade. Et tu sembles sans cesse inquiète. Ne puis-je rien faire pour t'aider ?

Elle releva la tête, me fixa un instant avec un regard où je lus de la peur, du désespoir, puis elle s'effondra sur la table en cachant sa tête au creux de ses bras :

– Constance, si tu savais !

Elle se mit à pleurer, secouée de sanglots spasmodiques, dans une crise de larmes si violente que je pris peur. J'allai à elle, posai mes mains sur ses épaules, dont je sentis les os saillants tressauter sous mes paumes.

– Que veux-tu dire, Denise ? C'est ta santé ? Tu as... une maladie grave ?

Elle secoua la tête avec violence :

– Oh non, si ce n'était que ça... C'est pire, bien pire !

Je demeurai muette. Que voulait-elle dire ? Qu'est-ce qui pouvait être pire que la maladie, que la mort ? Immobile, j'essayais de comprendre, tandis que les sanglots de Denise peu à peu s'espaçaient. Enfin, elle s'essuya les yeux, leva vers moi un visage lamentable :

– C'est terrible ! Je ne sais pas quoi faire...

Je pris ses mains, les serrai dans les miennes, demandai avec douceur :

– Ne veux-tu pas me dire ce qu'il y a ?

Ses lèvres tremblèrent. Elle détourna son regard, balbutia :

– Je n'en peux plus, il faut que j'en parle à quelqu'un. Mais pas à ma mère, surtout pas. Il ne faut pas que mon père sache... Promets-moi de ne rien répéter, Constance.

145

— Non, je ne dirai rien. Mais peut-être pourrai-je t'aider ?
Elle soupira avec accablement :

— Je le voudrais bien, mais c'est impossible, malheureusement. Tu vas vite comprendre pourquoi...

Elle se tut, se mordit les lèvres, sembla hésiter. Puis, d'un seul coup, sans me regarder, elle se mit à parler très vite, à voix basse :

— Te rappelles-tu, Constance, ce dimanche de février où mon père avait bu ? C'était au début du mois... Il est rentré un soir du cabaret et il a commencé à nous battre, ma mère et moi. Nous essayions de nous protéger des coups, nous criions, nos pleurions. A un moment, il s'est mis à cogner sur ma mère à poings fermés, et elle, les bras repliés devant son visage, le suppliait d'arrêter. Je n'ai pas pu supporter ça plus longtemps. Il me tournait le dos, alors j'ai pris une chaise, celle-ci, la plus lourde, et je l'ai frappé sur la tête dans l'espoir de l'assommer. Mais je n'avais pas mis assez de force. Il s'est retourné vers moi comme... comme une bête sauvage, Constance. Il s'est avancé, les poings en avant, et il avait une expression terrible, comme si... comme s'il allait me tuer. J'ai eu peur, et je me suis enfuie. J'ai ouvert la porte et j'ai couru, au hasard, n'importe où, dans le noir et le froid, n'ayant qu'une idée : mettre la plus grande distance entre mon père et moi.

Elle s'arrêta, but un peu d'eau. Je ne disais rien, comprenant que le pire était encore à venir. Je me rappelais en effet ce jour où Denise était venue à l'usine, le visage gonflé et marbré de coups. Je l'avais plainte, une fois de plus, et je me souvenais du mutisme obstiné qu'elle avait opposé à mes questions.

— Je me suis retrouvée, sans savoir comment, rue Vantroyen. C'est là qu'habite Grégoire. Je me suis heurtée à lui alors qu'il sortait d'un cabaret et que je continuais à courir comme une folle. Il m'a reconnue, m'a demandé ce qui se passait. Mais je tremblais et begayais tellement qu'il n'a rien compris. Alors... alors il m'a emmenée chez lui.

Elle m'adressa un regard suppliant, comme si elle me demandait de lui pardonner la suite. Je posai une main sur les siennes :

— Continue, dis-je doucement.

— Je ne sais plus comment j'ai pu accepter. Je n'étais plus moi-même, tu comprends, Constance ? Je n'avais dans la tête qu'une pensée : échapper à mon père. Je me souviens vaguement qu'il m'a emmenée, et qu'il me soutenait parce que je me sentais mal. Il habite dans un garni, une pièce qu'il loue à la semaine. Il m'a fait asseoir sur le lit, m'a donné de l'eau fraîche pour tamponner mon visage, et comme je n'arrêtais pas de trembler, il m'a fait boire de l'eau-de-vie. Après, je ne sais plus très bien. L'alcool m'a brouillé les idées. Je répétais, comme une idée fixe, que je ne voulais pas retourner chez moi à cause de mon père. Alors Grégoire m'a proposé de rester et... oh, Constance!

Elle se cacha le visage dans les mains, continua d'une voix étouffée :

— Il m'a allongée sur le lit, m'a dit que je pouvais passer la nuit là si je le voulais. Engourdie par l'eau-de-vie, j'étais déjà à moitié endormie. Mais Grégoire a voulu... euh... j'ai senti qu'il se mettait sur moi, qu'il m'écrasait. J'ai essayé de le repousser, de crier, mais il a été le plus fort. Et sans savoir très bien ce qui s'est passé, j'ai compris que... C'est horrible, Constance! J'ai dû m'endormir quand même un peu, parce que lorsque je me suis réveillée Grégoire ronflait près de moi. J'avais envie de vomir et un insupportable mal de tête. Je me suis levée et je suis partie en pensant que je le haïssais et que je ne voulais plus jamais le revoir.

— Ma pauvre Denise, dis-je, révoltée. C'est affreux, ce qu'il a fait!

— Et le pire, conclut-elle d'une voix enrouée de larmes et d'angoisse, c'est ce qui m'arrive maintenant. La période de mes époques est passée depuis longtemps. Et tous ces malaises... Je crois bien que je suis enceinte, Constance... Que vais-je faire? Il ne faut surtout pas que mon père le sache! Là, pour le coup, il me tuerait.

Elle se tordit les mains avec désespoir. Atterrée, je ne savais que dire pour la rassurer.

— Es-tu sûre, Denise?

Elle hocha la tête avec une moue désolée mais convaincue :

— Pratiquement, oui. Je ne dors plus, je ne sais que faire. Je passe mon temps à essayer de cacher mes malaises à ma mère. Il ne faut pas qu'elle s'en aperçoive. Que dirait-elle?

— Je trouve que tu pourrais te confier à elle. Elle t'aime, et comprendra peut-être.

Elle serra farouchement les lèvres :

— Non, je ne veux pas. Et si elle décide d'en parler à mon père? J'ai bien trop peur.

— Et pourquoi ne le dis-tu pas à Grégoire? Après tout, c'est lui le responsable.

Elle jeta haineusement :

— Celui-là, je ne veux plus le voir. Tu avais raison de ne

pas l'aimer. Lorsque tu m'as mise en garde, je n'ai pas voulu te croire. J'ai eu tort.

– Alors, que vas-tu faire ?

Une lueur de panique passa dans ses yeux :

– Je ne sais pas. Mais ne t'inquiète pas, je me débrouillerai. Il le faudra bien.

Le dimanche suivant, je me rendis avec mon oncle au cabaret. Nous essayions de reporter l'un sur l'autre l'affection que nous ne pouvions plus donner à Angèle. J'allais assiter à ses parties de beigneau, et ensuite, assise près de lui, je l'écoutais discuter avec ses compagnons. Ils parlaient de Thiers, qui était président de la République depuis le 31 août précédent, et ils fondaient sur lui beaucoup d'espoirs. Lorsque je réussissais à avoir le journal pour quelques instants, je m'intéressais au feuilleton que je lisais avec passion.

Ce dimanche-là, Denise ne m'avait pas accompagnée. Mal en point, elle avait été obligée de se coucher. Je m'inquiétais pour elle et ne savais comment l'aider. Je ne pouvais demander de conseil à personne ; j'avais promis de ne pas en parler. Au cabaret, j'essayai d'apercevoir Grégoire, mais je ne le vis nulle part. Je finis par m'adresser à l'un de ceux qui l'accompagnaient habituellement :

– Grégoire ? me répondit-il en faisant un grand geste du bras. Parti depuis une semaine ! Paraît qu'il est allé à Paris. En tout cas, c'est ce qu'il m'a dit.

Plus d'espoir de ce côté, pensai-je. Même si Denise avait voulu le retrouver, comment faire maintenant ? Je restai songeuse, indifférente aux conversations et au brouhaha environnant.

– Comme vous êtes sombre, Constance ! Que se passe-t-il ?

Bart venait de s'asseoir près de moi. Avec sollicitude, il se penchait, m'interrogeait. A lui non plus, je ne pouvais rien dire. Que pourrait-il faire ? Il était trop léger, trop superficiel de toute façon.

– Vous ne voulez pas répondre ? Bah, ce n'est pas grave. Malgré tout, je peux vous donner un bon conseil : buvez un coup, et après ça, la vie vous paraîtra plus agréable.

Joignant le geste à la parole, il avala à longs traits son verre de bière. Je détournai les yeux, ulcérée : croyait-il donc qu'un peu d'alcool suffisait à résoudre les problèmes ?...

Le lendemain, sur le chemin de l'usine, Denise me dit, d'un ton de froide détermination :

– Ça y est. J'ai trouvé la solution pour ce que tu sais. C'est la seule, d'ailleurs. A moins que je n'aille me noyer, comme Justine.

Je la regardai. Dans la clarté grise de l'aube, je lui vis un petit visage blafard, des lèvres décolorées, et dans les yeux une expression où le défi ne parvenait pas à cacher l'angoisse et le désespoir.

– Que veux-tu dire, Denise?

Elle se tourna vers moi, déclara avec une brutalité qui ne lui était pas coutumière:

– Eh bien, ma mère est au courant, maintenant. Et aussi Sophie, notre voisine.

J'eus un sursaut affolé:

– Elles... Mais comment?...

Elle haussa les épaules dans un geste fataliste:

– C'est arrivé hier. J'étais malade, tu le sais. J'ai dû me coucher. Après, j'ai voulu me lever, et j'ai eu des nausées, des vomissements, j'ai même failli me trouver mal. Ma mère et Sophie étaient là toutes les deux. En me voyant dans cet état, elles ont deviné, et j'étais trop mal en point pour les contredire.

– Mon Dieu, Denise! Qu'ont-elles fait?

– Rien, que veux-tu qu'elles fassent? Je leur ai tout raconté, et ça m'a soulagée de parler. Tu ne peux pas t'imaginer combien ça me coûtait de tout cacher à ma mère! Sur le coup, elle a été effondrée. Elle a tout de suite pensé à mon père et elle a dit: « Il ne faut pas qu'il sache. Il te tuerait. » C'est bien mon avis. Alors on a cherché une solution. C'est Sophie qui a suggéré la seule possible: il faut que je me débarrasse de cet enfant avant que ça se voie.

– Te débarrasser? Mais... comment vas-tu faire? Tu veux aller voir une avorteuse?

– Ça non, ce n'est pas possible. Il y a des sages-femmes qui le font, je le sais bien. Mais c'est trop cher. Elles demandent entre deux mille et trois mille francs. Et moi, je ne gagne qu'un franc cinquante par jour!

– Alors?...

Elle baissa la tête, resserra autour de ses épaules son vieux châle de laine:

– Alors, Sophie m'a expliqué comment faire. Avec une aiguille à tricoter.

Je poussai un cri effaré. Elle affirma d'une voix dure:

– Il n'y a pas de quoi s'affoler. Sophie elle-même l'a fait voici quelques mois, parce qu'elle attendait un autre enfant et qu'elle n'en voulait pas. Et elle n'est pas la seule, il y en a beaucoup qui le font, tu le sais bien.

Je dus admettre qu'elle avait raison. Il arrivait parfois, à l'usine, que des filles se repassent des recettes miracles pour avorter, parlant de remèdes à ingurgiter, d'efforts à faire pour « décrocher l'enfant », et d'autres choses qu'elle chuchotaient avec des mines de conspiratrices. Je n'avais jamais participé à ces conversations qui ne me concernaient pas. Mais maintenant, cela concernait Denise, et c'était tout à fait différent.

Elle eut à mon adresse un triste sourire :

– Ne me regarde pas avec cet air-là. Il n'est pas question que je garde cet enfant, tu es d'accord? C'est donc la seule solution.

– Mais, Denise... et si... euh, ce n'est pas dangereux?

De nouveau, elle haussa les épaules :

– Mais non, Sophie l'a fait, elle nous l'a dit elle-même. Je ne vois pas pourquoi je ne pourrais pas le faire moi aussi.

Nous étions arrivées à l'usine, et cela me dispensa de répondre. A vrai dire, j'étais abasourdie et déconcertée. Je travaillai toute la matinée machinalement, l'esprit ailleurs. Tout en travaillant, je réfléchissais, et je finis par comprendre que ma pauvre amie, acculée, n'avait pas le choix.

CHAPITRE IX

Je me souviendrai toujours de ce lundi d'avril. Je m'étais levée tôt pour l'usine, et je me sentais tout engourdie de sommeil. J'avais mal dormi. Je m'inquiétais pour Denise. Elle m'avait dit :

— Ne viens pas chez moi dimanche, Constance. Nous allons profiter de l'absence de mon père, qui sera au cabaret, pour faire ce que tu sais.

Je l'avais regardée, peu rassurée. Elle avait affirmé, avec une conviction que démentait sa voix tremblante :

— Ça se passera bien. Ne t'inquiète pas pour moi.

J'avais accompagné mon oncle, comme d'habitude, chez Philibert. J'avais écouté d'une oreille distraite les plaisanteries de Bart, sans lui répondre car sa gaieté bruyante m'agaçait. Je ne pensais qu'à Denise.

Ce lundi matin, tout commença à aller mal, dès le début. Alors que j'avais bu mon bol de café au lait, je voulus aller le laver mais, je ne sais comment, il m'échappa des mains, et roula sur le sol où il se brisa. Ma tante, penchée sur le feu qu'elle tisonnait, se retourna :

— Mais ce n'est pas possible, qu'a-t-elle encore fait ? J'en ai assez, de cette empotée !

Sans répondre, le feu aux joues, je me baissai et ramassai les morceaux. Mon oncle s'arrêta de manger pour intervenir :

— Allons, Marthe, calme-toi. Elle ne l'a pas fait exprès.

Ma tante me lança un regard mauvais :

— En tout cas, je remplacerai ce bol avec ton argent. Il ne faut pas croire...

Le reste de la phrase se perdit dans un sourd grommellement. Je me relevai, regardai mon oncle avec un air malheureux. Il secoua la tête, eut une mimique qui signifiait : Laisse tomber, Constance. N'insiste pas.

Je n'avais pas envie d'insister non plus. Je pris mon « pain de mort » – mes tartines que je venais de fourrer de cassonade –, mis mon manteau et sortis. Dehors, il faisait obscur, il tombait un crachin persistant et froid qui eut vite fait de me tremper. Je frissonnai en pénétrant dans la courée humide et étroite où habitait Denise. J'entendis la grosse voix bourrue de son père, n'osai pas entrer. Je restai là plusieurs minutes, ne sachant que faire, grelottant sous la pluie qui redoublait d'intensité. Au moment où j'allais quand même me décider à entrer, la porte s'ouvrit et Denise apparut. Elle me vit.

– Ah, c'est toi, Constance ! Viens, partons tout de suite.

Elle me prit le bras, m'entraîna en marchant rapidement, sans regarder où elle allait. Elle glissa dans une flaque boueuse, chancela légèrement. Je la soutins :

– Denise... ça va ?

Elle releva la tête, dit brièvement :

– Mais oui, ça ira, ne t'en fais pas.

Dans la rue obscure, je cherchai à voir son visage. Un réverbère l'éclaira faiblement. Le teint de mon amie m'apparut verdâtre ; deux grands cernes noirs lui creusaient les joues, lui faisant comme deux trous d'ombre qui m'effrayèrent.

– Denise, dis-je en serrant son bras maigre contre moi, tu n'aurais pas dû venir travailler. Te sens-tu suffisamment forte ?

– Je ne peux pas rester chez moi. Il ne faut pas donner l'éveil à mon père. Il faut que tout paraisse normal, tu comprends ?

– Et... hier, ça s'est bien passé ?

– Je préfère ne pas en parler, Constance. C'était affreux, et j'ai bien cru mourir. Sophie m'a fait avaler des pilules, et une tisane qu'elle avait faite d'après une recette de sa mère. Et cette aiguille qu'il a fallu enfoncer... J'ai été malade toute la journée et toute la nuit. Mais maintenant, termina-t-elle d'une voix basse et frémissante, je suis débarrassée. C'est fini.

Nous arrivions à l'usine, et autour de nous d'autres silhouettes se pressaient, sous la pluie froide qui ne cessait pas. Dans le couloir éclairé, je regardai avec inquiétude le visage livide de mon amie :

– Tu es sûre que ça va aller, Denise ?

Elle essaya de sourire, n'y parvint pas, eut un battement de cils :

– Mais oui. Il le faudra bien.

Tout au long de la matinée, je l'observai. Penchée sur son métier, elle semblait travailler normalement. Mais je voyais, peu à peu, son visage prendre une teinte grise, ses yeux se creuser davantage, une sueur couvrir son front, qu'elle essuyait machinalement d'un geste de la main. Elle sortit deux fois pour se rendre aux cabinets, et la seconde fois elle resta si longtemps absente que je quittai mon métier un instant pour aller m'occuper du sien. Quand elle revint, elle était si pâle qu'elle paraissait prête à s'évanouir. A huit heures et demie, lors de la pause pour le casse-croûte, que beaucoup d'entre nous mangeaient en continuant de travailler, elle alla s'asseoir dans un coin et resta sans bouger, dos au mur, tête penchée, coudes aux genoux. Au bout d'un moment, je n'y tins plus, courus à elle, lui demandai si elle se sentait bien. Elle fit un signe qui pouvait passer pour un assentiment, et je n'osai pas insister davantage. Je revins devant ma machine, ignorant les regards curieux et intrigués des autres. Cela, pourtant, n'était pas inhabituel. Il arrivait souvent que des ouvrières, surtout lorsqu'elles étaient enceintes ou venaient d'accoucher, étaient obligées de s'arrêter un moment pour reprendre quelques forces.

A la fin de la pause, Œil-de-Vautour, qui observait Denise sans rien dire, alla vers elle. La tête sur les genoux, elle ne bougeait pas. Je le vis qui lui secouait l'épaule. Avec effort, elle releva un visage hagard, où les yeux brillaient d'un éclat fiévreux. Elle parvint à se mettre debout, et lentement, en donnant l'impression de tomber à chaque pas, revint se placer devant son métier. Je la regardai prendre le coton, le présenter, faire les mêmes gestes tellement répétés qu'ils en devenaient machinaux. Son air absent et ses mouvements heurtés m'inquiétèrent. Je calculai qu'il restait encore trois heures avant la cloche de midi. A ce moment là, pensai-je, je la reconduirais chez elle et la forcerais à se coucher. Elle n'était pas en état de travailler en restant de longues heures debout, devant une machine qui réclamait une attention de tous les instants.

Tout en continuant à alimenter mon métier, je gardai un œil sur Denise. Je la voyais porter la main à son front de plus en plus souvent, se frotter les yeux comme quelqu'un qui ne voit pas bien ou qui cherche à s'éveiller. A un moment, elle vacilla, faillit perdre l'équilibre. Elle tendit un bras au hasard pour se retenir. Comme cela m'était arrivé quelques mois auparavant, la manche de son tablier fut happée par un engrenage. Mais Denise, dans l'état de faiblesse où elle se trouvait, n'eut pas le réflexe de la retirer à temps. Son bras, à son tour, fut entraîné, et je vis avec horreur mon amie basculer sur son métier, tandis que la machine broyait impitoyablement sa main. Elle hurla, mais ses cris furent couverts par le bruit assourdissant qui régnait dans l'atelier. D'un bond, je fus à elle, saisis son bras, le tirai vers moi, au risque de me faire prendre les doigts moi aussi. Mais je compris vite qu'il n'y avait rien à faire. La force aveugle de la machine était bien trop puissante. Tout en soutenant Denise, je jetai autour de moi un regard éperdu. Je vis Œil-de-Vautour, dont la surveillance n'était jamais en défaut, se précipiter vers nous.

– Je cours au sous-sol! me cria-t-il.

Il sortit précipitamment de l'atelier, et je souhaitai qu'il fasse vite. J'avais compris ce qu'il voulait dire; la seule solution, maintenant, pour délivrer Denise était d'arrêter les métiers. Pour cela, il fallait aller prévenir le chauffeur qui commandait la machine à vapeur au sous-sol, car il n'existait pas de sonnette d'alarme ni de *déclinche* qui aurait pu l'avertir plus rapidement. Œil-de-Vautour, même en courant, perdit là de précieuses minutes, pendant lesquelles l'avant-bras de mon amie fut déchiré par l'engrenage qui continuait de tourner. Je la tenais pour l'empêcher de tomber complètement, et je pleurais en entendant ses cris. Les autres, groupées autour de nous, affolées et horrifiées, cherchaient ce qu'elles pouvaient bien faire mais ne trouvaient rien. Deux ou trois, parmi elles, m'aidèrent à soutenir Denise qui hurlait toujours et se débattait. Cela dura deux ou trois minutes, qui nous semblèrent une éternité et qui nous donnèrent un avant-goût de l'enfer.

Au moment où je sentis Denise devenir toute molle dans mes bras, les métiers s'arrêtèrent. Le silence brutal nous surprit. Ma pauvre amie, évanouie, pesait sur nous qui nous efforcions de la maintenir.

– Il faudrait dégager son bras, conseilla Célestine, la plus vieille de nous toutes.

Je jetai un coup d'œil sur l'avant-bras de Denise et me détournai aussitôt, prise de nausée. Broyé, lacéré, déchiqueté, il n'était plus qu'un magma de sang, de chair et de lambeaux de tissu. Quant à la main, prise dans l'engrenage, on ne l'apercevait plus.

– Allons, aidez-moi, tas de mauviettes! gronda Célestine. Il faut bien le faire, pourtant!

Quelques-unes, les plus dures, s'avancèrent. Œil-de-Vautour, qui revenait, vint les aider. Tout en soutenant

Denise, je regardai de l'autre côté pour ne rien voir. C'était un spectacle bien trop horrible.

– Voilà, ça y est, dit Œil-de-Vautour. Quelle histoire! J'avais bien vu depuis ce matin qu'elle n'était pas bien! Allongez-la ici.

Nous obéîmes. Je tournai le dos à la machine pour ne plus voir le sang et les morceaux de chair incrustés dans l'engrenage. Je regardai Denise. Couchée sur le sol, le visage exsangue, le nez pincé, les yeux profondément enfoncés et cernés de mauve, elle paraissait morte. Je n'osai pas poser la question, regardai Œil-de-Vautour avec angoisse.

– Le médecin va arriver, annonça-t-il. On est allé le prévenir. Il va falloir la transporter à l'hôpital. Elle est salement arrangée. Ils seront peut-être obligés de lui couper le bras.

Un brouillard passa devant mes yeux. J'entendais les voix des autres qui, autour du corps inerte de Denise, discutaient de l'accident.

– Elle était malade, ça se voyait bien, disait Œil-de-Vautour. Elle a eu tort de venir travailler dans cet état. Elle a été imprudente, et voilà le résultat.

– Mais si elle a préféré venir travailler, répliquait Célestine, qui était la seule d'entre nous à ne pas craindre le surveillant, c'est pour ne pas perdre sa journée. Pour un jour d'absence, on nous retire les deux tiers de notre salaire. Et comme nous ne gagnons pas déjà beaucoup...

Ou alors, pensai-je, il aurait fallu un billet du médecin attaché à la filature. Mais, outre que les ouvriers n'appelaient le médecin qu'en dernier recours, je savais bien que Denise ne pouvait pas le faire. Il ne fallait pas que son geste fût découvert.

– Et puis, continuait Célestine, ça arrive souvent, les accidents comme celui-ci. J'ai fait plusieurs usines, moi, et ce n'est pas le premier que je vois. Il y a une dizaine d'années, alors que je travaillais à Lille, j'avais une compagne. Rosalie, elle s'appelait. Une fois, elle a voulu se rendre aux cabinets, et elle s'est accroupie pour passer sous l'arbre de transmission de sa machine. Mais elle s'est relevée trop vite. Elle a été tuée sur le coup. Colonne vertébrale brisée, a dit le médecin.

Comme pour confirmer ces paroles, chacune eut alors un accident à raconter :

– Moi, déclarait l'une, lorsque j'étais fileuse de lin chez Dautremer, j'ai vu une ouvrière se faire prendre un doigt pendant qu'elle nettoyait son métier en marche. Ça n'était pas beau, je peux vous l'assurer. L'os avait été mis à nu, et la chair pendait tout autour.

– Mon père, qui est fileur, disait une autre, m'a souvent raconté un accident dont il avait été témoin alors qu'il avait une quinzaine d'années. Il était rattacheur chez Toussin, à Lille. Un de ses compagnons, âgé de treize ans, en voulant maintenir une courroie cassée, s'est fait prendre la main, et tout son corps a été entraîné. A chaque tour de l'arbre, il était lancé contre le plancher, contre le plafond, et ainsi de suite pendant une centaine de fois avant que la machine puisse être arrêtée. On l'a retiré mort, étranglé par sa chemise. Mon père dit toujours qu'il ne peut pas oublier l'image de ce corps d'enfant projeté de bas en haut, et lancé avec une telle force que les pieds avaient défoncé le plafond.

– J'ai déjà entendu parler d'un accident de ce genre, appuyait une troisième. Un ouvrier qui s'était fait attraper par l'arbre de transmission, lui aussi. A cause du bruit des machines, personne n'avait entendu ses cris. C'est en voyant son soulier voler à travers l'atelier que ses compagnons se sont rendu compte de l'accident.

Je mis mes mains sur mes oreilles pour ne plus écouter. A quoi bon rappeler tous les cas qui s'étaient déjà produits ? Cela ne changeait rien pour mon amie.

Soudain, deux messieurs bien habillés entrèrent dans l'atelier. Œil-de-Vautour alla au-devant d'eux et les conduisit vers le corps toujours allongé dans l'allée. Les conversations se turent. Avec respect, les ouvrières s'écartèrent. L'un des deux hommes s'accroupit, se pencha sur Denise. Je compris que c'était le médecin. L'autre, debout, observait la scène avec une expression où se mêlaient contrariété et inquiétude. Je le reconnus. C'était un des directeurs de l'usine. Il tirait sur ses favoris avec impatience.

– Eh bien, vivra-t-elle ? demanda-t-il d'une voix pressante.

Le médecin se releva :

– Oui, je le pense. Mais il faut l'amputer. Sa main et son avant-bras sont irrécupérables. Je vais donner des ordres pour qu'elle soit transportée à Saint-Sauveur le plus vite possible.

D'un pas rapide, ils sortirent. Atterrées, nous nous regardions. Amputer... Pauvre Denise ! Une bouffée de pitié et de révolte m'envahit. C'était si injuste !

Le reste de la matinée fut bouleversé. Des gendarmes vinrent nous interroger, afin d'établir un rapport de police. Le corps de mon amie fut enlevé et emmené à l'hôpital. Deux ouvriers vinrent nettoyer son métier. Lorsque tout fut enfin redevenu normal, Œil-de-Vautour essaya en vain de ramener l'ordre. La cloche de midi l'arrêta.

– A une heure, je veux voir tout le monde au travail, ordonna-t-il. Ce qui s'est produit ne doit pas être un prétexte à ne rien faire.

Je travaillai tout l'après-midi comme une somnambule. Le métier vide, près du mien, me rappelait sans cesse ce qui s'était passé, et j'évitais de le regarder. Lorsque la cloche sonna la sortie, je m'enfuis, ignorant l'effervescence des conversations autour de moi. La nouvelle de l'accident avait fait le tour de l'usine, et tout le monde en parlait. Dans les rues, je me hâtai. La pluie du matin avait cessé. La venue du printemps mettait dans l'air une douceur à laquelle je restai indifférente. Il était plus de sept heures, et je savais que je devais rentrer parce que ma tante n'aimait pas souper tard. Mais mes pas me portèrent, machinalement et irrésistiblement, vers le domicile de Denise.

Dans la courée, les voisines étaient sorties de chez elles et entouraient la mère de Denise qui pleurait. Celle-ci me vit arriver :

– Constance! s'écria-t-elle. Viens me raconter. Que s'est-il passé? Ma pauvre petite fille... Depuis le temps qu'elle travaillait en usine, elle était adroite, et savait bien se débrouiller. Comment cet accident s'est-il produit?

Du mieux que je pus, je racontai ce que j'avais vu, en taisant les détails trop atroces, mais en signalant quand même que Denise ne se sentait pas bien depuis le matin.

Sa mère sanglota de nouveau :

– Dès que les gendarmes sont venus me prévenir, j'ai couru à l'hôpital. On était en train de l'opérer. J'ai dû attendre longtemps. Quand ils l'ont ramenée, on m'a permis de la voir, mais elle était encore endormie. Oh, Constance, si tu l'avais vue! C'est atroce. Ils lui ont coupé le bras entièrement, jusqu'à l'épaule...

Le père de Denise sortit de chez lui :

– Il le fallait bien, constata-t-il sombrement. Ils m'ont expliqué que c'était la seule solution. Ils ne pouvaient pas la laisser comme ça, à cause des risques d'infection, de la gangrène, d'après ce qu'ils m'ont dit.

– Mais maintenant, que va-t-elle devenir, notre pauvre enfant?

– Allons, femme, calme-toi, et viens plutôt préparer le repas. C'est que j'ai faim, moi.

Elle eut un reniflement malheureux, suivit son mari à l'intérieur de son misérable logement. Désolée et indécise, je n'osai pas l'accompagner. Sophie, la voisine, me regarda, une souffrance au fond des yeux.

– C'est un peu ma faute, ce qui est arrivé. C'est moi qui lui ai conseillé de... Mais je ne pouvais pas prévoir...

Elle murmurait entre ses dents, et je ne fus pas sûre d'avoir bien compris. Je la laissai, elle aussi, préparer son repas et s'occuper de ses enfants.

Chez nous, mon oncle était rentré, et ma tante servait la soupe dans les assiettes. En me voyant, elle me tourna le dos, bougonna :

– La voilà encore, celle-là! Je ne serai donc jamais débarrassée de sa présence!

C'était le genre de réflexion qu'elle faisait souvent et que j'essayais, de toutes mes forces, d'ignorer. Mais, ce jour-là, après l'épreuve que je venais de subir, elle me blessa particulièrement. Mon oncle vit les larmes dans mes yeux.

– Allons, Marthe, ne sois pas si méchante, intima-t-il sévèrement. Et toi, mon enfant, continua-t-il avec bonté, viens t'asseoir et manger ta soupe. Pourquoi es-tu en retard? Tu n'es pas malade, au moins? Tu me parais bien pâle... Qu'y a-t-il?

Prête à éclater en sanglots, je ne pus pas répondre tout de suite. Je me forçai à avaler quelques cuillerées de potage. Puis, lorsque je me sentis capable de parler, je racontai l'accident qui était arrivé à Denise.

– La pauvre enfant, constata mon oncle, je la plains. Avec un seul bras, elle ne pourra plus travailler.

Ma tante me fixa de ses yeux durs, dit d'une voix sèche :

– Fais bien attention qu'une chose pareille ne t'arrive pas. Je n'ai pas envie de me retrouver avec une invalide sur les bras. Tu n'es déjà pas en bonne santé...

Le lendemain et les jours suivants, j'allai à l'usine seule, et j'éprouvai une désagréable sensation de vide. Le midi, je restais sur place et mangeais mes tartines avec celles qui, venues de loin, ne retournaient pas chez elles. Assise sur le sol, dos au mur, je les écoutais bavarder. Certaines étaient dures, et même cyniques. Elles se confiaient des recettes pour attirer les hommes, pour profiter de leur argent. Elles citaient telle ou telle fille qu'elles connaissaient et qui avait fini par se faire entretenir. Célestine les faisait taire :

– Se faire entretenir, disait-elle, quelle bonne blague! Regardez-moi, j'ai cinquante-trois ans, et je n'ai jamais vu ça. Ce que j'ai vu, par contre, tout au long de ma vie, ce sont des femmes qui se sont tuées au travail, ça oui, je peux le dire. Et une fois qu'on y est, dans l'usine, on n'en sort plus. Vous verrez si je n'ai pas raison!

Elles ne l'écoutaient pas. Elles s'obstinaient à citer le cas d'une de leurs compagnes, qui avait fait la connaissance d'un commerçant et qui était partie vivre avec lui. Et elles s'accrochaient à cet exemple de toutes leurs forces. Car c'était ça, leur espoir, à ces pauvres filles : pouvoir un jour, elles aussi, sortir de l'usine, mener une vie agréable, porter des belles toilettes, aller au théâtre. Je ne pouvais pas m'empêcher de les plaindre, car je me disais, comme Célestine, qu'elles se faisaient beaucoup d'illusions.

Chaque soir, dès que la cloche avait sonné, je me précipitais hors de l'usine et j'allais voir la mère de Denise, afin d'avoir des nouvelles. Ce qu'elle m'apprenait était désolant : ma pauvre amie ne faisait que pleurer, incapable d'accepter l'idée d'être devenue une infirme. De plus, elle avait sans cesse de la fièvre. J'étais inquiète et triste. Mais, d'un autre côté, je la comprenais : comment accepter de vivre avec un seul bras, ne plus pouvoir travailler, devenir une charge, un objet de pitié et de curiosité pour les autres ?

Lorsque le dimanche arriva, je fus enfin libre d'aller lui rendre visite. Ma tante n'y fit aucune objection, au contraire. Moins elle me voyait et mieux elle se portait, affirma-t-elle une fois de plus. Au lieu d'accompagner mon oncle au cabaret, j'allai chercher la mère de Denise et nous partîmes toutes les deux vers l'hôpital Saint-Sauveur. Il faisait beau, le printemps mettait dans les rues un air de fête, un gai soleil brillait. Des gens se dirigeaient vers les guinguettes. D'un cabaret dont la porte était ouverte, quelques bribes de chansons nous parvinrent. Je me mordis les lèvres, me détournai. Cette gaieté tapageuse m'était pénible à un moment où ma meilleure amie gisait, mutilée, sur un lit d'hôpital.

– Je ne sais pas comment nous allons la trouver, s'inquiétait sa mère. Hier, elle avait encore beaucoup de fièvre. Elle ne mange presque pas, m'a dit la sœur, et elle s'affaiblit.

Je ne parvins pas à prononcer quelques paroles d'espoir. Que pouvais-je dire à cette pauvre femme ? J'étais aussi inquiète qu'elle.

En traversant les jardins fleuris de l'hôpital, alors que nous nous dirigions vers l'entrée, je pensai qu'il n'y avait pas si longtemps – huit mois à peine – je me rendais dans un autre hôpital pour y voir mourir ma cousine.

Je suivis la mère de Denise dans des longs corridors et dans des grandes salles où régnait une atmosphère oppressante, due à un manque d'aération et à une persistante odeur de latrines. Imperturbables et sereines, des sœurs passaient, avec sollicitude se penchaient sur les malades, leur offraient à boire, arrangeaient leurs oreillers. Nous pénétrâmes dans la salle Saint-Roch, meublée de deux rangées de lits de fer séparés d'à peine un mètre. La mère de Denise s'arrêta devant l'un d'eux, aux rideaux à moitié relevés.

– Elle dort, chuchota-t-elle.

Je regardai la forme allongée et immobile, n'arrivant pas à reconnaître mon amie. Ses yeux s'étaient encore creusés, la peau de son visage se tendait sur les os des tempes et des pommettes, lui donnant un faciès de squelette. Une respiration saccadée agitait sa poitrine, et deux taches rouges marquaient ses joues. Mais le plus affreux était l'épais pansement qui entourait son épaule et le vide que mettait, le long de son corps, l'absence du bras droit.

Je serrai entre mes doigts les barreaux du lit. Comme si elle avait senti que nous l'observions, Denise remua, ouvrit les yeux. Son regard, brouillé par la fièvre, était en même temps détaché et lointain. Tout de suite, il se posa sur moi :

– Constance, murmura-t-elle. Tu es venue...

Je me penchai vers elle, bouleversée. Une souffrance crispa son visage. Je vis ses lèvres trembler. Sa mère s'avança, lui offrit la poire cuite arrosée de chicorée qu'elle avait enveloppée dans du papier :

– Regarde, je t'ai apporté ton dessert préféré. Tu le mangeras, n'est-ce pas ?

Denise détourna la tête :

– Je n'ai pas faim.

Sa mère eut un geste désolé, la regarda avec une expression où se mêlaient désespoir, tendresse et impuissance. Denise s'agita, passa sa langue sur ses lèvres sèches :

– Par contre, j'ai très soif. Mère, ne pouvez-vous aller demander de l'eau ?

Restée seule avec moi, elle tendit son seul bras, agrippa ma main, la serra très fort entre ses doigts brûlants :

– Constance... Tu as été ma seule amie, et je t'ai aimée sincèrement. Essaie de ne pas m'oublier.

J'eus un sursaut :

– Mais... de quoi parles-tu ? T'oublier ? Que veux-tu dire ?

Elle leva vers moi un regard où se lisait une froide détermination :

– Je vais mourir, Constance. Je ne veux plus vivre. Pas comme ça, dit-elle avec un mouvement du menton vers le pansement de son épaule droite. Je ne pourrai plus travailler, je ne serai qu'une charge inutile. Alors, à quoi bon ?

– Denise, ne parle pas ainsi ! Pense à nous, pense à ta mère qui t'aime, au chagrin qu'elle aurait de te perdre !

Elle ferma les yeux avec une lassitude infinie :

– Je le sais, mais je ne peux pas, Constance. Tu accepterais, toi, de vivre comme ça, diminuée, bonne à rien ?

Comme je me taisais, elle serra ma main avec une intensité fébrile :

– Réponds donc. Tu accepterais ? Ne me mens pas, je t'en prie.

Je pensai à ma tante, à l'existence difficile que je menais avec elle, au destin qui s'acharnait à m'enlever, l'une après l'autre, les personnes que j'aimais et qui m'aimaient. Quitter cette vie cruelle, se laisser mourir... Pendant un court instant, je me sentis très proche de Denise et je compris son désir.

– Non, dis-je très bas, je n'accepterais pas. Mais pour moi, ce n'est pas pareil. Si, à la place de ma tante, j'avais une mère qui m'aime...

Elle remua la tête sur son oreiller. Je remarquai que la tache rouge, sur ses pommettes, s'accentuait.

– C'est inutile, souffla-t-elle, tu n'arriveras pas à me convaincre. J'ai bien réfléchi. J'ai décidé de me laisser mourir, et ce ne sera pas difficile. Mon épaule ne se cicatrise pas bien, a dit la sœur qui me soigne. Et surtout, ce que j'ai fait, euh... tu sais, pour me débarrasser de l'enfant... Eh bien, je me suis blessée, avec cette aiguille, et ça a créé une infection, et c'est ça qui me donne sans cesse de la fièvre. La sœur m'a bien grondée, mais je lui ai expliqué que je n'avais pas pu faire autrement. Maintenant, si ça m'aide à mourir plus vite, tant mieux.

Elle me fixa d'un regard brillant de fièvre et, malheureuse, je ne sus que répondre. Elle eut un sourire amer et sans joie :

– Tu vois bien que j'ai raison. Ne m'en veux pas, Constance, et promets-moi de ne pas m'oublier. Embrasse-moi, et pendant que nous sommes seules, dis-moi adieu. Nous ne nous reverrons peut-être pas.

Je me penchai, baisai sa joue brûlante, incapable de la supplier de vivre malgré tout.

– Merci, Constance, murmura-t-elle. N'en parle pas à ma mère, n'est-ce pas ? Ce que je viens de te dire, je ne l'ai dit à personne.

Je secouai la tête. La mère de Denise, qui revenait avec un verre d'eau, dissipa la douloureuse tension qui régnait entre nous.

– Eh bien, ce n'était pas facile, toutes les sœurs sont occupées ! Tout le monde a quelque chose à demander. Tiens, bois, ça te fera du bien.

Elle souleva avec tendresse son enfant, l'aida à boire. Je me détournai pour lui cacher mes yeux pleins de larmes. Je regardai la salle, les autres lits occupés par des femmes ou des filles blessées elles aussi, entourées de leurs parents et amis. La révélation de Denise m'avait causé un choc. Je n'avais pas pensé qu'elle réagirait de cette façon. Et pourtant, sans pouvoir l'approuver, combien je la comprenais! Je l'observai avec affection tandis qu'elle buvait avec avidité le verre d'eau puis se recouchait, l'air épuisé.

Je restai près d'elle jusqu'au moment où son père arriva avec ses deux jeunes frères. Je leur laissai la place et me penchai vers Denise pour prendre congé.

– Au revoir, Denise. Je reviendrai dimanche prochain.

Nos visages étaient très proches, et ses yeux fixèrent les miens avec un regard grave, profond, que je compris aussi clairement que des paroles. Très bas mais avec force, comme pour me faire partager sa certitude, elle dit :

– Adieu, Constance.

Et je sus, à la façon dont elle prononça ces deux mots, que je ne la reverrais plus.

Dans la semaine qui suivit, mon amie mourut. Je ne fus pas surprise de l'apprendre. Je ne pus même pas aller à l'enterrement. Je ne pus que courir chez elle, chaque soir, et tenir un peu compagnie à sa mère, que le chagrin rendait hagarde.

– Je me retrouve seule maintenant, se lamentait-elle. Mon homme toujours au cabaret, et mes deux garnements sans cesse à courir de côté et d'autre. Ils ne reviennent ici que pour manger et dormir. En plus, ils dépensent presque tout ce qu'ils gagnent. Et sans le salaire de Denise, comment vais-je faire, moi? Quelle vie, Constance! Une vraie misère, oui!

Un soir, j'allai voir Sophie, sa voisine. C'était elle qui avait conseillé à Denise de se débarrasser de l'enfant à l'aide d'une aiguille à tricoter. Là était la cause, à mon avis, de l'accident. Denise, trop faible pour travailler, avait eu une défaillance, qu'elle n'aurait jamais eue en temps normal. Je voulais interroger Sophie, lui demander pourquoi elle n'avait pas prévu ce qui était arrivé. Pour moi, elle était indirectement responsable de la mort de mon amie.

Je la trouvai entourée de ses quatre enfants. Elle tenait le plus jeune dans ses bras, et chantait, pour l'endormir, la *can-*

chon-dormoire de Desrousseaux, la berceuse que toutes les mamans du Nord connaissaient : « *Dors min p'tit quinquin, min p'tit pouchin, min gros rojin...* » En me voyant, elle mit un doigt sur ses lèvres :

– Chut! Ne fais pas de bruit. Il ne faut pas le réveiller. Je lui ai donné son *dormant*, pour qu'il nous laisse tranquille pendant la nuit.

Deux autres enfants, assis sur le sol, jouaient avec des chiffons. La fille aînée touillait sur le feu un ragoût composé uniquement de pommes de terre. Je regardai Sophie, vis son air las, ses cheveux mal coiffés qui pendaient autour de son visage. Je me demandai comment lui parler de Denise. Mais, d'elle-même, elle aborda le sujet :

– Ça nous a fait un coup, à nous toutes, ce qui est arrivé à Denise. Elle n'a pas eu de chance. S'il n'y avait pas eu cet enfant qu'elle attendait... C'est là que tout a commencé.

Je ne pus m'empêcher de demander, et ma question ressemblait à un reproche :

– Sophie, pourquoi lui avez-vous conseillé ça?

– Quoi donc? répondit-elle avec vivacité. Se débarrasser de l'enfant? Je voulais simplement l'aider, je ne pensais pas que... Je l'avais bien fait, moi, l'année dernière. Je me suis juré de ne plus en avoir. Six en dix ans, c'est assez, n'est-ce pas? Et pour en faire quoi? Les mettre à la fabrique dès sept, huit ans...

Sa voix s'altéra. Elle reprit, plus bas :

– Ou bien pour les voir mourir. J'ai eu une petite fille, Constance, qui a eu la diarrhée verte *. Elle a passé sous mes yeux, et je n'ai rien pu faire, que la regarder souffrir et prendre une figure de petite vieille toute tirée, toute ridée... Et un autre, un garçon, qui est mort parce qu'il est né trop tôt. On a essayé de le sauver, la sage-femme l'a mis aussitôt dans du coton, avec une bouteille d'eau chaude dans le berceau. Mais, pendant la nuit, elle s'est endormie et n'a pas remplacé l'eau. Le lendemain, ils étaient froids tous les deux, le bébé et la bouteille.

J'avais la gorge serrée. C'était la première fois que Sophie, devant moi, faisait allusion à ces épreuves qu'elle avait vécues et dont elle souffrait encore. Elle releva la tête, et je vis ses yeux humides :

– Alors, vois-tu, par moments, j'envie Denise. Elle est tranquille maintenant. Cette vie de bête de somme, au moins, elle ne la connaîtra pas. Elle ne sera pas obligée

---

* La « diarrhée verte » était le carreau, une forme d'entérite particulièrement mortelle chez les nourrissons.

d'aller travailler en laissant ses enfants tout seuls, et en se demandant toute la journée comment elle va les retrouver le soir. Oui, je t'assure, je l'envie.

Elle se leva, alla placer son enfant dans son lit, dans un coin de la pièce. Elle revint vers moi, d'une démarche bancale :

– Sans compter que mon travail *au frec* ne m'arrange pas, je marche de plus en plus difficilement, j'ai les pieds gonflés. A l'usine, ils sont sans cesse dans l'eau, et toute la journée je suis dans un bain de vapeur. Je sors de là toujours trempée. Un hiver où il a gelé très fort, lorsque je suis revenue chez moi, j'étais couverte d'un tas de petits glaçons... Oui, vraiment, elle n'est ni belle ni gaie, notre vie!

Je ne sus que répondre. Lorsque je la quittai pour retourner chez nous, où j'appréhendais de rentrer à cause de ma tante, je n'étais pas loin de penser comme elle : c'était vrai, notre existence était dure, pénible, sans espoir d'amélioration. Et Denise était heureuse, qui avait trouvé la paix, là où elle était maintenant.

CHAPITRE X

Désormais, je restais seule. Après ma cousine, mon amie était partie. Je n'en eus pas d'autre. Mes compagnes d'atelier étaient trop différentes, trop dures, ne pensant qu'à s'amuser lorsqu'elles ne travaillaient pas. Les plus âgées, celles qui avaient un mari et des enfants, étaient trop occupées avec leurs problèmes pour avoir le temps de s'intéresser à moi. Et moi, seule, désorientée, je ne savais pas à quoi me raccrocher.

J'avais écrit, de nouveau, à Léon et Estelle, j'avais demandé des nouvelles de Frédéric qui, je le savais, entamait la première de ses sept années de garnison. Cette fois encore, je n'avais pas reçu de réponse. Par moments, je repensais à la promesse de Frédéric. Elle me paraissait lointaine, irréelle comme si je l'avais rêvée. Pouvais-je compter sur quelque chose d'aussi aléatoire? Et même s'il ne l'avait pas oubliée, même s'il avait toujours l'intention de venir me chercher, il ne pourrait pas le faire avant sept interminables années. Lorsque j'imaginais cette longue étendue devant moi, pareille à un désert aride et sans tendresse, je perdais courage.

Je me réfugiais quelquefois chez Élise, notre voisine, et je l'aidais à amuser les enfants dont elle avait la garde. Je leur parlais, les faisais jouer, les entourais d'affection, et ils m'offraient la leur, sans hésiter, avec une spontanéité et une sincérité qui me touchaient. Plus que jamais, c'étaient eux seuls qui m'apportaient un peu de douceur et de joie.

Parfois, je me confiais à Élise. Je lui disais la pensée qui m'était venue depuis la mort de Denise, et qui ne me quittait pas :

— Je crois que je suis maudite, Élise. Tous ceux que j'aime

et que j'approche meurent, les uns après les autres. Il y a eu ma mère, mon petit frère, mon père. Et puis ma cousine Angèle. Et maintenant Denise, qui était mon amie. Je leur ai porté malheur à tous. Il ne me reste plus personne. Et peut-être cela vaut-il mieux, car s'il y avait quelqu'un, il ne tarde-rait pas à mourir lui aussi. C'est comme si, quelque part, il avait été décidé qu'il est défendu de m'aimer, et que ceux qui le feraient malgré tout le paieraient de leur vie.

Élise haussait les épaules, me morigénait avec vigueur :
– Allons, quelles sont ces idioties ? Tu n'as pas eu de chance, voilà tout. Ce qui est arrivé n'a rien à voir avec toi. Ça arrive aussi à d'autres, et quelquefois c'est même pis ! Moi aussi, j'aurais pu dire ça, mes parents sont morts, et mes deux sœurs, et j'ai perdu des amis que j'aimais bien. Je ne veux plus t'entendre dire des bêtises pareilles, c'est compris ?

Je lui obéis, n'en parlai plus, mais l'idée resta ancrée au fond de mon esprit.

Je n'avais plus l'amitié de Denise pour me soutenir, et la vie avec ma tante devenait insupportable. Elle se comportait envers moi avec tant de sécheresse, tant de méchanceté que je finissais par avoir peur d'elle. Même la présence de mon oncle, qui me défendait, ne la retenait plus. Cette sorte de haine qu'elle avait pour moi, depuis la mort de ma cousine, ne faisait que s'amplifier de jour en jour. Je ne savais que faire pour y échapper. C'était avec soulagement que, chaque matin, je partais pour l'usine où pourtant le travail était dur, mais où je n'avais pas à supporter cette animosité.

Un matin, alors que je préparais mon « pain de mort », je cherchai le paquet de cassonade pour fourrer mes tartines et ne le trouvai pas. Mon oncle finissait de boire son bol de lait, ma tante m'ignorait. Je me décidai à demander :
– Où est le paquet de cassonade ? Je ne le vois pas.
La voix sèche de ma tante claqua :
– Il n'y en a plus.
Je demeurai indécise, ne sachant que mettre sur mes tar-tines. Sans s'occuper de moi, ma tante me tournait le dos. Mon oncle proposa gentiment :
– Prends donc quelques sucres ou quelques tablettes pour cette fois. Tu auras de la cassonade demain. Marthe en achè-tera tout à l'heure. N'est-ce pas, Marthe ?
Ma tante se retourna, me lança un regard venimeux :
– Elle peut bien manger son pain sans rien, répondit-elle. Elle n'en mourra pas. Je ne vois pas pourquoi j'achèterais de la cassonade rien que pour elle.

166

Mon oncle posa son bol. Calmement, il déclara :

– Et moi je dis que tu le feras. Constance te ramène chaque semaine son salaire, ce qui paie largement sa nourriture et son logement. J'entends qu'elle soit convenablement nourrie.

Comme une furie ma tante se retourna vers son mari. Avec humeur, elle jeta :

– Et puis quoi encore ? Il faut peut-être la servir aussi, comme une princesse ? J'en ai plus qu'assez d'elle, si tu veux le savoir.

La gorge nouée, je me taisais. Je me sentais si malheureuse, si mal aimée, que j'aurais voulu être ailleurs, ou tout simplement ne plus exister.

– Tais-toi, Marthe, gronda mon oncle. Je ne veux pas t'entendre parler ainsi.

Mais elle, sans l'écouter, avait enfin décidé de laisser libre cours à la rancune que, depuis plusieurs mois, elle amassait contre moi. Dents serrées, elle siffla :

– Et moi je veux le dire une bonne fois pour toutes. Je ne peux plus la voir, Édouard. Je ne peux plus supporter qu'elle soit là alors que ma propre fille...

Sa voix fléchit. Elle se détourna en se mordant les lèvres. Mon oncle donna un coup de poing sur la table :

– C'est la fille de ma sœur. Tant que je vivrai, elle aura un abri sous mon toit.

Tête baissée, ma tante grommela sourdement :

– Et que moi je sois obligée de supporter sa présence, ça ne compte pas ? Elle a donc plus d'importance que moi ici ?

Je fus soudain incapable de demeurer là plus longtemps, entre eux deux qui parlaient de moi comme si j'étais absente. Rapidement, je pris mes tartines, décrochai mon manteau et m'enfuis. Dehors, je m'appuyai contre la porte, levai mon visage vers le ciel. Sur mes joues, la pluie se mêla à mes larmes. Avec désespoir, j'appelai mentalement mes parents, mon frère, Angèle, Denise. Ceux qui m'avaient aimée et que j'avais aimés. Voyaient-ils ma détresse ? Je restai immobile un long moment, avant de me mettre en route pour l'usine. Ce fut ce jour-là, tout en me rendant à mon travail, que je pris ma décision. Cela ne pouvait plus continuer ainsi, il fallait que je parte.

Je réfléchis longuement, et mon projet peu à peu prit forme. J'irais chez Léon et Estelle, qui ne refuseraient pas de me garder. Je savais où ils habitaient, et si jamais ils avaient déménagé je finirais par les retrouver. Je ne voulais pas m'arrêter au fait qu'ils n'avaient pas répondu à mes lettres. C'étaient les seuls amis qui me restaient. Je savais qu'ils m'aimaient sincèrement. Léon n'était-il pas venu, l'année précédente, uniquement pour me voir ? Je me souvenais de la joie que sa visite m'avait apportée.

Je découvris vite que, dans mon plan, il y avait un problème. Si je voulais partir, il me fallait de l'argent. Je ne pouvais pas compter sur mon salaire, ma tante me le prenait jusqu'au dernier sou. Je cherchai longtemps comment me procurer de l'argent sans qu'elle puisse le savoir, et je finis par trouver. A la pause de midi, je restais chaque jour à l'usine. Je décidai que pendant cette heure-là, je me porterais volontaire pour conduire les enfants aux classes de fabrique.

Ces classes de fabrique étaient destinées à instruire les enfants qui, embauchés très tôt à l'usine, ne pouvaient plus fréquenter l'école. De nombreux directeurs de manufacture, soucieux de l'instruction de leurs jeunes employés, les envoyaient, pendant la pause de midi, à l'école où une classe était ouverte spécialement pour eux. Quelqu'un les accompagnait à l'aller et au retour, et recevait pour cette tâche quelques sous par jour. Je connaissais celle qui, jusque-là, faisait ce travail, et je savais qu'elle venait de quitter l'usine. Je demandai à la remplacer. Ma requête fut acceptée. Je me sentis satisfaite. Ma tante ignorerait tout et je pourrais garder pour moi l'argent supplémentaire que je gagnerais. Il me faudrait sans doute longtemps pour rassembler la somme nécessaire, mais la perspective de pouvoir m'en aller m'aiderait à patienter.

Tous les jours, dès que la cloche de midi sonnait, je retrouvais, à la porte de l'usine, une quarantaine d'enfants de huit à douze ans. Pendant qu'un ouvrier s'occupait des garçons et les emmenait chez les frères de Saint-Gabriel, je conduisais les filles à l'école des sœurs de la Sainte-Union.

Cette tâche, qui en apparence paraissait simple, ne tarda pas à prendre des allures de corvée. Il fallait, d'abord, essayer de ne pas arriver en classe avec trop de retard. Mais je perdais déjà plusieurs minutes à attendre que tout le monde fût là, d'autant plus que certaines filles, toujours les mêmes, prenaient un malin plaisir à sortir le plus tard possible. Ensuite, je les mettais en rang, leur disais d'avancer, et tout le long de la route je les surveillais, allant sans cesse des premières aux dernières, pressant les retardataires et ramenant celles qui s'écartaient du rang. Et tout en les grondant, en leur criant de ne pas traînailler, je ne pouvais m'empêcher d'avoir pitié d'elles.

Car ces pauvres enfants, debout depuis cinq heures du matin, avaient déjà six heures d'un travail exténuant derrière elles. Et, alors qu'elles auraient pu se reposer un peu, je les prenais aussitôt, sans leur laisser le temps de se débarbouiller, pour les conduire à l'école. Certaines avaient encore leurs habits de travail couverts de bourre. Elles se laissaient mener de mauvaise grâce, passivement, abruties par leur travail du matin et le manque de sommeil. De plus, c'était le printemps, et bien souvent il faisait beau. Mais, au lieu de marcher lentement dans le soleil, de prendre le temps de flâner sous le ciel bleu, nous devions nous presser, tout en mordant dans nos tartines car c'était le seul moment que nous avions pour manger.

A l'école, sœur Catherine nous attendait. C'était elle qui faisait la classe de midi. D'autres filles, venues d'autres fabriques, étaient déjà installées. Je faisais entrer les miennes, essayant de les faire taire, ne parvenant pas à les empêcher de se bousculer, de parler haut et fort, habituées qu'elles étaient à crier pour se faire entendre dans le bruit des métiers. D'autres encore arrivaient, et finalement il y en avait une bonne centaine, serrées les unes contre les autres sur des bancs.

Sœur Catherine faisait alors l'appel, et cela prenait de longues minutes. Compte tenu de la durée du trajet du retour, il restait à peine une demi-heure pour faire la classe. Une demi-heure par jour, pour instruire une centaine d'élèves dissipées, occupées de tout autre chose que des lettres de l'alphabet, bien plus enclines à bavarder qu'à écouter. Sœur Catherine y usait ses forces, obligée de s'interrompre sans cesse pour demander le silence, pour réprimander celles qui n'étaient pas attentives – et elles étaient nombreuses. Je l'aidais à faire régner l'ordre, mais c'était difficile. Il aurait fallu être partout à la fois. Et nous n'avions aucun moyen de faire obéir les élèves indisciplinées; leur mettre une mauvaise note de conduite les laissait totalement indifférentes, et les menacer d'une exclusion allait tout à fait dans le sens de leurs désirs. Aussi, lorsque, dix minutes avant la fin de l'heure, je rassemblais mon troupeau pour repartir, je ne pouvais m'empêcher de soupirer de soulagement.

Sur la route du retour, de nouveau il fallait courir, pour arriver à temps à l'usine et ne pas avoir d'amende. Sans pouvoir souffler un peu, nous nous retrouvions devant notre machine, et nous repartions pour six heures de travail.

Mais lorsque, le samedi, le comptable me donnait, en plus de mon salaire habituel, la somme supplémentaire que j'avais ainsi gagnée, la satisfaction que je ressentais me payait de cet excès de fatigue. Je mettais soigneusement cet argent de côté, qui représentait pour moi une promesse de liberté.

Ma tante ne m'adressait plus la parole. Devant mon oncle, elle retenait, je le voyais bien, les mots blessants qui ne demandaient qu'à franchir ses lèvres. Je prenais conscience de son regard mauvais, qui m'accusait, qui me reprochait d'être là et de vivre. Seul mon oncle me parlait, et c'était grâce à lui et à sa bonté que je parvenais à résister.

Je restais le moins possible à la maison. J'allais ailleurs, je fuyais. Je me rendais chez Élise, mais c'était une amie de ma tante, et souvent, le dimanche, elle venait la voir. Alors j'allais chez la mère de Denise, pour y retrouver un peu de l'affection qui me liait à mon amie disparue. Mais je ne la trouvais pas toujours chez elle, car elle s'absentait, allait rendre visite à l'une ou l'autre de ses voisines. Les jours où elle était là, elle se lamentait, pleurait en parlant de Denise, et lorsque je la quittais, j'étais totalement déprimée. Alors, finalement, je me réfugiais comme mon oncle chez Philibert. J'y retrouvais Bart, qui s'intéressait à moi, qui m'assurait que tout finirait par s'arranger, et que la meilleure façon de chasser les problèmes était de leur tourner le dos. Il parvenait à me faire rire. Il m'apparaissait sain, revigorant; son exubérante gaieté ne laissait pas de place à mes idées noires. Et peu à peu, insensiblement, il prenait une place grandissante dans ma vie. Il réussissait à y mettre de la gaieté, de l'insouciance. Il me faisait découvrir que tout n'était pas forcément sombre et que, peut-être, comme il l'affirmait lui-même avec une assurance contagieuse, les jours difficiles ne dureraient pas toujours. La tristesse qui, lentement, s'était tissée autour de moi, commençait à s'estomper grâce à lui. Et je lui en étais reconnaissante.

Je finissais par attendre avec impatience l'instant où, chaque dimanche, je le rejoignais au cabaret. Lorsque j'arrivais, il était assis, avec ses compagnons habituels, toujours dans le même coin animé et bruyant. Il me voyait entrer, il levait bien haut sa chope de bière en une sorte de salut, criait d'une voix forte qui dominait le brouhaha des conversations :

– *Een goede middag**, Constance!

Je lui répondais d'un sourire. Il venait me rejoindre tandis

---

* Bon après-midi.

que j'assistais à la partie de beigneau de mon oncle. Il ne me quittait pas, s'asseyait ensuite près de moi, s'efforçait de me remonter le moral s'il voyait que j'étais triste. J'affectais d'ignorer l'air entendu de Philibert qui, en apportant nos boissons, nous faisait des clins d'œil complices. Mon oncle nous observait avec une bonhomie souriante. Quant à moi, ma jeunesse et mon désir de n'être plus malheureuse se laissaient séduire par Bart et son irrésistible entrain.

Pourtant, je m'affolais, parfois, de le voir boire beaucoup et dépenser son argent à offrir des tournées à ses compagnons. Une fois, j'osai lui en faire la remarque. Il me répondit sans se fâcher :

– L'argent est fait pour être dépensé, Constance. Et celui que je gagne est à moi, j'en dispose comme je veux. Si j'aime faire plaisir aux autres en leur payant un verre à boire, où est le mal ? Bien sûr, ce serait différent si j'avais une femme. Alors, ce serait elle que je gâterais. Mais qui sait, ça viendra peut-être, n'est-ce pas ?

Il accompagna cette question d'un regard qui me troubla. Je détournai les yeux, parlai d'autre chose. Je considérais Bart comme un agréable compagnon, sans plus. Mais lui, me demandai-je, pourquoi s'intéressait-il à moi ? Je remarquai que certains de ses amis belges lui lançaient souvent des réflexions, en flamand, que je ne comprenais pas mais qui me concernaient si j'en jugeais par la façon dont ils me regardaient. Bart riait et répondait également en flamand. J'hésitais à l'interroger. Que disaient-ils de moi ?

Ces dimanches au cabaret étaient devenus les seuls moments agréables de mon existence. Le reste de la semaine, j'étais à l'usine tout au long de la journée ; chaque matin et chaque soir, je devais supporter la présence hostile et glaciale de ma tante. En comparaison, Bart qui était avec moi attentif et chaleureux, me donnait l'impression de posséder des trésors de gentillesse.

L'été arriva, et avec lui la chaleur qui rendit plus pénible la station debout devant les métiers, à cause du soleil qui, à travers les vitres, transformait l'atelier en une fournaise étouffante. Bart, de temps à autre, venait m'attendre à la sortie. Un soir où j'étais particulièrement exténuée, en sueur, avec mes chevilles gonflées et ce mal de dos intolérable auquel j'avais fini par m'habituer, il me regarda et déclara, d'un ton sérieux assez rare chez lui :

– Quand je serai marié, je ne laisserai pas ma femme travailler. Je gagne assez pour deux. Et des journées pareilles sont trop dures pour une femme.

J'étais trop fatiguée pour répondre, et pour comprendre qu'il y avait là peut-être une allusion, ou une déclaration détournée. Et puis, je ne pensais pas à Bart comme à un mari possible. Il allégeait ma vie, la rendait plus agréable, et je l'acceptais égoïstement, sans voir plus loin. Dans mon esprit, j'avais toujours l'intention d'aller rejoindre Léon et Estelle, et je continuais à économiser soigneusement ce que je gagnais grâce à la classe de fabrique. Mais c'était très long. De plus, la prochaine période des vacances scolaires allait me retirer, pour plus d'un mois, ce salaire si important. Ce qui reculait d'autant le moment où je pourrais enfin partir.

A la fin du mois d'août, un dimanche, Bart me dit :

– Dimanche prochain commence la foire de Lille. Vous voulez bien y aller faire un tour avec moi, Constance ?

Sur le moment, je ne sus que répondre. La tristesse qui pesait encore parfois sur moi depuis la mort d'Angèle et de Denise me retenait ; mais, d'un autre côté, un désir d'oublier ces jours sombres, de m'amuser, me poussait à accepter. Je n'avais plus d'amie, plus personne avec qui sortir et me distraire de temps en temps. La proposition de Bart me tentait. Irrésolue, je dis :

– Je ne sais pas. Je demanderai à mon oncle.

Lorsque, sur le chemin du retour, je lui en parlai, celui-ci n'hésita pas :

– Vas-y, Constance. Les occasions de t'amuser ne sont pas nombreuses. Ta vie n'est pas gaie, ma pauvre fille, je le vois bien.

– Mais... je vais me trouver seule avec Bart. Ça ne fait rien ?

– Tu ne seras pas seule. A la foire il y a plein de monde. Et puis, tu es assez sérieuse pour ne pas te laisser entraîner n'importe où. Dis-moi, il te plaît, Bart ?

J'eus une moue indécise :

– Il est gentil, et grâce à lui je suis moins triste. Pourquoi me demandez-vous ça, mon oncle ?

– Pour savoir, simplement. Je le connais, il travaille avec moi. C'est un bon garçon. Peut-être un peu léger, mais courageux.

Je ne répondis pas. Nous étions arrivés à la maison et je me crispais pour opposer à ma tante une indifférence que je voulais sereine et que j'étais loin d'éprouver.

Dans la semaine, j'annonçai à Bart que j'acceptais de l'accompagner à la foire, et il me donna rendez-vous chez Philibert le dimanche en début d'après-midi. Lorsque je le retrouvai à l'heure dite, je remarquai qu'il s'était fait élégant, avec une veste et une chemise que je ne lui avais jamais vues. J'eus honte de mon unique vieille robe, et une pensée de ressentiment me vint envers ma tante qui, malgré mon salaire, ne m'achetait pas de vêtements. Bart me prit le bras :

– Allons-y, Constance. Il fait beau. Ne pensons à rien et amusons-nous.

Il m'entraîna gaiement. Je me laissai faire, décidée à suivre son conseil. Une nuée de gamins soudain nous entoura. Ils se mirent à huer Bart, tout en chantant la litanie antibelge bien connue à Lille :

« *Ut, ré, mi, fa, sol, la, si, ut,*
Tous les Flamands sont des flahutes. »

Bart me lâcha le bras, cria :

– Attendez, vous allez voir ce qu'il va vous faire, le Flamand !

Il fit mine de les poursuivre, et les enfants s'égaillèrent avec des cris perçants. Avant de venir me rejoindre, il leur lança quelques pièces de monnaie :

– Tenez, voilà des sous pour vous acheter des *chuques* ⋆. Et ne venez plus dire que les Flamands ne sont pas gentils !

Laissant les enfants se bousculer pour ramasser les pièces dans la poussière, il revint vers moi avec un large sourire :

– Toujours ce parti pris contre les Belges ! Pourtant, en venant travailler en France, nous ne faisons rien de mal. Nous ne prenons même pas le travail des Français, il y en a bien assez pour tout le monde. Et encore, maintenant, ça va mieux, mais au début, lorsque je suis arrivé, c'était bien pire. Tout le monde se méfiait des Belges, on disait qu'ils ne pensaient qu'à boire et à se battre. Ce n'est pas vrai, les patrons eux-mêmes le savent bien, ils nous considèrent comme des ouvriers résistants et courageux. J'espère que vous n'avez rien contre les Belges, vous, Constance ?

Il m'avait déjà posé cette question, le jour où je l'avais rencontré, à *l'Alcazar*.

– Non, dis-je, sincère. Dans l'atelier où je travaille, il y en a plusieurs. L'une d'elles, Maria Van Terlynck, est seule pour élever sa petite fille, et c'est vrai qu'elle est courageuse.

Il me serra le bras avec soulagement :

– J'aime mieux ça. Ça m'aurait fait de la peine. C'est qu'au début, on m'a souvent traité de *sale Flamint*. Un de mes cousins, lui, avait hérité du surnom de *pot d' burre*.

– *Pot d' burre ?* Pourquoi ?

⋆ Des sucres, des bonbons.

173

– Parce qu'il habitait Mouscron et venait travailler à Tourcoing et que, chaque lundi matin, il arrivait avec son pot de beurre qu'il remportait vide le samedi soir. On l'accusait de venir manger le pain des Français. Il fallait vraiment l'attrait d'un meilleur salaire pour accepter d'être traité ainsi... Mais malgré tout, je ne regrette pas d'être venu ici, et surtout d'y être resté. Car ainsi, je vous ai connue...

Il accompagna cette dernière phrase d'un sourire charmeur. Sous son regard insistant, je rougis, et pour cacher mon trouble regardai autour de moi.

Il régnait dans les rues une grande animation. Des gens se promenaient, se dirigeaient vers les cabarets, les guinguettes. Nombreux étaient ceux qui, comme nous, avaient décidé d'aller à la foire. Des groupes joyeux se mettaient en route, accompagnés d'enfants excités. Je me sentis subitement aussi jeune qu'eux, avec le même désir enfantin de m'amuser et de ne m'occuper que de l'instant présent.

Bart m'y aida. Il avait le don de raconter des histoires amusantes, dont son accent belge accentuait le comique. Je ris de bon cœur. Il me sourit, et je lus dans ses yeux une chaude tendresse.

– J'aime vous entendre rire, Constance. Vous devriez le faire plus souvent. Cela vous va bien.

Je me retins de lui répliquer que la vie, jusqu'ici, ne m'avait pas donné beaucoup d'occasions de rire. Je serrai les lèvres et ne dis rien. J'avais décidé de ne pas parler de choses tristes.

Après avoir passé la porte de Fives, nous longeâmes la rue de Tournai, et bientôt nous fûmes devant la gare. Je la regardai, et cela me fit penser au temps où j'accompagnais mon père à chacun de ses départs. Un regret douloureux me prit subitement, balayant mes velléités de gaieté. Je me détournai, me forçant à m'intéresser à l'effervescence qui régnait alentour. Des fiacres attendaient les voyageurs, et je remarquai une femme élégante qui, au bras d'un monsieur en habit, relevait ses jupes d'un geste gracieux avant de grimper dans l'un d'eux. Devant nous, une vinaigrette à deux roues transportait un autre voyageur; j'observai l'homme qui, entre les brancards, tel un cheval, tirait le véhicule, tandis qu'à l'arrière une femme, sa femme probablement, l'aidait en poussant de toutes ses forces. Un gamin qui les dépassa en courant lui cria : « Vas-y donc, *pouss'cul*! » sans qu'elle relève la tête, abîmée dans son effort.

– Attention, vous deux! Reculez, les amoureux!

Bart me tira en arrière, juste à temps pour laisser passer

un fiacre dont les roues me frôlèrent. Le cocher, du haut de son siège, fit claquer son fouet en nous faisant un clin d'œil de connivence. Sa réflexion m'avait fait rougir, et j'appréhendais les commentaires de Bart, mais il eut le bon goût de ne rien dire.

Au Champ-de-Mars, les attractions nous accueillirent. Au bras de Bart, je me mêlai avec plaisir aux promeneurs, me laissant imprégner par l'atmosphère de fête qui régnait. Musique des orgues de Barbarie, détonations des pistolets et des carabines dans les tirs, grincements des *berlouets*, cris des paradeurs devant leurs baraques de curiosités. L'un d'eux nous invitait à entrer pour admirer la femme à barbe, un autre proposait le spectacle d'hommes et de femmes en caleçon. Les marchands offraient des crêpes, des gaufres, des frites, des pains d'épice, des macarons, des carrés de Lille, des *péninques*. Je me détournai en passant devant un manège de chevaux de bois, pour ne pas voir le petit cheval arabe que je savais être là, au centre, et qui les yeux bandés faisait tourner le manège.

Avec Bart, je tirai à la loterie, gagnai un cœur d'Arras piqué d'anis. Je le partageai en deux et nous le mangeâmes en riant. Devant une tente, Bart s'arrêta. Un homme muni d'une grosse caisse criait :

– Deux sous par personne! Entrez, m'sieurs dames, et venez voir nos féroces animaux!

Il nous montrait un grand tableau accroché devant l'entrée, sur lequel un animal monstrueux avalait un homme vivant. Des grognements de fauves nous parvenaient, en même temps que des bouffées de puanteur suffocante.

– Entrez! L'hyène, le chacal, le loup vous attendent!

Peu rassurée, j'entraînai Bart plus loin. Une autre baraque proposait ses singes savants.

– Nous entrons? me demanda Bart. Ça doit être amusant.

J'acquiesçai. Il paya l'entrée, et je le suivis à l'intérieur. De nombreuses personnes, debout autour d'une sorte d'arène minuscule, admiraient les tours et les facéties de quatre petits singes qui, habillés d'une veste et d'un petit chapeau, sautaient, pirouettaient, marchaient sur la tête, faisaient l'équilibre sur un ballon. Après chaque exercice, sous les applaudissements des spectateurs, ils saluaient en ôtant leur chapeau. Ils étaient irrésistibles, et je me surpris à rire et à frapper des mains comme une enfant heureuse.

– Maintenant, annonça le dompteur, nous allons demander à M. Julius, notre ami le plus intelligent, de nous faire quelques démonstrations particulières. Venez ici, monsieur Julius.

Le plus petit des singes s'avança, leva la tête vers son maître, attendit. Celui-ci lui tendit un petit gâteau sec.

– Monsieur Julius, vous allez trouver, dans cette assemblée, le plus gourmand des spectateurs, et vous lui donnerez ce gâteau de ma part. Allez!

Le petit animal, en sautillant, alla de l'un à l'autre, observant attentivement tout le monde. Nous suivions avec intérêt sa recherche. Soudain, il s'arrêta devant un gros homme au ventre rebondi, et sans hésiter lui tendit le gâteau, avec une expression si comique que tout le monde se mit à rire. Puis il pirouetta, revint au milieu et salua, visiblement satisfait de lui-même.

– Bravo, monsieur Julius! Et maintenant, pour terminer, allez porter cette fleur à la demoiselle qui vous plaira le plus.

Gravement, le singe s'empara de la fleur en papier coloré, et se mit à examiner, cette fois, les spectatrices. Il les regardait, allait vers l'une d'elles, semblait hésiter, repartait, parmi les exclamations et les encouragements des hommes. Lorsqu'il fut devant moi, il pencha la tête de côté, plissa les yeux, fronça son drôle de petit nez et avec une révérence m'offrit la fleur. Surprise, émue, intimidée, je la pris en oubliant de remercier, tandis que Julius, content de lui, retournait près de son maître, et accueillait avec un air modeste les applaudissements et les bravos qui fusaient. Je me retrouvai dehors, ravie.

– Quel adorable petit singe! dis-je en serrant la fleur dans ma main.

Bart me sourit avec attendrissement :

– Comme vous êtes jolie, Constance! Vos yeux brillent et vos joues sont toutes roses. Ce petit singe a tout à fait raison de vous avoir choisie. A sa place, j'en aurais fait autant.

Je me sentais le cœur en fête, heureuse comme je ne l'avais pas été depuis longtemps. Nous reprîmes notre promenade et, devant une buvette, Bart m'offrit à boire. Il prit une bière et je choisis une limonade qui me désaltéra. La poussière et la chaleur m'avaient donné soif. Après avoir fait le tour de toutes les attractions, Bart m'entraîna vers un chemin ombragé qui menait aux bois de la citadelle :

– Passons par là, proposa-t-il. Sous les arbres il fera moins chaud.

Une fraîcheur agréable nous accueillit, et après la bousculade de la foire, c'était merveilleusement reposant. Les feuilles bruissaient doucement, le soleil mettait des taches d'ombre et de lumière sur le sol. Des couples se promenaient. Je marchais lentement près de Bart, tenant toujours la petite fleur dans ma main, et je me sentais bien. Tout en mordillant un brin d'herbe, il se tourna vers moi :

– Cela vous a plu, Constance? Dans ce cas, nous ferons encore d'autres sorties. Qu'en pensez-vous? Ça change les idées, et c'est ce qu'il vous faut. Vous n'avez plus votre air triste; j'en suis bien content.

Je lui souris avec reconnaissance. Un élan me portait vers lui qui s'intéressait à moi avec gentillesse. Il me prit la main, et je ne la retirai pas.

– Je suis heureux avec vous, Constance. Vous me plaisez bien. Vous êtes calme, douce. C'est ainsi que nous aimons les femmes chez nous. Comme je l'ai dit tout à l'heure, je ne regrette pas d'être venu travailler en France, puisque je vous ai rencontrée.

– Il y a longtemps que vous êtes ici?

– Dix ans. Je suis arrivé en 1862. J'ai travaillé d'abord à Moulins-Lille, dans une fonderie de fer. Et puis, je suis venu à l'usine de Fives qui embauchait des ouvriers et qui les payait bien. Avant, en Belgique, j'étais apprenti forgeron, mais je ne gagnais presque rien. Trouver une autre place n'était pas facile. Des amis, qui venaient travailler en filature à Lille, et qui gagnaient deux fois ce qu'ils auraient eu chez nous, m'ont conseillé de venir. Par ici, les usines manquaient de main-d'œuvre. Il y avait des patrons de Lille qui n'hésitaient pas à aller jusqu'à Gand et même Poperinge pour recruter des ouvriers, leur offrant une prime de vingt-cinq francs s'ils acceptaient de travailler pour eux. Comment refuser, dans un cas pareil? D'autant plus que nous étions très pauvres.

Il parlait avec une gravité qui ne lui était pas habituelle et qui le rendait d'autant plus attachant. Je découvrais avec surprise que je désirais en savoir davantage sur lui, et je l'interrogeais.

– Ça ne vous a rien fait de partir dans un autre pays?

Il serra ma main dans la sienne, jeta le brin d'herbe qu'il mordillait, baissa la tête d'un air sombre :

– Rien ne me retenait là-bas. Vous souvenez-vous, Constance, que je vous ai dit, un jour, avoir perdu une jeune sœur? Elle est morte lorsque j'avais quinze ans, et je l'aimais tendrement. Ma mère n'a pas tardé à se laisser mourir, de chagrin je pense. Et à la forge où je travaillais, le patron qui m'employait était si dur que je n'avais aucune envie de rester, surtout avec le maigre salaire qu'il me donnait.

– Alors, vous n'avez plus de parents?

– Mon père vit encore, il habite avec mon autre sœur. Je vais les voir, de temps à autre, et je les aide comme je le peux, car leur situation ne s'est pas améliorée.

Il s'interrompit, me regarda avec intérêt:

– Mais parlez-moi plutôt de vous. Comment êtes-vous arrivée ici? Vous n'avez pas toujours vécu à Fives?

Il savait que j'habitais chez mon oncle, il avait connu Angèle, mais il ignorait les événements qui avaient causé ma venue chez eux. Tout en marchant sous la voûte des arbres, mise en confiance, apaisée par le calme qui régnait autour de nous, pour la première fois je racontai tout. Je parlai du choléra, de l'accident de mon père, de l'affection d'Angèle, et de l'attitude de ma tante, qui m'était de plus en plus dure à supporter. Par contre, je décidai de taire mon projet de m'enfuir, car c'était mon secret et je ne voulais le dire à personne. Bart s'arrêta et me fixa avec gravité:

– Constance... Je peux vous offrir, moi, un moyen d'échapper à votre tante. Accepteriez-vous de vivre avec moi?

A la fois surprise et confuse, je fis un pas en arrière, ne sus que répondre. Il vit ma gêne, secoua la tête:

– Allons bon! s'exclama-t-il. Je suis allé trop vite. Je n'avais pas l'intention de vous proposer ça aujourd'hui. Mais je me suis laissé entraîner, à cause de ce bois où nous sommes pratiquement seuls, de votre récit, et aussi de vous, Constance...

Il se rapprocha, du dos de la main effleura très légèrement ma joue:

– Ça ne fait rien, ne répondez pas tout de suite. Vous réfléchirez tout le temps que vous voudrez. Je peux attendre, douce Constance.

Embarrassée, je fis un signe qui n'engageait à rien. Il se mit à rire, me reprit la main, m'entraîna en courant, redevenant le joyeux boute-en-train que je connaissais.

– Allons, n'y pensez plus et venez! Entendez-vous? C'est la musique militaire qui défile! Vite, allons voir!

Dans la rue de la Barre, les soldats avançaient, tambours en tête, et nous arrivâmes juste à temps pour les voir passer. De nombreux badauds, comme nous, s'étaient arrêtés et les admiraient. Devant le tambour-major qui agitait fièrement son jonc en cadence, des gamins s'amusaient à marquer la mesure au moyen des *cliquettes* qu'ils tenaient à la main. Les musiciens suivaient, jouant une marche entraînante. Derrière eux, une foule joyeuse fermait le défilé, se bousculant, criant et chantant.

Après leur passage, les badauds se dispersèrent. Bart se pencha vers moi :

– Que faisons-nous, Constance ? Allons manger un morceau quelque part, et après nous irons faire un tour au bal.

Je secouai la tête résolument :

– Non, je ne vais pas au bal. Je porte encore le deuil de ma cousine. Je préfère rentrer.

Il n'insista pas, et tout en flânant nous prîmes le chemin du retour. Il avait gardé ma main dans la sienne et je me laissais guider, engourdie par un bienheureux alanguissement. Le soleil baissait, l'air fraîchissait un peu. Je marchais d'un pas lent, afin de faire durer le plus longtemps possible cette halte reposante dans une existence que ma tante et l'usine rendaient pénible. Les gens qui, autour de nous, se promenaient, me paraissaient eux-mêmes agréables. Était-ce Bart qui parvenait à tout rendre plus plaisant, avec sa philosophie qui consistait à prendre la vie du bon côté ?

A la porte de Fives, je soupirai. Nous fûmes bientôt dans les rues familières, et la perspective de retrouver ma tante réussit à chasser le bien-être que j'éprouvais. Je demandai à Bart :

– Pouvons-nous passer chez Philibert, afin de voir si mon oncle y est encore ? Je préfère être avec lui lorsque je rentrerai.

Il comprit et acquiesça. Le cabaret de Philibert était encore très animé. Mon oncle s'y trouvait, attablé avec ses habituels compagnons. Il nous vit entrer, nous appela :

– Alors, les jeunes ? Bonne promenade ? Venez vous asseoir avec nous !

Ils se serrèrent pour nous faire de la place. Je me retrouvai sur le banc, tout contre Bart. Je sentais sa cuisse dure et musclée contre la mienne. Un des amis de Bart, que je connaissais un peu, assis en face de nous, lui fit un clin d'œil entendu. Sa femme, près de lui, tenait dans ses bras son bébé endormi. Elle écoutait les hommes qui, selon leur habitude, discutaient des événements et commentaient le journal qu'ils se passaient de table en table.

– Que voulez-vous boire, mes enfants ? demanda mon oncle.

– J'ai faim, dit Bart. Pas vous, Constance ?

– Comment ? Vous n'avez pas soupé ? Philibert ! cria mon oncle, apporte donc deux portions de pommes de terre *à l'plure* !

Avec un bon sourire, le cabaretier nous apporta un plat de pommes de terre cuites à l'eau dans leur peau et arrosées de sel, ainsi qu'une portion de *ratatouille* aux haricots. Je m'aperçus que j'avais faim et mangeai de bon appétit. Puis, silencieuse, je me laissai bercer par l'atmosphère chaleureuse et bruyante qui régnait autour de moi. Tout en parlant avec les autres, Bart pressait doucement sa cuisse contre la mienne, et cela me troublait. Jointe à l'agréable fatigue due à notre promenade, une douce euphorie me gagnait. Les problèmes s'estompaient. Pour un instant, je les oubliais.

Lorsque mon oncle décida de rentrer à la maison, je dus me secouer pour me lever. Bart, qui voulait rester encore avec ses amis, me dit au revoir en serrant tendrement ma main dans la sienne. Lorsque je le quittai, il me sembla que je me retrouvais soudain sans protection. Dans la rue obscure, bien que la soirée fût tiède, je me rapprochai de mon oncle en frissonnant.

– Ça va, Constance? Tu as passé un bon après-midi avec Bart?

Je répondis affirmativement, lui montrai en souriant la fleur de papier et expliquai qu'elle m'avait été offerte par un petit singe. Amusé un instant, mon oncle redevint sérieux :

– Et Bart? Il a été correct avec toi?

– Très correct, dis-je, et très gentil.

J'hésitai à continuer. Devais-je parler de sa déclaration, et de son offre d'aller vivre avec lui? Je préférai ne rien dire pour le moment. Si mon oncle me conseillait d'accepter, je ne pourrais pas lui répondre que, au contraire, j'avais prévu de partir rejoindre Léon et Estelle. Alors je me tus.

A la maison, l'attitude de ma tante, toujours aussi hostile, parvint à me glacer et à éliminer le bien-être et la douceur que j'avais gardés de l'après-midi. Je me hâtai de monter me coucher, gagnai avec soulagement la soupente où, derrière le rideau tiré, je me retrouvai seule.

Je me déshabillai rapidement dans l'obscurité. Je posai avec délicatesse sur le sol, près du matelas, la fleur de papier et je ne pus m'empêcher de sourire en repensant à l'expression cocasse du petit singe qui me l'avait donnée. Puis, avant de me coucher, je pris, tout au fond du sac où je rangeais mes sous-vêtements, mes bas, et quelques livres que j'avais apportés avec moi lors de ma venue, la bourse plate qui avait appartenu à ma mère. Je plaçais là chaque semaine, en secret, l'argent que je gagnais grâce aux classes de fabrique. En silence, je comptai une fois de plus les pièces. A peine quelques francs... C'était bien peu. Il me faudrait encore attendre, d'autant plus que je ne gagnerais plus rien avant la rentrée des classes, en octobre, pas avant un bon mois... Avec un soupir, je refermai la bourse et la cachai tout au fond de mon sac.

Je me couchai et, les yeux ouverts dans l'obscurité, je réfléchis longtemps. Je revoyais Bart, et j'étais sensible à la façon dont il s'occupait de moi. Sa compagnie m'était agréable, je devais l'avouer. Avec lui, je parvenais à être moins triste, à oublier mes soucis. Mais il ne me plaisait pas assez pour que j'aille vivre avec lui, comme il me l'avait proposé. Et d'abord, qu'entendait-il par là? Voulait-il simplement se mettre en ménage avec moi, comme beaucoup le faisaient autour de nous, ou bien désirait-il m'épouser? Il n'avait pas parlé de mariage, il ne m'avait même pas dit qu'il m'aimait. Je décidai de ne pas prendre son offre au sérieux. Tout au fond de moi, j'avais gardé une place pour mon ami d'enfance, et même si je n'avais plus de ses nouvelles je ne voulais pas l'oublier. Bientôt, j'irais retrouver ses parents, et grâce à eux je saurais ce qu'il devenait et où il était. Sur cette pensée réconfortante, je m'endormis et fis un rêve confus où Bart, un singe sur l'épaule, s'inclinait galamment en m'offrant une rose. Mais, lorsque je la prenais, elle me piquait les doigts de ses épines. En voyant le sang sur mes mains, Bart riait méchamment et s'en allait, toujours riant, me laissant seule et prête à pleurer.

Je me réveillai sur cette impression désagréable. J'allai travailler à l'usine et en sortis abrutie comme d'habitude par le bruit des métiers, la même douleur familière irradiant tout au long de mon dos.

Ce soir-là, au moment de me coucher, je remarquai que la fleur de papier, près de mon matelas, avait disparu. Je cherchai autour de moi, fouillai partout. A la fin, je me décidai, malgré ma répugnance, à interroger ma tante. L'avait-elle déplacée pour balayer la pièce? Je redescendis l'escalier et m'arrêtai, hésitante :

— Ma tante, dis-je timidement, où est ma fleur en papier?

Elle me lança un regard glacial, comme si elle était offusquée que j'ose m'adresser à elle pour une telle futilité. Sèchement, elle répondit d'un ton sans réplique :

— Je l'ai jetée dans le feu.

Et elle me tourna le dos pour bien signifier que la discussion était close. C'était si méchant, et pour moi si inattendu, que je restai interdite. Mon oncle intervint :

— Marthe, tu n'aurais pas dû faire ça. Cette fleur appartenait à Constance.

Ma tante haussa les épaules et, sans se retourner, grommela avec humeur :

– On ne va quand même pas faire une histoire pour une bricole pareille. Je l'ai brûlée, un point c'est tout. Qu'on ne m'en parle plus.

Je remontai précipitamment dans ma soupente. Je me jetai sur le matelas et serrai les dents, refusant de pleurer, essayant de me prouver que cette méchanceté ne me touchait pas. Mais mes larmes, d'elles-mêmes, coulèrent sur mes joues, brûlantes et amères. Je savais bien que cette fleur était un objet sans valeur, mais elle représentait pour moi un moment qui avait été agréable et charmant. Et c'était le mal que, à travers sa disparition, avait voulu me faire ma tante qui m'atteignait si profondément.

Cet incident accrut le désir que j'avais de m'en aller. Chaque soir, je comptais mon maigre pécule, attendant avec impatience la rentrée des classes pour enfin pouvoir l'augmenter. Je ne trouvais de distraction qu'auprès de Bart qui, en comparaison de ma tante, me paraissait aimable et prévenant.

Il m'avait reparlé, à deux ou trois reprises, de son désir de vivre avec moi. A chaque fois, j'avais détourné la conversation et n'avais rien répondu. Lui, de son côté, n'avait pas insisté. Mais je sentais bien qu'il en reparlerait encore.

Le mois de septembre s'achevait. Les journées devenaient plus courtes, et chaque matin, lorsque à cinq heures je partais pour l'usine, l'humidité me faisait tousser. J'appréhendais un nouvel hiver, où de nouveau rhumes et bronchites affecteraient ma santé. J'espérais pouvoir m'en aller au cours de l'automne. Mais mon projet fut brutalement réduit à néant.

Un soir où je rentrais à la maison avec mon oncle, je fus tout de suite alertée par l'expression de ma tante. Elle me lançait des coups d'œil rapides, avec un air de contentement sournois qui différait du visage hostile qu'elle me montrait habituellement. Mais elle ne dit rien, et je me demandai ce que cela signifiait. Je ne compris qu'au moment de me coucher, lorsque je voulus vérifier, comme chaque soir, l'argent que je cachais dans mon grand sac, sous mon linge. La bourse qui avait appartenu à ma mère était bien là, mais les pièces qu'elle contenait avaient disparu.

Le choc me bouleversa; une sueur d'affolement me couvrit toute : ma tante avait fouillé mes affaires et elle avait trouvé l'argent! Je ne pris pas le temps de réfléchir. Ma bourse vide à la main, je redescendis au rez-de-chaussée, arrivai en trombe dans la pièce. L'égarement me faisait trembler. Mon oncle, près du feu, fumait une dernière pipe avant d'aller se coucher; ma tante, à la lueur de la lampe, reprisait une paire de chaussettes. Je courus à elle, lui mis la bourse sous le nez :

– Mes sous! criai-je. Rendez-moi mes sous! Ils sont à moi. Vous n'avez pas le droit de me les prendre!

Ma tante releva la tête, me regarda comme elle eût regardé un déchet, pinça les lèvres avec une réprobation glaciale :

– Ça suffit, Constance. Je n'admettrai pas que tu me parles sur ce ton.

Bouleversée, je bégayai :

– Mais... mais... c'est à moi... à moi...

Les lèvres minces se pincèrent davantage :

– Apprends que rien n'est à toi ici. Nous t'avons recueillie par charité, et en échange ce que tu gagnes nous appartient.

Éperdue, je me tournai vers mon oncle. J'eus vers lui un geste de supplication, qui ressemblait à un appel à l'aide. Il posa sa pipe, calmement demanda :

– Voyons, que se passe-t-il? Quelle est cette histoire d'argent? Tu ne donnes pas ton salaire à Marthe, Constance?

La voix enrouée par une révolte horrifiée, je dis :

– Si, je lui donne tout... Mais là, cet argent était à moi. Ça n'avait rien à voir avec ma paie.

Ma tante plissa les yeux d'un air mauvais, m'observa avec une suspicion insultante :

– Comment l'as-tu obtenu, alors? Tu l'as volé?

Je sursautai, piquée au vif :

– Je l'ai obtenu pour avoir fait un travail supplémentaire à l'usine.

– Eh bien, même ainsi, tu n'avais pas à garder cet argent pour toi, dit ma tante d'un ton sec. Tu devais me le donner, comme le reste. A l'avenir, j'exige qu'il en soit ainsi. Je n'aime pas cette dissimulation. C'est du vol vis-à-vis de ton oncle et de moi.

Une rougeur d'indignation brûlait mes joues. En même temps, une panique me faisait dériver, car je comprenais que je ne pourrais pas lutter. Mon oncle eut pitié de mon désarroi :

– Que voulais-tu faire de cet argent, Constance? Pourquoi l'avais-tu caché au lieu de le donner à Marthe?

Pouvais-je parler de mon projet, de mon désir de m'en aller de chez eux où, comme le répétait mon oncle, j'avais un foyer? Il me désapprouverait, j'en étais sûre. Je demeurai muette.

– Eh bien ? Tu ne veux pas répondre ?

Il me regarda, interrogateur et soucieux. Les yeux pleins de larmes, je secouai la tête.

– Édouard, intervint ma tante, tu es trop bon avec elle. Voilà où ça nous mène. Elle dissimule de l'argent derrière notre dos, et c'est forcément dans un but louche, puisqu'elle ne veut pas le dire. Moi, je n'accepte pas ça. Tant qu'elle habitera ici, elle me donnera ce qu'elle gagne, et je me réserverai le droit de fouiller dans ses affaires pour vérifier qu'elle ne nous cache rien.

Tournant le dos à mon oncle qui, les sourcils froncés, m'observait en essayant de compendre, je remontai le raide escalier et allai me réfugier dans ma soupente. Là, dans ce petit coin qui n'était même plus à moi puisque ma tante n'hésitait pas à le fouiller durant mon absence, j'éclatai en sanglots bruyants. Je savais bien que ma tante s'en réjouirait, mais mon chagrin était top fort pour que je puisse le retenir. L'espoir que j'avais formé de m'échapper un jour n'existait plus, et c'était sur sa mort que je pleurais.

Je passai les jours suivants dans un silence blessé et douloureux. Mon oncle, à l'écart de ma tante, essaya encore de m'interroger mais je me butai et refusai de répondre. A la fin, lassé, il abandonna.

De mon côté, je réfléchis. Il était inutile qu'à la rentrée, je conduise de nouveau les enfants aux classes de fabrique. C'était un travail de surveillance qui m'était pénible, et que je faisais uniquement pour l'argent qu'il me rapportait. Et puis, où mettrais-je cet argent, dorénavant ? A la maison, avec ma tante il n'en était plus question. Si je le laissais à l'usine, on ne tarderait pas à me le voler. Et je ne voulais le confier à personne. De plus, mon projet m'apparaissait maintenant aléatoire. Si je ne retrouvais pas Léon et Estelle, que ferais-je ? Ma nature prudente me retenait de partir ainsi à l'aventure. Je ne voyais plus de solution. Un profond découragement m'anéantissait.

Le dimanche suivant, chez Philibert, Bart s'aperçut de mon humeur sombre. Il essaya de me faire sourire. Mais sa bruyante gaieté et son exubérance ne parvinrent pas à me dérider. Il se pencha vers moi, et pour un instant ses yeux rieurs se firent graves :

– Qu'avez-vous donc, Constance ? Des ennuis à l'usine ?

Je secouai la tête en me mordant nerveusement les lèvres.

– Alors ? Est-ce votre tante, encore ?

Aux larmes qui emplirent mes yeux et que je chassai rageusement d'un revers de main, il vit qu'il avait deviné. Il posa sur mon genou une main rassurante et chaude :

– La solution est très simple, Constance. Puisque votre tante ne vous aime pas et ne veut plus vous voir, quittez-la et venez vivre avec moi.

Une fois de plus je fis un geste incertain et ne répondis pas. Pourtant, le soir, avant de m'endormir, je considérai la situation avec objectivité. Tout projet de fuite m'était désormais interdit. Il me restait néanmoins, comme un faible espoir, la promesse de Frédéric de venir me chercher. Mais il ne pourrait pas venir avant six longues années, lorsqu'il serait enfin libéré de ses obligations militaires. Il me faudrait vivre tout ce temps avec ma tante, continuer à supporter son inimitié et ses attaques méchantes, sans pour autant être sûre que Frédéric se rappellerait cette lointaine promesse d'adolescent. Sans compter le dur travail de l'usine, et ma solitude affective depuis la mort d'Angèle et de Denise... Je ne m'en sentais pas le courage.

Alors, je regardai en face la proposition de Bart. Je ne l'aimais pas, j'étais sûre de ne pas l'aimer, mais il se montrait bon avec moi, et devant son naturel gai ma tristesse reculait. Avec lui, mon existence serait plus agréable que celle que je menais avec ma tante et que je supportais de plus en plus difficilement. Je compris que je n'avais pas le choix. Bart était l'issue de secours qui s'offrait à moi. Ce fut ce soir-là que, solitaire et malheureuse dans ma triste soupente, je résolus de lui répondre affirmativement. Dès que j'eus pris ma décision, je me sentis tranquillisée. Et pourtant, tout au fond de moi, un étrange regret persista longtemps.

CHAPITRE XI

Le dimanche suivant, il faisait beau, et Bart me proposa une promenade jusqu'aux remparts de Lille. J'acceptai. J'aimais être dehors et respirer l'air pur pour compenser les jours où, de l'aube jusqu'au soir, je me trouvais enfermée dans un atelier au vacarme assourdissant. Les remparts surtout me plaisaient, avec leurs chemins de ronde plantés d'arbres et leurs douves pleines d'une eau verte où coassaient les grenouilles.

Les rues étaient animées. Des enfants couraient, des chiens flânaient, le nez au sol. Nous croisâmes un marchand de gâteaux qui criait : « *A clinquar * ! Du biau et du bon ! Du pain d'épice d'anis !* » Bart m'offrit un croquet dans lequel je mordis à belles dents.

– Vous semblez aller mieux, Constance. Votre mine est moins sombre. Avez-vous réfléchi à ma proposition ?

Je le regardai en plissant les yeux dans le soleil. Je lus sur son visage un intérêt affectueux qui me fut agréable. Après l'hostilité hargneuse de ma tante, la bonhomie indifférente de mon oncle, et à l'usine la surveillance féroce d'Œil-de-Vautour, combien il m'était doux d'être entourée d'attentions amicales ! Je terminai mon biscuit, me léchai les doigts comme une enfant gourmande en opinant de la tête :

– Oui, j'ai réfléchi.

Ses yeux fixèrent les miens avec une attente inquiète. D'une voix basse, il dit :

– Et alors ? Qu'avez-vous décidé ?

Je souris à son visage grave :

– Je veux bien, Bart.

* Le clinquar était un croquet de Reims.

186

Il eut un mouvement de surprise joyeuse, m'attira dans un recoin ombragé qu'offrait le chemin de ronde, à l'écart des promeneurs. Il me serra contre lui, et dans son emportement parsema mon visage de baisers pressés. Sa moustache me chatouilla, et je me mis à rire.

– Constance! *Mijn lieve* Constance! Comme je suis content! Vous verrez, vous ne le regretterez pas.

Je me reculai un peu, le regardai bien en face et déclarai nettement :

– Seulement, je ne veux pas vivre avec vous sans être mariée. Je suis une honnête fille, Bart.

– Je le sais, Constance. Et c'est ça qui me plaît chez vous. Mais je suis belge, et je ne sais pas si, dans ces conditions...

– Nous demanderons à mon oncle. Il connaît beaucoup de monde, il nous dira ce qu'il faut faire. Venez, allons le retrouver chez Philibert.

Je lui pris la main et l'entraînai. Subitement une excitation me prenait, et j'avais envie de courir et de danser comme une petite fille. L'avenir m'apparaissait plus riant. J'allais pouvoir échapper à ma tante et, dès que je serais mariée avec Bart, j'échapperais également à l'usine, comme il me le confirmait encore :

– A la métallurgie, je gagne assez pour deux. Vous resterez à la maison, Constance. Je veux une femme attentive, qui m'accueille lorsque je rentre et qui me prépare de bons repas.

J'approuvai. Je ferais pour Bart ce que faisait ma mère pour mon père, ou Estelle pour Léon. Cela ne me déplaisait pas. J'étais capable de prendre soin d'un intérieur, de faire la cuisine, de coudre, repriser et repasser. Échapper au dur travail de l'usine était une perspective grisante.

– Et... où habiterons-nous ?

– Il va falloir trouver un logement. Nous chercherons. La chambre que je loue actuellement ne peut pas convenir. Je la partage avec un camarade, et elle est située au-dessus d'un café. L'immeuble est peu agréable et bruyant. Il y a souvent des bagarres. Il nous faut quelque chose de plus calme. Si je pouvais obtenir une pièce ou deux dans une des maisons de la cité Saint-Maurice... Je vais me renseigner. Je sais que ce n'est pas facile d'être admis, il faut avoir été accepté auparavant par une commission de surveillance.

Je connaissais cette cité, qui avait été spécialement construite par des industriels du faubourg de Fives à l'intention de leurs ouvriers. Située à l'extrémité de la rue des Guinguettes, elle était formée d'un vaste cercle de maisons entourant des jardins. Propre, surveillée par un régisseur et défendue par un portique qui ouvrait sur une cour intérieure, elle m'avait toujours paru très agréable.

– Même une seule pièce, au début, ça serait suffisant, continuait Bart. Après, si nous avons des enfants, nous verrons bien. Ce n'est pas que je souhaite en avoir beaucoup, mais je veux au moins un fils.

Je baissai la tête pour dissimuler la rougeur qui me montait aux joues. Je ne voulais pas penser à cet aspect du mariage, et encore moins en parler. Bart rit en voyant ma gêne, et changea de conversation.

– Il faudra que je vous emmène chez moi, en Belgique, et que je vous présente à mon père. Il ne se déplace presque plus et ne viendra probablement pas à notre mariage, mais je veux lui faire connaître ma femme.

Un peu étourdie, je ne répondis pas. Tout allait trop vite, d'un seul coup. Un pincement d'appréhension me donna un léger vertige. Avais-je bien fait de dire oui à Bart ? Un court instant, je me le demandai.

Mon inquiétude fut vite balayée, chez Philibert, par les exclamations, les cris et les félicitations de tous les habitués dès qu'ils furent au courant. Ils me connaissaient tous, et la plupart m'aimaient bien. Dès que Bart eut dit à mon oncle qu'il voulait m'épouser, celui-ci clama qu'il fallait arroser une pareille nouvelle. Il décida d'offrir à boire, et tout le monde vint se réjouir avec nous.

– Ça devait finir comme ça !

– On s'en doutait bien. Ça fait un bout de temps qu'il tourne autour de ta nièce, hein, Édouard ?

Mon oncle riait, se déclarait enchanté, tapait sur l'épaule de Bart, l'appelait *min garchon*. Et moi, au milieu des rires, des souhaits, entourée d'une gaieté amicale et bruyante, j'avais la tête qui tournait.

Lorsque je rentrai à la maison, l'atmosphère qui y régnait me parut, en comparaison, sinistre. Après les démonstrations d'amitié dont j'avais été couverte, le regard malveillant de ma tante ma glaça. Je sentis mon visage se fermer, et le plaisir que j'avais gardé de notre chaude réunion disparut instantanément.

– Marthe, annonça mon oncle en ôtant sa casquette, nous avons une nouvelle à t'apprendre. Constance a répondu oui, aujourd'hui, à une demande en mariage. L'élu est belge, je le connais, c'est un garçon courageux. Elle n'a pas mal choisi.

Ma tante me regarda, et je lus sur son visage, mêlée au ressentiment habituel, une expression de surprise et de soulagement.

– Qu'elle ait bien choisi ou pas, ça m'est égal, répondit-elle d'un ton sec. Ce que je vois, c'est qu'elle va enfin s'en aller! Ça, c'est une bonne nouvelle.

Mon oncle s'assit brusquement, en secouant la tête comme un bœuf harcelé par des mouches :

– Mais enfin, Marthe! C'est tout ce que tu trouves à dire? Sa présence t'est donc si pénible?

Elle s'appuya des deux mains à la table :

– Je te l'ai déjà dit, Édouard, mais tu ne veux pas comprendre. Je ne peux pas admettre qu'elle soit là, alors que notre fille n'y est plus.

– Cette pauvre enfant n'est pas responsable de ce qui s'est passé, Marthe. Tu ne peux pas lui en vouloir pour ça.

Ma tante haussa les épaules avec mépris :

– Tu vois bien, tu t'obstines à ne pas comprendre. Chaque fois que je la vois, il y a quelque chose qui me prend là – elle porta les mains à sa poitrine – et qui fait que je ne peux plus la supporter. Alors, crois-moi, je suis bien contente de penser que je vais enfin être débarrassée d'elle.

La gorge serrée, je me taisais. Il était impossible de continuer à vivre ainsi. L'hésitation que j'avais ressentie dans l'après-midi, en acceptant l'offre de Bart, n'existait plus. Les propos de ma tante me confirmaient que ma décision était la seule possible.

Il fallut s'occuper des papiers. Mon oncle nous aida, Bart et moi, car nous ne savions pas ce qu'il fallait faire. Il nous conseilla d'aller, à Lille, à la Société de Saint-François Régis. Cette société avait pour but de renseigner les couples qui désiraient se marier, principalement les Belges qui ignoraient quels papiers ils devaient se procurer. Il y avait une permanence chaque dimanche, entre midi et une heure. J'y allai avec Bart, munie d'une lettre de recommandation de l'abbé Pollet. Mon oncle nous accompagna, en tant que tuteur car je n'étais pas majeure. L'employé qui nous accueillit nous donna les renseignements nécessaires, et nous invita à venir le revoir s'il y avait quelque problème. Nous sortîmes de là enchantés. Difficultés aplanies, notre mariage devenait une proche réalité.

Nous allâmes voir le curé de la paroisse, afin d'avoir, sinon une messe, du moins une bénédiction. A vrai dire, je n'y tenais pas, car le Dieu juste et bon dont m'avaient parlé les sœurs de la Sainte-Union n'avait cessé de me décevoir et de m'enlever ceux que j'aimais. Il m'importait peu que mon mariage fût béni par Lui. Mais Bart, attaché aux principes religieux, insista, et je cédai avec indifférence.

Ma tante refusa de participer à quoi que ce fût, allant jusqu'à rejeter l'idée de faire un repas chez nous. Mon oncle s'emporta :

– Marthe, tu ne peux pas faire ça! De quoi aurions-nous l'air, je te le demande? Tous nos voisins vont critiquer.

Tête levée dans une attitude pleine de haine et de défi, elle me fit penser à une vipère prête à mordre :

– Ils diront ce qu'ils voudront. Je n'accepterai pas que l'on vienne ici boire et s'amuser pour cette... cette...

Elle agita une main vindicative dans ma direction, s'arrêta en suffoquant. Plus calmement, elle reprit :

– Je ne peux pas, Édouard. Je ne peux pas faire ça, quand je sais que je ne verrai jamais le mariage de ma fille.

Elle tint bon, malgré les exhortations d'Élise, notre voisine, qui essaya de la fléchir. Finalement, mon oncle décida que nous irions, après la bénédiction, chez Philibert, dont la femme promit de faire des tartes.

– Être obligé de demander ça à des étrangers, c'est quand même malheureux, bougonna-t-il.

Je lui affirmai que cela ne me gênait pas. Et c'était vrai. Je préférais être chez Philibert, qui m'aimait bien et où je savais que la fête ne serait pas gâchée par la présence de ma tante.

Décidée à couper tout lien avec le passé, je n'envoyai pas l'annonce de mon mariage à Léon et Estelle. De toute façon, ils ne m'écrivaient plus. Avec regret, je pensai qu'ils avaient dû m'oublier, et je m'efforçai de les rayer de mon souvenir.

Les jours passaient, et mon prochain changement de vie m'apparaissait de plus en plus comme une libération. A l'usine, je travaillais par habitude, et parfois, dans l'atelier, je me surprenais à regarder autour de moi avec détachement, comme si déjà je n'en faisais plus partie. J'avais mis mes compagnes au courant, ainsi qu'Œil-de-Vautour. Certaines m'enviaient de pouvoir échapper à ce travail abrutissant, d'autres prédisaient que, lorsque j'aurais plusieurs enfants à nourrir, le salaire de Bart ne serait plus suffisant.

– Tu verras, me disaient-elles, tu seras bien contente d'y revenir, à l'usine.

Je pensais qu'elles parlaient ainsi par dépit, et je ne répondais pas.

L'automne nous offrait ses journées dorées, et le dimanche Bart m'emmenait dans de longues promenades, au-delà des jardins de plaisance du faubourg Saint-Maurice, dans la campagne que le soleil d'octobre nimbait d'une douce lumière. Nous discutions, nous apprenions à nous connaître. Il me parlait de son enfance, je lui racontais la mienne. A lui aussi, j'avouai que je me croyais maudite, puisque tous ceux que j'aimais mouraient, les uns après les autres. Il éclata de rire en me serrant contre lui :

– Je saurai bien vous montrer, moi, que ce n'est pas vrai. Car je n'ai pas l'intention de mourir!

Il s'ingéniait à me divertir, m'emmenait au théâtre de marionnettes, danser dans les guinguettes, et je me laissais faire, heureuse de pouvoir enfin m'appuyer sur quelqu'un. Il m'appelait sa *snoepertje*, son petit chou, et cette tendre appellation m'était douce à entendre. Pourtant, deux choses me gênaient chez lui. D'abord, je trouvais qu'il buvait beaucoup; et puis, il ne m'avait jamais dit qu'il m'aimait. Je me persuadai que je m'inquiétais à tort. Dès que nous serions mariés, il aurait un foyer que je saurais rendre accueillant et il irait moins souvent au cabaret. D'autre part, il m'aimait forcément, puisqu'il désirait m'épouser. Ce raisonnement logique me rassura.

Parfois, au hasard de nos promenades, lorsque nous étions seuls, Bart m'embrassait. Je ne me laissais faire qu'avec répugnance, et je me détournais aussitôt. Il riait :

– Allons, Constance, ne soyez pas si farouche! Mais, après tout, cela ne me déplaît pas. Ça me prouve que vous n'êtes pas comme ces filles peu sérieuses...

Il ne me forçait pas, et j'en étais soulagée.

Après de nombreuses recherches, il finit par trouver, pour notre futur logement, deux pièces dans une maison à étage, rue Vantroyen. Elles furent libres quelques jours avant notre mariage. Comme je ne pouvais pas compter sur ma tante, ce fut Élise qui vint, un dimanche, m'aider à tout nettoyer. Dans la première pièce, il y avait un feu, une table, des chaises et un buffet; dans l'autre, un grand lit et une armoire. On y accédait par un couloir où régnait une persistante odeur de latrines, car elles se trouvaient tout au bout. Néanmoins, lorsque tout fut propre, je voulus me convaincre que je serais heureuse dans ce logement qui allait nous accueillir, Bart et moi. D'où venait cette impression diffuse qui faisait que je me sentais, malgré tout, inquiète devant l'avenir?...

Mon mariage eut lieu le 25 novembre 1872. C'était un lundi, et comme c'était la Sainte-Catherine, beaucoup d'ouvriers chômaient. Toutes les filles recevaient ce jour-là un cadeau, offert par les parents, les frères, les amis, parfois un simple souhait, une fleur en papier, un colifichet, un ruban pour leur toilette. Je me réveillai à l'aube avec un mélange d'excitation, de soulagement et d'appréhension.

J'avais touché, le samedi soir, mon dernier salaire à l'usine. Œil-de-Vautour m'avait dit :

– Je te regretterai, Constance. Tu étais une bonne ouvrière.

Je n'avais pas répondu, regardant une dernière fois le métier sur lequel si souvent je m'étais penchée avec, au fond de moi, depuis l'accident arrivé à Denise, une peur que je cachais, sans parvenir à l'étouffer totalement.

Au moment de partir, Célestine, la plus âgée, m'avait apporté au nom de toutes un paquet enveloppé.

– C'est notre cadeau, avec nos meilleurs vœux.

Ce geste, auquel je ne m'attendais pas, m'avait beaucoup touchée. Je les avais remerciées avec une reconnaissance sincère, tout en ouvrant le paquet qui contenait une cafetière.

– Ça te sera utile, je peux te le dire, avait déclaré Célestine avec assurance. Ta vie ne sera pas toujours rose, et tu verras, pendant les moments durs, rien ne vaut une *goutte de jus* pour remonter le moral !

J'avais fait la sourde oreille à cette mise en garde pessimiste et j'étais revenue chez nous en serrant la cafetière contre mon cœur, heureuse de ce cadeau pour lequel, je le savais, elles avaient donné un peu de leur salaire si durement gagné.

A la maison, j'avais voulu, comme chaque semaine, donner ma paie à ma tante, mais mon oncle m'avait arrêtée :

– Cet argent-là t'appartient, Constance. Garde-le. Tu en auras besoin pour commencer ta vie de femme mariée.

Ma tante, chose curieuse, n'avait pas protesté. Et puis, dans la soirée, lorsqu'elle s'était absentée quelques instants pour se rendre aux communs, mon oncle m'avait mis, avec un clin d'œil amical et complice, une bourse pleine dans la main :

– Tiens, Constance, voilà mon cadeau de mariage. N'en parle pas à Marthe, mon enfant, et sois heureuse. Ne lui en veux pas si elle n'a pas toujours été gentille avec toi, et pardonne-moi de ne pas t'avoir donné un foyer heureux. J'espère qu'à partir de maintenant, tu auras plus de chance. Nous nous reverrons encore, n'est-ce pas ? J'irai te voir souvent dans ton nouveau logement.

J'avais embrassé spontanément ce brave homme qui m'avait considérée comme l'enfant qu'il avait perdue, en lui assurant qu'il serait toujours le bienvenu chez moi.

Je repensais à tout cela alors que, le matin de mon mariage, les yeux grands ouverts, je restais immobile dans le lit où je venais de dormir pour la dernière fois. Je paressais, heureuse de ne pas devoir me rendre à la fabrique. J'écoutais, dehors, les bruits de la rue. Un marchand de lait criait : « Lait battu ! Lait battu ! » d'une voix forte et insistante ; puis ce fut le marchand de charbon, accompagné du bruit des sabots de son cheval et du roulement de sa charrette : « Du bon *carbon* ! Du gros et du bon ! » Des cris de gamins lui répondirent : « Ouh, ouh ! *Noirou* ! » Je ne pus m'empêcher de sourire.

J'entendis, en bas, le pas lourd de mon oncle. Je me décidai à me lever, mis le jupon et les bas propres que j'avais préparés, et revêtis avec précaution la robe que je m'étais fait faire. Je l'avais choisie élégante, mais pas trop cérémonieuse pour pouvoir la remettre par la suite. Coupée dans un beau tissu, elle tombait autour de moi en plis souples et harmonieux. Avant de descendre, je regardai autour de moi. Tout était en ordre. La veille, mon oncle avait porté dans mon nouveau logement les sacs qui m'appartenaient. Il m'avait acheté quelques ustensiles de cuisine et des objets de première nécessité. Plus rien ici ne m'appartenait. Je jetai un dernier coup d'œil sur cette petite soupente où j'avais dormi pendant cinq ans et que je quittais sans regret.

Au rez-de-chaussée, je retrouvai ma tante et, pour la première fois, son visage fermé et désagréable me laissa indifférente. Je lui souhaitai le bonjour, ne reçus pas de réponse, me retins de hausser les épaules. Mon oncle eut un sifflement d'admiration :

– Fichtre ! Comme te voilà belle ! Tu vas l'éblouir, ton Bart !

Je lui souris avec gratitude. Subitement, je me sentais fautive de le quitter, lui qui avait toujours été bon pour moi, et qui allait se retrouver seul avec une femme aigrie et hargneuse. Il me posa une main sur l'épaule :

– Dès que nous aurons bu un bol de lait, j'irai voir Philibert. Il faut que je m'assure que tout est bien prêt.

Il avait finalement commandé, pour le soir, un repas pour ses amis et ceux de Bart, et Philibert avait promis qu'il préparerait un bon bouillon en plus des tartes.

Lorsqu'il fut parti, peu désireuse de rester seule avec ma tante, j'allai voir Élise. Les enfants qu'elle gardait m'accueillirent avec de grands cris, et je leur distribuai les bonbons que j'avais apportés. L'aînée, une petite fille de cinq ans, me regarda avec des yeux graves et admiratifs :

– Comme tu es jolie, Constance!

– Allons, ordonna Élise, reculez, et ne salissez pas la belle robe de Constance en la touchant avec vos mains sales!

Ils obéirent en me considérant avec respect. Je leur souris :

– Je vais me marier aujourd'hui, et je suis venue vous dire au revoir. Je vais aller habiter ailleurs. Mais je viendrai encore vous voir, je vous le promets.

Je bavardai quelques instants avec Élise, lui rappelai qu'elle était invitée au repas de noces avec Baptiste, son mari. Lorsque je partis, elle m'embrassa affectueusement sur les deux joues :

– Tu es une bonne petite, Constance. Tu mérites d'être heureuse.

Émue, je la remerciai. J'avais le cœur un peu gros en la quittant.

A la maison, ignorant résolument ma tante, je me préparai pour la cérémonie à la mairie et la bénédiction. Je me coiffai soigneusement, mis la couronne d'oranger que m'avait prêtée Élise. Mon oncle, de son côté, revêtit son costume des dimanches. Puis il m'offrit son bras :

– Allons-y, Constance.

J'eus une hésitation, fis un mouvement vers ma tante, désireuse de ne pas la quitter sur cette inimitié qui m'était douloureuse. Mais elle, refusant jusqu'au bout tout rapprochement, se détourna et sans un mot ouvrit la porte de la cour, sortit et la claqua derrière elle. Je regardai mon oncle, malheureuse. Il soupira :

– Allons, viens, mon enfant.

Je chassai la désagréable impression que je ressentais et, prenant son bras, le suivis dans la rue. Dehors, des cris et des souhaits nous accueillirent. Les femmes, les enfants, sur le seuil des maisons voisines, saluèrent notre passage. Mon oncle marchait au milieu de la rue, avec un air important et digne. Escortés par les vœux de bonheur que toutes me lançaient, suivis par quelques gamins curieux, nous nous dirigions vers la mairie où nous attendait Bart.

Il était là, faisant les cent pas, élégant dans un costume que je ne lui avais jamais vu. Il nous aperçut, se précipita vers nous, me prit les mains :

– Ça va, Constance?

J'acquiesçai, crispée tout à coup. Devant Bart, une sorte

d'affolement me saisissait. Allais-je vraiment devoir vivre avec lui, dès aujourd'hui ? Avec une froide lucidité, je me rappelai que je ne l'aimais pas. Mais il était trop tard pour faire marche arrière. Je relevai la tête et, avec décision, franchis au bras de mon oncle le seuil de la mairie.

Tout alla très vite. En quelques minutes, je devins légalement Mme Bart Van Wedde. Ce fut sans aucune émotion que je signai le registre que l'on me présenta, décidée à assumer dorénavant le choix que j'avais fait. A l'église, la bénédiction me laissa indifférente, contrairement à Bart dont le recueillement me surprit. Lorsque nous sortîmes, toute une foule nous attendait, formée de curieux et d'enfants qu'avait attirés la coutume habituelle de distribution de friandises. Au milieu des cris « *Vif' mariache!* » et « Vive la mariée! », Bart sortit de ses poches des poignées de dragées qu'il lança. Mon oncle me mit dans la main des pièces de menue monnaie que je lançai également. Avec des exclamations joyeuses, les enfants se précipitèrent pour les ramasser. Les compagnons de travail de Bart, dont beaucoup étaient belges, nous firent une ovation. Plusieurs d'entre eux, qui faisaient partie d'une société de tir à l'arbalète, nous firent une haie de leurs arcs levés, sous lesquels nous passâmes en riant. J'aperçus quelques-unes de mes compagnes d'atelier, qui mêlèrent leurs félicitations aux autres. La mère de Denise était là, elle aussi, et m'adressa un sourire affectueux qui ne parvint pas à effacer la tristesse de ses yeux. Prise par l'animation qui régnait autour de moi, je ne m'y arrêtai pas. Maintenant que tout était terminé, que rien ne pouvait plus être changé, je me sentais mieux. Au bras de Bart, entourée par une foule qui me fêtait, j'avais l'impression d'être devenue une personne importante, et je me dirigeais à pas rapides et assurés vers le cabaret de Philibert – et vers ma nouvelle vie.

Les heures, ensuite, passèrent gaiement, comme entraînées par un tourbillon grisant et fou. Exceptionnellement, j'acceptai de boire du vin, et j'eus très vite la tête qui tournait. Serrée contre Bart, qui trinquait avec tous à notre bonheur, je me sentais légère et gaie.

Le soir arriva, Philibert alluma les lampes, et le cabaret prit un air intime accentué par l'obscurité humide de la rue. Le repas fut joyeux et plein d'entrain, entrecoupé de chansons en patois et de danses au son de l'ophicléide et du violon de deux amis de mon oncle qui, musiciens, s'étaient offerts à animer la soirée. Je passais de bras en bras, je tournais, m'étourdissais, et trouvais sympathique la maladresse lourdaude de ces hommes rustres mais sincères.

Philibert servit la tarte, puis le café arrosé de genièvre. Je dus en boire un verre, debout, acclamée par tout le monde. L'alcool, très fort, me coupa le souffle et je suffoquai, les larmes aux yeux, au milieu des cris et des plaisanteries. Je me sentis très vite un peu ivre, et je me mis à rire sans raison. Je n'eus plus une idée bien nette de ce qui se passa ensuite, consciente seulement du bruit, de l'agitation et du bras de Bart qui pesait autour de ma taille.

Il se fit tard, et les gens commencèrent à partir, en répétant une dernière fois leurs vœux de bonheur, avec une tape amicale sur l'épaule de Bart. Ses amis belges lui firent des réflexions en flamand que je devinai grivoises en remarquant les clins d'œil qui les accompagnaient. Mon oncle, que l'alcool rendait larmoyant, m'embrassa avec attendrissement en m'appelant sa fille. Avec insistance, il ordonna plusieurs fois à Bart de bien prendre soin de moi.

Le genièvre que j'avais bu épaississait mon esprit. Je me retrouvai soudain dehors, dans la rue boueuse et froide, titubant au bras de Bart. Une dizaine de ses amis nous entouraient en clamant qu'ils allaient nous accompagner jusqu'à notre logement. L'un d'eux, qui me sembla assez éméché, dansait autour de nous en serrant dans ses bras un balai. Pendant le trajet, l'air froid peu à peu me dégrisa. Je me rendis compte que Bart, près de moi, trébuchait souvent et répondait à ses compagnons d'une voix pâteuse. A la lueur d'un réverbère, je vis son visage congestionné et ses yeux brillants. J'avais remarqué qu'il avait beaucoup bu, et je me demandai s'il n'était pas ivre.

Ils nous reconduisirent jusqu'à notre porte et s'en allèrent, échangeant des sous-entendus égrillards en se poussant du coude, déclarant qu'il était temps de laisser les jeunes mariés enfin seuls. Mon oncle me serra contre lui, m'embrassa en reniflant bruyamment et partit avec eux. Je les regardai s'éloigner et, sans leur présence, je me sentis subitement vulnérable, car je me retrouvais seule avec Bart.

Notre logement était situé au premier étage et je montai l'escalier avec réticence, à tâtons dans l'obscurité. Bart trébucha, se cogna et grommela un juron. Dans la pièce qui servait de cuisine, j'allumai la lampe et, avec lassitude, ôtai de mes cheveux la couronne de fleurs d'oranger. Élise était venue allumer le feu, et une douce chaleur régnait. Pourtant, des frissons me parcouraient, et un étau douloureux enserrait mes tempes. Avec un sentiment proche de la panique, je me rendis compte que la fête était finie et que j'allais devoir vivre, maintenant, avec un homme qui m'était totalement étranger.

Je le regardai avec crainte. Il s'approcha de moi, avec dans les yeux une étincelle qui me fit reculer. Il agrippa une de mes épaules, m'attira à lui, m'entraîna dans la chambre en disant d'une voix que l'alcool rendait confuse :

– Viens, Constance... Tu es ma femme, enfin... Si longtemps que j'attends ce moment...

Je le suivis, sachant que je devais me soumettre à ses désirs. Élise m'avait recommandé, le matin même : « Il faut que tu laisses ton mari te faire tout ce qu'il voudra, même si cela ne te plaît pas ; les hommes ont des exigences, tu dois le comprendre... » Mais c'était une chose de le comprendre, et une autre de se trouver devant la situation précise. Faisant taire ma peur, je le laissai me prendre dans ses bras. Il m'embrassa, et je dus me faire violence pour ne pas me détourner, écœurée par l'odeur d'alcool qu'il exhalait. Il se recula, m'observa de haut en bas avec complaisance, me caressa les bras, les épaules, prit mes seins dans ses mains. Je fis un pas en arrière.

– Allons, viens, grogna-t-il en m'attirant à lui.

Raidie par l'appréhension, j'obéis. Il s'attaqua aux boutons de ma robe, batailla un instant avec eux, me repoussa avec impatience :

– Je n'y arrive pas. Déshabille-toi, Constance.

D'une main tremblante, j'ôtai ma robe, tandis qu'il jetait sur une chaise sa veste, son pantalon, sa chemise. Il s'aperçut que je restais immobile, en sous-vêtements. Vêtu de son seul caleçon, il s'approcha de moi :

– Enlève tout. Je veux te voir.

J'eus un geste d'égarement. La lampe était restée dans l'autre pièce, et la lueur qui nous arrivait par la porte ouverte n'était pas abondante, mais tout en moi se révulsait à l'idée de me mettre nue devant quelqu'un. Puis je me souvins qu'il était mon mari. « Fais tout ce qu'il voudra », avait dit Élise. Je serrai les dents et, les yeux baissés, j'obéis.

Lorsque je fus nue, je n'osai pas le regarder. Il vint à moi, me prit dans ses bras, m'embrassa de nouveau tout en me caressant. J'eus envie de le repousser, de m'enfuir le plus loin possible. Au prix d'un immense effort, je le laissai faire. Il me coucha sur le lit. Je gardais mes yeux obstinément fermés. Je le sentis s'éloigner un peu, l'entendis ôter son caleçon. Les joues brûlantes, éperdue, je ne bougeais pas.

– Constance... *mijn vrouw* *...

Il s'affala lourdement sur moi, et je détournai la tête pour échapper à l'odeur de l'alcool. Il enfouit son visage dans

* Ma femme.

197

mon cou en murmurant des mots inaudibles. Crispée, je serrai les poings de toutes mes forces. Il me mordit les seins, et je sursautai. Puis, avec des gestes fébriles, précipités, il m'écarta les cuisses et me pénétra brutalement. La douleur, intense et violente, me fit crier. Il se mit à s'agiter, me pénétrant davantage à chaque fois. Des cercles de souffrance brûlèrent mon ventre, irradièrent dans tout mon corps. Des sanglots, que je ne pus retenir, explosèrent et firent couler mes larmes. Lorsqu'il s'arrêta enfin, il retomba sur le côté et s'endormit aussitôt, d'un sommeil que l'ivresse rendait épais et lourd. Je le repoussai, m'écartai jusqu'à l'extrême bord du lit et, recroquevillée sur moi-même pour essayer d'atténuer la douleur, je me mis à pleurer. Pourtant je savais, après avoir entendu les conversations des filles, à l'usine, ce qui m'attendait. Mais j'étais loin d'imaginer cette chose brutale, ignoble, cette espèce de viol qui me laissait pantelante et meurtrie. Comment certaines pouvaient-elles avouer aimer ça, et y prendre du plaisir ? Je ne comprenais pas.

Je finis par me lever, allai dans la pièce voisine en titubant afin de me rafraîchir à l'eau froide. J'en bus deux grands verres, et je me sentis un peu mieux. Je m'aperçus que je tremblais sans discontinuer. J'éteignis la lampe, revins dans la chambre, remis ma chemise, pris dans l'armoire ma longue blouse de nuit et la revêtis, satisfaite de ne plus être nue. Je regardai avec rancune le corps de Bart couché en travers du lit. Avec précaution, en prenant bien soin de ne pas le toucher, je me couchai tout au bord, ramenai la couverture sur moi et fermai les yeux. Subitement, je ressentis un tel besoin de ma mère, de ses bras aimants qui si souvent m'avaient bercée, que des sanglots de nouveau me secouèrent. Le regret de mon enfance me fit éprouver une véritable détresse, et je passai le reste de ma nuit de noces à pleurer sur les malheurs de mon existence passée et sur les difficultés de ma vie présente. Épuisée par mes larmes, je m'endormis à l'aube.

Une agréable odeur de café me réveilla. J'ouvris les yeux, fis un mouvement ; une douleur diffuse parcourut mon ventre et mes reins. Je retins une grimace, tandis que les souvenirs de la nuit fondaient brutalement sur moi. Avec appréhension, je me redressai. Bart n'était plus dans le lit. A la lueur de la lampe, je le vis qui, dans la pièce voisine, s'affairait autour de la table. Il semblait allègre, et je l'entendis même siffloter. Je m'assis avec effort. Tout tournait autour de moi, et je me sentais nauséeuse, avec la tête lourde et les idées confuses.

– *Goede morgen* *, Constance! As-tu bien dormi?

Debout dans l'embrasure de la porte, Bart me souriait. Je le regardai, un instant décontenancée, surprise de retrouver le compagnon enjoué et charmant des semaines précédentes. Où était celui qui, cette nuit même...?

– Ma femme n'a pas l'air très réveillée, constata-t-il avec un rire amusé. Veux-tu une tasse de café? Je viens de le préparer.

Je me levai, encore engourdie, fis quelques pas mal assurés. Bart m'attrapa au passage, me prit dans ses bras, caressa mon visage de ses lèvres. J'eus un léger recul.

– Constance, murmura-t-il. *Mijn schatje* **... Pardonne-moi si j'ai été brutal, cette nuit. J'avais un peu trop bu. Je voulais arroser notre mariage, et aussi me donner du courage. Tu m'impressionnais tellement, avec ton air sage, dans ta belle robe, avec ta couronne de fleurs... Tu vas bien?

Son visage était penché sur moi avec une sollicitude sincère. Je me sentis rassurée, chassai résolument les souvenirs brumeux de la nuit:

– Oui, merci, Bart.

Il me conduisit à la table, me fit asseoir. Il prit sur le feu la cafetière, cadeau de mes compagnes d'atelier, versa le breuvage brûlant dans les tasses, m'en tendit une:

– Tiens, goûte ça, et dis-moi ce que tu en penses. Sans vouloir me vanter, je sais faire du bon café. C'était toujours moi qui le préparais jusqu'ici.

– Dorénavant, ce sera à moi de le faire.

Il approuva:

– C'est vrai. Maintenant que j'ai une femme, je vais me laisser dorloter. Quoique, pour le moment, elle ressemble fort à un gros bébé endormi.

L'expression tendre et gentiment moqueuse de son visage dissipa la crispation qui m'avait raidie dès mon réveil. Je le regardai avec gratitude et lui souris, tout en buvant le café qui effectivement était bon. Il posa sa tasse:

– Je m'en vais, Constance. Il est l'heure. Je ne veux pas être en retard. Tu imagines ce qu'ils diraient tous, ils se moqueraient de moi en me disant que je n'arrive pas à quitter ma femme. Tu prépareras le repas pour ce midi? Je reviendrai manger ici.

– Oui, bien sûr, Bart. Ce sera prêt.

Il vint à moi et m'embrassa. Je subis son baiser, me retrou-

---

* Bonjour.
** Mon petit trésor.

vant instinctivement sur la défensive. Il me lâcha, prit sa casquette qui pendait près de la porte, enfila sa veste :

– A tout à l'heure, Constance.

Il ouvrit la porte, et je l'entendis descendre l'escalier en sifflotant la même rengaine. Restée seule, je regardai autour de moi. Laver les tasses, ranger la pièce, faire le lit, balayer. Puis faire les courses, préparer le repas. Il fallait que je m'applique à des tâches matérielles et immédiates pour ne plus penser à ce qui s'était passé cette nuit, mais au contraire pour me convaincre que ma nouvelle vie était loin d'être désagréable. Je versai de l'eau dans une cuvette, puis me lavai et m'habillai avec un nouvel entrain.

Ainsi commença mon existence de femme mariée. Je m'y adaptai très vite et finis par en apprécier les journées, à défaut des nuits. Car la nuit, Bart se comportait en amant exigeant et soucieux de satisfaire son désir. Je subissais ses étreintes avec passivité, sinon avec dégoût. Je n'éprouvais plus la douleur du premier jour, mais je devais faire violence à mon corps afin de le forcer à accepter ce qui, à chaque fois, le faisait se rétracter. Bart, de son côté, prenait son plaisir sans se préoccuper de mon attitude. Peut-être lui paraissait-elle normale. A mon grand soulagement, il ne m'en parlait jamais.

En faisant abstraction de cet aspect de mon mariage auquel, me disais-je avec philosophie, je ne pouvais pas échapper, je ne me trouvais pas malheureuse. Je jugeai même ma vie agréable. Sans être le bonheur, elle y ressemblait, surtout lorsque je la comparais aux années précédentes. Elle m'apportait le calme, la stabilité. Plus de tante, plus d'usine. J'entendais, chaque matin à cinq heures, sonner les cloches des fabriques et, tout de suite après, les pas pressés des ouvrières résonner sur le pavé. Je les plaignais, car je savais vers quoi elles allaient. En même temps, moi qui n'étais plus obligée de me joindre à elles, je ne pouvais m'empêcher d'éprouver une satisfaction égoïste qui, parfois, me donnait un sentiment de culpabilité.

Je m'occupais de Bart, je lavais son linge, je préparais nos repas, je gardais notre intérieur propre. Il lui arrivait encore, de temps à autre, d'aller boire un verre avec ses amis au cabaret, et ces soirs-là il rentrait en retard. « Je ne peux pas faire autrement », m'expliquait-il pour s'excuser. Je ne disais rien. Je ne voulais pas me montrer abusive, et la gratitude que j'éprouvais envers lui, pour la vie presque oisive qu'il m'offrait, me retenait de lui reprocher quelques instants passés au cabaret.

200

Je fis également connaissance des voisins. Les locataires du rez-de-chaussée, un couple avec trois enfants de dix à quinze ans, travaillaient tous en filature et je les voyais rarement. Je me liai davantage avec la femme qui habitait la mansarde située au-dessus de notre logement. Veuve et âgée, elle marchait avec difficulté, à cause de ses jambes couvertes de varices. Je l'avais rencontrée un matin dans le couloir et elle m'avait invitée à aller chez elle, m'assurant que je lui ferais plaisir, car elle était toujours seule. Elle se nommait Sidonie, me dit-elle, et elle insista tellement pour que j'aille la voir que j'acceptai. Dans l'après-midi, je gravis le raide escalier qui menait à son logement et frappai. Elle me cria d'entrer. Je me retrouvai dans une pièce meublée d'un lit, d'un vieux poêle de fonte, et d'une table de bois blanc sur laquelle était rangée une maigre vaisselle : une casserole usagée, quelques tasses à café, quelques assiettes ébréchées et quelques couverts. D'un mur à l'autre étaient tendues de nombreuses ficelles sur lesquelles séchait du linge qui venait d'être lessivé. Sidonie m'avança la moins délabrée des deux chaises de paille :

– Vous êtes gentille d'être venue, mon enfant. Ne faites pas attention à tout ce linge. C'est toujours comme ça chez moi. Je gagne quelques sous en faisant les *buées* * des autres. Avec mes mauvaises jambes, je ne peux pas rester debout longtemps, et j'ai dû quitter la fabrique. Je me suis inscrite au bureau de bienfaisance, qui me donne douze francs par mois et deux pains par semaine. Avec mon petit travail, ça me permet de vivre, mais c'est tout juste. Il faut payer le loyer, le charbon, le savon, l'éclairage, la nourriture... et tout est si cher! Mais parlez-moi plutôt de vous. Vous venez de vous marier, n'est-ce pas? J'ai rencontré votre mari. Il m'a paru bien sympathique.

Je découvris vite qu'elle était une intarissable bavarde. Elle me raconta sa vie, et je l'écoutai en souriant, comprenant que c'était une manière de se défouler des longues heures où elle restait silencieuse, n'ayant personne à qui parler.

– Je suis née tout au début du siècle. Si vous aviez vu, alors, ce qu'était Fives! Combien c'était différent! Il n'y avait pas toutes ces horribles usines, ces affreuses maisons et ces courées qui se sont construites par la suite, n'importe comment. Cette rue, ici, où nous habitons, elle n'existait même pas. Celles du Long-Pot et des Guinguettes étaient presque désertes. C'est bien simple, il n'y avait que des

---

* Buée, en patois, signifie lessive.

champs. Des champs de blé, où poussaient bleuets et coquelicots, où tournaient les ailes des moulins à vent, et des prairies remplies de pâquerettes, et des haies d'aubépine. Dès le printemps, on entendait chanter les rossignols et les fauvettes. Où sont-ils maintenant, les oiseaux ? Chassés par tout ça, autour de nous, qu'on appelle le progrès. C'est le chemin de fer qui a tout changé, quand on a construit la ligne en 1846, et moi je dis que c'est bien malheureux.

Je repensai à Arsène, qui affirmait que le chemin de fer était la meilleure invention du siècle, et je l'objectai timidement. Elle roula des yeux mécontents :

– Le chemin de fer, peut-être. Mais ce qui a suivi, ça non, vous n'allez pas dire que c'est bien. Ces ouvriers qui s'abrutissent dans les fabriques, qui vivent entassés les uns sur les autres... Quand je regarde autour de moi, que je repense aux champs de mon enfance et que je vois ça, termina-t-elle en montrant, par son étroite fenêtre, les toits des maisons et les cheminées des usines, je ne peux pas m'empêcher d'avoir mal au cœur.

Je discutai avec elle longtemps, et revins souvent la voir par la suite. Parfois, lorsque sa lessive lui en laissait le temps, elle venait chez moi et je lui offrais du café. Le plaisir visible avec lequel elle buvait sa tasse m'attendrissait.

– J'aime tant le café, avouait-elle d'un air confus, et j'en suis privée, c'est bien trop cher pour moi. Soyez bénie, mon enfant, de me donner cette joie.

L'amitié sincère de cette vieille femme me fut, dès le début, agréable. Elle m'aida à m'intégrer dans ma vie d'épouse, elle me donna des conseils ; par la suite, je n'hésitai pas à aller la trouver lorsque j'eus des difficultés, et plus d'une fois son aide me fut précieuse.

Je revoyais encore mon oncle, le dimanche, lorsque j'allais avec Bart chez Philibert. Il me demandait si j'étais heureuse, et je répondais oui, certaine de ne pas mentir. Et il était vrai que je me sentais mieux. Ma santé s'améliorait, je n'avais plus ces rhumes et ces bronchites dont je souffrais dès que revenaient les premiers brouillards. La douleur de mon dos avait disparu, et mes joues devenaient plus pleines. Bart était plus agréable à vivre que ma tante, et mes yeux perdaient le regard traqué et malheureux qu'ils avaient auparavant. Je n'avais pas à me plaindre de mon mari. Il était courageux et travailleur, sympathique, de caractère enjoué. Il m'appelait *mijn snoepertje, mijn schatje* *, était avec moi aimable et charmant. Il n'y avait de désagréable que ce moment, le

---

* Mon petit chou, mon petit trésor.

soir, où je devais me soumettre à ses désirs. Mais Élise m'avait prévenue, tous les maris agissaient ainsi. Alors je m'y résignais, en me disant que cela valait bien une vie calme et sûre, libérée de l'animosité de ma tante et de l'esclavage de l'usine.

Un dimanche, Bart m'emmena en Belgique, pour que je fasse la connaissance de son père. Je fus ravie de découvrir le village où il avait vécu et qu'il me fit visiter avec fierté. Il me montra le *steenmeulen*, le moulin de pierre qui se trouvait à l'écart, il me fit passer devant la forge où il avait travaillé avant de venir en France. Puis il s'arrêta devant une chaumière au pignon en torchis et au toit de chaume.

– Voilà ma maison, annonça-t-il avec émotion. C'est ici que j'ai passé mon enfance et mon adolescence.

Il me fit entrer dans la cour. Un chien aboya et s'approcha de nous en remuant la queue. Un vieil homme apparut sur le seuil. En le voyant, j'eus un aperçu de ce que serait Bart dans trente ou quarante ans. Il vint vers nous avec une exclamation de surprise joyeuse :

– Bart! *Mijn jongen* *!

Une femme sortit à son tour, s'essuyant les mains à son tablier. En un instant, elle fut près de nous, nous noyant sous un flot de paroles en flamand. Bart me sourit :

– Voilà ma sœur Maria, Constance, et mon père. C'est ma femme, leur dit-il avec fierté en me prenant le bras. *Dit is mijn vrouw.*

Ils me regardèrent avec approbation, et toujours en discutant nous firent entrer. Bart leur répondait en riant; en l'entendant parler avec aisance cette langue étrangère que je ne comprenais pas, je réalisai, d'un seul coup, combien je le connaissais peu. Ils bavardèrent longtemps, heureux de se retrouver. De temps en temps, Bart me traduisait des morceaux de conversation, mais ils parlaient de gens qui m'étaient inconnus et cela ne m'apprenait rien. Ils insistèrent pour que nous partagions leur repas, un bouillon accompagné de pommes de terre, de navets et de carottes, qui était délicieux. Comme je ne pouvais pas participer à la conversation, je regardais autour de moi, détaillant le mobilier, la grande table et les chaises rustiques, le solide buffet avec ses pentures de cuivre garni de pots de faïence, le fauteuil placé près du feu, le crucifix accroché au mur. Maria me servait, compensait par des sourires les mots qu'elle ne

* Mon gars!

203

pouvait me dire, et insista pour que je boive, à la fin du repas, une infusion de sa fabrication.

– *Zoet hout thee*, m'annonça-t-elle en me l'offrant.

– C'est de la tisane de réglisse, traduisit Bart. Tu peux boire sans crainte. C'est très bon.

Avant de partir, il me dit :

– Viens voir ma chambre, Constance.

La pièce, petite et sobre, au sol de terre battue, meublée seulement d'un lit et d'un grand coffre, me parut sombre et peu agréable. Mais je m'aperçus que Bart la regardait avec des yeux emplis de nostalgie. Je compris qu'il voyait, par-delà le mobilier rudimentaire, les années qu'il y avait passées, et sans un mot je lui serrai la main.

Ensuite nous partîmes, afin de rejoindre Mouscron, la ville voisine, où nous devions reprendre le train. Le père et la sœur de Bart nous firent promettre de revenir bientôt, et Maria m'embrassa dans un élan affectueux et sincère qui me fit plaisir.

Jusqu'à la gare, Bart fut intarissable. Il me parla de sa vie passée, me montra les chemins où, enfant, il avait couru, et je l'écoutai sans l'interrompre. A travers le jeune homme que je connaissais très peu et qui était devenu mon mari, je découvrais le petit garçon qu'il avait été, et cela me le rendait plus proche.

Dans le train, alors que le soir tombait, je contemplais par la portière la campagne qui peu à peu se vêtait d'ombre. Bart, près de moi, gardait un silence rêveur. L'humidité des chemins avait détrempé mes chaussures, et un froid insidieux glaçait mes pieds. Je me serrai contre Bart pour me réchauffer, ce qui amena un commentaire amusé du vieil homme assis en face de nous. Bart entoura mes épaules de son bras. J'appuyai ma tête contre lui avec une bienheureuse lassitude. Je terminai ainsi ce voyage qui resta le seul que nous fîmes jamais, et qui marqua la fin d'une période que je commençais à trouver agréable.

CHAPITRE XII

J'eus mes premiers malaises dès le lendemain. Je les cachai à Bart et me persuadai que j'avais été dérangée par le voyage ou par le bouillon de Maria. Mais ils persistèrent, et en quelques jours je fus réduite à l'état de loque nauséeuse. J'étais la proie de vomissements incoercibles. L'odeur même de la nourriture m'était insupportable. Je devinai tout de suite la vérité. J'avais trop vu, à l'usine, des femmes malades au début de leur grossesse pour ne pas comprendre ce qui m'arrivait. Mon visage prenait une teinte verdâtre et des sueurs froides, par moments, m'amenaient au bord de la syncope. Sidonie, lors de mes visites, m'observait avec attention mais ne disait rien.

Un après-midi, alors qu'elle était chez moi et que je venais de lui verser du café, j'eus un haut-le-cœur. Je me précipitai vers la cuvette. Un goût amer m'emplit la bouche de salive, mais je ne vomis pas. Je m'essuyai le front, revint m'asseoir en face de Sidonie, consciente de lui offrir un visage décomposé. Ses yeux se plissèrent avec un intérêt compréhensif :

– Y aurait-il déjà du nouveau, Constance ?

Je hochai la tête, l'estomac encore révulsé. Elle me tapota la main d'un air protecteur et bienveillant :

– Ce sont les malaises du début, ils passeront vite. C'est pénible, mais on n'en meurt pas. Moi qui ai eu six enfants, je peux vous l'assurer.

Au bout de plusieurs jours, Bart s'en aperçut, lui aussi. Un soir, alors que devant mon assiette je m'efforçais de retenir la nausée que je sentais monter, il posa son couteau et m'observa avec inquiétude :

– Qu'as-tu, Constance ? Tu es malade ? Cela fait plusieurs repas où tu n'as rien mangé.

– Je n'ai rien, Bart, dis-je d'une toute petite voix. Simplement, je crois que j'attends un enfant.

– Constance! C'est vrai?

Avec surprise, je le vis se lever d'un bond, venir à moi, me prendre contre lui, embrasser maladroitement mes cheveux :

– Comme je suis content! Ce sera un fils, Constance. Mon fils...

Il avait une expression heureuse, où se mêlaient joie et fierté. Il fut aux petits soins pour moi ce soir-là, m'obligea à me coucher tôt, insista pour faire la vaisselle et aller chercher de l'eau à la pompe en bas de la rue. Je ne pus m'empêcher de rire :

– Je ne suis pas malade, Bart. C'est simplement que... j'ai souvent envie de vomir.

Dans le lit, pour la première fois il ne me toucha pas. Il m'attira près de lui en m'entourant de son bras, murmura avec une tendresse inhabituelle :

– Prends bien soin de toi. Je veux que tu me fasses un beau et gros garçon.

Il l'annonça dès le lendemain à ses compagnons. Le dimanche suivant, au cabaret de Philibert où je ne pus l'accompagner, il décida qu'il fallait arroser une pareille nouvelle. Il revint fort joyeux, en ramenant mon oncle qui, avec émotion, me prit les mains :

– Constance, ce bébé... ce sera comme un petit-fils, pour moi. Merci, mon enfant.

Je pris conscience du fait qu'ils étaient tous deux bien plus contents que moi. Bien sûr, pensai-je avec amertume, ils n'avaient pas à supporter les nausées...

Contrairement à ce qu'avait prédit Sidonie, mes vomissements ne cessèrent pas. Je me mis à maigrir. Si je me forçais à manger, des malaises aussitôt me saisissaient, d'où je sortais tremblante et noyée de sueur. Sidonie me conseilla des remèdes qui, affirmait-elle, étaient souverains : il fallait boire de l'eau sucrée, ou bien appliquer sur l'estomac une compresse chaude, ou encore placer entre la peau et la chemise une branche de persil. Je les essayai l'un après l'autre, mais ils s'avérèrent tous inefficaces. Et je continuais à vomir et à me traîner lamentablement, apathique et sans goût.

Je m'aperçus que mes vomissements rebutaient Bart. Mais il m'était impossible de réprimer les nausées qui me retournaient l'estomac. Le seul avantage que j'en retirais, c'était qu'il me laissait tranquille et n'exerçait plus ses droits de mari. Parfois, je le regardais avec ressentiment : c'était à cause de lui si j'étais dans un tel état. A d'autres moments, je me disais que, pour lui, ce n'était pas agréable d'avoir une femme toujours malade. Lui ne me reprochait rien et déclarait avec conviction :

– Ça ira mieux quand l'enfant sera là, Constance.

Mais, en attendant, ma taille s'arrondissait, mon ventre grossissait, et rien ne changeait. Cela finissait, à la longue, par retentir sur mon caractère. Je perdais mon courage, mon entrain, et passais la plupart de mes journées frileusement recroquevillée près du feu. Les simples tâches ménagères devenaient une véritable corvée. Vers la fin de ma grossesse, il y eut plus d'une fois où Sidonie, malgré ses mauvaises jambes et ses lessives à faire, vint balayer mon logement et y mettre de l'ordre. S'il avait fallu aller à l'usine dans l'état où j'étais, me demandais-je parfois, comment aurais-je fait ? Je devenais la proie d'une mélancolie invincible, entièrement dépendante de ce corps qui me torturait, et où pourtant croissait mon enfant.

Bart avait pris l'habitude de prendre ses repas de midi au cabaret, comme lorsqu'il était célibataire. « Pour ne pas te fatiguer à faire la cuisine », m'avait-il dit. Je n'avais pas protesté. Le soir, il s'attardait à boire quelques verres avant de rentrer. Il ne revenait que pour manger et ne tardait pas à se coucher. Il gardait son caractère enjoué, continuait à affirmer qu'après la naissance tout rentrerait dans l'ordre, mais je lui tournais le dos avec humeur et lassitude, l'estomac secoué de spasmes. Je passais mes nuits à guetter mes malaises, incapable de dormir, sommeillant par à-coups. Les semaines passaient, la date de l'accouchement approchait, et j'avais l'impression de perdre mes forces et ma santé.

Les premières contractions me réveillèrent une nuit, alors que je sommeillais péniblement. J'ouvris les yeux, me retins de respirer. Était-ce une nouvelle nausée ? Non, cette fois-ci, c'était autre chose. Une angoisse subite me serra la gorge. Je décidai de ne pas m'affoler. La douleur passa, et je me dis que c'était une fausse alerte.

Mais une autre contraction suivit, puis une autre, et une autre encore. Bientôt, elles se succédèrent sans interruption. Elles devinrent si fortes que je ne pus m'empêcher de gémir. Bart se réveilla :

– Qu'y a-t-il, Constance ? Ça ne va pas ?

Je dus faire un effort pour parler :

– Je crois que c'est le bébé.

Il sauta du lit :

– Je vais aller chercher Victoire. En attendant qu'elle arrive, je vais demander à Sidonie de venir près de toi.

Victoire était la sage-femme. Bart alluma la lampe, s'habilla rapidement, avant de sortir vint à moi et d'un geste maladroit caressa mon front mouillé de sueur :

– Courage, Constance.

Occupée à lutter contre ma souffrance, je ne répondis pas. Je l'entendis vaguement sortir. Peu de temps après, Sidonie entra. Avec autorité, elle prit place près du lit, repoussa mes cheveux, essuya mon visage. Tordue par un spasme plus violent, j'agrippai sa main avec une sourde plainte.

– Ça va aller, mon enfant. Criez si ça peut vous soulager. Je suis passée par là, je sais ce que c'est.

Je me mordis les lèvres, me retins d'appeler ma mère. Comme une enfant perdue, je continuais à m'accrocher à Sidonie. Elle me tapotait doucement les mains, bassinait mon front, et sa sérénité m'apaisait un peu. J'entendis des bruits de voix, et Victoire entra. Elle poussa Bart hors de la chambre, lui ordonna d'allumer le feu et de faire chauffer de l'eau. Puis elle vint à moi, palpa mon ventre d'une main experte :

– Hum... on en est encore au début. Buvez ça, ça facilitera le travail.

L'amère mixture qu'elle me fit avaler me brûla l'estomac et réveilla mes nausées. Je me sentis encore plus malade. Très vite, je ne fus plus qu'une boule de souffrance. Je me tordais, je haletais. Un bourdonnement m'enveloppait, j'avais un goût de sang dans la bouche, ma tête était en feu. Des vagues de douleur sans cesse me déchiraient; dès que l'une d'elles se retirait, une autre arrivait aussitôt, et me faisait crier. Je sentais une main essuyer la sueur qui coulait dans mes yeux, j'entendais, très loin, au-delà du bruissement qui emplissait ma tête, les voix de Sidonie et de Victoire. Les minutes s'accumulèrent, formèrent des heures, et je m'épuisais lentement.

Par moments, lors d'un cours répit, je buvais un peu d'eau, m'apercevais que le jour était levé, avant de redevenir la proie d'une nouvelle contraction. De nouveau tout recommençait, et je perdais la notion du temps.

Cela dura si longtemps que, à travers la faible lucidité qui me restait, je finis par souhaiter mourir, afin qu'un pareil supplice cessât. Les yeux noyés de larmes de souffrance, je voyais par la fenêtre le jour décliner. Victoire me massait le ventre, appuyait pour faire avancer le travail.

– L'est pas pressé de venir au monde, celui-là, grommelait-elle.

J'entendis Bart revenir, s'agiter dans la pièce voisine. Une journée entière s'était-elle donc écoulée? J'étais à bout de forces. Subitement, une violente contraction me lacéra, si forte que j'eus l'impression d'être écartelée. Des étoiles noires dansaient devant mes yeux, et je perdis à moitié conscience.

Un vagissement me fit revenir à la réalité. C'était un cri très doux, qui me remua jusqu'aux entrailles. Mon enfant! J'ouvris les yeux. J'entrevis le visage de Victoire, le sourire attendri de Sidonie. Je me sentais légère; la souffrance avait disparu. J'avais l'impression de flotter sur un nuage. Une satisfaction se mêla à ma lassitude : je venais de donner à Bart le fils qu'il souhaitait.

– C'est une fille, m'annonça Victoire. Petite, mais mignonne et bien faite.

Elle s'approcha du lit, me mit dans les bras un minuscule bébé vêtu des langes que j'avais confectionnés dans une vieille jupe trop étroite. Une fille! Que dirait Bart? Je la pris contre moi, ressentant soudain pour ce petit être fragile et sans défense un immense amour.

– Je vais boire une tasse de café, maintenant, dit Victoire. Je l'ai bien mérité. Je vous envoie votre mari.

Elle sortit de la chambre avec Sidonie. Presque aussitôt, Bart entra. J'eus la surprise de voir que mon oncle le suivait. Ils vinrent près de moi, contemplèrent le bébé en silence. Je levai les yeux vers Bart.

– Je suis déçu, Constance, avoua-t-il d'une voix sourde. J'espérais tellement un fils!

Malgré mon épuisement, je sentis une onde de colère me parcourir. Toutes ces souffrances supportées... et voilà ce qu'il trouvait à me dire? Mon oncle se pencha sur ma petite fille endormie :

– Bah, ne t'inquiète pas, dit-il à Bart. Tu feras un garçon la prochaine fois. Une fille, c'est aussi bien. Moi, j'en avais une...

Il se racla la gorge, me regarda, maladroit et ému.

– Elle te ressemble, Constance. Je serai comme un grand-père pour elle, si tu le veux bien.

J'acquiesçai en souriant. Malgré l'immense lassitude qui m'envahissait, je me sentais bien, débarrassée des malaises et des idées morbides qui avaient gâché ma vie ces derniers mois. Maintenant, j'avais un enfant à aimer, qui donnait un but à mon existence. Grâce à lui, je n'en doutais pas, tout irait beaucoup mieux.

Je me remis lentement. L'accouchement, succédant à une

grossesse pénible, avait été long et difficile. Je dus reprendre des forces. Les premiers temps, Sidonie vint m'aider, jusqu'à ce que je puisse me lever. Ensuite, au fur et à mesure que les jours passaient, je retrouvai mon énergie. Et surtout, j'avais ma petite fille. C'était pour moi un réel ravissement de la regarder, de la langer, de caresser son petit corps lisse et parfait. Seule avec elle, je passais des moments merveilleux. C'était un bébé calme et doux, qui ne pleurait presque jamais et que je nourrissais moi-même. Par sa seule présence, elle m'apportait un bonheur qui me comblait. Mon oncle et Sidonie bêtifiaient devant elle, et je les accusais en riant de devenir gâteux. Pourtant, je n'étais pas loin de les imiter. Chaque moment de mon existence était dorénavant axé sur mon enfant. Nous étions dans un cocon imperméable au monde extérieur. Tous les matins, j'entendais les cloches des usines et je me disais qu'il m'aurait été dur de retourner travailler, en laissant mon bébé à une étrangère qui peut-être l'aurait mal soigné. Je comprenais mieux, maintenant, la souffrance de celles qui devaient se séparer de leur enfant pour aller s'enfermer dans un atelier toute la journée... Je me sentais si heureuse que je cherchai à me rapprocher de Bart, refusant de le laisser en dehors de ma joie. Mais il montrait envers notre fille un étrange éloignement. Il ne se penchait jamais sur elle comme le faisait mon oncle, il la regardait à peine. Peu de temps après sa naissance, il était revenu un soir de l'usine avec une paire de vieux souliers hors d'usage que lui avaient offerts ses amis. Il les avait jetés dans un coin de la pièce d'un air mécontent.

– Qu'est-ce que c'est? avais-je demandé, surprise.

– Ils m'ont donné ça pour se moquer de moi. C'est un signe de raillerie. On offre des vieux souliers au père d'une fille, ça veut dire qu'on fait de lui un savetier, autant dire un cocu.

J'avais tenté de le consoler :

– C'est une plaisanterie sans méchanceté, Bart. Et puis, comme le dit mon oncle, si nous avons un autre enfant ce sera un garçon.

Ma santé s'était rapidement améliorée, et je n'avais plus d'excuses pour repousser les avances de mon mari. Je me prêtais à ses désirs avec moins de mauvaise grâce que par le passé. Non que les étreintes qu'il m'imposait me fussent devenues agréables ; je ne faisais que les supporter. Mais, simplement, je voulais qu'il fût heureux lui aussi. Alors je m'efforçais de le contenter en toutes choses. Et s'il fallait, pour le satisfaire, lui donner un fils, je me disais que je ne refuserais pas.

** ★
★ ★

Nous avions baptisé notre petite fille Charlotte. Il y eut son premier sourire, sa première dent, son premier balbutiement, ses premiers pas. Au fur et à mesure qu'elle découvrait le monde qui l'entourait, Bart se rapprochait un peu d'elle. Il lui arrivait de la prendre sur ses genoux, de la laisser jouer avec les poils de sa moustache. Mais cela ne durait jamais bien longtemps; il n'avait pas envers elle la patience inlassable de mon oncle.

Depuis mon mariage, je n'avais pas revu ma tante. Elle ne voulait plus entendre parler de moi, disait mon oncle lorsque je lui demandais des nouvelles, et je n'insistais pas.

– A-t-elle appris la naissance de Charlotte? demandai-je un jour.

– Oui. Je lui ai dit combien tu étais contente. Elle m'a répondu qu'elle aussi s'était réjouie lors de la naissance d'Angèle, pour la voir mourir vingt ans après dans un accident.

Je n'avais pas répondu et avais définitivement rayé ma tante de mon esprit.

Charlotte commençait à marcher lorsque je découvris que j'étais de nouveau enceinte. Lorsque je l'annonçai à Bart, il ne cacha pas sa satisfaction :

– Cette fois, tâche de me faire un fils, Constance.

Je le souhaitais, moi aussi, afin de ne plus avoir d'enfant par la suite. Car les mêmes malaises, de nouveau, reprenaient possession de mon corps, et bien vite je me retrouvai dans un état lamentable. Seule ma petite fille réussissait à me faire sourire. Je me sentais incapable de sortir et je me terrais chez moi, laissant égoïstement Sidonie faire mes courses, aller à la boulangerie et descendre lorsque passait le marchand de légumes ou de charbon. L'hiver s'écoula péniblement, le printemps se décida à faire enfin une apparition timide, et il semblait que le temps s'était arrêté tant était lente la progression des jours. A la fin de ma grossesse, ma santé devint si mauvaise que je pouvais à peine faire quelques pas sans tituber, assaillie de vertiges dès que je me mettais debout.

Ce fut presque avec soulagement que j'accueillis les premières douleurs annonçant la naissance. Enfin, tout allait bientôt être terminé, et je pourrais retrouver ma santé, reprendre une vie normale. Mais je me rendis vite compte que l'accouchement serait dur, plus encore que la première fois. Je revécus les mêmes heures haletantes, labourée par une souffrance qui, atteignant des sommets de plus en plus culminants, finit par m'emporter hors de la réalité. Je ne savais plus si c'était le jour ou la nuit, j'apercevais vaguement, dans une brume obscure, les silhouettes troubles de Victoire et de Sidonie sans plus savoir qui elles étaient. Et puis je finis par ne plus rien voir, plongée dans des remous noirs qui m'étouffaient, et contre lesquels je n'avais plus la force de lutter.

Lorsque je rouvris les yeux, je fus d'abord étonnée d'être encore en vie. Puis je vis que le décor n'était pas celui de ma chambre. Avec incompréhension, je regardai autour de moi. Je me trouvais dans une salle inconnue, et de chaque côté de mon lit étaient alignés des lits tous semblables. Je croisai le regard de ma voisine qui hocha la tête d'un air entendu :

– Ah, vous voilà enfin réveillée. C'est que ça a été long, hein ? Trois jours, nous a dit le médecin. Il a dû appliquer les forceps pour avoir votre enfant. C'est ce qu'il a fait pour moi aussi. Mais le mien, il est mort aussitôt. Après tout, c'est aussi bien. J'en ai déjà cinq, et puis j'ai quarante-deux ans. Celui-là, je n'en voulais pas.

Subitement, tout me revint. Je me redressai, prise d'inquiétude. Pourquoi étais-je ici ? Et mon enfant ? L'avais-je mis au monde ? Je passai mes mains sur mon ventre plat.

– Ici, c'est la salle de la Maternité, à l'hôpital Saint-Sauveur. On vous a amenée d'urgence hier. La sage-femme avait appelé le médecin parce que le travail n'avançait plus. Elle était affolée, elle a cru que vous alliez mourir.

Je voulus parler, n'y parvins pas, avec effort émis une sorte de coassement inintelligible. Pourtant, la femme comprit.

– Votre petite fille est là, près de vous. Regardez, dans le berceau de l'autre côté.

Je me retournai, me penchai. Un tout petit bébé, d'une fragilité pathétique, dormait. Sur son front, le forceps avait laissé des marques rouges et profondes. Je contemplai un instant la petite tête délicate, aux rares cheveux blonds, et soupirai. Une fille, encore. Que dirait Bart ? S'il s'obstinait à vouloir un fils, il faudrait que je repasse une nouvelle fois par ces moments atroces... Je ne m'en sentais plus le courage.

La sœur qui nous soignait me donna, le lendemain, de plus amples détails. Elle insista sur le fait que le médecin nous avait sauvées de justesse, le bébé et moi, et m'apprit que je ne pourrais plus avoir d'enfant.

— Mais vous ne devez pas être triste. Songez que vous avez bien failli mourir. Et puis, vous avez maintenant deux mignonnes petites filles. Elles vont avoir besoin de leur maman. Pour elles, vous devez vite reprendre des forces.

Je suivis son conseil, que je trouvai sage. Je m'appliquai à boire, tous les matins, le lait qu'on nous distribuait. Je mangeais le bouillon et la viande qu'on nous donnait aux repas, décidée à vaincre la fatigue qui me plombait les membres et rendait ma tête lourde. Je fus heureuse de sentir, petit à petit, une nouvelle vigueur reprendre possession de mon corps. En même temps, j'étais soulagée de savoir qu'une pareille épreuve me serait dorénavant évitée. Seule la réaction de Bart m'inquiétait.

Il vint me voir avec mon oncle. Je lui trouvai un air sombre, une allure négligée. Je pensai qu'il était temps que je rentre et m'occupe de lui aussi. Sur le ton d'un enfant mécontent, il dit :

— *Wat een pech* *, Constance! Une autre fille, alors que je voulais un fils! Je suis devenu la risée de tous, à l'usine. Et tu ne pourras plus avoir d'enfant, m'a dit le médecin...

J'étais encore trop faible pour répondre et, les larmes aux yeux, je me tus. Je pensai que je saurais bien les aimer, mes deux petites filles, et qu'il m'était bien égal qu'elles ne fussent pas des garçons.

Sidonie vint me voir aussi, malgré ses mauvaises jambes qui l'empêchaient de se déplacer et de marcher longtemps. Elle m'amena Charlotte, dont elle s'occupait pendant mon absence. Je fus heureuse de revoir mon enfant. Je la pris contre moi, lui montrai sa petite sœur, lui expliquai qu'elle s'appelait Hélène. Elle regarda le bébé avec intérêt d'abord, puis se détourna dès qu'il se mit à crier, prête à pleurer elle aussi. Lorsque Sidonie l'emmena, je compris, à mon désir de les suivre, combien j'avais envie de rentrer chez moi.

Je terminai mon séjour à l'hôpital dans une brûlante impatience. Afin de faire avancer le jour de ma sortie, je buvais tout ce que la sœur m'ordonnait de boire, j'obéissais à ses ordres, m'efforçais de recouvrer vite mes forces. La première fois que je me levai, je faillis tomber et me retins à son bras. Mais je serrai les dents avec décision et après quelques jours je marchais normalement.

Ma voisine de lit me donnait des conseils pour nourrir mon bébé, pour avoir beaucoup de lait :

— Pour lui faire un bon estomac, disait-elle, il faudra vite

* Quelle malchance.

la nourrir avec des potages à la farine, au pain, aux pommes de terre. L'oignon est très bon aussi, ainsi que l'oseille et le lait battu. Vous pouvez même ajouter à la soupe une goutte de genièvre, ça fortifie et ça éloigne les maladies.

Je répondais oui et ne l'écoutais qu'à moitié. Mon autre voisine, dans le lit de gauche, par contraste me paraissait fort silencieuse. Elle se nommait Aurélie et avait vingt-deux ans. Elle était fille mère, et n'était pas la seule dans la salle à être dans ce cas. Je la surpris plus d'une fois en train de pleurer, tout en regardant son bébé. Elle travaillait dans une filature de lin, *au frec*, et, seule pour élever son enfant, se désolait à l'idée de devoir le laisser pour retourner travailler. Consciente de ne pouvoir l'aider, je ne savais que dire pour la consoler.

Ce fut avec soulagement que je quittai l'hôpital, heureuse d'échapper enfin à la grande salle avec les conversations et les cris des femmes, les pleurs des bébés, les mauvaises odeurs. En comparaison, mon petit logement me parut calme, intime et accueillant.

Ce fut à partir de ce moment, pourtant, que la situation commença à se dégrader entre Bart et moi. Il me reprochait de ne pas lui avoir donné de fils, et de mon côté je me refusais à comprendre son insatisfaction. Peut-être aurais-je dû essayer de me rapprocher de lui. Mais je me retrouvais avec une petite fille de deux ans et un bébé qui réclamaient tous mes soins, et j'avoue que je négligeai les états d'âme de Bart. Il se sentit certainement incompris, et par conséquent malheureux. Sans doute ai-je ma part de responsabilité dans la détérioration de notre union.

De plus, Hélène était un bébé difficile, fragile, souvent malade. Il lui arrivait fréquemment de pleurer la nuit, et malgré mes efforts pour la calmer, elle finissait par réveiller Bart. Il grommelait, enfouissait sa tête sous l'oreiller, essayait de se rendormir; s'il n'y parvenait pas, excédé, il se mettait à crier sur l'enfant qui, terrorisée, hurlait de plus belle. Le vacarme réveillait alors Charlotte, qui m'appelait en pleurant. Dépassée, seule contre un mari furieux, impuissante à faire taire mon bébé et l'autre petite fille qui s'accrochait à moi, j'étais moi-même au bord des larmes. De telles nuits devenaient ma hantise, et chaque jour j'appréhendais de voir le soir arriver.

Quelquefois, dès son retour de l'usine, Bart était accueilli par les hurlements d'Hélène. Un soir, il rentra alors que, débordée, j'avais passé l'après-midi à la soigner et étais en retard pour le repas. Charlotte, près du feu, venait de se brûler et pleurait bruyamment. Où était le foyer attrayant que je voulais offrir à mon mari fatigué de sa journée de travail ? Bart jeta un coup d'œil dans la pièce, vit le désordre, les langes qui séchaient en gouttant sur le sol, sa femme rouge et échevelée, ses deux enfants qui s'égosillaient à qui mieux mieux. Il mit ses mains sur ses oreilles, déclara avec humeur :

– Mais fais-les donc taire, Constance ! Ces criailleries sont insupportables. Je reviendrai quand ce sera plus calme.

Il sortit en claquant la porte, ne revint que tard dans la nuit. Les enfants s'étaient endormies et je m'étais couchée, lasse de l'attendre. Je compris tout de suite qu'il avait bu. Il sentait l'alcool et je l'entendis se cogner aux murs avant de venir se jeter sur le lit où il se mit à ronfler bruyamment. Il prit bientôt l'habitude de rentrer tard tous les soirs, disant qu'il préférait la compagnie de ses amis à celle de sa femme et de ses deux pleurnicheuses de filles. Je ne cherchai pas à le faire changer d'avis, ayant remarqué que les enfants étaient plus calmes lorsqu'il n'était pas là. Il ne s'occupait d'elles que pour les gronder, et les moments où il était tendre avec Charlotte – jamais avec Hélène – devenaient de plus en plus rares. J'essayais, parfois, de lui mettre Hélène dans les bras. Il me la rendait aussitôt. Je protestais :

– Mais c'est ton enfant, Bart.

– Je voulais un fils, répondait-il invariablement. Elle a pris sa place, et à cause d'elle je n'en aurai plus.

– Bart ! Elle n'en est pas responsable !

A son air buté, je comprenais qu'il était inutile d'insister, et je ne parvenais pas à comprendre le blocage qu'il faisait sur le fait d'avoir un fils. Je m'apercevais simplement que cela l'empêchait d'aimer Hélène, et j'en éprouvais une profonde désolation.

Heureusement, Sidonie venait souvent, et mon oncle m'aidait. Lui, il adorait ses deux petites-filles, comme il les appelait, et lorsque j'avais besoin d'argent il n'hésitait pas à me donner quelques francs, car il ne voulait pas que les enfants souffrent ou manquent de quelque chose. C'était lui qui, le dimanche, alors que Bart était au cabaret, me tenait compagnie et jouait avec mes filles. Je le découvrais tour à tour cocasse, tendre, taquin, parfois autoritaire lorsqu'elles se montraient capricieuses. Elles le considéraient comme un grand-père, elles criaient de joie lorsqu'elles le voyaient arriver, elles l'adoraient. Et lui, les yeux humides, me remerciait de lui donner encore cette joie, avoir deux petites filles à aimer et à choyer.

Les semaines, les mois passèrent, devinrent des années. Hélène resta une enfant délicate, dont la santé exigeait constamment des soins et des attentions. Charlotte, de deux ans son aînée, était robuste, dotée d'un caractère volontaire et enjoué, mais aussi d'un esprit frondeur et prompt à la désobéissance.

– J'étais comme elle, moi aussi, constatait Bart avec satisfaction. Lorsque j'avais décidé quelque chose, impossible de me faire changer d'avis. Au moins, elle sait ce qu'elle veut. Ce n'est pas comme sa pleurnicheuse de sœur, qui gémit toujours à tort et à travers.

Le fait de se retrouver dans Charlotte la lui faisait aimer, mais il n'arrivait toujours pas à accepter Hélène. Il critiquait son aspect malingre, son air perpétuellement effrayé, et l'habitude qu'elle avait de pleurer dès que quelque chose la contrariait. Charlotte déployait envers sa petite sœur des trésors de patience, la consolait lorsque j'étais occupée, veillait sur elle d'une façon maternelle et touchante eu égard à son jeune âge.

Je les aimais sans restriction. Elles me consolaient de l'échec de ma vie conjugale. Pourtant, je m'occupais consciencieusement de Bart, et en grandissant Hélène ne pleurait plus la nuit. Mais il passait de plus en plus de temps au cabaret. Je ne le voyais que très peu. Il partait le matin tôt pour l'usine, rentrait tard le soir, et je n'osais pas lui reprocher d'avoir bu. Je l'avais fait, une fois où il m'avait semblé assez ivre, mais il s'était mis à crier, déclarant qu'il prenait des compensations où il pouvait les trouver. Ses éclats de voix avaient réveillé les filles qui, apeurées, s'étaient mises à pleurer. Il leur avait hurlé de se taire et avait menacé de les battre si elles n'obéissaient pas. J'avais eu beaucoup de mal à les apaiser, et depuis cette scène je ne faisais plus de reproches à Bart. Il revenait chaque soir pour manger et dormir, considérait la maison comme une auberge et moi-même comme une servante. Et lorsqu'il exerçait sur moi ses droits de mari, je subissais passivement ses assauts dénués de tendresse. A la longue, j'en avais pris mon parti, et finalement je ne me trouvais pas malheureuse. J'avais l'amour de mes deux petites filles, l'amitié de Sidonie, l'affection de mon oncle. Je ne pensais plus au passé. Je ne m'attendais pas à l'événement imprévu qui vint me le rappeler et en même temps tout bouleverser.

Charlotte avait alors cinq ans, et Hélène trois. C'était une journée d'automne grise et froide, ruisselante d'une pluie qui depuis l'avant-veille n'avait cessé de tomber. En fin de matinée, je dus sortir pour aller à la boulangerie et chez le graissier voisin. Je décidai de demander à Sidonie de garder mes filles pendant ce temps. Il pleuvait trop pour les emmener avec moi, et il valait mieux pour Hélène qu'elle restât au chaud, car elle avait un mauvais rhume et toussait beaucoup.

Je pris les deux enfants par la main, et avec elles je montai l'escalier qui menait chez ma vieille amie. Je dus me baisser pour éviter le linge qu'elle suspendait jusque-là. Dès que je poussai la porte, l'odeur de lessive qui régnait constamment dans son logement m'accueillit. Sidonie, penchée sur une cuvette d'eau savonneuse, lavait énergiquement une chemise. Charlotte et Hélène coururent vers elle, ravies.

– Pouvez-vous les garder quelques minutes? demandai-je. Je vais jusqu'à la boulangerie. Je reviendrai très vite.

La brave femme accepta tout de suite :

– Bien sûr, Constance. Je suis toujours contente de les avoir. Je les aime bien, moi, ces mioches, tout comme si j'étais leur grand-mère. N'est-ce pas, mes enfants, que je suis votre *mémère* Sidonie?

Les deux petites acquiescèrent gravement. Sidonie se tourna vers moi, s'essuya les mains à son tablier :

– Si vous allez à la boulangerie, Constance, prenez donc un pain pour moi. Je ne peux pas manger celui du bureau de bienfaisance. Je sais bien qu'ils nous le donnent et qu'on ne peut pas se plaindre. Mais il est quelquefois immangeable. Celui-ci est tout vert au milieu quand on le casse. Regardez.

Elle prit un pain ouvert en deux, me le montra. Le centre en effet était tacheté de moisissure. Je lui promis de rapporter du pain frais de la boulangerie et refusai qu'elle me le payât, assurant que je pouvais le lui offrir en échange de tous les services qu'elle me rendait.

Je fis mes courses rapidement, courbant le dos sous l'averse qui tombait. Frissonnante, je pataugeai dans la boue et me dépêchai de rentrer, pressée de retrouver la chaleur de mon petit logement. Plantée au milieu de la rue déserte, une silhouette d'homme attira mon attention. C'était un homme jeune qui n'avait pas trente ans. Ignorant la pluie qui trempait ses vêtements, il avait la tête levée et regardait les maisons comme s'il cherchait quelque chose. Je ne le connaissais pas et fis un écart pour le contourner, tout en essayant d'éviter les flaques d'eau. Il m'aperçut et baissa les yeux vers moi. Peu soucieuse de me faire aborder, je lui tournais déjà le dos lorsqu'un cri me cloua sur place :

– Constance!

Saisie, je me retournai. L'inconnu me regardait, avec sur le visage un air heureux, réjoui, et en même temps satisfait.

– Constance, enfin, je te retrouve! Mais... tu ne me reconnais pas?

Je secouai la tête, indécise.

– Moi, je t'ai reconnue tout de suite. Ça fait plus de dix ans, et pourtant tu n'as pas changé.

Plus encore que ses paroles, ce furent ses yeux qui me dévoilèrent son identité. Des yeux bruns et chauds d'épagneul, qui réveillèrent en moi un trouble ancien et oublié, et mirent une étrange brûlure au creux de mon cœur. Je me trouvai soudain reportée dix ans en arrière, et les années précédentes furent effacées d'un seul coup.

– Frédéric, balbutiai-je d'une voix blanche.

J'eus conscience de devenir très pâle. Je chancelai, faillis lâcher mon sac. Il me prit le bras, robuste, rassurant, plein de sollicitude. Avec inquiétude, il se pencha sur moi:

– Constance!... Tu ne vas pas te trouver mal, au moins?

Je me repris, redressai les épaules:

– Non, ça va. C'est l'émotion. Je ne m'attendais pas...

– Je te l'avais dit, Constance, tu te souviens? Je t'avais dit que je viendrais te chercher. J'ai tiré un mauvais numéro et j'ai dû partir pour sept ans, et ça m'a retardé. Mais maintenant, me voilà. Je ne t'ai jamais oubliée, Constance. Comme je suis heureux de te retrouver!

Un long frisson me parcourut. Je sentis un filet d'eau glacée couler dans mon cou. Je repris conscience de la pluie qui tombait, essuyai mes joues mouillées. Sur le seuil de l'estaminet situé plus haut dans la rue, la femme de Gustave, le patron, nous observait avec curiosité. Je me détournai:

– Viens, ne restons pas ici.

Je l'entraînai jusqu'à l'immeuble où j'habitais, entrai dans le couloir, grimpai l'escalier. J'ouvris ma porte avec des mains tremblantes. Je fus heureuse de retrouver la chaleur de poêle. J'ôtai mon châle, avançai une chaise près du feu:

– Assieds-toi ici, tu te sécheras un peu. Avec cette pluie, tu es complètement trempé.

Sans m'obéir, il regarda autour de lui:

– C'est ici que tu vis maintenant? Je suis allé à ton ancienne adresse. Je n'ai trouvé que ta tante; elle m'a dit que tu étais partie, et qu'elle ne savait rien de plus. C'est tout juste si elle ne m'a pas mis à la porte. Heureusement, la voisine – Élise, c'est ça? – m'a renseigné. « Elle habite maintenant rue Vantroyen. Vous la trouverez là-bas. » Je ne savais pas que tu avais changé de domicile. Moi, j'avais continué à t'écrire à ton ancienne adresse. Pourquoi n'as-tu jamais répondu à mes lettres ?

Je le fixai stupidement :

— Tes lettres ? Quelles lettres ?

— Toutes celles que je t'ai envoyées. Dès que je suis parti pour l'armée, je t'ai écrit. Et encore après, pendant toutes mes années de garnison.

Je dis d'une voix éteinte :

— Je ne les ai jamais reçues. La dernière que j'ai eue, c'était celle où tu m'annonçais que tu avais tiré un mauvais numéro. Ensuite, je n'ai plus eu aucune nouvelle.

— Constance ! Mais comment est-ce possible ?

Je fis un geste vague. Je me sentais accablée. Ainsi, il m'avait écrit, et ma tante sans aucun doute avait subtilisé les lettres, sans jamais me les remettre. Et moi, j'avais cru qu'il m'avait oubliée.

Il vint à moi, prit dans les siennes mes mains glacées :

— Cela n'a plus d'importance, maintenant que je t'ai retrouvée. Comme je suis heureux ! Je n'ai pas cessé de penser à toi, Constance. Lorsque c'était trop long, pour me donner du courage je me rappelais que tu avais promis de m'attendre, et cela me rassurait. Tu te souviens, n'est-ce pas ? Tu n'as pas oublié ?

Je secouai la tête en signe de dénégation. Non, je n'avais pas oublié. Je n'avais jamais oublié, mais les circonstances m'avaient empêchée d'attendre. Et maintenant, par ma faute, il était trop tard. Je fixai à travers mes larmes ses yeux bruns et tendres, pleins d'espoir. Comment lui avouer la vérité ? C'était au-dessus de mes forces. Et pourtant, il le fallait.

Je n'eus pas besoin de parler. Alors que, le cœur lourd de sanglots, je cherchais mes mots, la porte s'ouvrit et Charlotte entra. Elle vint à moi en courant et en agitant un objet qu'à cause de ma vue brouillée je distinguai mal :

— Maman, maman, regardez ! *Mémère* Sidonie m'a fabriqué une poupée avec des chiffons !

Mais elle aperçut Frédéric et s'arrêta dans son élan. Hélène suivait en reniflant, son petit visage tout enchifrené. Machinalement, je me penchai et essuyai son nez qui coulait. Elle jeta un coup d'œil apeuré à Frédéric et se blottit dans mes jupes.

— Maman, qui est-ce ? demanda Charlotte.

— Dis bonjour, Charlotte, fut tout ce que je trouvai à répondre.

– Bonjour, monsieur, dit poliment ma fille.

Puis elle resta debout, près de moi, observant Frédéric avec une gravité inquiète. Je n'osais pas le regarder. Son silence était éloquent. Je gardais les yeux baissés sur Hélène, la serrant contre moi et caressant ses cheveux d'un geste mécanique.

– Ce sont... ce sont tes enfants, Constance? Tu... tu es mariée?

L'intonation étonnée et incrédule de sa voix me fit relever la tête. Je croisai son regard, vis son expression blessée. J'eus mal pour lui, pour nous deux. Avec difficulté, je fis un signe d'assentiment, confuse comme une coupable. Ses yeux s'emplirent d'incompréhension, d'un reproche douloureux que je ne pus supporter. De nouveau, je baissai la tête.

– Constance, pourquoi? Que s'est-il passé?

Je haussai les épaules, laissant les larmes couler sur mes joues. En cet instant, j'aurais donné n'importe quoi pour lui épargner la déception que je lui infligeais. Comment lui expliquer? C'était trop long, trop complexe à raconter. Je dis d'une pauvre petite voix, consciente de ne pas pouvoir me justifier :

– J'ai cru... que tu m'avais oubliée.

– Constance! s'écria-t-il tristement. Comment as-tu pu croire ça? Et... il y a longtemps que tu es mariée?

– Bientôt six ans, dis-je faiblement.

– Tant que ça! Tu ne m'as pas attendu bien longtemps, à ce que je vois. Avais-tu donc si peu de patience, si peu de foi en ma parole? Oh, Constance...

Mon prénom ainsi murmuré ressemblait à une plainte. Je voulus lui demander de me pardonner, lui dire que je regrettais, mais ma gorge nouée m'empêcha de parler. Avec la même blessure au fond des yeux, il demanda :

– Et... tu es heureuse, au moins?

Incapable de mentir, je soutins son regard sans répondre. Il vit mes larmes, mon visage désespéré. Il courba les épaules, malheureux.

– Quel gâchis... dit-il tout bas.

Puis il se reprit, saisit son chapeau qu'il avait posé sur la table, en quelques pas fut à la porte.

– Dans ces conditions, il est inutile que je reste davantage. Adieu, Constance...

La souffrance et la déception enrouaient sa voix. Une dernière fois, les yeux d'épagneul se posèrent sur moi, pleins d'un reproche triste et grave. Éperdue, je ne fis pas un geste pour le retenir. Lorsque la porte se referma, je me sentis misérable, solitaire, et je compris que jamais plus je ne serais heureuse.

Toute la journée, je restai hagarde, hébétée, meurtrie. L'injustice de la situation me révoltait. Frédéric était revenu, fidèle à sa promesse, et je n'étais plus libre. Et c'était uniquement par ma faute. Comme il l'avait dit, je n'avais pas eu suffisamment de patience. Combien je le regrettais maintenant!

J'eus bien du mal à cacher mes larmes à Charlotte. A plusieurs reprises, elle m'interrogea :

– C'était qui, le monsieur, maman?

Je finis par lui répondre que c'était un ami que je n'avais pas vu depuis longtemps.

– Il va revenir? insista-t-elle.

– Non, dis-je.

Et ce simple mot me donna l'impression d'enfermer mon cœur dans une tombe.

Ce soir-là, je venais à peine de coucher les filles lorsque Bart revint. Je fus surprise de le voir rentrer si tôt. Je compris, en le voyant, qu'il avait bu plus que de coutume. Il dégageait une forte odeur d'alcool, et je reculai avec répulsion lorsqu'il s'approcha de moi. Il me lança un regard mauvais :

– Tu recules devant ton mari, maintenant? Il n'est plus assez bien pour toi, hein? Tu p... préfères un beau monsieur en redingote, sans doute?

Je m'immobilisai, soudain sur la défensive. Que voulait-il dire? Avait-il appris la visite de Frédéric? Il me saisit le bras, le serra si fort que je retins un cri. D'une voix pâteuse, il ordonna :

– Qui est-ce? Rép... réponds, Constance.

Son regard menaçant et fou me fit peur. Je tentai de cacher mon affolement, déclarai d'une voix digne :

– Je ne sais pas de quoi tu parles, Bart.

Ma réponse le rendit furieux. Il secoua mon bras si brutalement qu'il faillit me faire tomber. Je me retins à la table.

– Tu oses faire l'innocente, en plus! Mais ça ne prend pas, figure-toi. On l'a vu rentrer, ton beau monsieur. Tu l'as fait venir ici, hein? Je ne p... permettrai pas que ma femme agisse ainsi derrière mon dos, pendant que je travaille. Tu sais ce qu'on fait, chez moi, aux femmes qui trompent leur mari?

Il criait, secouait mon bras de plus belle. Affolée, je luttai pour me libérer :

– Mais, Bart, je ne t'ai pas trompé!

Ses yeux se plissèrent, prirent une expression soupçonneuse et sournoise.

– Qui me le p... prouve, hein? Pourquoi l'as-tu fait rentrer, alors? Qu'as-tu fait avec lui? C'est quelqu'un qui n'est pas d'ici, en plus. Où es-tu allée le chercher?

Je commençai à prendre peur devant cet homme que l'alcool déchaînait et dans lequel je ne retrouvais rien du compagnon enjoué qui m'avait plu. J'essayai de l'apaiser :

– C'est un ami d'enfance, Bart. Il est simplement passé me dire bonjour. Il ne reviendra plus.

Un rictus tordit sa bouche :

– Ah oui, simp... simplement passé, hein? Et tu t'... t'imagines que je vais croire ça? Écoute-moi bien, Constance. Je ne supporterai pas que tu me trompes. Tu m'as assez rid... ridiculisé, avec tes deux filles, sans en plus faire de moi un cocu!

Malgré ma frayeur, je le regardai bien en face, déclarai avec calme :

– Je ne te trompe pas, Bart.

– Menteuse! hurla-t-il subitement, hors de lui. Tu es une menteuse et une garce!

La première gifle m'atteignit par surprise. Elle tomba brutalement, sans que j'aie pu la prévoir, et l'os de ma pommette me donna l'impression d'éclater. Horrifiée, je poussai un cri. Bart continua à me frapper, du revers et du plat de la main, et je levai les bras devant mon visage pour me protéger, incapable de me défendre devant une telle violence. Ma tête explosait sous les coups qui pleuvaient. Je reculai, butai contre une chaise sur laquelle je me laissai tomber, à moitié assommée. Je suppliai, en sanglotant de terreur et de douleur :

– Bart! Arrête!

J'entendis, à travers ma peur, une petite voix faire écho à la mienne :

– Papa! Papa! Non!

Ce cri effrayé parvint à traverser l'ivresse de Bart. Il s'arrêta, essoufflé, se retourna. Agrippée à la porte entrouverte de la chambre, Charlotte nous regardait avec de grands yeux épouvantés. Tremblante, Hélène se serrait contre elle en pleurant, et l'effroi se lisait clairement sur son petit visage encore ensommeillé. Bart les regarda, bougonna :

– Allons, bon, voilà les pleurnicheuses maintenant!

Il tourna contre elles sa colère, ordonna brutalement :

– Au lit, toutes les deux! Et plus vite que ça!

Il fit un pas vers elles, et terrorisées, elles obéirent. Je vis Charlotte ravaler ses sanglots et emmener sa petite sœur en l'entourant de ses bras. Je voulus me lever, mais ma tête se mit à tourner et je fus incapable de bouger. Bart alla jusqu'à la porte de la chambre pour vérifier qu'elles regagnaient leur lit, puis revint vers moi. Je me recroquevillai, appréhendant de nouveaux coups. Il vacilla, s'appuya contre le mur, me regarda avec une sorte de haine :

– Ne recommence jamais, Constance. Je serais cap... capable de te tuer.

Je n'osai pas répondre, me justifier à nouveau, de peur de réveiller sa colère et sa violence. Je le vis avec soulagement se détourner, entrer dans la chambre. Je l'entendis se déshabiller, se coucher lourdement dans le lit qui grinça. Presque aussitôt, ses ronflements sonores emplirent la pièce. En soupirant, je me levai, pris un linge que je trempai dans l'eau froide, et l'appliquai à l'endroit des coups reçus. La fraîcheur calma un peu la douleur, mais le tremblement qui m'agitait ne s'atténua que très lentement. De la chambre, des sanglots étouffés me parvenaient. J'éteignis la lampe et, en titubant, j'allai au chevet de mes enfants. Étroitement serrées l'une contre l'autre, elles ne bougeaient pas. Hélène, un doigt dans la bouche, s'était assoupie, et ses légers cheveux blonds brillaient dans l'obscurité. Charlotte tendit les mains vers moi :

– Maman, gémit-elle tout bas. Pourquoi papa est si méchant ?

Je me penchai, caressai son front, essayai de la rassurer :

– C'est tout maintenant. Il dort. Vous allez être bien sages toutes les deux et dormir aussi.

Je m'accroupis et restai près d'elle jusqu'à ce que son souffle se fît régulier. Alors je me relevai sans bruit, les recouvris toutes les deux, les contemplai un moment dans l'obscurité, avec amour et tristesse. Puis à mon tour je me couchai, tout au bord du grand lit, évitant de toucher le corps de Bart.

Les coups reçus me faisaient mal et me tenaient éveillée. Un battement douloureux emplissait ma tête. Dans le chaos où je me trouvais, je ne voyais plus qu'une évidence : le gâchis qu'était devenue ma vie. Trop abrutie pour réfléchir, je laissai les regrets m'envahir et je pleurai en silence, longtemps, sur ma lamentable existence. Si seulement j'avais attendu Frédéric ! Avec lui, j'aurais pu connaître le bonheur. Il était trop tard maintenant, pensai-je de nouveau avec désespoir, et je ne pouvais rien faire d'autre que supporter les conséquences de mon mariage avec Bart.

J'entendis, au loin, le sifflement d'une locomotive. Le vent m'apporta le bruit d'un train qui passait sur la voie ferrée longeant la rue du Long-Pot. Comme un reproche lancinant, le martèlement des roues sur les rails répétait une litanie exaspérante : Trop tard, trop tard, trop tard... Ces deux mots cruels ne me lâchèrent plus et m'accompagnèrent jusque dans mon sommeil.

CHAPITRE XIII

Avant l'aube, les cloches des fabriques me réveillèrent. Je me levai silencieusement, m'habillai, passai dans la pièce voisine et allumai le feu. J'approchai la lampe de mon visage et m'observai dans le vieux miroir que j'avais acheté lors d'une braderie. Un bleu énorme s'étendait de ma pommette gauche à ma tempe. Je l'effleurai du doigt et ne pus retenir une grimace.

Malgré ma tête douloureuse, je m'activai, fis chauffer du lait. Alors que je finissais le café, Bart se leva. Il arriva en titubant, l'œil trouble et hagard. Je l'ignorai. Il se dirigea vers la cuvette, s'aspergea longuement le visage à l'eau froide. Sans un mot, il s'assit devant le bol et les tartines que je lui avais préparées comme chaque matin. Je sentis qu'il m'observait tandis que je lui versais son café au lait. Les yeux baissés, j'évitais soigneusement de le regarder. Alors que je me détournais, il saisit mon poignet.

– Constance...

Avec appréhension, je lui lançai un coup d'œil rapide. Son visage aux traits bouffis avait une expression contrite et embarrassée qui me surprit. Il baissa la tête, continua avec gêne :

– Constance, je suis désolé pour hier soir. J'avais un peu trop bu, je crois bien. Je ne voulais pas te frapper. Mais j'étais tellement en colère que je ne savais plus ce que je faisais. C'est que... ils se sont tous mis après moi, au cabaret, quand la patronne a dit qu'elle t'avait vue entrer avec un beau monsieur. Ils m'ont traité de cocu. J'ai vu rouge, Constance. J'étais furieux, et vexé, et malheureux. « Une bonne correction, me disaient-ils, c'est tout ce qu'elle mérite. » Je n'ai pas pu m'en empêcher, Constance, c'était plus fort que moi. Dis-moi... ça te fait mal ?

Je m'assis en face de lui, avec un sourire proche des larmes :

– Oh, ça passera... Mais c'était si injuste! Vois-tu, Bart, je n'avais rien fait de mal.

Il me regarda bien en face :

– Qui était-ce, Constance? Tu n'as pourtant pas pour habitude de recevoir des inconnus.

Je n'avouai qu'une partie de la vérité :

– Ce n'était pas un inconnu. C'était Frédéric, un ami d'enfance que j'ai quitté lorsque je suis venue vivre chez mon oncle. Il est passé me dire bonjour.

– Il est venu exprès pour ça?

L'intonation soupçonneuse de sa voix réveilla mes craintes. Je mentis avec aplomb :

– Il m'a dit qu'il avait à faire dans la région, mais je n'ai pas demandé de détails. En même temps, il a pensé à venir me voir, et j'ai trouvé que c'était gentil de sa part.

– Hmmm... Il va revenir?

Je compris qu'un doute subsistait dans son esprit. Avec une sombre certitude, je dis :

– Oh non, il ne reviendra pas.

Bart émit un grognement rassuré, repoussa son bol, se leva. Avant de prendre sa veste et sa casquette, il vint à moi, esquissa un geste maladroit vers mon visage meurtri, me serra l'épaule :

– Je suis désolé, Constance, répéta-t-il. Ne me regarde pas avec cet air inquiet. Tu n'as rien à craindre. Je ne recommencerai pas.

Soulagée, je le laissai partir. Lorsque mes filles s'éveillèrent, j'allai les chercher tout de suite, les lavai, les habillai. Charlotte regarda autour d'elle, questionna avec inquiétude :

– Papa n'est plus en colère, aujourd'hui?

Je la serrai contre moi, désireuse de la rassurer :

– Non. Mais il faudra toujours être très sage et bien lui obéir.

Je me demandai si son esprit d'enfant se souvenait complètement de la scène de la veille. Elle passa la matinée à jouer avec Hélène et sa poupée de chiffons, et je me dis avec satisfaction qu'elle n'y penserait bientôt plus.

Dans l'après-midi, j'eus plus de mal à convaincre Sidonie. Elle vit tout de suite mon visage marbré de bleu :

– Que s'est-il passé, Constance?

Je me détournai en rougissant :

– Oh, ce n'est rien. Je me suis cognée.

– Allons, ne me prenez pas pour une imbécile! J'ai bien

entendu les cris, hier, et les pleurs des enfants. C'est Bart? Il vous a battue? Pourquoi?

Je me tus. Je ne voulais pas en parler, même à elle qui me regardait avec un amical intérêt.

– Il avait bu, n'est-ce pas? Ça ne m'étonne pas. La boisson peut transformer un homme doux comme un agneau en une véritable brute.

Devant mon silence persistant, elle haussa les épaules:

– Vous ne voulez pas le dire? Libre à vous, après tout. Ce sont vos histoires, et ça ne me regarde pas. Mais si vous avez besoin d'aide, sachez que je suis là.

Je la remerciai, émue malgré moi. Je lui fis promettre de ne pas en parler à mon oncle. Jusqu'à sa prochaine visite le dimanche suivant, la trace des coups aurait disparu.

Pendant plusieurs jours, Bart fit des efforts pour se montrer gentil, comme s'il voulait se faire pardonner. Il buvait moins, rentrait chaque soir plus tôt, s'occupait davantage de Charlotte et même d'Hélène. La crainte nouvelle que j'avais vue apparaître dans les yeux de ma fille aînée se dissipa jusqu'à s'évanouir complètement. De mon côté, je m'efforçais de chasser le souvenir lamentable de cette soirée, et, surtout, de ne jamais plus penser à Frédéric.

Mais je m'aperçus bientôt que cette scène avait éveillé, chez Bart, une jalousie qui, jusque-là latente, se mit à croître sans raison. Les rares fois où nous nous promenions le dimanche, il m'accusait de provoquer le regard des hommes. S'il m'arrivait d'adresser quelques mots à l'un de nos voisins, il m'interdisait ensuite de lui parler à nouveau. J'essayais de le raisonner, mais il devenait agressif et refusait de m'écouter.

– Méfie-toi, Constance, répétait-il avec une obstination maladive. Si tu as l'intention de me tromper, je saurai bien t'en empêcher.

Quelques mois plus tard, malgré sa promesse de ne plus me battre, il recommença. C'était un dimanche de ducasse, et nous étions allés, dans l'après-midi, nous promener parmi les attractions pour distraire les petites. Elles regardèrent avec curiosité le singe qui, perché sur un orgue de Barbarie, en tournait la manivelle sous l'œil attentif de son maître, et crièrent de joie lorsqu'il ôta son chapeau pour les saluer. Bart s'arrêta devant une baraque de tir, prit un fusil, visa les pipes en terre cuite. Il gagna des pains d'épice, qu'il donna aux deux petites filles ravies. Près de moi, un homme les observait en souriant. Il me tendit deux barres de nougat:

– Tenez, me dit-il. Je viens de les gagner et je ne sais qu'en faire. Vous les donnerez à vos enfants.

J'acceptai son présent et le remerciai. Bart ne dit rien mais je vis son visage se fermer. Je pensai avec ennui que sa jalousie ridicule allait de nouveau tout gâcher et l'entraînai plus loin. J'essayai de ne pas faire attention à son mutisme. J'écoutai la musique, les cris des forains, je regardai l'air joyeux des gens. Lorsque je rentrai pour faire manger et coucher les petites, il m'annonça d'une voix brève :

– Je rentrerai plus tard.

Je savais qu'il allait rejoindre ses amis au cabaret, et soupirai sans répondre.

Lorsqu'il revint, peu après minuit, il était ivre. Je l'attendais en cousant, à la lueur de la lampe, une robe pour Hélène dans une ancienne robe de Charlotte. Il claqua la porte, vint à moi en titubant, le visage menaçant. Ses yeux injectés de sang avaient une expression meurtrière. Je posai mon ouvrage, tout de suite inquiète.

– Qui était-ce, Constance ?

Comme l'autre fois, il vint à moi, me secoua le bras :

– Rép... réponds ! Celui qui t'a donné les n... nougats, qui était-ce ?

Je compris en un éclair, à ce moment précis, que ça ne finirait jamais. J'eus la vision de scènes semblables, indéfiniment répétées, et je courbai le dos, déjà résignée et vaincue d'avance.

– Je ne sais pas, Bart, Je ne le connais pas.

Il ne me crut pas. Il se mit à m'injurier, à crier des mots orduriers qui m'effrayèrent, en français puis en flamand. Il m'ordonna d'avouer que cet homme était mon amant. Comme je refusais, il hurla :

– Je saurai bien te faire p... parler !

Et il me frappa. J'essayai de me protéger de mes bras levés, le suppliai d'arrêter. Comme l'autre fois, Charlotte et Hélène, réveillées, vinrent dans la pièce et, terrorisées, se mirent à pleurer. Ce ne fut que lorsque Bart, las de frapper, alla s'effondrer sur le lit que je pus me tourner vers elles et tenter de les calmer. Incapable de bouger, je leur tendis les bras et elles vinrent se blottir contre moi. Et nous restâmes là toutes les trois, étroitement serrées et mêlant nos sanglots.

A partir de ce jour, nous vécûmes, elles et moi, dans une crainte continuelle et jamais avouée. Charlotte, qui était plus grande et qui comprenait mieux, n'osait plus parler en présence de son père et lui répondait, lorsqu'il l'interrogeait, avec de grands yeux apeurés. Car, ainsi que je le supposais, à la moindre occasion la jalousie de Bart se réveillait et de nouveau il me frappait. Quelquefois, il était si ivre qu'il ne se souvenait plus, le lendemain, de ce qu'il avait fait. D'autres fois, dégrisé, il se montrait honteux et me promettait de ne plus boire. Mais j'appris très vite à ne pas croire à ce genre de promesses. Il était peut-être sincère lorsqu'il les faisait, mais il ne les tenait jamais.

Ainsi, j'allai grossir la triste cohorte des femmes battues. Lorsque je regardais autour de moi, je m'apercevais que je n'étais pas la seule, mais cela ne me consolait pas. Je m'appliquais à satisfaire Bart, à ne lui donner aucun motif de critique. Je devenais renfermée, peu loquace, osant à peine échanger quelques mots avec le boulanger ou le marchand de légumes. Je finissais par me sentir fautive lorsque j'offrais du café au marchand de charbon, pour le remercier de monter les sacs jusqu'à mon logement. Et pourtant, malgré mes efforts, la jalousie maladive de Bart reprenait toujours le dessus, et dans cette lutte inégale c'était moi la victime. Moi et mes deux filles.

Il m'arrivait de m'interroger. Où était le jeune homme agréable qui m'appelait *mijn snoepertje, mijn schatje,* qui m'affirmait que tout s'arrange toujours dans la vie? Comment avait-il pu changer à ce point? Et de ce changement, étais-je en partie responsable? L'avais-je déçu, en ne lui donnant que deux filles alors qu'il voulait un fils? Mais j'avais failli mourir lors de la naissance de la seconde. Il devait comprendre que je n'étais pas responsable. Sidonie affirmait que le grand coupable était l'alcool. Mais comment pouvais-je empêcher Bart de boire? Avant notre mariage, déjà, j'avais remarqué qu'il buvait beaucoup. Je m'étais dit qu'il perdrait cette habitude lorsqu'il aurait un foyer, mais c'était le contraire qui se produisait.

Mon oncle, malgré mes efforts pour la lui cacher, finit par découvrir la vérité. Il essaya de raisonner Bart, mais il ne put rien faire non plus. Et je m'installai dans ma vie de femme battue, obligée de la supporter, ne trouvant de joie que dans la présence de mes deux petites filles.

Avec elles, lorsque le temps était beau, je faisais de longues promenades. L'air pur permettait à Hélène, qui était de constitution délicate, de se fortifier un peu. Je les emmenais jusqu'au faubourg Saint-Maurice, j'admirais, rue de la Louvière, rue Saint-Gabriel, les belles maisons de campagne des riches Lillois, je passais devant la cité Saint-Maurice où Bart, avant notre mariage, avait demandé un logement, sans en obtenir car ils étaient tous occupés.

Les autres fois, je tenais compagnie à Sidonie. Je l'aidais à laver lorsqu'elle avait beaucoup de linge, je reprisais les habits usagés, et je trouvais, chez elle, le soutien et la tendresse dont j'avais besoin. Elle aimait Charlotte et Hélène comme si elle eût été leur grand-mère, et il m'était réconfortant de savoir que je pouvais compter sur elle en cas de coup dur.

Et, lentement, plusieurs années passèrent ainsi. S'il m'arrivait encore de penser à Frédéric, je chassais bien vite son souvenir. Il ne servait qu'à me faire mal, à me rappeler que, si je l'avais voulu, tout aurait pu être différent. Et je refusais aux regrets de me déchirer. Je m'étais résignée, ne vivant que pour mes filles. Elles grandirent, allèrent à l'école où les sœurs leur apprirent à lire et à écrire. Elles me rendaient l'amour que je leur donnais, et pendant les périodes d'accalmie, lorsque Bart ne me battait pas, je me persuadais qu'après tout je n'étais pas si malheureuse. En plus de Sidonie, j'avais mon oncle qui venait chaque dimanche et qui gâtait tellement mes filles que, parfois, je me sentais obligée de protester.

– Elles sont comme des petits-enfants pour moi, me répondait-il. Et ce sont les seuls que j'aurai jamais.

Alors je ne disais plus rien. Il avait également une bonne influence sur Bart, et plus d'une fois le dimanche, lorsqu'il se trouvait avec lui au cabaret, il me le ramenait lorsqu'il jugeait qu'il avait suffisamment bu. Je ne manquais jamais de le remercier. Car Bart ne me battait que s'il était complètement ivre. Il m'était doux de les avoir, Sidonie et lui, auprès de moi. Aussi, lorsque je dus les quitter, ce fut comme si ma vie s'effondrait.

Nous étions alors en 1884. Charlotte avait onze ans, Hélène neuf. C'étaient deux petites filles charmantes. Charlotte adorait sa sœur, et j'étais ravie de les voir si unies. Je ne reprochais à l'aînée que son caractère obstiné, qui la poussait à la désobéissance lorsqu'elle avait décidé quelque chose que je désapprouvais. Quant à Hélène, elle gardait une nature délicate, qui la rendait facilement geignarde et pleurnicheuse, selon l'expression de Bart.

Notre existence se maintenait, cahin-caha. Au printemps de cette année-là, Bart revint un soir de l'usine en annonçant qu'un nouveau contremaître était arrivé le jour même, beaucoup plus sévère et désagréable que l'ancien. Je lui dis qu'il s'habituerait au changement, puis je n'y pensai plus.

Mais, quelques jours plus tard, il rentra furieux :

— Ce contremaître est toujours après moi. Sans arrêt à critiquer et à observer si quelque chose ne va pas. Il commence à m'énerver, Constance. S'il continue, je vais lui dire ses quatre vérités.

Je ne pus m'empêcher de m'inquiéter :

— Que s'est-il passé ? Avec l'ancien, tu n'avais jamais de problème.

— Je connais mon travail, et ce n'est pas lui qui me l'apprendra. Mais il m'a fait des réflexions. Ce midi, à la reprise, il m'a dit que je devais boire moins si j'avais à travailler après. Je lui ai répondu que, en dehors de l'usine, je faisais ce que je voulais, et que ça ne le concernait pas. J'ai bien vu que ça ne lui a pas plu, et je suis sûr qu'il va essayer de me coincer. Encore un qui a quelque chose contre les Belges, certainement. Mais je ne me laisserai pas faire, ah non alors !

Bientôt, ce contremaître devint son obsession. Il s'en plaignait continuellement, et en arrivait même à oublier sa jalousie et à me laisser tranquille. Mon oncle essayait de le raisonner :

— Prends patience, mon garçon. Il est contremaître et toi, ouvrier. Tu es sous ses ordres.

— Mais je sais que je suis un bon ouvrier. Il n'a pas à toujours me surveiller comme si j'étais un incapable.

J'ignorais si Bart me rapportait la situation telle qu'elle était, ou s'il en faisait une idée fixe. Alors je ne prenais pas parti. Je savais aussi qu'un contremaître pouvait être sévère, et même pénible. Lorsque je travaillais à l'usine, après la bonhomie de Raymond, Œil-de-Vautour qui ne laissait rien passer m'avait paru dur. Je voyais Bart s'énerver de plus en plus, et la tension sous laquelle il vivait prit une ampleur telle qu'il finit par craquer.

C'était un jour d'été, au mois d'août. Dès le matin, tout commença à aller mal. Depuis une semaine, il faisait une chaleur accablante qui nous éprouvait tous beaucoup. Je passais mes journées à me battre contre les mouches qui envahissaient notre logement, et la nuit, les moustiques nous empêchaient de dormir.

Ce matin-là, après avoir pris son petit déjeuner, Bart se préparait à partir pour l'usine. Assise à la table, Hélène voulut saisir son bol de lait et, maladroitement, le renversa. Bart en reçut tout le contenu sur son pantalon. Il jura, se tourna vers sa fille avec colère :

— Espèce d'empotée ! Tu ne peux pas faire attention, non ?

Les lèvres de l'enfant tremblèrent, et elle se mit à pleurer.
Je me précipitai pour réparer les dégâts :

– Elle ne l'a pas fait exprès, Bart.

Il grommela sourdement tandis que j'essuyais les traces de
lait sur son pantalon, lança un regard furieux à Hélène :

– Et arrête de pleurnicher ! Ce qu'elle peut être agaçante,
à la fin ! Je n'ai jamais pu supporter ça.

Il me repoussa, s'en alla en claquant la porte. Je m'efforçai de calmer Hélène, que Charlotte consolait avec tendresse, et j'épongeai le lait renversé. Je soupirai. Bart n'avait
aucune patience avec Hélène, et se plaignait sans cesse de la
fâcheuse propension qu'elle avait à pleurer pour un rien.
Avec impatience il la grondait, et cela ne faisait qu'aggraver
les choses. C'était une enfant émotive qu'il fallait manier
avec beaucoup de douceur, mais Bart était incapable de le
comprendre.

Lorsqu'il fut parti pour l'usine, l'atmosphère s'allégea.
Les filles s'en allèrent à leur tour pour l'école, et la journée
se passa normalement. Dans l'après-midi, j'allai aider Sidonie à enduire les murs de sa chambre d'un mélange de savon
noir et de poivre, réputé efficace pour chasser les punaises
qui, en plus des mouches, envahissaient son logement.

Le soir, je fus surprise de voir Bart revenir très tôt. La
chaleur ne s'estompait que difficilement. Charlotte et
Hélène, dès leur retour de l'école, étaient allées jouer dans la
rue avec d'autres enfants. Bart entra en coup de vent dans la
pièce alors que je préparais le repas du soir. Il se laissa tomber sur une chaise, à la fois abattu et furieux :

– Ça y est, Constance. Cette fois-ci, je suis débarrassé de
lui.

Je repoussai une mèche de cheveux qui s'obstinait à tomber sur mon front moite de sueur :

– Que veux-tu dire ?

Il me regarda, le visage sombre, les yeux chargés d'orage :

– Eh bien, je lui ai enfin dit ce que je pensais de lui. Il y
avait trop longtemps que je me retenais, ça a fini par exploser. Ce n'est pas parce qu'il est contremaître qu'il a le droit
de me harceler sans arrêt. Toujours à me menacer si je suis
en retard, et à me dire que je bois trop. Et tout à l'heure,
vraiment, il a dépassé les bornes.

– Qu'a-t-il donc fait ?

– Juste au moment où il passait près de moi, une gerbe
d'étincelles a sauté vers lui. Il est possible qu'il en ait reçu
quelques-unes. On n'en meurt pas, moi ça m'arrive bien
souvent. Mais lui, il l'a mal pris, il s'est reculé en disant que

je l'avais fait exprès, et il s'est mis à crier, me traitant de fou, d'inconscient, et je ne sais quoi encore. Et il me parlait sur un ton!... Je n'ai pas pu le supporter. J'ai crié encore plus fort, et je lui ai dit que si j'avais voulu le brûler je m'y serais pris autrement et je ne l'aurais pas raté. Il était furieux. Il s'est avancé vers moi, et j'ai cru qu'il allait me frapper. Alors j'ai vu rouge. J'ai riposté avant qu'il n'attaque, et je lui ai mis mon poing dans la figure. Avec quelle joie! Les autres m'ont tout de suite retenu et arrêté, mais l'autre était dans la poussière et j'avais ma vengeance.

— Oh, Bart! Que va-t-il se passer maintenant?

Il haussa les épaules avec hargne :

— Bien sûr, ce lèche-cul est allé se plaindre au directeur. C'est lui qu'on a écouté, et moi, je suis le méchant qui l'a agressé sans raison. A partir de là, la conclusion est facile à deviner. Je suis renvoyé.

Je poussai un cri d'affolement :

— Renvoyé! Mais, Bart... qu'allons-nous devenir?

Il prit un air dégagé :

— Oh, ne t'inquiète pas. Je suis un bon ouvrier, je retrouverai du travail n'importe où. J'ai entendu dire qu'à Raismes, une nouvelle usine vient d'ouvrir. On y construit du matériel de chemin de fer, comme ici. Ça me connaît. Ils ont besoin d'ouvriers. Ils me prendront sans problème.

— Mais, Bart... ça veut dire que... qu'il faudra partir?

— Dans un premier temps, je vais y aller seul. Et puis, dès que j'aurai un logement, je reviendrai vous chercher.

— Mais... mais... c'est où, Raismes?

Il fit un geste vague :

— Près de Valenciennes, à ce qu'on m'a dit. Ça nous fera voir du pays. Il paraît que c'est joli, par là. Il y a des champs, une grande forêt. L'air est excellent. Ça fortifiera cette petite maigrichonne d'Hélène. Et surtout, je n'aurai plus sans cesse ce foutu contremaître sur le dos. C'est comme un nouveau départ, Constance. Je me sens libéré!

J'ouvris la bouche pour protester, mais l'enthousiasme qui s'était mis à faire briller ses yeux m'arrêta. Il me rappela, en un éclair, le jeune homme optimiste et enjoué qui m'avait plu, avant notre mariage. Je le retrouvais à présent dans l'expression pleine d'espoir de son visage, qui effaçait la lassitude, la rancune, l'ennui qui étaient venus peu à peu habiter son regard. Alors je me tus et le laissai m'exposer ses projets d'avenir.

Pourtant, tandis qu'il me répétait sa satisfaction de partir, je me sentais le cœur serré. Partir, pour moi, c'était quitter un foyer où je m'étais habituée, sans savoir ce que j'allais trouver ailleurs. C'était, surtout, me séparer de Sidonie, dont l'appui et l'amitié m'étaient si souvent nécessaires. C'était également m'éloigner du seul parent qui me restait, mon oncle qui représentait, pour mes deux filles, un grand-père tendrement aimé. Il m'aidait d'une infinité de façons; il avait une bonne influence sur Bart qui consentait parfois à l'écouter; il s'occupait de Charlotte et surtout d'Hélène avec une patience qui contribuait à épanouir ma seconde fille trop craintive devant son père. Il m'aidait aussi financièrement, lorsque Bart avait dépensé trop d'argent au cabaret et qu'il me manquait quelques francs pour finir la semaine. Et surtout, j'appréciais chez lui la tendresse, l'amour dont il nous entourait, mes deux filles et moi, et l'équilibre que sa présence apportait dans notre vie. Alors je ne pouvais pas, comme Bart, me réjouir complètement.

Pourtant, en le voyant s'animer, en l'écoutant me parler d'un changement complet de vie, je sentais un timide espoir se mettre à palpiter au fond de moi. Puisque ce départ signifiait pour nous une nouvelle existence, pourquoi ne serait-elle pas heureuse, cette fois-ci? Si Bart redevenait le compagnon agréable que j'avais connu, peut-être oublierait-il sa jalousie, peut-être boirait-il moins, peut-être cesserait-il de me battre... Il n'était pas trop tard pour tout recommencer.

Il partit le lendemain matin en promettant de revenir le dimanche suivant.

– J'ai cinq jours devant moi. C'est plus qu'il n'en faut. Pendant ce temps, prépare tout, Constance. Fais des paquets de nos vêtements. Sois prête pour dimanche.

J'acquiesçai, le cœur gros malgré tout. Après son départ, je répondis aux questions de mes filles et leur expliquai que nous devions partir car leur père allait travailler dans une nouvelle usine. Charlotte, qui était de tempérament aventureux, battit des mains et me posa une foule de questions auxquelles je ne pus répondre. Hélène, par contre, accueillit la nouvelle avec réticence, et ses yeux s'emplirent de crainte.

– Où irons-nous, maman? Mémère Sidonie viendra-t-elle avec nous? Et tonton Édouard?

Je dus avouer que nous devrions nous séparer d'eux. Hélène se mit à pleurer, et j'eus beaucoup de mal à la consoler.

Dans la journée, je me décidai à parler de notre prochain départ à Sidonie. Je lui racontai le renvoi de Bart, et son espoir d'être engagé à l'usine de Raismes. Elle hocha la tête avec une compréhension attristée :

– C'est votre mari, Constance, et c'est avec lui que vous devez faire votre vie. Pas avec moi, ni avec votre oncle... Pourtant, combien il me sera dur de ne plus vous avoir près de moi! Et vos petites! Je les ai vues naître, je les aime énormément. Elles vont me manquer, ça, c'est sûr.

Je lui assurai qu'elle aussi nous manquerait. Combien de fois m'avait-elle consolée, après les scènes où Bart me battait! J'avais pris l'habitude de m'appuyer sur elle, et sans sa présence attentive et affectueuse, je me sentirais sans aucun doute désemparée.

Mon oncle, lui, se lamenta davantage. Il vitupéra contre Bart et son « fichu caractère », et se plaignit longuement de ce que serait sa vie sans nous.

– Qu'est-ce que je vais devenir, moi? Je ne vis que pour tes deux filles, Constance. Elles sont ma joie. A la maison, avec Marthe, tout est si triste... Il faudra que tu m'écrives, Constance, dès que tu seras installée. Et j'irai te voir, aussi souvent que je le pourrai. Par le train, ce sera vite fait.

– Oh oui, vous viendrez passer le dimanche avec nous. Cela nous fera tellement plaisir!

Cette promesse atténua un peu notre peine.

Mais ce fut très dur de nous séparer. Nous partîmes le dimanche suivant, en fin d'après-midi. Nous nous fîmes des adieux déchirants. Mes filles s'accrochaient à Sidonie en pleurant, et la brave femme, tout en les embrassant, pleurait autant qu'elles. Mon oncle vint nous accompagner jusqu'à la gare. Il s'efforçait de dominer son émotion, mais je voyais sa moustache trembler et je remarquai ses yeux humides. Lorsque nous fûmes dans le train, il resta sur le quai, l'air misérable, et nous regarda partir, répondant à peine aux gestes d'adieu que lui faisaient Charlotte et Hélène.

Bart, assis près de moi, essayait de me faire partager son enthousiasme:

– Ne sois pas triste, Constance. Tu verras, c'est très bien où nous allons. D'abord, j'ai été engagé sans difficulté. Ils m'ont mis dans l'atelier des forges, et quand ils m'ont vu travailler, ils m'ont accepté tout de suite. Et puis, le logement que j'ai retenu est tout neuf. Il est dans la cité qui vient d'être construite pour les ouvriers. Il y a aussi des nouvelles boutiques qui se sont installées, une boucherie, une épicerie, un magasin de vêtements, et même une auberge-restaurant pour loger les ouvriers célibataires. C'est très bien, je t'assure.

Je l'écoutais en souriant à moitié, partagée entre la tristesse de partir et l'attrait d'un renouveau possible. Le train roulait, faisait halte aux stations, repartait. Charlotte et Hélène, qui ne voyageaient jamais, découvraient tout avec émerveillement, regardaient le paysage défiler, poussaient des exclamations ravies. Avec l'insouciance de l'enfance, elles avaient déjà oublié leur chagrin.

Nous dûmes changer à Douai, prendre la destination de Valenciennes. Le conducteur de train déchargea nos bagages, un autre les rechargea dans notre nouveau convoi. J'expliquai à mes filles que mon père avait fait ce métier, avant d'être tué dans un accident. Elles observèrent le conducteur avec des yeux intéressés.

Peu à peu, un crépuscule rosé envahit la campagne, une ombre mauve s'attarda sur les champs. Dans le ciel clair, les premières étoiles apparurent. Lorsque le train s'arrêta en gare de Raismes, la nuit était tombée.

– Allons, du courage, dit Bart. Il va falloir marcher, mais ce n'est pas loin.

L'excitation faisait vibrer sa voix. Il prit deux gros sacs et se mit en route d'un pas allègre. Portant un ballot de linge, je le suivis. Les deux petites filles, près de moi, se tenaient par la main et regardaient autour d'elles avec étonnement.

Nous sortîmes de la gare. Bart, avec assurance, marchait devant nous. Bientôt, la rue éclairée laissa la place à un chemin de terre. Nous nous éloignions du village et nous dirigions vers de hauts bâtiments sombres qui se découpaient sur le ciel. En approchant, je vis, de l'autre côté, des baraquements, plusieurs rangées de maisons et, tout au bord, un cabaret brillamment éclairé, d'où partaient des cris et des rires.

– C'est l'auberge-restaurant, m'expliqua Bart. Il y a aussi une cantine pour les ouvriers. Tout a été prévu, et de plus, nous avons la chance d'avoir des locaux entièrement neufs.

Il nous précéda dans une rue bordée de maisons étroitement serrées, s'arrêta devant l'une d'elles :

– Voici, nous sommes chez nous. C'est notre nouveau foyer. *Je bent welkom* *, Constance.

Il ouvrit la porte, posa les sacs. Je l'entendis craquer une allumette, et la lueur d'une lampe éclaira les lieux. J'entrai lentement. La pièce, presque nue, n'était occupée que par un poêle et une table. Mais elle était propre, et il en émanait une agréable odeur de neuf.

– Il y a également une pièce en haut, annonça Bart. Pour le moment, je les ai meublées du strict nécessaire. Nous compléterons petit à petit.

* Tu es la bienvenue.

236

Je regardai les petites filles qui, fatiguées par le voyage, ne disaient plus rien. Hélène bâilla, se frotta les yeux.

– Y a-t-il des lits, en haut ?

– J'ai prévu des matelas. Là aussi, il faudra compléter.

– Ça suffira bien pour cette nuit. De toute façon, avec la chaleur qu'il fait, nous n'avons pas besoin de couvertures. Je vais déshabiller les filles et les coucher.

Je posai mon baluchon sur la table, l'ouvris pour en sortir les chemises de nuit des enfants. Bart ferma la porte, s'approcha de moi :

– Constance... ça te plaît, ici ?

Je jetai un regard circulaire à la pièce, avec l'impression de m'y sentir étrangère. Déracinée, voilà ce que j'étais, pensai-je. Il fallait que je lutte contre cette sensation de vide qui subitement m'étouffait. Il fallait, surtout, que je ne déçoive pas Bart. La réussite de notre nouvelle existence dépendait aussi de moi. De cette pièce nue, je m'efforcerais de faire un cadre agréable, un foyer chaleureux. Les problèmes de santé que j'avais eus lors de la naissance des petites ne se reproduiraient plus. Je pourrais être une épouse attentive pour Bart. Je relevai les yeux vers lui, vis qu'il attendait ma réponse avec, dans le regard, une interrogation pleine d'espoir. Alors je hochai la tête avec conviction et assurai d'une voix ferme :

– Oui. Ne t'inquiète pas pour nous, Bart. Tout ira bien.

Au début, en effet, tout alla très bien. Bart s'enthousiasmait pour son travail. Outre des voitures pour les différentes compagnies de chemin de fer français, l'usine – la *Franco-Belge*, ainsi nommée parce qu'elle possédait des bâtiments identiques à La Croyère, en Belgique – fabriquait des locomotives, des wagons et des excavateurs destinés au percement du canal de Panama. Ce gigantesque projet passionnait Bart, et il était heureux d'y participer, même de façon infime. Il buvait moins, rentrait plus tôt le soir, semblait satisfait de retrouver notre petit logement. Il se rapprochait de nous, et j'accueillais sa présence avec reconnaissance. Privée de Sidonie et de mon oncle, brusquement transplantée, je me sentais un peu perdue. J'étais heureuse de retrouver en Bart un compagnon aimable.

Je m'occupais de notre logement, complétai son ameublement, parvins à le rendre coquet et accueillant. Charlotte et Hélène allaient à l'école du village et faisaient la route avec les enfants des maisons voisines. Nous avions vite fait connaissance et je me liai d'amitié avec Yvette, une jeune femme de mon âge qui avait trois filles, dont l'aînée avait onze ans comme Charlotte.

L'été finissait dans une glorieuse apothéose. Les journées étaient splendides, et le dimanche, nous allions jusqu'à la forêt toute proche. Je préparais un pique-nique, à la grande joie de nos filles. Nous étendions une couverture sur l'herbe et, après avoir mangé nos tartines, nous nous reposions à l'ombre des grands arbres. Bart faisait la sieste. Charlotte et Hélène se poursuivaient et jouaient à cache-cache. J'avais emporté quelques vêtements à repriser et je cousais paresseusement, adossée à un tronc d'arbre. Parfois mon oncle, fidèle à sa promesse, arrivait dès le matin et nous accompagnait, ravi de retrouver Charlotte et Hélène. Ces après-midi dans la forêt me rappelaient ceux d'autrefois, alors que ma cousine Angèle vivait encore et que nous allions à Phalempin. A l'époque, pensais-je alors, je travaillais toute la semaine à l'usine. Maintenant, j'étais libérée de cet esclavage que mes filles, avec un peu de chance, ne connaîtraient jamais. Et cela, je le devais à Bart. Malgré ses défauts, lorsqu'il ne buvait pas, ce n'était pas un mauvais mari. Ces agréables après-midi apportaient dans notre vie un charme qui n'existait pas auparavant. Mes filles avaient une mine superbe; Charlotte grandissait, Hélène perdait son air souffreteux et son aspect malingre. Elles devenaient jolies, et je me sentais fière d'elles. Et si, parfois, le souvenir de Frédéric venait encore m'effleurer, je me secouais bien vite pour le chasser le plus loin possible.

– Ce changement vous a fait du bien à tous, assurait mon oncle. Je suis content pour vous.

J'approuvais. A défaut du bonheur, j'avais trouvé une sorte de sérénité dont je parvenais à me satisfaire.

Ce fut à la fin de l'automne que la situation, à nouveau, commença de se détériorer. Le mauvais temps et les pluies supprimèrent nos escapades en forêt. Bart reprit l'habitude d'aller passer ses dimanches après-midi au cabaret. Parmi ses compagnons de travail, les célibataires et les Belges étaient nombreux. Il les retrouvait à l'auberge-restaurant où ils logeaient, pour jouer aux cartes, discuter, et surtout boire. Il rentrait ensuite, tard dans la soirée, les yeux brillants, les joues rouges, et je me taisais avec crainte. Bien qu'il ne fût jamais ivre, j'avais perdu ma tranquillité d'esprit.

Tout bascula de nouveau le 25 novembre, jour de la Sainte-Catherine. Cette date marquait la fête des jeunes filles et, à chacune d'elles, parents, amis, frères, offraient un petit cadeau. Il arrivait aussi que quelque soupirant timide, n'osant pas déclarer son amour à l'élue de son cœur, profitât de cette occasion pour déposer devant sa porte un bouquet joliment enrubanné, une déclaration ou un poème composé exprès pour elle.

Ce matin-là, lorsque Bart ouvrit la porte pour aller à son travail, quelque chose tomba sur le seuil. Il se pencha, ramassa une fleur de papier sur laquelle était collé un énorme cœur rouge portant, en grosses lettres, les mots « Pour ma bien-aimée ».

– Qu'est-ce que c'est que ça?

Il tourna la fleur entre ses doigts, l'air incompréhensif. Puis le doute remplaça l'étonnement sur son visage, et il me regarda. Je le vis plisser les yeux avec suspicion :

– Qui a pu mettre ça ici?

Je m'approchai, observai le cœur, les lettres joliment calligraphiées :

– Je ne sais pas. Ce doit être une erreur. C'est un soupirant d'Amandine qui a dû se tromper de porte.

Amandine était l'aînée des enfants de la maison voisine, et elle avait dix-huit ans.

– A moins que ce ne soit un petit garçon déjà amoureux de Charlotte, continuai-je.

Bart secoua la tête avec une expression obstinée et rageuse :

– Un enfant n'aurait pas pu écrire aussi bien. Et si c'est devant chez nous, c'est parce que ça t'est destiné. Qui a le culot de t'envoyer ça, Constance?

J'ouvris des yeux stupéfaits :

– A moi? Mais... mais personne, voyons! C'est une erreur, tout simplement. Voyons, Bart, la Sainte-Catherine ne me concerne plus depuis longtemps! J'ai trente et un ans, et j'ai passé l'âge de ce genre de choses. Tout le monde sait bien que je suis mariée.

Il baissa les yeux sur la fleur qu'il pétrissait entre ses doigts, bougonna :

– Apparemment, il y a quelqu'un qui n'en tient pas compte. J'aimerais bien savoir qui il est, celui-là. Je vais tirer ça au clair, fais-moi confiance.

Il fourra la fleur dans sa poche et partit brutalement, en claquant la porte. L'expression de son visage réveilla mes craintes. Toute la journée, je fus inquiète. Le midi, il ne revint pas manger, et je me dis qu'il était resté à la cantine des ouvriers. Etait-ce pour me punir? Pour faire une enquête ? J'avais beau chercher, je ne voyais pas qui avait pu déposer devant notre porte une fleur pour moi. Cette simple supposition était ridicule. Je n'étais plus une jeune fille, j'étais mariée, j'avais deux enfants. J'étais persuadée qu'il s'agissait d'une erreur de destinataire.

Le soir, je m'inquiétai encore plus. Les heures s'allongèrent sans amener le retour de Bart. Je fis manger Charlotte et Hélène, allai les coucher dans la chambre. Puis je redescendis et écoutai. Je n'entendis que le bruit de la pluie, et des cris de « Vive sainte Catherine ! » qui parfois arrivaient jusqu'à moi. Blottie frileusement près du feu, j'attendais, et au fur et à mesure de mon attente croissait mon anxiété.

Je sursautai lorsque la porte, ouverte à toute volée, alla se jeter brutalement contre le mur. Dans l'encadrement, Bart m'observait, la tête baissée, les épaules rentrées. Il chancelait, et je compris en le voyant que mes appréhensions étaient justifiées. Avec résignation, je lui fis face.

Il sortit de sa poche la fleur du matin, écrasée, déchirée, la jeta sur le sol.

– Je l'ai montrée à t... tout le monde. Ils ne savent rien. Mais ils m'ont c... conseillé de ne pas me laisser faire. Et je n'en ai p... pas l'intention. Alors tu v... vas me dire... c'est ton amant qui t'a envoyé ça, hein ? Rép... réponds ! Je saurai bien te faire p... parler !

Il s'avança vers moi, et le même cauchemar, difficilement oublié, recommença. Il me frappa du revers de la main sur la joue, et je criai. Il m'attrapa par les cheveux, me gifla en hurlant des injures. Prise dans un tourbillon de violence, je ne pouvais rien faire. J'entendis, à travers ses cris d'ivrogne, les pleurs terrifiés des enfants, et j'eus la vision fugitive de leurs deux silhouettes serrées l'une contre l'autre sur le seuil de la chambre.

– Qui est-ce ? Réponds ! Tu vas rép... répondre ou je te tuerai !

Il leva le bras pour me frapper davantage, perdit l'équilibre, voulut se rattraper à la table, tomba sur le sol et ne bougea plus. Le visage meurtri et douloureux, je me penchai sur lui. Il devait être ivre mort, et je ne cherchai pas à le ranimer. Contournant son corps avec dégoût, je montai l'escalier et rejoignis mes filles qui pleuraient. Je les pris contre moi, luttant contre la tentation de pleurer avec elles. Hélène tremblait si fort que je pris peur.

– Calmez-vous, chuchotai-je d'une voix mal assurée. C'est tout, c'est fini.

– Maman... gémit Charlotte. Ça ne va pas recommencer ?

– Allons, c'est tout maintenant. Venez vous coucher.

Je les bordai dans leur lit, sans pouvoir retenir les larmes qui coulaient sur mes joues. L'interrogation angoissée de Charlotte tournait dans mon esprit, et la crainte qui emplissait les yeux d'Hélène me faisait mal. Abrutie par les coups, je me rendais compte avec désespoir que je ne pouvais rien faire pour les protéger.

Cette scène avait réveillé la jalousie de Bart et tout lui fut bon, dorénavant, pour lui donner libre cours. Dès que quelque chose ne lui plaisait pas ou le contrariait, il s'enivrait puis me battait. Je me mis à vivre dans une perpétuelle angoisse. Charlotte et Hélène perdirent leur insouciance, devinrent craintives, méfiantes. Dans la rue, bientôt, tout le monde fut au courant. On me regardait avec pitié, et j'en étais humiliée. Lorsque mon oncle venait parfois, le dimanche, je ne lui disais rien, mais Charlotte et Hélène finirent par lui avouer la vérité. De nouveau il essaya de raisonner Bart, qui parut confus et promit de s'amender. Mais, dès qu'une idée venait se fixer dans son esprit malade, il recommençait. C'était un cercle infernal dont je ne voyais pas la fin. J'en étais prisonnière et j'y entraînais mes deux filles, malgré moi. Et le fait de n'entrevoir aucune solution rendait la situation encore plus cruelle.

Au cours de l'année 1885, une inquiétude supplémentaire vint menacer notre sécurité. Dès le mois de janvier, les commandes se raréfièrent et l'usine, faute de travail, dut licencier des ouvriers. Au fil des mois, les renvois s'intensifièrent, et je n'osai pas interroger Bart. Que se passerait-il s'il se retrouvait sans travail ? J'avais fini par m'habituer dans notre nouvelle cité, et je ne tenais pas à être transplantée de nouveau. J'avais trouvé en Yvette, notre voisine, une amie sincère, et ses trois filles, âgées de huit à douze ans, étaient une compagnie agréable pour Charlotte et Hélène. Son mari, qui travaillait à l'atelier de chaudronnerie de l'usine, était calme, sérieux, et surtout ne buvait pas. Mentalement, je le comparais à Bart, et je déplorais chez mon mari ce défaut qui en faisait petit à petit un alcoolique et qui empoisonnait notre existence. Je m'apitoyais sur moi-même et me trouvais bien malheureuse, surtout lorsque le souvenir de Frédéric venait me serrer le cœur. Pourtant, le drame qui survint brutalement rendit notre vie plus lamentable et plus précaire encore.

C'était au début du mois de décembre. Je préparais le repas, pour mes filles qui allaient bientôt rentrer de l'école. Je savais que, sur ma tempe, sur mon menton, les traces de bleus disparaissaient lentement, souvenirs d'une scène où, quelques jours auparavant, Bart m'avait battue. Je venais d'entendre la cloche de l'usine sonner, lorsque soudain on frappa à la porte. Avant que j'aie pu répondre, elle s'ouvrit, laissant entrer une bourrasque de vent et de pluie glacée. Deux hommes pénétrèrent dans la pièce. Je connaissais l'un d'eux, un rude et fort gaillard nommé Alfred, dont Bart se vantait d'être l'ami.

– Que se passe-t-il? demandai-je, tout de suite sur la défensive.

Alfred hocha sa grosse tête brune, l'air embarrassé :

– Eh bien, euh... c'est une mauvaise nouvelle concernant votre mari, un accident... Il a eu la main écrasée par un des marteaux-pilons.

J'eus un cri d'horreur. Alfred continua :

– C'est arrivé tout à l'heure. Je travaillais près de lui quand, d'un seul coup, je l'ai entendu hurler. Je me suis retourné juste pour le voir tomber.

L'autre ajouta :

– On ne comprend pas comment ça a pu arriver. C'est un bon ouvrier. Une maladresse de ce genre, ça ne lui ressemble pas.

Je retins la question qui, spontanément, s'imposait à mon esprit : avait-il bu? Car, outre les soirs où il s'enivrait et me battait, Bart buvait également les autres jours. Et même en supposant qu'il ne bût qu'à la fin de la journée, après son travail, l'alcool ainsi absorbé pouvait parfaitement être capable, à la longue, de rendre ses gestes moins sûrs, moins rapides, et être responsable d'un accident de ce genre.

– Le médecin l'a envoyé à l'hôpital de Valenciennes. Ils vont devoir l'amputer.

Je sursautai :

– L'amputer? Bart?

Alfred haussa une épaule avec un fatalisme désolé :

– Ils ne peuvent pas faire autrement. Vous auriez vu sa main! Ce n'était que de la bouillie, de la chair et des os écrasés. Des gendarmes vont certainement vous prévenir, mais on a voulu le faire avant, pour vous éviter le choc de leur arrivée.

Je voulus les remercier, ne pus y parvenir. Je les laissai partir, complètement bouleversée. Je ne pouvais penser qu'à Bart, à cet accident qui allait peut-être détruire sa vie. Que deviendrait-il, ainsi handicapé? Lui dont la principale qualité était le courage, et qui ne craignait pas le travail, comment allait-il accepter d'être diminué?...

Il l'accepta très mal. Lorsqu'il se réveilla, après l'opération, lorsqu'il vit le pansement entourant son poignet et qu'il comprit, il eut une crise de désespoir si violente que je pris peur. Ses cris affolèrent les malades des lits voisins, et une sœur attirée par le bruit ne parvint à le calmer qu'après l'avoir forcé à avaler un sédatif. Je ne le quittai que lorsqu'il fut complètement endormi, tout en sachant que les jours à venir seraient particulièrement difficiles.

Je me rendis quotidiennement à l'hôpital. Mes filles allaient m'attendre chez Yvette dès leur retour de l'école. Je leur avais expliqué l'accident, et elles avaient été horrifiées, Charlotte surtout. Hélène, avec ses neuf ans, n'avait vu que les conséquences du problème qui la tourmentait. En hésitant, elle avait demandé:

– Alors maintenant, papa ne pourra plus vous frapper, n'est-ce pas, maman?

La gorge serrée, je leur avais répondu que leur père était blessé, qu'il avait besoin de beaucoup de soins et qu'elles devraient être sages lorsqu'il rentrerait à la maison.

Après sa crise de désespoir du début, Bart se renferma sur lui-même. Il me parlait à peine lorsque j'allais le voir. Il demeurait sombre, amer, avec au fond des yeux un douloureux désespoir. Je ne savais que faire pour le distraire. Je lui parlais de nos filles, de ses compagnons de travail qui demandaient de ses nouvelles. Il ne répondait pas, et je ne savais pas s'il m'entendait. Un soir, en le quittant, je lui demandai s'il désirait que je lui apporte quelque chose le lendemain. Pour la première fois, il sortit de son mutisme:

– Rien, Constance, je ne veux rien. Arrête de m'embêter sans cesse. La seule chose que je désirerais, vois-tu, c'est de me jeter sous un train. Lorsque je sortirai d'ici, c'est sans doute ce que je ferai. Je n'accepterai pas de devenir un inutile, un bon à rien.

La conviction brutale, presque féroce, avec laquelle il prononça ces mots arrêta mes protestations. Je le quittai, ce soir-là, les larmes aux yeux. Je me sentais dépassée par une situation à laquelle j'étais incapable de faire face.

Au cours de ces jours pénibles, M. Thomas, le directeur de l'usine, vint me rendre visite. J'eus la surprise de le voir entrer, un matin où je faisais déjeuner mes filles avant leur départ pour l'école. Je m'empressai de lui offrir un siège, tandis que les petites, pétrifiées de respect, n'osaient plus bouger. Tout le monde, dans la cité, connaissait M. Thomas; combien de fois avais-je admiré, près de l'usine, la belle demeure qu'il habitait ainsi que son grand parc! Il s'assit, regarda Charlotte et Hélène avec sympathie, toussota un peu.

– Ma visite vous surprend peut-être. Pourtant, elle est toute naturelle. J'ai appris l'accident qui est arrivé à votre mari. Cela me concerne, bien entendu. Ce qui arrive à mes ouvriers ne peut me laisser indifférent.

Il soupira :

– Surtout lorsqu'il s'agit de bons ouvriers. C'est grâce à eux si l'usine marche bien. En ce moment, nous traversons une période difficile. Les commandes se font rares. Nous sommes obligés de réduire de nouveau du personnel. Mais nous espérons que cela ne durera pas.

Intimidée, je ne savais que dire. Il regarda autour de lui :

– Votre logement vous plaît? Je vois que vous êtes bien installée. En ce qui concerne votre mari, ne vous inquiétez pas. Les frais d'hospitalisation sont à ma charge. Et pour pallier le manque de salaire qu'entraînera cet accident, voici cinq cents francs que je vous ai apportés.

Je restai confondue, bégayai un remerciement à peine audible en prenant l'argent. Je m'étais inquiétée, la veille, en voyant fondre mes économies. Cette somme nous mettait à l'abri du besoin pour plusieurs mois.

– Ne me remerciez pas. C'est la moindre des choses. Si vous avez besoin de quoi que ce soit, n'hésitez pas à m'en parler. Dans la mesure du possible, je tâcherai de vous aider.

Il se leva, caressa la tête blonde d'Hélène, sourit à Charlotte :

– Au revoir, mes enfants. Je souhaite que votre papa se rétablisse très vite.

Après son départ, je regardai avec une sorte d'incrédulité les cinq cents francs. Oui, nous étions tranquilles pour plusieurs mois... mais ensuite? Privé d'une main, Bart serait-il capable de reprendre son travail? Cette éventualité me paraissait bien peu probable. Dans ce cas, que ferions-nous?

La visite de M. Thomas n'était pas passée inaperçue, et dans la cité les commentaires furent nombreux. Son geste de sollicitude fut approuvé, qui consistait à ne pas laisser un ouvrier dans le besoin. Et les marques de sympathie que je recevais chaque jour, de la part de tous nos voisins, m'étaient un réconfort constant.

L'après-midi même, je parlai à Bart du directeur et de

l'argent qu'il m'avait offert. Je vis son visage se fermer. Il grommela :

– Je n'aime pas qu'on me fasse la charité. Et puis, s'il se croit tranquille avec cette simple somme, il se trompe. Alfred est venu me voir et m'a parlé de tout ça. La Société qui représente l'usine a, paraît-il, résilié le mois dernier l'assurance des ouvriers. Question d'économie, sans doute, car c'était elle qui payait les primes sans porter de retenue sur notre salaire. Mais Alfred dit que, dans ce cas, elle doit assumer la responsabilité des accidents. Il m'a certifié que j'avais le droit de demander une indemnité, et même une rente, pour compenser le travail que je ne pourrai plus fournir. Il a dit qu'il allait s'en occuper. Il connaît un avocat, ici à Valenciennes. Je crois que c'est la seule solution. Car pour moi, c'est fichu, maintenant. Qu'est-ce que je vais pouvoir faire, avec ça ?

Il brandit son moignon, et en le voyant mon cœur se serra.

– La sœur qui fait le pansement tous les matins me répète que ça se cicatrise bien, comme s'il s'agissait d'une victoire. Je voudrais bien la voir, elle, avec une main en moins ! Si je ne peux plus travailler, qu'est-ce que je vais faire ? Je ne le supporterai pas, Constance.

Il me regarda avec un sombre défi, sous lequel je devinai sa douleur et sa révolte. Je ne protestai pas. Je comprenais sa réaction. Mon amie Denise avait eu la même lorsque, amputée de son bras, elle m'avait avoué ne plus vouloir vivre.

D'un ton hésitant, j'objectai qu'il pourrait essayer de trouver un travail moins dur. Il haussa les épaules avec rage :

– Ah, tais-toi, tu dis des stupidités ! Je suis forgeron, c'est mon métier, je n'en ai pas d'autre. Et c'est un métier où on a besoin de ses deux mains, crois-moi !

Il fit un geste pour m'empêcher de répondre, m'ordonna, les sourcils froncés :

– Ça suffit comme ça !

Je ne trouvai pas les paroles qui auraient été capables de l'apaiser. Je doutais d'ailleurs qu'il en existât. Je ne pouvais que courber la tête devant cette nouvelle épreuve, et m'efforcer de recoller les lambeaux de notre vie afin d'en faire une existence supportable, pour nos deux filles surtout.

Lorsque Bart rentra à la maison, de nombreux compagnons de travail vinrent le voir. A tous, il montra avec accablement son poignet encore pansé. Ils s'efforcèrent de lui remonter le moral, mais je remarquai leur gêne. Ils savaient parfaitement que Bart ne pourrait pas reprendre sa place parmi eux.

Alfred vint aussi, à plusieurs reprises. Il discuta longuement avec Bart, lui montra des papiers, lui parla d'une action à intenter contre l'usine, afin que celle-ci payât une indemnité pour l'accident survenu. Bart aurait à se rendre au tribunal de Valenciennes, en compagnie de l'avocat, afin de témoigner. Les mots tribunal et avocat m'inquiétèrent. Lorsque, après le départ d'Alfred, je demandai des explications à Bart, il refusa de m'en donner, et m'assura que ce n'étaient pas là des histoires de femme. Au cours des jours suivants, il se passionna pour cette affaire, répétant sans cesse que s'il était devenu un invalide, en échange il saurait bien faire « cracher » la direction de l'usine.

– Et je demanderai la forte somme, ajoutait-il avec hargne. L'avocat qu'Alfred m'a fait rencontrer affirme que je suis dans mon droit. La Société n'était pas assurée contre les accidents. C'est à elle de payer.

Il devenait vindicatif, acerbe, tourmenté. Son caractère s'aigrissait. Il ne supportait pas les regards posés sur son moignon, n'acceptait pas de rester oisif, souffrait de son infirmité. Si j'essayais de le réconforter, sa réaction violente me rebutait, et je n'osais plus rien dire. Il finit par trouver une consolation dans le seul remède à sa portée, qu'il connaissait déjà : la boisson. Il se mit à passer ses journées sans travail au cabaret, puisant dans les cinq cents francs de M. Thomas. Lorsque je protestais timidement, il répondait avec colère :

– Ne t'inquiète donc pas. L'usine me donnera bientôt cinq fois, dix fois plus. Elle me le doit bien, après ça.

Il agitait sous mon nez son poignet tranché, et vaincue, je me détournais en serrant les lèvres.

Mon oncle, qui continuait ses visites de temps en temps le dimanche, avait été effondré en apprenant l'accident. Malgré ses efforts pour raisonner Bart, il ne parvint à aucun résultat. Incapable de surmonter son handicap, Bart buvait de plus en plus pour tenter de l'oublier. Les soirs où il rentrait ivre, les scènes de violence se multiplièrent.

J'appris à appréhender chacun de ses retours, et lorsque je le voyais s'encadrer sur le seuil, titubant, le regard trouble et mauvais, je ne parvenais pas à cacher ma crainte.

– Ne me regarde p... pas comme ça! hurlait-il.

De sa main valide, il me frappait. Malgré mes efforts pour ne pas crier, ses éclats de voix réveillaient Charlotte et Hélène, et je les entendais pleurer de terreur. Parfois, il tombait tout de suite sur le sol et restait là, ivre mort. D'autres fois, il me frappait plus longtemps et je savais que les traces de bleus sur mon visage, le lendemain, apprendraient à toute la cité que j'avais été battue. Le cercle infernal avait repris, plus sombre, plus désespéré, et je ne savais que faire pour y échapper.

Après de longs pourparlers, le tribunal de première instance de Valenciennes condamna la Société qui gérait l'usine à payer à Bart une somme de trois mille francs, ainsi qu'une rente viagère annuelle de cinq cents francs. Lorsqu'il revint du tribunal avec Alfred, Bart exultait d'une satisfaction amère :

– Ils ont dû cracher le morceau! m'annonça-t-il. Nous voilà à l'abri du besoin maintenant. Ils me devaient bien ça, non ?

Mais cette somme, tout en résolvant nos problèmes matériels, ne fit qu'inciter Bart à boire davantage. Il semblait mettre une sorte d'acharnement à vouloir se détruire. Je regardais, avec tristesse et dégoût, son teint couperosé, son visage bouffi, ses yeux injectés de sang, et je ne retrouvais rien en lui du jeune homme agréable que j'avais connu. Charlotte et Hélène l'évitaient et osaient à peine lui adresser la parole. Notre vie familiale n'en était plus une.

Le drame commença de manière stupide, à cause d'une fenêtre coincée. Le printemps venait d'arriver, et je décidai de faire un nettoyage complet de notre logement. Lorsque je voulus ouvrir la fenêtre du rez-de-chaussée, je ne pus y parvenir. Dans l'après-midi, je demandai à Yvette d'essayer à son tour. Malgré nos efforts conjugués, rien ne bougea et Yvette finit par abandonner en se frottant la main.

– Ouh là là! Nous n'y arriverons pas, elle est bien coincée! Il faut une poigne d'homme. Dès que Félix sera rentré, je vous l'enverrai.

Félix, son mari, vint en effet, peu après son retour de l'usine. Au début, la fenêtre lui résista également, mais il frappa, poussa, tira, et il réussit enfin à l'ouvrir. Je le remerciai chaleureusement. Je le reconduisis jusqu'à la porte d'entrée et, alors qu'il sortait, je vis arriver Bart au bout de la rue. A sa démarche, je me rendis compte qu'il avait beaucoup bu. J'espérai, sans trop y croire, qu'il n'avait pas vu sortir Félix de chez nous. Je craignais la fureur que la jalousie ferait naître dans son esprit obscurci par la boisson. Je rentrai rapidement, dis à Charlotte et Hélène qui, assises à la table, faisaient leurs devoirs pour l'école :

– Voici papa qui arrive. Montez dans la chambre et restez-y jusqu'à ce que je vous appelle.

Elles comprirent. La crainte vint habiter leurs yeux, pâlir

leur visage. Sans un mot, elles se levèrent, rassemblèrent leurs cahiers et grimpèrent au premier étage. Au même moment, la porte d'entrée s'ouvrit à toute volée. Crispée, je me raidis et fis face à Bart qui, la tête rentrée dans les épaules, marchait vers moi comme un taureau furieux :

– Je viens de le v... voir sortir d'ici. Ainsi, c'est lui que tu r... reçois quand je ne suis pas là! C'est ton amant, hein? Il est mieux que moi, lui, hein? Il a encore ses deux mains, il p... peut travailler, ce n'est pas un inf... infirme, un bon à rien. Avoue qu'il est ton amant!

Il se rapprocha, le bras droit levé dans un geste de menace. Pour la première fois, je ne cherchai pas à me protéger le visage. Je demeurai droite et le regardai avec un dégoût et un mépris qui réussirent à percer son ivresse. Une rage sauvage déforma ses traits, un rictus tordit sa bouche. Il cria :

– Ne p... prends pas tes grands airs! Ah, je ne suis p... plus assez bon pour toi! Eh bien, tu vas voir!

Il se mit à me frapper à coups durs, rapides, avec un acharnement qui m'effraya. Je sentis les larmes emplir mes yeux et, à moitié assommée, j'entendis les pleurs et les cris de supplication des enfants. Mais rien ne pouvait l'arrêter. Il se déchaînait contre moi avec une violence, une férocité jamais atteintes. Je ressentis ce soir-là, envers la brute qu'il était devenu, une haine viscérale qui tua la pitié et la compréhension que j'avais pu éprouver jusque-là.

Un coup à la tempe, plus fort que les autres, me fit perdre conscience. Lorsque je revins à moi, j'étais allongée sur le sol, près de la table. Penchée sur moi, Charlotte, à l'aide d'un linge imbibé d'eau, tamponnait doucement les meurtrissures de mon visage. Près d'elle, Hélène pleurait. Je m'assis avec difficulté, portai une main à mon front. Ma tête tournait, et je faillis me trouver mal à nouveau. J'entendais, dans la chambre, les ronflements d'ivrogne de Bart.

– Oh maman, gémit Charlotte. Avez-vous très mal?

Je me levai en m'appuyant à la table, pris contre moi Hélène qui tremblait. Son petit visage mouillé de larmes était pâle et tiré. Un vertige me fit chanceler.

– Venez, dit Charlotte avec sollicitude. Il faut vous coucher.

Prenant la situation en main, elle me soutint et m'aida à monter l'escalier. Malgré ses treize ans, elle se comporta envers moi avec des attentions d'adulte. Je serrais la compresse humide sur ma tempe, luttant contre un malaise grandissant. Dans la chambre, je regardai avec répulsion le corps de Bart, tombé en travers du lit. Je me détournai, allai jusqu'au lit des filles :

– Vous me ferez une petite place, dis-je. Je dormirai près de vous cette nuit.

Je me couchai, à la limite de l'évanouissement. Le sang battait avec fièvre dans ma tempe douloureuse. Je sentis Charlotte et Hélène s'allonger et se blottir contre moi. Abrutie par les coups, je fermai les yeux et sombrai brutalement dans l'inconscience.

Le lendemain, j'eus bien du mal à me lever. Chaque mouvement m'était une souffrance. Pour rassurer Charlotte et Hélène, j'affirmai que j'allais mieux. Dégrisé mais toujours hostile, Bart ne m'adressa pas la parole. Il était terminé, le temps où il pouvait éprouver quelque contrition après m'avoir battue. Ce fut Charlotte qui alluma le feu, fit chauffer le lait et servit son père et sa sœur. Je ne bus qu'un peu d'eau fraîche.

Lorsque Bart sortit, probablement pour se rendre au cabaret, je fus soulagée d'être débarrassée de sa présence. Les filles, jusque-là crispées, se détendirent. Elles s'en allèrent pour l'école et je m'efforçai de retrouver mon état normal.

Yvette, qui la veille avait entendu les cris, vint m'aider. Elle fut horrifiée par l'aspect de mon visage. Ma lèvre fendue et éclatée avait doublé de volume; du sang s'était coagulé au bord d'une de mes narines; j'avais un œil à moitié fermé, et un énorme hématome gonflait et bleuissait ma tempe droite.

– Vous ne pouvez pas sortir comme ça! s'écria-t-elle.

J'approuvai. Je n'avais pas envie d'affronter les regards apitoyés ou curieux des autres, et surtout je ne me sentais pas apte à vaquer comme d'habitude à mes occupations ménagères. J'étais obligée de marcher à tout petits pas, comme une très vieille femme qui a peur de perdre l'équilibre. Yvette fit mes courses, alla me chercher de l'eau à la pompe, dans la rue, prépara le repas. Assise à la table, je fus tout juste capable d'éplucher les pommes de terre et les légumes pour la soupe. Je passai le reste du temps à renouveler les compresses froides, que j'appliquais sur la tempe et sur l'œil.

Mes filles revinrent de l'école, et Yvette me quitta.

– Je vais aller préparer mon souper, me dit-elle. Félix va bientôt rentrer.

Je n'osai pas répondre. L'inquiétude me desséchait la bouche. Bart rentrerait bientôt, lui aussi. Dans quel état? Et que se passerait-il alors? La même appréhension se lisait dans les yeux de mes filles.

La cloche de l'usine annonça la sortie. Nous entendîmes les ouvriers passer dans la rue et rejoindre leur foyer. Puis le soir tomba, la rue redevint calme, et je me mis à guetter les bruits.

Ce fut ainsi que j'entendis un brouhaha de voix, suivi d'un piétinement devant notre porte. Celle-ci s'ouvrit, et des hommes entrèrent, portant un corps inanimé, celui de Bart. Ils le déposèrent sur le sol, avec précaution, sans un mot. C'étaient des voisins que je connaissais, et je les regardai sans oser les interroger. Charlotte et Hélène avaient reculé dans un coin de la pièce et observaient leur père avec des yeux affolés. Je pris conscience de la blessure qu'il portait à la tête, du sang qui coulait de son oreille. Je bégayai :

– Que... que s'est-il passé ?

Félix, qui était là, s'avança. Sur son menton, une éraflure mettait une marque rouge. Une profonde navrance rendait ses yeux graves.

– Je sortais de l'usine lorsqu'il est venu vers moi. Je suis désolé de devoir dire ça, mais il était tellement ivre qu'il tenait à peine debout. Demandez aux autres, ils vous le diront. Il s'est jeté sur moi en criant des mots sans suite, des injures, des accusations ridicules. Et il m'a frappé au menton, là, regardez. Je ne voulais pas me battre avec un ivrogne, alors je l'ai repoussé, peut-être un peu trop violemment. Il a perdu l'équilibre et il est tombé. Sa tête a cogné le coin du mur. On a failli le laisser là, mais quand on a vu le sang, on a décidé de le ramener. Quelqu'un est allé chercher le médecin.

L'un des hommes désigna Bart avec une moue pessimiste :

– A mon avis, il est mal parti. Ce coup à la tête et ce sang dans l'oreille... c'est mauvais signe.

Un autre essaya d'atténuer ce jugement brutal :

– Ça ne veut rien dire. S'il est inconscient, c'est peut-être parce qu'il était ivre.

Je ne disais rien. Je serrais l'une contre l'autre mes mains qui tremblaient. J'étais au centre d'un cauchemar hallucinant. La lampe découpait les silhouettes des hommes, leur conférait une allure fantasmagorique, donnait au visage blessé de Bart un aspect sinistre. Je portai les mains à ma tête encore douloureuse. Cela ne finirait-il donc jamais ?

Le médecin arriva. Après avoir ausculté et palpé Bart, après avoir longuement observé sa tête, il me fixa droit dans les yeux :

– C'est une fracture du crâne. Je ne vous cacherai pas qu'il est perdu. Il ne passera pas la nuit.

En entendant ces paroles, je n'éprouvai rien. Le médecin me regarda avec inquiétude, et je me rendis compte qu'il se demandait si j'avais bien compris. Je jetai un coup d'œil au corps de Bart comme si c'était celui d'un étranger. Et c'était bien cela qu'il était devenu pour moi : un étranger. Pire, même, une sorte de bourreau qui avait transformé notre vie en enfer.

Il mourut dans la nuit, et je demeurai froidement indifférente, détachée, comme si cela ne me concernait pas. Yvette et d'autres voisines m'aidèrent à le revêtir de son costume des dimanches, à l'installer sur le lit où ses compagnons de travail vinrent le bénir. Je recevais leurs condoléances et leurs mots de pitié sans les entendre vraiment. A un moment, j'eus une pensée lointaine pour Maria, la sœur de Bart, que je n'avais pas revue depuis le début de mon mariage. Mon beau-père, lui, était mort quelques jours avant la naissance d'Hélène. Je n'avais pas pu, alors, accompagner Bart en Belgique ; il était revenu le visage sombre et malheureux, mais à l'époque j'étais moi-même trop mal en point pour m'en soucier. Il faudrait quand même que j'écrive à Maria pour la prévenir, mais je repoussai délibérément cette corvée à plus tard.

Je me retrouvai à l'enterrement avec mes deux filles, le visage dissimulé derrière un épais voile de deuil qui cachait la trace des coups encore visibles. Je demeurai raide, insensible, vide de toute émotion.

Cette impassibilité qui me glaçait dura jusqu'au soir où, lorsque tout fut terminé, nous ne fûmes plus que trois dans notre logement. Pour la première fois, je réalisai que Bart ne rentrerait plus jamais. Et le sentiment que j'éprouvai à ce moment-là fut un intense soulagement : nous n'aurions plus à avoir peur en guettant ses retours. Mais, tout de suite, une inquiétude chassa cette première impression. Je pris subitement conscience de ma situation et je m'affolai. Je me retrouvais seule, avec deux petites filles. Qu'allais-je devenir ?...

DEUXIÈME PARTIE

CHARLOTTE
(1886-1900)

CHAPITRE I

Lorsque mon père mourut, je ressentis cet événement comme une délivrance. J'eus honte de ce sentiment et ne l'avouai pas. Mais je ne pouvais m'empêcher d'être soulagée à l'idée que les scènes qui empoisonnaient notre existence étaient enfin terminées. Nous avions fini par appréhender les nuits, et le soir, lorsque nous étions couchées, Hélène et moi, nous n'osions pas nous endormir. Serrées l'une contre l'autre, nous demeurions tendues, crispées, tremblantes au moindre bruit. Parfois, à la longue, le sommeil nous prenait, mais nous étions vite réveillées par les cris que nous avions appris à redouter. Avec un sentiment de catastrophe imminente, nous nous levions et nous assistions, impuissantes et terrifiées, à la scène toujours renouvelée : notre père qui, complètement ivre, battait notre mère. Nous pleurions, nous le suppliions, mais il ne nous entendait pas. Ma petite sœur, fragile et impressionnable, souffrait plus que moi encore. Elle ne parvenait plus à se rendormir, et je la sentais longtemps trembler contre moi. Elle devint craintive, d'une émotivité maladive, et prit l'habitude de se réfugier auprès de moi qui, à force de patience et de tendresse, réussissais à l'apaiser.

Débarrassée de cette peur continuelle, notre vie redevint normale. L'inquiétude qui assombrissait nos yeux et paralysait le moindre de nos mouvements disparut, elle aussi. Et surtout, nous n'avions plus devant nous, comme une souffrance, le visage pathétique et marqué de coups de notre mère, qui me donnait envie de l'embrasser en pleurant. Elle perdit son expression angoissée et malheureuse de chien battu, et l'amour qui nous unissait toutes les trois nous permit d'oublier les jours difficiles.

Avec courage, notre mère se battit pour nous élever seule. Elle se rappela la promesse de M. Thomas, qui l'avait incitée à s'adresser à lui en cas de besoin. Mais, depuis le 31 décembre précédent, M. Thomas avait quitté l'usine et était parti travailler, comme ingénieur, au canal de Panama. Sans se décourager, ma mère alla trouver Mme Thomas, qui était restée provisoirement à Raismes. Celle-ci l'envoya à M. Évrard, un des administrateurs de l'usine, qui accepta de l'embaucher pour le nettoyage des bureaux et des bâtiments administratifs. Assurée d'avoir un travail régulier, elle revint satisfaite :

– Ce M. Évrard a été très aimable. Il nous a permis également de conserver le logement. En ce moment, à cause du manque de commandes, le nombre d'ouvriers est réduit, ce qui ne pose pas de problème si nous voulons rester ici.

Avec une partie de l'indemnité versée à mon père lors de son accident, elle acheta une machine à coudre. Lorsqu'elle n'était pas occupée par son travail à l'usine, elle s'asseyait devant sa machine et cousait, des heures durant, des vêtements d'homme qu'elle allait chercher, chaque semaine, dans un atelier de confection de Valenciennes. A mon retour de l'école, je l'aidais en faisant les courses, en allant chercher de l'eau à la pompe, en préparant le repas. Ainsi, basée sur une autre organisation, mais uniquement occupée de travail, de tendresse et d'amour, notre existence devint stable. Parfois, le dimanche, l'oncle de ma mère, que nous appelions tonton Édouard, venait nous voir. Ses visites étaient toujours pour nous une joie. Ma mère, pour bien le recevoir, faisait une tarte. Malgré ses vêtements de deuil, elle semblait plus épanouie. Tonton Édouard lui demandait si elle n'avait besoin de rien. Avant de partir, il glissait dans notre main, à Hélène et à moi, quelques sous, parfois un franc :

– Voilà votre « dimanche », nous disait-il sur un ton de conspirateur. Vous vous achèterez des bonbons.

Nous ne dépensions pas tout. En filles avisées et raisonnables, nous nous étions confectionné une tirelire et nous y placions les pièces, comptant avec satisfaction la somme plus importante à chaque visite de notre tonton Édouard. Nous l'aimions beaucoup. Il apportait dans notre vie la présence masculine qui manquait, et nous découvrions, grâce à lui, à sa gentillesse et à son affection, qu'il pouvait exister des hommes doux et bons qui ne s'enivraient pas et qui ne battaient pas les femmes.

***

L'été arriva, chaud et sec. Un dimanche où tonton Édouard n'était pas venu, ma mère, occupée à coudre, nous envoya jouer dehors. Nous retrouvâmes Marie, Amélie et Virginie, les trois filles de notre voisine. Elles nous proposèrent une partie de marelle, mais bientôt la chaleur nous obligea à nous arrêter de jouer. Robert et Louis, deux garçons qui habitaient plus loin dans la rue, vinrent nous trouver :

– Allons dans la cour de l'usine. Ça, c'est un jeu formidable. Vous allez voir!

J'approuvai immédiatement, mais Hélène, toujours timorée, se montra réticente :

– Oh non, pas dans l'usine! C'est interdit.

– Justement, dis-je, ça n'en est que plus excitant.

Et je l'entraînai, sans écouter ses protestations, d'où il ressortait que notre mère ne serait pas contente et nous ferait des reproches. Je haussai les épaules avec insouciance :

– Eh bien, il suffira de ne pas le lui dire. Ainsi, elle ne nous grondera pas.

C'était là un des traits de mon caractère que déplorait ma mère. Lorsque j'avais envie de faire quelque chose, rien ne pouvait m'en dissuader, et je préférais encore le faire en cachette plutôt que ne pas le faire du tout. « Tu as dû hériter ça de ton père », affirmait-elle en soupirant.

Force fut à Hélène de nous suivre, et nous arrivâmes à l'usine. Robert nous fit passer sur le côté, afin d'échapper au gardien, en supposant qu'il nous aperçût. Les grands bâtiments, que je voyais toujours de loin, m'impressionnèrent. Je sentis la main d'Hélène se crisper dans la mienne :

– Charlotte, allons-nous-en.

Je ne répondis pas, suivis les autres. Nous passâmes entre plusieurs ateliers, et Louis nous montra un grand hangar :

– Mon père travaille là, c'est l'atelier de montage des locomotives. En ce moment, ils en construisent cinquante, qu'ils vont envoyer à Panama, termina-t-il avec un air important. Je le sais, mon père me l'a dit.

Devant la scierie, Robert s'arrêta. Des grumes étaient installées, les unes sur les autres, attendant d'être débitées.

– Grimpons là-dessus et faisons de l'équilibre!

En un clin d'œil, ils furent en haut de la pile. Je les imitai, et aidai Hélène à grimper. Elle y parvint difficilement.

– Regardez, faites comme moi! dit Robert qui marchait sur les troncs d'arbres, bras étendus.

257

Louis le suivit. Hélène, près de moi, glissa et faillit perdre l'équilibre.

– Charlotte, gémit-elle, je veux redescendre.

Son ton geignard m'agaça. Je fis la sourde oreille. Louis, soudain, sauta sur le sol.

– Allons tous jusqu'au mur, là-bas. Le dernier arrivé est une poule mouillée!

Robert, immédiatement, le rejoignit, et ils se mirent à courir. Piquée au vif, je m'élançai derrière eux. La voix d'Hélène me parvint :

– Charlotte, attends-moi!

Sans m'arrêter, je criai par-dessus mon épaule :

– Dépêche-toi donc! Saute!

– Je n'ose pas, c'est trop haut. Charlotte, viens m'aider!

J'eus un geste d'impatience et ne m'arrêtai pas. Je me dis qu'Hélène était vraiment trop bébé par moments, et qu'il ne fallait pas l'écouter sans cesse. J'entendis un bruit de chute, suivi d'un grand cri :

– Charlotte!

Avec un soupir d'exaspération, je fis demi-tour. Ma sœur était tombée, et son pied gauche faisait avec sa jambe un angle bizarre. Elle leva vers moi un visage blême, que la peur et la souffrance amenuisaient :

– Charlotte, souffla-t-elle. Je crois que je me suis cassé la cheville...

L'affolement chassa mon irritation. Le corps recroquevillé d'Hélène et son air misérable me firent pitié. J'eus honte de moi. Si j'avais aidé ma sœur à descendre, ceci ne serait pas arrivé.

Je me penchai, palpai son pied. Elle eut un sursaut de douleur :

– Arrête! Ça fait mal!

Je me relevai :

– Il faut que j'aille prévenir maman, chercher de l'aide. Tu ne peux pas marcher comme ça. Attends-moi. Je vais revenir.

Elle poussa un cri effrayé :

– Ne me laisse pas toute seule!

Je regardai autour de moi. Louis et Robert avaient disparu. Je posai une main apaisante sur l'épaule de ma sœur :

– Ça ne va pas durer longtemps. Sois courageuse, Hélène.

Elle se mordit les lèvres et s'efforça de ne pas pleurer. Je me sentais doublement fautive. D'abord, je l'avais entraînée ici contre son gré, et ensuite j'avais fait la sourde oreille à ses appels. Je méritais les reproches que ma mère ne manquerait pas de me faire.

L'accident mit la rue en ébullition. Nous fûmes sévèrement grondées pour avoir pénétré dans l'enceinte de l'usine. Des voisins ramenèrent Hélène chez nous; le médecin posa des attelles et lui ordonna de ne pas bouger.

Pour essayer d'atténuer mon sentiment de culpabilité, je tins compagnie à ma sœur tout le temps qu'elle dut rester immobile. Elle fut obligée de manquer l'école, mais le mois de septembre arriva et le problème fut résolu par les vacances scolaires. Je n'allai plus jouer dehors avec les autres enfants. Outre les menus travaux que j'accomplissais dans la maison pour aider ma mère, je demeurais de longues heures près d'Hélène, faisant avec elle d'interminables parties de cartes. Je ne pouvais chasser de mon esprit l'idée tenace que j'avais ma part de responsabilité dans cet accident.

Lorsque Hélène put marcher à nouveau, il s'avéra que sa cheville ne s'était pas remise comme il fallait, et qu'elle garderait toujours une légère boiterie. Finis, pour elle, les jeux où nous devions courir, sauter à la corde, jouer à la marelle. Je pris l'habitude de la voir marcher avec lenteur, et la claudication qui déjetait son corps m'était douloureuse comme un reproche. Lorsque nous reprîmes l'école, je souffris pour elle de la curiosité de nos compagnes. Certaines s'apitoyèrent, mais d'autres, plus méchantes, allèrent jusqu'à imiter sa démarche bancale en ricanant. Le jour où je m'en aperçus, une fureur me prit. Je les frappai si violemment que sœur Emmanuelle, chargée de la discipline, me mit au piquet pour le reste de la journée.

Hélène ne se plaignait jamais. Au contraire, c'était elle qui essayait d'apaiser mon indignation. Un sourire résigné sur son doux visage, elle disait :

– Laisse-les donc, Charlotte. Cela ne me fait rien, je t'assure.

Mais je voyais bien, au tremblement de ses lèvres, qu'elle ne disait pas la vérité.

Les mois passèrent. Ma sœur et moi sortions tout doucement de l'enfance pour entrer dans l'adolescence. Nous formions, avec ma mère, un noyau très uni. En 1888, j'eus quinze ans. Peu à peu, le souvenir de mon père s'estompait. Seule Hélène avait encore, de temps à autre, des cauchemars qui lui rappelaient les scènes qui avaient terrifié notre enfance. Ma mère ne cessait pas de travailler, et pourtant elle avait acquis une sérénité que je trouvais agréable, surtout lorsque je la comparais à l'expression traquée de son visage lors du vivant de mon père. Elle passait des après-midi entiers, penchée sur sa machine, à coudre des pantalons et des vestes pour l'atelier de confection de Valenciennes où elle allait, chaque samedi, rendre les vêtements terminés et reprendre les pièces de tissu, déjà découpées, qu'elle aurait à coudre la semaine suivante.

Parfois, je l'accompagnais. Hélène, qui ne pouvait pas beaucoup marcher à cause de sa cheville, ne venait pas avec nous. Elle allait nous attendre chez Yvette, notre voisine, où Marie, Amélie et Virginie l'accueillaient avec joie. Et moi, je me faisais un plaisir de cette sortie avec ma mère, qui me permettait de l'avoir à moi seule pour un peu de temps, et qui se transformait en une escapade agréable. Nous prenions le train à la gare de Raismes, descendions à Valenciennes. Après avoir porté directement les vêtements à l'atelier, nous étions libres jusqu'au train suivant. Alors nous nous offrions le luxe d'une promenade. Le samedi était jour de marché à Valenciennes, et nous en profitions pour aller flâner. Marché à la ferraille, à la volaille, aux œufs, aux fromages, aux légumes, aux fruits, aux fleurs... Comme cela nous changeait de notre petite épicerie habituelle! J'adorais observer les marchands de beurre, avec leur voiture à deux roues recouverte d'une bâche à l'éclatante blancheur. Ils vendaient un beurre frais, onctueux, délicieux, que ma mère achetait avec une partie de l'argent qu'on venait de lui donner à l'atelier. Nous nous arrêtions longuement devant les étalages de tissus, admirant les flots de calicot, de coton, de mousseline, déployés parfois jusque sur le sol, et nous avions bien du mal à résister aux offres alléchantes : « Regardez, ma belle dame! Ce coupon de flanelle pour un franc cinquante! Une affaire à saisir!... » Mais, ce qui m'amusait le plus, c'était, toujours à la même place, le vendeur de remèdes magiques. Il attirait le monde à l'aide de sa belle voiture à deux chevaux, richement ornée, sur laquelle quatre acolytes jouaient de la trompette, tandis qu'une femme – sa femme, sans doute – frappait à tour de bras sur un tambour. Et lui, du haut de sa voiture, vantait les mérites de son flacon qui, à l'en croire, guérissait tous les maux, quels qu'ils soient. Amusées, ma mère et moi regardions, sans les imiter, les gens se bousculer et tendre l'argent en échange du remède miracle. Nous quittions le marché sur cette image et, avant de revenir, nous ne manquions jamais de passer au magasin de bonbons de la mère Pluchart, pour acheter quelques-unes de ses spécialités, des bonbons à la mélasse appelés « chiques jaunes », dont ma sœur Hélène raffolait. Puis nous revenions à la gare afin de prendre le train qui nous ramènerait à la maison.

Ma mère aimait l'ambiance des gares, qui lui rappelaient, disait-elle, ses années d'enfance. Alors que nous attendions notre train, elle observait le mouvement incessant des voyageurs, des employés, et je voyais dans son regard une nostalgie que ce lieu bruyant ne me permettait pas de comprendre. Ce fut là qu'un samedi de juin, un événement imprévu surgit dans notre vie et la changea complètement.

Il faisait chaud, ce jour-là. Nous avions hâte de rentrer afin de nous désaltérer avec un verre d'eau bien fraîche. Nous étions arrivées en avance à la gare et, tandis que nous patientions, j'essayais d'ignorer la chaleur qui poissait mes vêtements. J'observais, comme ma mère, le va-et-vient habituel, lorsque soudain un appel fut lancé, derrière nous, sur un ton à la fois incrédule et stupéfait :

– Constance !

Ma mère se retourna. Je la vis se pétrifier. Je suivis la direction de son regard, aperçus un homme qui se dirigeait vers elle, fixant sur son visage des yeux où je lus un mélange d'étonnement et de doute :

– Constance ! Je ne rêve pas, c'est bien toi... Que fais-tu ici ?

Ma mère était si blanche que je crus qu'elle allait se trouver mal. Elle chancela légèrement, et instinctivement je lui saisis le coude pour la soutenir. En me rapprochant ainsi d'elle, je pus comprendre ce qu'elle disait, dans un souffle à peine audible :

– Frédéric...

Le visage de l'homme changea. La surprise disparut, fut remplacée par une expression indéfinissable où il y avait comme un reproche et, bizarrement, une tendresse inattendue. Je le regardai mieux. Il portait une veste à boutons dorés et une casquette, comme les employés de la gare. Je lui donnai environ quarante ans. Ses yeux, francs et attentifs, ne quittaient pas ceux de ma mère.

– Constance ! répéta-t-il. Viens-tu souvent ici ? Depuis le temps que j'y travaille, je ne t'ai jamais vue.

Ma mère fit un mouvement des lèvres pour répondre, n'y parvint pas. Mon caractère intrépide me poussa à parler à sa place :

– Tous les samedis, monsieur.

Il se tourna vers moi, sembla seulement m'apercevoir :

– C'est ta fille, Constance ? Elle a grandi depuis la dernière fois... Comme elle te ressemble! Mais... n'en avais-tu pas une seconde? Et qu'es-tu devenue, pendant toutes ces années? Je n'ai pas pu t'oublier, Constance. Dis-moi...

Ses yeux s'attardèrent sur la sévère robe noire:

– De qui portes-tu le deuil? Mais... peut-être suis-je indiscret?

Ma mère secoua la tête sans émettre un seul son. La pâleur de son visage s'atténuait, je le voyais reprendre un aspect normal. De nouveau, je répondis pour elle:

– Ma mère s'habille de noir depuis que mon père est mort, monsieur. Cela fait deux ans maintenant.

Étrangement, la curiosité de cet inconnu ne me choquait pas. Je comprenais qu'il connaissait ma mère, et l'intérêt sincère avec lequel il l'observait n'était pas déplaisant.

– Ainsi, tu te retrouves seule, avec tes deux filles? Et pourquoi n'habites-tu plus Fives? Que s'est-il passé?

Ma mère pressa son front de ses doigts, respira un grand coup, dit d'une voix faible:

– Oh, c'est une longue histoire. Je ne peux pas te la raconter maintenant. J'ai un train à prendre.

– Et moi, je suis en service, je n'ai pas beaucoup de temps non plus. Je fais des heures supplémentaires pour remplacer un collègue qui est malade. Je ne le regrette pas, car cela m'a permis de te revoir.

Il se pencha sur elle avec émotion:

– Te souviens-tu de la dernière fois? Il y a dix ans. Je pensais que je ne te reverrais plus jamais. Je suis d'autant plus heureux de t'avoir rencontrée aujourd'hui. Il faut qu'on discute de tout ça, Constance. Dis-moi, puis-je te revoir?

Ma mère baissa la tête:

– Je ne sais pas. A quoi cela servira-t-il? Il est trop tard, Frédéric.

Les yeux brun clair de l'homme exprimèrent une supplication qui m'émut. Presque timidement, il insista:

– Je t'en prie, Constance. Ne dis pas non. Où habites-tu, maintenant?

Peut-être touchée elle aussi, ma mère avoua:

– A Raismes, dans la cité construite pour les ouvriers de la *Franco-Belge*. C'est là que Bart travaillait.

– Ce n'est pas loin d'ici, par le train surtout. Où pourrions-nous nous rencontrer?

– Si tu y tiens vraiment, viens dimanche prochain. Tu verras mon oncle. Il fait souvent le voyage pour passer la journée avec nous.

– Merci, Constance. Je viendrai. Je devais aller rendre

visite à mes parents, mais ils comprendront, surtout lorsqu'ils sauront que je t'ai retrouvée. Ils ont souffert de ne plus avoir de tes nouvelles. Ils t'aimaient bien, tu sais.

– Moi aussi je les aimais bien. Ils m'ont beaucoup aidée quand mon père est mort et que je me suis retrouvée seule. C'est après que tout a commencé à aller mal, lorsque je suis partie... Je te raconterai tout. Tu comprendras peut-être.

Elle leva vers lui un visage où se dessinait un sourire tremblant. Il lui prit la main avec reconnaissance :

– Merci, Constance. A dimanche. Je viendrai.

Il se tourna vers moi, toucha le bord de sa casquette :

– Au revoir, mademoiselle.

Son ton cérémonieux m'amusa. Spontanément, je lançai :

– Je m'appelle Charlotte.

Il sourit, et ses yeux se peuplèrent d'étincelles. Il refit le même geste, rectifia :

– Au revoir, Charlotte. A dimanche.

– Au revoir, monsieur.

Il regarda une dernière fois ma mère, et s'éloigna en direction d'un coup de sifflet impératif. Ma mère secoua la tête avec l'expression de quelqu'un qui a du mal à se réveiller :

– Viens, Charlotte, nous allons manquer notre train.

Je ne pus refréner plus longtemps ma curiosité :

– Mère, qui est-ce ?

Elle baissa la tête, sembla choisir ses mots :

– C'est un ami d'enfance. Il habitait près de chez moi.

– Et... vous ne l'avez pas revu depuis tout ce temps ?

Une ombre passa sur son visage. Elle se mordit les lèvres :

– Je l'ai revu il y a dix ans, comme il l'a dit lui-même tout à l'heure. Tu l'as vu, toi aussi, ce jour-là. Mais tu ne t'en souviens probablement plus. Tu n'avais que cinq ans.

Un souvenir obscur s'agita confusément dans ma mémoire, sans parvenir à percer. Non, je ne m'en souvenais plus. Je remarquai avec assurance :

– Il semblait heureux de vous retrouver, et il donne l'impression de vous aimer beaucoup. Je l'ai trouvé aimable et gentil.

Ma mère murmura très bas, comme pour elle-même :

– Oui, c'est vrai, il est gentil.

Pendant le trajet du retour, dans le train, assise en face de moi, elle demeura étrangement absente. Elle laissa errer par la fenêtre un regard que je ne lui avais jamais vu, où s'attardait une sorte de rêverie. J'étais si habituée à la voir toujours attentive et préoccupée de mon bien-être que, sur le moment, cela m'agaça. Et puis, je compris que la rencontre de ce Frédéric avait réveillé en elle la nostalgie d'une période heureuse. Elle m'avait souvent parlé de cette partie de sa vie, comme un noyau de tendresse et de sécurité avant la grisaille et la tristesse qui avaient suivi. Et je ne devais pas me montrer jalouse si le fait d'avoir revu cet ami d'enfance mettait sur son visage une douceur dont je me sentais exclue.

Il vint le dimanche suivant, dans l'après-midi. Lorsqu'il arriva, nous étions occupées à jouer aux cartes dans la maison avec tonton Édouard, car le temps s'était mis à la pluie. La porte était demeurée grande ouverte, et il s'encadra sur le seuil en s'ébrouant. Tout de suite, ma mère fut à lui :

– Frédéric! Oh, tu es tout mouillé. Viens, entre. Enlève ta veste, je vais la faire sécher.

Il se pencha vers elle en souriant :

– Tu te souviens, il y a dix ans? Il pleuvait aussi...

Il se tourna vers nous, un sourire communicatif aux lèvres, nous tendit une boîte de chocolats qui venait de la pâtisserie *Au parrain généreux* de Valenciennes.

– Il ne fallait pas faire ça, Frédéric, protesta ma mère. Elles sont grandes maintenant. Ce ne sont plus des enfants.

– Mais même lorsqu'on est grand, on a le droit d'aimer les chocolats. N'est-ce-pas?

Il nous regarda, Hélène et moi. L'étincelle taquine qui brillait dans ses yeux créa entre nous une complicité qui me fit sourire. Avec gourmandise, je pris le paquet en remerciant.

Ma mère le fit asseoir, lui proposa du café, un quartier de tarte. Tonton Édouard se mit à l'interroger, lui rappela qu'ils s'étaient vus en 1868, le jour où il était allé chercher ma mère pour l'emmener à Fives. Il le fit parler de son travail, et bientôt ils discutèrent comme de vieux amis. L'après-midi s'avança. Lorsqu'il fut l'heure pour tonton Édouard d'aller reprendre son train, il s'adressa à Frédéric avant de nous quitter :

– Mon garçon, je vois bien comment vous regardez Constance. On ne me trompe pas, moi. Si vous avez des vues sur elle, j'espère que c'est sérieux. Je suis le seul parent qui lui reste, et je veille sur elle comme un père. Tenez-vous-le pour dit!

Ma mère rougit comme une jeune fille. Frédéric sembla embarrassé, mais se reprit bien vite. Il eut un sourire franc, rassurant :

– Ne craignez rien. Constance est toujours, pour moi, la petite fille que je protégeais jadis. Je ne lui ferai jamais de mal.

Tonton Édouard approuva d'un signe de tête silencieux et s'en alla, satisfait. Après son départ, Frédéric bavarda encore quelques instants, donna des nouvelles de sa sœur qui avait trois enfants mais qui était partie dans l'Est, parla de ses parents, Léon et Estelle.

– Si tu veux, Constance, nous pourrions aller les voir. Mon père a pris sa retraite, mais ils habitent toujours au même endroit.

Ma mère hésita :

– Je ne sais pas, Frédéric. J'aimerais les revoir, mais j'ai peur de retrouver ces lieux où j'ai vécu. Ils vont me rappeler mes parents, mon petit frère, et les événements douloureux qui ont tout changé. A partir de là, je n'ai connu que la tristesse et le malheur...

Elle raconta sa vie chez tonton Édouard, son travail à l'usine, la mort de sa cousine et l'animosité de sa tante. Hélène et moi, comme Frédéric, nous l'écoutions. Nous découvrions un aspect d'elle que nous ne connaissions pas. Jamais elle n'évoquait cette période sombre qu'elle préférait oublier.

Elle expliqua les circonstances de son mariage avec notre père, parla de lui avec une désolation sincère. Elle termina son récit par l'accident qui lui était arrivé, et la façon stupide dont il avait trouvé la mort. Lorsqu'elle se tut, Frédéric l'observa avec gravité et demanda, d'une voix sourde :

– Constance... tu le regrettes?

Elle le fixa d'un regard direct.

– Je ne peux pas le regretter, avoua-t-elle sans détour. Il me rendait malheureuse. Il buvait, il me battait. Il avait commencé le jour où tu étais venu, justement, il y a dix ans. Il s'était enivré ce soir-là, et cette première fois a été suivie de beaucoup d'autres. Ces scènes répétées terrorisaient les enfants. Il avait fini par rendre notre vie infernale... Mais, pourtant, continua-t-elle, c'est le père de mes deux filles, et je préfère penser à lui de cette façon. Je me suis souvent dit que je devais avoir ma part de responsabilité dans la faillite de notre union. Sans doute n'ai-je pas su lui apporter ce qu'il attendait de moi...

Lorsque Frédéric s'en alla, il savait tout, et affirmait d'un air entendu qu'il comprenait beaucoup de choses. Nous restâmes longtemps, sur le seuil, à le regarder s'éloigner sous la pluie qui ne cessait pas. Ma mère ne fit plus allusion à lui après son départ, mais toute la soirée elle garda des joues roses et des yeux brillants. Et je lisais sur son visage un espoir qui n'osait pas s'affirmer de peur d'être déçu.

Au fil des semaines, Frédéric revint souvent et nous apprîmes à le connaître. Il travaillait à la gare de Valenciennes comme facteur enregistrant, et était resté célibataire. Peu à peu, nous nous habituions à sa présence, aux attentions dont il entourait notre mère. A plusieurs reprises, il fit la remarque que, maintenant qu'il l'avait retrouvée, il ne la lâcherait plus. Et un jour, devant nous, il lui demanda de l'épouser.

– Que dirais-tu, Constance, de venir vivre avec moi ? Je viens d'être nommé facteur-chef à Fourmies. J'aurai un meilleur salaire. Et tu ne seras plus seule. Je serai là, près de toi pour toujours. Tu m'auras à tes côtés plus tard, lorsque tes filles te quitteront pour se marier.

Je vis une multitude d'étoiles s'allumer dans les yeux de ma mère. Elle me donna l'impression de vouloir bondir au cou de Frédéric. Mais elle se retint, essaya de protester :

– Tu mérites mieux que moi, Frédéric. J'ai deux filles. J'ai trente-cinq ans. Et puis, lorsque Hélène est née, le médecin m'a prévenue que je ne pourrais plus avoir d'enfant. Il te faut une femme jeune, qui pourra te donner des fils.

D'un geste, il balaya ces objections :

– Si j'avais voulu une autre femme que toi, je me serais marié au cours de ces dix dernières années, tu ne crois pas ? Je m'étais résigné à rester vieux garçon. Mais puisque j'ai eu la chance de te retrouver, je n'entends pas la laisser passer. Et pour ce qui est des enfants, tes filles seront les miennes. Si elles sont d'accord, bien entendu.

Il se tourna vers nous dans l'attente de notre réponse. Moi, je l'aimais bien, Frédéric, et ma nature aventureuse s'accommodait tout à fait d'un prochain changement dans une autre ville, avec un autre environnement. Je lui souris en signe d'approbation. Hélène hocha timidement la tête.

– Tu vois, Constance, elles sont d'accord. Alors, ne dis pas non.

Ma mère sourit. Un rayonnement heureux illumina son visage et la rendit jolie. Elle tendit une main à Frédéric et dit, toute rose :

– Eh bien, alors, je veux bien, Frédéric.

Il la prit dans ses bras avec fougue :

– Et tu verras, nous ferons provision de bonheur pour rattraper le temps perdu. Vous en avez bien besoin toutes les trois, non ?

Ce soir-là, Hélène, que je sentais inquiète sans en comprendre la raison, demanda à brûle-pourpoint :

– Mère, lorsque nous habiterons avec Frédéric, êtes-vous sûre qu'il ne vous battra pas ?

Ma mère s'écria avec reproche :

– Voyons, Hélène ! Il ne le fera pas, jamais. Il est très gentil, tu peux t'en apercevoir toi-même.

Hélène fronça ses fins sourcils, insista :

– Mais vous dites que père également était gentil, avant de vous épouser. Alors, comment savoir ?...

Ma mère dit avec une calme certitude :

– Pour Frédéric, je le sais, tout simplement. Je le connais depuis toujours.

Ma sœur parut rassérénée. Et peu à peu Frédéric, par son attitude chaleureuse, dissipa sans le savoir ses dernières inquiétudes.

Ils se marièrent à la mairie de Raismes, à l'automne. Pour la circonstance, tonton Édouard avait amené *mémère* Sidonie, que nous n'avions pas vue depuis quatre ans. Elle fut si heureuse de nous retrouver qu'elle versa quelques larmes. La journée fut gaie, et le bonheur que je voyais sur le visage de ma mère m'était infiniment doux. J'étais toute prête, ainsi qu'Hélène, à considérer Frédéric comme un père. Un vrai père, aimant et attentif, différent de celui dont je gardais un souvenir pénible. Lorsque nous fîmes nos adieux aux voisins et aux amis qui depuis quatre ans faisaient partie de notre vie, je n'eus aucun regret. Je me tournai avec espoir vers l'avenir et vers la nouvelle vie qui nous attendait.

Fourmies était une petite ville de l'Avesnois, située dans un décor agréable, entourée de champs et de bois, spécialisée dans l'industrie lainière. Ma sœur et moi, le nez collé à la portière de notre compartiment, étions impatientes de voir l'endroit où nous allions vivre dorénavant. Après la campagne que les couleurs de l'automne rendaient fastueuse, nous fûmes déçues d'apercevoir de nombreux bâtiments sombres et de hautes cheminées d'où s'échappait, dans le bleu du ciel, une fumée épaisse et sale.

– Ce sont des usines ? demanda ma sœur. Comme il y en a beaucoup !

– Oui, ce sont des filatures, acquiesça Frédéric. Elles emploient les trois quarts des habitants de Fourmies, hommes, femmes et enfants, pour le peignage et le tissage de la laine.

– Dieu merci, vous n'aurez pas à y travailler, nous dit ma mère. Je l'ai fait, lorsque je vivais chez tonton Édouard, et j'ai toujours trouvé ce travail dur et abrutissant. Et mal payé, en plus. Je préfère vous apprendre à coudre à la machine. Au moins, vous serez à la maison, et vous n'aurez pas un contremaître pour vous surveiller. Sans compter le danger, les accidents... Ma meilleure amie, Denise, s'est fait attraper le bras par sa machine. Elle est morte à l'hôpital quelques jours plus tard.

Ses lèvres tremblèrent, et elle se tut. Frédéric, près d'elle, posa tendrement une main sur la sienne :

– Cette mauvaise période est terminée, Constance. Maintenant, tout ira bien.

Elle leva les yeux vers lui, lui sourit. Je fus consciente de l'entente qui existait entre eux, du bonheur qu'ils avaient à être ensemble. La veille de leur mariage, notre mère nous avait expliqué que, si elle avait eu la patience et le courage d'attendre sept ans, c'était lui qu'elle aurait épousé. Ce qu'elle faisait maintenant, avait-elle précisé, aurait dû être fait dix ans plus tôt. Cela avait contribué à nous faire accepter Frédéric sans restriction. Il nous était impossible de regretter notre père ; et puis, comment ne pas aimer cet homme chaleureux qui nous considérait comme ses propres filles, et pour qui le bonheur de notre mère était la principale préoccupation ?

Nous descendîmes à la gare, et nous suivîmes Frédéric jusqu'à la maison qu'il avait louée dans une rue proche. Elle nous enchanta car, contrairement à ce que nous avions toujours connu, nous disposions cette fois-ci, Hélène et moi, d'une chambre où nous ne serions que deux. Nous fûmes encore plus ravies lorsque Frédéric annonça que nous pourrions la décorer à notre convenance. Excitées et heureuses, nous fîmes notre installation en bavardant comme deux perruches.

Il nous fallut très peu de temps pour nous habituer. Bientôt, nous eûmes l'impression d'avoir toujours vécu dans cette ville où, pour nous, l'existence se montrait enfin clémente. Le fait qu'il y eût des usines et que la plupart des gens autour de nous fussent des ouvriers ne nous gênait pas. C'était l'environnement auquel nous avions été habituées, à Fives comme à Raismes. Et nous connaissions maintenant, grâce à Frédéric, ce qui toujours nous avait fait défaut : une vie calme et stable. Le souvenir des scènes de violence qui avaient tant marqué notre enfance s'estompait jusqu'à disparaître complètement. Ma sœur ne faisait plus de cauchemars, et elle avait perdu ce regard craintif qu'elle avait lorsque notre père vivait. Quant à ma mère, elle était enfin heureuse. L'assurance paisible et souriante qui rayonnait d'elle contribuait à faire de notre foyer un lieu agréable où nous pouvions nous épanouir. Elle continuait à travailler sur sa machine à coudre, et elle m'avait appris à m'en servir. Mais elle l'utilisait uniquement pour nous, ou pour celles qui voulaient se faire confectionner un vêtement. Elle était ainsi plus disponible, et cela nous convenait tout à fait.

Un dimanche, Frédéric nous emmena rendre visite à ses parents, Léon et Estelle. Ils nous accueillirent avec émotion, heureux de retrouver ma mère. Ensemble, ils bavardèrent du passé, se rappelèrent leurs souvenirs communs. Estelle nous serra contre elle avec affection, Hélène et moi, et nous demanda de la considérer comme notre grand-mère. Léon, qui ne travaillait plus, n'avait pourtant pas quitté le milieu du chemin de fer. Il continuait à s'intéresser à tout ce qui avait fait son métier, et passait des heures au cabaret voisin, nous dit Estelle, avec d'autres retraités comme lui. Il nous parla d'une invention qui l'avait enthousiasmé et qui, d'après lui, allait révolutionner les chemins de fer. Avec passion, il se mit à nous expliquer qu'il s'agissait d'un système de freins automatiques, les freins à air Westinghouse, qui nous venaient d'Amérique et que les compagnies françaises commençaient à installer sur les trains de voyageurs.

– Cela supprimera le dur métier de serre-freins. Tu te souviens, Constance, des débuts de ton père, lorsqu'il rentrait bleu de froid après un voyage dans sa guérite glaciale ? Terminé, tout ça ! Vive le progrès !

Ma mère acquiesçait, intéressée. Je regardais ce vieil homme que l'amour de son métier habitait encore, et je ressentais envers lui une sympathie instinctive. Il me plaisait bien. Il ressemblait à Frédéric, avait les mêmes yeux bruns et chaleureux. Son fils aîné était mécanicien, et il en parlait avec fierté. Au moment de le quitter, dans un élan sincère je l'embrassai. Nous revînmes chez nous ce soir-là, Hélène et moi, ravies et enchantées de nos nouveaux grands-parents.

Très vite, nous nous fîmes une amie. Elle s'appelait Rosa et habitait la maison voisine de la nôtre. Âgée de quatorze ans, elle travaillait à la filature Jacquot, dite la *Sans-Pareille*, comme soigneuse. Elle portait sans cesse sur elle, comme les autres ouvrières d'usine, une tenace odeur de suint, qui imprégnait son corps, ses cheveux, ses vêtements, après tant de journées passées dans un atelier à filer une laine encore brute. Ma mère l'aimait bien et la plaignait :

— Ce qu'elle fait, je l'ai fait moi aussi, nous disait-elle, et je sais ce que c'est. Vous avez de la chance, toutes les deux, de pouvoir échapper à ça.

Il était vrai que, en demeurant oisives, nous faisions figure de privilégiées. Moi surtout, avec mon allure robuste et mon air de bonne santé. Ma sœur, plus chétive, affligée d'une légère boiterie, n'aurait pas été de toute façon une ouvrière bien solide.

Rosa avait une nature douce, timide, effacée. Son père était fileur, ses deux frères, plus jeunes qu'elle, rattacheurs. Les jours où son travail la laissait libre, c'est-à-dire les dimanches, elle venait passer l'après-midi avec nous. Nous jouions avec elle aux dés, aux cartes, nous la distrayions, nous parvenions à la faire rire. Elle ne se plaignait jamais de son sort. Pour elle, travailler à l'usine était normal. Elle pouvait ainsi, grâce à son salaire, apporter un peu plus d'aisance chez elle, car ce que gagnait son père était insuffisant pour les faire tous vivre correctement. Ma mère regardait souvent ses joues pâles et ses membres frêles, et se revoyait au même âge :

— Elle a au moins quelque chose que je n'avais pas, constatait-elle. Elle a des parents qui l'aiment, et deux frères bien vivants.

Ses yeux se perdaient au loin, et je devinais qu'elle pensait à ce petit frère nommé Rodolphe qu'elle avait beaucoup aimé et qui était mort du choléra.

Je me fis une autre amie, Maria. Elle était plus âgée que moi de deux ans et possédait une superbe chevelure blonde, de ce blond vénitien si rare, que j'admirais et enviais à la fois. En comparaison, mes cheveux me paraissaient ternes, fades, et leur châtain clair était une couleur bien ordinaire. Et puis, contrairement à Rosa qui, comme Hélène, s'effarouchait de tout, Maria était forte, décidée, sans peur. Son caractère me séduisit ; il s'accordait à ce côté aventureux de ma nature que ma mère parfois déplorait. Ma nouvelle amie travaillait également en filature. Le dimanche, elle venait me chercher et, lorsqu'il faisait beau, nous nous évadions. Sans remords, nous laissions à la maison Rosa avec Hélène qui, à cause de sa cheville, ne pouvait pas nous accompagner. Et nous faisions, dans les environs, de longues promenades, quelquefois avec d'autres compagnes que Maria amenait et que j'acceptais avec réticence, car j'aurais voulu la garder pour moi seule. Avec elles, elle chuchotait, parlait à mots couverts de garçons que je ne connaissais pas, et à ces moments-là elle m'échappait. Je demeurais dans mon coin, muette, boudeuse. Mais ensuite, Maria venait vers moi, prenait mon bras sous le sien, me regardait avec son sourire qui, à lui seul, faisait fondre mon ressentiment. On ne pouvait pas résister à Maria. Et je revenais à elle avec empressement, ravie et sans rancune.

La vie s'écoula ainsi de longs mois, simple, paisible, agréable. Nous avions fait nôtre cette petite ville, et nous vivions au rythme de ses événements, participions à ses fêtes : le nouvel an, le carnaval, la ducasse du mois de juin, le bal du 14 juillet, la fête du 15 août, les autres fêtes, Sainte-Catherine, Saint-Nicolas, Saint-Éloi, jusqu'à la plus jolie, Noël, qui clôturait l'année. Frédéric était satisfait de son travail, ma mère était heureuse ; ma sœur et moi, sous la férule des religieuses de Sainte-Thérèse, chez lesquelles nous terminions notre scolarité, devenions des jeunes filles accomplies. Je savais maintenant préparer un repas, arranger une maison, décorer une pièce, coudre une robe, réparer un accroc à un vêtement. Avec ma mère, que j'accompagnais lorsqu'elle faisait ses courses, j'apprenais à être économe, à acheter de la bonne qualité au meilleur prix. Nous formions une famille unie. Les années sombres étaient terminées. Nous nous installions avec une satisfaction béate dans un bonheur que, selon Frédéric, nous avions bien mérité, et que nous appréciions pleinement.

CHAPITRE II

A partir de l'année 1890, un marasme se fit dans l'industrie lainière. C'était la crise, disaient les patrons, qui affirmaient avoir beaucoup de mal à lutter contre la concurrence étrangère. Pour pouvoir résister, ils avaient recours à un moyen très simple : diminuer les salaires. Si les ouvriers étaient mécontents, on leur disait qu'ils n'étaient pas à plaindre, car dans les autres pays les salaires étaient encore plus bas.

En attendant, la misère grandissait. Maria me parlait de certaines de ses compagnes qui finissaient par se prostituer pour tenter de gagner un peu plus, et de ceux qui, de plus en plus nombreux, s'adonnaient à la contrebande, profitant de la frontière belge toute proche. De mon côté, je voyais bien que Rosa et sa famille se nourrissaient principalement de pommes de terre, avec seulement un pot-au-feu le dimanche.

– Nous avons fêté l'an dernier le centenaire de la révolution, disait le père de Rosa, et pourtant rien n'a changé. Les seigneurs, maintenant, ce sont les patrons. Ils nous exploitent, et nous ne pouvons rien faire. Ils le savent, d'ailleurs, et ils en profitent. Mais ils exagèrent. Si ça continue, nos salaires vont être la moitié de ce qu'ils étaient en 1882.

Lorsque je répétai ces paroles à ma mère, elle resta songeuse un instant :

– Ce qu'il dit n'est pas faux, Charlotte. Moi-même, lorsque j'ai travaillé en usine, j'ai été révoltée de voir qu'on y employait des enfants très jeunes. Oncle Édouard, à l'époque, disait que les injustices étaient dues au régime impérialiste, et que la république arrangerait tout. Mais ça fait vingt ans maintenant que la république est là, et apparemment c'est toujours pareil.

Il existait un syndicat, pourtant, créé par le patronat avec l'aide du clergé. Ce « syndicat mixte » ne comportait que les « bons ouvriers », qui devaient d'ailleurs être sérieusement parrainés pour y entrer. Ils pouvaient profiter des distractions mises à leur disposition, billard, jeux de cartes, de boules, représentations théâtrales et même excursions. En échange, ils devaient assister aux réunions ; certains s'étaient vus privés de travail à cause d'absences répétées. A chacune de ces réunions, il y avait une allocution religieuse qui conseillait l'entente avec les patrons, une bonne conduite et l'amour du travail. J'appris tout cela par le père de Rosa.

– Ce qu'ils veulent, constatait-il sombrement, c'est nous enrober avec leurs belles paroles, et nous allécher en nous offrant des jouets, comme à des enfants. C'est un moyen pour mieux nous dominer.

Je le trouvais parfois amer, et ne savais que répondre. Mais ce mécontentement était celui de beaucoup d'autres, qui étaient las de tout accepter sans rien dire. Aussi étaient-ils prêts à se laisser convaincre lorsque les dirigeants socialistes arrivèrent.

– Ne t'occupe pas de ça, Charlotte, me conseillait Frédéric lorsque je lui en parlais. En quoi cela te concerne-t-il ?

J'étais incapable de suivre cet avis qui se voulait sage. Je partageais les problèmes de mes amies, que leurs patrons obligeaient à travailler douze heures par jour, tout en refusant d'envisager la réduction à dix heures pour les femmes et les enfants. De plus, ma nature était ainsi faite que toute sorte d'injustice me révoltait. Et je m'intéressais à leur sort autant que si j'avais travaillé à leurs côtés à l'usine.

Les événements, qui devaient se terminer si tragiquement, se mirent en marche dès le mois de janvier 1891. Il y eut, d'abord, un hebdomadaire intitulé *La Défense des travailleurs* où Victor Renard, un ancien fileur de Saint-Quentin, écrivait une rubrique qu'il avait choisi de nommer « la revue des bagnes » – les bagnes étant les industries de Fourmies et des environs.

– Dans son journal, me dit Rosa, il nous traite tous d'endormis. Il y en a qui ont été vexés, mais mon père dit qu'il a raison.

J'entendais parler de noms nouveaux, qui jusque-là m'étaient inconnus, mais qui prenaient de plus en plus d'importance : Jules Guesde, Paul Lafargue, Hippolyte

Culine. Ce dernier, animateur du Parti Ouvrier, venait de s'installer à Fourmies, rue de la Montagne. Les bruits les plus divers couraient sur lui. On disait qu'il avait été condamné deux fois pour désertion, à Jailleux d'abord, en Afrique ensuite où, incorporé dans les zouaves, il avait refusé de tirer sur les Algériens. J'eus l'occasion de le rencontrer à plusieurs reprises. Trapu, solide, il avait un visage large qu'ornaient une barbe et une chevelure noires très fournies. Je fus frappée, surtout, par son regard vif, alerte, intelligent. Il représentait, pour les ouvriers brimés et mécontents, un nouvel espoir, celui d'une vie meilleure.

Dans cette animation, mon amie Maria virevoltait avec insouciance, radieuse. Elle venait de se fiancer avec le garçon qu'elle aimait. Une ombre néanmoins gâchait sa joie. Au tirage au sort, son Kléber avait tiré un mauvais numéro et devrait partir pour trois ans.

– Je l'attendrai, disait-elle, et à son retour nous nous marierons.

– Oui, approuvait ma mère avec force. Si tu l'aimes, ma fille, attends-le. Trois ans sont vite passés, malgré tout. Lorsque j'avais ton âge, les jeunes gens partaient pour sept ans. C'est ce que Frédéric a dû faire. Et ça paraissait interminable.

Elle se taisait, serrait les lèvres. Je me disais que, malgré tout le temps écoulé, malgré son bonheur retrouvé, elle regrettait de ne pas avoir attendu, à l'époque, l'ami d'enfance qu'elle aimait.

Un jour du mois de mars, ma sœur et moi revenions de la bonneterie Damperon où ma mère nous avait envoyées chercher du fil et des boutons. Soudain, des ricanements derrière nous attirèrent mon attention. Je me retournai. Trois gamins d'une dizaine d'années nous suivaient en montrant ma sœur du doigt et en imitant sa démarche boiteuse. La colère m'enflamma brutalement. Je ne pouvais pas supporter que l'on se moquât de l'infirmité d'Hélène. Cela tenait surtout à ce que je ne parvenais pas à me débarrasser d'un complexe de culpabilité; je me disais toujours que, si j'avais montré davantage de patience ce jour-là, l'accident ne se serait pas produit. Et je me sentais à chaque fois agressée par les railleries qui ne visaient que ma sœur.

Je me précipitai vers les garnements, leur criai d'arrêter. Ils me rirent au nez, l'un d'eux me tira la langue. Hélène, immobile un peu plus loin, des larmes de honte dans les yeux, me suppliait :

– Laisse-les, Charlotte. Viens donc. Ne fais pas attention.

Comme je ne l'écoutais pas, elle se remit en route. Aussitôt les trois garçons l'entourèrent, la suivirent en arborant une démarche outrageusement bancale et en criant « coin coin » d'une voix nasillarde. Le visage rouge, prête à éclater en sanglots, Hélène baissait la tête. Impuissante à me faire obéir de ces chenapans, je regardai autour de moi, affreusement gênée à l'idée que l'on pût rire de nous. Dans mon dos, une voix indignée cria :

– Sacrés garnements! Voulez-vous arrêter immédiatement! C'est stupide et méchant, ce que vous faites là. Et toi, Maurice, que crois-tu qu'il dirait, ton père, s'il savait ça? Moi je dis qu'il te donnerait une bonne raclée!

Le plus grand des garçons se retourna, s'arrêta net. Son visage exprima un embarras boudeur, et sans une parole il s'enfuit en courant, immédiatement suivi par ses deux camarades. Notre sauveur, un jeune homme d'une vingtaine d'années, vint vers nous. Il s'inclina, d'une main toucha le bord de sa casquette :

– Vous voilà débarrassées de ces galopins. Cela va mieux?

Hélène, tremblante, hocha la tête en essayant de sourire. Avec chaleur, je dis :

– Merci, monsieur.

Il s'inclina de nouveau légèrement :

– Charles Leroy, pour vous servir. Je suis content d'avoir pu vous être utile.

Sans insister, son rôle terminé, sur un bref sourire il s'éloigna. Je le suivis des yeux, songeuse, en pensant que son regard franc et son intervention chevaleresque m'avaient beaucoup plu.

A partir de ce jour, lorsque nous le rencontrions dans la rue, il nous saluait d'un signe de tête à la fois amical et respectueux, en portant toujours trois doigts à sa casquette. Je me surpris à guetter ces rencontres, à les espérer, et je sentais mon cœur battre délicieusement lorsque je l'apercevais. J'avais conscience de la rougeur qui envahissait mes joues, et je baissais les yeux avec confusion. Et, plus les jours passaient, plus je devais m'avouer que ce jeune homme m'attirait.

Un dimanche, je le croisai alors que j'étais avec Maria. Celle-ci s'aperçut de mon trouble.

– C'est Charles qui te fait rougir comme ça? me demanda-t-elle.

– Oh, Maria! Tu le connais?

Elle m'adressa un sourire taquin :

– Eh bien, oui, je le connais. Serais-tu amoureuse de lui ? C'est un jeune homme sérieux, si c'est ce que tu veux savoir. Il travaille à *Malakoff*.

Ce qu'on appelait *Malakoff* était l'usine Legrand, la plus importante filature de Fourmies.

– C'est un fils dévoué. Sa mère est veuve, et je sais qu'il lui remet fidèlement toute sa paie. Pourtant, il a vingt et un ans, et il pourrait s'amuser, comme beaucoup le font... Mais dis-moi, tu ne m'as pas répondu. Tu es amoureuse de lui ?

Je rougis, me troublai davantage. Maria se mit à rire.

– Ne prends pas cet air gêné. Quel âge as-tu ?

– Bientôt dix-huit ans.

– Tu pourrais être fiancée. Pourquoi pas ? J'ai vu comment Charles t'a regardée, tout à l'heure. Il me semble que tu ne lui es pas indifférente.

J'eus un mouvement de joie :

– Maria ! Tu crois vraiment ?...

– Mais attends, ne t'emballe pas trop. Même s'il t'aime, il te faudra beaucoup de patience. Il y a sa mère, et il ne l'abandonnera pas. S'il ne veut pas la quitter, il faudra que tu ailles vivre chez eux.

– Oh, Maria, tu vas trop vite ! Nous n'en sommes pas encore là ! J'ai le temps, je peux attendre. Ma mère me répète assez que la patience est toujours récompensée.

– Mais je croyais que ta mère ne te laissait pas fréquenter les jeunes gens. Comment connais-tu Charles ?

Je racontai à mon amie l'incident et l'intervention de Charles. Elle hocha la tête, avec gravité et approbation.

– C'est tout à fait lui, ça. Courageux et toujours prêt à défendre les faibles et les opprimés, comme nous l'a appris M. le curé.

Je ressentis une satisfaction heureuse. Le fait que Charles posssédât de belles qualités me le rendait encore plus cher. Et je continuai à attendre nos rencontres, les saluts que nous échangions, les sourires qu'il m'adressait. Il me semblait lire dans ses yeux une promesse, et pour le moment cela me suffisait.

Petit à petit, dans la ville, une effervescence grandissait. Contrairement à Hélène, vite effarouchée, je me passionnais pour ce qui se passait autour de nous. J'interrogeais Rosa, j'écoutais son père parler de l'Internationale et du socialisme. A sa grande satisfaction, les ouvriers, secoués par Culine, réagissaient. Grâce aux réunions où ils étaient conviés, ils prenaient conscience qu'ils étaient une masse importante et que, s'ils s'unissaient, leur force finirait par vaincre la puissance des patrons. Avec plusieurs camarades, le père de Rosa alla demander à M. Flament, le directeur de la filature où il travaillait, de nourrir ses ouvriers aussi bien que ses chevaux.

– C'est trop injuste, à la fin, disait-il. Les patrons vivent dans des châteaux magnifiques. Tu les as vus, Charlotte, je n'invente rien. Et nous, quand nous mourons, nous devons encore quinze mois de loyer, alors que nous avons plus de quarante ans de travail derrière nous.

Les esprits s'échauffaient. Des bandes parcouraient les rues, le soir, excitées par de longues stations dans les cabarets, en chantant un nouveau refrain que bientôt nous connûmes par cœur :

> *Tous les patrons*
> *Sont des cochons,*
> *Nous les pendrons*
> *Aux transmissions.*

Ce dernier mot signifiait les arbres de transmission qui actionnaient les métiers dans les ateliers et qui pouvaient, assurait ma mère, mutiler et tuer un homme en quelques secondes s'il se faisait happer.

Dans les rues, je voyais parfois des enfants, des adolescents ou même des ouvriers adultes faire, lorsqu'ils croisaient un contremaître ou un directeur, un geste qui leur était devenu habituel et qui traduisait à la fois une provocation, un dépit, une menace : ils se passaient la main autour du cou pour faire allusion à une corde ou au couperet de la guillotine.

Pour ma part, je trouvais cette réaction mesquine, inutile, et peut-être dangereuse. Ceux qui agissaient ainsi s'exposaient à un renvoi, pas tout à fait immérité, contrairement à ce fileur dont tout le monde parlait et qui avait été remercié sur-le-champ pour avoir oublié d'ôter ses chaussures avant d'entrer dans l'atelier.

Ces provocations étaient d'ailleurs le fait d'une minorité. En général, les ouvriers, s'ils approuvaient l'idée d'un changement, souhaitaient qu'il se fît dans le calme. Les agitateurs, parfois, traitaient ces derniers de lâches, les accusaient d'être du côté des patrons. Cela donnait lieu à des altercations que le père de Rosa déplorait car, disait-il, ils avaient besoin d'être unis.

Le dimanche 12 avril, une réunion appela les ouvriers à aller écouter, à deux heures de l'après-midi, au théâtre Lempereur, un discours de Paul Lafargue, que le Parti Ouvrier envoyait dans le Nord pour préparer le 1ᵉʳ mai.

– Mon père va y aller, me dit Rosa, excitée. Il ne veut pas rater ça. Tu te rends compte? Paul Lafargue en personne!

Ils furent nombreux à se rendre à l'appel, et la conférence les marqua profondément. Toutes les conversations, ensuite, portèrent sur le socialisme, la journée de huit heures, la manifestation du 1ᵉʳ mai. Certains affirmaient que les patrons commençaient à s'inquiéter de l'agitation, et que c'était bon signe. Contre leur pouvoir, contre toutes leurs richesses, les ouvriers n'en possédaient qu'une seule, avait dit Lafargue, leur nombre. Ils devaient s'unir, tous, sans exception.

– Son discours était superbe, ne cessait de répéter le père de Rosa. J'étais arrivé dans les premiers, et je me suis mis en avant, pour être sûr de bien tout entendre. Millot, le cabaretier, présidait la réunion. Sur la scène, un drapeau rouge était déployé. Il a été bien applaudi, notre Lafargue. Il a déclaré carrément que le patron, c'est l'ennemi. « Je peux le dire, je suis médecin : ils sont pourris. Quand je suis arrivé à Fourmies et que j'ai vu ces hautes cheminées, je me suis dit : Voilà encore des bagnes. Je cause à des forçats. » Des forçats, voilà ce qu'on est, tous.

– Ne t'illusionne donc pas, conseillait sa femme. Ça a toujours été comme ça. Pourquoi veux-tu que ça change d'un seul coup?

De telles paroles ne faisaient que l'énerver :

– C'est en raisonnant comme ça qu'on s'embourbe dans notre misère. Il faut réagir, au contraire. Sais-tu ce qu'il nous a encore dit, Lafargue? Il a dit que le patron ne sert à rien, car l'usine marche même s'il n'est pas là. « C'est un meuble inutile, un parasite que vous nourrissez. » Et il nous a conseillé d'utiliser de l'insecticide contre lui comme on le fait pour la vermine.

La mère de Rosa pinçait les lèvres avec désapprobation.

– Ce sont des beaux discours, tout ça, mais la réalité est tout autre. Vous croyez qu'ils vont se laisser faire, vos patrons? Ils vont tendre la tête pour recevoir l'insecticide, peut-être? Ils ont la force pour eux, et s'ils voient que ça tourne mal ils sauront bien s'arranger pour être les gagnants, comme toujours.

Mais il tenait à son espoir et repoussait le pessimisme de sa femme. Ma mère l'approuvait complètement. Depuis qu'elle s'était remariée avec Frédéric, tonton Édouard venait plus rarement nous voir, mais lorsqu'il venait, elle en discutait longuement avec lui.

– Qu'a fait la république, lui demandait-elle, qui selon vous devait supprimer les injustices ? Moi je dis qu'ils ont raison de se battre et de ne plus tout accepter. Souvenez-vous, lorsque j'ai commencé à travailler en filature, je le disais déjà à Angèle. Il est temps que ça bouge, c'est mon avis.

Tonton Édouard acquiesçait, mais sans son énergie d'autrefois. A chacune de ses visites, je le trouvais vieilli. Il avait confié une fois à ma mère que la vie avec sa femme, de plus en plus acariâtre, devenait difficile. Cette tante qui avait rejeté sa nièce, qui avait toujours refusé de nous connaître, Hélène et moi, me paraissait dure, intransigeante, fort peu sympathique, et je plaignais tonton Édouard d'être obligé de vivre avec une telle personne.

Quant à Frédéric, il ne disait rien. Il se trouvait satisfait de son travail à la gare, qu'il effectuait consciencieusement. Son salaire n'était pas fort élevé, et nous n'étions pas riches. Mais ma mère savait dépenser peu, et elle avait placé à la caisse d'épargne ce qui restait de l'indemnité versée par la *Franco-Belge* après l'accident de mon père, ce qui constituait une réserve dans laquelle nous pourrions puiser en cas de coup dur. De plus, nous cousions, elle et moi, et l'argent que nous gagnions en confectionnant des vêtements était un surplus non négligeable. Mais, tout en faisant partie du quart de Fourmisiens non employés en filature, nous nous intéressions aux revendications des trois autres quarts et nous les approuvions.

Le 30 avril, une nouvelle conférence eut lieu, faite cette fois-ci par Renard et Culine. Ils appelèrent tous les ouvriers à la grève le 1er mai. Un programme fut prévu pour la journée. Envoyer, dès le matin, des délégués à la mairie pour présenter les principales revendications : la journée de huit heures, la création d'une bourse de travail, la suppression des amendes, la paie tous les samedis. Ensuite, une représentation théâtrale aurait lieu l'après-midi, et le soir un bal clôturerait la fête.

– Viendras-tu au bal ? me demanda Maria.

Je secouai la tête avec doute. Ma mère et Frédéric ne me le permettraient probablement pas. Et, de moi-même, je ne voulais pas aller à cette fête sans ma sœur, qui ne dansait pas à cause de sa cheville. Mais, d'un autre côté, si j'y allais, et si Charles s'y trouvait, peut-être m'inviterait-il ? Ce serait là une occasion de lier plus ample connaissance... Ses saluts courtois ne me suffisaient plus. J'avais envie qu'il fût plus entreprenant, qu'il osât m'adresser la parole. Et j'étais décidée, si je le pouvais, à multiplier les chances de nous rencontrer.

— De toute façon, le soir tout le monde sera là, continuait Maria. Je travaillerai peut-être le matin, mais l'après-midi Kléber veut m'emmener au théâtre, et au bal dans la soirée. Renard a dit qu'il y aurait des soldats pour maintenir l'ordre, mais qu'ils danseraient avec nous!

Elle me quitta, rieuse, en secouant sa lumineuse chevelure blonde. Le père de Rosa, par contre, était d'humeur sombre :

— Impossible de se mettre d'accord, disait-il avec colère. Certains sont d'avis de travailler toute la journée, d'autres seulement le matin, d'autres pas du tout. Mais le mot d'ordre est l'abstention complète. Comme l'a laissé entendre Renard lors de sa conférence, quiconque ne chômerait pas serait un lâche et un traître. Bien sûr, les patrons ont réagi. Ils nous accusent d'être « égarés par quelques meneurs étrangers ». Certains veulent bien donner plusieurs heures de liberté, le soir, pour fêter le *mai*, et se sont même engagés à payer la boisson et la musique. Mais, par contre, ils ont tous fait placarder, dans les usines, un avis selon lequel tout mouvement de grève le 1er mai serait sévèrement réprimé. Et il paraît qu'ils ont insisté auprès de M. Bernier, le maire, pour qu'il fasse venir des troupes d'Avesnes.

Deux compagnies du 84e de ligne arrivèrent en effet dans l'après-midi et furent cantonnées à l'école des garçons, sur la place Verte. De nombreux parents s'inquiétèrent, car le bruit courait depuis quelque temps qu'une épidémie de fièvre typhoïde sévissait dans le régiment d'Avesnes, faisant de nombreux décès. On craignait que ces soldats ne contaminent l'école, et que les enfants à leur tour n'attrapent la maladie. Ce qui fit que, dès le départ, l'arrivée de l'armée fut mal acceptée.

Pourtant, Culine avait essayé de calmer les esprits.

— Ne craignez rien, répétait-il, ce sont vos compatriotes, vos frères! Ces soldats, ouvriers pour la plupart, ne tireront pas sur d'autres ouvriers. Peut-être même feront-ils cause commune avec vous...

Je ne disais rien. Je déplorais simplement que le 1er mai, qui était depuis toujours une fête traditonnelle, où l'on dansait le soir autour d'un *mai* verdoyant, un rameau fleuri planté dans la terre, pourrait voir son agréable déroulement gâché par la présence de soldats armés. J'avais demandé à mes parents si je pourrais me rendre au bal, et ma mère avait dit :

— Nous verrons. Si tout se passe bien, nous irons peut-être faire un tour.

Je m'étais contentée de cette simple promesse, et je rêvais secrètement de pouvoir danser avec Charles.

Le lendemain, dès l'heure d'ouverture des usines, une grande effervescence régna. Vers le milieu de la matinée, je vis revenir Rosa, tout essoufflée. Poussée par la curiosité, je me rendis chez elle sous un prétexte quelconque. Elle racontait à sa mère les événements qu'elle venait de vivre :

– La *Sans-Pareille* est gardée par des gendarmes à cheval et des soldats, expliquait-elle. Les grévistes empêchent ceux qui veulent travailler d'entrer, les injurient, les menacent. Certains ont lancé des pierres sur les gendarmes. Le lieutenant Jullien a été blessé à la tête. Il a fait charger ses hommes pour disperser la foule. Des manifestants ont été arrêtés, parmi les plus violents, et ont été emmenés à la mairie. Il paraît que le sous-préfet d'Avesnes a promis d'envoyer du renfort pour cet après-midi. Tout le monde est furieux. Ceux qui veulent travailler parce qu'on les empêche d'entrer dans l'usine, et ceux qui veulent faire grève parce qu'on les empêche de manifester.

– Et ton père ?

– Il a suivi la foule qui se dirigeait vers la place.

– Allons voir, Rosa, dis-je. Viens avec moi.

Elle hésita, mais j'insistai tellement qu'elle finit par accepter. Nous courûmes jusqu'à la place. Dans les rues, des groupes d'ouvriers nous dépassaient, en chantant la chanson lancée par Culine, sur l'air de « C'est à boire » :

C'est huit heures, huit heures, huit heures,
C'est huit heures qu'il nous faut !

Sur la place, une foule houleuse s'agitait. De loin, je vis Culine, que je reconnus à sa chevelure et à sa barbe noires. Il sortait du *café du Cygne*. Il alla s'installer sur le perron de l'église. Les manifestants le suivirent et se groupèrent autour de lui.

Soudain arrivèrent des gendarmes à pied et à cheval. Ils tirèrent plusieurs coups de revolver en l'air. Une bousculade s'ensuivit, des femmes crièrent. Rosa me tira par le bras :

– N'allons pas là-bas. Je ne tiens pas à recevoir des coups. Tout à l'heure, devant la *Sans-Pareille*, quand les gendarmes ont chargé, des femmes ont été piétinées. Nous reviendrons lorsque ce sera plus calme.

Cet avis me parut raisonnable, et je me forçai à le suivre. Alors que nous revenions sur nos pas, je jetai un regard en arrière. Culine était descendu du perron et s'adressait au commissaire de police qui secouait la tête avec obstination.

Autour d'eux, la foule s'agitait, menaçante. Je vis des manifestants, les bras chargés de pierres, sortir de la cour de la brasserie Van Crombrugghe, située au bord de la place.

— Ils réclament la libération de leurs compagnons prisonniers, me dit Rosa.

Un garçon d'une dizaine d'années nous dépassa en courant :

— Il paraît que le maire a promis de les libérer ce soir à cinq heures, nous cria-t-il.

— J'espère qu'alors tout va rentrer dans l'ordre, soupira Rosa.

— Je l'espère aussi, dis-je. Sinon, mes parents n'accepteront pas que j'aille au bal.

Lorsque je revins chez moi, ma mère m'interrogea, le visage sévère :

— Où étais-tu, Charlotte ?

J'essayai de prendre un air dégagé :

— Je suis allée jusqu'à la place avec Rosa.

Ma mère me fixa avec réprobation :

— Je te défends de sortir tant que le calme ne sera pas revenu.

Je baissai la tête, essayant de faire taire le bouillonnement de révolte qui me donnait envie de protester. Ma mère, qui se méfiait de mon esprit de désobéissance, nous envoya dans notre chambre, Hélène et moi, dès que le repas fut terminé. Hélène prit une robe que nous avions finie la veille et se mit à y coudre de la dentelle. Quant à moi, incapable de rester en place, je me levais sans cesse, tournais en rond, regardais par la fenêtre. A la fin, ma sœur m'interrogea :

— Qu'as-tu donc, Charlotte ? Ne peux-tu rester tranquille ?

Je m'assis, essayai de me calmer. Que se passait-il, là-bas, sur la place ? Tout le monde y était. Pourquoi ne pouvais-je y aller, moi aussi ? Il me sembla entendre des coups de revolver. D'un bond, je fus debout :

— As-tu entendu, Hélène ? On a tiré. Il faut que j'aille voir.

Hélène leva vers moi un regard effaré :

— Tu as entendu ce qu'a dit maman ? Elle ne veut pas que tu sortes.

— Nous ne sommes pas obligées de le lui dire, Hélène. Promets-moi de ne pas me trahir. Je vais me rendre dans la cour, comme si j'allais aux cabinets. Et je sortirai par-derrière. Si elle croit que je suis avec toi, elle ne se doutera de rien.

Ma sœur s'affola :

– Charlotte, tu ne peux pas faire ça! Même si elle ne s'en aperçoit pas, elle te verra revenir.

– Ne t'inquiète pas. Je vais essayer de partir sans qu'elle me voie. Et en revenant, je passerai aussi par la cour. Tout ira bien. Je ne resterai pas absente longtemps. Je veux juste aller voir ce qui se passe. D'accord?

Hélène baissa sa jolie tête blonde, déjà vaincue :

– Mère a bien raison, parfois, de dire que tu es une tête de mule, Charlotte. Quand tu as une idée dans la tête, toi alors! S'il y a quoi que ce soit, je dirai que je ne savais rien. Je ne veux pas qu'on m'accuse de t'avoir laissée faire quelque chose que je n'approuve pas.

– Merci, Hélène.

Je l'embrassai avec élan. Je sortis de la chambre sans faire de bruit, descendis l'escalier lentement, marche par marche, le dos au mur. Dans la pièce de devant, ma mère, penchée sur sa machine, cousait. Le bruit l'empêcha de m'entendre et, absorbée par son travail, elle ne me vit pas lorsque je me glissai dans le couloir. Je me retrouvai dans la cour, le cœur battant. Très vite, je gagnai la petite porte qui donnait sur la rue, l'ouvris et sortis.

Je me mis à courir vers la place. Une excitation irrépressible me soulevait. En même temps, je pensais : « Peut-être vais-je rencontrer Charles. Si je suis seule, il osera me parler... » Dans la grand-rue, un groupe de jeunes gens et de jeunes filles venait vers moi. Ils étaient nombreux et fort excités. Culine les accompagnait, il me sembla qu'il essayait de les calmer. Je vis, au premier rang, mon amie Maria avec son fiancé, Kléber. Elle tenait un rameau d'aubépine, auquel elle avait noué des rubans rouges. Elle l'agita en m'apercevant :

– Regarde mon *mai*, Charlotte. N'est-il pas beau? C'est Kléber qui me l'a offert.

Elle m'en tapota le visage, me tira par le bras :

– Mais que fais-tu là, toute seule? Viens donc avec nous!

– C'est que... je voulais aller sur la place.

– Tu iras après. Nous aussi, nous nous y rendrons. Pour le moment, nous allons à la Houppe-du-Bois. Il paraît qu'à *Malakoff* on travaille encore. Tu te rends compte! La plupart des patrons ont libéré leurs ouvriers à deux heures. Moi-même, je n'ai travaillé que jusqu'à la pause de neuf heures. Allez, viens avec nous!

Je ne protestai plus. Je pris place dans le groupe, me mis à marcher avec eux. Autour de moi, de temps en temps des cris fusaient : « Vive la Sociale ! », « Vive Culine ! », et le chant repris en chœur :

C'est huit heures, huit heures, huit heures...

Devant l'usine *Malakoff*, les plus acharnés crièrent :

— Il faut la bombarder !

Ils sortirent de leurs poches des pierres, qu'ils lancèrent dans les vitres. Maria alla jusqu'à la grand-porte de la cour et tira la sonnette avec insistance. Mais rien ne bougea.

— Ce n'est pas la peine de rester ici, dirent plusieurs jeunes gens. Retournons sur la place. Il est bientôt cinq heures, et le maire a promis de libérer nos camarades prisonniers.

Le groupe se remit en marche.

— Il nous faudrait un drapeau rouge, proposa Kléber. Où pourrait-on s'en procurer un ?

Culine approuva l'idée. Ils entrèrent dans un cabaret, ressortirent les mains vides : les propriétaires n'en possédaient pas. Plus haut, dans un autre estaminet, ils eurent plus de chance, mais le drapeau qu'on leur proposa était tricolore.

— Qu'à cela ne tienne, décida Kléber, nous le prendrons quand même. Et je vais nouer une bande de tissu noir, pour montrer que nous portons le deuil de nos prisonniers.

Victorieux, il revint prendre place parmi nous qui l'attendions. Il repoussa ceux qui, conscrits comme lui, voulaient lui prendre le drapeau :

— Pas question. C'est moi qui en ai eu l'idée, c'est moi qui le porterai.

Drapeau en tête, nous partîmes. Tout en marchant, Maria me raconta les récents événements :

— Cet après-midi, il y a eu de nouvelles arrestations. Des gendarmes à cheval sont arrivés vers quatre heures, alors que nous étions devant la mairie pour demander la libération des prisonniers. Ils ont surgi d'un seul coup, sans prévenir, de la rue Mogador, tu vois ? Ils ont chargé afin de nous repousser, n'hésitant pas à frapper de tous côtés avec leur sabre. Je te laisse imaginer la bousculade ! Des femmes et des enfants ont été renversés, piétinés. Pour protester, certains ont lancé des pierres. Il paraît que, parmi les gendarmes, il y a eu des blessés. Dans la cohue, des hommes ont été arrêtés et emmenés avec les prisonniers de la matinée, à la mairie. Seront-ils libérés ? Là est la question !

— Et d'autres soldats sont arrivés, paraît-il ? J'ai entendu parler de troupes de renfort venues de Maubeuge...

Maria eut un bref signe de tête :

— L'infanterie du 145ᵉ de ligne, oui. Mais ceux qui les ont

appelés se trompent s'ils croient nous impressionner. Ces soldats ne feront rien contre nous. Culine et Renard l'ont bien répété. Ce sont nos frères. Parmi eux, il peut très bien se trouver des gars de Fourmies. Ils ne tireront pas, même si leurs chefs leur en donnaient l'ordre.

Derrière nous, des cris retentirent. Une poussée nous jeta vers l'avant :

– A la place! Allons délivrer les prisonniers!

Je jetai un coup d'œil par-dessus mon épaule. Culine n'était plus là. Des jeunes gens brandissaient des bâtons d'un air menaçant. Bousculées, entraînées par le flot, nous avons pris la grand-rue, puis par la rue des Eliets nous sommes arrivées sur la place. Toute une partie en était gardée par les soldats. Les portes des cafés étaient ouvertes, de nombreux consommateurs s'y trouvaient et discutaient avec animation. Sur les trottoirs, des curieux flânaient. Des jeunes enfants, des garçons surtout, étaient venus admirer les uniformes. Sur la petite portion de place restée libre, les manifestants se pressaient. De l'église à la bonneterie Damperon, deux rangs de soldats, debout, l'arme au pied, empêchaient le passage vers la mairie. Derrière eux, je vis des gendarmes à cheval, et plus loin encore, d'autres soldats. Maria avança vers le barrage. Je la suivis. Je venais d'apercevoir Charles et je voulais me rapprocher de lui. Il était au centre d'un groupe d'hommes, devant les fantassins du 145ᵉ de ligne.

– Laissez-nous passer, disaient-ils. Nous voulons simplement aller à la mairie, demander nos prisonniers à M. Bernier. Il nous les a promis pour cinq heures.

Je me trouvai bientôt, avec Maria, face aux soldats. Quelques jeunes filles que je connaissais de vue, et que mon amie traitait de « cervelles » car elles étaient peu sérieuses, s'adressaient aux militaires impassibles :

– Venez donc avec nous! Allons au cabaret. C'est jour de fête aujourd'hui. Ce soir il y a bal. Vous nous inviterez à danser?

Maria, son rameau d'aubépine à la main, s'approcha d'eux.

– Regardez, dit-elle, regardez mon *mai*! Sentez comme il sent bon!

Mutine et provocante, elle leur passa la branche sous le nez, leur en caressa le visage, allant de l'un à l'autre en secouant sa magnifique chevelure blonde. Certains souriaient, amusés; d'autres détournaient la tête, avec gêne ou avec agacement. Leur commandant, derrière eux, immobile sur son cheval, observait la scène et n'intervenait pas.

– Regardez! s'exclama quelqu'un. Regardez là-bas! Le sous-préfet et le procureur se dirigent vers la mairie!

– Nos hommes! crièrent plusieurs femmes. Rendez-nous nos hommes!

Elles se mirent à chanter, sur l'air des huit heures, une litanie reprise par tous les autres :

C'est nos hommes, nos hommes, nos hommes,
C'est nos hommes qu'il nous faut!

Une bande d'ouvriers impatientés se rua en avant :

– Puisqu'ils refusent quand on leur demande gentiment, essayons la force!

Ils lancèrent des pierres en direction du sous-préfet et du procureur, qui traversèrent la place en se protégeant derrière le cordon de troupes et coururent s'enfermer dans la mairie.

– Ils fuient, les lâches! Regardez-les! Et nos prisonniers? Quand va-t-on nous les rendre?

De nouveau, le chant reprit, s'amplifia, se fit exigeant :

C'est nos hommes, nos hommes, nos hommes,
C'est nos hommes qu'il nous faut!

L'atmosphère changea, devint houleuse. Des femmes arrivèrent, qui portaient des pierres dans leur tablier. Plusieurs manifestants essayèrent de forcer le passage, sans y parvenir. Bousculés, heurtés, les soldats résistaient de leur mieux. Un gréviste se dirigea vers l'un d'eux, mâchonnant une chique de tabac, et la lui cracha au visage. Le soldat sursauta, essuya sa joue.

– Vous n'auriez pas dû venir. Ce n'est pas votre place, ici.

Je me retournai. Charles était près de moi et m'observait avec une sollicitude inquiète. Je me sentis si heureuse que je lui souris. Mais il secoua la tête, l'air grave.

– Je n'approuve pas ce genre de provocation. A quoi bon? Il est facile de voir que ça n'arrange rien.

– Ce n'est pas aux soldats qu'on en veut, intervint quelqu'un, près de lui. C'est aux gendarmes, qui par deux fois nous ont chargés. Regardez où ils sont, maintenant! Ils se cachent là-bas derrière! Honte à eux!

Il leur lança une pierre, et aussitôt les autres l'imitèrent. Cailloux et morceaux de brique se mirent à pleuvoir. Ils atteignirent aussi bien les gendarmes que les soldats. Ceux-ci, en essayant de se protéger de leurs bras, suppliaient les manifestants :

– Arrêtez! Mais arrêtez donc! Vous êtes fous! Nous ne vous avons rien fait!

Le commandant avait avancé son cheval et, à côté de ses hommes, essayait de calmer les excités. Il leur ordonna d'arrêter, et menaça de faire tirer s'ils n'obéissaient pas. Mais les cris couvrirent sa voix. Certains l'insultèrent. L'un d'eux lui tira le pied et voulut le désarçonner. En même temps, des jeunes gens munis de bâtons tentaient de désarmer les soldats en faisant de grands moulinets. Je regardai autour de moi, décontenancée. Ce qui, au début, m'avait paru excitant, devenait dangereux. Je n'aimais pas la façon dont ils se comportaient. Les scènes que j'avais subies dans mon enfance, au cours desquelles mon père battait ma mère, m'avaient fait haïr et redouter la violence. Je vis le regard soucieux de Charles. J'aperçus, plus loin en arrière, sur la place, Kléber qui pirouettait tout en levant très haut son drapeau, comme un trophée. Près de lui, Rosa et ses parents se dirigeaient vers nous. J'entrevis, au milieu d'un groupe d'hommes, le père de Maria. Je voulus reculer, aller rejoindre Rosa, mais je n'en eus pas le temps.

Une pierre vint brutalement frapper le commandant. Un officier s'élança pour saisir le coupable, mais plusieurs ouvriers l'entraînèrent, le bousculèrent. Plusieurs agents de police réussirent à le dégager. Les soldats tirèrent plusieurs coups en l'air, mais ils furent aussitôt hués par une foule provocante qui, de tous côtés, me cernait.

Les jets de pierres continuaient. Les menaces du commandant ne produisaient aucun effet, bien au contraire. Un soldat, atteint à la tête, s'affaissa. Ses compagnons avaient levé les bras et, la crosse de leur fusil à hauteur de leur front, tentaient vainement de se protéger. Des hommes, dans les premiers rangs des manifestants, voulurent les désarmer et se saisir des fusils. Devant moi, l'un deux se blessa les mains en agrippant avec force une baïonnette. D'autres attrapèrent les soldats aux jambes, pour les faire tomber.

Je m'affolai, prise au piège dans cette foule en furie. Maria s'était portée face au commandant et, de son *mai* enrubanné, elle frappait les naseaux du cheval. Derrière elle, quelqu'un cria :

– Vas-y, la fille Moutarde!

J'avais déjà entendu ce surnom qu'on lui donnait. Était-ce à cause de sa chevelure, ou bien de son caractère ardent? Je n'avais jamais osé le lui demander. Je réussis enfin à reculer hors des jets de pierres et des ouvriers qui, maintenant, sous leur poussée, réussissaient à faire plier le cordon des soldats. Sans le comprendre, je vis le commandant jeter un ordre à ses hommes. Ceux-ci abaissèrent leurs fusils. Une fille, près de moi, cria :

– Ils n'ont pas de balles à leurs cartouches! Je le sais, ils l'ont dit!

Avec de nouvelles huées de protestation, une grêle de pierres fut lancée sur les gendarmes et sur la troupe. Je reculai davantage, sentis quelqu'un me prendre le bras. C'était Rosa.

– Que font-ils, Charlotte? Ils sont fous! Pourquoi sont-ils si violents?

Son père, qui la suivait, hocha la tête avec réprobation :

– Ils ne devraient pas agir ainsi. Si ça continue, ça va mal tourner.

A ce moment, le cheval du commandant reçut une pierre en plein poitrail. Affolé, il se cabra. Je ne compris pas, alors, ce qui se passa. Il me sembla entendre un cri exaspéré :

– Feu!

Tout alla très vite. Une violente déflagration nous assourdit. Rosa, près de moi, se plia en deux, s'accrocha à mon bras, m'entraîna dans sa chute. Ce fut ce qui me sauva. Je tombai et restai là, face contre terre, immobile, ne parvenant pas à réaliser. Autour de nous, c'était l'affolement, la débandade. Avec des cris aigus, des femmes fuyaient. Je levai la tête, aperçus Maria qui titubait. Je hurlai :

– Maria!

Avec horreur, je vis son visage exploser, tandis que sa chevelure, littéralement scalpée, se mit à tournoyer autour d'elle comme un immense soleil. Incapable de me contrôler, je me mis à sangloter, affolée, terrorisée, dépassée par une situation qui m'échappait. Contre moi, Rosa se crispait et gémissait, en une plainte ininterrompue et insupportable. Lorsque les fusils se turent, les cris et les supplications semblèrent éclater dans le silence hagard. Avec précaution, je me redressai. Je réussis à me mettre à genoux, repoussai les cheveux qui me tombaient dans les yeux. Le choc subi me faisait claquer des dents, et à travers un brouillard de larmes j'apercevais la place, autour de moi, où gisaient des silhouettes immobiles et floues. Plus loin, dans la rue, des hommes, des femmes fuyaient. Sur le trottoir, des corps étaient étendus. Cette scène était si hallucinante que je passai une main sur mes yeux, comme pour en effacer la réalité. Mais lorsque je regardai de nouveau, l'horreur était toujours là.

Je tremblais et n'arrivais pas à faire un mouvement. Je ne pouvais que rester là, incapable même de me mettre debout. Je vis l'abbé Margerin, notre curé, arriver en courant, l'air bouleversé. Il alla vers les soldats, s'arrêta devant le commandant en étendant les bras. Je l'entendis crier :

– Je vous en conjure, ne tirez plus! Assez de victimes! Voyez ces cadavres, ces blessés! Laissez-nous les relever!

Le commandant, du haut de son cheval, répondit :

– Je ne demande pas mieux.

Je parvins enfin à me lever. J'allai vers le curé en titubant. Il était penché sur le corps d'un jeune homme, devant la bonneterie Damperon. En un éclair, je vis qu'il s'agissait de Charles. Je tombai à genoux près de lui, dis dans un souffle :

– Oh, mon Dieu... Il est... il est gravement blessé?

– Ce brave enfant est mort, me dit l'abbé Margerin d'une voix sourde. Je viens de lui donner l'absolution.

Stupide, anéantie, je regardai le visage calme de Charles sans comprendre. « Vous n'auriez pas dû venir », m'avait-il dit. Et lui, pourquoi était-il venu? Pour se faire tuer? Je me tordis les mains avec désespoir.

Les vicaires avaient suivi notre curé. L'abbé Darel se pencha sur une jeune fille, un peu plus loin. Je remarquai qu'elle avait l'œil gauche crevé et le crâne fracassé. L'abbé Margerin se releva, très pâle :

– Il faudrait transporter ces pauvres gens à l'abri, ne pas les laisser là.

Il frappa à la porte de la maison Damperon. Personne ne répondit. Le même accueil lui fut réservé aux maisons voisines. Il revint en secouant la tête :

– Ils n'osent pas ouvrir. Ils sont terrorisés et se sont enfermés chez eux.

A genoux près de Charles, je ne réagissais pas. Ce n'était pas possible qu'il fût mort! J'avançai une main, touchai sa joue, l'appelai, sans parvenir à troubler la paix hiératique de son visage. Plusieurs personnes arrivaient timidement. Je reconnus Zéphyrin, le sacristain, Florimond, le garçon brasseur qui nous livrait habituellement, quelques autres. L'un d'eux cria :

– Il y a beaucoup de blessés, là-bas, sur le trottoir. Et des morts aussi.

– Je vais y aller répondit le curé. Prévenez mes vicaires. Et en attendant, aidez-moi à porter ces corps jusqu'au presbytère.

Il me tourna le dos, fit quelques pas. Je l'entendis s'exclamer :

– Mais c'est Maria! Mon Dieu! Pauvre, pauvre enfant...

J'allai jusqu'à lui. Je faillis hurler. Mon cri s'étrangla dans ma gorge et se transforma en un gémissement sourd, incontrôlable, devant le spectacle atroce que je découvrais. Mon amie Maria était étendue, morte. Tout le haut de sa tête avait été emporté et des débris de cervelle avaient giclé autour d'elle, sur le pavé. Maria à la lumineuse chevelure blonde, dont elle était si fière... Son *mai* enrubanné gisait plus loin, dérisoire, brisé, piétiné. J'eus un hoquet, me sentis devenir faible. Je me détournai, les larmes aux yeux. Dans un magma flou émergeaient vaguement les képis des gendarmes, les uniformes des soldats. Un homme qui arrivait en courant leur cria avec rage, en leur montrant le poing :

– Assassins! Vous êtes contents, maintenant? Vous l'avez expérimenté, votre fusil Lebel! Et pour ça il vous fallait nos filles et nos enfants!...

Il se dirigea vers l'abbé Margerin toujours penché sur Maria :

– Monsieur le curé, venez vite! Là-bas, un enfant va mourir, au cabaret de *la Bague d'or*. Il a été atteint par une balle en pleine poitrine. Un enfant, Monsieur le curé, un enfant! Il ne doit pas avoir plus de dix ans!

De nouveau il se tourna vers les soldats, leur jeta d'une voix vibrante de haine :

– Vous entendez, assassins? Vous pouvez être fiers de vous. Vous tuez même les enfants!

L'abbé Margerin le prit par le bras, essaya de le calmer, lui promit d'arriver bientôt et le confia à l'abbé Arnould, un de ses vicaires, qui l'emmena en direction du cabaret.

– Si vous voyiez les façades! s'exclamait l'homme en s'éloignant, visiblement traumatisé. Les balles ont troué les murs, ont brisé les vitres. J'étais là, à *la Bague d'or*, en train de boire une chope. Et cet enfant, qui passait sur le trottoir, est venu rouler près du comptoir, la poitrine couverte de sang...

Derrière moi, dans une plainte, une voix appela faiblement :

– Charlotte!

Je me retournai. Rosa, le visage crispé par la souffrance, essayait, sans y parvenir, de se relever. Sur sa jupe, à la hauteur de sa cuisse, une grande tache rouge s'élargissait.

– Charlotte, j'ai mal...

Je me laissai tomber près d'elle, saisis ses mains dans les miennes :

– Ne bouge pas, Rosa. Tu es blessée. Je vais aller chercher tes parents. On te ramènera chez toi.

Elle regarda autour d'elle, l'air hagard :

– Que s'est-il passé?

L'abbé Margerin, aidé de Zéphyrin, emmenait Charles au presbytère. Je me mordis les lèvres, tentai de réprimer mes sanglots. Charles, qui m'était ravi avant qu'il ait pu y avoir quelque chose entre nous... Je pensai à sa mère, déjà veuve, qui allait se retrouver seule. Je me penchai sur Rosa :

– Les soldats ont tiré. Tout le monde s'est enfui. Je vais essayer de retrouver ton père ou ta mère. Ils étaient là, tout à l'heure. Ils doivent te chercher. Ils te transporteront jusque chez toi. Tu ne peux pas marcher. Surtout, n'essaie pas de bouger.

Elle ferma les yeux, serra les lèvres :

– J'ai mal. Oh, ma cuisse...

– Je reviens, Rosa. Je vais tâcher de faire vite. En même temps, nous préviendrons le médecin.

Je traversai la place en courant. Déjà, les secours s'organisaient. Des hommes transportaient des corps jusqu'au presbytère. Je croisai le père de Maria qui arrivait, bouleversé, le visage défiguré par le chagrin. Il apostrophait tous ceux qu'il rencontrait :

– Ce n'est pas vrai, n'est-ce pas ? Dites-moi que ce n'est pas vrai ! On vient de m'annoncer que Maria a été tuée. Ce n'est pas possible ! Maria, ma petite fille...

Affolé de douleur, il ne me vit pas. J'en fus soulagée. Je me sentais incapable de lui confirmer l'atroce nouvelle.

Dans les cabarets, l'agitation était extrême. La plupart des manifestants, lorsqu'ils avaient fui, étaient venus se réfugier là. Mais les balles les avaient poursuivis jusque sur les trottoirs, jusqu'à l'intérieur des cafés parfois. Là aussi, des blessés, des morts gisaient sur le sol. L'abbé Delvallée, un autre vicaire, était penché sur une jeune fille ensanglantée et immobile. A côté d'eux, une femme sanglotait bruyamment, le visage enfoui dans un mouchoir, tandis qu'un homme la tenait par l'épaule, l'air ahuri et perdu. D'autres femmes, plus loin, poussaient des cris perçants. Des groupes d'ouvriers se formaient. Certains paraissaient abasourdis, d'autres s'agitaient et clamaient bien haut leur révolte. Devant le *Café de l'Europe*, je dus m'écarter pour laisser passer un cortège pathétique. Des jeunes gens poussaient une brouette dans laquelle un corps était étendu, bras et jambes pendants. Un coup d'œil m'apprit qu'il s'agissait de Kléber. Je compris tout de suite qu'il était mort, lui aussi. Sur sa poitrine, sa chemise n'était plus qu'un chiffon poissé de sang. Son frère marchait à côté de la brouette, et je vis qu'il pleurait. J'eus dans la bouche un goût de larmes, avalai ma salive plusieurs fois pour essayer de repousser la boule qui se formait dans ma gorge. Kléber, tué lui aussi, lui qui, quelques minutes auparavant, faisait gaiement danser son grand drapeau à l'extrémité de la place... Un homme, sur le seuil du café, cria :

— Nous te vengerons, Kléber! Toi et les autres, nous vous vengerons tous!

J'essayai de courir, pensant à Rosa blessée qui attendait, mais j'étais entravée dans ma marche par de nombreuses personnes qui me semblaient s'agiter en tous sens. A un moment, je glissai dans une flaque de sang et me retins instinctivement à un homme qui arrivait en sens inverse.

— Charlotte! s'écria-t-il. Où est Rosa? Je la cherche partout.

Je m'agrippai à lui :

— Elle est là-bas, sur la place. Elle ne peut pas bouger. Elle est blessée, à la cuisse je crois.

Il eut une exclamation, en même temps inquiet et soulagé :

— Je vais la chercher. Je saurai bien la ramener, même si je dois la porter tout le long du chemin. Toi, Charlotte, veux-tu aller prévenir ma femme? Elle était repartie à la maison, au cas où Rosa aurait décidé de rentrer. Ça la rassurera un peu. On se demandait si elle n'avait pas été tuée. Il paraît qu'il y a des morts?

— Oui, dis-je d'une voix tremblante, oui. Je les ai vus. Maria, et son fiancé Kléber, et Charles aussi... Il y en a d'autres... Et beaucoup de blessés.

Il souleva sa casquette, gratta son front plissé par l'anxiété :

— Pour Rosa... J'espère que ce n'est pas trop grave. Peux-tu passer prévenir le médecin, Charlotte?

Tandis que j'acquiesçais, il s'élança vers la place. Je repris ma route, les yeux encore emplis des images d'horreur qui refusaient de s'estomper. Au fur et à mesure que je m'éloignais de la place, je rencontrais des gens qui s'interrogeaient, ignorants du drame. D'autres s'arrêtaient, le leur expliquaient. J'entendais les exclamations d'effroi, d'incrédulité. Je passai rapidement, incapable de parler, de raconter. C'était trop affreux.

J'arrivai chez Rosa. Sa mère, inquiète, était sur le seuil et scrutait la rue.

— Charlotte, où est Rosa? s'écria-t-elle aussitôt.

Je dus lui expliquer. Elle devint très pâle, et ses yeux s'emplirent de crainte.

— C'est grave, Charlotte?

— Je ne crois pas, dis-je dans l'espoir de la rassurer.

Derrière elle, le plus jeune frère de Rosa m'écoutait, le visage effrayé. Elle se tourna vers lui :

– Va chercher le docteur Colliard. Dis-lui de venir le plus vite possible.

Le petit garçon partit en courant, tandis qu'elle rentrait dans la maison :

– Je vais préparer le lit. Et des bandages pour les pansements. Mon Dieu, mon Dieu... quelle catastrophe!

Je la laissai et revins chez nous. Je passai par-derrière, entrai dans la cour. Je dus m'appuyer un instant contre le mur pour lutter contre la faiblesse qui, maintenant que j'étais à l'abri, rendait mes jambes flageolantes. Lorsque je me sentis un peu mieux, je poussai la porte de la cuisine. Ils étaient là tous les trois, ma mère, ma sœur, et Frédéric qui portait encore sa tenue de travail. Il disait :

– Si elle ne rentre pas, je vais aller à sa recherche.

Ils se tournèrent vers moi et je lus sur leur visage le soulagement, l'effroi, la colère :

– Où étais-tu, Charlotte? s'exclama ma mère.

Hélène porta une main à sa bouche, comme un enfant apeuré :

– Charlotte! Tu es blessée?

Je suivis la direction de son regard, aperçus le sang qui tachait ma robe, parmi les traces de poussière et d'autres que je ne voulus pas identifier. Je me souvins de m'être agenouillée près de Charles, près de Maria. En même temps, je pris conscience de l'aspect que je devais offrir, hagarde, échevelée, tremblante de frayeur rétrospective. Je me laissai tomber sur une chaise, à bout de forces, de résistance, et je me mis à pleurer, la tête dans les mains. Ma mère vint à moi, affolée :

– Mon enfant, que se passe-t-il?

Je m'accrochai à elle, qui m'entoura de ses bras, et je sanglotai davantage, sans pouvoir me retenir. Il fallait que je me libère de la peur éprouvée, de l'horreur vécue, des images que pourtant jamais je n'oublierais : Kléber dans la brouette, la poitrine ensanglantée, et Maria, mon amie Maria, avec sa tête qui avait éclaté, et sa cervelle éparse sur le pavé... J'eus un hoquet violent, enfouis mon visage dans la poitrine de ma mère, me serrant contre elle avec désespoir, cherchant dans son amour un secours, un refuge, un exutoire à une souffrance si aiguë qu'elle en devenait insupportable.

– Tiens, bois ça.

Avec autorité, Frédéric me souleva le menton, me fit avaler une gorgée d'alcool. Je toussai, faillis m'étrangler. Mais une subite chaleur chassa le froid et les frissons qui me faisaient trembler. J'essuyai mes yeux, cessai de sangloter; mes larmes continuèrent à couler d'elles-mêmes, abondantes, ininterrompues. Frédéric m'obligea à boire l'alcool jusqu'à la dernière goutte, et enfin je me calmai. J'éprouvai une étrange sensation, comme si je me dédoublais. Les événements que j'avais subis prenaient subitement du recul, et j'avais l'impression qu'ils étaient arrivés à une autre.

– Tu retrouves un peu de couleurs, constata ma mère. Tu es rentrée ici comme un spectre, pâle à faire peur. Et nous, nous nous demandions où tu étais passée. Nous avons entendu des coups de feu, et nous étions très inquiets. Tu es insupportable, Charlotte, il faut toujours que tu désobéisses. Vois ce qui aurait pu t'arriver. Qu'y a-t-il eu? Ce sont les soldats qui ont tiré?

– C'était affreux, dis-je, affreux. Des ouvriers se sont énervés et ont lancé des pierres, ont essayé de forcer le barrage pour aller jusqu'à la mairie réclamer les prisonniers. Le commandant leur a ordonné de reculer et a menacé de faire feu s'ils ne cessaient pas. Ils ne l'ont pas écouté, l'ont insulté. Et puis, je ne sais pas... Il y a eu une bousculade... Je me souviens qu'il y avait Maria, près de moi, qui jouait avec son *mai*... J'ai réussi à reculer, je me suis retrouvée près de Rosa... Et d'un seul coup, ils ont tiré... Ils ont tiré alors que la place était pleine de monde, et dans la foule il y avait des femmes, des enfants...

– Mon Dieu, gémit ma mère. Tu aurais pu être tuée, Charlotte.

– Je me doutais bien que ça allait mal tourner, dit Frédéric. Je l'ai pensé tout de suite quand les troupes sont arrivées à la gare, hier et aujourd'hui. Pourquoi faire venir tant d'hommes? Et de l'infanterie en plus! A mon avis, le maire et les patrons ont commis une erreur. Ils espéraient peut-être ainsi maintenir l'ordre, mais la présence des soldats n'a fait qu'envenimer les choses.

– Les manifestants en voulaient surtout aux gendarmes. Maria... Maria m'a dit qu'ils avaient chargé plusieurs fois, et qu'ils étaient responsables des arrestations.

– Mais ce sont les soldats qui ont tiré. Y a-t-il des morts? des blessés?

J'avalai un sanglot, dis d'une voix sourde :

– Oh oui, il y en a. Il y a eu, près de moi, Maria, et Charles, ce jeune homme qui nous avait défendues, tu te rappelles, Hélène, lorsque ces garnements s'étaient moqués de toi... Et Kléber aussi. Je l'ai croisé en revenant ici, ses camarades le ramenaient chez lui dans une brouette. Et il y en a d'autres... Un homme est venu chercher M. le curé pour un enfant qui venait d'être tué à *la Bague d'or*. Je me souviens qu'il a insulté les soldats et les a traités d'assassins.

– Mais toi, tu n'as rien, demanda ma sœur. Tu es sûre que tu n'es pas blessée ?

– Non, je n'ai rien. Peut-être un bleu au genou, lorsque je suis tombée. C'est Rosa qui a été touchée. Je l'ai laissée sur la place pour aller chercher son père. Elle a reçu une balle dans la cuisse, elle ne pouvait pas se relever. – Je me blottis de nouveau contre ma mère. – Oh, mère, c'est horrible...

Je fermai les yeux, en proie à un vertige. L'alcool que j'avais bu rendait ma tête légère, mes joues brûlantes. Dans mon esprit tournait, en une ronde affolée et infernale, les images de la fusillade, toujours les mêmes : Maria, et Charles, et Kléber... Ma mère tâta mon front :

– Tu sembles avoir de la fièvre, Charlotte. Le mieux serait d'aller te coucher. Je te porterai un bol de bouillon.

Sans protester, je montai dans la chambre, soutenue par Hélène. Je me sentais malade. Je me déshabillai rapidement, parcourue de frissons, me couchai. Hélène resta près de moi, et sa présence attentive et douce m'était un réconfort. Ma mère arriva, me bassina le visage avec un linge humide, dont la fraîcheur apaisa la brûlure qui enflammait mes joues. Elle voulut me faire boire du bouillon, mais après deux gorgées je repoussai le bol, écœurée. Elle n'insista pas, me fit allonger, me borda avec tendresse, m'embrassa sur le front :

– Le choc t'a anéantie. Essaie de dormir. Tu m'as fait peur, vilaine enfant désobéissante.

Hélène se pencha, posa un baiser sur ma joue :

– Repose-toi, Charlotte. Je tâcherai de ne pas faire de bruit en venant me coucher, pour ne pas te réveiller.

J'essayai de leur sourire, mais je ne pus y parvenir. Je les voyais à travers un brouillard, déformées, irréelles, éthérées. Elles sortirent de la chambre en chuchotant. Je fermai les yeux. Tout devint noir et, dans cette obscurité qui fondait sur moi, je me sentis tomber, avec Rosa qui se cramponnait à mon bras, et je tournoyai, tournoyai indéfiniment dans un puits sans fond.

CHAPITRE III

Le lendemain, je me réveillai tard. Je me sentais engourdie, bizarre, et en même temps une immense désolation m'accablait. Ainsi, ce que j'avais vécu était bien réel, ce n'était pas un simple cauchemar que le jour pouvait dissiper... Je me levai, descendis rejoindre ma mère et ma sœur au rez-de-chaussée. Frédéric était parti travailler. Inquiète devant mon visage pâle et mes yeux cernés, ma mère me força à boire un bol de lait.

– Je suis allée faire des commissions ce matin, commenta-t-elle. Ce qui se passe est bien triste. Les gens sont à la fois consternés et révoltés. Personne n'a repris le travail, bien entendu. La plupart des ouvriers sont dans les rues, et des patrouilles passent sans arrêt. Une telle situation est lamentable.

J'avalai quelques gorgées de lait avec difficulté :

– Rosa est-elle revenue chez elle ?

– Oui. Pauvre enfant ! Elle a reçu plusieurs balles dans la cuisse. Le docteur Colliard la soigne, mais il est débordé. Il paraît qu'il y a près de trente blessés. Quant aux morts, ils ont été transportés au presbytère. Les sœurs de Sainte-Thérèse ont donné les derniers soins aux corps, les ont lavés et ont essayé de les rendre présentables. Sœur Agathe a passé toute la nuit avec un enfant agonisant dans les bras, qui est mort ce matin à quatre heures. Personne ne savait qui il était. C'est seulement vers neuf heures qu'on a pu l'identifier. Il habite à l'autre bout de la ville. Sa famille, inquiète de ne pas le voir revenir hier, l'avait cherché partout. C'est sa sœur qui, finalement, est venue jusqu'ici pour demander s'il n'était pas parmi les victimes. Ce qui était le cas, hélas ! Ce pauvre enfant n'avait rien à voir avec les manifestants. Hier après-midi, en sortant de l'école, il a annoncé qu'il s'en allait voir les soldats, et il est arrivé au moment de la fusillade.

– C'est celui-là, dis-je d'une voix enrouée, dont parlait cet homme qui est venu chercher M. le curé. Il était hors de lui. Il a crié aux soldats qu'ils étaient des assassins.

– La grande majorité de ceux qui ont été tués n'avaient pas vingt ans. Leurs parents sont désespérés et en même temps furieux. Certains parlent de se venger, et M. le curé a eu bien du mal à les calmer. Quant aux soldats du 145ᵉ, qui ont tiré, ils sont haïs et insultés par tout le monde.

– Le bruit court, ajouta Hélène d'une voix tremblante, que beaucoup ont tiré en l'air lorsqu'on leur a ordonné de faire feu. S'ils avaient tous obéi, il y aurait davantage de morts et de blessés, paraît-il.

Je revis le visage des soldats qui souriaient, tandis que Maria les agaçait avec son *mai*; je revis ceux qui se protégeaient de leurs bras levés en suppliant les manifestants de cesser leurs jets de pierres. Ils étaient jeunes, eux aussi, comme ceux qu'ils avaient tués. Parmi eux, qui avait tiré et fait œuvre de mort sur des jeunes filles, des femmes, des enfants?...

Hélène vint à moi et me pressa contre elle avec émotion :

– Charlotte... murmura-t-elle sourdement. Dieu merci, tu n'as rien. Quand je pense que tu aurais pu être blessée, ou même tuée...

– Je devrais te punir pour avoir désobéi, dit ma mère avec réprobation. Mais je suis tellement soulagée de te retrouver saine et sauve que je ne ferai rien. J'espère simplement que la scène à laquelle tu as assisté et la peur que tu as eue te serviront de leçon.

Je baissai la tête, ne répondis pas. Les images qui ne me quittaient pas étaient, en effet, une punition dure à supporter.

Dans la journée, lorsque je me sentis un peu mieux, j'allai voir Rosa. Elle était couchée et son visage aux traits tirés trahissait sa souffrance. Elle eut un faible sourire en me voyant :

– Charlotte! C'est gentil d'être venue.

Je la regardai, avec pitié et affection :

– Comment vas-tu, Rosa?

Elle essaya de remuer, et une grimace tordit sa bouche. Sa mère, près de nous, éclata :

– Comment veux-tu qu'elle aille? Ah, ils peuvent être fiers d'eux, les soldats! Tirer sur des petites aussi gentilles que la mienne! Bien sûr ça ne leur fait rien si elle reste infirme alors qu'elle n'a que dix-sept ans... Heureusement, le docteur Colliard pense qu'avec du repos et des soins tout rentrera dans l'ordre. Par contre, le pauvre Gobert... Il habite un peu plus loin dans la rue. Il a reçu trois balles, au poignet, au cou, et à la joue. Il y a des risques qu'il soit infirme, car l'artère du poignet a été coupée. Et que fera-t-il, alors? Il est rattacheur, il a besoin de toute l'agilité de ses doigts!

Le père de Rosa secoua la tête avec tristesse, fit la remarque qu'avait faite Frédéric la veille :

– Moi je dis que les premiers responsables, ce sont le maire et les patrons. Pourquoi avoir fait venir la troupe? Nous avions prévu une manifestation, d'accord, mais nous avions comme mot d'ordre de la faire dans le calme.

Sa femme renifla avec mépris :

– Et Culine? Et Lafargue? Ils ne sont pas responsables, peut-être? Ils vous ont poussés à la révolte, et toi le premier, tu les as écoutés lorsqu'ils ont répété qu'il fallait se battre pour une vie meilleure. Mais bien sûr, ils n'avaient pas prévu que les soldats tireraient! Ils avaient même dit qu'ils refuseraient d'obéir au cas où l'ordre leur en serait donné. Quelle ironie! Des soldats qui désobéissent à un ordre, as-tu déjà vu ça? Au contraire, ils ne se sont pas occupés de savoir sur qui ils tiraient. Le plus jeune de leurs blessés est un enfant de deux ans. Il était dans les bras de sa mère, qui sortait de l'épicerie Carion. Il n'avait bien sûr rien à voir avec la manifestation, comme la plupart des blessés.

Son mari approuva :

– C'est vrai. C'est comme Constant Carpentier, tu sais, Charlotte, le caporal des pompiers. Je suis allé le voir ce matin. Avant la fusillade, il était à *la Bague d'or* et buvait une chope avec son camarade Émile Ségaux. En entendant les cris sur la place, ils ont décidé de s'en aller avant qu'il y ait du grabuge. « Ça va tourner drôle », a même dit Ségaux. Ils sont sortis et au même moment les soldats ont tiré. Ségaux a été tué. C'est le plus âgé des neuf morts, le seul qui ait plus de vingt ans. Il en avait trente, et il a deux enfants. Quant à Carpentier, il a reçu une balle dans le ventre et on ne sait pas si on pourra le sauver.

La mère de Rosa me prit à témoin :

– Regarde ma fille, Charlotte. Tu ne peux quand même pas dire que ce n'est pas une brave petite, sérieuse, travailleuse, et tout! Je répète qu'elle ne méritait pas d'être blessée.

J'acquiesçai avec sincérité :

– Je le sais bien, et je suis sûre que c'est la même chose pour tous les autres. Et ce petit garçon de onze ans qui a été tué! Il était venu par curiosité, pour voir les soldats. La mère supérieure de Sainte-Thérèse, qui a fait sa toilette mortuaire, a trouvé une toupie dans sa poche. Son père était fou de douleur, paraît-il, et voulait se venger sur n'importe quel soldat.

– Je le comprends. Je réagirais de la même façon, moi, si on m'avait tué un des miens.

Je restai encore quelques instants près de Rosa, puis la quittai pour ne pas la fatiguer, en lui promettant de revenir la voir souvent. En sortant de chez elle, je réalisai que j'aurais pu être blessée, moi aussi, ou même tuée comme Maria... Un grand frisson me parcourut.

Lorsque Frédéric rentra de son travail, il avait un visage sombre.

– La situation est tendue, annonça-t-il. La gare est occupée militairement par un détachement d'infanterie. Des patrouilles sillonnent toutes les rues. Les patrons et la municipalité craignent des représailles, et ont demandé des renforts. Le préfet du Nord, Vel-Durand, est arrivé ce matin à neuf heures. Et à dix heures et demie, le 15e d'artillerie à cheval est venu de Douai. Ils ont été sifflés et hués par les ouvriers dès leur sortie de la gare. On les a traités de Prussiens, de lâches, de fainéants, de mauvais Français, que sais-je encore! Il faut dire qu'un tel déploiement de troupes est exagéré. Il n'y en aurait pas tant si on craignait une invasion étrangère!

Il nous considéra avec affection :

– En tout cas, si vous devez sortir, soyez prudentes. Et je compte sur toi pour ne plus t'enfuir comme hier, n'est-ce pas, Charlotte?

Son air soucieux me rendit confuse. Je hochai la tête dans une promesse muette. Je commençais seulement à me rendre compte que j'avais eu de la chance de m'en sortir indemne.

Cette nuit-là, je rêvai de Charles. Je marchais dans une prairie ensoleillée, et il venait vers moi, le sourire aux lèvres. Puis il avançait à mes côtés, et un grand bonheur m'envahissait. Mais subitement une explosion retentissait et il disparaissait. Je l'appelais, courais en tous sens pour essayer de le retrouver. La prairie si verdoyante était maintenant jonchée de cadavres, et l'herbe se teintait de sang. Je trébuchais contre l'un d'eux, glissais dans une masse grisâtre qui était de la cervelle, m'affalais sur un blessé qui râlait. Je criais. Il me saisissait l'épaule, et je criais encore plus, en un hurlement strident et prolongé.

– Charlotte! Que se passe-t-il?

J'ouvris des yeux égarés. Hélène était penchée sur moi et me secouait l'épaule pour me réveiller.

– Charlotte, tu m'as fait peur! Tu gémissais, et puis d'un seul coup tu t'es débattue en poussant des cris effrayés. Tu as fait un cauchemar?

Mon rêve était encore si présent, si horrible, que j'en demeurais prisonnière. Je m'efforçais de repousser l'oppression angoissante qui m'écrasait la poitrine. Je me mis à sangloter, versai des larmes brûlantes qui mouillèrent mon visage et celui d'Hélène serrée contre moi. Je me rendormis accrochée à elle et à sa présence rassurante.

La journée du dimanche fut sinistre. La ville donnait l'impression d'être en état de siège. A force d'insistance, ma mère finit par m'accorder la permission de me rendre chez Maria. Les rues étaient agitées, remplies de monde, et des patrouilles d'infanterie les sillonnaient sans cesse. Des femmes les insultaient, des hommes leur montraient le poing. L'un d'eux, devant moi, déchira une affiche de la municipalité placardée sur un mur. J'eus à peine le temps de lire les premiers mots: « Chers administrés... »

– Ils essaient de nous amadouer, me lança-t-il avec hargne, et ils nous disent qu'ils sont désolés. Qui ne le serait pas, hein, quand on voit le résultat de leurs actions? Ils nous demandent d'être calmes lors des obsèques des victimes. Elles devaient avoir lieu aujourd'hui mais les familles ont reporté l'enterrement à demain matin. Sûr qu'on y sera, et nombreux! On s'est tous mis d'accord pour porter une cravate rouge, et un brassard noir au bras gauche.

Sur la place de l'église, il y avait foule. Les cabarets gardaient la trace des balles dans leurs vitres, leur porte, leurs murs. Quelques-unes des enseignes étaient voilées d'un grand crêpe noir en signe de deuil. Devant la mairie, la place était toujours occupée militairement. Les soldats y avaient installé leur bivouac, et certains d'entre eux préparaient le repas dans de grands chaudrons. Malgré la pluie qui était tombée toute la nuit, ils avaient dû dormir dehors, avec pour simple litière une botte de paille. En passant, je leur jetai un coup d'œil rapide. Ils avaient un air indifférent, plutôt ennuyé. Ils n'avaient pas des têtes d'assassins. Étaient-ce ceux-là qui avaient tiré?

La mère de Maria se mit à pleurer en me voyant, gémit doucement:

– Elle est morte, ma petite fille, ma mignonne... Ils me l'ont tuée. Ils lui ont fracassé la tête, et on n'a même pas pu retrouver sa belle chevelure, dont elle était si fière...

– Je sais, dis-je, j'étais près d'elle. Je l'ai vue. C'était affreux...

Elle ne m'écoutait pas, perdue dans sa douleur. Son père, par contre, était outré, révolté, furieux :

– Une honte, Charlotte, une honte! Tirer sur ma fille, qui ne faisait rien de mal! Elle ne lançait pas de pierres, elle n'avait pas de bâton. Tout ce qu'elle tenait, c'était son *mai*. Quelle arme menaçante, n'est-ce pas? Sais-tu que ce ne sont même pas les soldats qui l'ont tuée? C'est un coup de revolver qui lui a emporté la tête. Des témoins m'ont affirmé avoir vu un sous-officier de gendarmerie tirer à bout portant sur un groupe de femmes, et Maria était parmi elles. Te rends-tu compte, Charlotte? Que peut-on penser de ça?

Les larmes aux yeux, je ne répondis pas. Quel que fût le coupable, le résultat était le même. Maria, mon amie blonde et rieuse, était morte. Je l'aimais sincèrement, et je sentais une lourde peine m'étouffer.

– Et comme si ça ne suffisait pas, ils envoient d'autres troupes. Hier, des cuirassiers sont arrivés de Cambrai, et ce matin c'étaient des dragons armés de lances. Après les baïonnettes, les fusils, voici les lances! Pourquoi pas des canons, pendant qu'ils y sont? Il paraît même qu'un bataillon de quatre cents hommes viendrait spécialement du Havre. Ce qu'ils ont fait ne leur a pas suffi? Pourquoi veulent-ils être plus nombreux? Pour faire davantage de victimes?

– Ils craignent peut-être des représailles, dis-je d'une voix enrouée de larmes. Le bruit court que des grévistes belges vont arriver avec des armes et de la dynamite. Ils seraient douze mille, et prêts à tout. Enfin, c'est ce qu'on dit.

– De toute façon, intervint sa femme en essuyant ses yeux rouges et gonflés de pleurs, tout ça ne changera rien pour nous. Même s'ils renvoyaient tous les soldats, le mal est fait, et ma fille est morte. Et Kléber aussi. Pourtant, il n'était même pas face à eux, lui. Il se trouvait à l'autre bout de la place, et il dansait avec son drapeau. Comment ont-ils pu le tuer, au milieu de tant de monde? L'ont-ils visé exprès, parce qu'il portait le drapeau? – Sa bouche se tordit dans un sanglot silencieux. – En tout cas, maintenant, les voilà morts tous les deux, et on va devoir les enterrer, alors qu'on prévoyait de les marier...

Elle se tut, incapable de continuer, se remit à pleurer. Je ne trouvai rien à dire. Devant un tel drame, toute consolation était impossible.

Alors que je partais, d'autres personnes arrivèrent, le visage tendu par le chagrin. J'embrassai les parents de Maria et leur promis que je serais présente, le lendemain, à l'enterrement. Je ne pouvais rien faire d'autre.

Ma mère décida de m'accompagner. Elle trouvait que les revendications des ouvriers étaient justes, et déplorait le fait que certains d'entre eux avaient été tués, simplement parce qu'ils cherchaient à sortir d'une misère qui les obligeait à faire travailler leurs femmes et leurs enfants. Il fallait, affirma-t-elle, montrer par notre présence que nous les soutenions et que nous partagions leur peine. Frédéric, pris par son travail, ne pouvait venir, et ma sœur, qui n'aimait pas marcher longtemps à cause de sa claudication, annonça qu'elle irait tenir compagnie à Rosa. Nous partîmes donc toutes les deux, ma mère et moi, habillées de vêtements noirs.

Il faisait un temps splendide. Alors que nous nous dirigions vers l'église, nous voyions de nombreuses personnes en deuil qui, comme nous, se rendaient à l'enterrement. Les rues où le cortège ne devait pas passer étaient occupées par des cuirassiers, des dragons armés de lances, des artilleurs à cheval. Leurs rangs immobiles et silencieux nous cernaient comme une menace. Je détournai la tête pour ne plus les voir. Je savais que les délégués des ouvriers, la veille, s'étaient rendus à la mairie pour demander le retrait des troupes, en échange de quoi ils reprendraient le travail le lendemain des obsèques. Leur demande avait été refusée. C'était le préfet, disait-on, qui s'était montré intraitable. Le maire, enfant de Fourmies lui-même, dépassé par une situation qui atteignait des gens qu'il connaissait depuis toujours dans leur chair et dans leur cœur, avait voulu démissionner. Mais le préfet n'avait pas, non plus, accepté sa démission.

Sur les murs, des affiches rouges, signées Culine et Cartignies – secrétaires des partis ouvriers – faisaient comme une marque sanglante. En passant, je lus quelques bribes de phrases : « Aux socialistes, à ceux qui ont horreur du sang versé... Sans cris, sans menaces, vous suivrez dignement le cortège funèbre des martyrs... » D'autres affiches, blanches celles-là, avaient été apposées par la municipalité dans le même but : « Nous recommandons le plus grand calme par respect pour les familles si cruellement éprouvées dans cette journée à jamais regrettable du 1er mai. » Partout, le nom du maire avait été déchiré en signe de protestation et de rancune.

La place était occupée par une foule silencieuse et grave. Nous nous plaçâmes face à la rue des Eliets, où devait arriver le cortège parti de Notre-Dame avec six des cercueils. Les trois autres, ceux de Maria, de Kléber et de Charles, étaient déjà dans l'église Saint-Pierre, où M. le curé célébrerait l'office religieux. Je me sentais triste, accablée. La scène d'horreur que j'avais vécue incrustait en moi son souvenir vivace. Je voyais toujours mon amie Maria agiter malicieusement son *mai*, Kléber pirouetter avec son drapeau, j'entendais Charles me dire avec un tendre reproche : « Vous n'auriez pas dû venir... » Et puis, l'instant d'après, ils n'étaient plus là, fauchés à jamais, en pleine jeunesse. C'était si injuste, si insupportable, que je n'arrivais pas à l'admettre.

– Il y a déjà eu un enterrement ce matin, chuchota ma mère. Celui de Camille Latour, qui est mort de frayeur à la suite des événements.

Je hochai la tête en signe d'acquiescement. Tout le monde avait entendu parler de ce fileur de cinquante ans qui, ayant assisté à la fusillade, était rentré chez lui et ne s'était pas remis. Aucune balle pourtant ne l'avait atteint, mais la mort avait fait de lui une victime indirecte du 1er mai.

– Voici le cortège qui arrive ! souffla quelqu'un derrière nous.

Il y eut un remous. Je tendis le cou et je les vis arriver, qui marchaient avec dignité. Les ouvriers de notre ville étaient en tête, le visage grave. Sur leur tenue de travail de tous les jours, ils avaient simplement ajouté un brassard de crêpe au bras gauche et des fleurs rouges à la boutonnière. Devant eux marchait Culine, tenant un drapeau rouge, roulé et recouvert d'un ruban noir. Ils portaient une pancarte : « Le 89 des prolétaires de Fourmies » et une énorme couronne « A nos frères ». Derrière eux venaient les ouvriers verriers, puis les défenseurs du droit de Wignehies, arborant une cravate rouge, la boutonnière ornée d'immortelles jaunes, et ensuite tous ceux des environs, les prolétaires d'Anor, de Trélon, de Sains-du-Nord, d'Avesnes... Ils étaient tous là, pour rendre hommage à leurs camarades tués tragiquement. Je vis d'autres pancartes : « Le parti ouvrier lillois », « le parti ouvrier de Roubaix », et les inscriptions des couronnes, toutes plus magnifiques les unes que les autres : « A nos frères de misère », « A nos martyrs »...

Les musiciens suivaient, ceux de la *Fourmisienne* et ceux de la *Fanfare du Commerce*, et les marches funèbres qu'ils jouaient rendaient l'atmosphère encore plus dramatique. Puis ce fut le tour des cercueils, chacun d'eux accompagné d'une famille en pleurs. A leur passage, les soldats présentèrent les armes et restèrent au garde-à-vous, figés et émus eux aussi. Je surpris des larmes dans les yeux de certains d'entre eux.

– C'est le 84e de ligne, dit un homme près de nous. Ceux-là ont refusé de tirer sur la foule. Vive le 84e! cria-t-il.

D'autres voix se joignirent à la sienne :

– Vive le 84e!

Entre-temps, les victimes et leurs familles étaient entrées dans l'église. Le reste du cortège attendait dehors. Cette foule énorme restait silencieuse et recueillie, et la même tristesse était dans tous les regards. Une nouvelle délégation d'ouvriers arriva à ce moment et se joignit aux autres. Ils venaient de Saint-Michel-de-l'Aisne et avaient parcouru à pied plus de vingt-cinq kilomètres. Ils furent accueillis avec gratitude.

– Viens, me dit ma mère, allons au cimetière tout de suite. Sinon, il y aura tellement de monde que nous ne pourrons pas entrer.

Elle réussit à se faufiler à travers ceux qui nous entouraient, et je la suivis. Au cimetière, une foule déjà dense attendait le cortège. Des gens se promenaient dans les allées, d'autres étaient assis sur les tombes, d'autres encore restaient debout et immobiles, près de la fosse creusée pour les neuf cercueils.

– Allons avec eux.

Ma mère m'entraîna près de cet immense caveau, que j'observai avec incrédulité. Était-il possible que là, bientôt, vînt le corps de Maria, et celui de Charles, et les sept autres ? Une révolte subitement m'étouffa. Combien c'était cruel, pour les mères, d'assister à la mort de leurs enfants tués par des soldats français, des frères, des jeunes gens peut-être ouvriers comme eux!

– Ce caveau renferme dix tombes alors que les morts sont au nombre de neuf, expliquait un homme d'une voix forte, non loin de nous. Savez-vous pourquoi ? C'est parce que, parmi les blessés, certains sont en danger de mort. Et il se pourrait très bien que, bientôt, la dixième place soit prise!

Il parlait avec une sorte de violence douloureuse. Il continua, apostrophant ceux qui étaient autour de lui :

– Et moi je vous dis : tant qu'il y aura des soldats dans notre ville, ce qui s'est produit vendredi peut recommencer n'importe quand. C'est pourquoi il faut exiger le départ des troupes. Il y a aujourd'hui, autour de nous, près de cinq mille soldats! Pour maintenir l'ordre, soi-disant, et pour réprimer toute menace de révolte. C'est inadmissible ! Le mot d'ordre sera donné à la sortie du cimetière : nous ne reprendrons pas le travail tant qu'il y aura une baïonnette et un pantalon rouge à Fourmies. Je le jure par nos camarades tués !

– Bravo, Vital ! cria un des hommes présents. Tu as raison.

D'autres approuvèrent également, et de nombreux commentaires troublèrent un instant le silence qui régnait. Mais bientôt, de nouveau tout le monde se recueillit car le cortège arrivait, toujours conduit par Culine qui avait déployé son drapeau rouge.

La foule s'écarta. Les prêtres avancèrent jusqu'au caveau dans un silence pesant que seules troublaient leurs prières. Derrière, les cercueils attendaient, entourés de leurs familles effondrées. Les draps qui les couvraient furent ôtés, et le premier cercueil, celui de Kléber, fut amené. Le père du jeune homme s'avança :

– Mon pauvre enfant, je ne peux pas te venger, mais j'espère que d'autres te vengeront. Adieu, mon fils bien-aimé !

L'émotion étrangla sa voix et il baissa la tête pour dissimuler sa douleur. Le frère de Kléber, à son tour, s'approcha :

– Adieu, mon pauvre frère ! cria-t-il.

Lorsque le corps fut descendu, ils restèrent là un long moment, tandis que l'abbé Margerin le bénissait. Puis il s'écartèrent, dignes et fiers dans leur douleur silencieuse, et tous, nous les regardions les larmes aux yeux.

Le deuxième cercueil fut celui de Charles. Sa mère le suivit jusqu'au bord de la fosse, et sans un mot demeura immobile, comme pétrifiée, observant longuement la caisse de bois dans laquelle reposait à jamais son enfant. Sur son visage déchiré, des larmes silencieuses coulaient. Cette douleur muette était si poignante que je me sentis le cœur serré. Et à mon tour, sur la souffrance de cette mère et sur Charles que j'étais prête à aimer, je ne pus m'empêcher de pleurer.

Puis il y eut les autres, ainsi de suite pendant neuf fois. A chacun d'eux, les mêmes scènes déchirantes se renouvelaient. Lorsque ce fut le tour de mon amie Maria, sa mère se jeta sur le cercueil en sanglotant :

– Adieu, ma pauvre mignonne... dit-elle d'une voix pitoyable.

Elle continua à sangloter, et ce fut son mari qui, le visage torturé, dut la forcer à s'éloigner.

Dans l'assistance, les femmes pleuraient, des hommes se mouchaient. Lorsque fut descendu le petit cercueil d'Émile Cornaille, le plus jeune des morts, âgé de onze ans seulement, l'émotion fut à son comble. Une voix, dans le silence, fit entendre un cri de révolte :

– Tas de brigands!

Seuls les sanglots des femmes et les prières des prêtres lui répondirent.

Enfin, après une dernière bénédiction, les prêtres se retirèrent. En passant devant la fosse, je jetai un coup d'œil : ils étaient tous là, les quatre jeunes filles d'un côté, dont la plus vieille avait vingt ans, les quatre jeunes gens de l'autre, avec le petit garçon de onze ans*.

– Quelle tristesse! murmura ma mère, les joues mouillées de larmes.

Nous partîmes avant les discours qui étaient prévus par les dirigeants socialistes. Entre autres, Carrette, de Roubaix; Baudin, député du Cher; Legrand, du parti ouvrier de Lille; Culine, bien sûr, et d'autres encore.

– Que peuvent-ils dire, après une tragédie pareille? soupira ma mère. Leurs discours ne résoudront rien. Ils vont de nouveau attaquer les patrons, mais s'ils incitent encore les ouvriers à agir, je crois qu'ils feraient mieux d'être prudents. Une fois a amplement suffi!

Nous revînmes chez nous profondément tristes. Près de moi, ma mère marchait, la tête basse :

– Ces pauvres gens, comme je les plains! Un tel drame simplement parce qu'ils réclamaient une vie meilleure! J'ai connu leur travail, moi, je l'ai fait pendant trois ans. A cette époque, nous subissions sans rien dire. Et pourtant, Charlotte, si tu avais vu cette misère! Et les accidents, qui arrivaient parfois et qui étaient redoutables! Actuellement, les ouvriers protestent, et ils ont raison. Mais si leurs revendications sont accueillies par des coups de feu, si on tue leurs enfants à la moindre de leurs demandes, alors quel sera leur avenir, dis-moi? Continuer à ne rien dire et à courber le dos? Je ne vois aucune issue, Charlotte, et c'est bien triste.

Les yeux gonflés de larmes, je ne disais rien. Je comprenais ce que voulait dire ma mère, et je pensais que, entourés par des soldats comme si nous étions des ennemis, nous ne pouvions rien faire, ce qui rendait la situation encore plus douloureuse et plus injuste.

* Les victimes du 1er mai 1891 à Fourmies étaient : Maria Blondeau, 20 ans; Émile Cornaille, 11 ans; Marie Diot, 17 ans; Kléber Giloteaux, 20 ans; Louise Hublet, 20 ans; Charles Leroy, 21 ans; Gustave Pestiaux, 16 ans; Émile Ségaux, 30 ans; Félicie Tonnelier, 16 ans.

Quelques jours passèrent. En réponse à la dignité de la population lors des obsèques – on évaluait à trente mille le nombre de personnes venues de tout le département –, la municipalité fit savoir qu'elle avait décidé le retrait des troupes. Dès le lendemain, l'artillerie et les cuirassiers s'en allèrent. Il resta néanmoins les dragons, une compagnie du 84ᵉ et une compagnie du 145ᵉ.

Les ouvriers ne reprirent que partiellement le travail. La grande majorité continua de faire grève, estimant que leurs revendications n'avaient pas été entendues. Ils demandaient une augmentation de 10 % – le retour au tarif de 1882 – mais se heurtaient au refus des patrons. Seul l'un d'eux, M. Carnoye, comprenait leur misère et était prêt à leur donner satisfaction. On disait qu'il avait été tellement horrifié par les événements du 1ᵉʳ mai qu'il avait donné sa démission de conseiller municipal.

Les bruits les plus divers couraient, certains fondés, d'autres supposés. Ainsi, tout le monde savait maintenant que les pompiers, en guise de protestation, étaient allés rendre à la mairie leurs armes et leur uniforme. Ils avaient déclaré que, puisque les soldats tiraient sur leurs frères, ils leur laissaient désormais le soin d'éteindre les incendies. Les musiciens de la fanfare municipale avaient, eux aussi, rendu leurs instruments. Nous savions également qu'une souscription avait été ouverte en faveur des victimes, et que le conseil municipal de Paris avait décidé d'accorder aux familles une pension et prévu d'élever les enfants aux frais de l'État.

On disait aussi qu'Émile Ségaux, avant de mourir, avait accusé l'agent de police Lixon d'avoir tiré sur lui un coup de revolver à bout portant. A quoi M. Lixon répondait maintenant qu'il n'avait absolument pas tiré, même en l'air, et qu'il pouvait le démontrer par son revolver, où les six cartouches étaient encore intactes. Il tint même à faire publier une protestation dans *Le Journal de Fourmies* afin de convaincre plus aisément ceux qui, déjà, étaient prêts à l'accuser.

D'autres racontars se colportaient, concernant les soldats. Certains affirmaient avec conviction que, parmi les hommes du 145ᵉ, l'un d'entre eux, nommé Lebon, avait ouvertement refusé de tirer. Il n'avait pas été puni, car il avait expliqué qu'il était de Fourmies et que, peut-être, sa mère était dans la foule. Et même un soldat ne tire pas sur sa mère. Il était impossible de savoir si cette histoire était vraie, mais elle montrait que les soldats, s'ils avaient obéi à l'ordre de faire feu, l'avaient peut-être fait contre leur volonté. L'abbé Margerin lui-même, lors de son sermon le jour de l'enterrement, avait exhorté les habitants de Fourmies à ne pas leur garder rancune. L'armée n'était pas responsable, avait-il dit, elle avait dû obéir au commandement, et nous devions la respecter profondément car elle était formée de nos enfants. Alors, nous demandions-nous, qui était responsable ? La réponse paraissait évidente : c'était ce commandant Chapus qui, du haut de son cheval, avait donné l'ordre de faire feu.

Beaucoup criaient bien haut ce que je pensais, moi aussi. Même s'il s'était senti agressé par les ouvriers qui voulaient forcer le barrage de ses trente hommes, cela ne justifiait absolument pas son attitude. Au lieu d'ordonner à ses soldats de tirer, il pouvait demander de l'aide à ceux qui, derrière lui, gardaient la place : il y avait là ceux du 84e de ligne, d'autres du 145e, et des gendarmes à cheval. Tout le monde était d'accord pour dire que deux cent cinquante soldats, armés de fusils et de baïonnettes très pointues, pouvaient être capables de tenir en respect une foule. Ce commandant était en tort, c'était certain, d'autant plus que les sommations n'avaient pas été faites de façon réglementaire, puisque le maire, le sous-préfet et le procureur – dont c'eût été pourtant le rôle – s'étaient enfermés dans les locaux de la mairie. En fait, les autorités avaient agi avec beaucoup de lâcheté, une lâcheté qui avait coûté des vies humaines. Et une nouvelle, dont nous ne savions pas si elle était vraie ou fausse, nous révoltait : M. de Freycinet, le ministre de la Guerre, dans un télégramme adressé au commandant Chapus, avouait approuver complètement sa conduite et même le félicitait de son attitude. Comment était-ce possible, alors qu'ils avaient tué des jeunes filles et des enfants ?

Lorque ce détachement quitta notre ville, le mercredi matin, nous fûmes soulagés de voir enfin partir les « assassins ». Par la suite, d'autres bavardages arrivèrent jusqu'à nous. On disait que, dès leur arrivée à Maubeuge, leur ville de garnison, ces soldats avaient été hués par les habitants, accueillis par les cris « A l'eau, à l'eau ! » et « Assassins, tueurs de Fourmies ! » Leur situation était vite devenue si intolérable qu'ils furent envoyés à Montmédy, dans l'Est ; mais leur réputation les avait précédés, et ils eurent, là aussi, à subir les insultes des civils et la réprobation des autres soldats qui refusèrent de leur adresser la parole.

Sur un autre plan, la population restait très montée contre le maire, à qui elle reprochait d'avoir appelé la troupe. Ceux qui connaissaient depuis toujours M. Bernier essayaient de le défendre en soutenant que tout ce qu'il avait réclamé, c'était de la cavalerie. Mais le sous-préfet du Nord, M. Isaac, n'avait pas pu répondre favorablement à cette démarche : tous les dragons du département avaient été envoyés à Roubaix et à Tourcoing, à cause des grèves. Ce fut ainsi que l'infanterie arriva à Fourmies, amenant avec elle la mort et la désolation.

J'allais souvent voir Rosa. Hélène m'accompagnait, et nous restions auprès d'elle pour la distraire. Elle se remettait lentement. Le docteur Colliard constatait avec tristesse :

– C'est la première fois de ma vie que je soigne des blessures faites par des fusils Lebel, puisque c'est la première fois qu'ils ont tiré sur des cibles humaines. Mais je peux dire que de telles blessures sont bien longues à guérir.

Ma pauvre amie s'ennuyait et était heureuse de nos visites. Elle commençait à se lever un peu, mais était encore très faible et, la plupart du temps, restait alitée. Son père, comme la majorité des ouvriers, faisait grève, ainsi que ses deux frères. Le fait de voir sa fille meurtrie avait singulièrement refroidi son zèle socialiste. Il refusait d'assister à nouveau aux réunions qui avaient encore lieu et qui, disait-on, attiraient beaucoup moins de monde.

– Nous ne pouvons plus les croire, Culine et les autres, répétait-il sombrement. Ils nous ont dit de nous battre pour une vie meilleure, et voilà le résultat !

Il montrait sa fille au petit visage pâle et languissant.

– Et pourtant, vous faites grève quand même, père, objectait-elle d'une voix faible.

– Bien sûr. Devant les patrons, nous ne baisserons pas la tête. Nous refusons de nous laisser exploiter plus longtemps. Et s'ils croient nous faire taire en tuant nos enfants, eh bien, ils se trompent !

– En tout cas, soupira sa femme, c'est bien beau de faire grève, mais l'argent ne rentre plus. Heureusement que la distribution des secours aux blessés va commencer bientôt !

– Ce n'est pas le moment d'abandonner la lutte. Ce qui s'est produit a affolé la France entière, et les patrons n'en sont pas fiers. Peut-être accepteront-ils d'écouter nos revendications maintenant, alors qu'avant ils ne l'auraient pas fait ? Qui sait ! Ils vont peut-être prendre modèle sur M. Carnot, qui a gracié nos camarades, ceux qui avaient été emprisonnés le 1er mai et qu'on avait transférés à Avesnes. Ils avaient tous été condamnés à plusieurs mois de prison, parce qu'ils avaient soit insulté soit lancé des pierres aux gendarmes. Eh bien, huit jours après, ils sont tous revenus chez eux. Moi je dis que voilà un beau geste de la part de notre président.

Nous nous habituions, dans la ville, à voir les soldats. Ceux qui restaient étaient bien vus de la population, car c'était le 84e de ligne qui, affirmait-on, avait refusé de tirer sur la foule. Lorsque je sortais avec ma mère, nous les voyions faire l'exercice sur la place, et nous croisions des dragons qui se promenaient d'un pas paisible.

Tonton Édouard, ayant appris les événements, vint nous voir le dimanche suivant. Il était atterré.

– Voyez, oncle Édouard, lui reprocha ma mère, voyez ce qui s'est passé. Vous qui disiez que les injustices étaient dues à votre « Badinguet », et que la république arrangerait tout. Voyez comment elle traite ses citoyens, la république ! Elle assassine nos enfants.

Tonton Édouard se borna à répéter qu'il ne comprenait pas. Il m'interrogea et me demanda de raconter les faits tels que je les avais vécus. Je répondis à ses questions, et lorsque j'eus fini de parler de l'horrible scène toujours présente dans mon esprit, je me rendis compte que j'étais en train de pleurer. Le brave homme n'insista pas et demeura taciturne jusqu'au moment de son départ. Et lorsqu'il nous quitta pour se rendre à la gare, sur le seuil de la porte, en le regardant s'éloigner, je remarquai qu'il marchait penché en avant, voûté comme un vieillard.

Le lundi matin, dix jours après les tristes événements qui avaient ensanglanté notre ville, une nouvelle courut, créant une grande effervescence : Culine avait été arrêté. A quatre heures du matin, un cordon de gendarmes avait entouré son domicile. Le lieutenant Jullien, qui avait été blessé à la joue par une pierre le 1er mai, avait procédé à l'arrestation et emmené Culine à la gendarmerie avant de l'envoyer à la prison d'Avesnes.

Les réactions furent diverses. Certains trouvaient que ce dirigeant socialiste n'avait que ce qu'il méritait. Le mandat d'arrêt, disaient ceux-là, avait été établi par le juge d'instruction d'Avesnes sur ordre du ministère. Culine y était accusé d'avoir excité les citoyens à la grève, d'avoir formé un attroupement qui n'avait pu être dispersé que par la force armée, et d'avoir brandi des emblèmes séditieux, comme le drapeau rouge déployé au cimetière. D'autres pourtant étaient émus, comme ma mère qui remarqua :

– Il paraît qu'il s'y attendait. Il aurait dit aux gendarmes : « Je savais que j'allais être arrêté d'un moment à l'autre ». Sa femme et ses enfants pleuraient. C'est triste pour eux.

D'autres encore, les plus acharnés, clamèrent leur indignation. Ils se rassemblèrent en plusieurs groupes, parcoururent les rues, et devant la caserne de la gendarmerie chantèrent, sur l'air des huit heures :

C'est Culine, Culine, Culine,
C'est Culine qu'il nous faut!

Mais ce fut tout. La grève intéressait davantage les ouvriers. Une dernière réunion venait d'avoir lieu, au cours de laquelle il avait été décidé qu'elle continuerait tant que les patrons n'accorderaient pas l'augmentation. Quelques directeurs de filature étaient prêts à céder, mais les ouvriers, par solidarité, voulaient la même augmentation pour tous.

Et puis, malgré la tristesse qui pesait sur la ville, déjà la vie normale reprenait ses droits. Depuis la veille, la ducasse de Wignehies, voisine de quelques kilomètres, avait commencé, et de nombreuses personnes endimanchées s'y rendaient, espérant peut-être trouver dans les musiques de la fête l'oubli d'une tragédie qui avait endeuillé leurs frères.

Une ambulance militaire fut installée pour soigner les blessés; le major Delorme vint les y visiter. Certains ouvriers resteraient handicapés à vie, et il serait peut-être nécessaire d'en amputer un ou deux. Ces cas étaient dramatiques; la misère guettait désormais ces foyers sans ressources. De la France entière affluaient des dons pour les victimes, et tout le monde était d'accord pour dire que ce n'était que justice, mais que cela ne rendrait pas leur santé aux blessés ni ne ressusciterait les morts.

Le 14 mai, il y eut le conseil de révision. Les conscrits de Fourmies, privés de leur camarade Kléber, se rendirent à Trélon avec un drapeau garni de crêpe en signe de deuil. Contrairement aux autres années, lorsqu'ils revinrent, aucune réjouissance n'eut lieu. Ils se contentèrent de se promener dans la ville par petits groupes en arborant leur numéro. Certains avaient orné leur casquette de rubans multicolores, mais ils osaient à peine fredonner quelques chants, et lorsqu'ils nous croisèrent, ma sœur et moi, ils ne nous arrêtèrent même pas pour réclamer le baiser qui était habituellement exigé.

Les deux dernières compagnies du 84e de ligne quittèrent la ville au bout de quinze jours, ainsi que deux escadrons du 14e dragons. Peu à peu, le nombre de soldats diminuait, mais malgré tout les difficultés continuaient. Beaucoup d'ouvriers étaient toujours en grève. Les patrons, qui voulaient faire tourner leurs usines pour satisfaire les commandes, allèrent rendre les carnets de travail à la mairie et embauchèrent de nouveaux ouvriers. En apprenant cela, les grévistes se fâchèrent. Ils se regroupèrent, parcoururent les rues en chantant :

C'est l' tarif, tarif, tarife,
C'est l' tarife qu'il nous faut!

Il se rendirent devant les maisons des patrons où ils crièrent :

– A bas l' patron!

Finalement, ils se retrouvèrent devant les établissements du *Fourneau* et de la *Sans-Pareille*, afin d'empêcher les ouvriers d'entrer. Ils lancèrent des pierres en direction des usines, mais furent dispersés par un peloton de dragons armés de lances. Ils se regroupèrent un peu plus loin et recommencèrent leur promenade, toujours chantant et criant.

Hélène et moi, nous étions chez Rosa lorsque nous les vîmes passer. Le père de mon amie, qui n'avait toujours pas repris le travail, paraissait découragé :

– Ce qu'ils font là, commenta-t-il avec tristesse, c'est crier dans le vide. Les patrons sont incapables de se mettre d'accord, et certains refusent de nous donner satisfaction. Dans ce cas, que nous restera-t-il à faire? Mourir de faim, ou reprendre le travail quand même. Nous n'aurons pas le choix. Culine et Lafargue nous ont dit que notre force, c'est notre nombre, et que nous devions rester unis. Mais déjà, nous ne le sommes plus. Beaucoup ont recommencé à travailler et préfèrent courber le dos plutôt que revivre une journée comme celle du 1er mai. D'autres n'ont plus rien pour nourrir leurs enfants, et on ne peut pas leur en vouloir s'ils ont choisi de retourner à l'usine. Et Culine n'est plus là, non plus, pour nous soutenir.

– Celui-là, rétorqua sa femme avec rancune, il a fait assez de mal comme ça. D'ailleurs, s'il a été arrêté, ça prouve bien qu'il est coupable, non?

– C'est vrai que, même s'il était encore là, il aurait du mal à nous convaincre maintenant. Ce qui s'est passé nous a tous refroidis, il faut bien l'avouer. Ils ont formé le vœu, lui et Lafargue, lors de leurs discours le jour de l'enterrement, «que ne soient pas tombés en vain les martyrs de Fourmies». Et pourtant, si nous sommes obligés de reprendre le travail aux mêmes conditions, sans espoir d'amélioration, moi je dis que nos pauvres compagnons seront morts pour rien.

Mon amie Rosa, avec sa nature douce et effacée, ne se plaignait jamais. Pourtant, ses blessures la faisaient souffrir et se cicatrisaient difficilement. Nous essayions de la distraire du mieux que nous pouvions, Hélène et moi. Nous bavardions avec elle, nous jouions aux cartes, mais, encore faible, elle se fatiguait vite. Nous lui apportions des petits gâteaux à l'anis que fabriquait notre mère. Nous ne savions que faire pour amener un semblant de sourire sur son visage pâle et tiré.

A la fin du mois, les derniers soldats encore présents quittèrent la ville. Très lentement, l'ordre revint, mais pas l'oubli. En juin, le service du mois célébré pour les victimes du 1er mai amena à l'église Saint-Pierre une assistance considérable. Tous les ouvriers avaient cessé le travail dès dix heures pour pouvoir y assister. J'y allai avec ma mère. L'église était comble. Lorsque nous sortîmes, la place était couverte de monde, et nous nous rendîmes tous au cimetière. De nouveau, nos larmes coulèrent.

Dans les usines, le travail reprenait progressivement. Les derniers grévistes essayèrent de tenir le plus longtemps possible. Certains d'entre eux, qui étaient belges, regagnèrent leur pays natal en déclarant que là, au moins, ils pourraient travailler en sûreté et sans être menacés. La situation de ceux qui restaient devint dramatique. Chaque jour, des enfants passaient, de maison en maison, pour implorer un peu de charité. Ils venaient frapper à notre porte, et ma mère leur donnait un peu de nourriture, émue par leurs traits creusés et leurs joues caves.

A la fin, les derniers ouvriers reprirent, comme leurs camarades avant eux, le chemin de leur usine. Devant la faim de leurs enfants, ils firent taire leur révolte. De nouveau, ils acceptèrent leurs douze heures de travail par jour et leur maigre salaire. Comme l'avait dit le père de mon amie Rosa, ils n'avaient pas le choix.

L'ambulance militaire avait été démontée. Les blessés s'efforçaient de recouvrer leur santé. La ville retrouvait son état normal. Seules étaient présentes, pour rappeler le drame qui s'était produit, la trace des balles dans les maisons qui entouraient la place, et la large tombe qui, au cimetière, était sans cesse fleurie. J'allais souvent m'y recueillir. Je n'oubliais pas Charles, ni mon amie Maria. Quelquefois, j'y rencontrais les parents des victimes, les mères surtout. La douleur qu'exprimait leur visage me serrait le cœur.

La scène d'horreur que j'avais vécue m'avait un peu assagie. Le souvenir peu à peu s'estompait de mon esprit, mais il

revenait, atrocement vivant, dans chacun de mes cauchemars. Je n'en parlais jamais. Seule Hélène, que je réveillais
par mes cris ou mes mouvements désordonnés, savait le trau-
matisme que j'avais subi. Je m'accrochais à elle, à sa tendresse douce et sûre. Je m'efforçais d'être plus docile, aussi.
J'avais compris que ma désobéissance aurait pu me coûter la
vie. Ma mère et Frédéric en étaient également conscients.
Avec tonton Édouard, Léon et Estelle que nous voyions de
temps à autre, ils m'entouraient d'une affection que je leur
rendais bien.

CHAPITRE IV

En juillet, nous apprîmes que Culine et Lafargue avaient été jugés par la cour d'assises de Douai. Reconnu coupable de provocation à une manifestation armée, Culine avait été condamné à six ans de prison et dix ans d'interdiction de séjour. Quant à Lafargue, qui avait nié lors du procès avoir traité les patrons de « pourris » et autres insultes, il fut néanmoins reconnu coupable d'excitation au meurtre par paroles. Il avait dû payer cent francs d'amende et se retrouvait interné à Sainte-Pélagie pour un an.

Ce même mois, pendant une semaine, éclata une grève dans les chemins de fer. Elle fut surtout suivie dans les grandes villes, à Paris, à Lyon. Frédéric nous rapporta que dans les gares de la capitale, les aiguilles, les postes, les signaux étaient gardés par deux soldats du génie afin d'éviter que les grévistes n'empêchent les employés de faire leur travail.

— Espérons que nous ne verrons pas de soldats ici, conclut-il. Ils viennent à peine de partir, nous ne tenons pas à les voir revenir.

— Pourquoi cette grève ? interrogea ma mère.

— Mais que crois-tu donc ? s'emporta Frédéric. Nous ne gagnons pas grand-chose, tu peux le constater toi-même. Et lorsque les ouvriers de filature demandent la journée de huit heures alors qu'ils en font douze, pense un peu aux mécaniciens, comme mon père, qui travaillent jusqu'à quinze heures de suite ! Quant aux salaires, certains sont tellement bas que c'en est une honte ! De nombreuses gardes-barrière ne gagnent que quelques francs par mois. Que peuvent-elles faire avec ça ?

– Mon père, si je me souviens bien, n'était pas si mal payé, pourtant.

– Mais il n'y a pas que ça. Par mesure d'économie, les compagnies refusent de moderniser le matériel de signalisation. Résultat : il y a des accidents, des morts, des blessés, et ce sont les mécaniciens que l'on rend responsables et qu'on traîne en justice, quand ils ne sont pas morts eux-mêmes ! Et ce n'est pas tout. La compagnie d'Orléans vient de révoquer de nombreux agents syndiqués. La chambre syndicale n'existe que depuis un an, mais elle ne plaît pas aux patrons.

Cette grève, mal organisée, fut un échec. Les sanctions des compagnies furent sévères, et de nombreux autres syndiqués furent révoqués. Ce qui amena cette réflexion amère de Frédéric :

– Je me demande si Lafargue n'a pas raison lorsqu'il traite les patrons de pourris.

Les verriers, à leur tour, se mirent en grève. Ceux de Fourmies portèrent à leur directeur la liste de leurs revendications. Je savais que la verrerie, située près de la gare, occupait plusieurs centaines d'hommes et produisait environ huit millions de bouteilles de champagne par an. Mais, comme le fit remarquer tristement le père de Rosa, ces bouteilles fabriquées par les ouvriers ne leur étaient pas destinées. Elles étaient ensuite achetées par les riches, les nantis. Comment aurions-nous pu nous payer une boisson aussi luxueuse que le champagne ? Et une sourde rancune grandissait contre les patrons, qui profitaient sans vergogne de notre travail, de notre sueur et de nos forces.

Un matin, Frédéric partit travailler en oubliant les tartines que ma mère lui préparait habituellement pour le milieu de la matinée. Un accident qui s'était produit la veille à l'entrée de la gare l'avait contrarié. Un train de voyageurs avait tamponné, à cause d'un épais brouillard, un train de marchandises qui avait du retard. Le mécanicien du train de voyageurs avait été blessé au visage par la manivelle, mais les voyageurs étaient tous indemnes. Néanmoins, les trois derniers wagons du train de marchandises avaient été détruits, et il avait fallu déblayer les voies pour gêner le moins possible le trafic.

Ma mère me mit les tartines enveloppées de leur papier dans les mains :

– Cours jusqu'à la gare, Charlotte, et donne ça à Frédéric.

J'obéis. A la gare, je passai par-derrière pour me rendre aux bureaux. Sur le quai, Frédéric discutait avec un autre employé. J'allai à lui :

– Je suis désolée de vous déranger. Maman vous envoie vos tartines. Vous les avez oubliées.

Mon beau-père s'arrêta de parler, prit le paquet en souriant :

– Merci, mon enfant. Vois, Maxime, comme je suis bien dorloté, avec ma femme et mes deux filles.

L'autre homme sourit en me regardant. J'aimai ses yeux francs, ses dents blanches et régulières.

– Celle-ci est Charlotte, continua Frédéric, ma fille aînée. Et voici Maxime, m'expliqua-t-il. Il est cantonnier. Il vient de finir ses vérifications. Il a passé sa journée d'hier à s'assurer que les voies n'ont pas été endommagées par l'accident.

– Je vais vous laisser travailler, dis-je. Bonne journée à vous deux.

– Merci d'avoir apporté mes tartines, Charlotte. – Frédéric agita le paquet sous le nez de son compagnon. – C'est ça qui te manque, une femme pour prendre soin de toi. Qu'attends-tu ? Tu as plus de trente ans. Il serait temps d'y penser.

Graves, les yeux du jeune homme se posèrent sur moi.

– Jusqu'ici, je n'ai pas encore trouvé. Mais... qui sait ?

Troublée, je fis un mouvement pour me retirer. Il me serra la main, et une sensation étrange m'envahit, que je n'avais jamais ressentie. Ce fut comme une chaleur qui parcourait tout mon corps, et en même temps j'eus l'impression que des milliers d'étincelles brûlaient la peau de ma main, à l'endroit où il m'avait touchée. Une réaction inexplicable me donna envie de me jeter contre lui, et j'eus la certitude irraisonnée et absurde qu'il ne me repousserait pas mais que, au contraire, il refermerait ses bras sur moi. Je ne sais plus ce que j'ai dit. J'ai reculé et je me suis enfuie sans regarder en arrière.

Je n'en parlai ni à ma mère, ni à Hélène. Peut-être, si Maria avait encore été en vie, me serais-je confiée à elle. Je ne pouvais pas non plus le dire à Rosa, d'autant plus que, lorsque j'allais la voir, nous n'étions jamais seules. Et puis, j'étais sûre qu'elle n'aurait pas compris. Moi-même, j'avais bien du mal à comprendre. Que m'arrivait-il ? Étais-je donc si versatile, et oubliais-je déjà Charles ? Je me croyais raisonnable, et pourtant, je sentais une telle attirance me porter vers ce Maxime hier encore inconnu que j'aurais été capable de le suivre n'importe où s'il me l'avait demandé. Cette réaction incontrôlée me faisait peur. Charles, dont je continuais à pleurer la mort, ne m'avait jamais fait cet effet.

J'eus l'occasion de revoir à plusieurs reprises celui que, déjà, au fond de moi, j'appelais Maxime. À chaque fois, la même sensation me reprenait et se faisait plus vive. Avec un secret contentement qui en même temps m'affolait, je sentais qu'elle était réciproque. Bientôt, je me rendis compte qu'il cherchait à provoquer nos rencontres. Chaque jour, après son service, il passait devant notre maison, et je trouvais alors quelque course à faire, ou bien j'allais voir Rosa et je m'arrangeais pour me trouver dans la rue en même temps que lui. Il me saluait, me souriait, parfois m'adressait quelques mots. Mon cœur battait, sautait dans ma gorge, et je ne pouvais pas répondre. Pendant ces quelques secondes, nos yeux ne se quittaient pas, et je lisais dans les siens une attirance égale à la mienne.

Le dernier dimanche d'octobre, il y eut la fête de la gare. J'y accompagnai mes parents, avec l'espoir que nous y rencontrerions Maxime. Pendant le concert que donnait la *Fanfare du Commerce*, je l'aperçus, de l'autre côté du kiosque. Je ne pus m'empêcher de l'admirer. Je le trouvai beau, élégant dans ses habits du dimanche. Il se tenait debout, bras croisés, et je dus lutter contre l'envie qui me prenait de courir à lui. Je m'agitai sur ma chaise, soupirai. Hélène, assise près de moi, me regarda sans comprendre. A ma gauche, ma mère ordonna, à voix basse :

– Reste tranquille, voyons, Charlotte. Que se passe-t-il ?

Je baissai les yeux, soupirai de nouveau. Il me semblait que le concert n'en finissait pas. Je sentais des fourmillements dans mes pieds, je me mordais les lèvres, je jetais de fréquents regards à Maxime, toujours immobile.

Le troisième morceau venait de commencer lorsque la *Fanfare municipale* passa à proximité de la place, en jouant un pas redoublé. Toutes les têtes se tournèrent dans cette direction. Des commentaires fusèrent, des rires ; l'assemblée se fit houleuse. Les musiciens de la *Fanfare du Commerce*, mécontents de voir leur concert perturbé, cessèrent de jouer, rangèrent leurs instruments et descendirent du kiosque. Les gens se levèrent, il y eut des protestations. Un remous porta de nombreuses personnes vers l'avant. Profitant de l'effervescence, je m'éclipsai, fis quelques pas qui m'éloignèrent de la cohue. Je savais que Maxime profiterait de l'occasion pour venir me rejoindre.

Je ne me trompais pas. Alors que je marchais, tête baissée, j'entendis sa voix chaude près de moi :

– Bonjour, mademoiselle Charlotte. Comment allez-vous ?

Je relevai la tête. Je reçus le choc de son regard, fus incapable de répondre. Il vit mon visage tendu vers lui, l'expression que je ne cherchais même pas à cacher. Il s'enhardit. Prenant une de mes mains, il murmura :

– Charlotte... Il faut que je vous parle. Puis-je vous donner rendez-vous quelque part ?

Une troublante chaleur passait de ses doigts dans les miens, montait le long de mon bras, alanguissait mon corps tout entier. Troublée, je me sentais dériver, incapable de lui résister. Je savais que j'allais dire oui à tout ce qu'il me proposerait.

Autoritaire, un cri de reproche brisa le charme :

– Charlotte !

Je repris pied dans la réalité, me retrouvai sur la place, tournai la tête. Ma mère m'appelait avec des signes impératifs. Je me sentis rougir violemment. Que devait-elle penser, elle qui me répétait sans cesse qu'une jeune fille bien élevée ne doit pas se trouver en tête à tête avec un jeune homme ? Je reculai, retirai ma main de celles de Maxime, confuse à l'idée qu'il ait pu me prendre pour une « cervelle », une de ces filles peu sérieuses dont me parlait mon amie Maria.

– Excusez-moi, dis-je aussi dignement que je le pus. Ma mère m'appelle.

Il ne se démonta pas :

– Si vous le voulez bien, je vais vous accompagner. J'en profiterai pour saluer vos parents.

Les jambes flageolantes, je le précédai. Je rejoignis ma mère et Hélène, et Frédéric leur présenta Maxime. Je n'avais conscience que de sa présence près de moi et ne voyais plus rien d'autre. Une sorte de brouillard cotonneux m'enveloppait, où Maxime seul existait.

Je me retrouvai assise à une table, dans l'estaminet de la gare, entre ma mère et ma sœur. En face de moi, près de Frédéric, tout en discutant Maxime me fixait de ses yeux clairs, et je ressentais chacun de ses regards comme une caresse. Ils parlaient du séjour à Fourmies d'Édouard Drumont, le célèbre auteur de *La France juive*, bien connu pour ses sentiments antisémites. Pendant plusieurs jours, il avait fait dans notre ville une enquête sur les tragiques événements du 1er mai, afin de déterminer la culpabilité du préfet Vel-Durand et du sous-préfet Isaac, qui tous deux étaient juifs. Le bruit courait qu'il prévoyait d'en faire un nouveau livre antisémite.

– C'est ridicule, affirmait Maxime. Le fait qu'ils soient juifs n'a rien à voir avec ce qui s'est passé. Notre maire n'est pas juif, et pourtant, c'est lui le premier responsable puisqu'il a demandé la troupe.

Je l'écoutais bavarder, et je trouvais tout ce qu'il disait raisonnable et sensé. J'avais conscience de lui montrer ouvertement mon admiration, mon intérêt, mais cela ne me gênait pas. Le lien étrange qui nous attirait l'un vers l'autre était trop fort pour être dissimulé.

J'eus l'impression que ma mère l'avait remarqué. Elle ne dit rien mais, quand arriva le moment de nous séparer, elle proposa :

– Venez donc chez nous dimanche prochain, cher monsieur. Puisque vous êtes un collègue de mon mari, je vous invite, d'autant plus que vous vivez seul. Cela vous fera une journée agréable, du moins je l'espère.

Les yeux clairs se posèrent sur moi tandis que la réponse jaillissait, spontanée :

– Soyez-en certaine, madame. Je vous remercie.

Sur le chemin du retour, ma mère interrogea Frédéric. Qui était ce jeune homme ? D'où venait-il ? N'avait-il plus ses parents, puisqu'il vivait seul ? Frédéric haussa les épaules :

– Mais je n'en sais rien, moi ! C'est un excellent cantonnier, c'est tout ce que je peux te dire. Maintenant, si tu veux des renseignements supplémentaires, tu les lui demanderas dimanche.

– Je le ferai sans doute.

Elle m'observa pensivement en disant ces mots. De nouveau, je la soupçonnai d'avoir compris beaucoup de choses. Elle avait peut-être invité Maxime pour me faire plaisir, me dis-je avec gratitude. Ou bien était-ce pour mieux le connaître. Ou bien encore, comme elle se méfiait de mon tempérament fougueux et intrépide, avait-elle ainsi trouvé le moyen de voir une idylle probable se dérouler sous ses yeux plutôt qu'en cachette... Je ne m'attardai pas à chercher la raison précise. J'étais si heureuse à l'idée de voir bientôt Maxime chez nous que je ne pensai à rien d'autre.

Toute la semaine, je me sentis heureuse et excitée, comme dans l'attente d'une fête. Lorsque la journée du dimanche arriva enfin, elle passa comme un rêve. Les regards de Maxime me tournaient littéralement la tête et le cœur. Je savais qu'il avait accepté de venir pour moi, et j'en étais secrètement flattée. Je l'écoutai discuter, et je le découvris bon, sensible, sérieux. Il parla de la tragique journée du 1er mai, et Frédéric me fit raconter la fusillade dont j'avais été le témoin. Avec gravité, Maxime constata, d'une voix rauque et basse :

– Dieu merci, vous n'avez pas été tuée...

Le regard profond et intense qu'il posa sur moi à ce moment-là exprimait tant de choses que je détournai la tête, le rouge aux joues.

– Culine est toujours en prison, commenta Frédéric, mais Lafargue a été libéré. Il vient d'être élu député de Lille. L'une de ses premières visites a été pour Fourmies. Il est arrivé à la gare mercredi à une heure. Parmi les personnes qui l'attendaient, les deux enfants de Culine étaient présents. Ils lui ont offert un bouquet. Le soir, il est allé faire une conférence à Wignehies. Les ouvriers qui y ont assisté étaient bien moins nombreux qu'avant le 1er mai, mais il ne doit pas s'en étonner.

– Il ne faut pas le rendre responsable de tout ce qui s'est passé, objecta Maxime. Il a peut-être une part de responsabilité, d'accord, mais il a raison de dire que les ouvriers sont exploités. Et ce, à tous les niveaux.

– C'est vrai, soupira ma mère. Je ne fais que le répéter. Depuis l'époque où je travaillais moi-même en filature, rien n'a changé.

Hélène et moi nous écoutions mais, en jeunes filles bien élevées, nous ne participions pas à la conversation. Lorsque Maxime s'en alla, ce soir-là, il était ravi, et je me sentais plus que jamais attirée par lui.

Il devint bientôt un habitué de la maison. Ma mère, le sachant célibataire, l'invitait de temps à autre à partager notre repas. Parfois, le dimanche, il rencontrait tonton Édouard venu nous rendre visite. Il s'intégrait si bien à notre famille qu'il semblait en avoir toujours fait partie. Lui-même avouait se sentir heureux avec nous.

– Mon père, raconta-t-il une fois, travaillait aux chemins de fer comme homme d'équipe. J'avais dix-sept ans lorsqu'il est mort, victime d'un accident horrible. Alors qu'il surveillait la formation d'un train, son pied s'est coincé entre le rail d'une voie et celui d'une plaque tournante. En voulant le dégager, il est tombé. Un wagon, refoulé par la locomotive, lui a coupé la jambe et le bras droits. Il a agonisé pendant des heures dans d'atroces souffrances, avant de mourir. A partir de ce jour, ma mère s'est éteinte doucement, et quatre années plus tard je me suis retrouvé seul.

Son expression triste m'avait donné envie d'aller à lui et

de le consoler. Ce jour-là, je me promis de le rendre heureux et de lui faire oublier ces douloureux souvenirs.

Je me rendais compte, au fil des jours, que l'attirance que j'éprouvais pour lui devenait plus solide, se transformait en un amour fort et sûr. Je savais, avec certitude, que je n'aimerais jamais que lui. Avec satisfaction, je constatais que Frédéric répétait qu'il était un bon travailleur; ma mère appréciait ses manières simples et polies. Même ma sœur, qui au début avait accueilli son intrusion avec réticence, semblait maintenant conquise. Elle, pourtant si timide, se mettait en avant, lui apportait son tabac, lui proposait le journal. Il acceptait ses intentions avec une aimable bienveillance, mais je voyais bien qu'il lui souriait comme à une sœur. Tout autre était la façon dont il me regardait, et qui faisait battre mon cœur plus vite.

Ses fréquentes visites furent bientôt remarquées du voisinage, et mon amie Rosa m'interrogea :

– Tu l'aimes, Charlotte? C'est pour toi qu'il vient? Allons, avoue.

Je ne sais pourquoi, je m'obstinai à nier.

– Il vient chez nous parce que c'est un compagnon de travail de mon père. C'est tout.

Elle m'observa d'un air suspicieux, sans me croire :

– Raconte ça à d'autres, mais pas à moi. Je vois bien comment tes yeux brillent quand tu parles de lui. Je te connais, tu sais, Charlotte.

– Mais non. S'il y avait quoi que ce soit, je te le dirais, sois-en sûre.

Je continuais à rendre visite à Rosa chaque jour, et j'en profitais pour croiser Maxime dans la rue. Ma pauvre amie se remettait lentement. Les blessures de sa cuisse commençaient seulement à se cicatriser, et si elle pouvait se déplacer normalement, elle n'était pas encore capable de reprendre son travail et de rester des heures entières debout devant une machine.

– Heureusement que la municipalité distribue des secours aux blessés, disait sa mère. Car un salaire qui ne rentre plus, ça fait quand même une différence!

J'acquiesçais avec un détachement égoïste. Uniquement occupée de Maxime, je m'intéressais beaucoup moins aux problèmes des autres.

Un dimanche soir, alors qu'il s'en allait, je me trouvai seule avec lui dans le couloir. Ma sœur était partie lui chercher son manteau, et ma mère un morceau de gâteau qu'elle voulait lui faire emporter. Il se pencha vers moi, dit d'une voix basse et pressante :

– Charlotte... Il faut que je vous voie. Pouvez-vous être demain à la Houppe-du-Bois, en début d'après-midi? Je vous attendrai le long de la voie ferrée.

Je ne jouai pas à l'offusquée. Ce qu'il me proposait, je le souhaitais autant que lui. J'allais acquiescer lorsque ma mère et ma sœur, qui revenaient, m'empêchèrent de répondre. Maxime se redressa et je fis un pas en arrière, essayant de prendre un air dégagé et de ne pas montrer mon trouble.

Lorsqu'il fut parti, je réfléchis à sa demande. Si je voulais être sincère avec moi-même, je devais m'avouer que je brûlais d'envie d'y aller. Mais, dans ce cas, il faudrait que je trouve une excuse, afin que ma mère me laissât partir. Je ne pouvais pas lui dire la vérité, car je savais ce qu'elle me dirait : un jeune homme sérieux parle d'abord aux parents de la jeune fille avant de lui parler à elle. Elle ne comprendrait pas mon désir d'être seule avec Maxime et ne manquerait pas de me critiquer. Je cherchai un prétexte valable qui me permettrait de m'absenter. Lorsqu'il fut l'heure d'aller nous coucher, je n'avais pas encore trouvé. Au besoin, pensai-je, je m'éclipserais discrètement, en cachette, comme je l'avais fait le 1er mai, avec la complicité d'Hélène. J'étais loin de m'attendre à la révélation qu'allait me faire ma sœur, et qui anéantit brutalement mon projet.

Nous étions dans notre chambre, toutes les deux, et Hélène assise sur le lit attendait que je termine de me déshabiller. Je venais de passer ma blouse de nuit lorsqu'elle murmura d'une voix rêveuse, sur un ton de confidence :

– Charlotte, il faut que je te dise quelque chose. Tu ne te moqueras pas de moi, n'est-ce-pas?

Toute à l'idée qui occupait mon esprit, je la regardai avec surprise. Une excitation secrète faisait briller ses yeux, rendait ses joues plus roses. La lumière de la lampe nimbait ses cheveux blonds d'un halo doré et lui conférait une joliesse fragile qui n'était pas sans charme. Je lui souris, m'assis près d'elle en assurant :

– Bien sûr que non, je ne me moquerai pas de toi. De quoi s'agit-il?

Elle baissa la tête tout en tirant sur la ceinture de sa robe de chambre :

– Charlotte, souffla-t-elle très bas, je suis amoureuse.

A cet instant précis, je sus ce qu'elle allait me dire, et j'eus l'impression de suffoquer. Ma petite sœur, encore une enfant... non, ce n'était pas possible!

Elle ne remarqua pas mon raidissement, mon silence affolé. Les yeux baissés dans une expression de confusion adorable, elle continua :

– Il est si bien, si gentil, si séduisant... Je l'aime, Charlotte, tu ne peux pas savoir à quel point! Crois-tu qu'il pourrait m'aimer aussi?

Pétrifiée, je parvins à demander, tout en sachant quelle serait la réponse :

– Hélène... De qui parles-tu?

– Mais de Maxime, bien sûr! explosa-t-elle. De qui d'autre pourrait-il s'agir? Toi aussi, n'est-ce-pas, Charlotte, tu le trouves bien?

Elle releva la tête et ce fut à mon tour de baisser les yeux, afin qu'elle ne vît pas ce que je ressentais. Contrariété, désolation, effroi... Sans remarquer mon mutisme, elle continua :

– Je n'en ai pas parlé à mère. Je sais qu'elle me reprocherait d'être trop jeune. Mais je suis sûre de moi. Et je vois bien que je ne lui suis pas indifférente. As-tu remarqué combien son expression est tendre lorsqu'il me sourit?

Encore atterrée, je ne pouvais rien dire. Je connaissais Hélène, et je savais que, sous une apparence douce et délicate, elle cachait un tempérament parfois excessif. Et, lorsqu'elle se mettait à vouloir quelque chose, cela pouvait prendre des proportions effarantes.

– Crois-tu qu'il ne voudrait pas de moi parce que je boite? C'est à peine si j'ose marcher lorsqu'il est là. Je voudrais tellement être parfaite pour lui! Je ne pense qu'à ça, et j'ai peur. Ce serait injuste que ce stupide accident gâche à ce point ma vie! Oh, Charlotte, pourquoi ne m'as-tu pas attendue, ce jour-là, dans l'usine? Si tu m'avais attendue, je n'aurais pas sauté sur le sol, et maintenant je ne boiterais pas...

C'était la première fois qu'elle me reprochait ouvertement une responsabilité dont j'étais cruellement consciente. L'ancienne culpabilité, dont je n'étais jamais arrivée à me débarrasser entièrement, revint avec une acuité accrue.

– Je ne crois pas que cela l'arrêterait, dis-je avec une conviction profonde.

Au fond de moi-même, j'en étais sûre, comme j'étais sûre qu'il n'aimerait jamais ma sœur d'amour. Tendrement, fraternellement, oui, mais rien de plus.

– Tu crois, Charlotte, tu crois vraiment? J'ai tellement envie de lui plaire! Et à côté de toi, j'ai l'impression d'être laide et insignifiante. Tu es si grande, si belle, si sûre de toi! Je suis certaine que, si tu n'étais pas là, je le séduirais beaucoup plus facilement. Ne pourrais-tu pas t'intéresser moins à lui, lui parler le moins possible? J'ai l'impression que ta présence me fait de l'ombre et qu'à cause de toi il ne me voit pas. Tu veux bien? Dis, s'il te plaît, Charlotte?

Elle levait vers moi des yeux suppliants, elle m'adressait le sourire auquel, dans notre enfance, je n'avais jamais su résister. Mais, cette fois, il s'agissait d'un enjeu bien plus important qu'une poupée de chiffons ou un bâton de sucre candi.

– Oh, Charlotte, ne me regarde pas comme ça! Pourquoi as-tu un air aussi ahuri?

– C'est que... je ne m'attendais pas à ça... Tu me surprends, Hélène.

Elle émit un petit rire :

– Ça ne m'étonne pas. Je me surprends moi-même. Je ne pensais pas être capable d'aimer quelqu'un comme ça. Si tu savais! Je serais prête à faire n'importe quoi pour lui.

Le cœur lourd, je ne répondis pas. Une douloureuse confusion emplissait ma tête. Longemps encore, Hélène me parla de Maxime, me répétant qu'elle l'aimait et qu'elle ne voulait que lui. Son seul espoir était de pouvoir un jour l'épouser. Elle se grisait de ses propres paroles, ne s'apercevait pas de mes rares réponses. Un dilemme insoluble tournait dans mon esprit : pouvais-je aimer Maxime sans m'occuper de ma sœur, ou, au contraire, devais-je m'effacer, comme elle me le demandait, pour qu'elle soit heureuse? Mais une telle attitude de ma part serait peut-être inutile puisque, j'en étais certaine, Maxime n'était pas amoureux d'Hélène. D'un autre côté, je ne me sentais pas capable de piétiner les tendres sentiments de ma sœur. Être heureuse en la rendant malheureuse ne me paraissait pas possible.

La seule décision que je fus capable de prendre, ce soir-là, avant de m'endormir, fut de ne pas aller au rendez-vous que m'avait fixé Maxime pour le lendemain.

Je suis persuadée qu'il ne comprit pas mon absence. Il savait ce que je ressentais pour lui. Ce qui nous unissait n'avait besoin d'aucune parole pour être exprimé. Le temps lui-même n'y changerait rien, et je décidai de prendre un peu de recul, de donner satisfaction à ma sœur, afin qu'elle pût se rendre compte que, même sans moi, elle ne parviendrait pas à séduire Maxime. Peut-être ainsi se résignerait-elle plus facilement. Car je la savais également obstinée, et si j'avais essayé de le lui faire comprendre moi-même, elle aurait refusé de l'admettre.

Lors de chacune des visites de Maxime, dorénavant je m'évertuai à demeurer impassible, à l'ignorer le plus possible, à garder les yeux baissés. Le plus difficile était d'éviter son regard, alors que je le sentais peser sur moi et que je brûlais de l'envie d'y répondre. Je me dérobais également aux tentatives qu'il faisait pour se trouver seul avec moi, et j'allais chez Rosa à un autre moment de la journée, afin de ne plus le rencontrer. Je devinais que mon attitude le surprenait, l'agaçait, et qu'il ne la comprenait pas.

Ma sœur, par contre, s'épanouissait en sa présence. Elle s'intéressait à lui, l'interrogeait sur ses goûts, confectionnait les gâteaux et les plats qu'il préférait lorsqu'il venait manger à la maison. Il acceptait ses avances en souriant mais, tout de suite après, me suivait des yeux d'un air à la fois grave et soucieux.

Plusieurs semaines passèrent ainsi, et l'attitude que je m'imposais finit par devenir si pesante que, bientôt, je me demandai si je pourrais continuer encore longtemps. Il fallait que je parle à Hélène et que je lui dise la vérité. Mais, lorsque je voyais son visage confiant et ses yeux pleins d'espoir, mon courage s'effritait, et je repoussais mon projet de jour en jour. En même temps, je sentais que Maxime s'impatientait, et je ne savais plus que faire. Petit à petit pourtant, une certitude lentement grandissait : même pour ma sœur, mon amour refusait de se laisser étouffer. Et je savais qu'il finirait par être victorieux. Mais un événement dramatique vint de nouveau tout bouleverser.

Avec l'hiver, l'épidémie de typhoïde qui avait sévi à Avesnes arriva dans notre ville et s'étendit rapidement. Grâce à ma santé robuste, je réussis à ne pas être malade, mais ma sœur eut moins de chance. Pendant plusieurs jours, elle se plaignit de maux de tête, de courbatures, de malaises, de vertiges. Un soir, elle saigna du nez si abondamment que nous en fûmes effrayés. Le lendemain matin, dévorée de fièvre, elle ne nous reconnaissait plus. Malgré nos appels répétés et insistants, elle demeurait immobile, dans un état de prostration si profonde que ma mère, affolée, m'envoya chercher le médecin.

Il diagnostiqua sans surprise la maladie, donna les remèdes à suivre : bains froids, régime lacté, boisson abondante. Il nous conseilla également, pour éviter la contagion, de ne boire que de l'eau bouillie, de stériliser les linges souillés, de désinfecter la chambre. Ma mère eut un soupir tremblé :

— Ça me rappelle l'épidémie de choléra, lorsque j'avais treize ans. Ma mère et mon frère en sont morts, et moi-même j'ai bien failli mourir aussi.

Le médecin hocha la tête d'un air rassurant :

— La fièvre typhoïde est moins grave que le choléra. On en guérit plus facilement. Si vous suivez bien mes instructions, d'ici quelques jours la température devrait baisser. Je passerai chaque matin.

Il fallut s'organiser. Frédéric monta dans la chambre son fauteuil du rez-de-chaussée, et à tour de rôle ma mère et moi nous installâmes au chevet d'Hélène. Lorsque c'était à moi de la veiller, je me penchais sur elle, je l'appelais, et je souffrais de voir qu'elle ne m'entendait pas. La maladie creusait ses joues, enfonçait ses yeux dans leurs orbites, plaquait sur ses tempes ses fins cheveux blonds. Je rafraîchissais son front à l'aide d'un linge mouillé, mais elle avait tant de fièvre que cela semblait ne servir à rien. La deuxième nuit, la température fut si élevée que j'eus peur. Autour du visage en feu de ma sœur, l'air paraissait vibrer de chaleur. Elle-même s'agita, se mit à délirer. Je l'entendis murmurer, à plusieurs reprises, le nom de Maxime, puis des mots sans suite dont je ne compris pas le sens. Et, d'un seul coup, très nettement, elle supplia, d'une voix enfantine :

– Charlotte... S'il te plaît, Charlotte, ne l'empêche pas de m'aimer !

Saisie, je me penchai vers elle. Yeux clos, en proie à la fièvre, elle ne me voyait pas. Je murmurai, la gorge serrée :

– Hélène, pourquoi dis-tu ça ?

Elle ne m'entendit pas. Je me penchai davantage, renouvelai le linge mouillé sur son front. Elle s'agita, me repoussa :

– Laisse-moi, Charlotte. Tu es mauvaise. C'est Maxime que je veux.

Interdite, je n'osai plus rien faire. Je me remis dans le fauteuil, me répétant que ma sœur délirait et ne savait pas ce qu'elle disait. Et pourtant, dans ce monde de fièvre où elle était, n'avait-elle pas acquis une étrange lucidité ?

Ce fut la seule fois où elle parla. Elle retomba bien vite dans un morne abattement et une indifférence que nous ne savions comment vaincre. Elle se laissait ballotter sans réagir lorsque ma mère et moi la baignions, la changions, la recouchions dans le lit. Le médecin affirmait que c'était une réaction due à la maladie, et que celle-ci se déroulait normalement, sans complications, avec tous les espoirs de guérison.

Cela dura cinq longs jours. A l'aube du sixième, enfin, la fièvre disparut. J'étais assise dans le fauteuil, et je venais de remplacer ma mère qui avait veillé Hélène presque toute la nuit. A la faible lueur du jour naissant, je vis la silhouette dans le lit remuer doucement, tandis qu'une voix plaintive et étonnée interrogeait :

– Charlotte ?

Je sautai sur mes pieds :

– Hélène! Tu es réveillée? Tu vas mieux? Tu me vois?

Un faible sourire éclaira son visage las :

– Bien sûr que je te vois. Qu'y a-t-il, Charlotte? J'ai été malade, n'est-ce pas?

Je la pris aux épaules, la serrai avec affection :

– Oui, mais c'est tout maintenant. Oh, comme je suis contente! Je vais prévenir maman.

L'air perdu, ma sœur regarda autour d'elle :

– J'ai été malade longtemps?

– Cinq jours.

Avec épuisement, elle passa une main sur son front, murmura :

– Tant que ça...

Puis, sans transition, elle demanda :

– Et Maxime?

Je me raidis, sur la défensive :

– Que veux-tu dire?

– Comment a-t-il réagi? Sait-il que j'ai été malade?

– Oui, il est venu chaque jour demander de tes nouvelles. C'est mère qui l'a reçu.

Une expression heureuse passa sur son visage amaigri :

– Il s'intéresse à moi. Était-il très inquiet?

– Je ne sais pas. Je ne l'ai pas vu. Tu demanderas à maman. Je vais la prévenir que tu es réveillée et que tu vas mieux.

Alors que je quittais la chambre, le médecin arrivait avec ma mère. Il fut satisfait de constater l'absence de température, et recommanda la plus grande prudence pour éviter une rechute possible.

– La guérison ne pourra être assurée que dans une quinzaine de jours, si d'ici là la fièvre n'est pas revenue. En attendant, continuez le régime boisson et lait. Il faudra vous réalimenter progressivement et prudemment.

Ma mère, heureuse de voir sa fille revenir à la vie, s'empressa d'acquiescer. Sur ses traits tirés, le soulagement avait enfin chassé l'inquiétude.

Nous nous mîmes à dorloter Hélène, à l'entourer de soins, à satisfaire le moindre de ses caprices. Lorsqu'elle put s'alimenter, elle refusa de rester au lit plus longtemps et passa ses journées dans la cuisine, assise dans le fauteuil de Frédéric. Mais ses forces ne revenaient que très lentement.

Au bout d'une quinzaine de jours, le médecin la déclara guérie. Tout risque de contagion étant écarté, Frédéric permit à Maxime de venir. Il passa un soir, en revenant de son travail. Lorsqu'il entra dans la cuisine, je le saluai rapidement sans le regarder, et trouvai une excuse pour m'absenter. Avant de refermer la porte, j'eus le temps de l'apercevoir, penché sur ma sœur. Sa haute taille et ses larges épaules la faisaient paraître, près de lui, encore plus frêle et plus fragile. Elle levait vers lui un regard empli d'une adoration muette à laquelle il était impossible de résister.

Ce soir-là, lorsque nous fûmes couchées, Hélène me dit :

– C'est la première fois aujourd'hui, depuis que j'ai été malade, que j'ai revu Maxime. Et je trouve que je l'aime encore plus. A tel point que, s'il ne veut pas de moi, je préfère ne pas guérir.

Elle était hors de danger, avait dit le médecin, mais la convalescence serait longue.

– Mère a beau me faire boire son sirop de vitamines. Si je ne peux pas avoir Maxime, ça ne servira à rien. Sans lui, Charlotte, je sais que je n'aurai pas le courage de vivre. Je préfère mourir tout de suite.

Je protestai violemment :

– Tu es stupide de raisonner ainsi ! Comment peux-tu être aussi excessive ? Guéris d'abord, nous verrons après.

– Ça ne sert à rien de guérir si c'est pour vivre sans lui. Il faut que ça en vaille la peine. Sinon...

Elle ne termina pas, mais sa petite voix nette et décidée m'avertit qu'il était inutile de la contredire. Je ne le fis pas non plus. Je demeurai silencieuse, espérant que cette idée ridicule ne s'attarderait pas dans son esprit.

Mon espoir fut déçu. Non seulement elle s'y attarda, mais elle s'y fixa avec obstination, au point d'effacer tout le reste. Imperméable à tout raisonnement, ma sœur ne fit aucun effort pour retrouver sa santé. Elle restait pâle et amorphe, ne réagissait pas si nous essayions de la secouer. Le médecin lui-même finit par avouer son impuissance :

– On dirait qu'elle ne tient pas à guérir, dit-il. Je n'y comprends rien. Essayez de savoir ce qui la contrarie.

Ma mère fronça les sourcils sans répondre. Elle raccompagna le docteur, revint dans la cuisine, se dirigea vers Hélène qui, inerte dans le fauteuil, regardait le feu d'un air absent.

– Mon enfant, appela-t-elle, qu'y a-t-il ? Dis-le-moi, s'il te plaît. Aie confiance en moi. Si je peux t'aider, je le ferai.

Hélène se tourna vers elle, et je ne pus supporter de rester là. Je savais ce qu'elle allait dire, et je savais aussi que je n'avais pas le droit de m'opposer à la réalisation de son désir.

Je courus jusqu'à la maison voisine et passai quelques instants avec Rosa, l'esprit totalement ailleurs.

Lorsque je revins, je vis qu'Hélène avait pleuré. Ma mère avait un air grave et inquiet.

– Ta sœur est une sotte, me dit-elle. Elle a bien le caractère obstiné de son père. Impossible de la faire changer d'avis. Je ne sais pas quoi faire. J'en parlerai à Frédéric ce soir.

Frédéric, s'il fut surpris, n'en montra rien. Avec sa nature posée, il interrogea longuement Hélène. A toutes ses questions, ma sœur fit la même réponse : elle n'acceptait de vivre que dans le cas où Maxime partagerait son existence.

– Mais tu es trop jeune. T'en rends-tu compte, au moins?

– Ça ne fait rien. J'attendrai tout le temps qu'il faudra si je sais qu'il veut de moi.

– Mais s'il ne veut pas, justement? On ne peut quand même pas le forcer.

La bouche de ma sœur trembla. Tout bas, elle dit :

– Alors je préfère mourir.

Frédéric s'avoua vaincu. Il arrêta ses objections, et le front de ma mère se plissa davantage. Nous n'osions pas traiter cette réaction comme un simple caprice, car le médecin ne cachait plus son inquiétude :

– Les vitamines ne font aucun effet. Je l'ai interrogée. Elle m'a dit qu'elle désirait très fort quelque chose et que, tant qu'elle ne l'aurait pas, elle ne pourrait pas guérir. Ça peut paraître ridicule, mais si vous le pouvez, essayez de la satisfaire. Dans le cas contraire, je ne réponds plus de rien.

Elle devenait de plus en plus languissante, ne s'animait que lorsque Maxime était là. Il ne pouvait pas ignorer le regard extasié qu'elle levait vers lui. En était-il ému, touché? Je m'appliquais tellement à ne pas l'observer que je n'en savais rien.

L'approche du printemps n'amena chez Hélène aucune amélioration. Elle mangeait à peine, maigrissait, devenait diaphane. Elle finit par retomber malade, d'une étrange maladie de langueur que la médecine était impuissante à enrayer. Comme elle nous était chère, nous nous désespérions de la voir dans cet état.

Un jour du mois de mars, sans l'avoir cherché, je me trouvai face à Maxime alors que je revenais d'une visite aux parents de mon amie Maria. Immédiatement, ses yeux clairs plongèrent dans les miens, et je retrouvai, intact, le désir de me jeter contre lui et d'y demeurer toujours, avec la certitude que là était ma place. Mais je n'en avais pas le droit. Je me durcis, reculai d'un pas.

– Charlotte, enfin! Que se passe-t-il? Pourquoi m'évitez-vous?

– Je ne vous évite pas, dis-je froidement.

– Allons, ne niez pas. Je le vois bien. Je voudrais savoir ce qui vous a fait changer ainsi.

Pour être sûre de ne pas faiblir, je m'efforçai de ne pas le regarder. Mais sa voix, grave, chaude, suppliante, fit naître en moi un tremblement dangereux. Je me détournai, raidie par l'effort que je m'imposais :

– Je n'ai pas changé. Je suis toujours la même, je puis vous l'assurer.

Du coin de l'œil, je le vis faire un geste vers moi, qui demeura inachevé. Sourdement, il dit :

– Pourtant, il m'avait semblé comprendre...

– Vous avez mal compris.

Ma voix avait claqué, sèche, dure, coupante. Je serrai les dents, rassemblant mes forces dans ce seul but : le convaincre qu'il n'était rien pour moi, alors que mon cœur n'appartiendrait jamais qu'à lui. Avec violence, je lançai :

– Si vous croyez que vous m'intéressez, vous vous trompez. Regardez plutôt du côté d'Hélène. Elle se languit d'amour pour vous, et si vous ne l'avez pas remarqué vous êtes vraiment aveugle. A tel point qu'elle refuse de vivre sans vous. La laisserez-vous donc mourir sans rien faire?

Sans attendre sa réponse, je ramassai mes jupes et m'enfuis. Il me sembla qu'il m'appelait, mais je ne m'arrêtai pas. Je courus droit devant moi, sans rien voir, bousculant deux petits garçons qui, accroupis, jouaient à la toupie. Je faillis tomber, trébuchai, repris ma course éperdue. Je rentrai chez moi tremblante, au bord des larmes.

Quelques jours passèrent et nous ne revîmes pas Maxime. Son absence aggrava l'état d'Hélène, qui fut bientôt incapable de se lever. Un matin, alors que je descendais avec un bol de lait qu'elle avait refusé de boire, ma mère, désespérée, se tourna vers Frédéric :

– Ce n'est pas possible de continuer ainsi. Elle va mourir si nous ne faisons rien. Ne peux-tu dire à Maxime de venir lui parler? Peut-être sera-t-il capable de la raisonner? A moins qu'il n'accède à son désir... Ne l'aime-t-il pas un peu?

Frédéric tortilla sa moustache d'un air ennuyé :

– Je l'ignore, Constance. Il ne m'a jamais rien dit.

– Eh bien, demande-lui de venir ce soir, après son travail. Je le mènerai à Hélène.

Je me souviendrai toujours de ce soir du mois de mars, où tous mes espoirs ont été anéantis d'un seul coup. La journée avait été belle; une douceur printanière flottait dans l'air. Des enfants couraient dans la rue, et leurs cris joyeux arrivaient jusqu'à nous. Lorsque la porte s'ouvrit et que Maxime entra, mon cœur cessa de battre.

– Frédéric m'a dit que vous vouliez me voir? Il paraît qu'Hélène... Est-ce vraiment si grave? Je veux dire... Il m'a parlé, mais je n'ai pas pu croire... Je ne me rendais pas compte...

Coupant court à ses explications embarrassées, ma mère ordonna :

– Suivez-moi, Maxime, je vous en prie. Je sais bien que vous n'avez rien fait pour ça, mais Hélène s'est mis dans la tête de ne pouvoir vivre sans vous. C'est stupide, je l'avoue, et en temps normal nous n'oserions même pas vous en parler. Mais depuis sa maladie, elle se laisse mourir. Ne pourriez-vous lui donner un peu d'espoir, ou tout au moins l'engager à vivre? Nous avons tout essayé, sans succès. Vous êtes notre dernier recours.

Le visage de Maxime a eu une expression perdue, presque affolée. Avant de suivre ma mère, il s'est retourné vers moi et m'a regardée. Et ce regard, pendant une interminable seconde, a mis en balance notre existence entière. Il me demandait, une ultime fois, d'être sincère, d'avouer la vérité, de ne plus tricher avec moi-même. J'ai eu tellement envie de lui obéir, sans même penser aux conséquences, que ma réaction a été d'autant plus brutale. Avec violence, je lui ai tourné le dos pour ne plus le voir. Il a pris mon geste pour un rejet, et je l'ai entendu sortir de la pièce en comprenant qu'il sortait également de ma vie, à tout jamais.

Tout le temps que dura l'entretien, je demeurai figée, luttant contre un désespoir grandissant. Lorsque je les entendis descendre l'escalier, je ne pus m'empêcher d'avancer, guettant leur réaction. Que s'étaient-ils dit? Maxime venait le premier, et il avait un visage torturé qui me fit mal. En passant devant moi, il murmura, si bas que je ne fus pas sûre d'avoir bien compris :

– Vous l'aurez voulu, Charlotte.

Le cœur douloureux, je levai les yeux vers ma mère qui suivait, l'air profondément ému.

– Va voir Hélène, me dit-elle. Elle te demande.

Je grimpai les marches, l'esprit complètement vide. Dans notre chambre, Hélène, adossée à plusieurs oreillers, avait une expression radieuse qui faisait oublier son visage émacié.

– Charlotte! cria-t-elle. Devine ce qui m'arrive! Maxime

m'a dit qu'il fallait vivre pour lui. Il m'aime et il va m'épouser.

Impérieuse, féroce, une révolte me donna envie de crier : « Ce n'est pas vrai ! C'est moi qu'il aime ! » Je me mordis les lèvres. Je regardai les milliers d'étoiles qui scintillaient dans les yeux de ma sœur, comparai son excitation heureuse à l'abattement découragé qu'elle offrait les jours précédents, et je me tus. Si Maxime avait trouvé cette solution pour la sauver, que pouvais-je dire ? Je savais qu'il se sacrifiait, lui aussi, pour qu'elle pût vivre.

Le changement fut spectaculaire. Elle reprit des forces, sembla littéralement renaître à la vie. Je dus supporter ses mines enamourées vis-à-vis de Maxime, je dus l'écouter me répéter à quel point elle l'aimait. C'était dur, mais son bonheur adoucissait ma peine. Je ne m'étais pas effacée pour rien.

Quant à Maxime, je continuais à éviter son regard. Je lui parlais toujours avec froideur, yeux baissés et visage fermé. Je ne sais pas s'il était dupe. Ce dont j'étais sûre, c'est qu'au fond de moi rien n'avait changé, et que je l'aimais toujours autant.

Lorsque j'appris la nouvelle à mon amie Rosa, elle fut la seule à montrer quelque surprise :

– Hélène et Maxime ? Comme c'est curieux ! J'aurais bien juré que c'était toi qui l'aimais.

– Mais non, je ne l'aimais pas. Où es-tu allée chercher ça ?

Elle m'observa longuement d'un air dubitatif :

– Je ne sais pas ce qui s'est passé, Charlotte, mais je suis sûre que tu mens. Je te connais bien. A mon avis, tu as tort d'agir comme tu le fais. Tu feras trois malheureux au lieu d'un seul.

Je n'ai pas voulu l'écouter. Je n'ai même pas cherché à comprendre ce qu'elle tentait de me dire. Avec une brusquerie voulue, j'ai changé de conversation et je l'ai interrogée sur sa santé. Ses blessures étaient enfin guéries, et elle pourrait bientôt reprendre son travail. Parmi les blessés du 1er mai, d'autres avaient moins de chance. Certains restaient infirmes, et la municipalité se proposait de leur assurer une rente viagère.

Au cours de cette période, je pensai souvent à mon amie Maria. Il m'arrivait de l'envier. Elle était morte, mais celui qu'elle aimait également. La mort les avait réunis, tandis que, pour Maxime et moi, la vie nous séparait. Je n'étais pas loin de penser que ma situation était bien pire que la sienne.

Le lundi 2 mai, un service funèbre fut célébré dans l'église Saint-Pierre à la mémoire des victimes de l'année précédente. Je m'y rendis avec ma mère. Notre curé fit un long discours en exhortant au pardon, à l'apaisement, à l'oubli. Je regardai la mère de Maria qui sanglotait dans ses vêtements noirs, quelques rangs devant moi. Comment pourrait-elle oublier ? Je pensai à Charles, que je n'avais pas eu le temps d'aimer, et à Maxime, que je ne pouvais pas aimer. Comment la vie pouvait-elle être aussi injuste ?

Nous suivîmes le cortège jusqu'au cimetière. J'aperçus Paul Lafargue, l'air digne et grave, ceint de son écharpe de député qu'il portait, disait-on, pour la première fois. Il marchait à la tête des ouvriers qui, tous, avaient décidé de chômer pour venir se recueillir sur la tombe de leurs frères tués. Je vis de nombreuses couronnes et, lorsque nous passâmes dans la rue des Eliets rebaptisée rue des Martyrs, tous les manifestants se découvrirent. Il n'y eut aucun drapeau, aucun cri. Au cimetière, Lafargue, Guesde et Renard prirent la parole. Mais l'après-midi se passa calmement, sans chanson de huit heures, sans réclamation. Le lendemain matin, à cinq heures toutes les usines travaillaient. Le souvenir sanglant du 1er mai précédent obligeait les ouvriers à se tenir tranquilles. Ils avaient payé trop cher leurs essais de revendications.

CHAPITRE V

Au mois de juillet 1893, ma sœur épousa Maxime. Je dus assister à leur mariage. Je dus parler, sourire, faire semblant d'être heureuse. Lorsque le curé Margerin les bénit en les déclarant mari et femme, j'eus l'impression qu'autour de moi tout devenait gris, à l'image de ce que serait ma vie désormais. Déchirée, je sortis de l'église les larmes aux yeux, prête à vivre toute cette journée comme un véritable supplice.

Ce fut le petit visage radieux d'Hélène qui m'aida à tenir. Son visible bonheur repoussa ma peine à l'arrière-plan, mais je savais qu'elle reviendrait, toujours aussi vive. Maxime se penchait vers sa jeune épouse avec un air protecteur, mais j'étais peut-être la seule à voir que, si elle l'attendrissait, il n'était pas amoureux d'elle.

Lorsque, le soir, ils nous quittèrent pour s'en aller vers leur vie commune, j'embrassai ma sœur avec une affection sincère. Je lui souhaitai d'être heureuse, et là aussi j'étais sincère : que mon sacrifice, au moins, ne fût pas vain. Devant Maxime, je demeurai muette, embarrassée.

– Allons, Charlotte, s'exclama Hélène en riant, ne sois pas si timide ! Maxime est comme ton frère, maintenant, et je te donne volontiers la permission de l'embrasser.

Je m'efforçai de ne pas détourner mon visage, mais mon corps eut un immense frémissement tandis que Maxime posait sur mes joues deux baisers qui se voulaient fraternels. Je reculai très vite, le cœur battant, consciente d'être très pâle. Hélène, dans son euphorie, ne s'aperçut de rien. Mais je sentis le regard de Maxime s'attarder longuement sur moi.

Ils prirent le train pour aller rejoindre le nouveau domicile de Maxime, qui venait d'être nommé chef cantonnier et qui, à ce titre, avait la jouissance d'une maison que la Compagnie des chemins de fer du Nord mettait à sa disposition. C'était une maisonnette de garde-barrière et lui-même, ou au besoin ma sœur lors de ses absences, aurait à assurer la sécurité au passage des trains. Ma mère, qui était allée arranger la maison afin de la rendre habitable pour un jeune couple, affirmait qu'elle était coquette, bien située et agréable.

Je les regardai partir avec une sensation mitigée de détresse et de soulagement. Détresse parce que l'homme que j'aimais s'en allait sans espoir de retour, et soulagement à l'idée de ne plus le voir. Car lorsqu'il venait chez nous, je devais me montrer indifférente alors que je n'avais qu'une envie : me blottir dans ses bras, où j'étais certaine qu'il m'accueillerait sans hésitation. Cet effort constant devenait tellement douloureux qu'il finissait par ressembler à une torture. Loin de Maxime, je savais que je serais malheureuse, mais je n'aurais plus à soutenir cette pénible lutte avec moi-même.

Ce soir-là, je me retrouvai seule dans le lit où, toujours, nous avions été deux, unies par une tendresse qui jamais ne s'était démentie. Je fus longue à m'endormir. Ma sœur, déjà, me manquait. Je l'imaginai, seule avec Maxime. Ce serait elle qu'il embrasserait, ce serait elle qu'il coucherait dans le lit ce soir... Une jalousie irrépressible incendia tout mon corps, en même temps qu'un désir brûlant qui me mit le rouge aux joues. J'enfouis mon visage en feu dans l'oreiller, tremblant d'une frustration qui me donnait envie de gémir, de crier, de pleurer.

Mon existence devint terne. J'avais l'impression de me mouvoir mécaniquement. Je ne trouvais de joie que dans l'amitié de Rosa, et dans l'affection de tonton Édouard, dont les visites se faisaient de plus en plus rares à mesure qu'il vieillissait. J'aimais aussi rencontrer les parents de Frédéric, Estelle et Léon; ce dernier se montrait souvent intarissable sur son métier de mécanicien et parlait de sa machine, son Eugénie, avec autant de tendresse que s'il se fût agi d'une femme. Je l'écoutais, je l'interrogeais et, ravi, il ne s'arrêtait plus de parler. Son bavardage me divertissait et m'aidait à oublier, pour quelques instants, la morne tristesse de mon existence.

Ma sœur et Maxime ne venaient pas nous voir; même le dimanche ils ne pouvaient pas quitter leur poste. Une fois par semaine, ma mère se rendait chez eux et au début, je trouvai des excuses pour ne pas l'accompagner, de peur de revoir Maxime. Mais, pris par son travail, dans la journée il n'était jamais là, m'assura ma mère à qui pourtant je n'avais rien dit. Comme ma sœur me manquait, je décidai d'y aller la fois suivante, d'autant plus que les nouvelles que rapportait ma mère n'étaient pas bonnes.

– Je crois bien qu'elle est enceinte, affirmait-elle, le visage soucieux. Elle a exactement les nausées et les malaises que j'avais moi-même avant votre naissance à toutes les deux. De plus, elle se sent abandonnée ; sa maison est très isolée, et elle est seule du matin au soir. Maxime est sans cesse parti, occupé à vérifier l'état de la voie ferrée, à réparer, à surveiller. Un peu de compagnie lui ferait du bien.

– J'irai avec vous, dorénavant, dis-je.

La semaine suivante, nous prîmes le train en début d'après-midi. De la gare où nous descendîmes, il y avait environ trois kilomètres à faire jusqu'à la maison de ma sœur ; nous les fîmes à pied. Autour de nous, c'était la campagne, que le mois de septembre baignait d'une lumière dorée. Des nuages blancs et légers se poursuivaient dans le ciel, des hirondelles trissaient et striaient l'azur de leurs flèches noires et gracieuses. Dans les prés, des vaches et des moutons paissaient. Je me laissai gagner par la paix radieuse qui émanait du paysage, et je pensai que vivre dans un tel décor avec Maxime aurait été pour moi le comble du bonheur.

Ma sœur nous attendait. Je lui trouvai une mauvaise mine, qui contrastait avec le visage rayonnant dont je me souvenais. La pièce du rez-de-chaussée était en désordre et ma mère, sans un mot, se mit à ranger. Hélène passa une main lasse sur son front, eut un hoquet, dit pour s'excuser :

– Le moindre effort me donne des nausées. Et ce service à assurer, cette lourde barrière à pousser lorsque quelqu'un demande le passage... Ça m'épuise complètement.

Je la regardai sans comprendre. Malgré ses malaises, n'était-elle pas heureuse avec Maxime ? Comme nous n'étions pas seules, je n'osai pas l'interroger. Lorsque ma mère eut nettoyé et mis de l'ordre, elle alla dans le jardin chercher des légumes pour préparer un potage.

– Tu ne manges pas assez, reprocha-t-elle à Hélène. Il faut nourrir ce bébé que tu attends.

Hélène rispota, d'une voix plaintive d'enfant grondé :

– Je ne peux pas. Je vomis tout ce que je mange.

Le front de ma mère se plissa :

– Oui, je sais bien. J'ai eu la même chose, moi aussi.

Pendant que nous étions là, un train passa. Hélène prit, près de la porte, un drapeau rouge, sortit et demeura droite, à côté de la bа̀ ïère, tenant bien droit le drapeau enroulé. Le bruit que fit le convoi était assourdissant, et dans la petite maison tout trembla. Hélène revint, se laissa tomber sur une chaise :

– Je dois faire ça à chaque train. Ce n'est encore rien, en ce moment il fait beau. Mais quand il pleut, ou quand ce sera l'hiver... Si seulement je n'étais pas aussi malade!

– Il faut de la patience, dit ma mère. Ça ira beaucoup mieux après la naissance du bébé.

J'observai ma sœur avec une tendresse apitoyée. Elle paraissait encore si jeune, si enfantine elle-même qu'il semblait impossible qu'elle eût bientôt un enfant. Lorsque je la quittai, dans un élan plein d'affection je la serrai contre moi. Elle s'agrippa à mes épaules :

– Charlotte... souffla-t-elle. Viens me voir souvent.

Ma mère jeta un coup d'œil autour d'elle : le logement était en ordre, la soupe chauffait doucement avec une bonne odeur de légumes frais.

– Nous reviendrons, promit-elle. Nous pourrons même le faire à tour de rôle, afin que tu sois moins souvent seule.

Hélène acquiesça avec empressement :

– Oh oui, je m'ennuie tant! C'est tellement désert, ici! Le village est à plus de trois kilomètres. Je ne vois jamais personne. C'est sinistre.

Elle nous accompagna jusqu'au chemin, boitant et serrant frileusement son châle autour d'elle, malgré la température clémente. Lorsque nous fûmes seules, ma mère constata, d'une voix brève :

– Ce n'est pas une situation pour elle. Elle a une santé trop fragile. Je ne suis pas tranquille de la savoir seule tout au long de la journée, lorsque Maxime est parti. Moi aussi, j'ai été dans cet état, mais j'avais Sidonie près de moi, qui m'aidait et me soignait. Il faudra que nous nous organisions pour venir lui tenir compagnie plus souvent, chacune notre tour.

J'acquiesçai, et Frédéric lui-même, mis au courant, approuva cette décision. Ce fut ainsi que, tout en espérant et en redoutant de me trouver en présence de Maxime, je me rendis deux fois par semaine au domicile de ma sœur.

Je connus bientôt parfaitement la petite maison, avec sa haie vive soigneusement taillée, son petit jardin potager, sa basse-cour où Maxime avait installé quelques poules, son puits d'où je remontais les seaux d'eau afin d'éviter à ma sœur tout travail épuisant. Je nourrissais les poules, je ramassais les œufs, je nettoyais la maison et préparais le repas du soir avant de m'en aller. Ma sœur me regardait m'agiter avec une envie admirative :

– Comme tu es énergique, Charlotte! J'aimerais bien être comme toi.

– Ne bouge pas, disais-je, pense à ton état. Tu feras tout ça dès que le bébé sera né. Tu iras mieux alors.

Elle soupirait, ne répondait pas. J'avais l'impression qu'elle voulait en dire plus mais j'évitais soigneusement de parler de Maxime. Elle-même en parlait très peu, alors qu'avant son mariage elle était intarissable à son sujet. Cela ne laissait pas de m'étonner; ce n'était pas ainsi que j'imaginais l'attitude d'une jeune femme éprise de son mari.

Un jour, elle m'accueillit avec un chiot dans les bras. Une joyeuse animation éclairait son visage habituellement las :

– Regarde, Charlotte, cet adorable petit chien! C'est un fermier du village qui l'a donné à Maxime. Ce sera un petit compagnon pour moi lorsque je serai seule. Je l'ai appelé Tobi. Maxime va lui construire une niche et le dresser à surveiller la voie.

Je caressai sa tête soyeuse, son pelage fauve, et en échange il me lécha la main. Il apprit très vite à me connaître et, bientôt, à chacune de mes visites il m'accueillit avec des jappements de joie.

Ma sœur, qui avait été heureuse de l'avoir, ne tarda pas à s'en lasser. Elle se plaignit de ses aboiements, de son exubérance, des bonds qu'il faisait autour d'elle. Je lui disais avec reproche :

– C'est parce qu'il est encore jeune. Il va s'assagir, ensuite.

– Il me semble entendre Maxime, soupirait-elle. D'après lui, c'est moi la responsable. Il dit que je ne sais pas le faire obéir.

Petit à petit, elle se confiait, parlait davantage de Maxime, mais pas comme je l'attendais. Elle n'y faisait allusion que pour se plaindre de lui, dire qu'il se montrait exigeant, qu'il ne la comprenait pas. Un jour, je ne pus m'empêcher de remarquer :

– Mais enfin, Hélène, c'est ton mari, et tu l'aimes, non? On dirait que tu regrettes de l'avoir épousé.

Elle me fixa en silence, pendant un court instant qui ressembla à une hésitation. Puis elle baissa les yeux et, très bas, se décida à avouer :

– Si j'avais su, alors, ce qui m'attendait, crois bien que je ne l'aurais pas épousé.

Je la regardai, interdite. Je cherchai le sens de ses paroles, ne trouvai pas. A tout hasard, je demandai :

– Il n'est pas méchant avec toi ? Il ne te bat pas comme notre père battait maman ? Réponds, Hélène. Que veux-tu donc dire ?

Elle baissa davantage la tête, avec une gêne presque palpable :

– Non, il ne me bat pas. Mais c'est peut-être pire...

Je m'affolai :

– Hélène ! Explique-toi ! Qu'est-ce que tu sous-entends ?

Comme elle demeurait muette, j'insistai :

– Je ne comprends pas. Il me paraît impossible que Maxime puisse mal se conduire vis-à-vis de toi.

Elle releva un visage où l'indignation chassait l'embarras et cria presque :

– Bien sûr, tu ne te rends pas compte !... Tu ne peux pas savoir, toi, cette chose horrible qu'il m'oblige à faire depuis que nous sommes mariés. C'est... comment dire ? Il me prend dans ses bras, il m'embrasse, et ensuite... je ne peux pas en parler, c'est trop affreux ! Pour qu'il me laisse tranquille, je lui dis que je suis malade, et c'est vrai. Mais quelquefois il se met en colère, répète que je suis sa femme et qu'il est normal de... Oh, Charlotte !

Elle se mit à pleurer et, atterrée par cette révélation inattendue, je fus incapable de répondre. En silence, je caressai les fins cheveux blonds, les frêles épaules secouées de sanglots. J'ignorais tout de l'acte dont elle me parlait, mais un instinct sûr me disait qu'à sa place, dans les bras de Maxime, j'aurais été la plus heureuse des femmes. Le petit chien, intrigué, s'approcha d'elle en gémissant et voulut grimper sur ses genoux. Elle le repoussa, s'essuya les yeux :

– Je suis désolée, Charlotte, je ne voulais pas te le dire. Je n'ose même pas l'avouer à mère. Le jour de mon mariage, elle m'a expliqué qu'un mari a des droits et qu'il faut les accepter. Je ne me doutais jamais que... Si je me confiais à elle maintenant, elle me répondrait, comme Maxime, que c'est normal et que...

Un coup de corne, dehors, l'interrompit. Elle lança un coup d'œil à l'horloge :

– Il faut que j'y aille.

Elle se leva, prit son drapeau rouge. Alors qu'elle sortait, je remarquai qu'à cause de sa grossesse sa démarche se faisait plus lourde et sa boiterie plus accentuée. Pauvre petite

Hélène, pensai-je. Son mariage ne lui apportait pas le bonheur. Je retins un soupir. Avais-je eu tort de m'effacer ? Je crus entendre les paroles de Rosa : « Tu feras trois malheureux au lieu d'un » avait-elle prédit. Était-ce vrai ?

Lorsque ma sœur revint, le vent avait séché les larmes sur ses joues. Elle avait une expression fermée, presque dure.

– Oublie ce que je t'ai dit, Charlotte, et surtout ne le répète pas à mère. Personne ne peut m'aider, je le sais. Ça ne regarde que moi.

Je promis et parlai d'autre chose. Elle-même ne fit plus jamais allusion à ce côté de sa vie intime qu'elle m'avait dévoilé dans un moment de faiblesse. Mais je pensais souvent à Maxime, qui ne devait pas être heureux. Je voulais croire, comme ma mère, que la situation s'arrangerait dès la naissance du bébé.

Plusieurs semaines passèrent ainsi. J'évitais soigneusement de rencontrer Maxime, et chaque fois je quittais ma sœur bien avant l'heure prévue pour son retour. Pourtant, un jour où elle avait eu un malaise en ma présence, je restai plus longtemps que de coutume. Lorsque je sortis de la maison, il était déjà tard et je me dépêchai pour ne pas rater mon train. Je décidai de prendre le chemin le plus court, c'est-à-dire celui qui longeait la voie ferrée. J'avais à peine fait une centaine de mètres que j'aperçus une haute silhouette venir vers moi. A cause de mon cœur qui se mit à battre sauvagement, je sus que c'était Maxime.

Tandis que nous avancions l'un vers l'autre, nos regards, aimantés, s'accrochèrent et ne se quittèrent plus. Surprise par cette rencontre inopinée, je ne pensai pas à me composer une attitude, et il lut dans mes yeux la vérité. Je vis alors l'expression de son visage, et je compris qu'il n'y avait rien de changé, ni pour lui, ni pour moi. Je me retrouvai en face de lui et m'arrêtai, haletante.

Il se pencha vers moi. Nous étions si proches que nos souffles, dans l'air froid de janvier, se rejoignaient et se mêlaient. Nous restions immobiles, tendus l'un vers l'autre. Plus rien n'existait que cette attraction qui me poussait vers lui, rejetant dans l'ombre toute notion de morale et de loyauté, me faisant oublier jusqu'à l'existence de ma sœur. Pendant un instant, la tentation fut si forte que je crus ne pas pouvoir résister. J'eus un vertige, je compris que j'allais me jeter dans ses bras, lui donner mes lèvres, m'offrir à lui tout entière s'il le voulait. Je dus faire un immense effort pour m'arracher à un désir si puissant qu'il me fit chanceler. Je baissai la tête, reculai. Encore étourdie, je luttais pour reprendre le contrôle de moi-même. Sans me quitter des yeux, sans un mot, il tendit une main vers moi et me saisit le bras. Une secousse me parcourut, la tentation revint, plus forte encore. Presque vaincue, je me raidis. A cet instant précis, l'impression d'être observée me fit tourner la tête. Ma sœur, sur le seuil de la maison, nous regardait. Droite, figée, elle tenait son ventre de ses deux mains réunies et ne bougeait pas. Elle était trop loin pour que je puisse voir son visage, mais la honte brutale que je ressentis me fit faire un bond en arrière, arrachant mon bras à l'étreinte de Maxime.

– Lâchez-moi, criai-je, et laissez-moi tranquille. Pensez à Hélène!

Je fis un écart et m'enfuis, aveuglée par les larmes. Je courus, courus à perdre haleine dans le crépuscule glacé de l'hiver, fuyant de toutes mes forces l'homme que j'aimais et qui était le mari de ma sœur.

Je ne lui parlai pas de cette scène, et elle n'y fit pas allusion. Pendant plusieurs jours, j'eus mauvaise conscience, d'autant plus que le fait d'avoir revu Maxime me bouleversait. Je comprenais que je l'aimais encore, que je l'aimerais toujours. Devrais-je passer ma vie à éviter sa présence, à me battre ainsi contre moi-même? Pour me rassurer, je me disais qu'après la naissance du bébé je me rendrais chez ma sœur beaucoup moins souvent.

Vers la fin de sa grossesse, elle devint si faible que Maxime dut engager une remplaçante pour ouvrir les barrières et assurer le passage des trains. C'était la femme d'un de ses cantonniers, qui venait spécialement du village et restait toute la journée avec ma sœur. Elle se nommait Euphrasie; robuste, énergique, elle faisait en même temps la plupart des tâches ménagères, ce qui me permettait, à chacune de mes visites, de partir plus tôt et d'éviter une nouvelle rencontre avec Maxime. Je ne restais près de ma sœur que pour lui parler, la réconforter, la consoler lorsqu'elle pleurait, ce qui devenait de plus en plus fréquent.

A mesure que la naissance approchait, ma mère s'activait, cousait des langes et des vêtements pour le bébé. Comme nos fréquents déplacements grevaient notre budget, elle alla retirer, à la caisse d'épargne, un peu de ses économies. Elle fit l'acquisition d'un berceau, acheta de la laine pour tricoter des brassières, des chemises, des bonnets. Bien plus que ma sœur, elle se réjouissait de la prochaine venue de l'enfant.

Un matin, vers la fin du mois de mars, alors qu'elle descendait l'escalier les bras chargés d'une pile de langes, elle manqua une marche, glissa, parvint à se rattraper à la rampe. Mais dans le mouvement qu'elle fit, son pied gauche se tordit. Bientôt sa cheville enfla de façon alarmante. Elle l'entoura d'un bandage serré, mais l'entorse était sérieuse et lui interdit tout déplacement pendant plusieurs jours. Je me rendis donc, à sa place, au domicile de ma sœur.

Lorsque j'arrivai, ce jour-là, la petite maison me parut plus pimpante que jamais dans le soleil. Avec le printemps, la campagne s'éveillait, l'air s'emplissait du pépiement des oiseaux, du chant des coqs, du bêlement des moutons, du beuglement des vaches. Je regardai autour de moi avec plaisir, heureuse de voir que la nature, après le long repos de l'hiver, se préparait à revivre. En comparaison, le petit visage blême de ma sœur, si maigre qu'il se creusait aux tempes et aux joues, me fit de la peine. Lorsque je l'embrassai, elle me saisit la main, soupira faiblement :

– Charlotte... Je ne me sens pas bien. J'ai passé une très mauvaise nuit. Le bébé m'a empêchée de dormir. Il a bougé sans arrêt.

Je jetai un coup d'œil à son ventre, énorme et incongru dans un corps aussi frêle. Euphrasie, qui était présente, protesta vigoureusement :

– Allons, ce n'est rien, ça! Et lorsqu'il sera là, votre bébé, et qu'il passera ses nuits à pleurer, que direz-vous? A partir du moment où on a des enfants, on peut dire adieu à la tranquillité. J'en ai eu cinq, moi, je sais de quoi je parle!

Lorsqu'elle sortit quelques instants, pour ouvrir la barrière à un charretier, ma sœur me souffla :

– Cette femme est bien gentille, mais elle m'épuise. Elle me donne l'impression de s'agiter en tous sens, à tel point que j'en attrape le vertige. Sais-tu qu'elle me houspille, quelquefois? Elle m'accuse de m'écouter, de me laisser aller... Pourtant, elle doit bien voir que je ne le fais pas exprès!

– Essaie de prendre patience encore un peu. Pour le moment, tu ne peux pas faire autrement, mais bientôt, tu n'auras plus besoin d'elle.

Ma sœur eut un geste découragé :

– Je me le demande. J'ai l'impression que je ne parviendrai jamais à retrouver mes forces.

– Tu te trompes, affirmai-je d'un ton assuré. Mère s'est trouvée dans le même état, mais après notre naissance tout est rentré dans l'ordre. Elle me le disait encore hier.

Hélène hocha la tête, hésitant à me croire :

– Oui, peut-être... murmura-t-elle sans conviction.

Au cours de l'après-midi, elle se sentit de moins en moins

bien. Je voyais ses traits se décomposer, des cernes profonds marquer ses yeux, tandis qu'une sueur froide luisait sur son visage livide. Lorsque arriva l'heure à laquelle je partais habituellement, elle agrippa ma main, ne la lâcha plus :

– Charlotte, supplia-t-elle, ne pars pas. Je crois que... les douleurs ont commencé. J'ai des élancements dans le ventre et dans les reins.

J'ai pensé, tout de suite, à Maxime : je ne voulais pas le revoir. Une sorte de panique m'a saisie. Je tentai de raisonner ma sœur qui, crispée, s'accrochait à moi.

– Il faut que je parte, Hélène. Mère est immobilisée à cause de son entorse. Elle va avoir besoin de moi. Maxime ne va pas tarder, tu ne seras pas seule. Et le bébé ne doit pas arriver avant le mois prochain.

Elle se mordit les lèvres, se plia en deux, dit d'une voix cassée :

– Moi aussi j'ai besoin de toi. Reste, je t'en prie. Je te dis que c'est le bébé...

J'ouvris la bouche pour protester, mais Euphrasie m'en empêcha :

– C'est bien possible, déclara-t-elle. J'ai déjà vu des femmes en travail, et ça commence comme ça. Montrez-moi un peu.

Elle s'approcha de ma sœur, palpa son ventre, se redressa :

– C'est peut-être une fausse alerte, remarquez. Mais si c'est votre bébé, ma petite, m'est avis que ce sera long.

Hélène leva vers moi des yeux affolés :

– Charlotte, j'ai peur. S'il te plaît, ne me laisse pas.

Je voulus refuser de nouveau, objecter que notre mère s'inquiéterait en ne me voyant pas revenir, mais son petit visage crispé m'en empêcha. Pleine de pitié, je cédai.

– D'accord, je vais rester. Mais calme-toi. Pourquoi trembles-tu ainsi ?

– Je ne... je ne le fais pas exprès. J'ai mal...

Debout près d'elle, j'attirai sa tête contre ma poitrine et l'entourai de mes bras. Je ne savais que faire. Je me sentais attendrie par la façon dont elle s'accrochait à moi, pleine de confiance, comme lorsque, dans notre enfance, quelque chose l'effrayait. Les minutes lentement s'écoulèrent. Euphrasie sortit pour le passage d'un train. Je vis, par la fenêtre, les voitures défiler à toute allure, et les visages de quelques voyageurs m'apparurent, le temps d'un éclair. Dans la maison, tout trembla. Hélène, les yeux clos, gémit :

– Ces trains... et le bruit qu'ils font... Je ne peux plus les supporter.

Euphrasie revint, mit le drapeau à sa place, prit son manteau.

— Voilà votre mari qui revient, dit-elle à Hélène. Je peux partir maintenant. Si vous voulez, en passant, je préviendrai Lucienne, la sage-femme. Elle viendra vous dire si c'est vraiment votre bébé qui se décide à naître aujourd'hui.

— Oui, s'il vous plaît. Merci, Euphrasie.

Elle sortit, et je tournai le dos à la porte. Je me penchai sur ma sœur lorsque Maxime entra. J'eus conscience du moment de silence tandis qu'il s'immobilisait en m'apercevant. Hélène expliqua :

— Charlotte a accepté de rester. Je ne me sens pas bien. Euphrasie va envoyer Lucienne.

— Lucienne? dit-il avec surprise. Tu crois que le bébé, déjà?...

En quelques pas il vint à elle, et je me reculai. Il souleva son menton, l'observa avec une expression où se mêlaient inquiétude et tendresse. Je vis nettement le recul de ma sœur. Maxime laissa retomber sa main et resta là, emprunté et inutile.

Hélène se tourna vers moi :

— Je crois que je vais aller me coucher. Charlotte, aide-moi à monter. Je n'y arriverai pas seule.

Tandis qu'elle s'appuyait sur moi et se levait péniblement, je m'adressai à Maxime sans le regarder :

— Si vous avez faim, le potage est prêt sur le feu. Euphrasie a fait cuire également quelques pommes de terre.

— Et dès que Lucienne arrivera, ajouta Hélène avec effort, fais-la monter.

Je la soutins dans l'escalier, marche par marche, l'aidai à se déshabiller et à se coucher. Elle ferma les yeux, le visage contracté par la souffrance, tendit une main que je pris dans les miennes :

— Viens près de moi, Charlotte.

Je m'assis au bord du lit. Tendrement, je repoussai ses cheveux, essuyai son front :

— Ne crains rien. Tout va bien se passer. Je regrette que maman ne soit pas là. Elle a vécu ça, elle sait ce que c'est. Elle te rassurerait mieux que moi.

— J'aime autant que ce soit toi, Charlotte... Depuis ma naissance, tu as toujours été là pour veiller sur moi. C'est après mon mariage que j'ai découvert combien tu me manquais.

Une crispation l'empêcha de continuer. Je demeurai muette, tenant sa main dans les miennes. La douleur passée, elle se détendit un peu, soupira. Le soir peu à peu tombait, l'ombre envahissait la chambre. D'en bas nous parvenaient des bruits de vaisselle entrechoquée.

– Pauvre Maxime, murmura Hélène. Par moments, je me rends compte que je ne suis pas une bonne épouse pour lui. Mais je ne peux pas... Et je suis si malade!

– Ça sera bientôt terminé, affirmai-je de nouveau. Écoute, je crois que voilà Lucienne.

Quelqu'un frappait à la porte d'entrée. Aussitôt, une voix de femme résonna haut et fort:

– Alors, il paraît qu'il serait en avance, ce petit? Pressé de venir au monde, peut-être?

Des pas lourds montèrent l'escalier, et une solide matrone entra dans la chambre.

– Mais on n'y voit rien ici! Allumez la lampe.

J'obéis. Elle se pencha vers ma sœur, et son gros visage rond se fit attentif. Elle fit une auscultation rapide, hocha la tête:

– Ouais, il semble s'être décidé. Mais il n'est pas encore là. Je vais retourner faire manger mon homme et coucher mes enfants. Je reviendrai ensuite. Économisez vos forces, ma fille. Ça risque de durer toute la nuit.

– Si longtemps! gémit Hélène.

– Allons, vous oublierez bien vite votre souffrance, après, quand vous le tiendrez dans vos bras. A tout à l'heure! Quant à votre mari, il devra dormir en bas, pour une fois. Il peut bien faire ça pour son enfant, n'est-ce pas?

Après son départ, privée de sa présence rigoureuse, la chambre parut vide. Je ne quittai pas le chevet de ma sœur, lui parlant doucement, la laissant se cramponner à moi lorsqu'elle avait trop mal. Elle était déjà si affaiblie que j'avais peur pour elle. J'aurais voulu pouvoir lui insuffler ma force, mon énergie, au besoin souffrir à sa place, moi qui n'étais ni fragile ni malade. Mais je ne pouvais lui apporter que ma présence. Je la regardai avec une immense tendresse, décidée à rester près d'elle tout le temps qu'elle aurait besoin de moi.

Les heures passèrent, la nuit arriva. Hélène de temps en temps sommeillait, vite réveillée par les contractions qui se faisaient plus proches. Lucienne revint, lui massa le ventre, l'obligea à se lever et à marcher afin de faire avancer le travail. Brisée de souffrance, ma sœur obéissait, serrant les dents sur ses gémissements. Je ne pouvais m'empêcher de la trouver courageuse. Entre deux accalmies, elle me saisissait la main, enfonçant ses ongles dans mes paumes. J'étais heureuse d'être restée près d'elle, de ne pas l'avoir laissée seule avec la sage-femme, qui n'était qu'une étrangère et considérait son état avec indifférence.

La nuit passa. Au petit matin, Lucienne me dit :

– Descendez donc ranimer le feu, et faites bouillir de l'eau. L'enfant ne devrait plus tarder, maintenant.

Dans la pièce du rez-de-chaussée, Tobi vint vers moi en frétillant. Je le caressai pour le calmer. Sur une chaise, Maxime dormait, tout habillé. Les jambes allongées, la tête sur la poitrine, dans son sommeil il paraissait désarmé, vulnérable. J'eus envie d'aller à lui, de prendre contre moi son visage et d'effacer de son front le pli de contrariété qui s'y incrustait. Avec précaution, pour ne pas le réveiller, je réalimentai le feu, posai dessus un chaudron que je remplis d'eau. Je pris également de l'eau fraîche pour ma sœur et remontai à l'étage.

Le jour se leva. Hélène continuait de souffrir, et cela semblait interminable. Selon Lucienne, le travail n'avançait que très lentement. Il fallait encore quelques heures de patience.

– Je n'en peux plus, gémit ma sœur. Je ne pourrai plus résister bien longtemps.

Je dus redescendre chercher l'eau chaude et des linges propres. Maxime était debout et tournait en rond avec inquiétude.

– Charlotte, comment va-t-elle ?

Penchée sur le chaudron, je hochai la tête d'un air qui se voulait rassurant :

– Ça avance. Lentement, mais sûrement.

– Elle souffre, n'est-ce pas ?

– Oui, avouai-je. Mais Lucienne affirme que c'est normal.

Il dit plus bas, et une émotion fit frémir sa voix :

– Charlotte... merci d'être près d'elle.

La gorge nouée, je me détournai, pris les linges préparés, versai de l'eau chaude dans un bassin. Je sentais, inchangée et intense, l'attraction qui nous unissait, et je la maudissais d'être présente dans de telles circonstances, alors que ma sœur, là-haut, luttait pour mettre au monde son enfant.

– Euphrasie va bientôt arriver, reprit-il d'un ton neutre. Il va falloir que j'aille faire mon travail. Vous n'aurez pas besoin de moi ?

– Non, dis-je en me dirigeant vers l'escalier. Partez sans crainte. Lorsque vous rentrerez, votre enfant sera né.

Je revins dans la chambre. Ma sœur haletait, se mordait les lèvres pour étouffer ses cris, se tordait dans le lit. Lucienne, penchée sur elle, appuyait sur son ventre, son gros visage rougi par l'effort.

– Dur à venir au monde, celui-là, bougonna-t-elle.

La souffrance seule occupa les minutes qui suivirent. Hélène se cramponnait à moi en pleurant de douleur. De ma main libre j'essuyais ses larmes, je caressais son front, ses joues, désolée de ne pouvoir faire plus. Lorsqu'un vagissement, enfin, éclata dans la chambre, en réponse au grand cri que venait de pousser Hélène, je me retournai. Lucienne tenait dans ses mains un minuscule bébé. Elle annonça avec fierté :

– C'est une fille, une belle petite fille !

Hélène ferma les yeux d'un air exténué, le visage noyé de pleurs.

– Enfin, souffla-t-elle, c'est terminé...

J'embrassai ses joues pâles :

– Sois heureuse, Hélène, ton enfant est né. Regarde comme il est adorable !

Elle eut un sourire tremblant tandis que Lucienne, qui avait lavé et langé le bébé, le lui mettait quelques instants dans les bras. Elle contempla le tout petit visage avec une infinie tendresse.

– Je vais l'appeler Louise, murmura-t-elle. Maxime me l'a demandé. C'était le prénom de sa mère.

Lucienne la lui laissa quelques instants, puis la reprit et la plaça dans le berceau. Ensuite elle se pencha, appuya doucement sur le ventre de ma sœur, fronça les sourcils avec inquiétude :

– L'arrière-faix est arrivé, de ce côté-là pas de problème. Mais il faudrait vous arrêter de saigner, maintenant.

Hélène eut un long soupir épuisé :

– Je me sens faible.

Un coup fut frappé à la porte. Euphrasie entra.

– Alors, ça y est ? Il m'a bien semblé entendre un bébé crier. Est-ce une fille, un garçon ?

– Une fille, répondit Lucienne. Petite, mais parfaitement constituée.

Euphrasie se pencha sur le berceau :

– Hum... oui, c'est vrai, elle est petite. Il faudra bien la nourrir pour la faire fortifier. Et vous-même, Hélène, tâchez de vous remettre vite sur pied. Ça a été long, n'est-ce pas ? Vous me paraissez à bout de forces. Moi, je ne peux pas dire, pour chacun de mes cinq enfants, ça s'est passé rapidement et presque sans douleur.

– Je suis désolée, Euphrasie, dit Lucienne en la poussant dehors. Il faut la laisser reposer.

– Bon, bon, je m'en vais. Je voulais simplement savoir, pour l'enfant...

Lucienne referma la porte derrière elle avec un soupir d'impatience. Ma sœur, les yeux clos, le visage blafard, reposait sans un geste. La sage-femme releva le drap, eut une moue de désapprobation. Elle me fit un signe, chuchota à mon oreille :

— Je ne suis pas tranquille. Ça ne s'arrête pas de saigner. C'est peut-être une hémorragie. Si ça continue, je vais aller chercher le médecin.

Elle s'essuya le front du dos de la main :

— Pourriez-vous aller préparer du café ?

Au rez-de-chaussée, Euphrasie avait nettoyé, mis de l'ordre, et épluchait des légumes pour le repas.

— Vous voulez du café ? Il est là, je l'ai fait. Je me suis douté que vous en auriez besoin. Tenez, prenez une tartine aussi. Après une nuit pareille, vous devez avoir faim.

J'acceptai sa tranche de pain avec gratitude, bus une tasse de café, en montai une autre à Lucienne. Elle la prit, le visage préoccupé :

— Ça ne s'arrange pas. Je cours jusqu'au village prévenir le médecin. Restez près d'elle pendant ce temps.

Elle partit, et je m'assis au chevet d'Hélène. Les mots de Lucienne m'avaient inquiétée. Pourvu que ma sœur ne fût pas en danger ! Notre mère nous avait souvent raconté qu'elle avait failli mourir, lors de son second accouchement.

Dans son berceau, le bébé dormait. Je l'observai, émue et attendrie. Je détaillai ses sourcils bien dessinés, la touffe de cheveux noirs sur le haut de son crâne. Les cheveux de son père, pensai-je. Du doigt, je caressai une de ses joues, lisse comme un pétale. L'enfant de Maxime... Pendant un moment très bref, j'enviai ma sœur.

— Charlotte...

Hélène avait ouvert les yeux. Elle paraissait si fragile, si délicate, si faible, qu'un immense élan me porta vers elle.

— Je suis là, dis-je. Qu'y a-t-il ? Veux-tu un peu d'eau ?

— Non, je ne veux rien. Simplement, je désire que tu me fasses une promesse. Acceptes-tu ?

— Si je le peux, bien sûr.

Elle me fixa d'un regard qui me fouillait, qui semblait voir au plus profond de moi-même :

— Si je meurs, Charlotte, promets-moi de t'occuper de Louise.

Je tressaillis, protestai violemment :

— Mais tu ne vas pas mourir. Tu vas vivre, pour ta petite fille qui aura besoin de toi. Pense à elle.

— Justement, c'est ce que je fais. Écoute-moi, Charlotte, et ne me contredis pas. Je me sens très faible, je sens la vie qui s'en va...

— Ce doit être une réaction normale après un accouchement. Tes forces vont revenir.

Elle ferma les yeux avec lassitude :

— Laisse-moi parler, Charlotte. J'ai entendu ce qu'a dit Lucienne. Maintenant que j'ai Louise, je ne tiens pas à mourir, mais s'il m'arrive quoi que ce soit, je veux partir tranquille. Promets-moi, dans ce cas, de t'occuper d'elle.

Elle rouvrit les yeux, les posa sur moi avec une gravité qui m'empêcha de me récrier. Je luttai contre l'émotion qui me gagnait, me forçai à répondre légèrement, avec un haussement d'épaules :

— Si tu veux vraiment cette promesse, oui, c'est d'accord. Mais c'est inutile. Je te répète que tu seras là.

— Peut-être. Mais peut-être pas. Rappelle-toi, Charlotte, lorsque nous habitions à Fives... en face de chez nous vivait une petite fille... Elle devait avoir à peu près notre âge. Sa mère était morte et son père s'était remarié. Te souviens-tu d'elle ?

Je dus chercher dans mes souvenirs. Une image revint, celle d'une enfant vêtue de haillons, au regard malheureux, au visage souvent marqué de coups. Tout le monde dans la rue la connaissait et la plaignait : Alphonsine, le souffre-douleur de sa belle-mère. Elle avait déménagé, ensuite, et on n'avait plus entendu parler d'elle.

— C'est si vieux, Hélène. Qu'as-tu besoin de penser à ça maintenant ?

— Si jamais Maxime se remarie, je ne veux pas que ma fille soit une deuxième Alphonsine. Toi, je sais que tu l'aimeras. Le plus simple, ce serait que tu l'épouses.

J'eus un violent sursaut :

— Moi ? Épouser qui ?

— Maxime, bien sûr. N'essaie pas de me dire que...

— Cessons cette conversation, Hélène. Tu délires.

Elle se tut un instant, parut rassembler ses forces :

— Ne m'interromps pas sans cesse, Charlotte. Je me sens de plus en plus faible... Bientôt, je n'aurai plus le courage de parler. Et si c'est la dernière fois que je peux le faire, ne m'empêche pas... J'ai compris beaucoup de choses, concernant Maxime et toi. J'ai commencé à comprendre la fois où je vous ai vus, ce soir de janvier où tu l'as rencontré en t'en allant... Votre attitude à tous les deux... J'ai bien cru qu'il allait t'embrasser. Toute la soirée, il a eu un air torturé, malheureux... Donne-moi un peu d'eau, s'il te plaît, Charlotte.

Je soulevai sa tête, l'aidai à boire. Elle se laissa retomber, attendit un long moment avant de reprendre :

– Pardonne-moi, Charlotte. Je n'avais pas compris. Si j'avais su, je n'aurais pas agi ainsi... Pourquoi ne me l'as-tu pas dit ? Cela m'aurait peut-être fait réfléchir. Je m'étais stupidement amourachée de lui, et je n'ai pensé à rien d'autre. J'ai voulu être satisfaite, égoïstement, comme une enfant gâtée... Je l'ai bien regretté, après... Si je ne revois pas Maxime, tu lui demanderas pardon pour moi.

Je ne sais plus ce que j'ai répondu. J'ai dû acquiescer, sans doute. Je me sentais bouleversée par tout ce qu'Hélène me disait, et par la façon paisible dont elle envisageait sa propre mort. Je pris dans les miennes ses mains, qui étaient froides :

– Je t'en prie, Hélène. Nous t'aimons, tous. Nous voulons que tu vives!

Elle murmura, comme pour elle-même :

– Ce sang qui ne cesse de couler... Je ne souffre pas, au contraire. Je me sens légère, bizarre...

Il y eut un long silence. Les yeux clos, elle sembla s'endormir, et je n'osai pas troubler son repos. Après de nombreuses minutes, elle parla de nouveau, et je dus m'approcher d'elle pour entendre ce qu'elle disait :

– Te souviens-tu, Charlotte, de cette fois où père avait battu notre mère ? Tu m'avais prise contre toi, ensuite, et je m'étais endormie rassurée. S'il te plaît, prends-moi encore comme ça. S'il te plaît, Charlotte, répéta-t-elle d'une voix enfantine, la voix de la petite fille qu'elle avait été.

Luttant contre mes larmes, je m'allongeai près d'elle, sur le lit, avec douceur l'entourai de mon bras en l'attirant contre ma poitrine. Elle eut un soupir satisfait, appuya sa tête au creux de mon épaule et ne bougea plus. Je la gardai ainsi contre moi longtemps, sans oser faire un geste.

Lorsque le docteur arriva, elle avait cessé de vivre. Elle s'était éteinte dans mes bras, doucement, sans même que je m'en aperçoive. Il me détacha d'elle, et je me laissai faire passivement. Avec incrédulité, je regardai le corps sans vie de ma sœur, et je ne pensai qu'à la réaction de Maxime qui, à son retour, trouverait sa femme morte à côté de son enfant nouveau-né.

CHAPITRE VI

Ma mère eut un chagrin immense. Je l'entourai d'amour, ainsi que Frédéric. Notre tendresse l'aida à surmonter sa peine. Moi-même, je me sentais malheureuse, et je pensais bien souvent aux derniers instants de ma sœur. Quelle prescience l'avait poussée à exiger de moi cette promesse ? Depuis le jour de l'enterrement, je n'avais pas revu Maxime, et je ne cherchais pas à le revoir. Ma douleur était encore trop vive.

Je savais qu'il avait placé la petite Louise chez une fermière du village, qui la nourrissait en même temps que son propre enfant. Il allait la voir tous les jours. Ma mère s'y rendait souvent, essayant de trouver dans la présence du bébé une compensation à l'absence cruelle et définitive de sa fille. Elle revenait de ces voyages avec, sur le visage, une expression tendre et triste :

– Pauvre enfant, soupirait-elle. Clara, la fermière, n'a pas beaucoup le temps de s'occuper d'elle, sauf pour la nourrir. Lorsqu'elle sera sevrée, j'aimerais bien la reprendre avec nous, et même avant si c'est possible. Il faudra que j'en parle à Maxime.

Un jour du mois de juin, j'accompagnai ma mère, et je compris pourquoi elle souhaitait reprendre l'enfant. Il faisait beau et chaud. Dans la cour de la ferme, des poules picoraient autour du fumier d'où s'écoulait un purin nauséabond. A notre arrivée, un chien, attaché au mur, tira sur sa chaîne et se mit à pousser des aboiements féroces. Je suivis ma mère qui, sans hésiter, se dirigea vers la porte d'entrée fermée jusqu'à mi-hauteur. Elle souleva le loquet, entra dans la pièce principale. Il n'y avait personne. Tout était propre et bien rangé. Dans une pénombre préservée par les volets à

peine entrebâillés, la longue table de chêne luisait doucement. Ma mère alla vers le berceau qui occupait un coin de
la pièce. Serrés l'un contre l'autre, deux bébés dormaient.
L'un était blond, l'autre avait sur le crâne une touffe de cheveux noirs, plus fournis que lors de sa naissance. Je la
reconnus tout de suite. Une impulsion subite, faite de tendresse et de compassion, me donna envie de la prendre, de la
serrer contre moi. Avec un soupir, je regardai son petit
visage empourpré par la chaleur, sur lequel des mouches se
promenaient. D'un geste de la main je les chassai.

– Où donc est Clara? demandai-je.

– Elle est occupée ailleurs, dit ma mère. Avec le travail de
la ferme, elle ne peut pas toujours être ici. C'est pourquoi
Louise sera mieux chez nous. La prochaine fois, j'essaierai
de rencontrer Maxime. J'espère qu'il comprendra que c'est
pour le bien de la petite et qu'il ne refusera pas.

Maxime accepta sans difficulté l'offre de ma mère. Ce fut
ainsi que, dès qu'il fut possible de nourrir Louise au lait de
vache, ma mère la ramena.

Notre maison fut transformée. Nous nous mîmes à vivre
au rythme des biberons, nous apprîmes à ne pas faire de
bruit pendant la sieste, et Frédéric lui-même dut s'efforcer
de moins fumer parce que cela faisait tousser l'enfant. Il le
fit de bonne grâce car, plus que ma mère et moi, il fut bientôt en adoration devant Louise, qui l'accueillait toujours
avec des sourires et un gazouillis ravi.

La nuit, elle dormait dans ma chambre. J'écoutais son
souffle léger et régulier. Le matin, je m'éveillais avant elle,
dès que les cloches des fabriques appelaient au travail les
ouvriers et les ouvrières. Il faisait encore obscur, l'aube pointait à peine. Pieds nus, silencieusement, je me dirigeais vers
le berceau, je me penchais et, très délicatement, prenais
contre moi l'enfant de ma sœur. Je retournais m'asseoir sur
mon lit, mon tendre fardeau dans les bras. Et les minutes qui
suivaient étaient à nous uniquement. Je berçais Louise, je lui
parlais, je lui murmurais des mots doux. Parfois, elle continuait de dormir, abandonnée et confiante, et sa fragilité
m'émouvait. D'autres fois, elle se réveillait, ouvrait de
grands yeux bleus – ceux de ma sœur – et répondait par des
sourires et des roucoulements à mes paroles d'amour. Ces
instants créaient entre nous des liens profonds, et je souhaitais que grâce à eux Louise m'aimât comme si j'étais sa
mère. Car je n'oubliais pas les dernières paroles de ma sœur.
Elle m'avait fait promettre de m'occuper de son enfant et,
en quelque sorte, me l'avait léguée par-delà la mort.

Maxime venait régulièrement voir sa fille. Le dimanche, il plaçait un de ses cantonniers pour faire son service et arrivait chez nous, doublement impatient. Pour Louise d'abord, pour moi ensuite. Plusieurs mois s'étaient écoulés depuis la mort de ma sœur et je savais que, dès que la période de deuil à respecter serait terminée, il me demanderait de partager sa vie. Je savais aussi que, cette fois, je ne refuserais pas.

En attendant, nous ne nous disions rien. Nous ne parlions que de choses banales. Mais nos regards étaient éloquents. Je n'avais plus à lui cacher ce que j'éprouvais, et je lisais dans ses yeux à la fois une promesse et une certitude tranquilles. J'attendais, consciente qu'un peu de temps était encore nécessaire pour cicatriser la blessure faite par la mort de ma sœur.

Ma mère, cette fois, ne fut pas dupe. Un soir, alors que nous venions de coucher Louise et que Frédéric était en bas, elle me dit :

– Charlotte, il me semble bien que Maxime et toi... Vous vous aimez, n'est-ce pas ?

Je ne vis pas l'utilité de mentir. Tout naturellement, j'acquiesçai. Elle hocha la tête d'un air entendu :

– J'avais bien vu, au début, que tu semblais attirée par lui. Et puis, d'un seul coup, tu as changé. Tu donnais l'impression de vouloir le repousser, tu évitais sa présence. Je n'ai pas compris, alors, mais maintenant tout est clair. Tu as agi ainsi pour Hélène, n'est-ce pas ?

– Oui, mère, dis-je d'une voix basse. Elle était gravement malade, et déclarait qu'elle refusait de vivre sans Maxime.

– Je me souviens.

Elle me regarda avec émotion, leva une main jusqu'à ma joue, qu'elle caressa doucement :

– Il faut être capable de beaucoup d'amour pour faire ce que tu as fait. Je suis fière et heureuse d'avoir une fille comme toi, Charlotte. Naturellement, tu vas l'épouser ?

Je fis un signe de tête affirmatif :

– Hélène me l'a demandé avant de mourir. Elle avait fini par comprendre, elle aussi. Et surtout, elle ne voulait pas que sa fille puisse devenir une enfant mal aimée comme cette pauvre Alphonsine, qui habitait en face de chez nous, à Fives. Vous vous souvenez ?

– Oui. Ainsi, elle t'a confié à la fois son mari et sa fille... Ce sera à toi de les rendre heureux, Charlotte.

– N'ayez crainte, mère, dis-je avec ferveur. Je m'y emploierai de toutes mes forces.

Une sorte de regret teinté de mélancolie passa sur le visage de ma mère :

– Comme cela va être vide ici, sans toi et sans Louise...
Je la pris dans mes bras, ripostai avec vigueur :

– Il ne faudra pas être triste. Vous avez Frédéric qui vous aime sincèrement. Et puis, vous pourrez venir nous voir souvent.

Elle approuva, un peu rassérénée :

– C'est vrai, il ne faut pas que je sois égoïste. D'autant plus que, pour Maxime, l'existence qu'il mène actuellement n'est pas stable. Il a besoin d'une femme et de sa fille auprès de lui.

Tonton Édouard, qui venait encore de temps à autre, était complètement gâteux devant Louise. Les parents de Frédéric également.

– Cette enfant a de la chance, aimait à répéter Léon. Elle verra le siècle nouveau, elle connaîtra l'essor des chemins de fer, qui sera de plus en plus grand. Nous avons déjà bien avancé depuis le début, mais l'avenir sera encore plus formidable. Vous verrez que j'ai raison ! Et si nous ne sommes plus là pour le voir, Louise le verra, elle !

Et il regardait avec un mélange d'envie et d'admiration le bébé de quelques mois qui lui souriait sans comprendre le sens de ses paroles.

J'épousai Maxime au cours de l'été 1895. Je garde de cette journée un souvenir radieux, où planait l'ombre approbatrice et souriante de ma sœur. Tonton Édouard m'embrassa avec émotion. Même en cette circonstance, sa femme n'avait pas voulu l'accompagner. Dans l'allégresse où je baignais, je n'y fis même pas attention. Je ne tenais pas à connaître cette tante acariâtre qui avait rendu ma mère malheureuse.

Léon, le père de Frédéric, me félicita chaleureusement.

– Par ton mari, tu vas entrer à ton tour dans l'histoire des chemins de fer. Je suis fier de toi, Charlotte. Même si ton rôle est infime, même s'il passe inaperçu, il est important. La grande épopée des chemins de fer n'existerait pas sans les obscurs, les sans-grades dont tu feras partie. Ne l'oublie jamais, et remplis toujours ta modeste tâche avec fierté.

Je l'écoutai à peine, acquiesçai rapidement, bien plus intéressée par ce que je lisais dans les yeux de Maxime. Lorsque nous partîmes, le soir, je serrais Louise contre moi, et Maxime nous entourait toutes les deux de son bras.

La petite maison que je connaissais déjà nous accueillit. J'ai senti tout de suite qu'elle serait notre foyer, un foyer intime et chaud.

Je ne me trompais pas. Après la tristesse des années précédentes, après la mort de mon amie Maria et celle de ma sœur, dès les premiers jours de ma vie avec Maxime, je connus un bonheur que j'accueillis avec ardeur et gratitude. Notre accord fut parfait, immédiat. Accord des corps, accord des cœurs. Je savais qu'il en serait ainsi, je savais qu'il était fait pour moi comme j'étais faite pour lui. La passion qui nous unissait, après avoir été longtemps contenue, explosait, débordait, et chacun de nos gestes, de nos regards, était un acte d'amour.

Je m'adaptai très vite à ma nouvelle vie et sus bientôt m'acquitter parfaitement de mon travail. J'appris par cœur le « règlement des barrières de passage à niveau ». Je fus convoquée par le chef de district, pour passer une sorte d'examen, et je m'y rendis avec une appréhension qui paralysait jusqu'à mon esprit. Pourtant, je répondis correctement aux questions qu'il me posa, fus félicitée, et sortis de notre entretien enchantée. Maintenant, en plus du règlement habituel, je savais ce qu'il convenait de faire si un incident se produisait sur la voie.

Tous les matins, Maxime partait pour sa tournée, vêtu de son pantalon resserré aux chevilles et muni de sa canne ferrée. Il était responsable de plusieurs kilomètres de voie, et devait vérifier si tout était en ordre, inspecter l'état des rails, des boulons, des traverses, du ballast. Il était conscient de l'importance de sa tâche.

– Tu comprends, me disait-il, le bon état de la voie est la première condition pour que le trafic se fasse sans problème. Les traverses ne doivent être ni « danseuses » ni pourries, le ballast doit être suffisant et ne pas donner de poussière.

Je le regardais partir et j'admirais la façon dont il marchait en équilibre sur le rail de droite, tout en tâtant, de l'extrémité de sa canne, le bois des traverses. Ensuite, à mon tour, je me mettais au travail, sans cesser de surveiller du coin de l'œil Louise, qui marchait depuis peu et trottinait partout. Pour l'empêcher de s'aventurer sur la voie, je plaçais devant l'entrée de la maison une petite barrière de bois que Maxime avait construite à cet effet. Tobi, le chien, suivait l'enfant pas à pas, et était pour elle un compagnon de jeu toujours disponible. Je m'activais, nourrissais les poules, tirais de l'eau du puits, lavais la maison, préparais le repas. A chaque passage de train, lorsque j'entendais corner le garde-barrière précédent, j'enlevais mon sarrau, je prenais le drapeau rouge et j'allais me placer, toujours au même endroit, dans la position réglementaire pour indiquer que la voie était libre. Le train passait, et dans sa locomotive, le mécanicien, souvent, me saluait. Bientôt, tout en ignorant leur nom, je les connus tous, sans exception. Je savais que l'un d'eux annonçait son arrivée par deux coups de sifflet aigus, je savais qu'un autre allait ôter sa casquette et l'agiter dans ma direction, un large sourire aux lèvres. Et je trouvais, dans leur salut amical et complice, une satisfaction qui me faisait aimer ce travail simple et monotone.

Je ne pouvais jamais m'éloigner bien longtemps, car il fallait que je sois présente au cas où un usager de la route demanderait à passer. Il n'y avait pas beaucoup de monde; des fermiers, surtout, avec leur charrette tirée par un cheval. Ils criaient, ils me hélaient avec bonne humeur. J'accourais, vérifiais des deux côtés si la voie était bien libre, ouvrais d'abord la barrière de sortie, puis l'autre. L'attelage passait rapidement, je refermais les barrières et retournais à l'occupation que j'avais dû interrompre.

Ce passage à niveau, dont je devais ainsi m'occuper, devenait *mon P.N.* Je ne voyais pas les inconvénients, la barrière qui était lourde à pousser, la pluie qui parfois trempait mes vêtements, l'attention constante qu'il fallait exercer. J'étais fière de la responsabilité qui m'incombait, et je voulais que Maxime à son tour fût fier de moi. J'avais la chance de pouvoir travailler longtemps sans être jamais fatiguée. Je n'étais pas, comme ma mère, comme ma sœur, de santé fragile. En moi vivait la solide race flamande de mon père.

Et surtout, j'étais heureuse. J'avais l'amour de Maxime, l'affection de Louise qui était une adorable fillette. La nuit, il arrivait que quelqu'un demandât l'ouverture de la barrière, et Maxime alors se levait. Parfois, il restait longtemps dehors. C'était lorsqu'il attendait l'arrivée de Prosper, un garçon fermier qui, régulièrement, allait en Belgique chercher du tabac en fraude. Maxime, à l'aide de sa lampe, lui annonçait par des signaux que les *gabelous* n'étaient pas dans les environs. Pour le remercier, Prosper lui glissait un paquet de tabac avant de continuer sa route. Aux aguets, j'attendais, toujours un peu inquiète. Lorsque enfin Maxime revenait se coucher, je me blottissais de nouveau contre lui, et je me rendormais en soupirant de bonheur.

Ma mère venait souvent, et nous passions alors un après-midi agréable. Elle observait en souriant mon visage heureux, elle admirait la bonne mine de Louise qui était une enfant épanouie.

– Grâce à toi, elle ne souffre pas de l'absence de sa mère, constatait-elle. Merci, Charlotte.

Je la regardais avec étonnement :

– Il ne faut pas me remercier. Ce que je fais est tout à fait naturel. Je l'aime autant que si elle était ma fille.

Les semaines, les mois passèrent dans un bonheur paisible et sûr. Nous n'étions pas riches, mais nous réussissions à ne manquer de rien. Maxime ne revenait jamais sans quelques provisions, glanées gratuitement au cours de ses tournées : des champignons, des escargots, des noisettes, des mûres, des châtaignes, quelquefois un lièvre, une perdrix, qui s'étaient laissé surprendre par le train. Je faisais des confitures avec les fruits, des omelettes avec les œufs de nos poules, des potages avec les légumes du jardin. Les fois où Maxime ramenait du gibier, nous invitions ma mère et Frédéric à venir partager notre repas. C'était une vie simple, mais elle nous suffisait. Je n'en aurais pas souhaité d'autre.

Au printemps, je m'aperçus que j'attendais un enfant. Lorsque je l'annonçai à Maxime, il me prit par la taille, me souleva et me fit tournoyer tandis que Tobi, excité, sautait et aboyait autour de nous.

– Un enfant, Charlotte ! C'est merveilleux. Quand naîtra-t-il ?

Je souris à son air émerveillé et impatient :

– Oh, pas avant décembre.

Sur son visage vint une infinie douceur. Il me reprit contre lui, attira ma tête au creux de son épaule.

– Merci, Charlotte, dit-il très bas.

A cet instant, j'ai eu conscience de vivre un moment de bonheur intense, total, profond.

Ma grossesse se passa bien. Je n'eus pas les malaises qu'avaient connus ma mère et ma sœur. J'attendais mon enfant dans un épanouissement ravi. Une appréhension, pourtant, me venait parfois : est-ce que l'accouchement se passerait bien ? Et si je mourais, comme ma sœur ? Que deviendrait alors Maxime, seul avec deux petits enfants ? Lucienne, la sage-femme, m'aidait sans le savoir :

– Vous êtes bien bâtie, affirmait-elle, faite pour avoir une nombreuse famille. Avec vous, il n'y aura pas de problème.

Son assurance était si évidente qu'elle chassait mes craintes.

L'été passa lentement, dans une splendeur éclatante. Je faisais mon service, je m'occupais de Louise, j'aimais et me laissais aimer. L'enfant bougeait dans mon ventre, et le moindre de ses mouvements me ravissait. Il y eut une période de chaleur, pendant laquelle je m'activai moins, vivant même au ralenti. Le soleil écrasait la campagne, qui elle-même s'engourdissait dans l'air étouffant. Maxime, en rentrant de ses tournées, se montrait préoccupé :

– Il faut que je surveille les joints de près, disait-il. Tu comprends, avec la chaleur, les rails se dilatent et augmentent de longueur. Si la température ne baisse pas, on va finir par être obligés de les scier. Imagine un peu quel travail, et quel problème ça va poser pour la circulation !

Il ne fut pas nécessaire d'en arriver là ; bientôt le temps se rafraîchit. Il vint même un peu de pluie, une pluie tiède et douce à laquelle j'offrais mon visage lorsque j'allais dehors. Je respirais la puissante odeur de la campagne, de la terre, de l'herbe. Je me sentais en parfaite harmonie avec la nature qui m'entourait, et j'éprouvais un bien-être que je n'avais jamais connu auparavant, lorsque je vivais dans une rue aux maisons étroites et serrées.

Un jour, mon amie Rosa vint me voir avec ma mère. Elle regarda autour d'elle avec surprise, déclara tout net qu'elle ne se plairait pas dans une maison aussi isolée. Elle affirma que mon visage éclatait de santé et de bonheur.

– J'espère que je serai aussi heureuse que toi, Charlotte. Car je vais bientôt me marier, moi aussi. Tu ne le connais pas. Il s'appelle François et travaille à la verrerie comme *embouchurier*. Il est mieux payé qu'un ouvrier de filature, et si son salaire est suffisant je ne travaillerai plus. Ma cuisse est guérie, mais elle me fait mal de temps à autre, surtout quand je reste de longues heures debout. Et puis, François estime que si nous avons des enfants, il vaudra mieux que je reste à la maison pour les élever.

Lorsqu'elle partit, je lui souhaitai tout le bonheur possible, m'excusant à l'avance de ne pas pouvoir assister à son mariage car, expliquai-je, je ne pouvais pas quitter mon P.N. Par contre, je l'engageai à revenir souvent, car son amitié m'était agréable.

Puis vint l'automne, qui installa dans la campagne sa débauche fastueuse de couleurs. J'observais Maxime et sa brigade de cantonniers qui travaillaient sur la voie, je faisais mon service habituel avec la même énergie. Simplement, au fur et à mesure que les semaines passaient, je me déplaçais plus lentement, gênée par la lourdeur de mon ventre. Le soir, lorsque Maxime rentrait et que le crépuscule nous apportait son incomparable lueur rose et mauve, je regardais avec un contentement radieux la famille que nous formions.

Maxime me souriait, et je ressentais plus que jamais l'immense amour qui nous unissait et qui rendait notre existence si douce, si belle, si heureuse.

Les rigueurs de l'hiver amenèrent des complications dans notre travail. Au début du mois de décembre, il y eut plusieurs jours de verglas, et je dus enfiler des chaussons de feutre par-dessus mes chaussures pour aller assurer le passage des trains. La barrière, gelée, était plus lourde que jamais, et ceux qui me demandaient de l'ouvrir étaient obligés de m'aider à la pousser. Puis le temps devint plus doux, et la neige se mit à tomber. Il fallut, tous les matins, débloquer les roues de la barrière afin qu'elle pût glisser sans difficulté. Maxime et sa brigade de cantonniers, pelle ou pioche en main, bravaient le froid et, échelonnés le long de la voie ferrée, ôtaient la neige accumulée, sapaient, balayaient. Pendant deux jours complets, des flocons serrés, poussés par un vent violent, tombèrent sans interruption, transformant le paysage en une féerie blanche, silencieuse et glacée. Alors que, au garde-à-vous, j'indiquais aux mécaniciens que la voie était libre, je les voyais, penchés hors de leur machine, le visage tourné vers l'avant, les joues rouges de froid, les yeux brûlés par le givre, essayant de percer le magma blanchâtre et tourbillonnant qui leur bouchait la vue. La moindre seconde d'attention comptait, et ils ne prenaient plus le temps de me saluer. A côté d'eux, j'apercevais leur chauffeur, penché sur la chaudière qui, pendant le court éclair de leur passage, jetait la lueur orangée de son feu ardent. Dès que je voyais disparaître le fanal de queue, je me dépêchais de rentrer, de retrouver la chaleur de mon petit logement, accueillie par Louise et Tobi. J'attendais le retour de Maxime, qui revenait frigorifié. Alors nous nous calfeutrions dans notre maison qui devenait un cocon de douceur, de sécurité et de tendresse.

Le soir du deuxième jour, le vent devint violent, et bientôt se mit à souffler en rafales qui hurlaient de façon sinistre autour de la maison.

– La neige est épaisse, constata Maxime avec inquiétude. Et le vent la ramène sans cesse. Nous avons passé la journée à déblayer la voie, mais j'ai peur que ça ne serve à rien. Il risque d'y avoir des congères. C'est une véritable tempête!

Je versai le potage, qu'il mangea machinalement, les yeux fixés sur la fenêtre au-delà de laquelle la ronde effrénée et diabolique des flocons ne cessait pas. Il jeta un coup d'œil à ses vêtements de travail, qui séchaient devant le feu :

– Si cela continue, je vais devoir ressortir. Je ne suis pas tranquille. Il y a les surveillants de nuit, mais ils ne seront peut-être pas suffisants si la neige est trop abondante.

J'ouvris la bouche pour protester mais ne dis rien. Je savais que, par temps de neige, le règlement obligeait tous les cantonniers à rejoindre leur poste, en particulier la nuit, pour déblayer la voie.

Le repas terminé, j'allai coucher Louise. Je la bordai soigneusement, dans la petite chambre contiguë à la nôtre, l'embrassai avec tendresse et restai près d'elle jusqu'à ce qu'elle fût endormie. Dehors, le vent hurlait de plus en plus fort, des bourrasques de neige cinglaient les vitres, une lueur laiteuse et malsaine rendait la campagne hostile et menaçante. Et soudain, sur cette plainte interminable de la bise en furie, retentit le sifflet saccadé d'un train. C'étaient des clameurs de détresse, pressées, stridentes, ininterrompues. Je compris que l'omnibus qui devait passer à neuf heures dix-sept était immobilisé par la neige, quelque part dans la campagne, et appelait au secours. Je me précipitai hors de la chambre, descendis l'escalier. Avant même d'arriver en bas, j'aperçus Maxime qui, près du feu, finissait de s'habiller avec des gestes rapides. Je courus à lui et, dans ma hâte, ratai la dernière marche. Entraînée par le poids de mon ventre, je tombai lourdement en avant. Tobi s'approcha de moi en gémissant, me lécha le visage et les mains. Maxime, inquiet, me releva avec précaution :

– Charlotte! Tu ne t'es pas fait mal?

Il m'installa sur une chaise où je m'affalai, encore tremblante. Les coups de sifflet, dehors, ne cessaient pas, semblaient se faire plus aigus, plus pressants.

– Il faut que j'y aille, dit Maxime. Si tout le monde répond à l'appel, nous pourrons peut-être déblayer assez vite. Tu es sûre que je peux te laisser?

Je me levai péniblement, retins une grimace en sentant une contraction me tordre le ventre.

– Mais oui, ça va aller. Couvre-toi bien surtout, il fait froid.

Je lui tendis le passe-montagne que j'avais tricoté, lui nouai un cache-nez autour du cou, lui donnai ses moufles. Tobi tournait autour de nous en poussant des petits cris plaintifs. Maxime se pencha, embrassa mon visage levé vers lui.

– A bientôt, Charlotte. J'espère revenir assez vite. Couche-toi sans m'attendre si je tarde trop.

Il ouvrit la porte. Une rafale de vent s'engouffra et fit entrer une multitude de flocons de neige en même temps qu'un souffle puissant et glacé. Je reculai.

– Ferme vite. Ne prends pas froid. A tout à l'heure. Ne t'inquiète pas, surtout.

Il partit, tête baissée dans la tourmente. Sa silhouette fut happée par la bourrasque et la nuit. Je repoussai la porte et m'approchai du feu, frissonnante. Mes mains, d'elles-mêmes, se posèrent sur mon ventre. Je n'avais rien dit à Maxime, mais je sentais une douleur sourde me traverser de part en part.

Que ferais-je si ma chute avançait la venue du bébé? Je me trouvais seule, dans l'impossibilité de prévenir Lucienne. L'affolement me crispa. J'essayai de me rassurer : la naissance n'était prévue que pour la fin du mois.

En serrant les dents, je me déshabillai, pris une chaise et m'assis près du feu, écoutant le vent continuer de hurler. Tobi, à mes pieds, roulé en boule, s'était assoupi. Inquiète, je guettais la douleur. Par moments, elle s'éloignait, et je me persuadais qu'elle ne reviendrait pas. Mais bien vite, comme un flux irrépressible et inéluctable, une nouvelle vague arrivait, plus forte que la précédente. Je finis par me rendre à l'évidence : mon enfant avait choisi cette nuit de tempête pour venir au monde.

Avec effort, entre deux contractions, je mis de l'eau à chauffer, préparai des linges propres ainsi que les chemises et les langes du bébé. Tout en mordant mes lèvres pour étouffer mes gémissements, je priai pour que Maxime fût de retour rapidement. Là-bas dans la campagne, les appels de détresse s'étaient tus. Sans aucun doute, le train avait été secouru. Mais combien de temps faudrait-il pour libérer le passage? Tout dépendait de l'épaisseur de la neige qui obstruait la voie.

La douleur se faisait plus intense, les contractions plus rapprochées, et Maxime ne revenait pas. Une sueur d'affolement coula le long de mon dos. A cet instant, Tobi se redressa, agita les oreilles et aboya. Dehors, un pas lourd retentit, et quelque chose cogna contre la porte, qui s'ouvrit brutalement. Persuadée de voir Maxime, j'eus un mouvement de surprise et de déception. C'était Prosper, avec son chargement de tabac qu'une bâche imperméable enveloppait. Il laissa tomber son paquet sur le sol, s'ébroua :

– J'ai vu la lumière, et j'ai pensé que je pourrais me réchauffer un peu avant de reprendre la route. J'ai voulu faire mon voyage habituel, je me suis dit que par un temps pareil je ne risquais pas de voir les *gabelous*. Mais j'ai eu tort. On ne reconnaît plus rien, la neige recouvre tout. J'ai failli me perdre à plusieurs reprises.

Il s'approcha, tendit ses mains à la chaleur du feu, jeta un coup d'œil intrigué autour de lui :

— Mais que se passe-t-il ? Maxime n'est pas là ? Il m'a bien semblé entendre, aussi... Un train en détresse ?

J'acquiesçai d'un signe de tête, soudain incapable de parler, tout le ventre vrillé par une contraction plus forte que les autres. Dans son visage buriné par les travaux des champs, les yeux de Prosper se firent attentifs. Ils semblèrent soupeser la masse de mon ventre, se posèrent sur mon visage, puis sur les langes et sur l'eau qui chauffait. Il émit un long sifflement :

— Allons bon, c'est donc ça... Le moment est plutôt mal choisi, non ?

Une crispation de tout mon corps me plia en deux :

— Il faudrait... aller chercher Lucienne...

Prosper hocha la tête avec doute :

— Vous voulez la faire venir par un temps pareil ? Le temps que j'arrive chez elle et que je la ramène, votre bébé sera né. Sans compter qu'on sera transformés en bonhommes de neige !

Son visage se plissa et il se mit à rire, enchanté de sa plaisanterie.

— Il vaut mieux que je reste avec vous, reprit-il avec sérieux. Je peux vous aider, moi, à mettre votre enfant au monde.

Il vit mon sursaut effarouché, mon geste de refus.

— De quoi avez-vous peur ? Je sais y faire, ne craignez rien. J'ai quarante ans et depuis mon plus jeune âge je travaille dans une ferme. J'ai déjà aidé des génisses, des truies, des brebis, et même une jument, à mettre bas. Sauf votre respect, pour un petit d'homme ça ne doit pas être bien différent.

Je fus incapable de répondre. Les contractions devenaient si pressées, si fortes, qu'elles me coupaient la respiration. A travers un brouillard de souffrance, je vis Prosper s'approcher de moi, je sentis qu'il me soutenait et m'aidait à monter l'escalier, puis à me coucher dans le lit. Bientôt, la douleur fut si violente qu'elle chassa ma gêne. J'oubliai que Prosper était un homme, j'oubliai qu'il était choquant de le voir remplir auprès de moi le rôle d'une sage-femme. Les hurlements du vent se mêlaient à mes plaintes. Tempête dans la tempête, mon corps labouré s'abandonnait au seul être présent à mes côtés et capable de me soulager.

La sueur, les larmes noyaient mon visage. J'avais besoin d'une main douce sur mon front, et de toutes mes forces j'appelais ma mère. J'eus l'impression que cela dura long-temps, comme une agonie interminable qui se faisait plus cruelle de minute en minute. Mais subitement elle cessa, et j'oubliai tout lorsque j'entendis le cri de mon enfant. Un sou-rire trembla à travers mes larmes, un émerveillement enva-hit la chambre, même les clameurs du vent, dehors, sem-blèrent se faire plus douces. Je me soulevai légèrement pour voir Prosper qui, avec des gestes gauches, emmaillotait le bébé. Le visage ému, il vint vers moi, me le tendit avec des précautions touchantes. Sa moustache jaunie par le tabac frémit tandis qu'il m'annonçait, la voix enrouée :

– La plus belle naissance de ma carrière. Un bon gros garçon, Charlotte, bien vigoureux. Écoutez comme il crie!

Je le pris contre moi. Ce petit être à qui je venais de don-ner la vie m'était déjà plus cher que moi-même. Du bout des doigts, j'effleurai son front, ses joues, ses cheveux soyeux comme un duvet. La caresse lui plut. Il cessa de crier, émit deux ou trois petits bruits de succion et s'endormit. Je ne bougeai plus. Malgré moi, mes yeux se fermèrent. Une agréable lassitude m'engourdissait. Je sentis que Prosper me reprenait l'enfant et le plaçait dans son berceau. Je voulus protester mais la fatigue m'en empêcha. Je me laissai empor-ter par le sommeil.

Lorsque je m'éveillai, le calme me surprit. La tempête avait cessé. Encore ensommeillée, je jetai un coup d'œil autour de moi. Dehors, le jour se levait à peine, et la neige recouvrait la campagne d'un épais manteau blanc et glacé. D'épais flocons continuaient de tomber, en un ballet silen-cieux et plein de grâce. J'allumai la lampe et me penchai pour regarder mon fils, endormi dans son berceau. Si petit, si fragile, si tendre... et tellement précieux. Maxime savait-il qu'il avait un fils? Était-il rentré, au moins? J'entendis, dans le jardin, la chaîne du puits grincer, puis la porte d'entrée claquer. J'appelai faiblement :

– Maxime!

Aussitôt, un pas viril retentit dans l'escalier, la porte de la chambre s'ouvrit, et il entra.

– Charlotte, tu es réveillée?

Il s'approcha du lit, et nos yeux se fondirent dans un regard qui disait, en plus de notre amour, un immense bon-heur. Avec douceur, presque avec dévotion, il me prit la main, se pencha. Des flocons de neige s'accrochaient encore dans ses cheveux et formaient des étoiles de givre qui scintil-laient à la lueur de la lampe.

– Charlotte, merci. Lorsque je suis rentré, tout à l'heure...
Tu dormais, et près de toi il y avait mon fils, notre fils...
J'étais surpris, heureux, bouleversé. Je m'en voulais de
t'avoir laissée seule. C'est Prosper qui m'a raconté... Il est
parti aussitôt, et moi, ça fait plusieurs fois que je viens vous
regarder, tous les deux... Tu vas bien, Charlotte?

Je fis oui de la tête, en souriant doucement. Une intense
émotion nous unit, et nous sommes restés ainsi un long
moment, dans une plénitude qui rendait toute parole super-
flue. Une voix enfantine, en bas de l'escalier, cria :

– Papa!

– C'est Louise, dit Maxime en se relevant. Peut-elle
venir? Je lui ai dit qu'un petit frère était arrivé cette nuit.
Elle est très impatiente de le voir.

– Oui, amène-la.

Il sortit, revint en tenant dans les bras une Louise aux
grands yeux intrigués. Avec elle, il se pencha au-dessus du
berceau :

– Regarde, c'est ton petit frère. Il est encore tout petit,
mais bientôt, il pourra jouer avec toi et avec Tobi.

Un doigt dans la bouche, Louise observa l'enfant avec cir-
conspection. Que comprenait-elle? Elle n'avait que deux
ans et demi. J'essayai de me rappeler ce que j'avais éprouvé
lors de la naissance de ma sœur. Je n'y parvins pas. Aucun
souvenir conscient ne m'était resté. Je souhaitai que ces
deux enfants fussent aussi unis que je l'avais toujours été
avec Hélène.

Je levai les yeux vers Maxime et lui souris. Sa fille dans les
bras, il contemplait notre fils endormi. J'eus un soupir
comblé. Tous les quatre, nous formions maintenant une
vraie famille, unie et heureuse.

Il cessa de neiger, mais sur les champs la couche blanche
s'attarda. Néanmoins le trafic redevint normal, et il n'y eut
plus de train en détresse. Tout le temps que je restai couchée, Euphrasie vint me remplacer pour la barrière.
Lucienne venait également tous les jours, soucieuse de mon
rétablissement, elle qui n'avait pu être présente lors de
l'accouchement. Elle savait par Prosper qu'il s'était bien
passé, et elle regardait avec satisfaction cet enfant qui était
né sans elle :

– *A la bonne heure!* répétait-elle, ce qui était son expression favorite lorsqu'elle approuvait particulièrement quelque chose. Au moins, il a été rapide, celui-là. Si tous ceux
que je mets au monde étaient comme lui, mon travail serait
bien plus facile!

Ma mère venait presque chaque après-midi, s'extasiait devant son petit-fils, s'occupait de Louise, nettoyait, rangeait, préparait les repas. Lorsque je pus me lever, elle espaça ses visites, mais les reporta aux dimanches, avec Frédéric. Elle amena, un jour, tonton Édouard qui pleura d'émotion devant l'enfant :

– C'est comme si je devenais arrière-grand-père, dit-il à ma mère. Grâce à toi, Constance, j'ai eu la joie d'avoir une famille. Tu as remplacé ma fille...

Il renifla, sortit son mouchoir de sa poche, se moucha bruyamment, fit un effort pour se reprendre. Je lui souris, et dans ce sourire je mis toute la tendresse des souvenirs où il était présent, lorsque dans mon enfance il venait consoler ma mère et nous prouver, à Hélène et à moi, que tous les hommes n'étaient pas forcément ivrognes et violents.

Un autre dimanche, Léon et Estelle accompagnèrent mes parents afin de faire la connaissance du bébé.

– Un fils, ça c'est bien, Charlotte, approuva Léon. Espérons qu'il entrera, lui aussi, au service des chemins de fer. Ils ont besoin d'hommes courageux. Peut-être sera-t-il mécanicien, comme moi. Je ne serai plus là pour le voir, mais, où que je sois, j'en serai fier.

– Tais-toi, Léon, gronda gentiment Estelle. Ton chemin de fer, tu ne penses qu'à ça. Cet enfant vient à peine de naître. Laisse-lui le temps de grandir.

Je me détournai pour déboutonner mon corsage et nourrir mon fils. Oui, il était inutile de précipiter les choses. Il choisirait lui-même, plus tard, la voie qui lui plairait. Peu importait ce qu'elle serait. L'essentiel était qu'elle le rendît heureux.

La vie coula, uniforme, paisible, pleine de tendresse. J'élevais mes enfants, j'assurais mon travail avec application. Mon fils, que nous avions prénommé Paul, était espiègle et remuant. Je devais sans cesse le surveiller, afin d'éviter qu'il ne fît une bêtise. Lorsqu'il se mit à marcher, il voulut tout explorer. Maxime dressa Tobi à l'empêcher d'aller sur la voie, et Louise elle-même, qui avait compris ce qu'il y avait là de dangereux, suivait son frère pas à pas et veillait à sa sécurité. Tous deux mettaient de la vie et de la gaieté dans notre maison, et avec nous ils construisaient, de leurs petites mains, notre grand bonheur.

Pourtant, les conditions matérielles étaient parfois difficiles. Nous avions maintenant nos enfants qu'il fallait nourrir et habiller, mais toujours le même salaire. Pour l'augmenter, Maxime travaillait, de temps à autre, pour les fermiers des environs, allait aider à la moisson, ramasser les pommes de terre, démarier les betteraves ou scier du bois. En échange, nous avions du lait pour l'année, ou une part du cochon tué une fois l'an. Ma mère, de son côté, m'aidait en cousant, grâce à sa machine, des vêtements pour les enfants qui grandissaient vite. Elle les confectionnait pour Louise, et je les utilisais ensuite pour Paul. Malgré cela, je devais jongler pour équilibrer notre budget, supprimant à l'avance tout ce qui était superflu.

Maxime lisait régulièrement *Le Réveil des travailleurs de la voie ferrée*, journal édité depuis 1892 par la chambre syndicale des chemins de fer. Il me citait les cas qui y étaient dénoncés : un cantonnier qui assumait dix-sept heures de travail journalier; un mécanicien qui, depuis cinq ans, n'avait pas passé une nuit entière dans un lit; un aiguilleur qui, à chaque changement de service, se retrouvait avec vingt-quatre heures de travail successives; de nombreuses femmes gardes-barrières qui ne gagnaient que huit centimes par jour. Le surmenage de ces agents menaçait la sécurité des usagers, disait le journal, et il fallait exiger une meilleure rétribution pour un métier où la responsabilité était la condition première. Les revendications étaient, principalement, un salaire minimum de cinq francs par jour, la journée de huit heures, la retraite après vingt ans de service quel que soit l'âge, le repos obligatoire de trente-six heures une fois par semaine. Maxime s'était inscrit dès l'apparition du syndicat et avait approuvé lorsque, en 1896, celui-ci avait rejoint la C.G.T.

– Avec eux, nous avons l'espoir de pouvoir être entendus, aimait-il à répéter. Ce ne sera pas facile, mais nous y arriverons.

En octobre 1898, leur conseil d'administration nous appela à la grève, les Compagnies ayant refusé toutes leurs demandes. Depuis le mois de septembre, les terrassiers, les travailleurs du bâtiment, les maçons, les peintres, les menuisiers, les tailleurs de pierre étaient en grève. Ensuite, les ouvrier des usines de céramique et de tissage, puis les mineurs, cessèrent également le travail.

Dans les chemins de fer, dès que l'ordre de grève fut connu, le gouvernement voulut surveiller ceux qui étaient syndiqués et décida d'envoyer la troupe. Les soldats, par mesure préventive, occupèrent les principales gares de la région. Cela dura plusieurs jours, bien que la grève ne fût pas beaucoup suivie. La Fédération générale des mécaniciens avait engagé ses adhérents à assurer leur service, et les trains continuaient à rouler normalement.

Les brigades de gendarmerie furent mobilisées pour la surveillance des lignes de chemin de fer. Je vis arriver, de la ville voisine, un tout jeune gendarme qui se campa près de ma barrière, tandis que deux de ses collègues, à cheval, se mirent à sillonner la voie ferrée. Maxime ressentit leur présence comme une intrusion. Il se mit en colère :

– Que vont-ils surveiller ? Ils sont incapables de faire la différence entre une éclisse et un tire-fond! Je préfère ne pas les voir. Je m'en vais aider Aimable à ramasser ses betteraves.

Il s'en alla, et je restai avec mes deux enfants. Il n'était pas question, pour moi, de faire grève. Je ne pouvais pas ignorer les appels de ceux qui, de la route, réclamaient l'ouverture des barrières. Et, à chaque train qui passait, il fallait bien que je sois là pour annoncer au mécanicien que la voie était libre. Mais le gendarme, que j'affectais de ne pas regarder, m'agaçait par sa présence et sa surveillance constantes.

Le lendemain matin, Maxime partit, de nouveau, pour aider Aimable à la ferme. Un brouillard assez épais stagnait au niveau de la terre et ne tarderait pas à devenir, je le savais, une brume nacrée qui ne résisterait pas aux premiers rayons du soleil. Mais pour le moment il empêchait toute visibilité et étouffait les bruits.

Le premier train de la matinée venait de passer lorsque Gaston le brasseur s'arrêta devant la barrière et appela. Je savais que le train suivant ne serait pas là avant deux bonnes heures. Mais il était obligatoire, pour libérer le passage, de vérifier si un convoi exceptionnel ou supplémentaire n'arrivait pas. A cause du brouillard, il était impossible de voir à plus de cinquante mètres. Je fis alors la seule chose qu'il incombait de faire, et qui était devenue pour moi toute naturelle : je m'agenouillai, collai mon oreille sur le premier rail, puis sur le second. Je n'entendis rien, ne ressentis aucune trépidation. Gaston pouvait passer sans danger, et je lui ouvris la barrière.

Cet incident avait beaucoup diverti le gendarme, qui était déjà arrivé et qui m'observait. Il m'adressa la parole, et je me rendis compte qu'il ne demandait pas mieux que de bavarder, planton solitaire et immobile que des ordres avaient placé là sans lui demander son avis. Grâce à lui, je compris beaucoup de choses, notamment que le gouvernement nous envoyait des surveillants qui, après tout, n'étaient que des travailleurs comme nous. Je cessai de voir en lui un ennemi. C'était la première fois, depuis l'émeute de Fourmies, que je me trouvais confrontée à un représentant de l'ordre, et je n'avais pas gardé d'eux un bon souvenir. Celui-ci, mis en confiance, me parla de lui, de sa fiancée qui s'appelait Rose-Marie et qu'il allait épouser bientôt. Il sourit à Louise et à Paul qui, dès que le soleil parut, sortirent pour jouer dans le jardin, et promit de leur apporter un sucre d'orge le lendemain. Il m'expliqua que, partout, les soldats occupaient les dépôts, les ateliers, les gares dont ils surveillaient les issues, baïonnette au canon. Ils couchaient dans la salle des bagages, dans les bureaux, où ils avaient installé des paillasses, gênant constamment le travail, d'autant plus que tout le monde ne suivait pas l'ordre de grève. On leur avait distribué des cartouches Lebel.

– Des cartouches Lebel! m'exclamai-je. Je les ai vues à l'œuvre, à Fourmies. J'espère qu'ils n'auront pas à s'en servir.

– Justement, en parlant de Fourmies, il paraît que cinquante soldats du 84e de ligne sont à la gare, et d'autres gardent les voies et les ponts. Les habitants sont indignés de voir revenir l'armée dans leur ville. Sept ans après, ils n'ont rien oublié.

– Je les comprends, dis-je. D'autant plus que cette mesure est inutile, ou tout au moins disproportionnée. Il n'y a pas besoin de tant de soldats à Fourmies. Les employés de chemin de fer n'y sont pas si nombreux.

Lorsque Maxime revint, le soir, il fut d'abord surpris de me voir en si bons termes avec notre surveillant. Mais il ne tarda pas, lui aussi, à être séduit par sa bonhomie et sa compréhension. Il lui montra Le Réveil des travailleurs de la voie ferrée et ils se retrouvèrent bientôt en train de comparer leur salaire et leurs heures de travail.

– Être gendarme, me dit-il le soir, ce n'est pas un métier de tout repos non plus. Dès qu'il y a des troubles, on les envoie rétablir l'ordre. Ils sont quelquefois blessés, ou même tués. Je voyais ça de l'extérieur, de notre côté à nous. Je ne me rendais pas compte que, pour eux, ça ne doit pas être toujours facile.

Nous aurions pu devenir amis, ce jeune gendarme et nous. Mais il arriva le lendemain, juste pour donner à Louise et à Paul le sucre d'orge promis. Puis il repartit, rappelé par ses supérieurs. Il n'était plus nécessaire qu'il restât : le conseil d'administration du syndicat venait de donner sa démission, la grève était terminée. Elle se soldait par un échec, et les Compagnies ne se gênèrent point pour révoquer les syndiqués les plus ardents. Bien que cette grève n'apportât aucune amélioration à notre sort, je fus soulagée qu'elle fût terminée. Au fond de moi, je ne croyais pas vraiment à sa victoire. J'avais été témoin de ce qui s'était passé à Fourmies, lorsque les ouvriers avaient voulu faire entendre leurs revendications. Cela avait créé en moi, à mon insu, une sorte de fatalisme : la force, toujours, réprimerait les soubresauts de nos exigences. Avec scepticisme, je m'interrogeais. Viendrait-il un jour où, enfin, nous serions écoutés ? Et faudrait-il, pour cela, verser notre sang, donner notre vie ? Mais un tel sacrifice, me disais-je, ne devait pas être inutile, comme il l'avait été à Fourmies... Alors, lâchement, je préférais profiter du peu que je possédais et tâcher de m'en satisfaire. Et, grâce à l'amour de Maxime et de nos deux enfants, j'y parvenais.

Le siècle doucement finissait. L'affaire Dreyfus divisait la France. Frédéric s'y intéressait avec passion et répétait à qui voulait l'entendre que cet officier était innocent. Lorsqu'il venait, il en discutait longuement avec Maxime. Je l'écoutais d'une oreille distraite. La croissance et la santé de mes enfants m'importaient davantage. Louise avait cinq ans, Paul trois. Ils avaient les mêmes yeux bleus, les cheveux noirs de leur père. Je les aimais d'une égale tendresse.

Le projet d'une exposition universelle attirait davantage l'attention de Maxime.

– Ça va encore nous donner du travail supplémentaire, me dit-il un soir. Des trains en plus, pour le matériel à exposer à Paris, et pour les voyageurs, Mais ce n'est pas des pauvres gens comme nous qui pourraient faire le voyage et aller admirer leurs nouvelles inventions. A vrai dire, je me demande s'il faut le regretter. Lors de la dernière exposition, en 89, un de mes chefs y est allé. C'était par curiosité, parce qu'il voulait admirer la nouvelle tour de cet ingénieur, M. Eiffel. Il est revenu déçu, en affirmant qu'il n'avait jamais rien vu d'aussi laid.

– Personnellement, dis-je avec sincérité, j'aime autant rester ici.

Maxime m'enveloppa d'un regard tendre, sourit à nos deux enfants qui, accroupis, jouaient avec Tobi.

– Tu es parfaite, Charlotte. Raisonnable, courageuse, efficace. Tu ne te plains jamais. C'est reposant.

Je ne pus m'empêcher de rire :

— Et pourquoi me plaindrais-je ? Je suis heureuse avec toi, Maxime.

L'ombre de ma sœur, un instant, flotta entre nous. Il dit d'une voix sourde :

— Nous avons failli passer à côté de ce bonheur tout simple, Charlotte. Cette façon que tu as eue de me jeter dans les bras d'Hélène... J'étais tellement malheureux, lorsque tu m'as repoussé, que je me suis dit : après tout, Hélène ou une autre... Nous avons agi comme des idiots.

— Mais elle se laissait mourir. Il m'était impossible d'accepter ça sans rien faire. Et puis, ne l'aimais-tu pas un peu ?

Ses yeux me répondirent avant ses paroles, et il me dit ce que j'avais toujours su :

— Si, je l'aimais bien. Comme une petite sœur, sans plus. C'est toi, Charlotte, que j'ai aimée tout de suite, c'est toi seule que je voulais pour femme.

Des exclamations et des éclats de rire l'interrompirent. Louise avait entortillé Tobi dans un vieux chiffon et le berçait comme un bébé. Le chien, docile, se laissait faire de bonne grâce.

— Elle nous a laissé sa fille, dis-je avec émotion, et elle est la nôtre maintenant.

Lorsque le 1ᵉʳ janvier 1900 arriva, nos vœux de bonne année furent, par rapport aux autres fois, plus profonds, plus graves : en même temps qu'à l'an nouveau, ils s'adressaient au siècle tout entier. Nous voulions croire que sa venue nous apporterait l'accomplissement de tout ce qui, jusqu'ici, était resté inachevé.

Exceptionnellement ce jour-là, Maxime ne travaillait pas. Nous avions invité ma mère et Frédéric à venir partager notre repas, et je me préparais à faire cuire la poule que Maxime avait tuée la veille. J'avais déjà confectionné plusieurs tartes, que les enfants avaient lorgnées avec des yeux gourmands.

— Venez avec moi, leur dit Maxime, allons au-devant de *mémère* Constance et *pépère* Frédéric.

Ils poussèrent des cris de joie. Je les habillai chaudement. Ils sortirent en courant, accompagnés de Tobi qui bondissait autour d'eux. Maxime les suivit plus calmement, en riant de leur impatience. Je couvris mes épaules de mon châle et sortis à mon tour.

Dehors, un clair soleil brillait et faisait étinceler la gelée blanche qui recouvrait la campagne. J'allai jusqu'au bord de la voie. Maxime avait juché Paul sur ses épaules et, tenant Louise par la main, avançait lentement sur le chemin de service qui longeait le ballast. Longtemps, le cœur gonflé de tendresse, je les regardai s'éloigner tous les trois, eux qui représentaient ce que j'avais de plus cher au monde. Dans la lumière glorieuse du soleil levant, ils marchaient vers l'horizon, vers l'avenir, vers le siècle nouveau qui nous attendait, riche de promesses et d'espoir.

NOTE DE L'AUTEUR

Parmi les ouvrages que j'ai consultés pour la documentation de ce roman, je voudrais citer plus particulièrement ceux de M. Pierre Pierrard, et notamment : *La Vie quotidienne dans le Nord au XIXᵉ siècle*, ainsi que *La Vie ouvrière à Lille sous le second Empire*. Je tiens à remercier ici leur auteur : ces ouvrages m'ont apporté de nombreux et fort utiles renseignements.

M.-P.A.

Cet ouvrage a été réalisé par la
SOCIÉTÉ NOUVELLE FIRMIN-DIDOT
Mesnil-sur-l'Estrée
pour le compte des Presses de la Cité
en octobre 1992

Imprimé en France
Dépôt légal : septembre 1991
N° d'édition : 5857 - N° d'impression : 22109